Jack London

Die Insel Berande
Die Herrin des Großen Hauses
2 Romane in einem Band

Jack London

Die Insel Berande

Die Herrin des Großen Hauses

BÜCHERGILDE GUTENBERG

Jack London

Inhaltsverzeichnis

Die Insel Berande Seite 7
Etwas muß geschehen *9*
Etwas geschieht *17*
Die ›Jessie‹ *25*
Joan Lackland *35*
Sie will Pflanzer werden *42*
Sturm *56*
Ein schwerer Kampf *63*
Lokalkolorit *76*
Kampf zwischen den Geschlechtern *83*
Eine Nachricht von Boucher *89*
Die Post-Adams-Bande *99*
Herr Morgan und Herr Raff *107*
Die Logik der Jugend *114*
Die ›Martha‹ *123*
Eine Frage der Erziehung *133*
Die Unverbesserliche *140*
›Ihr‹ Fräulein Lackland *153*
Romane werden Wirklichkeit *163*

Das verlorene Spielzeug *177*
Männerrede *185*
Konterbande *192*
Gogoomy machen Kwaque fertig
ganz und gar *199*
Eine Nachricht aus dem Busch *210*
Im Busch *218*
Die Kopfjäger *227*
Sonnenglut *235*
Ein zeitgemäßes Duell *249*
Kapitulation *256*

Die Herrin des Großen Hauses Seite 265

Jack London

Die Insel Berande

9

Etwas muß geschehen

Er war ein sehr kranker weißer Mann. Er ritt huckepack auf einem wollköpfigen, schwarzhäutigen Wilden, dessen Ohrläppchen so durchbohrt und aufgeweitet waren, daß das eine ganz zerrissen war, während in dem andern ein runder, geschnitzter Holzpflock von drei Zoll Durchmesser steckte. Das zerrissene Ohrläppchen war von neuem durchbohrt, konnte aber jetzt nur noch eine kurze Tonpfeife aufnehmen. Das zweibeinige Pferd war schmierig und, bis auf einen äußerst schmalen, schmutzigen Lendenschurz, nackt; der Weiße aber klammerte sich verzweifelt an ihm fest. Hin und wieder sank sein Kopf vor Schwäche auf den Wollschädel herab. Dann wieder hob er ihn und starrte mit verschwimmenden Augen auf die Kokospalmen, die in der flimmernden Hitze schwankten und schaukelten. Er trug ein dünnes Hemd und hatte um den Leib einen Streifen Baumwolle geschlungen, der bis zu den Knien reichte. Auf dem Kopfe trug er einen abgenutzten, breitrandigen Cowboyhut. Um die Hüfte hatte er einen Gurt geschnallt, in dem eine großkalibrige automatische Pistole und mehrere gefüllte Ladestreifen gebrauchsfertig steckten.

Den Zug beschloß ein vierzehn- bis fünfzehnjähriger schwarzer Junge, der Medizinflaschen, einen Eimer mit heißem Wasser und verschiedene andere Krankenhausutensilien trug. Sie verließen den Hof durch eine schmale, aus Rohr geflochtene Pforte und schritten weiter unter der glühenden Sonne, zwischen neugepflanzten Kokospalmen hindurch, die keinen Schatten gewährten. Kein Lüftchen regte sich, und die drückende Atmosphäre war mit Krankheitskeimen geschwängert. Vor ihnen ertönte ein wildes Geschrei, wie von jammernden verlorenen Seelen oder gefolterten

Menschen. Ein langer niedriger Schuppen mit Graswänden und Grasdach zeigte sich, und von ihm ging der Lärm aus: Geschrei und Gejammer, das Kummer und unerträglichen Schmerz verkündete. Als der Weiße sich näherte, konnte er ein schwaches, anhaltendes Wimmern und Stöhnen hören. Ihn schauderte bei dem Gedanken, daß er dort hinein sollte, und einen Augenblick glaubte er, ohnmächtig zu werden. Denn die gefürchtete Geißel der Salomoninseln, die Dysenterie, hatte die Berande-Plantage heimgesucht, und obgleich er von ihr befallen war, mußte er doch ganz allein den Kampf mit ihr aufnehmen.
Indem er sich tief auf die Schultern seines Trägers bückte, gelangte er durch den niedrigen Eingang. Er nahm dem ihm folgenden Jungen eine Flasche ab und atmete das starke Ammoniak ein, um sich den Kopf für den kommenden Auftritt klarzumachen. Dann rief er: »Ruhe!«, und der Lärm verstummte. Eine sechs Fuß breite, leicht geneigte Plattform aus Bambusstäben erstreckte sich über die ganze Länge des Schuppens. Vor ihr lief ein Gang, der kaum einen Schritt breit war. Auf der Plattform lagen, eng nebeneinander ausgestreckt, etwa zwanzig Schwarze. Daß sie einer tiefstehenden Rasse angehörten, sah man auf den ersten Blick. Es waren Menschenfresser. Ihre Gesichter waren unsymmetrisch und tierisch, ihre Körper garstig und affenartig. Sie trugen Nasenringe aus den Schalen der Venusmuschel und aus Schildpatt, und aus den ebenfalls durchbohrten Nasenflügeln ragten Körner hervor, die aus auf Draht gereihten Perlen gebildet wurden. Ihre Ohrläppchen waren durchbohrt und ausgeweitet, um hölzerne Pflöcke und Stäbe, Pfeifen und allerlei barbarischen Zierat aufzunehmen. Ihre Körper waren in scheußlichen Mustern tätowiert und genarbt. Während ihrer Krankheit trugen sie keinerlei Kleidung, nicht einmal einen Lendenschurz, sie hatten nur ihre Muschelarmspangen, Perlenhalsbänder und

Ledergurte behalten, in denen blanke Messer steckten. Die Körper vieler von ihnen waren mit schrecklichen Wunden bedeckt. Fliegenschwärme hoben sich und ließen sich wieder nieder oder flogen in dichten Wolken durch den Raum. Der Weiße ging die Reihen entlang und gab jedem Manne Medizin. Einigen gab er Chlor. Er mußte alle Willenskraft zusammennehmen, um sich zu erinnern, wer von ihnen Brechwurz vertragen konnte und wer zu schwach dafür war.

Einen Toten ließ er hinaustragen. Er sprach scharf und bestimmt, wie ein Mann, der keinen Spaß versteht, und die gesunden Männer, denen er seine Befehle erteilte, runzelten böse die Stirn. Einer murrte, als er die Leiche bei den Füßen packte. Da brach der Weiße los. Es war ihm eine schmerzhafte Anstrengung, aber seine Faust schoß vor und traf den Schwarzen auf den Mund.

»Was Name du, Angara?« brüllte er. »Was für Rede du machen, wie? Ich läuten dir sieben Glocken zuviel, los!«

Mit der mechanischen Schnelligkeit eines wilden Tieres setzte der Schwarze zum Sprunge an. Die Wut einer Bestie glühte in seinen Augen; aber er sah die Hand des Weißen nach der Pistole im Gürtel greifen. Der Sprung unterblieb. Der Körper entspannte sich, und der Schwarze beugte sich über den Leichnam und half ihn hinaustragen. Jetzt ohne Murren.

»Schweine!« knirschte der Weiße.

Er war sehr krank, dieser Weiße, geradeso krank wie die Schwarzen, die hilflos vor ihm lagen und die er pflegte. Wenn er diesen pestgeschwängerten Schuppen betrat, wußte er nie, ob er imstande war, den Rundgang zu beenden. Aber das wußte er sicher, daß, wenn er je inmitten dieser Schwarzen ohnmächtig werden sollte, alle, die dazu imstande waren, sich wie reißende Wölfe ihm an die Kehle stürzen würden. Ungefähr in der Mitte lag ein Mann im

Sterben. Er gab Befehl, ihn, sobald er seinen letzten Atemzug getan, hinauszuschaffen. Ein Schwarzer steckte den Kopf zur Tür herein und sagte: »Vier fella krank zuviel.«
Neue Kranke, die noch gehen konnten, drängten sich um den Sprechenden. Der Weiße suchte den Schwächsten heraus und wies ihm den Platz an, von dem soeben der Leichnam entfernt worden war. Einem zweiten bedeutete er zu warten, bis der nächste gestorben wäre. Dann befahl er einem der gesunden Leute, aus den Plantagenarbeitern eine Hilfsabteilung für das Hospital zu bilden, und schritt weiter die Reihe entlang, indem er Medizin austeilte und auf Trepang-Englisch Witze riß, um die Kranken aufzuheitern. Hin und wieder ertönte vom andern Ende ein seltsames Wimmern. Als er hinkam, sah er, daß es von einem Burschen herrührte, der gar nicht krank war. Der Weiße geriet in Zorn. »Was Name du schreien alle Zeit?«
»Ein fella mein Bruder gehören mir«, lautete die Antwort. »Ein fella sterben zuviel.«
»Du schreien, ein fella Bruder gehören dir sterben zuviel«, sagte der Weiße drohend, »ich werde cross zuviel auf dich. Was Name du schreien? He? Du Dummkopf machen Bruder gehören dir sterben viel schneller. Du fella hören auf mit Schreien, savvee? Du fella nicht hören auf mit Schreien, ich machen dich fertig verdammt schnell.«
Er drohte dem Burschen mit der Faust, und der Schwarze kauerte nieder, ihn mürrisch anstarrend.
»Schreien nicht gut kleinstes bißchen«, fuhr der Weiße ruhiger fort. »Du nicht schreien. Du jagen fella Fliegen weg. Zuviel groß fella Fliegen. Du holen Wasser. Washee Bruder gehören dir; washee Menge zuviel, dann Bruder gehören dir all right.—Marsch!« schrie er schließlich wütend, und sein Wille wirkte auf den stumpfsinnigen Schwarzen mit solcher Kraft, daß er aufsprang, um die widerlichen Fliegenschwärme zu vertreiben. Dann ritt er wieder in die dun-

stige Hitze hinaus. Er umklammerte den Hals des Schwarzen und schöpfte tief Atem. Aber die totenstille Luft schien seine Lungen zusammenzupressen; er ließ den Kopf sinken und stierte halb schlafend vor sich hin, bis das Haus erreicht war. Jede Willensanstrengung war eine Pein für ihn, und doch wurde sie dauernd von ihm verlangt. Er gab dem Schwarzen, der ihn getragen hatte, einen Schluck Genever. Viaburi, der Hausboy, brachte ihm Sublimat und Wasser, und er wusch sich gründlich. Er nahm selbst eine Dosis Chlor, fühlte sich den Puls, nahm ein Thermometer in den Mund und legte sich mit unterdrücktem Stöhnen auf das Ruhebett. Es war Nachmittag, und er hatte heute seinen dritten Rundgang hinter sich. Er rief den Hausboy.

»Nimm groß fella Gucker nach ›Jessie‹!« befahl er.

Der Boy ging mit dem langen Fernrohr auf die Veranda und suchte die See ab.

»Ein fella Schoner weit weg bißchen«, meldete er. »Ein fella ›Jessie‹. Ein Freudenschimmer ging über das Gesicht des Weißen.

»Du machen ›Jessie‹ aus, du bekommen fünf Stück Tabak«, sagte er.

Eine Weile herrschte Schweigen, und er wartete voller Ungeduld.

»Vielleicht ›Jessie‹, vielleicht anderer fella Schoner«, lautete das stockende Zugeständnis.

Der Mann wand sich bis zum Rande des Ruhebettes und glitt auf den Boden; er sank in die Knie. Mit Hilfe eines Stuhles kam er auf die Füße. Sich an dem Stuhl festhaltend und ihn als Stütze benutzend, schob er ihn durch die Tür auf die Veranda. Der Schweiß lief ihm in Strömen über das Gesicht und durchnäßte das Hemd an den Schultern. Es gelang ihm, auf den Stuhl zu kommen, wo er, völlig zusammengebrochen, nach Luft schnappte. Nach einigen Minuten richtete er sich auf. Der Boy hielt das Ende des Fernrohrs an einen Pfosten der Veranda, und der Mann starrte durch das Glas auf die See. Endlich erblickte er die weißen Segel des Schoners und beobachtete sie.

»Nicht ›Jessie‹«, sagte er sehr ruhig, »das die ›Malakula‹.«

Er vertauschte seinen Sitz mit einem Deckstuhl. In einer Entfernung von dreihundert Fuß brach sich die See in schwacher Brandung am Strande. Zur Linken konnte er die weiße Linie der Brecher, die die Barre des Balesuna bezeichneten, und darüber hinaus die zackigen Umrisse der Savoinsel sehen. Gerade vor ihm, jenseits des Zwölfmeilenkanals, lag die Floridainsel, und weiter rechts erschienen undeutlich Teile Malaitas, der wilden Insel, wo Mord, Raub und Menschenfresserei herrschten und wo seine eigenen zweihundert Plantagenarbeiter angeworben waren. Zwischen ihm und dem Strande lag der Bambuszaun seines Gartens. Die Tür stand halb offen, und er schickte den Hausboy hin, um sie zu schließen. Innerhalb des Zaunes wuchs eine Anzahl Kokospalmen. Zu jeder Seite des Weges, der hinausführte, standen zwei hohe Flaggenmaste. Sie waren auf zehn Fuß hohen künstlichen Hügeln errichtet. Am unteren Ende stand jeder Mast zwischen kurzen Pfosten, die weiß gestrichen und durch schwere Ketten verbunden waren. Die Masten selbst waren wie Schiffsmasten mit Stengen, Wanten, Gaffeln und Leinen versehen. Von der Gaffel des einen hingen zwei bunte Flaggen schlaff herunter, die eine ein Schachbrett aus blauen und weißen Quadraten, die andere ein weißer Wimpel mit rotem Ball in der Mitte: das internationale Notsignal. In der gegenüberliegenden Ecke der Umzäunung brütete ein Habicht. Der Mann beobachtete ihn und sah, daß er krank war. Er dachte, ob der Vogel sich wohl ebenso schlecht fühlte wie er selbst und belustigte sich leise über den Gedanken an die Ähnlichkeit zwischen ihnen. Er stand auf, um die große Glocke läuten zu lassen, als Zeichen, daß die Plantagen-

arbeiter Feierabend machen und in die Baracken gehen sollten. Dann bestieg er sein zweibeiniges Pferd und machte die letzte Runde des Tages.
Im Hospital gab es zwei neue Fälle. Er reichte den Kranken Rizinusöl. Er wünschte sich Glück; es war ein leichter Tag gewesen, nur drei waren gestorben. Dann inspizierte er das Kopratrocknen, das nicht unterbrochen worden war, und ging durch die Baracken, um zu sehen, ob sich nicht ein Kranker seinen Vorschriften entgegen dort versteckt hatte. Nach Hause zurückgekehrt, empfing er die Berichte der Aufseher und gab Anweisungen für die Arbeit des nächsten Tages. Den Vormann der Bootsleute hatte er ebenfalls hinbestellt, um sich, wie jeden Abend, zu vergewissern, daß die Walboote eingeholt und angeschlossen waren. Es war dies eine sehr notwendige Vorsichtsmaßregel, denn die Schwarzen befanden sich in großer Angst, und ein Boot abends am Strande liegenzulassen, hätte einen Verlust von zwanzig Schwarzen am nächsten Morgen bedeutet. Da die Schwarzen bis zu dreißig Dollar das Stück wert waren, je nachdem, wieviel sie von ihrer Zeit abgearbeitet hatten, durfte sich die Berande-Plantage einen solchen Verlust kaum erlauben. Außerdem waren die Walboote im Salomonarchipel nicht billig, und die Todesfälle reduzierten täglich das arbeitende Kapital. Sieben Schwarze waren in der vergangenen Woche in den Busch geflohen; vier von ihnen hatten sich, hilflos vor Fieber, mit der Nachricht zurückgeschleppt, daß zwei von den gastfreundlichen Buschleuten getötet und gefressen worden waren. Von dem siebenten Mann, der noch in Freiheit war, erzählten sie, daß er an der Küste ein Kanu stehlen wollte, um nach seiner Heimatinsel zu entkommen.
Viaburi brachte dem Weißen zwei brennende Laternen. Er sah, daß sie hell, mit klaren, breiten Flammen, brannten, und nickte mit dem Kopf. Die eine wurde an die Gaffel

des Flaggenmastes geheißt, die andere auf die Veranda gestellt. Dies waren die Richtungslichter für den Ankerplatz von Berande. Und das ganze Jahr hindurch wurden sie allabendlich in dieser Weise untersucht und ausgehängt.
Mit einem Seufzer der Erleichterung ließ er sich wieder auf sein Ruhebett fallen. Das Tagewerk war beendet. Eine Büchse lag neben ihm. Sein Revolver befand sich in Reichweite. Eine Stunde verging, ohne daß er sich regte. Im Halbschlummer, in halber Bewußtlosigkeit lag er da. Plötzlich wurde er munter. Auf der hinteren Veranda hatte etwas geknarrt. Der Raum hatte die Form eines L; die Ecke, in der das Ruhebett stand, war finster, aber die Lampe, die im Hauptraum über dem Billardtisch so aufgehängt war, daß ihr Schein nicht auf ihn fiel, brannte hell. Die Veranden waren ebenfalls hell erleuchtet. Er wartete, ohne sich zu regen. Das Knarren wiederholte sich, und er wußte, daß mehrere Leute auf der Veranda lauerten.
»Was Name?« rief er scharf.
Das Haus, das zwölf Fuß hoch über dem Boden errichtet war, erzitterte auf seinen Grundpfeilern unter den sich entfernenden Schritten.
»Sie werden dreist«, murmelte er. »Etwas muß geschehen.«
Der Vollmond ging über Malaita auf und schien auf Berande herab. Nichts regte sich in der stillen Luft. Vom Hospital her erklang noch das Stöhnen der Kranken. Unter den Grasdächern der Baracken schliefen zweihundert wollköpfige Menschenfresser nach der ermüdenden Tagesarbeit, und nur ein paar beugten die Köpfe, um zuzuhören, wie einer den Weißen, der nie schlief, verfluchte. Auf den vier Veranden des Hauses brannten die Laternen. Drinnen zwischen Büchse und Revolver stöhnte der Weiße und wälzte sich in unruhigem Schlummer.

Etwas geschieht

Am nächsten Morgen stellte David Scheldon fest, daß es ihm schlechter ging. Kein Zweifel, er war merklich schwächer, und zudem machten sich weitere ungünstige Anzeichen bemerkbar. Auf Ärger wartend, begann er seinen Rundgang. Er brauchte Ärger. Wenn er gesund gewesen wäre, würde die gespannte Lage ernst genug gewesen sein, wie die Dinge aber lagen, und bei seiner zunehmenden Hilflosigkeit, mußte etwas geschehen. Die Schwarzen wurden immer mürrischer und herausfordernder, und das Erscheinen der Leute in der Nacht auf der Veranda – eines der schwersten Vergehen auf Berande – war von übler Vorbedeutung. Früher oder später mußten sie ihn kriegen, wenn er sie nicht zuerst kriegte, wenn er ihren schwarzen Seelen nicht wieder einmal die überlegene Herrschaft des weißen Mannes klarmachte.
Enttäuscht kehrte er nach Hause zurück. Es hatte sich keine Gelegenheit geboten, einen Fall von Frechheit oder Ungehorsam festzustellen, wie sie bisher jeden Tag vorgekommen, seit die Krankheit Berande ergriffen hatte. Diese Ruhe war an und für sich schon verdächtig. Sie wurden immer tückischer. Es tat ihm leid, daß er in der Nacht nicht gewartet hatte, bis die Leute hereingeschlichen waren. Dann hätte er einen oder zwei niederknallen können, was den anderen eine neue, mit Blut geschriebene Lehre gewesen wäre. Er war einer gegen zweihundert, und er fürchtete am meisten, daß die Krankheit ihn überwältigen und ihn in ihre Gewalt bringen könnte. Im Geist sah er schon, wie die Schwarzen die Plantage überfielen, das Lager plünderten, die Häuser in Brand steckten und nach Malaita flohen. Und er sah seinen eigenen Kopf, gedörrt und geräu-

chert, das Kanuhaus eines Kannibalendorfes zieren. Wenn die Jessie nicht kam, mußte er etwas tun.
Die Glocke, die die Arbeiter an die Arbeit rief, hatte kaum geläutet, als Scheldon Besuch erhielt. Er hatte sich sein Ruhebett auf die Veranda stellen lassen und lag dort, als Kanus ankamen und auf den Strand geschoben wurden. Vierzig mit Speeren, Bogen, Pfeilen und Kriegskeulen bewaffnete Männer sammelten sich vor der Pforte, aber nur einer trat ein. Sie kannten die Gesetze von Berande, wie jeder Eingeborene das Gesetz auf den Besitzungen aller Weißen in dem auf Tausende von Meilen verstreuten Salomonarchipel kannte. In dem Manne, der den Weg heraufkam, erkannte Scheldon Seelee, den Häuptling des Dorfes Balesuna. Der Wilde stieg nicht die Stufen empor, sondern blieb unten stehen und sprach zu dem weißen Herrn oben. Seelee war intelligenter als die meisten seines Stammes. Seine eng beieinanderstehenden, kleinen Augen zeugten von Grausamkeit und List. Eine G-Saite und ein Patronengürtel machten seine ganze Kleidung aus. Die geschnitzte Perlmutterschale, die ihm von der Nase bis zum Kinn hing und ihn am Sprechen hinderte, diente nur als Zierat, und die Löcher in seinen Ohren hatten nur den Zweck, Pfeife und Tabak zu tragen. Die Stümpfe seiner ausgebrochenen Schneidezähne waren schwarz gefärbt vom Betelsaft, den er hin und wieder ausspie.
Wenn er sprach oder zuhörte, schnitt er Grimassen wie ein Affe. Er sagte ›ja‹, indem er die Augenlider senkte und das Kinn vorschob. Die kindische Arroganz seiner Sprache stand in krassem Widerspruch zu der unterwürfigen Haltung, die er vor der Veranda einnahm. Er hatte viele Anhänger und war Herr und Meister des Dorfes Balesuna. Aber der Weiße, der keine Anhänger hatte, war Herr und Meister von Berande – ja, er, der einzelne, hatte sich gelegentlich sogar zum Herrn und Meister des Dorfes Bale-

suna gemacht. Seelee erinnerte sich nicht gern dieses Vorfalls. Damals hatte er die Natur der Weißen kennen- und verabscheuen gelernt. Er hatte sich strafbar gemacht, indem er drei Durchbrennern aus Berande Unterschlupf gewährte. Sie hatten ihm alles, was sie besaßen, für das Obdach und die für das Entkommen nach Malaita versprochene Hilfe gegeben. Das hatte ihm die Aussicht auf eine einträgliche Zukunft verschafft, in der das Dorf zu einer Station der untergründigen Verbindung zwischen Berande und Malaita werden konnte.

Unglücklicherweise kannte er das Wesen der Weißen nicht. Dieser merkwürdige Weiße belehrte ihn, als er bei Tagesanbruch vor seinem Grashause erschien, eines Besseren. Im ersten Augenblick hatte es ihn belustigt, er fühlte sich so vollkommen sicher inmitten seines Dorfes. Aber im nächsten Augenblick hatten ihn, ehe er schreien konnte, ein paar Handfesseln, die der Weiße in der Hand hielt, auf den Mund getroffen und das Hilfegeschrei in seiner Kehle erstickt. Gleichzeitig hatte ihn die andere Faust des Weißen hinter dem Ohr getroffen, so daß er von dem Folgenden nichts mehr wußte. Als er wieder zu sich kam, lag er in dem Boot des Weißen, das nach Berande fuhr. Auf Berande war er wie ein gewöhnlicher Nigger behandelt, war in Ketten gelegt und mit Handschellen an Händen und Füßen gefesselt worden. Nachdem sein Stamm die drei Durchbrenner wiedergebracht, wurde er freigelassen. Aber dann hatte der furchtbare Weiße ihn und Balesuna noch mit einer Strafe von zehntausend Kokosnüssen belegt. Nie wieder hatte er den Malaita-Leuten Unterschlupf gewährt. Statt dessen machte er sich nun ein Geschäft daraus, sie einzufangen. Das war sicherer. Zudem bekam er eine Kiste Tabak für jeden. Sollte dieser Weiße ihm aber je eine Gelegenheit bieten — daß er ihm krank in die Hände fiele, daß er, Seelee, ihm in den Rücken käme, wenn der Weiße

im Busch stolperte und fiel – nun, dann gab es einen Kopf, der in Malaita etwas wert war.
Scheldon war über das, was Seelee ihm sagte, erfreut. Der siebente von den letzten Ausreißern war gefaßt worden. Er wurde hereingeschleppt. Es war ein kräftiger Mann, dessen Arme mit Kokosfaserstricken gebunden waren; das geronnene Blut vom Kampfe mit seinen Überwältigern klebte ihm noch am Körper.
»Mich savvee du gut fella, Seelee«, sagte Scheldon, während der Häuptling ein Viertel Wasserglas voll starkem Genever hinuntergoß. »Fella Boy gehören mir kurze Zeit klein bißchen. Dies fella Boy stark fella zuviel. Ich geben dir fella eine Kiste Tabak – mein Wort, eine Kiste Tabak. Dann, du gut fella, ich geben dir drei Faden Kaliko, ein fella Messer groß fella zuviel.«
Der Tabak und die andern Gegenstände wurden von zwei Hausboys aus dem Lager gebracht und dem Häuptling von Balesuna ausgehändigt, der die Zusatzbelohnung mit einem verbindlichen Grunzen entgegennahm und zu seinen Kanus zurückging. Auf Scheldons Anweisung legten die Hausboys dem Gefangenen Hand- und Fußschellen an und fesselten ihn an einen Pfosten des Hauses. Als die Arbeiter um elf Uhr von der Plantage kamen, ließ Scheldon sie vor der Veranda zusammentreten. Alle Gesunden, einschließlich derer, die im Hospital helfen mußten, waren zur Stelle. Selbst die Frauen und Kinder der Plantage waren mit den übrigen in zwei Reihen angetreten – eine Horde von kaum weniger als zweihundert nackten Wilden. Außer dem Zierat aus Perlen, Muscheln und Knochen trugen ihre durchbohrten Ohren und Nasenflügel Sicherheitsnadeln, Nägel, Haarnadeln, rostige Pfannenstiele und Büchsenöffner. Einige hatten sich Federmesser in die krausen Locken geklemmt. Auf der Brust des einen hing ein Porzellantürknauf, auf der eines andern ein Messingrad

aus einer Weckuhr. Ihnen gegenüber, aufs Verandageländer gestützt, stand der Weiße. Jeder einzelne von ihnen hätte ihn mit dem kleinen Finger umwerfen können. Trotz seiner Feuerwaffen wäre es für die Horde eine Kleinigkeit gewesen, ihn über den Haufen zu rennen, und dann hätten sein Kopf und die Plantage ihnen gehört. Haß, Mordgier und Rachedurst besaßen sie im Übermaß. Aber eines fehlte ihnen, eben das, was er besaß: der Zorn des Herrschenden, der nicht zu löschen war, der immer noch in diesem von Krankheit zermürbten Körper glimmte und jederzeit bereit war, aufzulodern und sie zu vernichten.
»Narada! Billy!« rief Scheldon scharf.
Zwei Mann schoben sich unwillig vor und warteten. Scheldon gab einem Hausboy den Schlüssel zu den Handschellen, und der Gefangene wurde losgemacht. »Du fella Narada, du fella Billy, nehmen dies fella Boy und machen ihn an Beinen fest, Hände ganz hoch!« befahl Scheldon.
Während dies langsam und unter dem Murren der Zuschauer geschah, brachte einer der Hausboys eine schwere Peitsche.
Scheldon hielt eine Ansprache: »Dies fella Arunga mich machen cross auf ihn zuviel. Ich nicht bestehlen dies fella Arunga, ich nicht betrügen. Ich sagen, ›all right, du kommen zu mir Berande, arbeiten drei fella Jahre‹. Er sagen, ›all right, mich kommen zu dir drei fella Jahre‹. Er kommen. Er kriegen viel gut fella Kaikai, viel gut fella Geld. Was Name er laufen weg. Mich zuviel cross auf ihn. Ich zeigen was Name dies fella. Ich bezahlen Seelee, groß fella Herr in Balesuna, eine Kiste Tabak, weil fangen dies fella Arunga. Schön. Arunga bezahlen dies fella Kiste Tabak. Sechs Pfund dies fella Arunga bezahlen. Das heißen ein Jahr mehr dies fella Arunga arbeiten Berande. Schön. Jetzt er kriegen zehn fella Hiebe dreimal. Du fella Billy geben Hiebe, geben dies fella Arunga zehn fella dreimal.

Alle fella Jungen zusehen, alle fella Marys zusehen; sie jemals möchten weglaufen, sie denken stark fella zuviel, nicht weglaufen, Billy, stark fella zuviel zehn fella dreimal.« Der Hausboy reichte Billy die Peitsche, aber der nahm sie nicht. Scheldon wartete ruhig. Die Augen aller Kannibalen waren in Zweifel, Furcht und Gier auf ihn gerichtet. In diesem Augenblick handelte es sich für den einsamen Weißen um Sein oder Nichtsein.

»Zehn fella dreimal, Billy«, sagte Scheldon ermunternd, aber es lag ein gewisser metallischer Klang in seiner Stimme.

Billy runzelte die Stirn, hob den Blick und senkte ihn wieder, regte sich aber nicht.

»Billy!«

Scheldons Stimme explodierte wie ein Pistolenschuß. Der Wilde erschrak sichtlich. Ein Grinsen lief über die grotesken Züge der Zuschauer, und ein leichtes Kichern war zu hören.

»Meinen, du wollen zuviel Hiebe das fella Arunga, du schicken ihn fella Tulagi?« sagte Billy. »Ein fella Regierungsagent befehlen Prügel. Das fella Gesetz. Mich savvee fella Gesetz.«

Es war Gesetz, und Scheldon wußte das. Aber er wollte heute und morgen am Leben bleiben und nicht sterben in der Erwartung, daß das Gesetz nächste oder übernächste Woche in Kraft träte.

»Zuviel sprechen du!« schrie er wütend. »Was Name, he? Was Name?«

»Mich savvee Gesetz«, wiederholte der Wilde hartnäckig.

»Astoa!«

Ein anderer Mann sprang vor und blickte ihn unverschämt an. Scheldon suchte sich die schlimmsten Kerle für diese Lehre aus.

»Du fella Astoa, du fella Narada, binden dies fella Billy

neben anderen fella auf selbe fella Art. Fest fella binden«, warnte er sie.

»Du fella Astoa nehmen das fella Peitsche. Tüchtig groß fella zuviel zehn fella dreimal. Savvee!«

»Nein«, grunzte Astoa.

Scheldon griff nach der Büchse, die er an das Geländer gelehnt hatte, und spannte sie.

»Ich kennen dich, Astoa«, sagte er ruhig. »Du arbeiten Queensland sechs Jahre.«

»Mich fella Mission«, unterbrach ihn der Schwarze mit wohlberechneter Freiheit.

»Queensland du bleiben Gefängnis ein fella Jahr. Weiß fella Herr verdammter Narr dich nicht aufhängen. Du zuviel schlimm fella. Queensland du bleiben Gefängnis sechs Monate zweimal. Zwei fella Mal du stehlen. Du Mission? Schön. Du savvee ein fella Gebet?«

»Ja, mich savvee Gebet«, lautete die Antwort.

»Schön. Dann du beten jetzt, kurze Zeit klein bißchen. Du sagen ein fella Gebet verdammt schnell, dann mich töten dich.«

Scheldon richtete die Büchse auf ihn und wartete. Der Schwarze blickte sich nach seinen Genossen um, aber keiner rührte sich, um ihm zu helfen. Sie waren gespannt, was da kommen sollte, und starrten regungslos auf den Weißen, der, den Tod in der Hand, auf der großen Veranda stand. Scheldon hatte gewonnen, und das wußte er. Astoa trat unschlüssig von einem Fuß auf den andern. Er blickte den Weißen an und sah über das Visier hinweg in seine Augen.

»Astoa!« sagte Scheldon, den psychologischen Moment wahrnehmend. »Ich zählen drei fella Mal. Dann ich schießen dich fella tot, gute Nacht, alles aus.«

Und Scheldon wußte, daß er ihn auf der Stelle erschießen mußte, wenn er drei gezählt hatte. Der Schwarze wußte es ebenfalls, und das war der Grund, warum Scheldon es nicht zu tun brauchte, denn als er eins gezählt hatte, streckte Astoa die Hand nach der Peitsche aus. Und recht kräftig handhabte er sie, aufgebracht darüber, daß seine Genossen ihn im Stich gelassen hatten. Mit jedem Hiebe machte er seiner Wut Luft. Von der Veranda aus trieb Scheldon ihn an, kräftig zu schlagen, bis die beiden gepeitschten Wilden schrien und heulten und das Blut ihnen vom Rükken troff. Es war ein tüchtiger Denkzettel.

Als der letzte von der Bande mit den beiden heulenden Übeltätern durch die Pforte verschwunden war, sank Scheldon halb ohnmächtig auf sein Ruhebett.

»Ich bin ein kranker Mann«, murmelte er. »Ein kranker Mann. Aber ich kann heute nacht ruhig schlafen«, fügte er eine halbe Stunde später hinzu.

Die ›Jessie‹

Zwei Tage vergingen, und Scheldon, der immer schwächer wurde, fühlte, daß es mit ihm zu Ende ginge und daß er nicht mehr lange seine täglichen vier Hospitalbesuche machen könnte. Es gab durchschnittlich vier Todesfälle täglich, und die Krankheit griff immer mehr um sich.
Die Schwarzen befanden sich in großer Angst. Jeder schien sich, krank geworden, die größte Mühe zu geben, zu sterben. Waren sie einmal von der Krankheit gepackt, so fehlte ihnen der Mut, sich gegen sie zu wehren. Sie glaubten, daß sie sterben mußten, und taten ihr Bestes, diesen Glauben zu rechtfertigen. Selbst die Gesunden waren überzeugt, daß es nur eine Frage von Tagen war, bis die Krankheit auch sie packte und hinwegraffte. Aber so fest sie es auch glaubten, fehlte ihnen doch der Mut, den weißen Mann, der dem Tod so nahe war, über den Haufen zu rennen und dem Hause des Grauens in den Booten zu entfliehen. Sie blieben lieber und warteten auf den schleichenden Tod, der ihrer, wie sie bestimmt wußten, wartete, als daß sie den sofortigen Tod wählten, der sie ereilen mußte, wenn sie sich gegen ihren Gebieter auflehnten. Daß er nie schlief, wußten sie. Daß er nicht totgezaubert werden konnte, wußten sie ebenso sicher – sie hatten es versucht, und selbst die Krankheit, die sie alle hinwegraffte, konnte ihn nicht töten. Seit der Auspeitschung hatte sich die Disziplin gehoben. Die Schwarzen krümmten sich unter der eisernen Faust des Weißen. Sie zeigten ihre finsteren, bösen Blicke nur mit abgewandten Gesichtern oder hinter seinem Rücken. Sie warteten mit ihrem Murren bis zur Nacht in der Baracke, wo er sie nicht hören konnte. Und es gab keine Ausreißer und keine nächtlichen Lauscher auf der Veranda mehr.

In der Morgendämmerung des dritten Tages nach der Auspeitschung erschienen die weißen Segel der ›Jessie‹. Sie war acht Meilen entfernt, und es dauerte bis zwei Uhr nachmittags, ehe die schwache Brise ihr ermöglichte, eine Viertelmeile vor der Küste zu ankern. Ihr Anblick verlieh Scheldon neuen Mut, und die ermüdenden Stunden des Wartens verdrossen ihn nicht. Er erteilte den Vorarbeitern seine Befehle und machte seine regelmäßigen Hospitalbesuche. Jetzt war alles gut. Er hatte es überstanden. Er konnte sich niederlegen und sich gesund pflegen. Die Jessie war da. Sein Teilhaber war an Bord, gesund und frisch vom sechswöchigen Rekrutieren in Malaita. Der konnte jetzt den Betrieb leiten, und alles auf Berande wurde gut.

Scheldon lag auf dem Deckstuhl und beobachtete das zum Strande rudernde Boot der ›Jessie‹. Er wunderte sich, daß nur mit drei Riemen gepullt wurde, und wunderte sich noch mehr, daß nach der Landung das Aussteigen so lange dauerte. Dann verstand er. Die drei Schwarzen, die gepullt hatten, kamen mit einer Tragbahre auf den Schultern über den Strand. Ein Weißer, in dem er den Kapitän der ›Jessie‹ erkannte, schritt voran, öffnete die Pforte und ließ sie vorbei. Scheldon wußte, daß der, der auf der Bahre lag, Hughie Drummond war, und ein Schleier legte sich über seine Augen. Er spürte ein überwältigendes Verlangen zu sterben. Die Enttäuschung war zu groß. In seinem eigenen, entsetzlich schwachen Zustand fühlte er, daß es ihm unmöglich war, seine Aufgabe, die Berande-Plantage fest in der Hand zu halten, weiter zu erfüllen. Dann aber erwachte seine Willenskraft wieder, und er wies die Schwarzen an, die Tragbahre neben ihn auf den Boden zu setzen. Hughie Drummond, den er zuletzt vor Gesundheit strotzend gesehen hatte, war ein abgezehrtes Skelett. Die geschlossenen Augen waren tief eingesunken. Die eingeschrumpften Lippen entblößten die Zähne, und die Backenknochen schienen die Haut durchstechen zu wollen. Scheldon schickte einen Hausboy nach dem Thermometer und blickte fragend den Kapitän an.

»Schwarzwasserfieber«, sagte der Kapitän. »Er ist seit sechs Tagen bewußtlos. Und dazu haben wir Dysenterie an Bord. Was ist mit Ihnen los?«

»Ich begrabe vier Mann täglich«, erwiderte Scheldon, indem er sich von seinem Liegestuhl hinabbeugte und seinem Partner das Thermometer unter die Zunge steckte.

Kapitän Olson fluchte und schickte einen Hausboy nach Whisky. – Scheldon sah auf das Thermometer. »Hundertsieben«, sagte er. »Armer Hughie.« Kapitän Olson bot ihm Whisky an.

»Das hat gerade noch gefehlt«, sagte Scheldon.

Er ließ einen Aufseher holen und befahl, ein Grab zu schaufeln und aus ein paar Kisten einen Sarg zu zimmern. Die Schwarzen bekamen keinen Sarg. Sie wurden begraben, wie sie starben, indem sie nackt, wie sie waren, auf einem Stück Wellblech vom Hospital zur Grube gefahren wurden. Nachdem er seine Befehle erteilt hatte, legte sich Scheldon mit geschlossenen Augen auf seinem Stuhl zurück.

»Es war die reine Hölle, Herr Scheldon«, begann Kapitän Olson; er brach ab, um einen Schluck Whisky zu nehmen. »Die reine Hölle, Herr Scheldon, sage ich Ihnen. Widrige Winde oder überhaupt keine. Zehn Tage sind wir getrieben. Zehntausende von Haien folgten uns zehn Tage lang, weil wir sie fütterten. Als wir an Land pullten, schnappten sie nach den Riemen. Ich wünschte, ein Nordwest wäre gekommen und hätte die ganzen Salomons in die Hölle geweht.

Wir kriegten es vom Wasser – Wasser vom Owgabach. Füllten die Fässer damit. Konnten es ja nicht ahnen. Ich hatte früher Wasser dort eingenommen, und es war immer gut gewesen. Wir hatten sechzig Rekruten – genau sechzig—und fünfzehn Mann Besatzung. Tag und Nacht mußten wir sie über Bord schmeißen. Die Kerls wollten nicht leben, verdammt sollen sie sein! Aus reiner Bosheit starben sie. Nur drei von meiner Mannschaft stehen noch auf den Füßen. Fünf liegen. Sieben sind tot. Verfluchte Kiste! Was sollen wir weiter darüber reden!«

»Wieviel Rekruten sind noch übrig?« fragte Scheldon.

»Die Hälfte ist weg. Dreißig sind noch übrig, davon liegen zwanzig, und die letzten zehn schwanken noch eben herum.«

Scheldon seufzte. »Das bedeutet wieder Erweiterung meines Hospitals. Sie müssen irgendwie an Land geschafft werden. Viaburi! He, du, Viaburi, läuten groß fella Glocke stark fella zuviel.«

Die Leute, zu so ungewöhnlicher Zeit von der Arbeit gerufen, wurden in Gruppen abgeteilt. Einige wurden in den Busch geschickt, um Holz für die Häusergerüste zu schlagen, andere mußten Gras zur Bedachung schneiden, und vierzig Mann hoben das Walboot über ihre Köpfe und trugen es zum Strand hinunter. Scheldon hatte mit den Zähnen geknirscht, den sinkenden Mut zusammengerafft und Berande wieder in seine Faust genommen.

»Haben Sie das Barometer beobachtet?« fragte Kapitän Olson, der am Fuß der Treppe stehengeblieben war, um die Ausschiffung der Kranken zu beobachten.

»Nein«, antwortete Scheldon. »Steht es niedrig?«

»Es fällt.«

»Dann schlafen Sie heute nacht lieber an Bord«, meinte Scheldon. »Kümmern Sie sich nicht um das Begräbnis. Ich werde nach dem armen Hughie sehen.«

»Ein Schwarzer biß ins Gras, als ich vor Anker ging.«

Der Kapitän sagte dies ganz beiläufig, wartete aber offenbar auf einen Vorschlag.

Den anderen überkam plötzlich der Zorn.

»Schmeißen Sie ihn über Bord!« schrie er. »Großer Gott,

Mann, glauben Sie nicht, daß ich genug Gräber an Land habe?«
»Ich meinte ja nur«, antwortete der Kapitän, durchaus nicht gekränkt.
Scheldon tat sein kindisches Benehmen leid.
»Ach, Kapitän Olson«, rief er. »Wenn Sie Rat wissen, kommen Sie morgen an Land und helfen Sie mir. Wenn Sie nicht selber können, schicken Sie mir den Steuermann.«
»Ich komme selbst. Johnsson ist tot. Ich vergaß, es Ihnen zu erzählen – vor drei Tagen.«
Scheldon sah dem Kapitän der ›Jessie‹ nach, wie er, die Arme schwingend und Gott und die Salomoninseln verfluchend, den Weg hinunterging. Seine Blicke fielen auf die ›Jessie‹, die draußen in der glasigen Dünung rollte, und schweiften weiter nach Nordosten, wo, hoch über der Floridainsel, eine hohe, dunkle Wolkenwand lagerte. Dann dachte er an seinen Partner. Er rief nach Leuten, um ihn ins Haus tragen zu lassen. Aber mit Hughie Drummond ging es zu Ende. Sein Atem war kaum noch zu spüren. Durch bloße Berührung konnte Scheldon feststellen, daß die Temperatur des Sterbenden sank. Sie mußte schon im Sinken gewesen sein, als das Thermometer hundertsieben zeigte. Er hatte ausgelitten. Scheldon kniete neben ihm nieder, und die Hausboys stellten sich herum. Ihre weißen Hemden und Lendentücher bildeten einen merkwürdigen Kontrast zu ihrer schwarzen Haut, ihrem wilden Aussehen und ihren großen Ohrpflöcken und glänzenden, geschnitzten Nasenringen. Mit Anstrengung kam Scheldon wieder auf die Füße und ließ sich auf den Liegestuhl fallen. So schwül es auch vorher gewesen, jetzt wurde es noch drückender. Man konnte kaum atmen. Er rang nach Luft. Die Gesichter und die bloßen Arme der Hausboys waren mit Schweißperlen bedeckt. »Herr«, wagte einer von ihnen zu sagen, »groß fella Wind er kommen stark fella zuviel.«

Scheldon nickte, sah aber nicht auf. So nahe ihm Hughie Drummond auch gestanden hatte, sein Tod und das sich daraus ergebende Begräbnis schienen ihm eine unerträgliche Last aufzubürden, zu der, unter der er bereits zusammenbrach. Er hatte das Gefühl – nein, die Gewißheit –, daß er nur die Augen schließen und alles gehenlassen sollte, wie es wollte, und daß er dann sterben, in einer Unermeßlichkeit von Ruhe versinken dürfte. Er wußte, daß es so war. Es war sehr einfach. Er brauchte nur die Augen zu schließen; denn er war jetzt so weit, daß er nur noch durch seinen Willen lebte. Sein ausgezehrter Körper schien von der aufsteigenden Angst vor der Auflösung zerrissen. Er war ein Narr, daß er sich ans Leben klammerte. Zwanzig Tode war er schon gestorben, und welchen Zweck hatte es, das Leben nochmals um zwanzig Tode zu verlängern, ehe er wirklich starb. Er hatte nicht nur keine Furcht vor dem Tode, er wünschte ihn herbei. Sein zermarterter Körper und sein Geist wünschten es, und warum sollte seine Lebensflamme nicht ganz erlöschen? Aber sein Wille, der Leben und Tod meisterte, war noch wach. Er sah die beiden Boote am Strande landen und sah die Kranken auf Tragbahren oder huckepack in trauriger Prozession vorbeiziehen. Er sah die Anzeichen des aufsteigenden Windes am bewölkten Horizont und dachte an die Kranken im Hospital. Hier wartete seiner etwas, das geschafft werden mußte, und es lag nicht in seiner Natur, sich schlafen zu legen oder zu sterben, wenn es noch eine Aufgabe zu erfüllen galt.

Die Aufseher wurden gerufen und erhielten den Befehl, das Hospital mit den beiden Anbauten festzulaschen. Er erinnerte sich der Reserveankerkette, die, neu gestrichen, unter den Deckenbalken des Hauses aufgehängt war, und befahl, sie gleichfalls beim Hospitalbau zu verwenden. Der Sarg wurde gebracht, grotesk aus Kistenholz zusammengezimmert, und nach seiner Anweisung wurde Hughie Drummond hineingelegt. Ein halbes Dutzend Leute trugen ihn zum Strand hinunter, und er ritt auf den Schultern eines Schwarzen, die Arme um seinen Hals geklammert, ein Gebetbuch in der Hand, hinterher. Während er das Gebet las, starrten die Schwarzen furchtsam auf die schwarze Linie, über der die Wolken, sich überstürzend, daherjagten. Als er die Andacht beendet hatte, wehte der erste Hauch schwach, zärtlich und erfrischend durch seinen ausgedörrten Körper. Während dann die Schaufeln schnell das Grab mit Sand füllten, kam der zweite Windstoß. So heftig war er, daß Scheldon, der noch auf dem Boden stand, sich, um nicht fortgeweht zu werden, an seinen Träger klammerte. Die ›Jessie‹ war nicht mehr zu sehen, und ein merkwürdiges, unheilverkündendes Geräusch erhob sich, während Unmengen kleiner Wellen schäumend auf den Strand rollten. Es war wie das Aufwallen eines mächtigen Kessels. Überallher ertönte das dumpfe Geräusch fallender Kokosnüsse. Die hohen zierlichen Stämme wanden sich und klatschten wie Peitschenschläge. Die Luft schien angefüllt mit ihren fliegenden Wedeln, deren jeder mit seiner Schneide den Kopf eines Mannes hätte zerschmettern können. Dann kam der Regen; eine Sintflut, eine horizontale Masse, die, allen Gesetzen der Schwere hohnsprechend, wie ein Strom daherschoß. Der Schwarze, auf dem Scheldon ritt, stürzte sich mitten in das Unwetter hinein, indem er sich weit vorbeugte, um nicht rücklings niedergeworfen zu werden. ›Er kann sich heute nacht ausschlafen‹, fuhr es Scheldon durch den Kopf, als er an den toten Mann im Sande und an das auf den kalten Lehm rieselnde Regenwasser dachte.

So kämpften sie sich den Strand hinauf. Die andern Schwarzen packten seinen Träger und schleiften, zerrten ihn vorwärts. Manche von ihnen hätten nichts lieber getan, als den Reiter in den Sand zu werfen, auf ihn zu springen und ihn zu einem widerlichen Nichts zu zerstampfen. Aber die automatische Pistole mit ihrem schnell ratternden Tod in seinem Gürtel und der automatische, todesverachtende Geist in dem Manne selbst hielten sie zurück und trieben sie, ihn mit Aufgebot ihrer ganzen Kräfte durch den Sturm in Sicherheit zu bringen.

Durchnäßt und erschöpft, wie er war, mußte er sich über die Leichtigkeit wundern, mit der er die Kleider wechseln konnte. Obwohl er furchtbar schwach war, fühlte er sich doch tatsächlich besser. Die Krankheit hatte ausgetobt, und die Genesung begann.

»Jetzt nur kein Fieber«, sagte er laut und entschloß sich im selben Augenblick, zum Chinin überzugehen, sobald er stark genug war, es wagen zu können.

Er kroch auf die Veranda. Der Regen hatte aufgehört, aber der Wind war schon zum halben Sturm geworden und wuchs immer noch. Die See toste, und meilenlange Brecher überstürzten sich zweihundert Meter vor dem Strande und krachten auf den Sand. Die ›Jessie‹, die jetzt wieder zu sehen war, stampfte wild vor zwei Ankern, und jede zweite oder dritte See brach über ihren Bug hinweg. Zwei Flaggen flatterten steif an der Flaggleine, wie Vierecke aus biegsamem Eisenblech. Die eine war blau, die andere rot. Er kannte ihre Bedeutung aus dem Privatcode von Berande: ›Was wünschen Sie? Soll ich versuchen, ein Boot zu landen?‹

An der Wand, zwischen Flaggenmast und Billardregeln, hing der Code, mit dessen Hilfe er das Signal entziffert hatte und jetzt antwortete. An der Gaffel des Flaggenmastes ging eine weiße Flagge über einer roten hoch, was bedeutete: ›Gehen Sie in Schutz der Nealinseln.‹

Daß Kapitän Olson dies Signal erwartet hatte, erkannte er an der Schnelligkeit, mit der die Schäkel aus beiden Ankerketten geschlagen wurden. Er slippte die Anker, nachdem er sie mit Bojen versehen hatte, um sie bei besserem Wetter aufzunehmen. Die ›Jessie‹ wendete unter vollem Stagsegel, dann wurde das doppelt gereffte Toppsegel geheißt. Sie schoß fort wie ein Rennpferd und kam auf eine halbe Kabellänge vom Balesunariff frei. Eben bevor sie die Spitzen rundete, wurde sie von einer furchtbaren Bö getroffen, die weit heftiger als die erste war.

Diese Nacht hindurch schlief Scheldon, während Bö auf Bö über Berande hinwegfegte, Bäume entwurzelte, Kopraschuppen umstürzte und das Haus auf seinen hohen Pfosten wankte. Er merkte nichts von dem Aufruhr. Er schlief fest, ohne sich nur zu rühren, ohne zu träumen. Wie neugeboren erwachte er. Er war hungrig. Es war über eine Woche her, seit Nahrung über seine Lippen gekommen war. Er trank ein Glas mit Wasser verdünnter kondensierter Milch, und gegen zehn Uhr getraute er sich, eine Tasse Brühe zu trinken. Auch die Lage im Hospital hatte sich gebessert. Trotz des Sturmes war nur ein Mann gestorben und ein neuer Kranker eingeliefert, während ein halbes Dutzend Leute schwach nach den Baracken schlichen. Er hätte gern gewußt, ob es der Wind gewesen, der die Krankheit fortgeblasen und das verseuchte Land gereinigt hatte.

Gegen elf Uhr traf ein Bote von Seelee aus Balesuna ein. Die ›Jessie‹ war halbwegs zwischen dem Dorfe und der Nealinsel gestrandet. Erst gegen Abend brachten zwei Mann von der Besatzung die Nachricht, daß Kapitän Olson und der dritte Mann ertrunken waren. Aus dem, was sie sagten, konnte Scheldon nur schließen, daß die ›Jessie‹ total verloren war. Um seine Laune noch zu verbessern, wurde er von Schüttelfrost gepackt und hatte eine halbe Stunde später hohes Fieber. Und er wußte, daß er wenigstens noch einen Tag warten mußte, ehe er auch nur die kleinste Dosis Chinin nehmen konnte. Er kroch unter einen Haufen von Decken und überraschte sich kurz darauf dabei, wie er laut lachte. Er hatte die Grenze seines Unglücks erreicht. Von Erdbeben und Flutwellen abgesehen, konnte ihm nichts mehr geschehen. Die ›Flibberty-Gibbet‹ lag wohl sicher in der Mbolipassage. Da nichts Schlimmeres geschehen konnte, mußte es wohl besser werden. Und so kam es, daß er, unter seinen Decken frierend, lachte, daß die Hausboys die Köpfe zusammensteckten und sich über die Teufel in ihm wunderten.

Joan Lackland

Am zweiten Tage des Nordweststurmes brach Scheldon doch unter dem Fieber zusammen. Er hatte sich in seiner Schwäche zuviel zugemutet, und wenn es auch nur ein gewöhnlicher Malariaanfall war, so hatte er ihn doch nach achtundzwanzig Stunden soweit heruntergebracht wie sonst, wenn er in Form gewesen, zehn Tage Fieber. Aber die Dysenterie hatte Berande verlassen. Einige zwanzig Rekonvaleszenten lungerten noch im Hospital herum, doch ihr Zustand besserte sich stündlich. Nur einer war noch gestorben – der Mann, den sein Bruder bejammert hatte, statt die Fliegen zu vertreiben. Am Morgen seines vierten Fiebertages lag Scheldon auf der Veranda und blickte müde über das wütende Meer. Der Sturm hatte nachgelassen, aber die Wellen donnerten noch gegen den Strand von Berande, der Gischt spritzte bis an den Fuß des Flaggenmastes, und die schäumenden Ausläufer brandeten gegen die Türpfosten. Er hatte eine starke Dosis Chinin genommen, und das Medikament summte wie ein Wespennest in seinen Ohren, ließ seine Hände und Knie zittern und verursachte einen widerwärtigen Aufruhr in seinem Magen. Plötzlich sah er, die Augen öffnend, etwas, was er für eine Halluzination hielt. Nicht weit draußen sah er die Spitze eines Bootes, das sich dem Ankerplatz der ›Jessie‹ näherte, auf dem stäubenden Kamm einer Woge gen Himmel zeigen und in ganz natürlicher Weise wieder verschwinden, wie es die Spitze eines wirklichen Bootes tun kann, wenn es in ein Wellental hinabgleitet. Er wußte, daß kein Boot draußen sein konnte, und er war dazu ganz sicher, daß kein Mensch auf den Salomoninseln so verrückt war, bei diesem Sturm draußen zu sein.

Aber die Halluzination blieb. Als er nach einer Minute wieder die Augen öffnete, sah er das Boot wieder, diesmal in seiner ganzen Länge, da es sich oben auf einer Woge befand. Er sah sechs Riemen pullen und am Heck, sich scharf von dem überhängenden weißen Wall abhebend, einen aufrecht stehenden, riesigen Mann, der mit seinem Gewicht das Steuerruder lenkte. Dazu sah er noch einen achten Mann, der zum Bug kroch und nach dem Lande starrte. Was Scheldon aber am meisten überraschte, war ein weibliches Wesen achtern im Boot zwischen dem Mann am Schlagriemen und dem Rudergast. Daß es ein weibliches Wesen war, erkannte er an einer Haarflechte, die im Winde flatterte und die sie jetzt einfing und unter ihren Hut steckte, einen Hut, der ganz seinem eigenen Cowboyhut glich.

Das Boot verschwand hinter der Welle und kam auf der nächsten wieder zum Vorschein. Wieder blickte er hin. Der Mann war schwarz und größer als die Salomoninsulaner, die Frau aber, wie er jetzt deutlich sehen konnte, weiß. Wirre Gedanken, wer sie sein mochte und was sie hier zu suchen hatte, schossen ihm durch den Kopf. Er war zu krank, um wirklich neugierig zu sein, und zudem glaubte er immer noch, daß alles nur ein Traum sei. Jetzt sah er, wie die Leute sich auf den Riemen ausruhten, während die Frau und der Rudergast aufmerksam auf die Wogen hinter sich blickten.

»Tüchtige Bootsleute«, entschied Scheldon, als er sah, wie das Boot vor einem gewaltigen Brecher einherschoß, während die Riemen schwirrten, um es vor dem anstürmenden Wasserberg zu halten, der wie toll landeinwärts raste. Halb voll Wasser wurde das Boot auf den Strand geschleudert, die Leute sprangen heraus und zogen das Boot mit der Spitze voran nach dem Türpfosten. Scheldon rief vergebens nach den Hausboys, die jetzt gerade die letzten Kranken im Hospital versorgten. Er wußte, daß er unfähig war, sich zu erheben und den Weg hinabzugehen, um die Besucher zu begrüßen; daher legte er sich in seinem Liegestuhl zurück und wartete eine Ewigkeit, während die Leute mit ihrem Boot beschäftigt waren. Die Frau stand daneben und stützte sich mit dem Arm gegen die Pforte; hin und wieder spülte eine See über ihre Füße, die, wie er sehen konnte, in Gummiseestiefeln steckten. Sie blickte forschend nach dem Hause und sah ihn eine Weile fest an. Schließlich wandte sie sich an zwei der Männer, die sich umdrehten und ihr den Weg zum Hause hinauf folgten.

Scheldon versuchte aufzustehen, erhob sich halb und sank hilflos zurück. Er war erstaunt über die Größe der Männer, die hinter ihr wie Riesen aussahen. Sie waren wenigstens sechs Fuß hoch und entsprechend kräftig. Noch nie hatte er Insulaner wie diese gesehen. Sie waren nicht schwarz wie die Salomoninsulaner, sondern hellbraun, und ihre Züge waren breiter, regelmäßiger, beinahe schön.

Die Frau – oder eher das junge Mädchen, wie er entschied – hatte jetzt die Veranda erstiegen und trat auf ihn zu. Die beiden Männer warteten gespannt auf der obersten Treppenstufe. Das Mädchen war ärgerlich, das konnte er sehen. Ihre grauen Augen blitzten, und ihre Lippen zuckten. Sie hat Temperament, dachte er. Ihre Augen überraschten ihn. Er sah, daß sie eigentlich gar nicht grau, wenigstens nicht ganz grau waren. Sie standen weit auseinander und blickten ihn groß, unter geraden Brauen an. Ihre Züge waren so rein geschnitten, daß sie kameenartig wirkten. Es war noch mehr Auffallendes an ihr: der Cowboyhut, die schweren Flechten ihres braunen Haares und der langläufige 38-Colt-Revolver, der ihr an der Hüfte hing.

»Schöne Gastfreundschaft, das muß ich sagen«, lautete ihr Gruß. »Besucher im Vorgarten versinken und schwimmen zu lassen.«

»Ich – ich bitte um Verzeihung«, stammelte er und kam mit äußerster Anstrengung auf die Beine.
Die Füße schlotterten ihm, und mit einem Gefühl des Erstickens sank er langsam zu Boden. Er fühlte eine schwache Befriedigung, als er ihre besorgten Blicke auf sich gerichtet sah; dann wurde ihm schwarz vor den Augen, und im selben Augenblick dachte er, daß er jetzt zum erstenmal in seinem Leben ohnmächtig würde.
Das Läuten der großen Glocke brachte ihn zu sich. Er öffnete die Augen und sah, daß er auf dem Ruhebett lag. Ein Blick auf die Uhr zeigte ihm, daß es sechs Uhr, und die Richtung der Sonnenstrahlen, die ins Zimmer fielen, daß es Morgen war. Im ersten Augenblick dachte er nach, was ihm Unangenehmes zugestoßen sein mochte. Dann sah er an der Wand einen Cowboyhut und darunter einen gefüllten Patronengürtel und einen langläufigen 38-Colt-Revolver hängen. Da erinnerte er sich des Bootes vom Tage zuvor und der grauen Augen, die ihn unter geraden Brauen angeblitzt hatten. Sie mußte es sein, die soeben die Glocke geläutet hatte.
Die Sorge um die Plantage überkam ihn, und er richtete sich halb im Bett auf, indem er nach einem Halt an der Wand tastete. Aber das Moskitonetz umtaumelte ihn schwindelerregend. Mit geschlossenen Augen hielt er sich fest und bemühte sich, das Schwindelgefühl zu überwinden, als er ihre Stimme hörte.
»Sie werden sich sofort wieder hinlegen, mein Herr«, sagte sie. Es war der scharfe Befehl einer Stimme, die gewohnt ist, zu kommandieren. Gleichzeitig drückte ihn eine Hand in die Kissen zurück, während eine andere ihm den Rücken stützte.
»Sie sind jetzt vierundzwanzig Stunden ohne Besinnung gewesen«, fuhr sie fort. »Ich habe die Pflege übernommen, und Sie werden aufstehen, wenn ich es erlaube. Nun sagen

Sie, was für Medizin Sie nehmen. – Chinin? Bitte. So ist es recht. Sie werden ein braver Patient sein.«
»Meine Gnädige«, begann er.
»Sie dürfen nicht sprechen«, unterbrach sie ihn. »Das heißt, widersprechen. Sonst dürfen Sie es.«
»Aber die Plantage –«
»Ein toter Mann kann einer Plantage nichts nützen. Wollen Sie gar nichts über mich wissen? Sie kränken meine Eitelkeit. Jetzt stehe ich hier, gerade nach meinem ersten Schiffbruch, und da sind Sie nicht im geringsten neugierig und reden von Ihrer Plantage. Können Sie denn nicht sehen, daß ich darauf brenne, jemand von meinem Schiffbruch erzählen zu können?«
Er lächelte zum erstenmal seit Wochen. Und nicht so sehr über das, was sie sagte, wie über ihre Art, es zu sagen – den launigen Ausdruck ihres Gesichts, ihre lachenden Augen und die winzigen Lachfältchen in ihren Augenwinkeln. Er hätte gern gewußt, wie alt sie war. Aber laut sagte er: »Ja, bitte, erzählen Sie.«
»Das tue ich nicht – jetzt nicht«, erwiderte sie, indem sie den Kopf zurückwarf. »Ich werde schon jemand finden, dem ich meine Geschichte erzählen kann, ohne daß ich ihn zu bitten brauche. Im übrigen wünsche ich auch einige Auskünfte. Ich habe herausgebracht, wann die große Glocke geläutet werden muß, um die Leute an die Arbeit zu schikken. Das ist aber auch alles. Ich verstehe die lächerliche Sprache Ihrer Leute nicht. Wann hören Sie mit der Arbeit auf?«
»Um elf Uhr – und um ein Uhr fangen sie wieder an.«
»Das genügt. Danke. Und jetzt sagen Sie mir, wo Sie den Schlüssel zu den Vorräten verwahren? Ich will meinen Leuten zu essen geben.«
»Ihren Leuten!« Er schnappte nach Luft. »Konserven! Nein, nein. Lassen Sie sie draußen mit meinen Leuten essen.«

Ihre Augen blitzten wie am Tage zuvor, und wieder sah er den gebieterischen Ausdruck in ihrem Gesicht. »Das will ich nicht. Meine Leute sind Menschen. Ich war draußen bei Ihren elenden Baracken und habe die Kerle essen sehen. Pfui! Kartoffeln! Kein Salz! Nichts als Kartoffeln. Ich mag falsch gefragt haben, aber jedenfalls habe ich verstanden, daß das alles sei, was sie zu essen bekämen. Zwei Mahlzeiten täglich, und das alle Tage der Woche?« Er nickte.
»Nun, meine Leute würden dabei nicht einen Tag bleiben, viel weniger eine ganze Woche. Wo ist der Schlüssel?«
»Er hängt am Kleiderhaken dort unter der Uhr.«
Er erhob keinen Widerspruch, als sie aber den Schlüssel herunternahm, hörte sie ihn murmeln: »Nigger und Konserven.«
Diesmal war sie wirklich zornig. Das Blut schoß ihr in die Wangen, und sie wandte sich zu ihm: »Meine Leute sind keine Nigger. Je schneller Sie das verstehen, desto besser ist es für unsere Bekanntschaft. Und was die Konserven betrifft, so werde ich bezahlen, was sie essen. Bitte, machen Sie sich deshalb keine Sorgen. Sorgen sind nicht gut für Sie, bei Ihrem Zustand. Und ich bleibe nicht länger, als ich muß – gerade so lange, bis ich Sie wieder auf die Beine gebracht habe und weggehen kann mit dem Gefühl, einen Weißen nicht im Stich gelassen zu haben.«
»Sie sind Amerikanerin, nicht wahr?« fragte er ruhig.
Die Frage brachte sie für einen Augenblick aus der Fassung.
»Ja«, gab sie mit herausforderndem Blick zu. »Warum?«
»Nichts. Ich meinte nur.«
»Sonst etwas?« Er schüttelte den Kopf. »Wieso?«
»Oh, nichts. Ich dachte nur, Sie wollten mir etwas Angenehmes sagen.«
»Mein Name ist Scheldon, David Scheldon«, sagte er mit Nachdruck und streckte seine abgezehrte Hand aus. Sie streckte unwillkürlich die ihre aus, hielt sie aber zurück.

»Mein Name ist Lackland, Joan Lackland.«
Jetzt umschloß ihre Hand die seine. »Wollen wir Freunde sein?«
»Wie könnte es anders sein—«, begann er stockend.
»Und ich darf meinen Leuten soviel Konserven geben, wie ich will?« forschte sie.
»Bis die Kühe heimkommen«, antwortete er ihr, indem er auf ihren leichten Ton einging.
Sie prüfte ihn mit einem kühlen Blick.
»Soll das ein Witz sein?« fragte sie.
»Ich weiß wirklich nicht – ich – ich hielt es dafür, aber, Sie sehen, daß ich krank bin.«
»Sie sind Engländer, nicht wahr?« lautete ihre nächste Frage.
»Na, das ist aber zuviel, selbst für einen Kranken«, rief er. »Sie wissen ganz genau, daß ich einer bin.«
»Ach«, sagte sie geistesabwesend, »wirklich?«
Er runzelte die Stirn, kniff die Lippen zusammen und brach dann in ein Lachen aus, in das sie einstimmte.
»Ich habe selbst Schuld«, gestand er. »Ich hätte Sie nicht reizen sollen. In Zukunft werde ich vorsichtiger sein.«
»Lachen Sie nur ruhig weiter, ich werde unterdessen nach dem Frühstück sehen. Haben Sie besondere Wünsche?« Er schüttelte den Kopf.
»Es wird Ihnen guttun, etwas zu essen. Ihr Fieber ist vorbei, und Sie sind nur noch schwach. Warten Sie einen Augenblick.«
Sie eilte hinaus, um sich in die Küche zu begeben, trat in der Tür in ein paar Sandalen, in denen ihre Füße vollkommen ertranken, und verschwand in rosiger Verwirrung.
»Himmel, das sind meine Sandalen!« dachte er. »Sie hat nichts anzuziehen außer dem Zeug, in dem sie landete, und da hatte sie bestimmt Seestiefel an.«

Sie will Pflanzer werden

Scheldon erholte sich zusehends. Das Fieber hatte ausgetobt, und er brauchte nichts zu tun, als Kräfte zu sammeln. Joan hatte den Koch in die Mache genommen, und zum ersten Male war die Küche in Berande, wie Scheldon bemerkte, die Küche eines Weißen. Eigenhändig bereitete Joan die Speisen für den Kranken, und das und ihre Heiterkeit brachten ihn so weit, daß er nach zwei Tagen, wenn auch noch unsicher, auf der Veranda herumgehen konnte. Die Situation erschien ihm seltsam, noch seltsamer aber die Tatsache, daß sie dem Mädchen offenbar natürlich erschien. Sie hatte sich hier eingenistet und den Haushalt übernommen, als ob er ihr Vater oder Bruder, oder als ob sie ein Mann gleich ihm wäre.

»Es ist herrlich«, versicherte sie ihm. »Es ist wie eine Seite aus einem Roman. Da komme ich vom Meere und finde einen kranken Mann ganz allein mit zweihundert Sklaven . . .«

»Rekruten«, verbesserte er. »Sie haben nur drei Jahre zu dienen und schließen ihren Kontrakt als freie Männer.«

»Ja, ja«, rief sie hastig, »also einen kranken Mann allein mit zweihundert Rekruten auf einer Kannibaleninsel——. Es sind doch Kannibalen, nicht wahr? Oder ist das nur Gerede?«

»Gerede!« lächelte er. »Es ist schon ein bißchen mehr. Die meisten von meinen Leuten sind aus dem Busch, und alle Buschleute sind Menschenfresser.«

»Aber doch nicht, wenn sie Rekruten geworden sind? Die Leute, die Sie hier haben, würden es doch nicht tun.«

»Wenn sie Gelegenheit dazu fänden, würden sie Sie fressen.«

»Ist das nur Theorie, oder wissen Sie das wirklich?« fragte sie.
»Ich weiß es.«
»Woher? Was bringt Sie zu diesem Glauben? Ihre eigenen Leute hier?«
»Ja, meine eigenen Leute hier, selbst die Hausboys, der Koch, der in diesem Augenblick dank Ihnen noch schmackhafte Brötchen bäckt. Es ist keine drei Monate her, da machten sich elf von ihnen mit einem Boot davon. Fuhren nach Malaita. Neun davon waren Malaitaner, zwei Buschleute aus San Christobal. Sie waren Narren, die aus Christobal. Und das wären auch zwei Malaitaner, die sich einem Boot mit neun Mann aus Christobal anvertrauen wollten.«
»Und?« fragte sie gespannt. »Was geschah dann?«
»Die neun von Malaita fraßen die beiden von Christobal, bis auf die Köpfe, die zu wertvoll zum Fressen sind. Die verstauten sie bis zu ihrer Landung achtern im Boot. Und jetzt befinden sich die beiden Köpfe in irgendeinem Buschdorf im Innern von Langa-Langa.«
Sie klatschte in die Hände, und ihre Augen strahlten. »Es sind wirklich und wahrhaftig Menschenfresser! Und das im zwanzigsten Jahrhundert! Und da dachte ich, Romantik und Abenteuer seien ausgestorben.«
Er blickte sie leise belustigt an. »Was ist jetzt los?« fragte sie.
»Ach, nichts, ich finde es nur nicht im geringsten romantisch, von einer Bande schmutziger Nigger gefressen zu werden.«
»Nein, das natürlich nicht«, gab sie zu, »aber unter ihnen zu leben, zweihundert von ihnen zu gebieten und zu verhüten, daß man von ihnen gefressen wird – das ist, wenn nicht romantisch, so doch sicher das herrlichste aller Abenteuer. Und Abenteuer und Romantik sind nicht zu trennen, wie Sie wissen.«

»Dann müßte es also das herrlichste aller Abenteuer sein, in den Magen eines Niggers zu wandern«, erwiderte er.

»Ich glaube, Sie haben nicht die geringste Romantik im Leibe«, rief sie. »Sie sind genau so blöd und schwerfällig und langweilig wie die Geschäftsleute daheim. Ich weiß nicht, warum Sie überhaupt hier sind. Sie hätten lieber zu Hause bleiben sollen als Bankbeamter oder – oder – – –«

»Als Krämergehilfe, besten Dank.«

»Ja, so was. Was, um Himmels willen, tun Sie hier am Ende der Welt?«

»Ich versuche, mir mein Brot zu verdienen, in der Welt vorwärtszukommen.«

»Den steinigen Weg muß der jüngere Sohn wandeln, ehe er sich selbst Herd und Sattel verdient«, zitierte sie. »Nun, wenn das nicht romantisch ist, dann gibt es überhaupt keine Romantik. Denken Sie an all die jüngeren Söhne draußen, die sich in unzähligen Abenteuern Sättel und Herde gewinnen. Und einer davon sind Sie, und ich auch.«

»Ich – – ja, verzeihen Sie –«, sagte er gedehnt.

»Nun ja, ich bin eine jüngere Tochter, und ich habe weder Herd noch Sattel – ich habe niemand und nichts, und ich bin gerade soweit wie Sie.«

»Dann ist Ihr Fall, wie ich zugebe, ein wenig romantisch«, gestand er. Unwillkürlich mußte er an die letzte Nacht denken, die sie in der Hängematte auf der Veranda unter dem Moskitonetz geschlafen hatte, während ihre Tahitianerleibwache in Rufweite in der entgegengesetzten Ecke der Veranda gelegen hatte. Er war zu schwach gewesen, um sich zu widersetzen, aber jetzt beschloß er, daß sie sein Bett drinnen haben sollte, während er mit der Hängematte vorliebnahm.

»Sehen Sie, mein ganzes Leben habe ich von Romantik gelesen und geträumt«, sagte sie. »Aber ich hätte nie geglaubt, daß ich sie je selbst erleben sollte. Es kam alles so

unerwartet. Vor zwei Jahren dachte ich, daß mir nichts übrigbliebe, als——«, sie stockte und machte eine Gebärde des Abscheus – »nun, das einzige, was mir übrigzubleiben schien, war heiraten.«
»Und da zogen Sie eine Kannibaleninsel und einen Patronengürtel vor?« fragte er.
»An die Kannibaleninsel dachte ich nicht, aber der Patronengürtel erwies sich als äußerst praktisch.
»Sie würden doch nicht wagen, den Revolver zu gebrauchen, wenn es sein müßte. Oder — —«, er bemerkte einen Schimmer in ihren Augen, »——oder, wenn Sie ihn doch gebrauchen sollten, etwa—nun, etwa zu treffen.«
Sie stand plötzlich auf und schickte sich an, ins Haus zu gehen. Er wußte, daß sie den Revolver holen wollte.
»Lassen Sie«, sagte er. »Hier ist meiner. Was wollen Sie damit?«
»Den Block von Ihrer Flaggenleine herunterschießen.«
Er lächelte ungläubig.
»Ich kenne die Waffe nicht«, sagte sie unsicher.
»Sie geht sehr leicht, und Sie brauchen nicht darunter zu halten. Nehmen Sie gestrichenes Korn!«
»Ja, ja«, sagte sie ungeduldig. »Ich kenne automatische Pistolen, sie klemmen sich, wenn sie heiß werden – ich kenne nur Ihre nicht.«
Sie betrachtete die Waffe einen Augenblick.
»Sie ist gespannt. Ist eine Patrone im Magazin?«
Sie schoß, und der Block blieb heil.
»Der Abstand ist sehr groß«, sagte er in der Absicht, ihren Ärger zu mildern. Aber sie biß sich auf die Lippen und schoß wieder. Die Kugel schlug auf und prallte mit einem scharfen Ton ab. Der eiserne Block schwang hin und her. Immer wieder schoß sie, bis der Ladestreifen seine acht Patronen hergegeben hatte. Sechsmal hatte sie getroffen. Der Block schwankte immer noch an der Gaffel, war aber

vollkommen zerschossen. Scheldon war überrascht. Besser hätten selbst er und Hughie Drummond es nicht machen können. Hatte er sonst Frauen ein Gewehr oder einen Revolver abfeuern sehen, so hatten sie meistens geschrien, die Augen geschlossen und aufs Geratewohl abgedrückt.

»Das war wirklich gut geschossen – für eine Frau«, sagte er. »Sie haben nur zweimal vorbeigeschossen, und dabei war es eine fremde Waffe.«

»Aber ich kann mir die beiden Fehlschüsse nicht erklären«, klagte sie. »Die Pistole arbeitete wunderbar. Geben Sie mir noch einen Ladestreifen, und diesmal werden alle acht Schüsse sicher treffen.«

»Ich zweifle nicht. Jetzt muß ich aber einen neuen Block haben. Viaburi! Hier du fella, holen ein fella Block vom Lager.«

»Ich wette, daß Sie bei acht Schüssen nicht acht Treffer machen«, forderte sie ihn heraus.

»Sie brauchen nicht zu fürchten, daß ich die Wette annehme«, lautete die Antwort. »Wer hat Sie schießen gelehrt?«

»Ach, zuerst mein Vater, dann Von und seine Cowboys. Das war ein Schütze! Mein Vater, meine ich, obgleich Von auch glänzend schoß.«

Scheldon zerbrach sich den Kopf, wer Von sein mochte, und dachte, ob es wohl Von gewesen, der sie vor zwei Jahren zu dem Glauben gebracht hatte, daß ihr nichts anderes übrigbliebe als die Ehe.

»Aus welchem Teil der Vereinigten Staaten stammen Sie?« fragte er. »Aus Chicago oder Wyoming? Oder woher sonst? Sie haben mir ja noch nichts über sich erzählt. Alles, was ich weiß, ist, daß Sie Joan Lackland heißen.«

»Sie müssen weiter nach Westen gehen, wenn Sie meinen Geburtsort finden wollen.«

»So! Also warten Sie! Nevada?«

Sie schüttelte den Kopf.

»Kalifornien?«
»Noch weiter westlich.«
»Das ist doch nicht möglich, wenn ich meine Geographie nicht ganz vergessen habe.«
»Nicht Geographie – Politik!« lachte sie. »Denken Sie an die Annexionen.«
»Philippinen!« rief er triumphierend.
»Nein, Hawaii. Dort bin ich geboren. Ein herrliches Land! Ach, ich habe schon beinahe Heimweh. Nicht, daß ich nie fort gewesen wäre. Als der große Krach kam, war ich in New York. Aber es ist doch das schönste Fleckchen Erde – Hawaii meine ich.«
»Aber was in aller Welt tun Sie denn in dieser gottverlassenen Gegend?« fragte er. »Nur Narren kommen hierher«, fügte er bitter hinzu.
»Neilson war doch wohl kein Narr«, meinte sie. »Wenn ich recht verstanden habe, hat er drei Millionen hier verdient.«
»Das ist leider nur zu wahr und der Grund, daß ich hier bin.«
»Und auch, daß ich hier bin«, sagte sie. »Vater hörte von ihm in den Marquesas, und deshalb fuhren wir her. Aber mein armer Vater kam nicht bis hierher.«
»Er – Ihr Vater starb?« stammelte er.
Sie nickte, und ihre Augen wurden feucht und weich. »Ich kann Ihnen ebensogut alles erzählen.« Sie schüttelte ihre Traurigkeit ab und hob den Kopf mit der stolzen Miene einer Frau, die einen Cowboyhut und einen langläufigen Revolver tragen kann. »Ich bin in Hilo geboren. Das ist auf der Insel Hawaii – der größten und schönsten der ganzen Gruppe. Ich wurde erzogen wie die meisten Mädchen in Hawaii. Sie leben stets im Freien und können reiten und schwimmen, ehe sie wissen, was sechs mal sechs macht. Ich kann mich nicht erinnern, wann ich zum erstenmal ein Pferd

bestieg und wann ich schwimmen lernte. Aber es war jedenfalls vor dem Abc. Vater besaß Viehranchs auf Hawaii und Maui, und für die dortigen Verhältnisse waren sie groß. Hokuna allein war zweihunderttausend Morgen groß. Es lag zwischen Mauna Kea und Mauna Loa, und dort lernte ich Ziegen und Büffel schießen. Auf Molokai gibt es großes geflecktes Rotwild. Von war der Manager von Hokuna. Er hatte zwei Töchter, etwa in meinem Alter, und ich verbrachte stets die heiße Jahreszeit dort und blieb einmal ein ganzes Jahr. Wir drei waren die reinen Indianer. Nicht, daß wir geradezu wild aufwuchsen, aber wir waren wild. Wir hatten aber eine Erzieherin, wissen Sie, und Unterricht in Sprachen, Nähen und Kochen. Aber ich fürchte, daß man uns nur durch die Aussicht auf Reiten und Viehtreiben zum Arbeiten bringen konnte.

»Von war Soldat gewesen, Vater war alter Seemann, und beide hielten streng auf Disziplin. Aber sie waren letzten Endes zwei Männer, und weder die beiden Mädchen noch ich hatten eine Mutter. Unsere Väter verzogen uns schrecklich. Sie hatten keine Frauen und behandelten uns, wenn unsere Arbeit getan war, als Kameraden. Alles im Haushalt mußten wir doppelt so gut lernen wie die Dienerschaft, um eines Tages selbst wirtschaften zu können. Und wir bereiteten stets die Cocktails, was ein zu heiliges Ritual für einen Diener gewesen wäre. Ferner wurde uns nie etwas erlaubt, was wir nicht selbst schaffen konnten. Natürlich holten die Cowboys unsere Pferde ein und sattelten sie. Aber wir mußten selbst dazu imstande sein –«

»Was meinen Sie mit dem Einholen?« fragte Scheldon.

»Mit dem Lasso fangen. Und das Satteln ließen uns Vater und Von gehörig üben, und dann mußten wir eine gründliche Prüfung ablegen. Ebenso ging es mit unseren Revolvern und Gewehren. Die Hausboys reinigten und ölten sie; aber wir mußten es selbst verstehen, um sie dabei überwachen zu können. Mehr als einmal wurde einer von uns im Anfang das Gewehr nur wegen eines kleinen Rostfleckchens weggenommen. Wir mußten verstehen, bei strömendem Regen, und noch dazu mit nassem Holz, ein Feuer im Freien anzumachen, was, glaube ich, das allerschönste war außer Grammatik. Wir lernten mehr von Vater und Von als von den Erzieherinnen; Vater lehrte uns Französisch und Von Deutsch. Wir lernten beide Sprachen recht gut, und zwar ausschließlich im Sattel und im Lager.

In der kühlen Jahreszeit pflegten die Mädchen mich in Hilo besuchen, wo Vater zwei Häuser besaß, das eine am Strande, oder wir gingen alle drei nach unserem Grundstück in Puna hinunter, und das hieß: Kanus, Boote, Fischen und Schwimmen. Vater gehörte auch dem Königlich Hawaiischen Jachtklub an und nahm uns stets auf Regatten und andern Segelfahrten mit. Vater konnte die See nicht lassen, wissen Sie. Mit vierzehn Jahren war ich Vaters richtige Wirtschafterin, mit voller Gewalt über die Dienerschaft, und ich bin sehr stolz auf diese Zeit meines Lebens. Mit sechzehn Jahren wurden wir drei Mädchen in das sehr vornehme Seminar von Mills in Kalifornien geschickt. Wie sehnten wir uns heim! Wir befreundeten uns nicht mit den andern Mädchen, die uns kleine Kannibalen nannten, nur weil wir von den Sandwichinseln kamen, und die uns damit neckten, daß unsere Vorfahren Kapitän Cook gefressen hätten – eine geschichtliche Unwahrheit, abgesehen davon, daß unsere Vorfahren gar nicht in Hawaii gelebt hatten. Drei Jahre war ich in Mills Seminar, einschließlich der Reisen nach Hause natürlich, und zwei Jahre in New York, und dann machte Vater mit einer Zuckerplantage auf Baui Bankrott. Die Berichte der Ingenieure waren falsch gewesen. Vater hatte eine Eisenbahn gebaut, die man ›Lacklands Narrheit‹ nannte – sie hätte sich schließlich trotz allem gelohnt, trug aber jetzt mit zu dem

Bankrott bei. Und es wäre doch nichts geschehen, wenn nicht gerade die große Panik in Wallstreet gekommen wäre. Mein lieber, guter Vater! Er schrieb mir nichts davon. Aber ich las von dem Krach in der Zeitung und reiste sofort nach Hause. Früher hatten mir die Leute in den Ohren gelegen, daß Heiraten das höchste Ziel im Leben für ein Mädchen sei und daß es damit heiße, von der Romantik Abschied zu nehmen. Jetzt, mit Vaters Fehlschlag, fing für mich die Romantik erst richtig an.«

»Wann war das?« fragte Scheldon.

»Voriges Jahr – das Jahr der großen Panik.«

»Warten Sie –«, Scheldon sann mit ernster Miene nach. »Sechzehn plus fünf plus eins macht zweiundzwanzig. Sie sind siebenundachtzig geboren?«

»Ja – aber das ist nicht nett von Ihnen.«

»Es tut mir wirklich leid, aber die Rechnung lag so auf der Hand.«

»Können Sie mir nicht etwas Angenehmes sagen? Oder sind die Engländer so?« Ihre grauen Augen flackerten, und ihre Lippen bebten einen Augenblick. »Ich habe die Engländer überhaupt nie gemocht. Der letzte, den ich kannte, war ein Aufseher. Vater mußte ihn entlassen.«

»Das beweist wenig.«

»Aber dieser Engländer machte eine Menge Schwierigkeiten. Aber bitte, machen Sie sich nicht über mich lustig.«

»Ich werde es versuchen.«

»Oh, was das betrifft – –« Sie warf den Kopf zurück und öffnete den Mund, um den Satz zu vollenden, änderte dann aber ihre Absicht. »Ich werde weitererzählen. Vater hatte tatsächlich nichts übrigbehalten und beschloß, wieder zur See zu gehen. Er hatte sie immer geliebt, und ich glaube fast, er freute sich, daß es so gekommen war. Er war wieder ein Knabe, von morgens bis abends mit Vorbereitungen und Plänen beschäftigt. Die halbe Nacht saß er mit

mir auf und besprach alles mit mir, als ich ihm erst gezeigt hatte, daß ich wirklich entschlossen war, mitzumachen. Er hatte, wie Sie wissen, in der Südsee angefangen – mit Perlen und Muschelschalen – und glaubte auch jetzt fest, dort irgendwie wieder ein Vermögen machen zu können. In der Hauptsache dachte er daran, Kokospalmen zu pflanzen, daneben wollte er Handel und vielleicht Perlenfischerei betreiben, bis die Plantage ertragsfähig war. Er vertauschte seine Jacht gegen einen Schoner, die ›Miélé‹, und wir fuhren los. Ich sorgte für ihn und lernte Navigation. Er war sein eigener Schiffer. Wir hatten einen dänischen Steuermann, Herrn Erikson, und eine Mannschaft aus Japanern und Hawaiianern. Zunächst fuhren wir die Inseln am Äquator ab, aber Vater war tief enttäuscht. Alles hatte sich verändert. Sie waren von den Großmächten annektiert oder aufgeteilt worden, große Handelsgesellschaften hatten ihren Einzug gehalten und Land, Handelsrechte, Fischereigerechtsame, alles verschlungen.
Dann segelten wir nach den Marquesas. Es ist schön dort, aber die Eingeborenen sind fast ausgestorben. Vater war aufgebracht, als er hörte, daß die Franzosen einen Einfuhrzoll auf Kopra legten – er nannte es mittelalterlich –, aber das Land gefiel ihm. Er verliebte sich in ein Tal von fünfzehntausend Morgen auf Nuka-Hiva, das einen vorzüglichen Ankerplatz bot, und kaufte es für zwölfhundert Chile-Dollar. Aber die französischen Steuern waren übertrieben hoch (deshalb war das Land so billig), und das schlimmste war, daß wir keine Arbeiter bekommen konnten. Die Kanaken, die es gab, wollten nicht arbeiten, und die Beamten schienen nachts aufzusitzen und sich die Köpfe darüber zu zerbrechen, welche neuen Hindernisse sie uns in den Weg legen könnten.
Nach sechs Monaten hatte Vater genug. Es war aussichtslos. ›Wir wollen nach den Salomons gehen und es mit der

englischen Regierung versuchen‹, sagte er, ›und wenn es dort keine Möglichkeit gibt, gehen wir nach dem Bismarck-Archipel. Ich möchte wetten, daß die Admiralitätsinseln noch nicht zivilisiert sind.‹ Alle Vorbereitungen wurden getroffen, unsere Habseligkeiten an Bord verstaut und eine neue Mannschaft aus Marquesas- und Tahiti-Leuten angemustert. Wir wollten gerade nach Tahiti abfahren, wo die ›Miélé‹ überholt werden sollte, als mein armer Vater krank wurde und starb.«

»Und nun standen Sie ganz allein?«

Joan nickte. »Ganz allein. Ich hatte weder Brüder noch Schwestern, und alle Verwandten Vaters waren bei einem Wolkenbruch in Kansas umgekommen. Das geschah, als er noch ein kleiner Junge war. Ich hätte zwar wieder zu Von gehen können. Dort wartete stets ein Heim auf mich. Aber was sollte ich da? Zudem fühlte ich, daß ich die Pflicht hatte, Vaters Pläne zur Ausführung zu bringen. Das war eine schöne Aufgabe. Und ich wollte sie erfüllen. Und da bin ich nun. Wenn Sie auf meinen Rat hören wollen, so gehen Sie nie nach Tahiti. Es ist ein reizendes Fleckchen Erde, und die Eingeborenen sind prachtvoll. Aber die Weißen! Das sind Diebe, Räuber und Lügner. Die ehrlichen Leute kann man an den Fingern einer Hand aufzählen. Daß ich eine Frau bin, erleichterte es ihnen nur. Sie raubten mich unter jedem Vorwand aus, und wenn sie logen, gebrauchten sie nicht einmal einen Vorwand. Der arme Herr Erikson wurde bestochen. Er stellte sich auf die Seite der Räuber und erkannte alle ihre Forderungen an, selbst die unverschämtesten. Von zehn Franken, die sie mir nahmen, bekam er drei. Eine Rechnung über fünfzehnhundert Franken, die ich bezahlen mußte, brachte ihm fünfhundert ein. Das erfuhr ich natürlich erst hinterher. Aber die ›Miélé‹ war alt, die Überholung war notwendig, und mir wurden nicht dreifache, sondern siebenfache Preise berechnet.

Wieviel Erikson dabei verdiente, werde ich wohl nie erfahren. Er wohnte an Land in einem schön möblierten Hause, das ihm die Werft mietfrei überlassen hatte. Obst, Gemüse, Fisch, Fleisch und Eis wurden ihm täglich ins Haus geliefert, ohne daß er etwas zu bezahlen brauchte. Er erhielt es als einen Teil seiner Provision von den verschiedenen Lieferanten. Und dabei jammerte er tränenden Auges über die Behandlung, die ich von der Bande erfuhr. Nein, ich war nicht in die Hände von Räubern gefallen, ich war nur nach Tahiti gekommen.

Erst als die Räuber anfingen, sich gegenseitig zu betrügen, erhielt ich Einblick in die Dinge. Einer der betrogenen Betrüger brachte mir in der Dunkelheit Tatsachen, Zahlen und Behauptungen. Ich wußte, daß Das-Gericht-in-Anspruch-Nehmen den Ruin für mich bedeutet hätte. Die Richter waren ebenso schlimm wie alle andern. Aber ich tat etwas anderes. Mitten in der Nacht ging ich in Eriksons Haus. Ich hatte meinen Revolver bei mir und zwang ihn, im Bett zu bleiben, während ich seine Sachen durchsuchte. Einige neunzehnhundert Franken nahm ich mit. Er zeigte mich nie an und kam nie wieder an Bord. Aber die andern Banditen lachten mich einfach aus. Zwei Amerikaner, die am Orte lebten, rieten mir ab, irgendwelche gerichtlichen Schritte zu unternehmen, wenn ich nicht auch noch die ›Miélé‹ verlieren wollte.

Da ließ ich mir von Neuseeland einen deutschen Steuermann kommen. Er besaß das Schifferpatent und war in den Schiffspapieren als Kapitän bezeichnet, aber ich verstand mehr davon als er und war in Wirklichkeit selbst der Schiffer. Ich habe zwar das Schiff verloren, aber das hatte andere Gründe. Vier Tage trieben wir in völliger Windstille. Dann packte uns der Nordwest und trieb uns an die Küste. Als wir Segel setzten, um freizukommen, offenbarte sich die elende Arbeit der Schiffsbauer auf Tahiti. Klüverbaum und alle Stags gingen über Bord. Unsere einzige Hoffnung war, daß es uns gelingen würde, zu wenden und in die Passage zwischen Florida und Ysabel zu gelangen. Als wir sie glücklich hinter uns hatten, strandeten wir in der Dämmerung auf einem Korallenriff an einer Stelle, wo die Karte als geringste Tiefe vierzehn Faden angab. Die arme, alte ›Miélé‹ stieß nur einmal auf und kam dann wieder frei; aber das war schon zuviel für sie gewesen, und wir hatten gerade noch Zeit, ins Boot zu gehen, ehe sie unterging. Der deutsche Steuermann ertrank. Wir trieben die ganze Nacht vor Sturmanker, bis wir am nächsten Morgen Ihre Plantagen sichteten.«

»Ich vermute, daß Sie jetzt zu Von zurückkehren werden?« fragte Scheldon.

»Keineswegs. Vater wollte nach den Salomons gehen. Ich werde mich hier nach Land umsehen und eine kleine Plantage gründen. Wissen Sie etwas gutes Land hier in der Gegend? Billig?«

»Donnerwetter! Ihr Amerikaner seid fabelhaft! Wirklich fabelhaft!« sagte Scheldon. »Mir wäre ein solches Wagnis nie in den Sinn gekommen.«

»Abenteuer«, verbesserte ihn Joan.

»Das stimmt – ein Abenteuer ist es. Und wenn Sie auf Guadalcanar oder Malaita gelandet wären, dann hätte man Sie schon längst samt Ihren vornehmen Tahitianern aufgefressen.« Joan schauderte.

»Um die Wahrheit zu gestehen«, sagte sie, »hatten wir große Angst, auf Guadalcanar zu landen. Im Seefahrtslexikon las ich, daß die Eingeborenen verräterisch und feindlich seien. Aber ich möchte doch gern einmal nach Malaita gehen. Gibt es dort Plantagen?«

»Keine einzige! Nicht einmal einen weißen Händler!«

»Dann werde ich einmal auf einem Werberschiff hinfahren.«

»Unmöglich!« rief Scheldon. »Dort kann eine Frau nicht allein hingehen!«

»Ich werde trotzdem hingehen«, wiederholte sie.

»Aber eine Frau mit Selbstachtung – – «

»Hüten Sie sich«, warnte sie ihn. »Eines Tages gehe ich doch, und dann wird es Ihnen leid tun, wie Sie von mir gesprochen haben.

Sturm

Es war das erste Mal, daß Scheldon in nähere Berührung mit einer jungen Amerikanerin kam, und er wäre wohl neugierig gewesen, ob alle amerikanischen Mädchen wie Joan Lackland seien, hätte er nicht Verstand genug besessen, um sich klarzumachen, daß sie keineswegs einen Typ darstellte. Ihre schnelle Auffassungsgabe und ihre wechselnden Launen verwirrten ihn, und ihre Anschauungen waren so verschieden von dem, was er sich unter den Anschauungen einer Frau vorgestellt hatte, daß er oft ganz ratlos war. Er wußte nie, was sie im nächsten Augenblick sagen oder tun würde. Nur eines wußte er: daß das, was sie auch sagte oder tat, etwas Unvorhergesehenes, Unerwartetes war. Ihr Wesen mutete ihn fast hysterisch an. Ihr Temperament war rasch und stürmisch, sie baute zuviel auf sich und zuwenig auf ihn, was er als Benehmen einer Frau, namentlich in Gegenwart eines Mannes, keineswegs besonders schätzte. Sie verlangte Gleichberechtigung, und das beunruhigte ihn, und zuweilen verletzte ihn halb unbewußt ihre Dreistigkeit und ihr Selbstbewußtsein, mit denen sie, nachdem sie soeben erst Erikson ihren Revolver unter die Nase gehalten, im Schutz einer Bande riesiger polynesischer Seeleute in einem heulenden Nordwest über die See gekommen und sich wie ein schiffbrüchiger Seemann in Berande eingenistet hatte. Aber es paßte zu ihrem Cowboyhut und ihrem langen Colt. Und dabei sah sie gar nicht so aus. Und gerade das konnte er ihr nicht verzeihen. Hätte sie kurze Haare und derbe Backenknochen gehabt, wäre sie verwittert und reizlos gewesen, dann würde es noch gegangen sein. Statt dessen war sie von einer berückenden Weiblichkeit. Ihr Haar peinigte ihn – es war so wunderschön. Und sie war eine schlanke, hübsche Frau – ein Mädchen vielmehr –, daß es ihm wie ein Messer durch die Seele schnitt, wenn er sie vor sich sah, wie sie mit ihren schnellen durchdringenden Augen, ihrer scharfen befehlenden Stimme das Boot durch die Brandung dirigierte. Im Geiste konnte er sich vorstellen, wie sie ein Pferd mit dem Lasso fing, und das verursachte ihm stets einen Schauder. Auch war sie zu vielseitig. Es überraschte ihn, wieviel sie von Literatur und Kunst wußte, und er hatte das Gefühl, daß ein Mädchen, das solche Dinge kannte, nicht wissen dürfte, wie man Taljen aufbrachte, Anker hievte und mit einem Schoner in der Südsee kreuzte. Solche Dinge in ihrem Kopf waren wie ebenso viele Flüche auf ihren Lippen. Und daß sie darauf bestand, nach Malaita gehen zu wollen, war eine direkte Selbstentweihung.

Aber immer wieder beunruhigte ihn ihre Weiblichkeit. Sie spielte viel besser und mit viel feinerem Verständnis Klavier als seine Schwestern daheim – das Klavier, das der arme Hughie so tapfer bearbeitet hatte, um es in gutem Zustand zu erhalten. Und wenn sie Gitarre spielte und sanfte, weiche hawaiische Hulas sang, war er entzückt. Dann war sie ganz Weib, und der Zauber ihrer Weiblichkeit ließ ihn den großen Revolver, den Cowboyhut und alles andere vergessen. Aber, und das war sein nächster Gedanke, wie darf ein solches Mädchen wie ein Mann prahlen und frohlocken, daß die Abenteuer noch nicht ausgestorben sind? Frauen, die auf Abenteuer ausgehen, sind Abenteuerinnen, und das ist kein schöner Name. Zudem schätzte er Abenteuer nicht. Seit seiner Kindheit hatten sie ihn nicht mehr gelockt – wenn es ihm auch schwer geworden wäre zu erklären, was ihn von England nach den Salomons geführt hatte, wenn nicht Abenteuerlust.

Scheldon war durchaus nicht zufrieden. Die ungewohnte Situation war zuviel für seine konservative Erziehung. Das von einem einsamen Weißen bewohnte Berande war kein Aufenthalt für Joan Lackland. Er zermarterte sich das Hirn nach einem Ausweg und sprach sogar mit ihr darüber. Aber der Dampfer aus Australien war erst in drei Wochen fällig.

»Eins ist klar: Sie wollen mich nicht hierbehalten«, sagte sie. »Ich mache morgen das Boot klar und fahre nach Tulagi hinüber.«

»Aber ich sagte Ihnen ja schon, daß das unmöglich ist«, rief er aus. »Es ist niemand dort. Der Gouverneur ist nach Australien gereist. Es ist nur ein Weißer da, ein früherer Seemann, ein gewöhnlicher Matrose. Der vertritt die Regierung der Salomoninseln, abgesehen von etwa hundert Schwarzen – Sträflingen. Dazu ist er ein solcher Narr, daß er Ihnen eine Geldstrafe von fünfhundert Pfund Sterling auferlegen würde, weil Sie Tulagi, den Eingangshafen, nicht zuerst angelaufen haben. Er ist kein angenehmer Mensch, und ich wiederhole Ihnen: es ist unmöglich.«

»Dann käme noch Guvutu in Frage«, schlug sie vor.

Er schüttelte den Kopf.

»Dort gibt es nichts als Fieber und fünf Weiße, die sich zu Tode trinken. Das könnte ich nicht erlauben.«

»Danke sehr«, sagte sie ruhig. »Ich gedenke heute aufzubrechen. Viaburi! Du gehen bei Noah-Noah, sagen ihm, kommen zu mir.«

Noah-Noah war ihr Bootsmann von der ›Miélé‹.

»Wo wollen Sie hin?« fragte Scheldon überrascht. – »Viaburi! Du bleiben.«

»Nach Guvutu – sofort«, lautete ihre Antwort.

»Aber ich erlaube es nicht.«

»Deshalb gehe ich eben. Sie sagten es schon einmal, und das kann ich mir nicht gefallen lassen.«

»Was?« Ihr plötzlicher Zorn verwirrte ihn. »Wenn ich Sie irgendwie verletzt habe – –«

»Viaburi, du holen ein fella Noah-Noah zu mir!« befahl sie. Der Schwarze schickte sich an, zu gehorchen.

»Viaburi! Du nicht bleiben, ich dir schlagen den Schädel ein. – Und jetzt, Fräulein Lackland, bestehe ich auf einer Erklärung. Was habe ich gesagt oder getan, daß ich das verdient hätte?«

»Sie haben sich erkühnt – Sie haben gewagt – – « Sie würgte und schluckte und konnte nicht weitersprechen. Scheldon sah dies Bild der Verzweiflung.

»Ich gestehe, daß ich ganz wirr im Kopfe bin«, sagte er. »Wenn Sie nur deutlich sein wollten.«

»Ebenso deutlich wie Sie, als Sie mir sagten, daß Sie mir nicht erlauben würden, nach Guvutu zu gehen?«

»Aber was ist denn dabei?«

»Sie haben kein Recht – kein Mann hat das Recht –, mir zu sagen, was er erlauben will oder nicht. Ich bin alt genug, um keinen Vormund mehr zu brauchen, und ich bin auch nicht den weiten Weg nach den Salomons gekommen, um einen zu finden.«

»Für jede Frau ist der Mann der gegebene Vormund.«

»Ich bin nicht ›jede Frau‹ – das ist es eben. Wollen Sie mir jetzt erlauben, Ihren Boy zu Noah-Noah zu schicken. Ich wünsche, daß er das Boot zu Wasser bringt. Oder soll ich selbst gehen?«

Beide hatten sich erhoben. Sie mit geröteten Wangen und zornigen Blicken, er verwirrt und erschrocken. Der Schwarze stand wie eine Statue – eine kohlschwarze Statue – daneben und nahm keinen Anteil an den Verhandlungen dieser unverständlichen Weißen, sondern träumte mit ruhigen Blicken von einem Buschdorf hoch in den bewaldeten Hängen von Malaita, wo der blaue Rauch vor dem grauen Hintergrund einer heraufziehenden Wolkenwand von den Grashütten aufsteigt.

»Sie werden doch nicht etwas so Törichtes tun«, begann er.

»Nun fangen Sie schon wieder an!« rief sie.

»Ich meinte es nicht so, und das wissen Sie auch.« Er sprach langsam und ernst. »Und was das ›nicht erlauben‹ betrifft, so ist das doch nur eine Redensart. Gewiß bin ich nicht Ihr Vormund. Sie wissen, daß Sie nach Guvutu fahren können, wenn Sie es wünschen. Aber ich würde es tief bedauern. Und es tut mir sehr leid, wenn ich etwas gesagt habe, das Sie verletzt hat, vergessen Sie nicht, daß ich Engländer bin.«

Joan lächelte und setzte sich wieder.

»Vielleicht war ich zu heftig«, gab sie zu. »Sehen Sie, ich kann keinen Zwang vertragen. Wenn Sie wüßten, wie ich mir meine Freiheit habe erkämpfen müssen! Es ist mein wunder Punkt, wenn Ihr Herren der Schöpfung mir sagen wollt, was ich tun und lassen soll. – Viaburi, du bleiben in Küche. Nicht bringen Noah-Noah. – Und jetzt, Mister Scheldon, sagen Sie mir, was ich tun soll? Hier wollen Sie mich nicht behalten, und es scheint keinen anderen Ort zu geben, wo ich hingehen könnte.«

»Das ist nicht richtig. Ihre Strandung an meiner Insel bedeutet für mich eine Gottesfügung. Ich war sehr einsam und sehr krank. Ich bin durchaus nicht sicher, ob ich die Krankheit überstanden hätte, wenn Sie nicht gekommen wären. Aber darum handelt es sich jetzt nicht. Mir persönlich würde es sehr leid tun, wenn Sie wieder fortgingen. Aber ich komme nicht in Frage. Ich denke nur an Sie, und für Sie ist es hier kaum der richtige Ort, wie Sie selbst einsehen werden. Wäre ich verheiratet, gäbe es hier irgendeine Frau Ihrer Rasse – aber so –«

Sie rang die Hände in gespielter Verzweiflung. »Ich kenne mich nicht mehr aus. In einem Atemzug erzählen Sie mir, daß ich gehen soll, daß es keinen Ort gibt, wohin ich gehen könnte, und daß Sie mir nicht erlauben würden, zu gehen. Was soll ich armes Mädchen denn nur tun?«

»Das ist es ja eben«, sagte er ratlos.
»Und diese Situation ist Ihnen peinlich?«
»Nur Ihretwegen.«
»Dann möchte ich Ihre Bedenken beseitigen, indem ich Ihnen sage, daß sie mir keineswegs peinlich wäre – wenn Sie nur nicht so viel Aufhebens davon machen wollten. Ich lasse mich nie durch Dinge stören, die sich nicht ändern lassen. Es hat keinen Zweck, sich gegen das Unvermeidliche aufzulehnen. Und so steht es hier. Sie sind hier, und ich bin hier. Wie Sie selbst sagen, kann ich nirgends hingehen, und Sie können es sicher auch nicht und mich hier allein lassen mit einer ganzen Plantage und zweihundert krausköpfigen Kannibalen. Und deshalb bleiben Sie, und deshalb bleibe ich, das ist ganz einfach. Außerdem ist es ein Abenteuer. Und Sie brauchen keine Angst zu haben: ich bin nicht für die Ehe geschaffen. Ich kam nach den Salomons, um eine Plantage, und nicht, um einen Mann zu bekommen.« Scheldon errötete, schwieg jedoch.
»Ich weiß, was Sie denken«, lachte sie heiter. »Wenn ich ein Mann wäre, würden Sie mir jetzt den Hals umdrehen. Und wirklich, ich verdiente es. Es tut mir leid. Ich wollte Ihr Gefühl nicht noch mehr verletzen.«
»Ich fürchte fast, daß ich selbst Schuld habe«, sagte er erleichtert, als er merkte, daß der Sturm abflaute.
»Jetzt hab' ich's!« erklärte sie. »Geben Sie mir eine Abteilung Ihrer Leute. Ich will mir drüben in der Ecke des Grundstücks ein Grashaus bauen, natürlich auf Pfählen. Ich kann heute nacht noch einziehen und werde mich dort wohl und sicher fühlen. Die Tahitianer können, ganz wie an Bord, Wache halten. Und dann werden Sie mich lehren, Kokosnüsse zu pflanzen. Dafür werde ich Ihren Haushalt leiten und für ordentliches Essen sorgen. Und nun ein für allemal: alle Ihre Einwände werden an mir abprallen. Ich weiß alles, was Sie sagen wollen. – Sie wollen mir Ihren

Bungalow überlassen und sich selbst ein Grashaus bauen, aber das will ich nicht. Die Sache ist erledigt. Wenn Sie aber nicht einverstanden sind, dann gehe ich über den Fluß, baue drüben für mich und meine Leute ein Dorf und lasse Lebensmittel im Boot von Gutuvu holen. Und jetzt können Sie mir das Billardspiel beibringen.«

Ein schwerer Kampf

Joan nahm die Leitung des Haushalts mit sicherem Griff in die Hand und kehrte das Unterste zuoberst, bis Scheldon das Haus kaum wiedererkannte. Zum ersten Male war der Bungalow sauber und ordentlich. Die Hausboys lungerten nicht mehr faul herum, und der Koch jammerte, daß von dem gründlichen Kochkursus, den sie ihm erteilte, »Kopf gehören ihm gehen herum zuviel«. Und Scheldon selbst wurde ein Rüffel nicht erspart, weil er nichts als Konserven hatte.

Sie schalt ihn nachlässig und schlapp, weil er nicht auf gesunde Kost achtete. Zwanzigmal schickte sie ihr Boot nach Zitronen und Apfelsinen die Küste entlang, wollte durchaus wissen, warum diese Früchte nicht längst auf Berande angepflanzt waren, und machte ihm Vorwürfe, weil er keinen Gemüsegarten angelegt hatte. Mumienäpfel, die er für Unkraut gehalten hatte, erwiesen sich, von ihr zubereitet, als appetitanregende Frühstücksmarmelade und wurden beim Mittagessen als Puddings aufgetischt, die seine unbegrenzte Bewunderung erregten. Bananen wurden aus dem Busch geholt, und auf dutzenderlei Arten zubereitet, von denen eine immer besser als die andere schmeckte. Sie oder ihre Seeleute fischten täglich mit Dynamit, und die Eingeborenen Balesunas wurden mit Tabak belohnt, wenn sie Austern aus den Mangrovensümpfen brachten. Was sie alles aus Kokosnüssen bereiten konnte, war direkt eine Offenbarung für ihn. Sie zeigte dem Koch, wie er aus der Milch Hefe und daraus wieder ein leichtes, lockeres Brot bereiten konnte. Das Herzblatt ergab einen wohlschmekkenden Salat; aus Milch und Fleisch zusammen stellte sie verschiedene süße und saure Saucen her, die je nach ihrer

Art zu den verschiedensten Gerichten, von Fisch bis zu Pudding, aufgetragen wurden. Sie machte Scheldon auf die Vorzüge der Kokossahne gegenüber der kondensierten Milch zum Kaffee aufmerksam. Aus dem schwammigen Kern bereits keimender Nüsse machte sie Salat. Das schien überhaupt ihre Stärke zu sein, und einmal überraschte sie ihn mit einem äußerst wohlschmeckenden Salat aus Bambussprossen. Wilde Tomaten, die früher ins Kraut geschossen oder bei der Anlage von Berande rücksichtslos umgehackt worden waren, wurden ebenfalls für Salate, Suppen und Saucen gesammelt.
Den Hühnern, die stets in den Busch gelaufen waren und dort gelegt hatten, wurden Legekästen hingestellt, und Joan selbst schoß wilde Enten und Tauben.
»Nicht etwa, daß ich diese Arbeit besonders liebte«, erklärte sie einmal, »aber ich kann von Vaters Erziehung nicht loskommen.«
Das verpestete Hospital brannte sie nieder, und als Scheldon sie deswegen auszankte, ließ sie aus Ärger von ihren Seeleuten ein neues bauen, das sie ein anständiges Krankenhaus nannte. Sie riß die Musselingardinen von den Fenstern und ersetzte sie durch farbige Baumwollstoffe vom Lager, aus denen sie sich selbst mehrere Kleider verfertigte. Als sie eine Liste der Kleidungsstücke und anderer Gegenstände zusammenstellte, die sie sich mit dem nächsten Dampfer von Sydney schicken lassen wollte, dachte Scheldon, wie lange sie wohl eigentlich bleiben wollte. Sicher hatte er nie zuvor eine solche Frau gekannt oder sich ihre Existenz auch nur träumen lassen. Seiner Auffassung nach war sie überhaupt keine Frau. Sie kannte weder Schwäche noch Zärtlichkeit. Kein weibliches Gefühl kam ihm gegenüber zum Ausdruck. Sie hätten Brüder sein können, so wenig hatte das Geschlecht mit diesem seltsamen Verhältnis zu tun. Jedes höfliche Entgegenkommen von seiner Seite

wurde übersehen oder abgelehnt, und er gab es sehr bald auf, ihr die Hand zu bieten, wenn sie ins Boot oder über einen Baumstamm kletterte; er mußte zugeben, daß sie durchaus imstande war, selbst für sich zu sorgen. Trotz seiner Warnung vor Krokodilen und Haien bestand sie darauf, in dem tiefen Wasser vor der Küste zu schwimmen. Er konnte sie auch nicht überreden, beim Dynamitfischen vom Boot aus einen ihrer Leute die Patrone werfen zu lassen; als Grund gab sie an, daß sie zum mindesten etwas intelligenter wäre als die Kanaken und daß daher ein Unglücksfall weniger zu befürchten sei, wenn sie selbst es täte. Sie war in seinen Augen die männlichste und doch die weiblichste Frau, die er je getroffen hatte.

Andauernde Meinungsverschiedenheiten bestanden zwischen ihnen über die Behandlung der Schwarzen. Sie behandelte sie stets mit freundlichem Ernst, lobte selten, strafte nie, und er mußte zugeben, daß ihre eigenen Leute sie vergötterten und daß seine Hausboys ihr sklavisch ergeben waren und jetzt dreimal soviel leisteten, als er je aus ihnen herausgeholt hatte. Sie erkannte schnell die Unruhe unter den Kontraktarbeitern und war nicht blind gegen die Gefahr, die ihr und Scheldon stets drohte. Weder sie noch er gingen je ohne Revolver aus, und die Seeleute, die nachts bei Joans Grashaus wachten, waren mit Gewehren bewaffnet. Aber Joan betonte, daß diese Vorsichtsmaßregeln nur durch die Gewaltherrschaft bedingt worden seien, die der Weiße ausgeübt hatte. Sie war unter ruhigen Hawaiianern aufgewachsen, die keine schlechte oder rohe Behandlung kannten, und daraus schloß sie, daß auch die Salomoninsulaner bei freundlicher Behandlung sanftmütig werden müßten.

Eines Abends erhob sich in den Baracken ein furchtbarer Lärm, und Scheldon gelang es, mit Hilfe von Joans Seeleuten zwei Weiber zu befreien, die von den Schwarzen zu

Tode geprügelt werden sollten. Um sie vor der Rache ihrer Landsleute zu schützen, wurden sie diese Nacht im Küchenhaus bewacht. Es waren die Frauen, die für die Arbeiter kochten, und ihr Vergehen bestand darin, daß die eine von ihnen in dem großen Kessel, in dem die Kartoffeln gekocht wurden, ein Bad genommen hatte. Die Schwarzen waren nicht etwa aus Reinlichkeit wütend – sie badeten oft selbst in den Kesseln –, der Grund war, daß die Badende ein verachtetes Weib war, denn bei den Salomoninsulanern gilt jedes weibliche Wesen als niedrig und verächtlich. Am nächsten Morgen wurden Joan und Scheldon beim Frühstück durch ein immer lauter werdendes aufgeregtes Gemurmel aufgeschreckt. Das oberste Gesetz von Berande war gebrochen. Das Grundstück war ohne Erlaubnis oder Befehl betreten worden, und alle zweihundert Arbeiter mit Ausnahme der Aufseher hatten sich dieses Vergehens schuldig gemacht. Sie drängten sich drohend und schreiend um die vordere Veranda. Scheldon lehnte sich über das Geländer, während Joan hinter ihm stehenblieb. Der Lärm legte sich etwas, und zwei Brüder, große, muskulöse Männer mit Gesichtern, die selbst für Salomoninsulaner ungewöhnlich wild waren, traten vor. Der eine war Carin-Jama, oder der Stille, der andere Bellin-Jama, der Prahlhans. Beide hatten vor Jahren auf Plantagen in Queensland gearbeitet und waren unter allen Weißen als üble Gesellen bekannt.

»Wir fella Jungen, wir wollen die zwei schwarzen fella Marys«, sagte Bellin-Jama.

»Was du wollen mit fella Marys?« fragte Scheldon.

»Sie totschlagen«, sagte Bellin-Jama.

»Was Name du fella Junge reden mit mir?« fragte Scheldon in steigendem Zorn. »Große Glocke sie läuten. Du nicht bleiben hier. Du bleiben auf Feld. Nachher, groß fella Glocke sie läuten, du aufhören und Kai-kai, du kommen

und reden mit mir über zwei fella Marys. Jetzt alle ihr Jungen machen fort von hier.«
Die Bande wartete, was Bellin-Jama tun würde. Bellin-Jama blieb stehen.
»Mich nicht gehen«, sagte er.
»Du passen auf, Billin-Jama«, sagte Scheldon scharf, »oder ich schicken dich Tulagi für ein dick fella Prügel. Mein Wort, du bekommen tüchtig.«
Bellin-Jama starrte ihn kriegerisch an.
»Du wollen Kampf«, sagte er wie ein echter Queensländer. In den Salomons, wo wenige Weiße und viele Schwarze leben und die Weißen herrschen, ist eine solche Herausforderung zum Kampf die tödlichste Beleidigung. Die Schwarzen dürfen nie so weit gehen, einem Weißen den Kampf anzubieten. Das wenigste, was sie dafür bekommen, ist eine Tracht Hiebe.
Ein beifälliges Gemurmel erhob sich bei Bellin-Jamas tapferen Worten in den Reihen der zuhörenden Schwarzen. Aber die Worte waren noch nicht verklungen, und das Gemurmel hatte eben erst begonnen, als Scheldon schon mit einem Satz über das Geländer sprang. Es war ein Sprung von fünfzehn Fuß, und Bellin-Jama stand gerade unter dem Geländer.
Scheldon traf ihn mit der ganzen Wucht seines Körpers und schmetterte ihn zu Boden. Ein Schlag war nicht mehr nötig. Der Schwarze war hilflos zusammengebrochen. Joan, die durch den unerwarteten Sprung völlig überrascht war, sah jetzt, wie Carin-Jama, der Stille, sich auf Scheldon stürzte, der gerade wieder auf die Füße kam, und ihn an der Gurgel packte, während sich die zweihundert Schwarzen mordlustig vordrängten. Ihr Revolver fuhr heraus, und Carin-Jama taumelte mit einer Kugel in der Schulter zurück. Sie hatte ihn in den Arm schießen wollen, was bei der geringen Entfernung ein leichtes gewesen wäre, aber

die Woge der vordringenden Wilden hatte den Schuß abgelenkt. Es war ein Augenblick, in dem alles auf dem Spiel stand. Sobald Scheldon seine Kehle frei fühlte, holte er mit der Faust aus, und Carin-Jama lag neben seinem Bruder auf dem Boden. Die Meuterei war unterdrückt, und fünf Minuten später wurden die Brüder zum Hospital geschafft und die Meuterer von den Aufsehern an die Arbeit geführt.
Als Scheldon wieder auf die Veranda kam, fand er Joan in Tränen aufgelöst auf dem Liegestuhl zusammengebrochen. Dieser Anblick regte ihn mehr auf, als der ganze Auftritt es getan. Eine Frau in Tränen war etwas Schreckliches für ihn; und daß diese Frau Joan Lackland war, von der er alles andere eher als Tränen erwartet hätte, machte ihn geradezu ängstlich. Er blickte hilflos auf sie nieder und befeuchtete sich die Lippen. »Ich möchte Ihnen danken«, begann er, »Sie haben mir zweifellos das Leben gerettet, und ich muß sagen —«
Sie nahm plötzlich die Hände vom Gesicht und zeigte ihm ein zorniges, tränenüberströmtes Gesicht.
»Sie gräßlicher Mensch, Sie Feigling«, rief sie. »Sie haben mich gezwungen, einen Menschen zu erschießen, zum erstenmal in meinem Leben.«
»Es ist nur eine Fleischwunde, und er wird nicht daran sterben«, versuchte Scheldon einzuwerfen.
»Was heißt das? Geschossen habe ich doch. Es war durchaus nicht nötig, daß Sie auf ihn hinuntersprangen; das war roh und feige.«
»Darf ich —«, begann er besänftigend.
»Gehen Sie weg! Fühlen Sie nicht, daß ich Sie hasse, hasse! Wollen Sie nicht gehen?«
Scheldon wurde blaß vor Zorn.
»Warum haben Sie denn geschossen?« fragte er.
»Weil Sie ein Weißer sind«, schluchzte sie, »und Vater hätte nie einen Weißen im Stich gelassen. Aber es war Ih-

re Schuld. Sie hatten kein Recht, sich in diese Lage zu bringen, und zudem war es gar nicht nötig.«
»Ich bedaure, aber ich verstehe Sie nicht«, sagte er kurz und wandte sich ab. »Wir wollen später darüber reden.«
»Sie sehen doch, wie ich mit den Leuten fertig werde«, sagte sie, während er mit erzwungener Höflichkeit an der Tür stehenblieb. »Denken Sie zum Beispiel an die beiden Kranken, die ich pflege. Wenn sie wieder gesund sind, werden sie alles für mich tun, ohne daß ich sie immer um ihr Leben fürchten lassen muß. Diese Roheiten und Grausamkeiten sind gar nicht nötig, sage ich ihnen. Was heißt das, daß sie Kannibalen sind? Es sind Menschen, genau wie Sie und ich, und Vernunftgründen zugänglich. Gerade das ist es ja, was uns alle von den niedrigen Lebewesen unterscheidet.« Er nickte und ging.
»Ich glaube, ich bin unverzeihlich albern gewesen«, begrüßte sie ihn, als er mehrere Stunden später von einem Rundgang zurückkehrte. »Ich war im Hospital, und es geht dem Manne ganz gut. Es ist keine ernste Verletzung.«
Scheldon fühlte sich seltsam zufrieden und glücklich über ihre veränderte Stimmung.
»Sehen Sie, Sie können die Lage nicht richtig beurteilen«, begann er, »diese Schwarzen müssen mit Strenge behandelt werden. Freundlichkeit ist gut und schön, aber Sie können sie nicht allein damit regieren. Ich erkenne alles an, was Sie über Hawaiianer und Tahitianer sagen. Ich glaube Ihnen gern, daß sie so behandelt werden können. Ich habe keine Erfahrung mit ihnen; aber Sie haben keine Erfahrung mit den Schwarzen hier, und ich bitte Sie, mir zu glauben: die sind anders als Ihre Eingeborenen. Sie haben mit Polynesiern zu tun gehabt, die Leute hier sind Melanesier. Sie sind schwarz, Neger – – sehen Sie ihr krauses Haar. Sie stehen bedeutend tiefer als die afrikanischen Neger. Es ist wirklich ein gewaltiger Unterschied.

Die Leute kennen keine Dankbarkeit, keine Sympathie, keine Freundlichkeit. Wenn Sie freundlich zu ihnen sind, halten sie Sie für dumm. Wenn Sie milde mit ihnen sind, glauben sie, Sie hätten Angst. Und wenn die Kerle erst glauben, daß Sie Angst haben, dann müssen Sie sich hüten, denn dann werden Sie doch schließlich von ihnen gefaßt.

Nur um Ihnen das zu beweisen, möchte ich Ihnen beschreiben, was unbedingt im Kopfe eines Schwarzen vorgeht, wenn er auf seinem Grund und Boden einem Fremden begegnet.

Sein erster Gedanke ist Furcht: ›Wird der Fremde mich töten?‹ Wenn er sieht, daß er nicht getötet wird, so ist sein nächster Gedanke: ›Kann ich den Fremden töten?‹ Zwölf Meilen die Küste abwärts lebte ein Händler namens Packard. Er rühmte sich, mit Güte zu regieren und nie zu schlagen. Das Ergebnis war, daß er überhaupt nicht regierte. Er pflegte in seinem Boot heraufzukommen, um Hughie und mich zu besuchen. Wenn seine Bootsmannschaft beschloß, heimzufahren, mußte er seinen Besuch abbrechen, um überhaupt mitgenommen zu werden. Ich erinnere mich, wie Packard eines Sonntags unsere Einladung zum Essen angenommen hatte. Die Suppe war aufgetragen, als Hughie einen Nigger durch die Tür gucken sah. Er ging hinaus, denn es war dies eine Verletzung der Gebräuche auf Berande. Jeder Nigger hatte, wenn er etwas wollte, durch den Hausboy Bescheid zu schicken und vor dem Grundstück zu bleiben. Der Mann, der zu Packards Bootsmannschaft gehörte, stand auf der Veranda, obgleich er wußte, daß er es nicht durfte. ›Was Name?‹ fragte Hughie. ›Du sagen dies weißer Mann aufbrechen, wir fella Bootsmannschaft gehen weg. Er nicht kommen jetzt, wir fella Jungen nicht warten. Wir gehen.‹ Im selben Augenblick versetzte Hughie ihm eine solche Ohrfeige, daß er glatt die Verandatreppe hinunterflog.«

»Aber das war eine unnötige Grausamkeit«, warf Joan ein, »einen Weißen würden Sie doch nicht so behandeln.«

»Das ist eben der Haken. Er war kein Weißer. Er war ein gewöhnlicher schwarzer Nigger, und er beleidigte bewußt nicht nur den eigenen weißen Herrn, sondern alle Weißen in den Salomons überhaupt, er beleidigte mich, er beleidigte Hughie, er beleidigte Berande.«

»Selbstverständlich, nach Ihrer Ansicht, ihrer Auffassung vom Recht des Stärkeren.«

»Ja«, unterbrach sie Scheldon, »aber Packard regierte eben nach seiner Auffassung vom Recht des Schwächeren. Und das Ergebnis: ich lebe noch, und Packard ist tot. Er war unentwegt freundlich und sanft zu seinen Leuten, und die warteten nur, bis er eines Tages am Fieber darniederlag. Jetzt ist sein Kopf drüben auf Malaita. Dazu nahmen sie noch zwei Boote mit, die sie bis an den Rand aus dem Lager füllten. – Oder Kapitän Mackenzie von der Jacht ›Minota‹. Er glaubte auch an die Macht der Freundlichkeit. Er war überzeugt, Vertrauen erwecken zu können, wenn er keine Waffe trug. Auf seiner zweiten Werbefahrt lief er Bina in der Nähe von Langa-Langa an. Die Büchsen, mit denen die Bootsbesatzung hätte bewaffnet sein sollen, waren in der Kajüte eingeschlossen. Als das Boot an Land ging, spazierte er selbst ohne Revolver an Deck herum. Er wurde mit dem Beil erschlagen. Sein Kopf befindet sich auf Malaita. Es war der reine Selbstmord, und dasselbe kann man von Packards Ende sagen.«

»Ich gebe zu, daß in Ihrer Lage Vorsicht am Platze ist«, sagte Joan. »Aber ich glaube, daß man viel weiter käme, wenn man sie mit Verständnis, Freundlichkeit und Milde behandelte.«

»Da bin ich ganz Ihrer Meinung. Aber Sie dürfen eines nicht vergessen. Berande ist, was die Arbeitskräfte betrifft, weitaus die schlechteste Plantage in den ganzen Salomons. Und wie das gekommen ist, beweist die Richtigkeit Ihres Standpunktes. Die früheren Besitzer von Berande waren durchaus nicht freundlich. Es waren ein Paar rohe Kerle, der eine ein heruntergekommener Amerikaner, der andere ein versoffener Deutscher. Es waren richtige Sklaventreiber. Sie bezogen ihre Arbeiter vom ›Henkerjohnny‹, dem berüchtigtsten Werber in den Salomons. Er verbüßt jetzt eine zehnjährige Gefängnisstrafe auf den Fidschiinseln, weil er einen Schwarzen erschlagen hat. Zuletzt hatte er sich so verhaßt gemacht, daß die Eingeborenen von Malaita nichts mehr mit ihm zu tun haben wollten. Er konnte nur noch Arbeiter bekommen, wenn er schleunigst dorthin ging, wo gerade ein Mord oder eine Anzahl von Morden begangen war. Die Mörder waren meistens bereit zu unterschreiben, um der Rache zu entgehen. Am Strande erhebt sich Lärm, und ein Nigger läuft, von Speeren und Pfeilen bedroht, ans Wasser hinunter. Natürlich liegt ›Henkerjohnnys‹ Boot bereit, ihn aufzunehmen. Wie gesagt, zuletzt bekam Johnny nur noch derartige Leute. Und die früheren Besitzer von Berande kauften ihm die Arbeiter ab – eine schlimme Bande von Mördern. Sie waren alle auf fünf Jahre verpflichtet. Sie sehen, daß der Werber noch besondere Vorteile erzielt, wenn er solche Leute nimmt. Wenn das Gesetz es erlaubte, würden sie sich auf zehn Jahre anwerben lassen. Nun, und die Leute, die wir jetzt hier haben, sind eben diese Mörderbande. Einige sind zwar gestorben, andere ermordet, und wieder andere verbüßen Strafen in Tulagi. Die ersten Besitzer rodeten sehr wenig und pflanzten noch weniger. Es war ein andauernder Kriegszustand. Ein Verwalter wurde ermordet. Einem der Teilhaber wurde fast die Schulter mit einem großen Buschmesser abgeschlagen. Der andere wurde zweimal durch Speere verwundet. Beides waren Raufbolde, dabei aber doch feige, und schließlich konnten sie nicht weiter. Sie wurden weggejagt von ihren eigenen Niggern. Und dann kamen der arme Hughie und ich, zwei Neulinge, und mußten diese üble Bande übernehmen. Wir hatten Berande gekauft, ohne die Verhältnisse zu kennen; es blieb uns nichts übrig, als zu bleiben und zu sehen, wie wir durchkamen.

Zuerst begingen wir den Fehler, es mit unkluger Güte zu versuchen. Wir bemühten uns, durch friedliches Zureden und gerechte Behandlung zum Ziel zu kommen. Die Nigger schlossen daraus, daß wir Angst hätten. Ich schäme mich, wenn ich daran denke, was für Narren wir in der ersten Zeit waren. Wir wurden betrogen, bedroht und beleidigt, und wir ließen es uns gefallen in der Hoffnung, daß unsere gerechte Behandlung bald Besserung schaffen würde. Statt dessen wurde es immer schlimmer. Dann kam der Tag, an dem Hughie, als er einen von den Leuten zurechtwies, beinahe von der Bande getötet worden wäre. Was ihn rettete, war einzig und allein der Umstand, daß der ganze Haufen über ihm lag, dadurch wurde es mir möglich, ihm noch rechtzeitig zu Hilfe zu kommen.

Und dann begann die Herrschaft der starken Hand. Das war die einzige Möglichkeit, wenn wir die Geschichte nicht ganz aufgeben wollten. Und da wir unser ganzes Kapital in das Unternehmen gesteckt hatten, konnten wir sie nicht aufgeben. Außerdem stand unser Stolz auf dem Spiel. Wir waren ausgezogen, um etwas zu unternehmen, und was wir einmal angefangen hatten, mußten wir auch durchführen. Es war ein harter Kampf, denn, wie gesagt, Berande hat die schlimmsten Arbeiter in den ganzen Salomons. Wir waren nicht imstande, Weiße zu bekommen. Einem halben Dutzend haben wir den Verwalterposten angeboten. Ich will nicht sagen, daß sie Angst hatten, das war nicht der Fall. Sie hielten die Stellung für ungesund – das gab wenigstens der letzte, der unser Angebot ausschlug, als Grund an. Daher mußten Hughie und ich die Plantage selbst verwalten.«

»Und als er starb, wollten Sie ganz allein weiterarbeiten?« rief Joan mit glänzenden Augen.
»Ich glaubte schon, durchkommen zu können. Und nun, Fräulein Lackland, verargen Sie es mir nicht, wenn ich etwas rauh erscheine, und berücksichtigen Sie, daß ich mich hier in einer einzigartigen Lage befinde. Wir haben nun einmal sehr schlimme Arbeiter und müssen sie zur Arbeit zwingen. Sie haben die Plantage gesehen und sollten das wissen. Ich versichere Ihnen, daß die drei- und vierjährigen Palmen auf keiner Plantage in den Salomons besser sind als hier. Wir haben beständig an der Verbesserung der Plantage gearbeitet. Ganz allmählich haben wir auch neue Arbeitskräfte bekommen. Und deshalb haben wir uns auch die ›Jessie‹ gekauft. Wir wollten uns unsere Arbeitskräfte selbst aussuchen. Noch ein Jahr, und die Zeit der meisten Arbeiter von früher ist abgelaufen. Sie waren im ersten Jahr des Bestehens von Berande angeworben, und ihre Kontrakte laufen in verschiedenen Monaten ab. Natürlich haben sie die neuen Leute bis zu einem gewissen Grade verdorben, aber das werde ich denen schon austreiben, und dann wird Berande eine gute Pflanzung sein.«
Joan nickte, sagte aber nichts. Sie sah den einsamen Weißen vor sich, wie sie ihn zuerst gesehen hatte: hilflos, im Fieber auf dem Liegestuhl, durch eine Eigentümlichkeit seiner Rasse bis zum letzten Atemzug verpflichtet, die Herrschaft in der Hand zu behalten. »Es ist traurig«, sagte sie schließlich, »aber ich vermute, daß der Weiße nun einmal herrschen muß.«
»Ich weiß es nicht«, versicherte Scheldon. »Und wenn es mein Leben gälte, könnte ich nicht sagen, wie ich hierhergekommen bin. Aber nun bin ich einmal hier, und weglaufen kann ich auch nicht.«
»Blindes Schicksal unserer Rasse«, sagte sie mit schwachem Lächeln. »Wir Weißen sind seit Urzeiten Land- und See-

räuber gewesen. Ich vermute, daß es uns im Blute liegt und daß wir nicht davon loskommen können.«

»Darüber habe ich noch nie so genau nachgedacht«, gestand er. »Ich hatte zuviel zu tun, als daß ich mir den Kopf zerbrochen hätte, wieso ich hierhergekommen bin.«

Lokalkolorit

Bei Sonnenuntergang lief eine kleine Jacht langsam ein, und kurz darauf kam der Kapitän an Land. Er war ein junger Mann von zwanzig Jahren mit sanfter Stimme, aber er hatte Joans Bewunderung sofort gewonnen, als Scheldon ihr erzählte, daß er ganz allein die Besatzung der Jacht befehligte, die ausschließlich aus schwarzen Malaitanern bestand. Die Romantik lockte und winkte, als Joan erfuhr, daß es Christian Young, ein geborener Norfolker, aber direkter Nachkomme John Youngs, eines der Meuterer von der Bounty, war. Die Mischung von thaitischem und englischem Blute zeigte sich in seinen sanften blauen Augen und der dunklen Hautfarbe, und die englische Energie, die auf den ersten Blick verschwunden zu sein schien, lebte in ihm, denn sie allein ermöglichte es ihm, seine Jacht mit den kriegerischen Salomoninsulanern zu bemannen und sich seinen Lebensunterhalt zu verdienen. Die unerwartete Gegenwart Joans machte ihn verlegen, aber seine Verlegenheit schwand durch die freie, kameradschaftliche Art, die Scheldon unweiblich erschien und die seine Gefühle verletzt hatte. Neuigkeiten von der Außenwelt brachte Young nicht, wohl aber eine ganze Masse von den Salomons. Fünfzehn Leute von der Lunga-Plantage, die weiter östlich an der Guadalcanarer Küste lag, hatten Gewehre gestohlen und waren in den Busch entwichen. Dann hatten sie Nachricht gesandt, daß sie zurückkehren und die drei Weißen ermorden würden. Unterdessen hatten sich zwei von diesen dreien an ihre Verfolgung gemacht. Es wäre sehr leicht möglich, so folgerte Young, daß die Schwarzen, wenn sie nicht gefangen würden, bei Berande an die Küste kämen, um ein Boot zu stehlen.

»Ich vergaß zu erzählen, daß Ihr Händler auf Ugi ermordet ist«, sagte er zu Scheldon. »Fünf große Kanus kamen von Port Adams herunter. Sie landeten nachts und überfielen Oskar im Schlaf. Was sie nicht mitnehmen konnten, verbrannten sie. Die ›Flibberty-Gibbet‹ erhielt Nachricht in der Mbolipassage und fuhr nach Ugi herunter. Ich war gerade in Mboli, als die Nachricht eintraf.«

»Ich fürchte, ich muß Ugi aufgeben«, bemerkte Scheldon.

»Das ist der zweite Händler, der dort in einem Jahr ermordet wurde«, stimmte Young ihm bei. »Es müssen wenigstens zwei Weiße dort sein. Diese Malaitakanus unternehmen stets derartige Raubzüge, und Sie wissen ja, was für ein Pack die Port-Adams-Leute sind. Ich habe Ihnen einen Hund mitgebracht. Tommy Jones schickt ihn von der Nealinsel. Er sagt, er hätte ihn Ihnen versprochen. Es ist ein erstklassiger Niggerjäger. Er war noch keine zwei Minuten an Bord, als er schon meine ganze Mannschaft in die Wanten gehetzt hatte. Tommy nennt ihn Satan.«

»Ich habe mich immer schon gewundert, warum Sie keine Hunde hier haben«, sagte Joan zu Scheldon.

»Es ist so schwer, sie zu halten. Sie werden stets von den Krokodilen gefressen.«

»Jack Hanley ist vor zwei Monaten in der Marovolagune ermordert worden«, verkündete Young mit seiner sanften Stimme. »Die ›Apostel‹ brachte die Nachricht.«

»Wo liegt die Marovolagune?« fragte Joan.

»In Neu-Georgien, einige hundert Meilen westlich. Gerade gegenüber von Bougainville.«

»Seine eigenen Hausboys taten es«, fuhr Young fort, »aber die Eingeborenen von Marovo hatten sie angestiftet. Seine Santa-Cruz-Bootsmannschaft entkam nach Choiseul, und später segelte Mather mit der ›Lily‹ nach Marovo hinüber. Er steckte ein Dorf in Brand und holte Hanleys Kopf. Er fand ihn in einer Hütte, wo die Nigger ihn dörrten. Das sind alle meine Neuigkeiten, abgesehen davon, daß eine Menge neue Lee-Enfield-Gewehre auf dem östlichen Teil von Ysabel im Umlauf sind; niemand weiß, wie die Eingeborenen sie bekommen haben. Die Regierung müßte die Angelegenheit untersuchen. Ach ja – ein Kriegsschiff ist im Archipel. Die ›Cambrian‹. Sie hat auf Bina drei Dörfer niedergebrannt – wegen der ›Minota‹, Sie wissen – und den Busch beschossen. Dann ging das Schiff nach Sio, um dort Ordnung zu schaffen.«

Sie sprachen von anderen Dingen, und als Young aufstand, um sich an Bord zu begeben, fragte Joan: »Wie können Sie so gut allein fertig werden, Herr Young?«

Seine großen, fast mädchenhaften Augen ruhten einen Augenblick auf ihr; dann antwortete er mit seiner ruhigsten und sanftesten Stimme: »Ach, ich komme ganz gut mit ihnen aus; natürlich gibt es hin und wieder Schwierigkeiten, aber darauf muß man gefaßt sein. Man darf sie nie auf den Gedanken kommen lassen, daß man sich fürchtet. Ich habe mich manchmal gefürchtet, es mir aber nie merken lassen.«

»Sie würden kaum glauben, daß er einen Moskito totschlagen könnte, der ihn sticht«, sagte Scheldon, als Young sich entfernt hatte. »Alle Norfolker Leute, die von der Besatzung der Bounty abstammen, sind so. Aber sehen Sie diesen Young. Vor kaum drei Jahren, als er gerade die ›Minerva‹ bekommen hatte, lag er vor Suu auf Malaita. Es gibt dort sehr viele Leute, die früher auf Queensland gearbeitet haben – eine rohe Bande. Sie gedachten, sich seinen Kopf zu verschaffen. Der Sohn ihres Häuptlings, des alten einäugigen Billy, war auf Lunga, wo er Arbeiter geworben hatte, an Dysenterie gestorben; das hieß, daß Suu den Kopf eines Weißen haben mußte – irgendeines Weißen, wenn es nur der Kopf eines Weißen war. Young war noch ganz unerfahren, und sie glaubten, seinen Kopf mit Leichtigkeit bekommen zu können. Durch das Versprechen, ihm Arbeiter zu geben, locken sie sein Boot an den Strand und töteten die ganze Besatzung, und im selben Augenblick stürzten sich die Suuleute, die an Bord der Minerva waren, auf Young. Der war gerade dabei, eine Dynamitpatrone zum Fischer fertigzumachen. Er zündete die Lunte an und warf sie zwischen die Schwarzen. Man kann ihn nicht dazu kriegen, die Geschichte zu erzählen, aber die Lunte war kurz, und was am Leben blieb, sprang über Bord, während er den Anker kappte und wegfuhr. Sie haben hundert Faden Muschelgeld auf seinen Kopf gesetzt, was in englischer Münze hundert Pfund Sterling bedeutet. Und trotzdem geht er immer wieder nach Suu. Erst kürzlich war er dort, um dreißig Leute von Cape Marsh – der Plantage der Brüder Fulcurm – zurückzubringen.«

»Jedenfalls habe ich heute durch ihn einen besseren Einblick in das Leben hier erhalten«, sagte Joan. »Es ist, gelinde gesagt – recht abwechslungsreich. Die Salomons sollten auf den Karten mit roter Farbe eingezeichnet werden – und dazu noch gelb, wegen der Krankheiten.«

»Es geht nicht immer so zu in den Salomons«, erwiderte Scheldon. »Berande ist allerdings die schlimmste Plantage, und hier geschieht immer gerade das Schlimmste. Ich glaube kaum, daß sonst irgendwo eine so schwere Epidemie vorgekommen ist, wie sie bei Ihrem Eintreffen geherrscht hat. Und dazu wollte es das Schicksal, daß die ›Jessie‹ auch von der Krankheit befallen wurde. Berande hat sehr viel durchgemacht. Alle alten Südseeleute schütteln den Kopf und spucken aus, wenn sie den Namen hören.«

»Berande wird aufblühen«, sagte Joan bestimmt. »Ich lache über allen Aberglauben. Sie werden sich schon durcharbeiten. Das Unglück kann nicht ewig dauern. Aber ich fürchte doch, daß das Klima im Salomonarchipel nichts für einen Weißen ist.«

»Das wird sich ändern. Warten Sie noch fünfzig Jahre, bis der Busch bis zu den Bergen hinauf abgeholzt ist. Dann werden wir das Fieber ausgerottet haben, und es wird hier gesünder sein. Kleine und große Ansiedlungen werden entstehen, denn es gibt hier ungeheure Strecken guten Bodens, die jetzt brachliegen.«

»Und doch wird das Klima nie für den Weißen taugen«, beharrte Joan. »Der Weiße wird nie imstande sein, hier körperliche Arbeit zu verrichten.«

»Das stimmt.«

»Und das bedeutet: Sklaverei«, meinte sie.

»Ja, wie überall in den Tropen. Die Schwarzen, die Braunen und die Gelben müssen die Arbeit unter Aufsicht der Weißen verrichten. Die Arbeit der Schwarzen ist jedoch zu unergiebig, und wir werden bald chinesische Kulis einführen müssen. Die Frage ist bereits von den Pflanzern erwogen worden. Ich meinerseits habe die Schwarzen herzlich satt.«

»Dann werden die Schwarzen also aussterben?«

Scheldon zuckte die Achseln und erwiderte: »Ja, wie die nordamerikanischen Indianer, die doch eine weit edlere Rasse waren als die Melanesier. Die Erde hat nur eine bestimmte Größe und wird langsam voll.«

»Und die ungeeigneten Rassen müssen verschwinden?«

»Ja, die ungeeigneten müssen verschwinden.«

Am nächsten Morgen wurde Joan durch einen starken Lärm geweckt. Ihr erster Griff war nach dem Revolver, als sie aber Noah-Noah, der Wache hielt, draußen lachen hörte, wußte sie, daß keine Gefahr bestand, und ging hinaus, um zu sehen, was es gäbe. Kapitän Young hatte Satan an Land gebracht, und zwar gerade in dem Augenblick, als die Brükkenbauabteilung am Strand vorbeigekommen war. Satan war ein großer, schwarzer Hund, kurzhaarig, muskulös und mochte gut siebzig Pfund wiegen. Er liebte die Schwarzen nicht. Tommy Jones hatte ihn gut dressiert. Er hatte ihn mehrere Stunden täglich angebunden und einigen Schwarzen befohlen, daß sie ihn necken sollten. Daher hatte Satan eine schreckliche Wut auf die ganze schwarze Rasse, und einen Augenblick, nachdem er an Land gesetzt war, jagte die Brückenbauabteilung in wilder Flucht über den Zaun und kletterte in die Kokospalmen.

»Guten Morgen«, rief Scheldon ihr von der Veranda aus zu. »Was sagen Sie zu diesem Niggerjäger?«

»Wir werden ihm wohl beibringen müssen, sich an die Hausboys zu gewöhnen«, rief sie zurück.

»Und auch an Ihre Tahitianer. Paß auf, Noah! Lauf!«

Satan, der sich überzeugt hatte, daß die Schwarzen in den Palmen unerreichbar waren, ging jetzt auf den großen Tahitianer los. Noah aber blieb, wenn auch etwas unentschlossen, stehen, und zu allgemeiner Überraschung tanzte und hüpfte Satan mit lachenden Sehern und wedelnder Rute um ihn herum.

»Das nenne ich einen vernünftigen Hund!« meinte Joan. »Er ist vernünftiger als Sie, Herr Scheldon. Er braucht keine Belehrung, um den Unterschied zwischen einem Tahitianer und einem Schwarzen kennenzulernen. Was meinst du, Noah, warum beißt er dich nicht. Er weiß, daß du Tahitianer bist, nicht wahr?« Noah schüttelte den Kopf und grinste.

»Er nicht savvee mich Tahitianer«, erklärte er. »Er savvee mich tragen Hosen wie weiße Männer.«

Scheldon lachte, kam herunter und begann sich mit Satan zu befreunden.

In diesem Augenblick betraten Adamu-Adam und Matauare, zwei von Joans Seeleuten, auf der entgegengesetzten Seite das Grundstück. Sie waren in Balesuna gewesen, um eine Alligatorenfalle zu bauen, und trugen statt der Hosen Lendentücher, die sich ihren kräftigen Gliedern gefäl-

lig anschmiegten. Kaum hatte Satan sie gesehen, als er sich von Scheldons Hand losriß und zum Angriff ansetzte.
»Nicht tragen Hosen«, bemerkte Noah mit einem Grinsen, das sich noch verstärkte, als Adamu-Adam die Flucht ergriff. Er erkletterte das Gerüst, das den eisernen Wassertank trug, der das vom Dache abfließende Regenwasser auffing. Satan, der hier seinen Angriff vereitelt sah, wandte sich gegen Matauare.
»Lauf, Matauare! Lauf!« rief Joan. Der aber blieb stehen und erwartete den Hund.
»Er ist der furchtloseste von allen – das besagt auch sein Name«, erklärte Joan Scheldon.
Kaltblütig beobachtete der Tahitianer den Hund, und als das blutdürstige Tier auf ihn lossprang, streckte er blitzschnell die Hand aus. Mit einem geschickten Griff packte er den Unterkiefer. Satan wurde in einem Halbkreis hintenüber geschleudert; er überschlug sich in der Luft und fiel schwer auf den Rücken. Dreimal sprang er zu, und dreimal warf ihn derselbe Griff zurück. Da gab er es auf und trabte hinter Matauare her, indem er ihn beäugte und argwöhnisch beschnüffelte.
»So ist es recht, Satan, so ist es recht«, versicherte ihm Scheldon, »das gut fella gehören zu mir.«
Aber Satan verfolgte die Bewegungen Matauares noch eine volle Stunde, ehe er sich vergewissert hatte, daß der Mann zum Hause gehörte. Dann wandte er sein Interesse den drei Hausboys zu, drängte Ornfiri in der Küche gegen den heißen Herd, riß Lalaperu, der in der Aufregung einen Verandapfosten erklimmen wollte, das Lendentuch vom Leibe, und sprang Viaburi auf das Billard nach, wo der Kampf tobte, bis Joan dem Schwarzen zu Hilfe kam.

Kampf zwischen den Geschlechtern

Die unerschöpfliche Energie und gute Laune Satans waren beispiellos. Immer schienen seine Zähne Arbeit zu suchen, und in Ermangelung schwarzer Beine machte er sich an die Kokosnüsse, die innerhalb des Grundstücks von den Palmen fielen, hielt den Garten von eindringenden Hühnern frei und versetzte die Vorarbeiter, die etwas zu berichten hatten, in Schrecken. Er konnte die Quälereien seiner Jugend nicht vergessen; sie hatten seinem Bewußtsein einen unauslöschlichen Haß gegen die Schwarzen eingeätzt. Ein solcher Schrecken wurde er für den ganzen Ort, daß Scheldon zuletzt gezwungen war, ihn im Wohnzimmer einzuschließen, sobald er fremden Eingeborenen aus irgendeinem Grunde den Zutritt zum Grundstück gewähren mußte. Das aber verletzte Satans Gefühle und fachte seinen Zorn so an, daß selbst die Hausboys sich vor ihm hüten mußten, wenn er wieder losgelassen war.
Christian Young segelte mit der ›Minerva‹ ab und nahm eine Gott weiß wann abzuliefernde Einladung an Tommy Jones mit, das nächste Mal, wenn er vorbeikäme, in Berande vorzusprechen.
»Was für Pläne haben Sie, wenn Sie nach Sydney kommen?« fragte Scheldon an diesem Abend beim Essen.
»Das ist das erste, was ich davon höre, daß ich nach Sydney gehe«, erwiderte Joan. »Ich vermute, Sie haben durch den Buschtelegraphen Nachricht erhalten, daß dieser dritte Assistent und Exmatrose in Tulagi die Absicht hat, mich als unerwünschten Einwanderer abzuschieben.«
»O nein, durchaus nicht, versichere ich Ihnen«, stammelte Scheldon unbeholfen, aus Furcht, sie verletzt zu haben, obgleich er nicht wußte, wieso. »Ich fragte nur so. Sehen Sie,

der Verlust Ihres Schoners und——und alles sonst –, Sie verstehen – ich dachte, daß, wenn – wenn——nun, kurz, bis Sie sich mit Ihren Freunden in Verbindung gesetzt haben, könnten meine Agenten in Sydney Ihnen ja ein Darlehen geben – vorübergehend natürlich – kurz, ich würde mich nur freuen, und——Sie wissen, die eigentliche——«

Aber plötzlich brach er ab und betrachtete sie gereizt und besorgt. »Was ist denn?« fragte er mit einer gewissen Erregung. »Was habe ich nun wieder getan?«

Joans Augen funkelten kampflustig. Ihre Lippen kräuselten sich spöttisch.

»Durchaus nichts Unerwartetes«, sagte sie ruhig. »Sie haben mich in Ihrer gewohnten selbstgefälligen, überlegenen Art einfach übergangen. Natürlich ist meine Erklärung, daß ich gar nicht die Absicht habe, nach Sydney zu gehen, für Sie ganz bedeutungslos. Nach Sydney soll ich nur, weil Sie es in Ihrer höheren Weisheit so beschlossen haben.«

Sie machte eine Pause und betrachtete ihn neugierig, als wenn er irgendein fremdartiges Geschöpf gewesen wäre. »Natürlich bin ich Ihnen dankbar, weil Sie mir Ihre Hilfe anbieten, aber selbst das ist kein Pflaster für verletzten Stolz. Im übrigen ist es nicht mehr, als jeder Weiße vom andern erwarten kann. Schiffbrüchigen Seeleuten hilft man stets weiter. Nur – dieser eine Seemann braucht keine Hilfe. Außerdem geht dieser Seemann gar nicht nach Sydney, also besten Dank.«

»Aber was gedenken Sie denn zu tun?«

»Ich will einen Ort ausfindig machen, wo ich der Schande entgehen kann, vom starken Geschlecht unter Zwang und Vormundschaft gehalten zu werden.«

»Halt, jetzt gehen Sie wohl etwas zu weit.« Scheldon lachte, aber der offensichtliche Zwang, den er sich antat, strafte ihn Lügen. »Sie wissen selbst, wie unmöglich die Situation ist.«

»Das weiß ich gar nicht, mein Herr. Und wenn sie unmöglich war, nun ja, dann habe ich sie eben möglich gemacht.«
»Aber es kann doch nicht so weitergehen, wirklich –«
»Doch! Wenn ich es bis jetzt ermöglicht habe, so werde ich es auch weiterhin ermöglichen. Ich gedenke, in den Salomons zu bleiben, aber nicht auf Berande. Morgen fahre ich mit dem Boot nach Pari-Sulay. Ich habe mit Kapitän Young darüber gesprochen. Er sagt, daß es dort mindestens vierhundert Morgen gutes Brachland gibt. Da es eine Insel ist, sagt er, brauchte ich nicht zu fürchten, daß die jungen Palmen von den Wildschweinen vernichtet würden. Ich hätte nichts zu tun, als das Unkraut niederzuhalten, bis die Palmen tragfähig sind. Ich werde zunächst die Insel kaufen, dann vierzig bis fünfzig Leute anwerben und mit dem Roden und Pflanzen beginnen; und gleichzeitig werde ich mir einen Bungalow bauen, und dann sind Sie von meiner Gegenwart erlöst – nun, bitte, widersprechen Sie mir.«
»Das tue ich auch«, sagte er scharf. »Sie wollen eben meinen Standpunkt nicht anerkennen, und deshalb hat es gar keinen Zweck, daß wir weiter darüber reden. Und nun bitte ich Sie, vergessen Sie alles andere und verfügen Sie ganz über mich bei diesen – diesen Ihren Plänen. Ich verstehe etwas mehr vom Kokosnußpflanzen als Sie. Sie reden wie ein Kapitalist. Ich weiß nicht, wieviel Kapital Sie besitzen, aber ich kann mir nicht denken, daß Sie übermäßig reich sind. Und ich weiß, was es kostet, ein Stück Boden zu roden. Nehmen wir an, die Regierung verkauft Ihnen Pari-Sulay zu einem Pfund Sterling den Morgen; das Roden kostet Sie mindestens noch vier; das macht zusammen fünf, also für vierhundert Morgen rund zwanzigtausend Dollar; haben Sie die?«
Sie zeigte ein starkes Interesse, und er konnte bemerken, daß sie den vorangegangenen Streit schon fast vergessen hatte.

Mit offensichtlicher Enttäuschung gab sie zu: »Nein, ich habe nicht ganz achttausend Dollar.«

»Noch etwas müssen Sie bedenken. Wie Sie selbst sagten, brauchen Sie wenigstens fünfzig Leute. Außer der Prämie beträgt der Lohn dreißig Dollar jährlich.«

»Ich gebe meinen Tahitianern fünfzehn Dollar monatlich«, warf sie ein.

»Die würden sich nicht für regelmäßige Plantagenarbeit eignen. Aber weiter: Der Lohn für fünfzig Leute macht dreihundert Pfund jährlich, also eintausendfünfhundert Dollar. Schön. Sieben Jahre dauert es, ehe die Palmen zu tragen beginnen. Sieben mal eintausendfünfhundert macht zehntausendfünfhundert Dollar – mehr, als Sie haben, und das würde nur der Leutelohn ausmachen, und Sie behielten nichts für den Bungalow, die anderen Gebäude, die Geräte, Chinin, die Reisen nach Sydney und so weiter.« Scheldon schüttelte ernst den Kopf. »Diesen Gedanken werden Sie aufgeben müssen.«

»Aber ich will nicht nach Sydney, ich will einfach nicht. Dann beteilige ich mich mit meinem Geld an irgendeiner Pflanzung. Ich möchte mich an Berande beteiligen.«

»Gott behüte!« rief er in so natürlichem Entsetzen, daß sie in herzliches Lachen ausbrach.

»Nun, ich will Sie nicht länger quälen. Ich pflege meine Gegenwart wirklich nicht aufzudrängen, wo sie nicht erwünscht ist. Ja, ja, ich weiß schon, Sie suchen jetzt nach Worten, um mir klarzumachen, daß ich mich Ihnen seit meiner Landung aufgedrängt habe; Sie sind nur zu höflich, um es mir direkt zu sagen. Aber wie Sie wissen, war es mir nicht möglich, fortzugehen, und ich mußte eben bleiben. Nach Tulagi wollten Sie mich auch nicht fahren lassen. Sie haben mich also gezwungen, mich Ihnen aufzudrängen. Aber ich würde nie einen passenden Teilhaber finden. Ich werde Pari-Sulay kaufen, aber nur zehn Leute beschäftigen und langsam roden. Dann werde ich etwas Geld in eine alte Jacht stecken und mir eine Handelslizenz verschaffen. Und dann fahre ich als Werber nach Malaita.«

Sie hatte Scheldons Protest erwartet und fand ihn wirklich in seinen zusammengepreßten Händen und in jeder Linie seines scharfgeschnittenen Gesichts.

»Sagen Sie nur ruhig Ihre Meinung«, forderte sie ihn auf. »Nehmen Sie keine Rücksicht auf mich. Ich gewöhne mich allmählich daran, wirklich.«

»Ich wünschte, ich wäre eine Frau, dann könnte ich Ihnen sagen, wie unnatürlich, ungesund und unmöglich das sein würde«, platzte er heraus.

Sie beobachtete ihn und sagte: »Es ist schon besser, daß Sie ein Mann sind. Auch dann kann Sie nichts davon abhalten, mir alles zu sagen, denn ich verlange, als Mann angesehen zu werden. Ich bin nicht hergekommen, um auf den Salomons die Dame zu spielen. Vergessen Sie bitte, daß ich zufällig etwas anderes als ein Mann bin; ich wünsche, wie ein Mann zu leben.«

Innerlich ärgerte sich Scheldon. Spielte sie mit ihm? Oder steckte eine geheime, eine ungesunde Unweiblichkeit in ihr? Oder war es nur die reine, dumme, starrköpfige, sentimentale Unschuld?

»Ich habe Ihnen schon gesagt«, begann er förmlich, »daß das Arbeiterwerben auf Malaita für eine Frau unmöglich ist. Und mehr will und kann ich Ihnen nicht sagen.«

»Und ich erwidere Ihnen, daß dem nicht so ist. Ich habe die ›Miélé‹ als Schiffer den ganzen Weg von Tahiti hierhergeführt, wenn Sie nichts dagegen haben, und ich habe sie zwar verloren, aber daran sind Ihre Admiralitätskarten schuld. Ich bin Seemann, und das ist mehr, als man von den meisten Ihrer Salomonskapitäne sagen kann. Kapitän Young hat mir davon erzählt. Ich bin Seemann, ein besserer Seemann als Sie, wenn es darauf ankommt, und das wissen Sie. Ich kann schießen, ich bin kein Narr, ich kann selbst für mich sorgen, und ich werde mir ganz bestimmt eine Jacht kaufen, sie selbst fahren und auf Malaita werben.«

Scheldon machte eine hoffnungslose Gebärde.

»So ist's recht«, rief sie, »geben Sie mich nur auf. Aber wie Von zu sagen pflegte: »Jetzt erst recht!«

»Es hat ja doch keinen Zweck, darüber zu reden. Lassen Sie uns etwas Musik hören.« Er stand auf und trat an das große Grammophon. Während er aber noch das Werk aufzog, hörte er sie sagen: »Sie haben sicher Ihr ganzes Leben noch nie etwas anderes als Zuckerpüppchen kennengelernt; darum verstehen Sie mich nicht. Komm, Satan, lassen wir ihn bei seiner alten Musik.«

Er blickte ihr verdrießlich nach und sagte nichts, bis er sah, wie sie ein Gewehr aus dem Ständer nahm, das Magazin untersuchte und zur Tür schritt.

»Wo wollen Sie hin?« fragte er geradezu.

»Es würde für Sie als Mann schrecklich – oder – unschicklich sein«, antwortete sie, »mir als Frau die Gründe sagen zu müssen, warum ich nicht Alligatoren schießen dürfte. Gute Nacht, schlafen Sie wohl!«

Er hielt das Grammophon unvermittelt an, ging ihr bis zur Tür nach und warf sich dann plötzlich auf einen Stuhl.

»Sie hoffen, daß ein Alligator mich packt, nicht wahr?« rief sie ihm von der Veranda aus zu, und als sie die Stufen hinabschritt, drang ihr spöttisches Lachen durch die breite Tür zu ihm herein.

Eine Nachricht von Boucher

Am nächsten Tage war Scheldon sich selbst überlassen. Joan war ausgezogen, um Pari-Sulay zu erforschen, und konnte erst spät am Nachmittag zurückkommen.
Scheldon fühlte sich durch die Einsamkeit bedrückt, und am Nachmittag veranlaßten ihn mehrere Böen, häufig mit dem Glas in der Hand auf die Veranda zu treten, um die See ängstlich nach dem Boot abzusuchen. Dazwischen brütete er finster über seinen Abrechnungsbüchern, nahm oberflächliche Schätzungen vor, addierte und subtrahierte und brütete nur um so finsterer. Der Verlust der ›Jessie‹ hatte Berande schwer getroffen. Es handelte sich nicht allein um das Kapital, sondern auch um die mit dem Schiff erzielten Einnahmen, denn sie waren es gerade gewesen, die in der Hauptsache die laufenden Ausgaben der Pflanzung gedeckt hatten.
»Armer alter Hughie«, murmelte er plötzlich. »Ich freue mich, daß du das nicht mehr erlebst, alter Freund, dies Elend, dies Elend!«
Unter Böen lief die ›Flibberty-Gibbet‹ ein, und ihr Schiffer, Peter Olson (ein Bruder des Kapitäns von der ›Jessie‹), schleppte, alt, zusammengefallen, aufgeregt, vom Fieber ausgezehrt, seinen müden Körper die Treppe herauf und ließ sich in einen Liegestuhl fallen. Whisky und Soda belebten ihn so weit, daß er Bericht erstatten und seine Abrechnungen vorlegen konnte.
»Das Fieber hat Sie ja völlig heruntergebracht«, sagte Scheldon. »Warum gehen Sie nicht nach Sydney, damit Sie wieder in ein vernünftiges Klima kommen?«
Der alte Kapitän schüttelte den Kopf.
»Ich kann nicht, ich bin schon zu lange im Archipel; ich wür-

de sterben. Dort unten würde das Fieber noch viel schlimmer zum Ausbruch kommen.«

»Sterben oder gesund werden«, meinte Scheldon.

»Es ist der sichere Tod für mich. Vor drei Jahren habe ich es versucht. Das kalte Wetter warf mich nieder, ehe ich noch an Land gekommen war. Man trug mich in ein Hospital. Volle zwei Wochen war ich ununterbrochen bewußtlos. Dann schickten die Ärzte mich wieder in die Südsee zurück. Sie sagten, das wäre die einzige Rettung für mich. Nun, noch bin ich am Leben, aber ich bin völlig vom Fieber durchseucht. Ein Monat Australien würde mit den Rest geben.«

»Aber was wollen Sie jetzt tun?« erkundigte sich Scheldon. »Sie können doch nicht bis zu Ihrem Tode hierbleiben.«

»Was bleibt mir sonst übrig? Ich würde sehr gern in meine Heimat zurückkehren, aber ich könnte es nicht vertragen. Ich muß eben hier aushalten und bis zu meinem Ende bleiben; aber, weiß Gott, ich wünschte, ich hätte die Salomons nie gesehen.« Er weigerte sich, an Land zu schlafen, nahm seine Aufträge entgegen und begab sich an Bord des Kutters.

Ein düsterer Sonnenuntergang wurde durch die schwerste Bö dieses Tages ausgelöscht, und da sah Scheldon das Walboot auftauchen. Das Sprietsegel wurde eingeholt, das Boot hielt auf den Strand zu, und er empfand ein gewisses Unbehagen, als er sah, wie Joan, aufrecht stehend, sich mit ihrer ganzen Kraft auf das Steuerruder legte, um den Druck zu überwinden, der das Boot quer in die See zu werfen drohte. Ihre Tahitianer sprangen über Bord und schoben das Boot schnell auf den Strand, und sie führte ihre seltsame Gesellschaft zur Pforte herein. Die ersten Regentropfen fielen schwer wie Hagelschloßen, die hohen Kokospalmen bogen sich unter der Gewalt des Windes, während die dichten Wolkenmassen der Böen die kurze Tropendämmerung unvermittelt in Nacht verwandelten. Ganz unbemerkt verlor sich die Angst, die Scheldon den ganzen Nachmittag bedrückt hatte, und er fühlte sich merkwürdig angeregt durch ihren Anblick, wie sie mit lachendem, gerötetem Gesicht, wehenden Haaren und vor Anstrengung wogender Brust die Stufen heraufsprang.

»Wundervoll, wirklich wundervoll, dieses Pari-Sulay«, keuchte sie. »Ich kaufe es, noch heute abend schreibe ich an den Kommissar. Der Platz für den Bungalow – ich habe ihn schon ausgesucht – ist herrlich. Sie müssen einmal mit hinüberkommen und mir Ratschläge erteilen. Sie haben doch nichts dagegen, daß ich hierbleibe, bis alles erledigt ist? War die Bö nicht prächtig? Vermutlich komme ich zu spät zum Essen; ich mache mich schnell etwas zurecht und bin in einer Minute wieder hier.« Während der kurzen Zeit ihrer Abwesenheit ging er in dem großen Wohnzimmer auf und nieder und erwartete mit Ungeduld und Sehnsucht ihre Wiederkehr.

»Hören Sie, ich werde mich nicht wieder mit Ihnen zanken«, verkündete er, als sie sich gesetzt hatten.

»Zanken«, lautete die Antwort, »das ist ein häßliches Wort. Sagen wir, ehrlich streiten.«

»Nennen Sie es, wie Sie wollen, aber jedenfalls wollen wir es nicht wieder tun.«

Er räusperte sich nervös, denn ihre Augen verkündeten, daß die Eröffnung der Feindseligkeiten unmittelbar bevorstand. »Entschuldigen Sie«, warf er schnell ein. »Ich hätte das für mich behalten sollen. Ich wollte nur sagen, daß ich meinerseits nicht mehr streiten will. Sie haben eine schreckliche Art, mich ohne ein Wort abzufertigen. Ich begann mit den besten Absichten, und jetzt mache ich –«

»Unpassende Bemerkungen«, beendete sie den Satz.

»Das ist Ihre Art, mich hereinzulegen«, klagte er.

»Wieso? Ich habe kein Wort gesagt. Ich saß ruhig hier und

träumte von Frieden auf Erden und so weiter, und da fangen Sie plötzlich an, mich zu beschimpfen.«
»Das wohl kaum.«
»Nun, Sie sagten, ich wäre schrecklich, oder ich hätte eine schreckliche Art, was ja auf dasselbe etwa herauskommt. Ich wollte nur, mein Bungalow wäre fertig, dann würde ich morgen schon ziehen.«
Aber ihre zuckenden Lippen straften ihre Worte Lügen, und im nächsten Augenblick war dem Mann noch ungemütlicher zumute, denn sie lachte laut.
»Ich wollte Sie nur necken. Und wenn Sie nicht lachen, muß ich glauben, daß Sie mir böse sind. So ist's recht, lachen Sie. Aber wenn es Ihnen Mühe macht«, fügte sie schnell hinzu, »dann lassen Sie's bleiben. Sie sehen aus, als ob Sie Zahnschmerzen hätten. Schon gut, sagen Sie nichts. Sie haben versprochen, nicht zu streiten, während ich das Recht habe, weiter so streitbar zu sein, wie es mir beliebt. Zunächst: Da liegt die ›Flibberty-Gibbet‹. Ich wußte nicht, daß sie ein so großer Kutter ist, aber sie befindet sich in einer traurigen Verfassung. Ihre Takelung ist etwas merkwürdig, und bei der nächsten starken Bö wird der obere Teil weggerissen. Ich habe Noah-Noahs Gesicht beobachtet, als wir vorbeifuhren, er sagte nichts, lächelte nur höhnisch, und ich kann es ihm nicht verdenken.«
»Der Kapitän hat schweres Fieber«, erklärte Scheldon. »Er mußte seinen Steuermann abgeben, der in Ugi blieb – das ist die Plantage, wo ich meinen Händler Oskar verloren habe. Und Sie wissen, was für Seeleute die Nigger sind.«
Sie nickte zustimmend, und während sie ernsthaft nachzudenken schien, bat er sie um ein zweites Stück Büchsenfleisch. Nicht weil er hungrig war, sondern weil er gern ihre schlanken, festen, ganz schmucklosen Finger beobachten wollte, während er sich gleichzeitig an der Rundung ihres Unterarmes erfreute. Der kam aus dem Ärmel her-

vor und ging in das glatte, runde Handgelenk über, das noch nicht durch das Adernetz verunstaltet war, welches sich mit dem Alter einzustellen pflegt. Die Finger waren von der Sonne gebräunt und sahen wie die eines Knaben aus. Da kam ihm plötzlich das Verständnis für sie. Ja, das war es, er hatte die Lösung zu ihrer rätselhaften Persönlichkeit gefunden. Die sonnenverbrannten, knabenhaften Finger gaben sie ihm. Kein Wunder, daß sie ihn so oft bis aufs Blut gereizt hatte. Er hatte sie als Frau behandeln wollen, und sie war gar keine Frau. Sie war eben nur ein Mädel – und ein halber Junge dazu – mit sonnenverbrannten Fingern, die mit Vorliebe knabenhafte Dinge taten; ein Mädel, das Schwimmen und Anstrengungen aller Art liebte, das von kühnem Wagemut beseelt war, sich aber nicht weiter als bis zu knabenhaften Abenteuern verstieg und seine Freude hatte an Gewehren und Revolvern, Cowboyhüten und einer geschlechtslosen Kameradschaft mit Männern.

Beobachtete er sie jetzt sinnend, so war es ihm, als ob er daheim in der Kirche säße und dem Gesang der Chorknaben lauschte. Sie erinnerte ihn an diese Knaben, oder doch wenigstens an deren Stimmen. Es war dieselbe geschlechtslose Art. Körperlich war sie zwar eine Frau, aber geistig war sie nicht dazu erzogen. Ihr hatte der weibliche Einfluß gefehlt. Sie hatte keine Mutter gehabt. Von, der Vater, eingeborene Diener und das rauhe Inselleben hatten sie erzogen. Pferde und Gewehre waren ihr Spielzeug gewesen, Lager und Wald ihre Kinderstube. Nach dem, was sie erzählt hatte, waren ihre Schultage nur eine Verbannung gewesen, die sie neben dem Studium der unablässigen Sehnsucht nach dem wilden Reiten und Schwimmen auf Tahiti gewidmet hatte. Die Erziehung und die Ansichten eines Knaben. Das erklärte ihre Abneigung gegen Weiberröcke, ihre Empörung über Dinge, die doch nur schicklich waren.

Eines Tages mußte sie wohl erwachsen sein. Jetzt aber war sie noch in der Entwicklung begriffen.
Ihm blieb eben nur übrig, sich mit ihrem knabenhaften Wesen abzufinden und nicht den Fehler zu begehen, sie als Frau zu behandeln. Er fragte sich, ob er die Frau, zu der sie sich entwickeln würde, und ob er sie geradeso, wie sie war, lieben könnte. Wie dem auch immer sein mochte, so nahm sie doch jedenfalls einen ziemlich großen Raum in seinem Leben ein, das hatte er an diesem Nachmittag empfunden, als er die See zwischen den Böen nach ihr absuchte. Dann fiel ihm wieder die finanzielle Lage von Berande und der unvermeidliche Zusammenbruch ein, und er runzelte die Stirn. Jetzt erst wurde er gewahr, daß sie sprach.
»Verzeihen Sie«, sagte er. »Was meinten Sie?«
»Sie haben auch nicht ein einziges Wort gehört, ich wußte es«, schalt sie. »Ich sagte, daß die ›Flibberty-Gibbet‹ sich in einer traurigen Verfassung befindet und daß ich morgen, sobald Sie es dem Kapitän gesagt haben, und wenn er es nicht übelnimmt, mit meinen Leuten an Bord gehen und das Schiff überholen werde. Wir werden auch den Boden abschrapen, denn der Kupferbeschlag ist fast vier Zoll dick bewachsen. Ich sah es, als sie rollte. Vergessen Sie nicht, daß ich eines Tages mit der ›Flibberty-Gibbet‹ fahren werde, und wenn ich mit ihr durchbrennen müßte.«
Als sie auf der Veranda Kaffee tranken, hörten sie Satan in der Nähe der Pforte anschlagen, und Scheldon mußte schließlich einen zerzausten, verängstigten Schwarzen befreien, den er zum Verhör auf die Veranda brachte.
»Was fella Herr du gehören?« fragte er. »Was Name du kommen dies fella Platz, Sonne er gehen unter?«
»Mich gehören Boucher. Zuviel Jungen gehören Port Adams bleiben bei mein fella Herrn. Zuviel machen Lärm.«
Der Schwarze zog ein Stück Papier aus dem Gürtel und reichte es ihm. Scheldon überflog es hastig.

»Es ist von Boucher«, erklärte er, »dem Mann, der Packards Stelle übernommen hat. Packard wurde, wie ich Ihnen erzählte, von seiner Bootsmannschaft getötet. Boucher schreibt, daß fünfzig Port-Adams-Leute in großen Kanus an seinem Strand gelandet sind und sich häuslich niedergelassen haben. Sie haben schon ein halbes Dutzend Schweine getötet und scheinen Streit zu suchen. Er fürchtet, daß sie sich mit den fünfzehn Ausreißern aus Lunga vereinigen könnten.«

»Und dann?« fragte sie.

»Dann würde Billy Pape genötigt sein, einen Nachfolger für Boucher zu senden. Es ist Papes Station. Ich weiß nicht, was ich tun soll. Ich möchte Sie nicht allein hier lassen.«

»Nehmen Sie mich mit.«

Er schüttelte lächelnd den Kopf.

»Dann nehmen Sie wenigstens meine Leute mit«, riet sie. »Es sind brave Jungens, die nichts fürchten – außer Utami, der sich vor Geistern fürchtet.«

Die große Glocke wurde geläutet, und fünfzig Schwarze trugen das Boot zum Wasser hinunter. Die Bootsbesatzung nahm ihre Plätze ein. Matauare und drei andere Tahitianer setzten sich mit Patronengürteln und Gewehren bewaffnet ans Heck. Scheldon selbst übernahm das Ruder.

»Ach, ich wollte, ich könnte mit Ihnen fahren«, sagte Joan sehnsüchtig, als das Boot absetzte.

Scheldon schüttelte den Kopf.

»Ich bin so gut wie ein Mann«, drängte sie.

»Sie sind wirklich jetzt hier nötig«, erwiderte er. »Diese Lunga-Bande könnte gerade, wenn wir beide abwesend sind, hier landen und die Pflanzung überfallen. Leben Sie wohl! Wir werden morgen früh zurückkommen. Es sind nur zwölf Meilen.«

Als Joan ins Haus zurückkehrte, mußte sie zwischen den Bootsträgern hindurchgehen, die sich am Strande herumtrieben und in wunderlicher, affenartiger Weise über die Ereignisse des Tages schwatzten. Sie machten ihr Platz. Als sie aber mitten zwischen ihnen war, überkam sie ein Gefühl ihrer eigenen Hilflosigkeit. Es waren ihrer so viele, was hinderte sie, sie niederzumachen, wenn sie wollten? Dann fiel ihr ein, daß ein Schrei von ihr Noah-Noah und ihre andern Leute herbeirufen würde und daß jeder von ihnen im Kampfe gut ein Dutzend der Schwarzen aufwog. Als sie das Tor öffnete, trat ein Schwarzer auf sie zu. In der Dunkelheit konnte sie ihn nicht erkennen.

»Was Name?« fragte sie scharf. »Was Name gehören dir?«

»Mich Aroa«, sagte er.

Sie erkannte in ihm einen der beiden Kranken, die sie im Hospital gepflegt hatte; der andere war gestorben.

»Mich nehmen Masse fella Medizin zuviel«, sagte Aroa.

»Ja, und du all right«, antwortete sie.

»Mich wollen Tabak, viel fella Tabak; mich wollen Kaliko; mich wollen Schweinsfischzähne; mich wollen ein fella Gürtel.«

Sie blickte ihn belustigt an, in der Erwartung, ein Lächeln oder wenigstens ein Grinsen auf seinem Gesicht zu sehen. Aber das blieb völlig ausdruckslos. Mit Ausnahme eines Schurzes um die Lenden, zweier Ohrenpflöcke und eines Kranzes aus weißen Kaurimuscheln in seinem wolligen Haar war er nackt. Sein Körper war frisch geölt und glänzend, seine Augen leuchteten im Sternenlicht wie die eines Raubtieres. Die andern Leute hatten sich hinter ihm zu einer richtigen Mauer zusammengedrängt. Die einen kicherten, aber die andern beobachteten sie mit mürrischem, gespanntem Schweigen.

»Schön«, sagte sie, »wozu brauchen diese vielen fella Sachen?«

»Mich nehmen Medizin«, sagte Aroa. »Du bezahlen mich dafür.«

›Das ist der Dank‹, dachte sie – Scheldon schien schließlich doch recht zu haben. Aroa wartete stumpfsinnig. Ein springender Fisch klatschte draußen aufs Wasser. Eine kleine Welle murmelte schläfrig am Strande. Der Schatten eines fliegenden Hundes huschte schweigend über sie hinweg. Ein leichter Wind fächelte kühlend ihre Wangen. Es war die Landbrise, die zu wehen begann.

»Ihr gehen in die Baracken«, sagte sie, im Begriff, die Pforte zu durchschreiten.

»Du bezahlen mich«, sagte der Schwarze.

»Aroa, du sein ein großer Narr. Ich nicht bezahlen dich, jetzt du gehen.« Aber der Schwarze blieb stehen. Sie fühlte, daß er sie fast unverschämt ansah, als er wiederholte: »Ich nehmen Medizin. Du bezahlen mich. Du bezahlen mich jetzt.«

Da verlor sie die Geduld und gab ihm eine so kräftige Ohrfeige, daß er zwischen seine Genossen taumelte. Aber die ließen sich nicht vertreiben. Ein anderer trat vor.

»Du bezahlen mich«, sagte er. Seine Augen hatten einen mürrischen, unruhigen Blick, wie sie ihn bei Affen gesehen hatte. Aber er hielt ihrem unbehaglich prüfenden Blick geduldig stand, und seine dicken Lippen preßten sich in mürrischer Entschlossenheit zusammen.

»Wofür?« fragte sie.

»Mich Gogoomy«, sagte er. »Bawo Bruder gehören mir.« Sie entsann sich, daß Bawo der Name des Kranken war, der gestorben war.

»Geh weg«, befahl sie.

»Bawo nehmen Medizin. Bawo fertig. Bawo mein Bruder. Du bezahlen mich. Vater gehören mir ein groß fella Häuptling auf Port Adams. Du bezahlen mich.«

Joan lachte.

»Gogoomy, du gerade wie Aroa, ein großer Narr. Mein Wort, wer bezahlen mir Medizin?«

Sie wollte die Sache beenden, indem sie durch die Pforte schritt und sie hinter sich verschloß. Aber Gogoomy drängte sich dagegen und sagte in unverschämtem Tone: »Vater gehören mir ein groß fella Häuptling. Du nicht schlagen Kopf gehören mir. Mein Wort, du bange zuviel.«

»Mich bange?« fragte sie, während der Zorn sie übermannte.

»Du zuviel bange, schlagen Kopf gehören mir«, sagte Gogoomy überlegen.

Da langte sie über die Pforte hinüber und versetzte ihm einen so kräftigen Schlag, daß er zur Seite taumelte und beinahe hingestürzt wäre. Er sprang auf die Pforte zu, als wollte er sie mit Gewalt öffnen, während sich die Menge gegen den Zaun drängte.

Joan überlegte blitzschnell. Ihr Revolver hing an der Wand im Grashause, doch ein Schrei von ihr mußte ihre Leute herbeirufen, und sie wußte, daß sie dann in Sicherheit war. Aber sie rief nicht um Hilfe. Statt dessen pfiff sie Satan und rief seinen Namen. Sie wußte, daß er im Schlafzimmer eingesperrt war, aber die Schwarzen warteten gar nicht erst, sondern flohen unter wildem Geschrei in die Nacht hinaus, während Gogoomy nur zögernd folgte.

Als sie den Bungalow betrat, lachte sie, dann aber traten ihr vor Ärger Tränen in die Augen. Eine ganze Nacht hatte sie bei dem Verstorbenen gewacht, und jetzt verlangte sein Bruder Bezahlung für sein Leben.

»Oh! Diese undankbaren Geschöpfe!« murmelte sie, während sie überlegte, ob sie den Vorfall Scheldon berichten sollte oder nicht.

Die Port-Adams-Bande

»Und so ging dann die Geschichte ganz einfach«, sagte Scheldon. Er saß auf der Veranda und trank Kaffee, während das Boot in den Schuppen gebracht wurde. »Boucher war zuerst etwas zaghaft und wollte nicht mit starker Hand eingreifen, als aber einmal der Anfang gemacht war, machte er sich sehr gut. Wir hielten zum Scheine eine Gerichtssitzung ab, und Telepasse, der alte Schuft, nahm das Urteil an. Er ist ein Port-Adams-Häuptling, ein schmieriger Halunke. Er mußte den zehnfachen Wert der Schweine erlegen und mit seiner Bande abziehen. Oh, ich sage Ihnen, das ist eine feine Gesellschaft! Mindestens sechzig Mann in fünf Kanus, die Streit suchen. Sie haben sich auch ein Dutzend Gewehre verschafft, die man ihnen wegnehmen müßte.«

»Warum haben Sie es denn nicht getan?« fragte Joan.

»Soll ich mich mit dem Kommissar einlassen? Er ist schrecklich empfindlich in bezug auf seine schwarzen ›Mündel‹, wie er sie nennt. Na also, wir schoben sie ab, aber einige Meilen weiter am Strande landeten sie doch wieder, um abzukochen. Sie müßten eigentlich heute hier vorbeikommen.«

Zwei Stunden später waren die Kanus da. Niemand hatte sie kommen sehen. Die Hausboys waren in der Küche, die Plantagenarbeiter in ihren Baracken; alle aßen. Satan schlief fest, auf dem Rücken liegend, unter dem Billard und schüttelte im Schlaf die lästigen Fliegen ab. Joan kramte im Lager umher, und Scheldon hielt seinen Mittagsschlaf in der Hängematte auf der Veranda. Da wachte er auf. Eine Warnung, daß etwas nicht in Ordnung sei, hatte seinen Schlaf auf geheimnisvolle, unerklärliche Weise unterbrochen. Ohne sich zu regen, sah er hinunter. Der Platz wimmelte von bewaffneten Wilden. Es waren dieselben, mit denen er am Morgen zu tun gehabt hatte, aber er bemerkte, daß sich ihre Zahl vermehrt hatte. Es waren Männer darunter, die er vorher nicht gesehen. Er ließ sich aus der Hängematte gleiten und schlenderte mit absichtlicher Langsamkeit ans Geländer, wo er, verschlafen gähnend, auf sie hinabsah. Er hatte das eigentümliche Gefühl, daß es seine Bestimmung sei, immer auf diesem erhöhten Platz zu stehen und hinabzuschauen auf endlose Horden von aufrührerischen Schwarzen, die Aufsicht, Einschüchterung und Beruhigung brauchten. Während er aber scheinbar sorglos über sie hinblickte, ging er ernsthaft mit sich zu Rate. Die neu Hinzugekommenen waren nämlich mit modernen Gewehren bewaffnet. Aha! Er hatte es sich gedacht. Es waren fünfzehn, zweifellos die Ausreißer aus Lunga. Außerdem befand sich ein Dutzend alter Gewehre in den Händen der ihm schon bekannten Leute. Die übrigen waren mit Speeren, Keulen, Bogen und Pfeilen und langstieligen Äxten bewaffnet. Am Strande konnte er die an Land gezogenen großen Kriegskanus mit phantastisch geschnitztem Bug und Heck sehen, die mit Schnörkeln und Schnüren aus weißen Kaurimuscheln verziert waren. Es waren die Leute, die seinen Händler Oskar in Ugi ermordet hatten.

»Was Name ihr gehen auf diesen Platz?« fragte er. Gleichzeitig warf er einen verstohlenen Blick auf das Meer, wo die ›Flibberty-Gibbet‹ sich auf der spiegelglatten See wiegte. Nicht eine Seele zeigte sich unter ihrem Sonnensegel, und er sah, daß das Boot an ihrer Seite fehlte. Die Tahitianer waren vermutlich den Balesuna hinauf zum Fischfang gefahren. Er stand ganz allein dieser großen Gefahr gegenüber, während seine Welt an diesem windstillen, tropischen Mittag friedlich schlummerte. Keiner antwortete, und er wiederholte seine Frage, diesmal herrischer und mit wachsendem Zorn. Die Schwarzen drängten sich beim Klange seiner Stimme unbehaglich hin und her wie eine Viehherde. Aber keiner sprach. Alle Augen starrten ihn abwartend an. Etwas mußte geschehen, und darauf warteten sie, warteten mit schwankendem, doch einmütigem Masseninstinkt auf den unter ihnen, der den ersten Schritt unternähme, um sie alle zu gemeinsamem Vorgehen zu veranlassen. Auch Scheldon sah sich nach ihm um, denn es war der, den er zu fürchten hatte. Gerade unter sich erblickte er die Mündung eines Gewehrs, die sich, zwischen zwei schwarzen Körpern kaum hervorlugend, langsam gegen ihn hob; es wurde von einem Manne in der zweiten Reihe an der Hüfte gehalten.

»Was Name du?« rief Scheldon plötzlich, indem er auf den Mann zeigte, der das Gewehr hielt; der zuckte zusammen und senkte die Mündung.

Noch hielt Scheldon das Heft in der Hand, und er war entschlossen, es zu behalten.

»Fort hier, alle ihr fella Jungens«, befahl er. »Fort hier und gehen zu Salzwasser. Savvee!«

»Mich sprechen«, rief ein dicker, schmutziger Wilder, dessen behaarte Brust von einer jahrealten Schmutzkruste bedeckt war.

»Oh, bist du es, Telepasse?« sagte der Weiße heiter. »Du sagen den Jungens fortgehen, und du bleiben und reden mit mir.«

»Ihr gut fella Jungens«, lautete die Antwort. »Ihr bleiben.«

»Schön, was wünschest du?« fragte Scheldon, der seine Schwäche unter Sorglosigkeit zu verbergen trachtete.

»Das fella Junge gehören mir.« Der alte Häuptling zeigte auf Gogoomy, den Scheldon erkannte. »Weiße Mary gehören dir zuviel nicht gut«, fuhr Telepasse fort. »Schlagen Kopf gehören Gogoomy. Gogoomy wie Häuptling. Wenn mich tot, Gogoomy groß fella Häuptling. Weiße Mary schlagen ihm Kopf. Nicht gut. Du zahlen mir viel Tabak, viel Pulver, viel Kaliko.«

»Du alter Halunke!« sagte Scheldon. Vor einer Stunde hatte er noch über Joans Bericht gelächelt, und jetzt kam Telepasse schon selbst, um die Forderung einzutreiben.

»Gogoomy«, rief Scheldon, »was Name du gehen hier? Du gehen Baracke viel schnell.«

»Mich bleiben«, lautete die herausfordernde Antwort.

»Weiße Mary gehören dir, schlagen ihn Kopf«, begann der alte Telepasse wieder, »mein Wort, viel groß fella Ärger, du nicht bezahlen.«

»Du reden mit Jungens«, sagte Scheldon mit wachsender Erregung. »Du sagen ihnen, gehen zu Hölle an Strand, dann ich sprechen mit dir.« Scheldon spürte eine leichte Erschütterung der Veranda und wußte, daß Joan herausgetreten war und neben ihm stand, aber er wagte nicht, hinzusehen. Es gab zu viele Gewehre dort unten, und diese Gewehre hatten die Eigenschaft, von der Hüfte aus loszugehen.

Wieder erbebte die Veranda unter ihren Schritten, und er wußte, daß Joan ins Haus zurücktrat. Gleich darauf stand sie wieder neben ihm. Er hatte sie nie rauchen sehen, und es berührte ihn eigentümlich, daß sie es gerade jetzt tat. Dann ahnte er den Grund. Ein schneller Blick belehrte ihn, daß sie in der Hand die wohlbekannte, in Papier gewikkelte Dynamitpatrone hielt. Dazu bemerkte er noch das Ende der ordnungsgemäß gespaltenen und mit dem Kopf eines Wachsstreichholzes versehenen Zündschnur.

»Telepasse, du alter Schuft, sagen Jungens gehen weg nach Strand. Mein Wort, ich nicht warten mehr.«

»Mich nicht warten«, sagte der Häuptling. »Mich wollen, du bezahlen, weiße Mary schlagen Kopf gehören Gogoomy.«

»Ich kommen runter und schlagen Kopf gehören dir«, er-

widerte Scheldon, indem er sich an das Geländer lehnte, als ob er gleich hinüberspringen wollte.
Ein drohendes Gemurmel erhob sich, und die Schwarzen wurden unruhig. Mehrere Gewehrmündungen hoben sich an den Hüften. Da hielt Joan das brennende Ende der Zigarette an die Zündschnur. Ein Gewehr ging mit dem Krach eines Böllerschusses los, und Scheldon hörte, wie eine Fensterscheibe hinter ihm zertrümmert wurde. Im selben Augenblick schleuderte Joan die Dynamitpatrone in das dichte Gedränge der Schwarzen; die Zündschnur zischte und sprühte. Die Schwarzen drängten sich in zu großer Hast zurück, als daß sie noch einmal hätten schießen können. Satan, durch den Schuß geweckt, knurrte und kratzte drinnen an der Tür, um herausgelassen zu werden. Joan hörte es und öffnete die Tür. Und damit endete die Tragödie, und die Komödie begann.
Gewehre und Speere wurden zu Boden geworfen, und in wilder Flucht ging es in die schützenden Kokospalmen. Satan schien überall gleichzeitig zu sein. Noch nie hatte er Gelegenheit gehabt, sich auf eine solche Menge schwarzen Fleisches zu stürzen, und er biß und schnappte nach den fliehenden schwarzen Beinen, bis das letzte Paar über seinem Kopf verschwunden war. Alle waren in die Palmen geklettert, mit Ausnahme Telepasses, der zu alt und dick war. Er lag regungslos mit dem Gesicht auf der Erde, wo er hingefallen war. Satan, der zu gutmütig war, um einen bewegungslosen Feind anzugreifen, jagte wütend bellend von Baum zu Baum und sprang nach denen, die am niedrigsten hingen.
»Ich glaube, Sie brauchen noch etwas Unterricht, wie man Zündschnüre befestigt«, sagte Scheldon zu Joan. Joans Augen richteten sich spöttisch auf ihn.
»Es war kein Zündhütchen darauf«, sagte sie. »Und außerdem ist das Zündhütchen noch nicht erfunden, das diese

Ladung zur Explosion bringen könnte. Es war eine Medizinflasche.« Sie steckte die Finger in den Mund, und Scheldon zuckte zusammen, als er sie einen scharfen, durchdringenden Pfiff wie ein Junge ausstoßen hörte, einen Pfiff, den sie stets für ihre Seeleute gebrauchte und der ihn jedesmal zusammenzucken ließ.

»Sie sind zum Balesuna hinaufgegangen, um Fische zu schießen«, erklärte er. »Aber dort kommt Olson mit seiner Bootsbesatzung. Er ist ein alter Raufbold. Sehen Sie nur, wie er auf die Leute einschlägt; sie rudern ihm nicht schnell genug.«

»Und was soll jetzt geschehen?« fragte sie. »Sie haben Ihr Wild auf die Bäume gehetzt, aber Sie können es doch nicht dort oben lassen.«

»Nein, das nicht, aber ich werde ihnen jetzt eine gute Lehre erteilen.« Scheldon ging zu der großen Glocke hinüber. »Lassen Sie nur«, erwiderte er auf ihre abwehrende Bewegung. »Meine Leute sind fast alle aus dem Busch, während diese Kerle Salzwasserleute sind. Sie lieben sich nicht. Passen Sie auf, es gibt einen guten Spaß.« Er läutete die Glocke, und nach und nach versammelten sich die zweihundert Arbeiter vor dem Hause. Satan war wieder im Wohnzimmer eingesperrt und jammerte in den höchsten Tönen über die abscheuliche Behandlung. Die Plantagenarbeiter tanzten ihre Kriegstänze unter lauten Beschimpfungen ihrer Erbfeinde um den Fuß jeder Palme. Im lautesten Getöse kam der Kapitän der ›Flibberty-Gibbet‹ an; das wiederkehrende Fieber ließ ihn schwanken und heftig zittern, so daß er kaum sein Gewehr festhalten konnte. Sein Gesicht war geisterhaft blau, seine Zähne klapperten, und nicht einmal der starke Sonnenschein, durch den er schritt, konnte ihn erwärmen. »Ich werde mich hinsetzen und auf sie aufpassen«, stammelte er. »Zu dumm, jedesmal, wenn etwas los ist, bekomme ich das Fieber. Was wollen Sie tun?«

»Vor allem zunächst einmal die Gewehre auflesen.«

Auf Scheldons Anweisung sammelten die Hausboys und Vorarbeiter die verstreuten Waffen auf und legten sie in einem Haufen bei der Veranda nieder. Die modernen Gewehre stellte Scheldon beiseite; die alten zerschlug er, und den ganzen Haufen von Speeren, Keulen und Äxten schenkte er Joan.

»Eine wirklich einzigartige Bereicherung Ihrer Sammlung, direkt vom Schlachtfeld aufgelesen«, lächelte er. Am Strande ließ er mit dem Inhalt der Kanus ein Freudenfeuer anzünden, während seine Schwarzen alles, was ihnen in die Finger kam, zerschmetterten, zerbrachen oder plünderten. Die Kanus wurden mit Sand und Korallenblöcken gefüllt, auf zehn Faden Tiefe geschleppt und dort versenkt.

»Zehn Faden werden ihnen genug Arbeit machen«, sagte Scheldon, als sie zum Haus zurückgingen.

Hier war unterdessen ein böser Tanz ausgebrochen. Die Kriegsgesänge und Tänze waren immer zügelloser geworden, und die Schwarzen der Pflanzung waren vom Schimpfen dazu übergegangen, ihre hilflosen Feinde mit Holzpflöcken, Steinen und Korallenblöcken zu bewerfen. Die fünfundsiebzig stämmigen Kannibalen klammerten sich an die Bäume, ließen den Geschoßhagel stoisch über sich ergehen und schworen Rache.

»Das gibt Grund zu vierzigjährigen Feindseligkeiten auf Malaita. Aber ich glaube, der alte Telepasse wird nie wieder versuchen, eine Plantage zu überfallen. He, du alter Schuft«, lachte er, indem er sich an den alten Häuptling wandte, der am Fuße der Treppe saß und in ohnmächtiger Wut vor sich hinredete.

»Jetzt Kopf gehören dir schlagen ihn. Kommen Sie Fräulein Lackland. Langen Sie ihm eine runter. Das setzt dem Schimpf die Krone auf.«

»Hu, der ist mir zu schmutzig! Lieber verabreiche ich ihm

ein Bad. Hier, du, Adamu-Adam, geben diesem Teufel-Teufel eine Wäsche. Seife und Wasser! Füll den Waschtrog. Ornfiri, lauf und hole den Schrubber.«
Die Tahitianer, die vom Fischen zurückgekehrt waren, und über den Betrieb vor dem Haus lachten, gingen auf den Spaß ein. »Tambo! Tambo!«* schrien die Kannibalen aus den Palmen, erschrocken über die furchtbare Entweihung, als sie sahen, wie ihr Häuptling in den Waschtrog gesteckt und der heilige Schmutz von seinem Körper gerieben wurde. Joan, die in den Bungalow gegangen war, warf ihnen einen Streifen weißen Kalikos hinunter, in den der alte Telepasse unverzüglich eingewickelt wurde, und jetzt stand er vor Sauberkeit glänzend da und spuckte und würgte den Seifenschaum, den Noah-Noah ihm in den Hals gespritzt hatte.
Die Hausboys mußten Handschellen holen, und die Ausreißer aus Lunga wurden einer nach dem andern von den Palmen heruntergeholt und gefesselt. Scheldon fesselte sie paarweise und befestigte die Handschellen an einer stählernen Kette. Gogoomy erhielt für sein aufrüherisches Verhalten eine Lektion und wurde für den Rest des Tages eingesperrt. Dann belohnte Scheldon die Plantagenarbeiter mit einem freien Nachmittag, und als sie sein Grundstück verlassen hatten, erlaubte er den Port-Adams-Leuten, von den Palmen herunterzuklettern. Den ganzen Nachmittag blieben er und Joan auf der kühlen Veranda und beobachteten die Schwarzen, wie sie tauchten und ihre versenkten Kanus entleerten. Der Tag ging bereits zur Neige, als sie sich einschifften und mit ein paar zerbrochenen Paddeln davonruderten. Eine Brise war aufgesprungen, und die ›Flibberty-Gibbet‹ war schon nach Lunga unterwegs, um die Ausreißer zurückzubringen.

* *Tambo = Tabu*

Herr Morgan und Herr Raff

Scheldon war auf der Plantage und beaufsichtigte den Bau einer Brücke, als der Schoner ›Malakula‹ einlief und ankerte. Joan beobachtete das Einholen der Segel und das Einschwingen des Bootes mit seemännischem Interesse und begrüßte die beiden Männer, die an Land kamen. Während einer der Hausboys lief, um Scheldon zu holen, bewirtete sie die Besucher mit Whisky-Soda und plauderte mit ihnen.

Joans Anwesenheit schien die Männer verlegen und befangen zu machen, und sie merkte, wie beide sie mit heimlicher Neugier betrachteten. Sie fühlte, daß sie sich Gedanken über sie machten, und zum ersten Male kam ihr die eigentümliche Stellung, die sie auf Berande einnahm, klar zum Bewußtsein. Andererseits gaben auch die Männer ihr zu denken. Es waren weder Händler noch Seeleute von einer ihr bekannten Art, und sie redeten nicht wie gebildete Menschen, wenn auch nichts Verletzendes in ihrem Benehmen lag und sie die äußeren Formen gesellschaftlicher Höflichkeit wahrten. Zweifellos waren es Geschäftsleute, aber was für Geschäfte konnten sie nach den Salomons und namentlich nach Berande führen? Der ältere, Morgan, war ein hochgewachsener, wettergebräunter Mann mit Schnurrbart, tiefer Baßstimme und einer Sprache, die ganz aus der Kehle zu kommen schien; der andere, Raff, war klein und verweichlicht, mit nervösen Händen und Augen von einem wäßrigen, verwaschenen Grau; er sprach mit einem leichten, nicht festzustellenden Akzent, der irgendwie an London erinnerte, aber doch kein Cockney war, wie sie es kannte. Was sie auch sein mochten, so waren sie nach Joans Meinung Selfmademen, und es schauderte sie bei dem Ge-

danken, mit ihnen Geschäfte zu machen. Dann mußten sie erbarmungslos sein. Als Scheldon kam, beobachtete sie ihn scharf und erriet, daß er nicht sonderlich erfreut über den Besuch war. Aber sprechen mußte er sie, und zwar so dringend, daß er die beiden nach einer kurzen, oberflächlichen Unterhaltung über allgemeine Dinge in sein dumpfes Arbeitszimmer führte. Im Laufe des Nachmittags fragte Joan Lalaperu, wohin die weißen Männer gegangen wären.
»Mein Wort«, erklärte Lalaperu. »Viel gehen herum, viel sehen. Sehen Bäume; sehen Grund gehören Bäume; sehen alle fella Brücken; sehen Koprahäuser; sehen Grasland; sehen Fluß; sehen Walboot – mein Wort, viel groß fella sehen zuviel.«
»Was fella Männer die zwei fella?« forschte sie.
»Groß fella Herren bei weißen Männern«, war seine ganze Erklärung.
Aber Joan folgerte, daß die Leute von Bedeutung in den Salomons sein mußten und daß die Besichtigung der Plantage und die Prüfung der Abschlüsse ein schlimmes Anzeichen sein mußten.
Beim Essen fiel kein Wort, das ihr Aufschluß gegeben hätte. Die Unterhaltung drehte sich lediglich um allgemeine Dinge; aber Joan bemerkte unwillkürlich den unruhigen, zerstreuten Ausdruck, der sich hin und wieder in Scheldons Augen zeigte. Nach dem Kaffee ließ sie die Männer allein, und noch um Mitternacht konnte sie in ihrem Grashause das leise Gemurmel ihrer Gespräche hören und ihre Zigarren glimmen sehen. Als sie am nächsten Morgen aufstand, erfuhr sie, daß die Männer schon zu einem neuen Rundgang durch die Plantage aufgebrochen waren.
»Was du denken?« fragte sie Viaburi.
»Scheldon Herr er fertig, kurze Zeit klein bißchen«, lautete die Antwort.
»Was du denken?« fragte sie Ornfiri.

»Scheldon Herr groß fella gehen nach Sydney. Ja mich denken so. Er fertig mit Berande.«
Der ganze Tag verging mit der Besichtigung der Plantage und den Besprechungen, und den ganzen Tag schickte der Kapitän der ›Malakula‹ dringende Aufforderungen an Land, daß die beiden Männer sich beeilen möchten. Aber erst gegen Sonnenuntergang gingen sie an den Strand hinunter, und selbst dort wurden die letzten Besprechungen noch fast eine Stunde weitergeführt. Scheldon stritt mit ihnen – das konnte sie deutlich sehen –, und seine beiden Besucher gaben nicht nach.
»Was gibt's denn?« fragte sie leichthin, als Scheldon sich zum Essen niedersetzte.
Er sah sie an und lächelte, aber es war ein sehr mattes, nachdenkliches Lächeln.
»Das waren ja endlose Verhandlungen«, fuhr sie fort. »Verhandlungen bei Sonnenuntergang, Verhandlungen bei Sonnenaufgang. Nichts als Verhandlungen den ganzen Tag. Was bedeutet das?«
»Ach, nicht viel«, er zuckte die Achseln. »Sie möchten Berande kaufen, das ist alles.«
Sie blickte ihn herausfordernd an.
»Es muß mehr gewesen sein. Sie möchten verkaufen!«
»Wirklich nicht, Fräulein Lackland. Ich versichere Ihnen, daß ich nicht daran denke, zu verkaufen.«
»Machen Sie keine Ausflüchte«, drängte sie. »Lassen Sie uns offen darüber reden. Sie befinden sich in Schwierigkeiten. Ich bin kein Narr. Erzählen Sie. Vielleicht kann ich Ihnen helfen – Ihnen einen Vorschlag machen.«
Er schwieg und schien zu überlegen, nicht ob er überhaupt erzählen, sondern wie er beginnen sollte.
»Sehen Sie, ich bin Amerikanerin«, fuhr sie fort. »Und das bedeutet ein gut Teil Geschäftssinn. Wenn ich ihn auch nicht schätze, so weiß ich doch, daß ich ihn besitze – zum minde-

sten habe ich etwas mehr davon als Sie. Also lassen Sie uns über die Sache reden und einen Ausweg suchen. Wie hoch belaufen sich Ihre Schulden?«

»Etwas über tausend Pfund – kleine Rechnungen, wissen Sie. Ferner laufen nächste Woche die Kontrakte für dreißig Leute ab, deren Guthaben sich durchschnittlich auf je zehn Pfund belaufen. Aber warum wollen Sie sich darüber Kopfschmerzen machen? Wirklich, Sie wissen –«

»Was ist Berande wert – augenblicklich?«

»Soviel, wie Morgan und Raff dafür geben wollen.« Ein Blick auf ihr gekränktes Gesicht brachte ihn zum Entschluß. »Hughie und ich haben achttausend Pfund hineingesteckt, außer unserer Zeit. Es ist eine gute Besitzung und mehr wert als das. Aber es vergehen noch drei Jahre, bis sie ertragsfähig ist. Deshalb hatten Hughie und ich uns auf Handel und Werben gelegt. Die ›Jessie‹ und unsere Handelsstationen deckten fast die laufenden Ausgaben für Berande.«

»Und was haben Morgan und Raff Ihnen geboten?«

»Tausend Pfund bar nach Bezahlung aller Schulden.«

»Diese Spitzbuben!« rief sie aus.

»Nein, es sind ehrliche Geschäftsleute. Sie haben mir offen erklärt, daß eine Sache nicht mehr wert ist, als der eine dafür geben und der andere dafür nehmen will.«

»Und wieviel brauchen Sie, um Berande noch drei Jahre weiterzuführen?« fiel Joan hastig ein.

»Zweihundert Leute zu je sechs Pfund jährlich macht dreitausendsechshundert Pfund. Das ist die Hauptsache.«

»Mein Gott! Wie die billigen Arbeitskräfte doch ins Geld gehen! Dreitausendsechshundert Pfund oder achtzehntausend Dollar nur für einen Haufen Kannibalen! Aber die Plantage bietet doch Sicherheit. Sie können nach Sydney fahren und dort das Geld aufnehmen.« Er schüttelte den Kopf.

»Man interessiert sich dort nicht für Plantagen hier unten.

Man ist zu oft hereingefallen. Aber ich möchte den Platz nicht gern aufgeben – weniger meinetwegen als in Erinnerung an Hughie. Es war seine Lebensaufgabe. Er war ein hartnäckiger Mensch und wollte nie eine Niederlage zugeben. Es – es ist mir selbst unangenehm, daran zu denken. Wir kamen nicht so recht vorwärts, aber wir hofften immer noch, uns mit der ›Jessie‹ irgendwie durchzuarbeiten.«

»Sie waren beide zweifellos schlechte Geschäftsleute. Aber Sie brauchen die Plantage nicht an Morgan und Raff zu verkaufen. Ich werde mit dem nächsten Schiff nach Sydney fahren und mit einem Schoner wiederkommen. Für fünf- bis sechstausend Dollar werde ich wohl einen alten kaufen können.«

Er hob abwehrend die Hand, aber sie ließ sich nicht unterbrechen. »Vielleicht glückt es mir, für die Rückfahrt eine Fracht zu bekommen. Jedenfalls wird der Schoner die Aufgabe der ›Jessie‹ übernehmen. Sie können die entsprechenden Vorbereitungen treffen und haben dann, wenn ich zurückkomme, Arbeit für das Schiff. Ich beteilige mich jetzt, soweit es mein Geld zuläßt, an Berande – wie Sie wissen, besitze ich fünfzehnhundert Sovereigns. Wir setzen gleich einen Vertrag auf, das heißt, wenn Sie einwilligen, und ich weiß, daß Sie es tun werden.«

Er blickte sie gutmütig belustigt an.

»Sie wissen, daß ich aus Tahiti hergekommen bin, um Pflanzer zu werden. Sie kennen meine Pläne. Jetzt habe ich sie geändert, das ist alles. Ich will mich lieber an Berande beteiligen und nach drei Jahren verdienen, als auf Pari-Sulay anfangen und sieben Jahre warten müssen.«

»Und der – der Schoner –«, Scheldon hielt inne.

»Ja, was denn?«

»Sie werden mir nicht böse sein?« fragte er.

»Nein, nein, Geschäft ist Geschäft. Reden Sie weiter.«

»Sie – Sie wollen ihn selbst führen? – Als Schiffer, kurz gesagt, und nach Malaita zum Werben fahren?«
»Gewiß! Einen Kapitän können wir uns sparen. Wir schließen einen Vertrag, der Ihnen das Gehalt eines Verwalters und mir das eines Kapitäns sichert. Das ist ganz einfach. Im übrigen: Wenn Sie mich nicht zum Teilhaber wollen, so würde ich Pari-Sulay kaufen, mir ein viel kleineres Fahrzeug anschaffen und alles allein machen. Was ist das für ein Unterschied?«
»Der größte, den man sich überhaupt denken kann. Wenn Sie Pari-Sulay kauften, würden Sie ganz unabhängig sein. Sie könnten Kannibalin werden, ohne daß ich etwas dabei tun könnte. Auf Berande aber würden Sie meine Teilhaberin sein, dann wäre ich verantwortlich. Natürlich könnte ich Ihnen als meiner Teilhaberin nicht erlauben, Kapitän eines Werberschiffs zu werden. Das ist etwas, was ich weder meiner Schwester noch meiner Frau erlauben könnte.«
»Aber ich werde ja, Gott sei Dank, nicht Ihre Frau, sondern nur Ihr Teilhaber.«
»Ach, das ist ja alles Unsinn«, fuhr er hartnäckig fort. »Stellen Sie sich doch die Situation vor: ein Mann und eine Frau, beide jung, als Teilhaber auf einer entlegenen Plantage! Es gäbe nur einen Ausweg, daß ich Sie heirate.«
»Ich habe Ihnen einen geschäftlichen Vorschlag gemacht und keinen Heiratsantrag«, unterbrach sie ihn kühl und ärgerlich, »ich möchte nur wissen, ob es irgendwo in der Welt einen Mann gibt, der mich als Kameraden ansehen würde.«
»Aber Sie sind und bleiben doch eine Frau«, begann er, »und da gibt es gewisse Gesetze, gewisse Gefühle für –«
Sie sprang auf und stampfte mit dem Fuß.
»Wissen Sie, was ich jetzt am liebsten sagen möchte?«
»Ja«, lächelte er. »Am liebsten möchten Sie wohl sagen, verwünschte Weiberröcke.«

Sie nickte. »Gerade das wollte ich sagen. Aber aus Ihrem Munde klingt es so anders, so, als ob Sie selbst davon überzeugt wären und als ob Sie es auch in bezug auf mich so meinen. Schön! Jetzt gehe ich schlafen; aber bitte, denken Sie über meinen Vorschlag nach, und geben Sie mir morgen früh Bescheid. Es hat jetzt keinen Zweck, noch weiter darüber zu reden. Sie ärgern mich. Wissen Sie, daß Sie feige und sehr selbstsüchtig sind? Sie fürchten sich vor dem, was andere Narren sagen könnten. So triftig Ihre Gründe auch sein mögen, wenn andere Ihre Handlungsweise kritisieren, sind Ihre Gefühle verletzt. Sie denken eben mehr an Ihre eigenen Empfindungen als an die meinen. Und obendrein, da Sie nun einmal ein Feigling sind – alle Männer sind im Herzen Feiglinge –, bemänteln Sie Ihre Feigheit noch damit, daß Sie sie Ritterlichkeit nennen. Ich danke dem Himmel, daß ich nicht als Mann geboren bin! Gute Nacht! Denken Sie über die Sache nach und seien Sie kein Narr. Was Berande not tut, ist amerikanischer Schwung. Sie wissen nicht, was das heißt. Sie sind ein schlechter Geschäftsmann. Dazu sind Sie auch entkräftet, während ich mit frischen Kräften den Kampf mit dem Klima aufnehmen kann. Nehmen Sie mich zum Teilhaber, und Sie sollen sehen, wie ich die Salomons auf den Kopf stellen werde. Gestehen Sie nur, daß ich Sie schon ein bißchen aufgerüttelt habe.«

»Das will ich meinen. Das haben Sie wirklich getan. Noch nie in meinem Leben habe ich eine solche Zurechtweisung erfahren. Wenn mir jemand erzählt hätte, daß ich je in eine solche Lage kommen würde – ja, ich gebe zu, daß Sie mir schon ganz gehörig zugesetzt haben.«

»Aber das ist noch gar nichts gegen das, was noch kommen wird«, versicherte sie ihm, als er aufstand und ihr die Hand reichte. »Gute Nacht, und bitte, bitte, geben Sie mir morgen früh einen vernünftigen Bescheid.«

Die Logik der Jugend

»Ich möchte nur wissen, ob Sie einfach eigensinnig sind oder ob Sie tatsächlich gedenken, Pflanzer auf den Salomons zu werden«, sagte Scheldon am nächsten Morgen beim Frühstück.
»Ich wünschte, Sie könnten sich besser in meine Lage versetzen«, sagte Joan. »Sie haben mehr Vorurteile, als ich je bei einem Manne gefunden habe. Warum können Sie bei allem gesunden Menschenverstand und guten Willen nicht in Ihren Kopf bekommen, daß ich anders denke als die Frauen, die Sie kennen, und daß Sie mich demgemäß behandeln müssen. Sie sollten es eigentlich wissen. Ich habe meinen eigenen Schoner hierhergefahren, und zwar als Schiffer, wenn ich bitten darf! Ich kam hierher, um mir meinen Lebensunterhalt zu verdienen. Das wissen Sie. Ich habe es Ihnen oft genug erzählt. Es war der Plan meines Vaters, und ich führe ihn aus, gerade wie Sie versuchen, den Plan Ihres Hughie auszuführen. Mein Vater gedachte so lange hierzubleiben, bis er eine für seine Pflanzung geeignete Insel fand. Er starb, und ich segelte und segelte, bis ich hier landete. Jetzt« – sie zuckte die Achseln – »liegt der Schoner auf dem Meeresgrunde. Ich kann nicht weitersegeln, und deshalb bleibe ich hier. Und Pflanzer werde ich bestimmt.«
»Sehen Sie–«, begann er.
»Ich bin noch nicht beim Kern der Sache angelangt«, unterbrach sie ihn. »Wenn ich daran denke, wie ich mich von dem Augenblick an, als ich meinen Fuß auf Ihren Strand setzte, benommen habe, kann ich nicht sehen, daß ich Ihnen irgendwelche falschen Angaben über mich oder meine Absichten gemacht hätte. Vom ersten Augenblick an habe

ich mich gegeben, wie ich bin, und Ihnen meine Absichten offen mitgeteilt. Und da erzählen Sie mir jetzt ganz ruhig, Sie wüßten nicht, ob ich wirklich Pflanzer werden wolle oder ob alles nur Eigensinn sei. Ich versichere Ihnen jetzt zum letztenmal, daß ich Pflanzer werden will, ob Sie Ihre Einwilligung dazu geben oder nicht. Wollen Sie mich zum Teilhaber?«

»Bedenken Sie aber auch, daß man mich für den närrischsten Kauz in der ganzen Südsee halten würde, wenn ich ein junges Mädchen wie Sie in Berande aufnähme?« fragte er.

»Nein, bestimmt nicht. Aber jetzt machen Sie sich schon wieder Sorgen, was die Idioten und die Leute, die hinter allem etwas Schlechtes suchen, denken werden. Ich sollte meinen, Sie hätten auf Berande Selbstvertrauen gelernt, statt der moralischen Stütze eines jeden whiskysaufenden, belanglosen Südseevagabunden zu bedürfen.« – Er lächelte und sagte: »Ja, das ist das Schlimmste. Man kann Ihnen nicht beikommen. Sie haben die Logik der Jugend, und die kann kein Mensch widerlegen. Die Erfahrungen des Lebens könnten es, aber für die hat die Logik der Jugend keinen Raum. Die Jugend muß eben versuchen, nach ihrer Logik zu leben. Das ist die einzige Möglichkeit, zu lernen und besser zu machen.«

»Schaden könnte der Versuch doch nicht?« warf sie ein.

»Doch. Das ist es eben. Die Tatsachen werfen die Logik der Jugend stets über den Haufen und brechen ihr auch meistens das Herz. Es geht damit wie mit platonischer Freundschaft... und all solchen Dingen; in der Theorie sind sie schön und gut, aber verwirklichen lassen sie sich nicht. Ich habe auch einmal an diese Dinge geglaubt. Das ist der Grund, weshalb ich jetzt in den Salomons bin.«

Joan war ungeduldig. Er sah ein, daß sie ihn nicht verstehen konnte. Sie nahm das Leben so einfach. Es war nur die Jugend, die mit ihm stritt, die Jugend mit ihrer unbezwinglichen, klaren Beweisführung. Sie besaß die Seele eines Knaben im Körper eines Weibes. Er blickte in ihr gerötetes, erregtes Gesicht, auf die dicken, um ihr Köpfchen gelegten Flechten, die sanfte Linie ihrer Gestalt, die deutlich durch das selbstverfertigte Kleidchen hindurchschimmerte, und in die Augen – knabenhafte Augen unter ruhigen, geraden Brauen –, und er wunderte sich, warum ein Geschöpf, das so viele weibliche Reize besaß, durchaus nicht Weib sein wollte. Warum in aller Welt war sie nicht rothaarig, warum schielte sie nicht, warum hatte sie keine Hasenscharte?

»Angenommen, wir würden Teilhaber auf Berande«, sagte er und hatte bei dieser Aussicht ein Gefühl von Angst und Freude zugleich, »entweder würde ich mich in Sie verlieben oder Sie sich in mich. Das enge Zusammenleben ist gefährlich. Gerade das ist es meistens, was die Logik der Jugend über den Haufen wirft.«

»Wenn Sie glauben, daß ich in die Salomons gekommen sei, um zu heiraten –«, begann sie wütend. »In Hawaii gibt es bessere Männer. Wissen Sie, daß die Art, wie Sie andauernd auf demselben Gegenstand herumreiten, einen vorurteilslosen Zuhörer tatsächlich zu dem Glauben bringen könnte, daß Sie schmutzige Gedanken haben –«

Erschrocken hielt sie inne. Sein Gesicht war erst rot und dann blaß geworden, und zwar so plötzlich, daß sie erschrak. Er war offenbar höchst gereizt. Sie schlürfte den Rest ihres Kaffees, stand auf und sagte: »Ich werde warten, bis Sie besserer Laune sind, ehe ich die Unterhaltung wiederaufnehme. So sind Sie nun. Sie werden immer gleich böse. Wollen Sie mitkommen zum Schwimmen? Wir haben gerade Flut.«

Wenn sie ein Mann wäre, würde ich sie nebst ihrem Boot, ihren Tahitianern, ihren Sovereigns und allem übrigen zum Teufel jagen, sagte er sich, als sie den Raum verlassen hatte. Aber das war es ja gerade: Sie war kein Mann; wohin sollte sie gehen, und was konnte ihr zustoßen?

Er sprang auf und zündete sich eine Zigarette an. Sein Blick fiel auf den Cowboyhut, der über ihrem Revolvergürtel an der Wand hing. Der ist auch mit schuld daran. Er wünschte nicht, daß sie fortginge. Alles in allem war sie ja noch nicht erwachsen. Deshalb war ihre Logik auch so verletzend. Es war zwar nur die Logik der Jugend, aber sie konnte zuzeiten recht unangenehm sein. Jedenfalls nahm er sich eines vor, sich nie wieder von ihr aus der Ruhe bringen zu lassen. Sie war ein Kind, und das mußte er berücksichtigen. Er seufzte schwer, aber warum mußte dieses Kind auch die Gestalt dieses Weibes haben!

Und während er noch auf ihren Hut starrte und grübelte, vergaß er die ihm angetane Kränkung und ertappte sich dabei, wie er sich selbst den Kopf zerbrach, um einen Ausweg zu finden, sie auf Berande behalten zu können. Eine Anstandsdame! Warum nicht? Mit dem nächsten Dampfer könnte er sie von Sydney kommen lassen. Er könnte – –

Ihr schallendes Gelächter scheuchte ihn aus seinen Träumen auf, und er trat in die Tür. Er sah sie den Weg zum Strande hinablaufen; zwei ihrer Seeleute, Papahara und Mahamémé, folgten ihr auf den Fersen mit scharlachroten Lendentüchern und mit Messern, deren bloße Klingen in ihren Gürteln blitzten. Das war wieder ein Beispiel ihres Eigensinns. Trotz seiner dringenden Bitten, Befehle und Warnungen vor Haifischen bestand sie darauf, zu jeder beliebigen Zeit zu schwimmen, und mit ganz besonderer Vorliebe, wie ihm schien, unmittelbar nach dem Essen.

Er beobachtete sie, wie sie ins Wasser ging: wie ein Knabe mit einem Kopfsprung vom Ende der kleinen Anlegebrükke; und er beobachtete ferner, wie sie weit mit den Armen ausgriff und wie ihre Leibdiener je drei Meter von ihr entfernt neben ihr schwammen. Er hatte nicht viel Vertrauen zu der Fähigkeit der Leute, einen hungrigen Hai abzuwehren, wenn er auch überzeugt war, daß sie im Falle eines Angriffs tapfer ihr Leben für sie geben würden.

Sie schwammen gerade hinaus, und ihre Köpfe wurden immer kleiner. Eine leichte, unruhige Dünung stand, und die drei Köpfe verschwanden immer häufiger dahinter.

Er strengte die Augen an, um sie in Sicht zu behalten, und holte sich schließlich das Fernrohr auf die Veranda. Eine Bö kam von Florida herüber, aber sie und ihre Leute pflegten ja Böen und die durch sie verursachte weiße, hohe See zu verlachen. Schwimmen konnte sie wirklich, das hatte er längst gemerkt. Sie hatte es in Hawaii gelernt. Aber Haie waren Haie, und er wußte von mehr als einem guten Schwimmer, der in einer Flutwelle ertrunken war.

Die Bö verdunkelte den Himmel, peitschte dort, wo er zuletzt die drei Köpfe gesehen, den Ozean zu weißem Schaum und vermengte Meer und Himmel durch einen wolkenbruchartigen Regen.

Die Bö schoß vorüber, und Berande tauchte in hellem Sonnenschein auf, zugleich mit den drei Schwimmern aus der See. Scheldon ging mit dem Glas ins Haus und beobachtete durch die Tür, wie sie den Weg zum Süßwasserschuppen heraufkam und ihr Haar herunterschüttelte.

Nachmittags brachte er auf der Veranda das Gespräch so vorsichtig wie möglich auf seinen Plan mit der Anstandsdame, indem er auf die Notwendigkeit hinwies, daß Berande eine Wirtschafterin brauchte, um dem Hausboy und dem Lager vorzustehen und andere nützliche Funktionen zu verrichten. Als er geendet hatte, wartete er ängstlich, was Joan dazu sagen würde.

»Sie sind also mit meiner Leitung des Haushaltes unzufrieden«, war ihr erster Einwurf; dann winkte sie seinen Versuch einer Erklärung mit folgenden Worten ab: »Die Folge wäre entweder, daß ich unseren Teilhabervertrag für ungültig erklärte, fortginge und es Ihnen überließe, sich eine zweite Anstandsdame kommen zu lassen, um die erste zu bemuttern, oder ich würde die alte Henne im Boot hinausfahren und ersäufen. Bilden Sie sich wirklich ein, daß ich meinen Schoner bis zu diesem unzivilisierten Ende der Welt gefahren habe, um mich hier von einer Anstandsdame kuschen zu lassen?«

»Aber wirklich, wissen Sie, eine Anstandsdame ist ein notwendiges Übel«, entgegnete er.

»Wir sind bis jetzt ganz gut ohne sie ausgekommen. Hatte ich etwa auf der ›Miélé‹ eine? Und doch war ich die einzige Frau an Bord. Es gibt dreierlei auf der Welt, vor dem ich Angst habe: Hummeln, Scharlach und Anstandsdamen. Ach, diese ewig bemutternden, bösartigen Ungeheuer, die überall ein Unrecht wittern, in der unschuldigsten Handlung eine Sünde sehen und dabei selbst zur Sünde verleiten, ja, zur Sünde verleiten durch ihre krankhafte Phantasie.«

»Puh!« Scheldon rückte in erheuchelter Furcht vom Tisch ab. »Sie brauchen sich wirklich keine Sorge um Ihre Existenz zu machen; wenn Sie kein Glück als Pflanzer haben, können Sie es als Schriftsteller versuchen und Tendenzromane schreiben.«

»Ich glaube nicht, daß ich in den Salomons Leser finden würde«, gab sie zurück. »Höchstens Ihre Tugendwächterin.«

Er zuckte zusammen, aber Joan sprach weiter mit der offenen Rücksichtslosigkeit der Jugend.

»Als ob etwas nur gut wäre, wenn es bewacht und an Händen und Füßen gefesselt werden müßte, um sich gut zu erhalten. Sie scheinen mich ja so einzuschätzen, das beweist Ihr Wunsch nach einer Anstandsdame. Ich ziehe es vor, aus eigenem Antrieb gut zu sein und nicht, weil eine alte Schachtel mit Argusaugen mir keine Gelegenheit gibt, schlecht zu werden.«

»Aber das – das ist es ja nicht«, warf er ein. »Es handelt sich darum, was andere denken.«
»Die mögen denken, was sie wollen, diese Mucker. Aber das kommt daher, daß Männer wie Sie gerade diese Mukker fürchten, ihnen die Macht zugestehen, Ihre Handlungen zu beurteilen.«
»Ich fürchte, Sie sind ein weiblicher Shelley«, erwiderte er, »und als ein solcher bringen Sie mich wirklich dazu, Sie als Teilhaber zu nehmen, nur, um Sie zu beschützen.«
»Wenn Sie es nur darum tun wollen, will ich überhaupt nicht Ihr Teilhaber werden. Dann zwingen Sie mich, Pari-Sulay doch zu kaufen.«
»Um so mehr Grund –«, versuchte er einzuwerfen.
»Wissen Sie, was ich tun werde?« fragte sie. »Ich werde einen Mann in den Salomons suchen, der nicht den Wunsch hat, mich zu beschützen.«
Scheldon konnte den Schrecken, den ihre Worte in ihm hervorriefen, nicht verbergen.
»Das meinen Sie doch nicht so, nicht wahr?« fragte er.
»Doch, wirklich. Ich habe das Gerede von Beschützung herzlich satt. Vergessen Sie doch nicht, daß ich ganz allein imstande bin, für mich zu sorgen. Und dazu habe ich acht der besten Beschützer der Welt – meine Seeleute.«
»Sie hätten tausend Jahre früher leben sollen«, lachte er, »oder tausend Jahre später. Sie sind sehr primitiv und hypermodern dazu. Das zwanzigste Jahrhundert hat keinen Raum für Sie.«
»Aber die Salomons. Als ich herkam, lebten Sie wie ein Wilder – Sie aßen nur Büchsenfleisch und Brot, das den Magen eines Kamels ruiniert hätte. Schön. Das habe ich auch geändert, und da wir Teilhaber sein werden, bleibt es dabei. Sie werden nicht an Unterernährung zugrunde gehen, dessen können Sie sicher sein.«
»Wenn wir eine Teilhaberschaft eingehen«, erklärte er,

»müssen Sie sich vollkommen klar darüber sein, daß Sie den Schoner nicht führen dürfen. Sie können nach Sydney fahren und einen Schoner kaufen, aber einen Kapitän müssen wir haben.«

»Und mehr Kosten. Und höchstwahrscheinlich einen whiskysaufenden, unfähigen, unzurechnungsfähigen Menschen obendrein. Zudem werde ich mehr Geschäftsinteresse haben als ein Mann, den wir anstellen. Ich wiederhole Ihnen, daß ich es mit jedem heruntergekommenen Kapitän oder hochgekommenen Matrosen in der Südsee aufnehmen kann.«

»Aber wenn Sie auch mein Teilhaber sind«, sagte er kühl, »so bleiben Sie dennoch eine Dame.«

»Sie wollen mir also erzählen, daß meine Pläne sich nicht für eine Dame schicken – vielen Dank!«

Mit Tränen in den Augen vor Ärger stand sie auf und trat zum Grammophon.

»Ich möchte nur wissen, ob alle Männer sich so lächerlich benehmen wie Sie«, sagte sie.

Er zuckte die Achseln und lächelte. Erörterungen waren zwecklos – das hatte er schon gelernt; und er war entschlossen, sich nicht aus der Ruhe bringen zu lassen. Und ehe der Tag zur Neige ging, hatte sie nachgegeben. Sie sollte mit dem nächsten Dampfer nach Sydney fahren, einen Schoner kaufen und mit einem Kapitän wiederkommen. Sie entlockte Scheldon noch die Zustimmung, daß sie selbst gelegentliche Fahrten zwischen den Inseln unternehmen könnte, als aber die Rede auf eine Werbefahrt nach Malaita kam, war er hart wie Diamant. Das war und blieb verboten.

Und als alles vorüber und (auf ihr Drängen) ein kurzer geschäftsmäßiger Vertrag aufgesetzt und unterzeichnet war, lief Scheldon eine volle Stunde auf und ab und dachte darüber nach, was für eine Dummheit er gemacht hatte. Die Situation war unmöglich, und doch nicht mehr als die bisherige und auch nicht mehr als die, welche eingetreten wäre, wenn sie auf eigene Faust losgezogen wäre und Pari-Sulay gekauft hätte. Nie hatte er eine selbständigere Frau gesehen, die einen Beschützer so nötig gehabt hätte wie dieses knabenhafte Mädchen, das mit acht malerischen Wilden, einem langläufigen Revolver, einem Sack voll Gold und einem ganzen Ballen voll Romantik und Abenteuern auf einer Insel gelandet war.

Nie hatte er etwas Derartiges gelesen. Die Romanschreiber wurden, wie gewöhnlich, durch die Wirklichkeit übertrumpft. Die ganze Geschichte war zu unsinnig, um wirklich wahr zu sein. Er nagte an seinem Schnurrbart und rauchte eine Zigarette nach der andern. Satan, der von einem Streifzug durch das Grundstück zurückgekehrt war, lief auf ihn zu und berührte mit der kalten, feuchten Nase seine Hand. Scheldon streichelte dem Tier die Ohren, warf sich dann auf einen Stuhl und lachte herzlich. Was würde der Regierungskommissar der Salomons denken? Und dabei freute er sich, daß die Teilhaberschaft zustande gekommen war, und bedauerte im selben Augenblick wieder, daß Joan Lackland überhaupt ihren Weg nach den Salomons gelenkt hatte. Dann ging er hinein und betrachtete sich in einem Handspiegel. Lange studierte er sinnend und verwundert sein Spiegelbild.

Die ›Martha‹

Am nächsten Morgen waren sie nach dem Frühstück in eine Partie Billard vertieft, als Viaburi hereintrat und verkündete: »Großer fella Schoner ganz nahe.«
Er hatte noch nicht ganz ausgesprochen, als sie schon das Rasseln der Ankerkette durch das Klüsgat hörten und von der Veranda aus einen großen, schwarzgestrichenen Schoner sahen, der um den Anker, der gerade gefaßt hatte, schwojte.
»Das ist ein Yankee. Sehen Sie den Bug, den ovalen Spiegel! – Hab' ich's nicht gesagt! – rief Joan, als das Sternenbanner zur Mastspitze emporstieg.
Auf Scheldons Anweisung hißte Noah-Noah den Union-Jack am Flaggenmast.
»Was will denn ein amerikanisches Schiff hier unten?« fragte Joan. »Es ist keine Jacht, aber ich wette, daß sie segeln kann. Halt! Sehen Sie den Namen? Wie heißt sie?«
»›Martha, San Francisco‹«, las Scheldon durch das Glas. »Das ist der erste Yankee, von dem ich je in den Salomons gehört habe. Nun, wer sie auch sein mögen, so kommen sie doch jedenfalls an Land. Und wahrhaftig, sehen Sie die Leute an den Riemen. Es ist eine ganz weiße Besatzung. Was mag die hierherführen?«
»Das sind keine richtigen Seeleute. Ich würde mich schämen, wenn meine Schwarzen so ruderten. Sehen Sie den Burschen im Bug – der fast über Bord springt; ich glaube, der fühlt sich auch auf einem Pferd mehr zu Hause.«
Die Bootsbesatzung zerstreute sich, neugierig umherblikkend, am Strande, während die beiden Männer, die achtern gesessen hatten, die Pforte öffneten und den Weg zum Bungalow heraufschritten. Der eine, ein hochgewachsener,

schlanker Mann, trug einen weißen Anzug, der fast wie eine Uniform aussah; der andere war in einem unbeschreiblichen Aufzug, der sich ebensogut für die See wie für das Land geeignet hätte, jetzt aber unangenehm warm sein mußte; er watschelte und schlenkerte wie ein übernatürlich großer Affe. Um die Ähnlichkeit noch größer zu machen, war sein Gesicht mit dichten roten Haarstoppeln übersät, während die kleinen Augen scharf und unruhig blickten. Scheldon, der ihnen bis zur Treppe entgegengegangen war, stellte sie Joan vor. Der Bärtige, der wie ein Schotte aussah, trug den deutschen Namen von Blix und sprach mit stark amerikanischem Akzent. Der große Mann in dem gutsitzenden Anzug, der sich unter dem englischen Namen Tudor – John Tudor – vorstellte, sprach, abgesehen vielleicht von einem kaum merklichen deutschen Akzent, ein reines Englisch, wie jeder gebildete Amerikaner es spricht. Joan dachte, daß der kurze, deutsch aussehende Schnurrbart, der den Mund und die vollen roten Lippen nicht verbarg, dazu beitragen mochte, daß man seinen Akzent bemerkte. Seinem Gesicht verliehen eine gewisse Härte und Strenge einen kühnen Zug.

Von Blix war derb und bäurisch, Tudor jedoch war gewandt in Bewegungen, Blicken und Worten. Seine blauen Augen funkelten und blitzten, seine scharf geschnittenen Züge spiegelten seine innersten Empfindungen, er sprudelte vor Leben, und sein leisestes Lachen schien natürlich und echt zu sein. Aber zunächst sprach er nur wenig, denn von Blix erzählte ihre Geschichte und ihr Vorhaben. Sie waren auf der Suche nach Gold. Er war der Leiter und Tudor seine rechte Hand. Alle anderen – im ganzen achtundzwanzig – waren in verschiedener Höhe an dem Unternehmen beteiligt, einige waren Seeleute, die meisten aber Goldgräber, aus allen Minen von Mexiko bis zum Eismeer zusammengetrommelt. Es war die alte, nie sterbende Sucht

nach Gold, die sie nach den Salomons getrieben hatte. Ein Teil von ihnen sollte unter Führung Tudors den Balesuna hinaufgehen und in das gebirgige Innere von Guadalcanar eindringen, während die ›Martha‹ unter von Blix nach Malaita segelte, um dort eine ähnliche Expedition zu unternehmen.
»Und dazu«, sagte von Blix, »brauchen wir einige Schwarze. Können Sie uns welche geben?«
»Wir zahlen natürlich dafür«, fiel Tudor ein. »Sie brauchen nur zu sagen, was Sie haben wollen. Sie selbst zahlen ihnen sechs Pfund jährlich, nicht wahr?«
»Vor allem können wir keinen Schwarzen entbehren«, antwortete Scheldon. »Wir haben selbst nicht genug für die Pflanzung.«
»Wir?« fragte Tudor schnell. »Dann sind Sie eine Firma oder eine Handelsgesellschaft. Ich verstand in Guvutu, daß Sie allein wären und Ihren Teilhaber verloren hätten.«
Scheldon wies mit dem Kopf auf Joan, und als er jetzt sprach, fühlte sie, daß er etwas förmlicher geworden war. »Fräulein Lackland hat sich an der Plantage beteiligt. Um aber auf die Leute zurückzukommen: Wir können keinen entbehren, und außerdem würden sie Ihnen nur von geringem Nutzen sein. Sie würden sie nicht dazu bringen können, Sie über Bino hinauszubegleiten, das keinen halben Tag Bootsfahrt von hier entfernt ist. Es sind Malaitaner, und sie fürchten, gefressen zu werden. Sie würden Sie bei der ersten Gelegenheit im Stich lassen. Sie könnten zwar für einen weiteren Weg durch das Grasland Bino-Leute bekommen, aber die würden an der ersten Hügelkette auch umkehren. Die haben ebenfalls keine Neigung, sich fressen zu lassen.«
»Ist es wirklich so schlimm?« fragte von Blix.
»Das Innere von Guadalcanar ist noch gänzlich unerforscht«, erklärte Scheldon, »die Buschleute sind so wild,

wie man es heute auf der ganzen Welt nicht mehr findet. Ich selbst habe noch keinen gesehen. Ich kenne auch keinen Menschen, der je einen gesehen hätte. Sie kommen nie an die Küste herunter, und nur gelegentlich wird ein Eingeborener von der Küste, der sich zu weit ins Innere gewagt hat, von einer umherstreifenden Bande aufgefressen. Niemand weiß etwas von ihnen. Sie kennen nicht einmal Tabak. Die österreichische Expedition – Gelehrte – drang teilweise bis ins Innere vor, ehe sie aufgerieben wurde. Das Denkmal steht einige Meilen vom Strand entfernt. Nur einer kam zur Küste zurück und erzählte die Geschichte. Und das ist alles, was ich oder sonst jemand vom Innern von Guadalcanar weiß.«

»Aber Gold – haben Sie je etwas von Gold gehört?« fragte Tudor ungeduldig. »Wissen Sie etwas über das Vorkommen von Gold?«

Scheldon lächelte, während seine beiden Besucher gespannt an seinen Lippen hingen.

»Wenn Sie den Balesuna zwei Meilen weit hinaufgehen, können Sie aus dem Kies Gold waschen. Ich habe es oft getan. Zweifellos gibt es in den Bergen Gold.« Tudor und von Blix sahen sich triumphierend an. »Dann war also die Erzählung des alten Wheatsheaf doch wahr«, sagte Tudor, und von Blix nickte. »Und wenn es mit Malaita ebenso ist –«

Tudor brach ab und blickte auf Joan.

»Die Erzählung dieses alten Bummlers hat uns hergebracht, von Blix befreundete sich mit ihm und erfuhr das Geheimnis.«

Er wandte sich zu Scheldon. »Ich glaube beweisen zu können, daß lange vor der österreichischen Expedition Weiße in das Innere von Guadalcanar gedrungen sind.«

Scheldon zuckte die Achseln.

»Hier haben wir nie etwas davon gehört«, sagte er einfach.

Dann wandte er sich zu von Blix: »Wie gesagt, die Leute von hier können Sie nicht weiter als bis nach Bino gebrauchen. Ich will Ihnen so viele, wie Sie wünschen, bis dort zur Verfügung stellen. Wie viele sind Sie, und wann wollen Sie aufbrechen?«
»Zehn«, sagte Tudor. »Neun Mann und ich selbst.«
»Und sie sollen möglichst übermorgen aufbrechen«, sagte von Blix. »Die Boote könnten schon heute nachmittag zusammengesetzt, morgen könnte die Ausrüstung verteilt und verpackt werden. Und was die ›Martha‹ betrifft, Herr Scheldon, so würde ich heute nachmittag die Sachen an Land schaffen und bei Sonnenuntergang abfahren.«
Als die beiden Männer wieder zu ihren Booten hinabgingen, blickte Scheldon Joan spöttisch an.
»Da haben Sie Romantik«, sagte er. »Und Abenteuer – Goldjagd unter Kannibalen.«
»Das wäre ein Titel für ein Buch«, rief sie. »Oder noch besser, ›Goldjagd unter Kopfjägern‹, oh, das würde Absatz finden.«
»Tut es Ihnen jetzt nicht leid, daß Sie Pflanzer geworden sind?« sagte er. »Stellen Sie sich vor, daß Sie an einem solchen Abenteuer teilnähmen.«
»Von Blix würde jedenfalls nicht soviel Aufhebens davon machen, wenn ich mich ihm auf der Fahrt nach Malaita anschlösse«, erwiderte sie.
»Er würde sicher sofort darauf eingehen.«
»Was halten Sie von ihm?« fragte sie.
»Nun, gegen den alten von Blix habe ich nichts einzuwenden. Er ist in seiner Art schon vertrauenswürdig; aber Tudor ist mir zu flatterhaft – zu oberflächlich, wissen Sie. Wenn ich je auf einer verlassenen Insel scheitern sollte, dann würde ich es lieber in von Blix' Gesellschaft tun.«
»Das verstehe ich nicht ganz, was haben Sie gegen Tudor?«
»Erinnern Sie sich an Brownings ›Letzte Herzogin‹?«

Sie nickte.
»Nun, bei Tudor muß ich an sie denken–«
»Aber sie ist doch entzückend.«
»Das ist sie. Aber sie ist eine Frau, und von einem Mann erwartet man etwas anderes, mehr Selbstbewußtsein, wissen Sie, Zurückhaltung und Überlegung. Ein Mann muß gründlicher sein, gesetzter und weniger unbeständig. Ein Mann von der Art Tudors fällt mir auf die Nerven. Ich verlange von einem Mann mehr Ruhe.«
Joan fühlte, daß sie diesem Urteil nicht ganz beipflichten konnte; und irgendwie begriff Scheldon ihre Empfindung und war bestürzt. Er erinnerte sich, wie ihre Augen geglänzt, als sie mit den Gästen geplaudert hatten–Donnerwetter! Werde ich etwa eifersüchtig? fragte er sich. Überhaupt, warum sollen ihre Augen nicht glänzen? Was geht es mich an.–
Ein zweites Boot war ausgesetzt worden, und die Ausrüstung für die Landabteilung wurde eiligst ausgeschifft. Ein Dutzend Mann von der Besatzung setzten die Faltboote am Strande zusammen. Sie hatten fünf dieser Fahrzeuge, schlank und schmal, mit ausgebuchteten Seitenwänden und merkwürdig lang. Jedes von ihnen war mit drei Paddeln und mehreren eisenbeschlagenen Stangen ausgerüstet.
»Ihr scheint auf Flüssen Bescheid zu wissen«, sagte Scheldon zu einem der Leute.
Der Mann spie seinen Tabaksaft auf den weißen Sand und erwiderte: »Wir benützen sie in Alaska. Sie sind nach dem Muster der Yukon-Stechboote gebaut und sind einzig in ihrer Art, darauf können Sie sich verlassen. Der Bach hier ist eine Kleinigkeit im Vergleich mit den Strömen im Norden. Jedes dieser Boote kann fünfhundert Pfund laden, und zwei Mann können es so schnell vorwärts bringen, daß Sie sich wundern würden.«
Bei Sonnenuntergang lichtete die ›Martha‹ die Anker und

ging in See, wobei sie die Flagge hißte und mit einer Signalkanone salutierte. Am Flaggenmast ging der Union-Jack auf und nieder, und Scheldon erwiderte den Gruß mit seiner Bronzesignalkanone. Die Goldsucher schlugen ihre Zelte auf dem Grundstück auf und kochten am Strande ab, während Tudor mit Joan und Scheldon das Abendessen einnahm.
Ihr Gast schien überall gewesen zu sein, alles gesehen und alle getroffen zu haben. Und ermuntert durch Joan, sprach er hauptsächlich von seinen eigenen Abenteuern. Er war ein Abenteurer vom reinsten Wasser und seinen eigenen Angaben nach von Geburt an zu Abenteuern bestimmt. Er stammte aus einer alten Neu-England-Familie, sein Vater war Generalkonsul in Deutschland gewesen, und dort war er geboren und hatte seine erste Erziehung sowie seinen Akzent erhalten. Dann hatte er, noch ein Knabe, seinen Vater nach der Türkei und später nach Persien begleitet, wo sein Vater Gesandter geworden war.
Tudor war sein ganzes Leben unterwegs gewesen, und mit viel Humor und lebendiger Darstellungskraft sprang er von einer Episode zur andern, von einem Ort zum andern. Er erzählte seine Erlebnisse nicht, weil es die seinen waren, sondern wegen ihrer besonderen Eigenart, wegen eines ungewöhnlichen Vorfalls, einer lächerlichen Situation. Er hatte südamerikanische Revolutionen mitgemacht, war Reiter auf Kuba gewesen, Kundschafter in Südafrika, Kriegsberichterstatter im russisch-japanischen Krieg. Er war mit Hundeschlitten über den gefrorenen Klondike gezogen, hatte aus dem Sande in Nome Gold gewaschen und in San Francisco eine Zeitung herausgegeben. Der Präsident der Vereinigten Staaten war sein Freund. Er war überall zu Hause, in den Klubs von London und auf dem Kontinent, im Grand Hotel in Yokohama wie in jedem andern Ort auf der ganzen Welt. Er hatte Großwild in Siam gejagt,

Perlen in den Paumotus gefischt, Tolstoj besucht, die Passionsspiele gesehen, die Anden auf Maultieren überquert; dazu war er ein lebendes Adreßbuch der Fieberlöcher in Westafrika.

Scheldon lehnte sich auf seinem Stuhl auf der Veranda zurück, schlürfte seinen Kaffee und hörte zu. Unwillkürlich wurde er durch den Zauber dieses Mannes, der ein so wechselreiches Leben hinter sich hatte, eingesponnen und fühlte sich doch nicht recht behaglich. Es schien ihm, als ob der Mann sich ganz besonders an Joan wandte. Seine Worte und sein Lächeln waren gleicherweise an sie beide gerichtet, und doch war Scheldon sicher, daß sich die Unterhaltung, wenn Joan nicht dabeigewesen wäre, um andere Dinge gedreht hätte. Tudor hatte die Wirkung seiner Worte auf Joan beobachtet, packte absichtlich seine Erinnerungen aus und verstrickte sie in den Zauber der Romantik. Scheldon bemerkte ihre gespannte Aufmerksamkeit, hörte ihr natürliches Lachen, ihre schnellen Fragen und treffenden Bemerkungen, und er spürte innerlich das erwachende Bewußtsein, daß er sie liebte.

Aus diesem Grunde war er sehr schweigsam und beinahe traurig und empfand zeitweilig eine gewisse Gereiztheit gegen seinen Gast; er überlegte sogar, inwieweit die Erzählungen Tudors wahr sein mochten und ob sie erwiesen oder widerlegt werden könnten. In diesem Augenblick erschien, als hätte ein geschickter Regisseur die Szene vorbereitet, Utami auf der Veranda, um Joan zu melden, daß sich in der Falle, die ihre Leute kürzlich für sie gebaut hatten, ein Krokodil gefangen hätte. Tudor zündete sich gerade eine Zigarette an, und sein Gesicht, das von dem Streichholz beleuchtet wurde, lenkte die Aufmerksamkeit Utamis auf sich. Der Tahitianer vergaß seinen Bericht.

»Hallo, Tudor«, sagte er mit einer Vertraulichkeit, die Scheldon überraschte.

Die Hand des Polynesiers streckte sich aus, und Tudor schüttelte sie, ihm ins Gesicht sehend.
»Wer bist du?« fragte er. »Ich erkenne dich nicht.«
»Utami.«
»Und wer, zum Kuckuck, ist Utami? Wo habe ich dich je getroffen, Mann?«
»Du nicht vergessen die ›Huahine‹?« sagte Utami vorwurfsvoll. »Letztes Mal segeln.« Jetzt ergriff Tudor die Hand des Tahitianers zum zweitenmal und schüttelte sie herzlich.
»Von der letzten Fahrt der ›Huahine‹ kam nur ein Knabe zurück, und der hieß Joe. Hol mich der Teufel, Mann, ich freue mich, dich wiederzusehen, wenn ich deinen neuen Namen auch noch nie gehört habe.«
»Ja, jedermann sprechen mich Joe auf der ›Huahine‹. Utami mein Name, alle Zeit derselbe.«
»Aber was treibst du hier?« fragte Tudor, die Hand des Seemanns loslassend und sich neugierig vorbeugend.
»Mich segeln auf Missie Lackalanna ihr Schoner ›Miélé‹. Wir gehen Tahiti, Raiatea, Tahaa, Bora-Bora, Manua, Tutuila, Apia, Savaii und Fidschiinseln. Viel Fidschiinseln. Mich bleiben bei Missie Lackalanna in Salomons. Sehr bald sie holen ander Schoner.«
»Wir beiden waren die einzigen Überlebenden beim Schiffbruch der ›Huahine‹«, erklärte Tudor den andern. »Als wir von Huapa abfuhren, waren wie siebenundfünfzig an Bord, und Joe und ich sind die einzigen, die je wieder den Fuß ans Land gesetzt haben. Das war zu der Zeit, als ich Perlen fischte.«
»Und das hast du mir nie erzählt, Utami, daß du in einem Orkan Schiffbruch erlitten hast«, sagte Joan vorwurfsvoll.
Der große Tahitianer wandte sich ihr mit einem gewinnenden Lächeln zu.
»Mich denken nicht das alles«, sagte er.
Er machte eine halbe Wendung, um anzudeuten, daß es

Zeit für ihn zum Gehen war, wenn er auch gern noch geblieben wäre.
»Schon gut, Utami«, sagte Tudor, »ich werde dich morgen früh aufsuchen, um mit dir zu plaudern.«
»Er rettete mir das Leben, der Bengel«, erklärte Tudor, als der Tahitianer mit wuchtigen, aber doch elastischen Schritten die Stufen hinunterschritt.
»Schwimmen kann der, nie in meinem Leben habe ich einen besseren Schwimmer gesehen.«
Dann erzählte Tudor auf Joans dringenden Wunsch von dem Schiffbruch der ›Huahine‹, während Scheldon rauchte und sann und schließlich zu dem Schluß kam, daß dieser Mann, welche Fehler er auch haben mochte, zum mindesten kein Lügner war.

Eine Frage der Erziehung

Ein Tag nach dem andern verging, ohne daß Tudor Neigung zu verspüren schien, das gastfreundliche Berande zu verlassen. Alles war für die Abreise bereit, aber er blieb immer noch und widmete seine ganze Zeit Joan, was die Abneigung, die Scheldon gegen ihn empfand, noch vermehrte. Er ging mit ihr schwimmen und übertraf sie noch an Unbesonnenheit; er schoß mit ihr Fische, tauchte dabei zwischen die hungrigen Grundhaie und kämpfte mit ihnen um den Besitz der betäubten Beute, bis er die Anerkennung der ganzen Tahitianer erntete. Arahu forderte ihn heraus, einen Fisch aus den Kiefern eines Haies zu reißen, wobei er diesem die eine Hälfte lassen und die andere selbst an die Oberfläche bringen sollte; und Tudor vollbrachte diese Heldentat, bei der ein leichter Schlag von der rauhen Haut des erstaunten Haies mehrere Zoll von seiner Schulterhaut abriß. Joan war entzückt, während Scheldon, der zusah, sich klarmachte, daß hier der Held ihrer Abenteuerträume zur Wirklichkeit geworden war. Zwar machte sie sich nichts aus Liebe, aber wenn sie je lieben sollte, das fühlte er, so mußte es ein solcher Mann sein – ›ein Mann, der etwas aus sich zu machen verstand‹, wie er sich sagte. Er fühlte sich in den Hintergrund gedrängt von Tudor, der die Gabe hatte, alle seine Eigenschaften ins rechte Licht zu stellen. Scheldon war selbst ein tapferer Mann, ohne daß er es jedoch für nötig befunden hätte, dies zu erwähnen. Er wußte, daß er genau wie der andere zwischen die Grundhaie tauchen würde, wenn es ein Leben zu retten gäbe, aber das rechtfertigte für ihn nicht das tollkühne Tauchen zwischen die Haie, nur wegen der Hälfte eines Fisches. Der Unterschied zwischen ihnen war, daß er sein Schaufenster verhängt hatte. Das Leben pulste stetig und still in ihm, und es lag nicht in seiner Art, auf der Oberfläche Schaum aufzuwirbeln, daß die Welt es bemerkte, und die erstaunlichen Darstellungen des anderen übten auf ihn nur die Wirkung aus, daß er sich noch mehr in sich selbst zurückzog und dichter als je in die matte, stoische Ruhe seiner Rasse hüllte. »Sie sind so stumpfsinnig seit ein paar Tagen«, beklagte sich Joan. »Man möchte fast glauben, Sie wären krank, böse oder sonstwas. Sie scheinen nichts im Kopf zu haben als schwarze Arbeiter und Kokosnüsse. Was ist denn los?«

Scheldon lächelte nur und wurde noch stiller, während er zuhörte, wie Joan und Tudor die Theorie der starken Hand erörterten, durch die der Weiße das Leben der niederen Rassen lenkte. Beim Zuhören wurde es Scheldon wie durch eine Offenbarung klar, daß es gerade das war, was er tat. Die beiden philosophierten darüber, er aber erlebte es, indem er die starke Hand seiner Rasse fest auf die Schulter der Niederen legte, die auf Berande arbeiteten oder die Plantage von außen bedrohten. Aber weshalb darüber sprechen? fragte er sich. Es genügte, es zu tun, und damit fertig.

Er äußerte dies trocken und ruhig und wurde sofort in einen Wortwechsel verwickelt, bei dem Joan und Tudor geschlossen gegen ihn standen und so erstaunliche Vorwürfe gegen die englische Selbstbeherrschung und Zurückhaltung, auf die er im geheimen stolz war, erhoben, wie er es nie für möglich gehalten hätte.

»Der Yankee redet viel über das, was er tut oder getan hat«, sagte Tudor, »und wird deshalb von dem Engländer von oben herab als Prahlhans angesehen. Aber der Yankee ist das reine Kind. Er versteht gar nicht, wirkungsvoll zu prahlen. Er redet von seinen Taten, das ist richtig, aber der Engländer übertrumpft ihn, indem er nicht darüber redet. Wenn es heißt, daß der Engländer nicht prahlt, so ist das

schließlich nichts weiter als nur eine feinere Form der Prahlerei. Es ist wirklich komisch, wie Sie zugeben werden.«
»Ich habe noch nie darüber nachgedacht«, fiel Joan ein. »Gewiß — ein Engländer kann schreckliche Heldentaten ausführen und ist hinterher bescheiden und zurückhaltend, lehnt es ab, überhaupt darüber zu sprechen, und durch dieses Schweigen deutet er eben an: solche Sachen mache ich jeden Tag, das ist ebenso leicht wie das Abrollen einer Logleine. Sie sollten erst sehen, welche wahren Heldentaten ich vollbringen könnte, wenn ich nur Gelegenheit dazu hätte. Aber diese Kleinigkeit — an der kann ich wirklich nichts Bemerkenswertes oder Ungewöhnliches sehen. Ich wünschte nur, alle meine und Ihre Freunde würden einmal davon hören, daß ich bei einer Pulverexplosion in die Luft flog oder hundert Menschenleben rettete. Dann würde ich stolzer als Luzifer sein. Gestehen Sie, Herr Scheldon, haben Sie nicht auch innerlich ein stolzes Gefühl, wenn Sie etwas Kühnes oder Nützliches getan haben?«
Scheldon nickte. »Nun«, drängte sie weiter, »Sie verbergen diesen Stolz unter einer Maske sorgloser Gleichgültigkeit — ist das nicht gleichbedeutend mit einer Lüge?«
»Ja, das ist es«, gab er zu. »Aber wir sagen doch täglich solche Lügen. Es ist eine Frage der Erziehung, und die Engländer sind eben besser erzogen, das ist alles. Mit der Zeit werden Ihre Landsleute eine ebenso gute Erziehung besitzen, der Yankee ist, wie Tudor sagte, noch jung.«
»Gott sei Dank!« rief Joan. »Bis zu diesen Lügen haben wir es noch nicht gebracht.«
»O doch«, sagte Scheldon schnell. »Erst vor wenigen Tagen taten Sie es. Erinnern Sie sich, wie Sie am Laternenpfahl hochkletterten? Ihr Gesicht war die verkörperte Lüge.«
»Das war etwas ganz anderes.«
»Gestatten Sie einen Augenblick«, fuhr er fort. »Ihr Gesicht war so ruhig und friedlich, als wenn Sie in einem Liegestuhl

ruhten; sah man ihr Gesicht an, so konnte man folgern, daß es etwas ganz Alltägliches für Sie wäre, das Gewicht Ihres Körpers Hand um Hand an einem Tau hochzuziehen, etwas, was ebenso leicht wäre, wie das Abrollen einer Logleine. Und erzählen Sie mir nicht, Fräulein Lackland, daß Sie keine Gesichter geschnitten haben, als Sie das erstemal versuchten, an einem Tau hochzuklettern. Aber Sie haben diese Periode wie jeder Zirkusakrobat durch Übung überwunden. Sie haben Ihr Gesicht dazu erzogen, Ihre Empfindungen und die gewaltigen Anstrengungen, die Ihre Muskeln vollbrachten, zu verbergen. Es war, um mit Herrn Tudor zu sprechen, eine feinere Äußerung körperlicher Tapferkeit. Und darauf beruht eben unsere englische Selbstbeherrschung – sie ist lediglich eine Frage der Erziehung. Gewiß, wir sind innerlich stolz auf die Dinge, die wir tun oder getan haben – stolz wie Luzifer, ja, noch stolzer. Aber wir sind erwachsen und reden nicht mehr darüber.«

»Ich ergebe mich«, rief Joan. »Schließlich sind Sie doch nicht so stumpfsinnig.«

»Ja, Sie haben uns geschlagen«, dab Tudor zu. »Aber Sie würden es nicht dahin gebracht haben, wenn Sie nicht Ihre Erziehungsregeln durchbrochen hätten.«

»Wie meinen Sie das?«

»Indem Sie darüber sprachen.« Joan klatschte zustimmend in die Hände. Tudor zündete sich eine Zigarette an, während Scheldon in unerschütterlicher Ruhe sitzen blieb.

»Jetzt haben Sie's gekriegt«, hetzte Joan. »Warum geben Sie es ihm nicht wieder?«

»Ich wüßte wirklich nicht, was ich sagen sollte«, erwiderte Scheldon. »Ich habe das Bewußtsein, daß meine Ansichten gesund sind, und das genügt mir.«

»Sie könnten erwidern«, meinte Joan, »daß ein Erwachsener, der sich mit Kindern abgibt, in ihrer Sprache sprechen muß, um sich ihnen verständlich zu machen.«

»In der Hitze des Gefechts sind Sie desertiert und zum Feinde übergegangen, Fräulein Lackland«, sagte Tudor vorwurfsvoll. Aber sie hörte ihn nicht. Sie blickte gespannt über das Grundstück hinweg nach der See. Die beiden Männer folgten ihrem Blick und sahen ein grünes Licht und die Umrisse eines Segels. »Ich bin gespannt, ob das die ›Martha‹ ist, die zurückkommt«, bemerkte Tudor.

»Nein, das Seitenlicht steht zu niedrig«, antwortete Joan. »Außerdem haben sie Riemen ausgelegt. Hören Sie es nicht? Ein so großes Schiff wie die ›Martha‹ würde man nicht rudern.«

»Das stimmt, und dazu hat die ›Martha‹ noch einen Motor — fünfundzwanzig Pferdekräfte«, fügte Tudor hinzu.

»Das wäre ein Schiff für uns«, sagte Joan sehnsüchtig zu Scheldon. »Ich muß wirklich sehen, ob ich nicht einen Schoner mit Motor bekommen kann. Vielleicht könnte ich einen gebrauchten einbauen lassen.«

»Das würde wieder Ausgaben für einen Maschinisten bedeuten«, wandte er ein.

»Aber es würde sich durch schnellere Fahrt bezahlt machen«, widersprach sie. »Ein guter Motor ist so gut wie eine Versicherung. Ich weiß Bescheid. Ich habe mich selbst zwischen den Riffen herumgetrieben. Außerdem könnte ich ja, wenn Sie nicht so mittelalterlich wären, selbst das Schiff führen und mehr als das Gehalt des Maschinisten sparen.« Er antwortete nicht auf ihren Stich, und sie blickte ihn an. Er sah über das Wasser hinaus, und im Lampenschein waren die Linien seines Gesichts stark, ernst und eigensinnig, der Mund beinahe keusch, aber fester und mit dünneren Lippen als der Tudors. Zum ersten Male wurde sie sich seiner Stärke bewußt, die in seiner Ruhe, seiner einfachen Redlichkeit und besonnenen Entschlossenheit lag. Sie warf einen schnellen Blick auf Tudor. Dessen Gesicht war hübscher, berührte im ersten Augenblick angenehmer. Aber der

Mund gefiel ihr nicht. Er war wie zum Küssen bestimmt, und sie verabscheute Küsse. Für den Augenblick war sie sich über den Mann nicht klar. Vielleicht hatte Scheldon recht mit seinem Urteil. Sie wußte es nicht, und außerdem berührte es sie wenig. Schiffe und See und alles, was damit zusammenhing, interessierte sie bedeutend mehr als Männer, und im nächsten Augenblick sah sie wieder durch die warme tropische Dunkelheit nach den Umrissen des Segels und dem ruhigen Grün des sich nahenden Seitenlichtes und horchte gespannt auf den kurzen Schlag der Riemen in den Dollen. Im Geiste sah sie die nackten, gespannten Körper der Schwarzen, wie sie sich rhythmisch bei der Arbeit bogen und streckten, und sie wußte, daß irgendwo auf diesem fremden Deck der unvermeidliche Herrenmensch stand, der das Fahrzeug zu seinem Ankerplatz leitete, indem er scharf nach dem undeutlichen Waldstreifen der Küste spähte, um die in der Nacht trügerische Entfernung abzuschätzen; der auf seinen Wangen den ersten Hauch der Landbrise spürte, die gerade zu wehen begann, und der wägend, überlegend, messend, schätzend die zwanzig oder mehr sich immer ändernden Kräfte lenkte, mit deren Hilfe er seinen Weg machte. Sie wußte das, weil sie es liebte und miterlebte, wie nur ein Seemann es kann.

Zweimal hörte sie das Plätschern des Lotes und horchte gespannt auf den Ruf, der folgte. Das eine Mal sprach eine Männerstimme, tief, befehlend. Sie bebte vor Freude darüber. Es war nur die Anweisung für den Rudergast, das Ruder nach Backbord umzulegen. Sie beobachtete die geringe Änderung des Kurses, wußte, daß sie vorgenommen wurde, damit die feststehenden Segel den ersten Hauch der Landbrise auffangen konnten. Und sie wartete nur darauf, daß dieselbe tiefe Stimme das Wort ›Stütz‹ rufen würde. Und wieder bebte sie, als der Ruf erklang. Noch einmal fiel das Lot, und »elf Faden« lautete der Ruf. »Fall

Anker«, klang die tiefe Stimme durch die Dunkelheit, und es folgte das ungestüme Rasseln der Ankerkette. Das Kreischen der Scheiben in den Blöcken, als die Segel heruntergefiert wurden, war Musik für sie; sie bemerkte sofort, daß ein Klüverfall klemmte, und sah beinahe den ungeduldigen Ruck, mit dem der Seemann es klarmachte. Die beiden Männer neben ihr existierten für sie so lange nicht mehr, bis der Anker gefaßt hatte und beide Lichter, das rote und das grüne, in Sicht gekommen waren. Scheldon war gespannt, was für ein Schiff es sein mochte, während Tudor immer noch glaubte, daß es die ›Martha‹ sei.

»Es ist die ›Minerva‹«, sagte Joan bestimmt.

»Woher wissen Sie das?« fragte Scheldon zweifelnd.

»Erstens ist es eine Jacht. Und zweitens würde ich sie immer an den Klappern ihrer Groß-Piek-Blöcke erkennen – sie sind zu groß für das Fall.«

Eine dunkle Gestalt, die bis jetzt das Schiff beobachtet hatte, näherte sich jetzt vom Strande her dem Hause.

»Bist du es, Utami?« rief Joan.

»Nein, Missie, mich Matapuu«, lautete die Antwort.

»Was Schiff ist es?«

»Mich glauben, ›Minerva‹.«

Joan blickte triumphierend auf Scheldon, der sich verneigte. »Wenn Matapuu es sagt, wird es stimmen«, murmelte er.

»Aber wenn Joan Lackland es sagt, bezweifeln Sie es«, rief sie. »Genau so, wie Sie ihre Fähigkeit als Schiffer bezweifeln. Aber das macht nichts, eines Tages wird Ihnen Ihre Ungefälligkeit schon leid tun. – Da wird das Boot zu Wasser gefiert, und in fünf Minuten werden wir Christian Young die Hand schütteln.« Lalaperu brachte Gläser, Zigarren und den unvermeidlichen Whisky, und ehe noch die fünf Minuten vergangen waren, klappte schon die Pforte, und Christian Young kam, braun, golden und sanft wie immer, die Bungalowtreppe zu ihnen herauf.

Christian Young brachte, wie gewöhnlich, Neuigkeiten mit, vom Trinken in Guvutu, wo die Männer sich brüsteten, daß sie zwischen je zwei Gläsern ein drittes trinken, von Gewehren, die auf Ysabel im Umlauf sein sollten, von den letzten Morden auf Malaita, von Tom Butlers Krankheit auf Santa Anna; und schließlich als Wichtigstes, daß die ›Matambo‹ in den Shortlands auf ein Riff gelaufen war und zur Reparatur aufgelegt werden mußte.

»Das heißt, daß Sie Ihre Reise nach Sydney um fünf Wochen aufschieben müssen«, sagte Scheldon zu Joan.

»Und daß wir viel Zeit verlieren«, fügte sie traurig hinzu.

»Wenn Sie nach Sydney wollen – die ›Upolu‹ fährt morgen nachmittag von Tulagi ab«, sagte Young.

»Aber ich denke, sie bringt den Deutschen in Samoa Arbeiter«, wandte sie ein. »Ich könnte sie jedenfalls bei Samoa benutzen und von Apia aus auf einem Frachtdampfer der Weir-Linie weiterfahren. Es ist zwar ein großer Umweg, aber ich würde dennoch Zeit sparen.«

»Diesmal fährt die ›Upolu‹ direkt nach Sydney«, erklärte Young. »Sie geht ins Dock, und Sie können sie bis morgen nachmittag um fünf Uhr erreichen. Das sagte mir wenigstens der Erste Offizier.«

»Aber ich muß erst nach Guvutu.« Joan blickte die Männer mit einem eifrigen Ausdruck an. »Ich habe einige Einkäufe dort zu machen. Ich kann doch nicht in diesem Berandefähnchen nach Sydney reisen. Ich muß mir Stoff in Guvutu kaufen und mir unterwegs ein Kleid nähen. Ich fahre gleich – in einer Stunde. Lalaperu, du bringen mir ein fella Adamu-Adam. Sagen ihn, daß fella Ornfiri machen Kai-kai, nehmen mit Walboot.«

Sie erhob sich und blickte Scheldon an.
»Und Sie lassen bitte das Boot zu Wasser bringen – mein Boot, nicht wahr? Ich fahre in einer Stunde.«
Scheldon und Tudor sahen beide auf ihre Uhren.
»Die Fahrt dauert die ganze Nacht«, sagte Scheldon. »Sie sollten lieber bis morgen früh warten.«
»Und meine Einkäufe fahrenlassen? Nein, danke. Außerdem ist die ›Upolu‹ kein regelrechter Passagierdampfer und kann ebensogut früher wie zur angegebenen Zeit abfahren. Und nach allem, was ich von diesen Sybariten in Guvutu gehört habe, läßt sich morgens am besten einkaufen. Jetzt entschuldigen Sie mich bitte, ich muß packen.«
»Ich fahre mit hinüber«, verkündete Scheldon.
»Ich werde Sie auf der ›Minerva‹ hinbringen«, sagte Young.
Sie schüttelte lächelnd den Kopf.
»Ich fahre in meinem Boot. Sie sind so besorgt, als ob ich noch nie vom Hause fort gewesen wäre. Ihnen, Herr Scheldon, kann ich als meinem Teilhaber nicht erlauben, Berande und Ihre Arbeit aus falsch verstandener Höflichkeit zu verlassen. Wenn Sie mir nicht erlauben, Kapitän zu sein, erlaube ich Ihnen nicht, sich als Beschützer junger Damen, die keinen Schutz nötig haben, auf See herumzutreiben. Und Sie, Kapitän Young, wissen selbst, daß Sie Guvutu erst heute morgen verlassen haben, daß Sie nach Marau wollen und, wie Sie selbst gesagt haben, in zwei Stunden wieder in See gehen müssen.«
»Aber darf ich Sie nicht begleiten?« fragte Tudor mit einem bittenden Ton in seiner Stimme, der Scheldon auf die Nerven fiel.
»Nein, nein und nochmals nein«, rief sie. »Sie haben alle Ihre Arbeit und ich auch. Ich bin in die Salomons gekommen, um zu arbeiten, und nicht, um wie ein Püppchen herumgeführt zu werden. Im übrigen steht hier meine Eskorte, und ich habe noch sieben ebensolche.«

Adamu-Adam stand neben ihr und überragte sie und auch die drei Männer. Das enganliegende Hemd konnte seine mächtigen Muskeln nicht verbergen.
»Sehen Sie seine Faust«, sagte Tudor. »Ich möchte keinen Schlag damit bekommen.«
»Das glaube ich«, lachte Joan. »Ich habe gesehen, wie er dem Kapitän einer schwedischen Jacht am Strande von Levuka auf den Fidschiinseln eins versetzte. Der Kapitän hatte angefangen. Ich sah alles, es war prachtvoll. Adamu schlug nur einmal zu und brach dem Manne den Arm. Weißt du noch, Adamu?« Der große Tahitianer nickte lächelnd. Seine sanften schwarzen Rehaugen schienen einer so kriegerischen Natur zu widersprechen.
»In einer Stunde brechen wir mit dem Boot nach Guvutu auf«, sagte Joan zu ihm. »Sag deinen Brüdern allen, daß sie sich fertigmachen. Wir fahren mit der ›Upolu‹ nach Sydney. Ihr kommt alle mit und segelt dann mit dem neuen Schoner nach den Salomons zurück. Nehmt eure Extrahemden mit, es ist kalt dort unten. Nun lauf und sag ihnen, daß sie sich beeilen. Laßt die Gewehre hier, gebt sie Herrn Scheldon, wir brauchen sie nicht.«
»Wenn Sie wirklich entschlossen sind zu fahren—«, begann Scheldon.
»Das ist längst entschieden«, erwiderte sie kurz. »Ich gehe jetzt packen. Aber ich will Ihnen sagen, was Sie für mich tun können – geben Sie meinen Leuten etwas Tabak und was sie sonst wollen.«
Eine Stunde später hatten die drei Männer Joan am Strande die Hand gedrückt. Sie gab das Zeichen, und das Boot setzte ab, sechs Mann an den Riemen, der siebente vorn, und Adamu-Adam am Steuerruder. Joan stand aufrecht im Stern des Bootes und winkte—eine schlanke Frauengestalt in der enganliegenden Jacke, die sie getragen hatte, als sie nach dem Schiffbruch gelandet war, den langläu-

figen Revolver im Gürtel über ihrer Hüfte hängend und das scharfgeschnittene Knabengesicht unter dem Cowboyhut, der die schwere Masse ihres langen Haares nicht verbergen konnte.
»Gehen Sie lieber unter Dach«, rief sie ihnen zu. »Dort kommt eine schwere Bö. Ich hoffe, Sie haben genügend Kette aus, Kapitän Young. Auf Wiedersehen!«
Die letzten Worte drangen aus der Dunkelheit, die sich dicht um das Boot legte. Trotzdem starrten sie weiter in die Finsternis, dorthin, wo das Boot verschwunden war, und horchten auf den gleichmäßigen Schlag der Riemen in den Dollen, bis er schwächer wurde und schließlich erstarb.
»Sie ist nur ein Mädchen«, sagte Christian Young fast feierlich, »sie ist nur ein Mädchen«, wiederholte er noch feierlicher.
»Und ein verteufelt hübsches dazu«, lachte Tudor. »Sie hat Mut, was, Scheldon?«
»Ja, sie ist tapfer«, lautete die zögernde Antwort; Scheldon hatte keine Lust, sich über sie auszusprechen.
»Das ist das Amerikanische an ihr«, fuhr Tudor fort. – »Energie und Unabhängigkeit, was meinen Sie, Kapitän?«
»Ich meine, daß sie jung ist, sehr jung, ein Kind noch«, erwiderte der Kapitän der ›Minerva‹, indem er weiter in die Dunkelheit starrte, die sie verbarg. Die Finsternis schien plötzlich an Dichte zuzunehmen, und sie stolperten den Strand hinauf, um die Pforte zu erreichen.
»Hüten Sie sich vor fallenden Nüssen«, warnte Scheldon, als der erste Stoß der Bö durch die Palmen fuhr. Sie faßten sich an den Händen und tasteten sich vorwärts, während die reifen Kokosnüsse in einem heftigen Regenschauer um sie niederprasselten. Sie erreichten die Veranda, setzten sich schweigend zu ihrem Whisky und blickten starr nach der See, wo in den Pausen des strömenden Regens das wild schwankende Ankerlicht der ›Minerva‹ zu sehen war.

Irgendwo dort draußen, dachte Scheldon, fährt Joan Lackland, das Mädchen, das noch nicht erwachsen ist, das schöne Weib mit den Sinnen und Wünschen eines Knaben, das Berande fast ebenso verlassen hat, wie sie gekommen ist: im Stern ihres Bootes, Adamu-Adam am Steuer und ihre wilde Besatzung über die Riemen gekrümmt. Und sie hat ihren Cowboyhut, ihren Patronengürtel und den langläufigen Revolver mitgenommen – er entdeckte plötzlich eine große Vorliebe für diese Dinge, über die er, als er sie das erstemal gesehen, heimlich gelacht hatte. Er fühlte, daß er sich in sentimentale Phantasien verlor, und spürte fast Lust zu lachen. Aber er lachte nicht. Im nächsten Augenblick dachte er wieder an den Hut, den Gürtel und den Revolver. Zweifellos ist das Liebe, dachte er und empfand einen gewissen Stolz darüber, daß die Salomons noch nicht alle Gefühle in ihm getötet hatten.

Eine Stunde später stand Christian Young auf, klopfte seine Pfeife aus und machte sich bereit, an Bord zu gehen.

»Sie ist all right«, sagte er, obgleich keiner ein Wort gesagt hatte, aber dennoch drückte er den Gedanken aller aus. »Sie hat eine gute Bootsbesatzung und versteht die Sache. Gute Nacht, Herr Scheldon; kann ich in Marau etwas für Sie tun?« Er wandte sich um und zeigte auf ein sichtbar werdendes Stück Sternenhimmel. »Es ist doch noch eine schöne Nacht geworden. Bei dieser günstigen Brise kann sie sicher schon Segel setzen und wird Guvutu bei Tagesanbruch erreichen. Gute Nacht!«

»Ich denke, ich gehe auch schlafen«, sagte Tudor, indem er aufstand und sein Glas auf den Tisch stellte. »Ich breche morgen ganz früh auf, es ist eine Schande, wie lange ich hier herumgelungert habe. Gute Nacht.«

Scheldon blieb allein sitzen und grübelte, ob der andere sich wohl auch entschlossen hätte, am nächsten Morgen abzufahren, wenn Joan nicht fortgesegelt wäre. Nun, einen schwachen Trost hatte er: Joan hatte sich auf Berande um keinen Mann gekümmert, nicht einmal um Tudor. ›Ich fahre in einer Stunde.‹ Diese ihre Worte klangen noch in seinen Ohren, und mit geschlossenen Augen konnte er sie sehen, wie sie aufgestanden war, als sie gesprochen hatte. Er lächelte. In demselben Augenblick, als sie die Nachricht gehört hatte, war sie auch schon zur Reise entschlossen gewesen. Es war zwar nicht sehr schmeichelhaft für die Männer. Aber was galt ihr ein Mann, wenn es möglich war, nach Sydney zu fahren und einen Schoner zu kaufen?

In den nächsten Tagen fühlte sich Scheldon auf Berande sehr einsam. Am Morgen nach Joans Abreise hatte er die Expedition Tudors den Balesuna hinauffahren sehen; spät am Nachmittag hatte er durch das Glas den Rauch der ›Upolu‹ gesehen, die Joan nach Sydney brachte, und am Abend saß er einsam bei Tische. Aber statt zu essen, verwandte er seine Zeit darauf, auf ihren leeren Stuhl zu starren. Er trat nie auf die Veranda hinaus, ohne zuerst einen Blick nach ihrem Grashause in der Ecke des Grundstücks zu werfen, und als er eines Abends ziellos die Bälle auf dem Billard herumstieß, überraschte er sich dabei, wie er auf den Nagel starrte, an den sie vom ersten Tage an ihren Cowboyhut und ihren Gürtel gehängt hatte. Was geht sie mich an? fragte er sich ärgerlich. Sie war sicher die letzte Frau auf der Welt, die er sich erwählt haben würde. Nie hatte er jemand getroffen, der ihn so geärgert, seine Gefühle so verletzt, so alles Herkömmliche über den Haufen geworfen und alles, was ihm das Ideal einer Frau ausmachte, für sich abgelehnt hatte. War er schon zu lange von der Außenwelt abgeschlossen? Hatte er vergessen, wie das weibliche Geschlecht war? War es vielleicht nur ein Fall von Seelenverwandtschaft – Und sie war doch gar keine richtige Frau. Sie war eine Komödiantin. Trotz ihres weiblichen Aussehens war sie ein Knabe, der knabenhafte Streiche machte, zwischen den Haien nach Fischen tauchte, einen Revolver handhabte, sich nach Abenteuern sehnte und, was noch mehr war, in ihrem Boot mit ihren wilden Insulanern und ihrem Sack voll Goldstücken auf Abenteuer ausging. Aber er liebte sie, das war der Kernpunkt des Ganzen; und er versuchte gar nicht, sich etwas vorzumachen. Er bedauerte es auch nicht. Er liebte sie eben – das war die überwältigende, erstaunliche Tatsache.

Von neuem entdeckte er seine große Begeisterung für Berande. Alle Illusionen, die er sich über das Leben eines Tropenpflanzers gemacht hatte, waren durch die ernsten Verhältnisse auf den Salomons zunichte geworden. Nach Hughies Tod hatte er beschlossen, sich irgendwie mit der Plantage durchzuringen; aber dieser Entschluß hatte nur auf seiner angeborenen Hartnäckigkeit und seiner Abneigung dagegen beruht, eine begonnene Arbeit aufzugeben. Jetzt aber war es anders. Berande bedeutete ihm alles. Er mußte Erfolg haben – nicht allein, weil Joan seine Teilhaberin geworden, sondern weil er diese Teilhaberschaft zu einer dauernden gestalten wollte. Noch drei Jahre, und die Plantage stellte eine glänzende Kapitalanlage dar. Dann konnten sie alljährlich oder noch öfter nach Sydney fahren, gelegentlich eine Reise nach England – oder nach Hawaii – machen. Er verbrachte seine Abende damit, daß er über Berechnungen brütete oder endlose Kalkulationen über billigere Koprafrachten und etwaige Maximal- und Minimalpreise für diesen Handelsartikel aufstellte. Tagsüber war er draußen auf der Plantage. Er begann, mehr Busch zu roden, und das Roden und Pflanzen ging unter seiner persönlichen Aufsicht schneller als je. Er versuchte es mit Prämien für Extraarbeiten. Er sah, daß er mehr Schwarze brauchte. Aber er konnte sie erst bekommen, wenn Joan mit dem Schoner zurückkehrte. Denn die gewerbsmäßigen Werber hatten sämtlich langjährige Kontrakte mit Gebrüder Fulcrum, Morgan & Raff und Fires, Philp & Co., während die ›Flibberty-Gibbet‹ genug zu tun hatte mit ihren Fahrten zwischen seinen weit verstreuten Stationen, die sich von der Küste von Neu-Georgia einerseits bis Sikiani anderseits erstreckten. Schwarze brauchte er auf jeden Fall. Aber selbst wenn Joan Glück hatte und einen Schoner fand, vergingen mindestens drei Monate, ehe die ersten nach Berande gebracht werden konnten.

Eine Woche nach der Abfahrt der ›Upolu‹ ankerte die ›Malakula‹ vor Berande. Der Kapitän kam an Land, um eine Partie Billard zu spielen und zu plaudern, bis die Landbrise aufkam. Außerdem mußte er, wie er seinem Superkargo sagte, an Land, um ein großes Paket mit Samen nebst genauer Gebrauchsanweisung von Joan abzugeben und um Scheldon mit den Neuigkeiten, die er brachte, eine kleine Überraschung zu bereiten.

Kapitän Aukland spielte zunächst seine Partie Billard, und erst, als er bequem, sein zweites Glas Whisky in der Hand, in einem Korbsessel saß, ließ er die Bombe platzen.

»Ein Hauptkerl, dies Fräulein Lackland«, erklärte er. »Behauptet, sie sei an Berande beteiligt! Sagt, sie sei Ihr Teilhaber! Stimmt das?«

Scheldon nickte kühl.

»Tatsächlich? Das ist eine Überraschung! Nun, in Guvutu und Tulagi hat man ihr nicht geglaubt. Man ist dort wahrhaftig allerhand gewöhnt, aber – haha! –« Er hielt inne, um zu lachen und sich den kahlen Kopf mit einem Kanakentaschentuch abzuwischen. »Aber diese Teilhabergeschichte war den Leuten doch zuviel, wenn sie ihnen auch einen Grund gab, ein bißchen mehr zu trinken.«

»Es ist durchaus nichts Merkwürdiges daran, es ist eine ganz einfache geschäftliche Angelegenheit.« Scheldon bemühte sich, es so darzustellen, als ob derartige Geschäfte etwas ganz Alltägliches auf den Plantagen der Salomon-

inseln seien. »Sie hat etwa fünfzehnhundert Pfund in Berande angelegt.«
»Ja, das hat sie.«
»Sie ist in Geschäften für die Plantage nach Sydney gefahren.«
»Nein, das ist sie nicht.«
»Wie bitte?«
»Ich sagte, daß sie das nicht ist! Weiter nichts!«
»Ist denn die ›Upolu‹ nicht abgefahren? Ich möchte schwören, daß ich Dienstag nachmittags ihren Rauch gesehen habe, als sie Savo passierte.«
»Die ›Upolu‹ ist abgefahren« – Kapitän Aukland schlürfte seinen Whisky mit herausfordernder Langsamkeit, »aber Fräulein Lackland war nicht an Bord.«
»Wo ist sie denn?«
»In Guvutu. Wenigstens habe ich sie dort zuletzt gesehen. Sie wollte doch nach Sydney, um einen Schoner zu kaufen?«
»Ja, ja.«
»Das sagte sie. Nun, sie hat einen gekauft, aber ich möchte keine zehn Schilling dafür geben, wenn ein Nordwest aufkommt; es ist Zeit, daß wir einen kriegen. Das gute Wetter hat zu lange gedauert, als daß es noch weiter anhalten könnte.«
»Wenn Sie hergekommen sind, um mich neugierig zu machen«, sagte Scheldon, »dann haben Sie Ihren Zweck erreicht. Nun legen Sie schon los, was ist geschehen? Was ist das für ein Schoner? Wo ist er? Wie kam sie dazu, ihn zu kaufen?«
»Erstens: es ist die ›Martha‹«, antwortete der Kapitän, indem er seine Antworten an den Fingern herzählte. »Zweitens: die ›Martha‹ sitzt auf dem Außenriff von Punga-Punga, hat alles verloren, was nicht niet- und nagelfest war, und steht im Begriff, bei der ersten unruhigen See auseinanderzubrechen. Und drittens: Fräulein Lackland

hat sie auf der Auktion gekauft. Sie bekam den Zuschlag für fünfundfünfzig Pfund. Ich weiß es genau, da ich selbst für Morgan & Raff fünfzig geboten hatte. Die wurden mächtig wütend! Ich sagte ihnen, sie sollten sich zum Teufel scheren, und es sei ihr eigener Fehler, daß sie mich bei einem Höchstgebot von fünfzig Pfund festgelegt hätten, wenn sie dachten, daß die ›Martha‹ mehr wert sei. Sie hatten eben nicht mit einer Konkurrenz gerechnet. Fulcrum hatte keinen Vertreter geschickt, ebensowenig Fires, Philp & Co., und der einzige, den sie zu fürchten hatten, war Nielsens Agent, Squires, und den hatten sie so betrunken gemacht, daß er in Guvutu fest schlief.
›Zwanzig‹, bot ich. ›Fünfundzwanzig‹, sagte die Kleine. ›Dreißig‹, sagte ich. ›Vierzig‹, sagte sie. ›Fünfzig‹, ich. ›Fünfundfünfzig‹ sie. Und da konnte ich nicht mehr mit. ›Warten Sie, bis ich mit meinen Auftraggebern gesprochen habe.‹ ›Nein, das tue ich nicht‹, sagte sie. ›Es ist so üblich‹, sagte ich. ›Nirgends in der Welt‹, sagte sie. ›Aber die Höflichkeit in den Salomons verlangt es‹, sagte ich.
Und wahrhaftig, ich glaube, Burnett hätte es getan, aber sie flötete süß und schnippisch: ›Herr Auktionator, wollen Sie gefälligst in der üblichen Weise mit der Versteigerung fortfahren? Ich habe noch andere Geschäfte zu erledigen und kann es mir nicht leisten, die ganze Nacht auf Leute zu warten, die nicht wissen, was sie wollen.‹ Und dann lächelte sie Burnett zu, wie, nun, Sie wissen, ein gewinnendes Lächeln, und, hol's der Teufel, Burnett schrie: ›Zum ersten, zum zweiten – letztes Gebot – zum zweiten, zum zweiten für fünfundfünfzig Pfund – zum zweiten – – und – – zum – – dritten – für Sie, Fräulein – äh – wie ist Ihr Name bitte?‹
›Joan Lackland‹, sagte sie und lächelte mir zu. Und so bekam sie die ›Martha‹.«
Scheldon durchfuhr eine jähe Freude. Die ›Martha‹! Ein

besserer Schoner als die ›Malakula‹ und somit der beste in den Salomons. Das war das richtige Schiff zum Werben, und obendrein hatten sie ihn an Ort und Stelle. Dann aber machte er sich klar, daß die Aussicht auf Bergung des Schoners nur gering sein konnte, wenn er auf der Auktion für fünfundfünfzig Pfund weggegangen war.
»Wie kam es denn eigentlich?« fragte er. »War es nicht etwas voreilig, die ›Martha‹ zu verkaufen?«
»Sie mußten. Sie kennen doch das Riff von Punga-Punga. Das Schiff ist keine zwei Groschen wert, wenn auch nur der geringste Seegang aufkommt. Und ein Nordwest kann jeden Augenblick aufspringen. Die Besatzung hatte den Schoner gänzlich aufgegeben. Dachte nicht einmal im Traum an eine Auktion. Morgan & Raff überredeten sie erst dazu. Es ist ein genossenschaftliches Unternehmen, wie Sie wissen, alle Mann, einschließlich Koch, sind beteiligt. Sie hielten eine Versammlung ab und stimmten für den Verkauf.«
»Warum blieben die Leute nicht dort und versuchten das Schiff zu retten?«
»Warum sie nicht dortblieben? Sie kennen doch Malaita, und Sie kennen Punga-Punga. Es ist dort, wo sie die ›Scottish Chiefs‹ abschnitten und alle Mann ermordeten. Es gab keine andere Möglichkeit, als in die Boote zu gehen. Das Ruder versagte, und nach fünf Minuten saß die ›Martha‹ auf dem Riff und wurde von den Eingeborenen überfallen. Die trieben die Besatzung einfach in die Boote. Ich sprach mit einigen von den Leuten. Sie schwuren, daß innerhalb einer halben Stunde zweihundert Kriegskanus um sie herum gewesen wären und fünfhundert Buschleute am Strande gewartet hätten und daß man vor lauter Rauch von den Signalfeuern überhaupt nichts von Malaita hätte sehen können. Sie flohen nach Tulagi.«
»Aber leisteten sie denn gar keinen Widerstand?« fragte Scheldon.

»Ja, es ist merkwürdig, daß sie es nicht taten. Aber sie wurden getrennt. Sehen Sie, zwei Drittel waren waffenlos in den Booten, um die Anker auszufahren, und dachten nicht im geringsten an einen Angriff der Eingeborenen. Sie erkannten ihren Irrtum erst zu spät. Die Eingeborenen hatten die Oberhand. Das kommt, weil sie Neulinge sind. Ihnen oder mir oder sonst einem alten Südseemann wäre das nie passiert.«

»Und was gedenkt Fräulein Lackland jetzt zu tun?«

Kapitän Aukland grinste.

»Sie wird wohl versuchen, die ›Martha‹ wieder flottzumachen; warum hätte sie sonst fünfundfünfzig Pfund dafür bezahlt? Und wenn ihr das nicht gelingt, wird sie versuchen, zu ihrem Gelde zu kommen, indem sie die Spieren, das Patent-Ruder-Geschirr und die Winschen birgt. Ich wenigstens würde das tun, wenn ich an ihrer Stelle wäre. Als ich abfuhr, hatte das Mädel gerade die ›Emily‹ gechartert. – ›Ich muß zum Werben fahren‹, sagte Munster – der ist jetzt Kapitän und Eigner. – ›Und wieviel verdienen Sie auf der Reise?‹ fragte sie. ›Ach, fünfzig Pfund‹, sagte er. ›Schön‹, sagte sie, ›Sie fahren mit Ihrer ‚Emily' für mich und bekommen fünfundsiebzig Pfund.‹ Erinnern Sie sich an den großen Anker und die Kette, die hinter dem Kohlenschuppen liegen? Die kaufte sie gerade, als ich abfuhr. Sie ist ein richtiger kleiner Teufel, Ihr Mädel.«

»Sie ist mein Teilhaber«, verbesserte Scheldon.

»Nun, dann aber jedenfalls ein guter und praktischer! Mein Wort! Eine weiße Frau auf Malaita und noch dazu auf Punga-Punga! Ach, ich vergaß, Ihnen zu erzählen – sie beschwatzte Burnett, ihr acht Gewehre für ihre Leute und drei Kisten Dynamit zu leihen. Sie würden gelacht haben, wenn Sie gesehen hätten, wie sie diese Guvutu-Gesellschaft in Staunen setzte, als man höflich versuchte,

ihr gute Ratschläge zu erteilen. Das Mädel ist ein Wunder, etwas Unnatürliches, eine Katastrophe. Wahrhaftig – eine Katastrophe! Sie hat Guvutu und Tulagi wie ein Sturmwind aufgerüttelt; bis zum letzten verkommenen Kerl sind alle in sie verliebt. Mit Ausnahme von Raff. Der ist böse wegen der Auktion und hielt ihr seinen Vertrag mit Munster vor. Sie tat weiter nichts, als daß sie ihm dankte, den Vertrag durchlas und darauf hinwies, daß Munster zwar verpflichtet sei, alle geworbenen Arbeiter an Morgan & Raff abzuliefern, daß das Dokument aber keine Klausel enthielte, die ihm verböte, die ›Emily‹ zu verchartern.
›Hier ist Ihr Kontrakt‹, sagte sie, indem sie ihn zurückgab. ›Ein sehr guter Vertrag. Aber wenn Sie wieder einmal einen aufsetzen, dann fügen Sie eine Klausel hinzu, die solche unerwarteten Ereignisse wie dieses vorsieht.‹ Und, bei Gott, da hatte sie auch ihn eingewickelt.
Aber da ist die Brise, und ich muß weg. Leben Sie wohl, ich hoffe, das Mädel hat Erfolg. Die ›Martha‹ ist ein Prachtschiff und könnte die ›Jessie‹ ersetzen.«

›Ihr‹ Fräulein Lackland

Als Scheldon am nächsten Morgen von der Plantage kam, um zu frühstücken, lag schon die Missionsjacht ›Apostel‹ vor Anker, und die Mannschaft ließ gerade zwei Stuten und ein Fohlen an Land schwimmen. Er kannte die Tiere, sie gehörten dem Kommissar, und er dachte sofort, ob Joan sie etwa gekauft hätte. Sie machte offenbar ihre Drohung wahr, die Salomons in Erstaunen zu setzen, und er war auf alles gefaßt. »Fräulein Lackland schickt sie«, sagte Welshmere, der Missionsarzt, als er an Land kam und ihm die Hand drückte. »Es ist auch eine Kiste mit Sätteln an Bord, dieser Brief von ihr und der Kapitän der ›Flibberty-Gibbet‹.«

Im nächsten Augenblick war Olson schon, ehe Scheldon ihn begrüßen konnte, aus dem Boot gestiegen und begann: »Sie hat die ›Flibberty-Gibbet‹ gestohlen, Herr Scheldon. Einfach damit weggesegelt. Das ist ja ein tolles Frauenzimmer! Sie hat mir durch die Aufregung das Fieber verschafft. Und betrunken hat sie mich auch gemacht – glatt besoffen!«

Doktor Welshmere lachte herzlich.

»Immerhin ist sie kein schlimmer Teufel, Ihr Fräulein Lackland. Drei Leuten hat sie das Trinken abgewöhnt oder, was auf dasselbe herauskommt, ihnen den Whisky weggenommen. Sie kennen sie: Brahms, Curtis und Fowler. Sie hat sie mit auf die ›Flibberty-Gibbet‹ genommen.«

»Jetzt ist sie Schiffer von der ›Flibberty-Gibbet‹«, warf Olson ein. »Und so wahr, wie die Salomons nicht vom lieben Gott gemacht sind, wird sie scheitern.«

Doktor Welshmere bemühte sich, ein empörtes Gesicht zu machen, lachte aber doch wieder.

»Sie hat ihren eigenen Kopf«, sagte er. »Ich habe versucht, ihr auszureden, die Pferde herzuschaffen, indem ich ihr sagte, daß ich keine Fracht berechnen dürfte, weil die ›Apostel‹ als Lustjacht eingetragen sei, und daß ich um Savo und oben um Guadalcanar herumführe. Aber es nützte nichts. ›Kümmern Sie sich nicht um die Fracht‹, sagte sie. ›Sie nehmen eben die Pferde aus Gefälligkeit mit, und wenn ich die ‚Martha' flott bekommen habe, werde ich Ihnen auch gelegentlich gefällig sein.‹«
»›Kümmern Sie sich nicht um Ihre Orders‹, sagte sie zu mir«, rief Olson. »›Ich bin jetzt Ihr Reeder, und Sie bekommen Ihre Befehle von mir.‹ ›Sehen Sie sich doch die Ladung von Elfenbeinnüssen an‹, sagte ich. ›Kümmern Sie sich um die‹, sagte sie. ›Jetzt geht es um etwas mehr als um Elfenbeinnüsse! Sobald Sie in See gegangen sind, werfen wir sie über Bord.‹«
Scheldon hielt sich die Ohren zu.
»Ich weiß ja noch gar nicht, was überhaupt passiert ist, und Sie wollen mir die Geschichte von hinten erzählen. Kommen Sie mit ins Haus und in den Schatten, und fangen Sie von vorn an.«
»Ich möchte nur eines wissen«, begann Olson, als sie Platz genommen hatten. Ist sie Ihr Teilhaber oder nicht?«
»Das ist sie«, versicherte ihm Scheldon.
»Wer hätte das geglaubt!« Olson blickte hilfesuchend auf Doktor Welshmere und wieder auf Scheldon. »Ich habe ja schon manches Unglaubliche auf den Salomons gesehen – zwei Fuß lange Ratten, Schmetterlinge, die der Kommissar mit dem Gewehr schießt, Ohrgehänge, die den Teufel beschämt hätten, und Kopfjäger, neben denen der Teufel wie ein Engel aussieht. Das alles habe ich gesehen und mich daran gewöhnt, aber Ihr Fräulein Lackland –«
»Fräulein Lackland ist mein Partner und Teilhaber von Berande«, unterbrach ihn Scheldon.

»Das hat sie gesagt«, polterte der Kapitän ärgerlich. »Aber sie hatte keine Papiere, um es zu beweisen. Wie sollte ich es wissen? Und dann hatten wir doch die Ladung Elfenbeinnüsse! Acht Tonnen!«

»Beginnen Sie doch mit dem –«, versuchte Scheldon einzuwerfen.

»Und dann hat sie diese Trunkenbolde angestellt, drei von den schlimmsten Kerlen, die je die Salomons unsicher gemacht haben – fünfzehn Pfund pro Kopf und Monat –, was sagen Sie dazu! Ist noch dazu mit ihnen weggesegelt! Ach – geben Sie mir einen Schluck zu trinken. Der Missionar wird nichts dagegen haben. Ich bin jetzt vier Tage auf seinem Abstinenzschiff gefahren und pfeife auf dem letzten Loch.«

Doktor Welshmere nickte als Antwort auf Scheldons fragenden Blick. Viaburi wurde geschickt, um Whisky und Sodawasser zu holen.

»Es steht also fest, Kapitän Olson«, sagte Scheldon, als der Seemann sich gestärkt hatte, »daß Fräulein Lackland mit Ihrem Schiff ausgerückt ist. Also jetzt erzählen Sie mir bitte mal klar und deutlich, was geschehen ist.«

»Schön: Also ich war gerade mit der ›Flibberty-Gibbet‹ eingelaufen. Ehe der Anker unten war, war sie schon an Bord – in ihrem Boot mit ihrer Bande von Tahitianern, diesem großen Adamu-Adam und den andern. ›Ankern Sie nicht, Kapitän Olson‹, rief sie. ›Sie müssen nach Punga-Punga gehen.‹ Ich sah sie an, ob sie vielleicht zuviel getrunken hätte. Was sollte ich davon halten? Ich drehte gerade neben der Untiefe – einer kritischen Stelle –, indem ich die Toppsegel einholte und die Fahrt verminderte, und daher sagte ich: ›Entschuldigen Sie, Fräulein Lackland‹, und rief nach vorn: ›Laßt fallen!‹ ›Wenn Sie auf mich gehört hätten, würden Sie sich die Mühe gespart haben‹, sagte sie, während sie über die Reling kletterte. Dabei sah sie vorn den ersten Schäkel auslaufen und stoppen. ›Fünfzehn Faden‹, sagte sie; ›jetzt können Sie den Anker wieder aufhieven lassen.‹ Und dann gerieten wir aneinander. Ich glaubte ihr nicht. Ich glaubte nicht, daß sie Ihr Teilhaber sei, sagte ihr das und verlangte Beweise. Sie wurde laut und heftig, und ich sagte ihr, ich sei alt genug, um ihr Großvater zu sein, und ließe mir von solch einem kleinen Ding wie sie nichts vormachen. Und dann befahl ich ihr, die ›Flibberty‹ zu verlassen. ›Kapitän Olson‹, sagte sie mit ihrer süßesten Stimme, ›ich habe ein paar Minuten Zeit für Sie. Und ich habe einen guten Whisky drüben auf der ›Emily‹. Kommen Sie mit. Ich möchte gern Ihren Rat wegen der Bergung der ›Martha‹ hören. Alle sagen, daß Sie ein glänzender Seemann sind‹ – das hat sie gesagt: glänzend! Und ich ging in ihrem Boot mit, das Adamu-Adam steuerte, wobei er so ernst aussah wie bei einem Begräbnis. Unterwegs erzählte sie mir, daß sie die ›Martha‹ gekauft hätte und das Schiff abbringen wollte; daß sie die ›Emily‹ gechartert und, sobald ich die ›Flibberty‹ klar hätte, in See gehen würde. Was sie sagte, schien mir ganz vernünftig zu sein, und ich erklärte mich bereit, nach Berande zu fahren und Order von Ihnen zu holen, nach Punga-Punga zu segeln. Aber sie sagte, daß sie keine Sekunde mit solchem Unsinn verlieren könne, daß ich direkt mit nach Punga-Punga segeln und daß sie sich, wenn ich nicht an die Teilhaberschaft glauben wolle, eben ohne mich und die ›Flibberty‹ behelfen müsse.

In der Kajüte der ›Emily‹ waren die drei Säufer – Sie kennen sie auch, Fowler, Curtis und dieser Brahms. ›Trinken Sie ein Gläschen‹, sagte sie. Die Leute schienen überrascht zu sein, als sie den Whiskyschrank aufschloß und einen Nigger nach Gläsern und Wasser schickte. Aber sie mußte sie heimlich eingeweiht haben, denn sie wußten genau, was sie zu tun hatten. ›Sie müssen mich entschuldigen‹, sagte sie, ›ich muß für eine Minute an Deck.‹ Nun, die Minute wurde zu einer halben Stunde. Ich hatte seit zehn Tagen nichts getrunken. Ich bin ein alter Mann, und das Fieber hat mich geschwächt. Außerdem trank ich auf nüchternen Magen, und die drei Säufer gingen mir mit schlechtem Beispiel voran. Sie wollten mich überreden, die ›Flibberty‹ nach Punga-Punga zu fahren, aber ich erklärte ihnen, daß meine Pflicht mir das nicht erlaubte. Das Schlimme war, daß während dieser Auseinandersetzungen andauernd getrunken wurde. Und ich bin doch kein Säufer und bin vom Fieber geschwächt . . .

Nun, einerlei, nach einer halben Stunde kam sie wieder herunter und sah mich scharf an. ›Das genügt völlig‹, sagte sie, wenn ich mich recht entsinne. Damit ergriff sie die Whiskyflasche und warf sie durch die Luke über Bord. ›Das war die letzte‹, sagte sie zu den drei Säufern, ›bis die ‚Martha' flott ist und Sie wieder in Guvutu sind. Es wird eine lange Pause im Trinken geben‹, sagte sie. Und dann lachte sie. Sie sah mich an und sagte nicht zu mir, sondern zu den andern: ›Wissen Sie – es wird Zeit, daß dieser würdige Mann an Land geht‹ – ich, würdiger Mann! ›Fowler‹, sagte sie – wissen Sie, es war ein direkter Befehl, und sie nannte ihn nicht einmal ›Herr‹; sie sagte nur ›Fowler‹. ›Fowler‹, sagte sie. ›Lassen Sie Adamu-Adam das Boot klarmachen und Kapitän Olson an Land schaffen; unterdessen wird Ihr Boot mich auf die ‚Flibberty' bringen. Sie drei fahren mit mir; packen Sie Ihre Sachen. Wer von Ihnen sich am anständigsten benimmt, bekommt die Stelle des Steuermanns. Kapitän Olson hat keinen Steuermann, wie Sie wissen.‹

An das, was nun geschah, kann ich mich nur noch dunkel erinnern. Sie hoben mich über Bord, und ich bin wahrscheinlich im Boot eingeschlafen. Als ich aufwachte, sah ich, wie das Großsegel der ›Flibberty‹ hochging, und hörte das Rasseln der Ankerkette beim Einholen. ›Bring mich auf die ‚Flibberty'‹, sagte ich zu Adamu. ›Ich setze Sie am Strande ab‹, sagte er. ›Missie Lackalanna sagen, Strand sehr gut für Sie.‹ Sie sehen, ich tat für die Firma, was ich tun konnte. Aber dieser Adamu schob mich einfach auf den Boden, setzte seinen Fuß auf mich, so daß ich mich nicht rühren konnte, und steuerte ruhig weiter. Das ist alles! Ich habe vor Aufregung das Fieber gekriegt. Und jetzt bin ich gekommen, um zu erfahren, ob ich der Kapitän der ›Flibberty‹ bin oder dies kleine Ding von Ihnen mit ihrer heidnischen Seeräubermannschaft.«

»Machen Sie sich nichts daraus, Kapitän. Sie können einen Urlaub mit Gehalt nehmen.« Scheldon sprach mit größerer Sicherheit, als er tatsächlich fühlte. »Wenn Fräulein Lackland, die meine Teilhaberin ist, es für richtig gehalten hat, die ›Flibberty-Gibbet‹ zu übernehmen, dann ist es in Ordnung. Sie werden zugeben, daß keine Zeit zu verlieren war, wenn die ›Martha‹ abgebracht werden sollte. Es ist ein schlimmes Riff, und jede einigermaßen grobe See würde sie zertrümmern. Bleiben Sie hier, Kapitän, ruhen Sie sich aus und erholen Sie sich. Wenn die ›Flibberty‹ zurückkommt, übernehmen Sie sie natürlich wieder.«

Nachdem Doktor Welshmere mit der ›Apostel‹ abgefahren war und Kapitän Olson sich in einer Hängematte auf der Veranda schlafen gelegt hatte, öffnete Scheldon Joans Brief:

›Lieber Herr Scheldon!
Bitte, verzeihen Sie mir den Diebstahl der ‚Flibberty-Gibbet'. Ich mußte es einfach tun. Die ‚Martha' bedeutet für uns alles. Bedenken Sie: nur fünfundfünfzig Pfund, nur zweihundertundfünfundsiebzig Dollar! Wenn ich sie nicht bergen kann, bin ich überzeugt, daß ich doch alle Auslagen durch den Verkauf dessen retten kann, was die Eingebo-

renen nicht fortgeschleppt haben. Und wenn ich sie berge, ist es das beste Geschäft in meinem Leben. Gelingt es mir nicht, so werbe ich mit der ‚Emily' und der ‚Flibberty-Gibbet' Arbeiter. Arbeiter sind für Berande jetzt nötiger als alles andere.
Bitte, bitte, seien Sie mir nicht böse. Sie sagten, ich dürfte nicht mit der ‚Flibberty-Gibbet' werben, und das tue ich auch nicht. Ich werbe mit der ‚Emily'.
Heute habe ich zwei Kühe gekauft. Der Händler auf Nogi ist am Fieber gestorben, und ich kaufte sie von seinem Teilhaber, Sam Willis, der sich bereit erklärte, sie uns zu schicken – wahrscheinlich mit der ‚Minerva', wenn sie das nächste Mal hinkommt. Berande hat sich lange genug mit Dosenmilch behelfen müssen.
Und Doktor Welshmere ist bereit, mir einige Orangen- und Zitronenbäume von der Missionsstation in Ulava zu besorgen. Er will sie auf der nächsten Fahrt der ‚Apostel' bringen. Falls der Sydneyer Dampfer vor meiner Rückkehr ankommt, säen Sie den Mais, den er mitgebracht hat, zwischen den jungen Palmen an dem hohen Ufer des Balesuna. Dieses Ufer wird mit der Zeit von der Strömung weggespült, und wir müssen etwas für die Befestigung tun. In Sydney habe ich einige Feigenbäume bestellt. Doktor Welshmere will auch Mangosamen mitbringen. Das werden große Bäume, die viel Platz brauchen. Die ‚Martha' ist mit einhundertundzehn Tonnen registriert. Sie ist der größte Schoner in den Salomons und der beste dazu. Ich habe sie mir genau angesehen. Sie wird segeln wie der Teufel. Wenn sie nicht vollgelaufen ist, wird der Motor noch in Ordnung sein. Er war nicht klar, und das war der Grund ihrer Strandung. Der Maschinist hatte das Benzinrohr auseinandergenommen, um es vom Rost zu reinigen. Das war dumm, denn solche Arbeiten sollten nur vor Anker oder auf hoher See vorgenommen werden.

Pflanzen Sie alle Bäume innerhalb des Grundstücks, selbst wenn die Palmen später fortmüßten. Und säen Sie nicht den ganzen Mais auf einmal. Lassen Sie zwischen dem Säen immer ein paar Tage verstreichen. Joan Lackland.‹

Er drehte den Brief sinnend zwischen den Fingern und betrachtete die Handschrift genau, was sonst nicht seine Art war. Wie charakteristisch, dachte er, klar zu lesen, unangenehm klar, aber doch knabenhaft. Die Klarheit der Schriftzüge erinnerte ihn an ihr Gesicht, an ihre scharf gezeichneten Brauen, die feingeschnittene Nase, die auffallende Klarheit ihrer Augen, die fest und doch zart geformten Lippen und den Hals, der weder zu zart noch zu kräftig war, sondern – sondern gerade, wie er sein soll, schloß er. Ein würdiger schöner Träger für eine schöne Last.
Lange blickte er auf den Namen. Joan Lackland. – Nichts weiter als eine Zusammenstellung von Buchstaben, gewöhnlichen Buchstaben. Aber eine Zusammenstellung, die einen feinen, berauschenden Zauber auf ihn ausübte. Er schlich sich in sein Gehirn und beeinflußte seine Gedanken, bis sich alles, was ihn in diesem Augenblick beherrschte, in Liebe zu dieser hingeworfenen Unterschrift auflöste. Ein paar gewöhnliche Buchstaben – und doch deckten sie in seinem Innern eine Wunde auf, die ihm süßen Schmerz bereitete und ihren Ausdruck in köstlicher Sehnsucht fand. Joan Lackland! Jedesmal, wenn er auf den Namen blickte, erwachte die Erinnerung an sie in hundertfacher Gestalt. Wie sie nach dem Verlust ihres Schoners aus dem Sturm kam, wie sie das Boot zu Wasser brachte, um zu fischen, wie sie, von Wasser triefend, mit aufgelösten Haaren und enganliegendem Kleid zum Trinkwasserschuppen lief, wie sie achtzig Kannibalen mit einer leeren Medizinflasche in Schrecken setzte, wie sie Ornfiri das Brotbacken beibrachte, wie sie ihren Cowboyhut und den Patronen-

gürtel an den Haken im Wohnzimmer hängte, wie sie ernst davon sprach, selbst für sich sorgen zu wollen, oder mit jugendlichem Eifer, glänzenden Augen und vor Begeisterung gerötetem Gesicht von Romantik und Abenteuern erzählte. Joan Lackland! Er sann über das verborgene Wunder des Namens nach, bis ihm die Geheimnisse der Liebe offenbar wurden und er verstand, wie Liebende ihre Namen in die Rinde der Bäume schnitten oder in den Sand am Strande schrieben.

Dann aber kehrte er zur Wirklichkeit zurück, und sein Gesicht wurde hart. Jetzt war sie an der wilden Küste von Malaita oder auf Punga-Punga, in einer der schlimmsten, gefährlichsten Gegenden der Welt, die von einer furchtbaren Bande von Kopfjägern, Räubern und Mördern bewohnt wurde. Im ersten Augenblick dachte er daran, seine Bootsbesatzung zu rufen und sofort im Boot nach Punga-Punga aufzubrechen. Aber gleich darauf verwarf er die Idee wieder. Was half es, wenn er hinfuhr? Vor allem würde sie es ihm übelnehmen; dann würde sie ihn auslachen und ihn einen Narren nennen, und außerdem würde er nur ein Gewehr mehr bedeuten, und sie hatte viele Gewehre bei sich. Wenn er hinfuhr, konnte er nur dreierlei tun: ihr befehlen, zurückzukommen, ihr die ›Flibberty-Gibbet‹ wegnehmen oder die Teilhaberschaft auflösen. Er wußte, daß das alles töricht und zwecklos war, und er hörte sie schon im Geiste mit dürren Worten erklären, daß sie mündig sei und daß ihr niemand etwas zu befehlen habe. Nein, sein Stolz erlaubte ihm nicht, nach Punga-Punga zu fahren, wohl aber flüsterte sein Herz, daß ihm nichts willkommener sein könne als eine Botschaft von ihr, daß sie ihn bäte, zu kommen und zu helfen. Und er bildete sich ein, daß sie diese Worte sprechen würde.

Ihr selbständiges Wesen beunruhigte ihn in vieler Beziehung. Er erschrak bei dem Gedanken, daß sie mit dem betrunkenen Gesindel der Händler und Abenteurer von Guvutu in so nahe Berührung kam. Das war schlimm genug für einen Mann, der etwas auf sich hielt, für ein junges Mädchen aber war es geradezu furchtbar. Der Diebstahl der ›Flibberty-Gibbet‹ war eher belustigend, wenn ihn auch die Art und Weise, wie sie ihn ausgeführt hatte, verletzte. Aber er fand einen gewissen Trost in der Tatsache, daß sie die Aufgabe, Olson betrunken zu machen, den drei Säufern zugeteilt hatte. Und plötzlich sah er sie wieder im Geiste allein mit diesen drei Kerlen auf der ›Emily‹, wie sie in der Abenddämmerung von Guvutu in See gingen. Aber dann dachte er an Adamu-Adam und Noah-Noah und ihr ganzes braunes Tahitianergefolge, und seine Sorge schwand und machte der Aufregung darüber Platz, daß sie überhaupt etwas so Abenteuerliches tun konnte. Und die Erregung steckte ihm noch in den Gliedern, als er aufstand und ins Haus trat, wo er auf den Nagel an der Wand starrte und wünschte, daß der Cowboyhut und der Revolvergürtel noch daran hingen.

Romane werden Wirklichkeit

Mehrere Wochen verstrichen in Ruhe. Nach dem ungewöhnlich starken Besuch von Schiffen vereinsamte Berande wieder. Scheldon setzte seine täglichen Rundgänge fort, rodete Busch, pflanzte Kokosnüsse, trocknete Kopra, baute Brücken und ritt dabei die Pferde, die Joan gekauft hatte. Nachricht bekam er nicht von ihr. Werbeschiffe mieden die Punga-Punga-Küste ängstlich; die ›Clansman‹, ein Werbeschiff aus Samoa, das eines Abends um einer Partie Billard und eines Plauderstündchens willen vor Anker ging, erzählte, daß unter den Sioleuten das Gerücht ginge, es sei auf Punga-Punga zu Kämpfen gekommen. Da diese Nachrichten sich aber nicht über die ganze Insel verbreitet hatten, konnte man ihnen nicht viel Glauben schenken.
Der Sydneyer Dampfer, die ›Kammambo‹, unterbrach die Stille auf Berande eine Stunde lang, um Post, Vorräte sowie die Bäume und Samen, die Joan bestellt hatte, auszuschiffen. Die ›Minerva‹ brachte auf der Fahrt nach Kap Marsh die beiden Kühe aus Nogi. Die ›Apostel‹, die schnell nach Tulagi zurückwollte, um den Sydneyer Dampfer zu erreichen, schickte ein Boot mit den Orangen- und Zitronenbäumen aus Ulava an Land. In diesen wenigen Wochen war das Wetter herrlich. Es gab Tage, an denen auf der atemlosen See ununterbrochene Stille herrschte. Und Tage, an denen nur wenige Stunden lang ein schwacher Wind aus irgendeiner Richtung wehte. Nur die nächtliche Landbrise wehte regelmäßig, und deshalb fuhren die Kutter und anderen Segelschiffe, die gelegentlich hierherkamen, nachts vorbei, um lieber die leichte Brise auszunutzen, als für eine Stunde zu ankern. Dann kam er langerwartete Nordwest. Acht Tage lang tobte er, schlief für ein Weil-

chen ein, drehte dann ein oder zwei Strich und raste mit erneuter Heftigkeit. Scheldon achtete sorgfältig auf die Gebäude; die Fluten des Balesuna machten so heftige Angriffe auf das hohe Ufer, von dem Joan geschrieben hatte, daß er alle Leute anstellen mußte, um den Kampf mit dem Strom aufzunehmen.

Als dann wieder gutes Wetter folgte, ließ er eines Morgens die Schwarzen allein bei der Arbeit und ritt mit einem Gewehr über dem Sattel auf die Taubenjagd. Zwei Stunden später brachte einer der Hausboys, atemlos und von Dornen zerkratzt, die Nachricht, daß die ›Martha‹, die ›Flibberty-Gibbet‹ und die ›Emily‹ den Ankerplatz ansteuerten.

Er erreichte das Grundstück, konnte aber nichts sehen, bis er um die Ecke des Bungalows geritten war.

Dann sah er alles zugleich: auf See, wohin sein Blick zuerst fiel, ragte die ›Martha‹ hoch auf neben dem Kutter und der Jacht, die sie abgebracht hatten, und dann sah er auf dem Platz vor der Verandatreppe eine große Anzahl frisch geworbener Kannibalen. Alle trugen neue, schneeweiße Lendentücher, und Scheldon schloß daraus, daß es Rekruten waren. Einer kam gerade die Treppe herunter, während ein anderer, dessen Name aufgerufen war, hinaufschritt. Es war Joans Stimme, die gerufen hatte, und Scheldon zügelte sein Pferd und beobachtete. Sie saß zwischen Munster und seinem weißen Steuermann auf der Veranda. Sie hatten lange Listen vor sich liegen, und Joan stellte Fragen und trug die Antworten in das große, rot gebundere Arbeiterjournal von Berande ein.

»Was Name?« fragte sie den Schwarzen auf der Treppe.

»Tagari«, lautete die von Grinsen und neugierigem Verdrehen der Augen begleitete Antwort; es war das erste Haus eines Weißen, das der Schwarze je gesehen hatte.

»Was Ort gehören du?«

»Bangoora.«
Niemand bemerkte Scheldon, und er blieb auf dem Pferde sitzen und beobachtete weiter. Bevor die Antwort eingetragen war, entstand eine Meinungsverschiedenheit, die Munster schließlich beendete.
»Bangoora?« sagte er. »Das ist das Stückchen Strand am Ende der Bucht von Latta. Er ist als Lattamann eingetragen – sehen Sie hier: Tagari, Latta.«
»Was Platz holen dich weißer Herr?« fragte Joan.
»Bangoora«, erwiderte der Mann, und Joan trug es ein.
»Ogu!« rief Joan.
Der Schwarze ging hinunter, und ein anderer trat vor.
Ehe Tagari aber das Ende der Treppe erreicht hatte, erblickte er Scheldon. Es war das erste Pferd, das der Schwarze in seinem Leben sah, und er stieß einen Schreckensruf aus und rannte wie toll wieder hinauf.
Gleichzeitig floh die Masse der Schwarzen zusammengedrängt in panischem Schrecken aus Scheldons Nähe.
Die grinsenden Hausboys ermutigten sie, und die wilde Flucht kam ins Stocken, wobei die neugeworbenen Kopfjäger dicht zusammengedrängt und unsicher auf die schreckliche Erscheinung starrten.
»Hallo!« rief Joan. »Weshalb erschrecken Sie meine Leute? Kommen Sie herauf.«
»Wie finden Sie sie«, fragte sie, nachdem sie sich begrüßt hatten. »Und was meinen Sie dazu?« fuhr sie fort, indem sie auf die ›Martha‹ wies. »Ich dachte schon, Sie hätten die Plantage verlassen, und ich müßte die Leute selbst in die Baracken bringen. Und da heißt es, daß Punga-Punga-Leute sich nicht anwerben lassen. Sehen Sie sie an und wünschen Sie mir Glück. Es sind keine Kinder und halbwüchsigen Burschen darunter. Jeder von ihnen ist ein Mann! Ich habe so viel zu erzählen, daß ich gar nicht weiß, wo anfangen, aber ich fange lieber gar nicht erst an, bis wir hier

fertig sind und bis Sie mir gesagt haben, daß Sie mir nicht böse sind.«

»Ogu! Was Ort gehören du?« fuhr sie in ihren Fragen fort. Aber Ogu war ein Buschmann, der das fast allgemein verbreitete Trepang-Englisch nicht verstand, und ein halbes Dutzend seiner Genossen versuchten ihm klarzumachen, um was es sich handelte.

»Es sind nur noch zwei oder drei, und dann sind wir fertig. Aber Sie haben noch nicht gesagt, daß Sie mir nicht böse sind.« Scheldon blickte ihr in die klaren Augen, die ihn jetzt gerade und ruhig ansahen, und er wußte, daß ihr Blick im nächsten Augenblick unangenehm und herausfordernd werden konnte. Und dabei kam ihm zum Bewußtsein, daß er nie geahnt hatte, welche Freude ihre Rückkehr ihm bereiten würde.

»Ich war böse«, sagte er bedächtig. »Ich bin noch böse, sehr böse.« – Er bemerkte einen Schimmer von Trotz in ihren Augen und erbebte. »Aber ich habe Ihnen verziehen, und jetzt verzeihe ich Ihnen alles noch einmal. Ich bestehe jedoch darauf –«

»Daß ich einen Vormund bekomme«, unterbrach sie ihn. »Das wird nie geschehen. Ich bin Gott sei Dank mündig und imstande, selbständig Geschäfte zu machen. – Da wir gerade von Geschäften sprechen: Was halten Sie von meinen amerikanischen Kraftmethoden?«

»Herr Raff schätzt sie jedenfalls gar nicht, wie ich höre«, sagte er zögernd. »Sie haben für lange Zeit dem Klatsch reiche Nahrung gegeben. Aber ich möchte wissen, ob andere Amerikanerinnen in Geschäftssachen ebenso erfolgreich sind?«

»Es war Glück, fast nichts als Glück«, sagte sie bescheiden, obgleich ihre Augen in plötzlicher Freude aufblitzten, und er wußte, daß sein mäßiges Lob ihrem Knabenstolz geschmeichelt hatte.

»Was, Glück!« platzte Sparrowhawk, der lange Steuermann, heraus, und sein Gesicht strahlte vor Bewunderung. »Schwere Arbeit war es. Ja, wirklich. Wir haben uns unser Geld redlich verdient. Sie ließ uns arbeiten, bis wir umfielen. Die halbe Zeit lagen wir noch dazu am Fieber darnieder. Sie hatte es übrigens auch, nur daß sie sich nicht hinlegte und es uns auch nicht erlauben wollte. Wahrhaftig, sie ist der reine Sklaventreiber – ›Nur noch einmal hieven, Herr Sparrowhawk, und dann können Sie sich eine Woche lang ins Bett legen‹, sagte sie zu mir. Ich taumelte umher wie ein Toter, während gallengrüne Lichter in meinem Kopfe sprühten, daß er beinahe platzte. Ich war ganz fertig, aber ich hievte – und dann hieß es: ›Noch einmal hieven, Herr Sparrowhawk, nur noch einmal.‹ Und wie sie dem alten Kina-Kina um den Bart ging!« Er schüttelte vorwurfsvoll den Kopf, und sein Gelächter erstickte in einem verhaltenen Kichern.

»Er war älter als Telepasse und noch schmutziger«, erklärte sie Scheldon. »Und ich bin überzeugt, viel bösartiger. Aber das nenne ich nicht arbeiten, lassen sie uns machen, daß wir mit den Listen fertig werden.« Sie wandte sich an den wartenden Schwarzen auf der Treppe.

»Ogu, du hören auf groß Herr gehören weißer Mann, du gehen Not-Not. Hier du, Tagari, du sagen dies fella Ogu. Er fertig, er gehen Not-Not. Haben Sie's, Herr Munster?«

»Aber Sie haben die Anwerbebestimmungen übertreten«, sagte Scheldon, als die neuen Leute nach den Baracken abmarschierten. »Die ›Flibberty-Gibbet‹ und die ›Emily‹ haben keine Lizenz für hundertfünfzig Mann. Was sagte Burnett denn dazu?«

»Er ließ sie alle durch«, antwortete sie. »Kapitän Munster wird Ihnen erzählen, was er gesagt hat. Jetzt muß ich mich erst einmal waschen. Sind die bestellten Sachen aus Sydney gekommen?«

»Es ist alles in Ihrem Zimmer«, sagte Scheldon. »Beeilen Sie sich, das Frühstück wartet. Geben Sie mir Ihren Hut und Gürtel, bitte, tun Sie es. Es gibt nur einen Haken dafür, und den kenne ich.«

Sie sah ihn mit einem forschenden, fast frauenhaften Blick an. Dann seufzte sie erleichtert auf, während sie den schweren Gürtel abschnallte und ihm reichte.

»Ich glaube nicht, daß ich je wieder einen Revolver sehen möchte, der hat mich ganz krank gemacht. Ich hätte mir nie träumen lassen, daß ich seiner so überdrüssig werden könnte.« Scheldon sah ihr nach, bis sie die Treppe hinuntergegangen war. Da drehte sie sich noch einmal um und rief: »Ach, ich kann gar nicht sagen, wie schön es ist, wieder zu Hause zu sein.«

Und als sein Blick ihr folgte, wie sie über das Grundstück zu ihrem kleinen Grashause schritt, kam ihm plötzlich zum Bewußtsein, daß Berande und das kleine Grashaus der einzige Ort auf der ganzen Welt war, den sie ihr Zuhause nennen konnte.

»Also Burnett sagte: ›Verflucht noch mal! – Entschuldigen Sie, Fräulein Lackland, aber Sie haben mutwillig die Anwerbebestimmungen übertreten, und das wissen Sie‹«, berichtete Kapitän Munster, als sie beim Whisky saßen und auf Joans Rückkehr warteten. »Da sagte sie zu ihm: ›Herr Burnett, können Sie mir eine Bestimmung zeigen, die verbietet, die Passagiere von einem Schiff zu übernehmen, das auf einem Riff festsitzt?‹ – ›Darum handelt es sich ja hier nicht.‹ – ›Doch, eben darum handelt es sich hier‹, sagte sie. ›Halten Sie sich das bitte vor Augen und lassen Sie meine Leute durch. Sie können mich, wenn Sie wollen, beim Regierungspräsidenten anzeigen, aber ich habe drei Schiffe hier liegen, die auf Ihre Erlaubnis zum Weiterfahren warten, und wenn das noch lange dauert, dann geht noch ein anderer Bericht an den Regierungspräsidenten ab.‹ – ›Ich mache Sie verantwortlich, Kapitän Munster‹, sagte er ganz außer sich zu mir. ›Nein, das tun Sie nicht‹, sagte sie. ›Ich habe die ‚Emily' gechartert, und Kapitän Munster hat nach meinem Befehl gehandelt.‹ Was sollte Burnett machen. Er ließ alle hundertfünfzig Mann durch, obgleich die ›Emily‹ nur eine Lizenz für fünfzig und die ›Flibberty-Gibbet‹ nur eine für fünfunddreißig hat.«

»Aber ich begreife immer noch nicht«, sagte Scheldon.

»Sie machte es so: Als die ›Martha‹ flott war, mußten wir sie sofort auf den Strand setzen, und während die Reparaturen ausgeführt, ein neues Ruder angefertigt, Segel und Geschirr von den Schwarzen zurückgeholt wurden, lieh Fräulein Lackland sich Sparrowhawk, um die ›Flibberty-Gibbet‹ gemeinsam mit Curtis zu führen, lieh mir Brahms, der Curtis' Stelle einnahm, und schickte beide Fahrzeuge zum Werben. Und wirklich, die Schwarzen kamen ohne weiteres. Es war jungfräulicher Boden. Seit der ›Scottish Chiefs‹ hatte sich nie wieder ein Werber an die Küste gewagt; und wir hatten schon die Furcht Gottes in die Herzen der Schwarzen gepflanzt, so daß die ganze Küste ruhig wie ein Lamm war. Als wir aufgefüllt hatten, kamen wir zurück und sahen, wie es mit der ›Martha‹ ging.«

»Und dachten, daß es jetzt mit unsern Leuten nach Hause gehen würde«, warf Sparrowhawk ein. »Weiß Gott, dieses Fräulein Lackland ist nie zufrieden. ›Ich nehme sie auf die ‚Martha' über‹, sagte sie. ›Und Sie können zurückfahren und noch eine Ladung holen.‹«

»Aber ich sagte ihr, das ginge nicht«, fuhr Munster fort. »Ich sagte ihr, daß die ›Martha‹ keine Werbegenehmigung hätte. ›Oh‹, sagte sie. ›Das geht nicht?‹ Und dachte ein paar Minuten nach.«

»Als sie nachdachte, wußte ich schon Bescheid«, rief Sparrowhawk, »und wußte sofort, daß die Sache so gut wie gemacht war.«

Munster steckte sich eine Zigarette an und fuhr fort: »›Sehen Sie die Landzunge dort‹, sagte sie zu mir, ›mit der schwachen Brandung, der Strom setzt gerade darauf zu. Und sehen Sie die ‚Katzenpfötchen‘? Es ist schönes Wetter und Ebbe. Kreuzen Sie hinaus, und dann haben Sie nichts zu tun, als dafür zu sorgen, daß die Strömung Sie beim Halsen hübsch auf den Strand setzt.‹«
»›Das bißchen Strandung wird nicht mehr als ein bis zwei Kupferplatten kosten‹, sagte sie, als Munster auffuhr«, berichtete Sparrowhawk. »Oh, das Mädel hat sich gewaschen!«
»›Und dann rette ich Ihre Leute und fahre weg. – Ganz einfach, nicht wahr‹, sagte sie«, fuhr Munster fort. »›Sie sitzen eine Ebbe lang fest‹, sagte sie. ›Dann macht die Flut Sie wieder flott, und Sie gehen los und holen weitere Rekruten. Es gibt keine Bestimmung, die Ihnen verbietet, zu werben, wenn Ihr Schiff leer ist.‹—›Aber es gibt eine, die verbietet, die Leute verhungern zu lassen‹, sagte ich. ›Sie wissen selbst, daß der Proviant, den wir an Bord haben, nicht der Rede wert ist, und auf der ‚Martha‘ ist auch nicht eine Krume.‹«
»Wir hatten nichts als einheimisches Kai-kai«, sagte Sparrowhawk.
»›Machen Sie sich keine Gedanken wegen des Proviants, Herr Munster‹, sagte sie. ›Wenn ich auf der‚Martha‘ vierundachtzig Mäuler füttern kann, dann können Sie auf Ihren beiden Schiffen dasselbe. Also los, setzen Sie sich auf den Strand, bevor ein stetiger Wind aufkommt und das Manöver vereitelt. Sobald Sie auflaufen, schicke ich Ihnen meine Boote. Nun leben Sie wohl, meine Herren!‹«
»Und wir taten es«, sagte Sparrowhawk feierlich und kicherte dann. »Wir lagen über Steuerbordhalsen, und ich drückte die ›Emily‹ gegen die Landzunge. ›Gehen Sie über Stag‹, rief Kapitän Munster mir zu. ›Gehen Sie über Stag,

sonst setzen Sie mich auf Grund!‹ Er rief noch andere, viel schlimmere Worte. Aber ich kümmerte mich nicht darum. Das Wenden versagte glänzend, die ›Flibberty-Gibbet‹ trieb auf ihn zu, fuhr ihn an. und wir strandeten beide in dem schönsten Durcheinander, das man sich denken kann. Fräulein Lackland nahm die Rekruten über, und die Sache war gemacht.«

»Aber wo waren Sie während des Nordwests?« fragte Scheldon.

»In Langa-Langa. Als er einsetzte, fuhr ich hin, lag die ganze Woche dort und handelte Lebensmittel von den Eingeborenen ein. Als wir nach Tulagi kamen, wartete sie dort auf uns und stritt sich mit Burnett herum. Ich sage Ihnen, Herr Scheldon, das Mädel ist ein Wunder!«

Munster füllte sich sein Glas wieder, und während Scheldon sehnsüchtig nach dem Grashaus hinüberblickte, nahm Sparrowhawk den Faden der Erzählung wieder auf.

»Mut hat sie! Sie ist wirklich das mutigste Geschöpf, Mann oder Weib, das je in die Salomons gekommen ist. Sie hätten Punga-Punga an dem Morgen sehen sollen, als wir ankamen – Gewehre knallten am Strande und in den Mangroven, Kriegstrommeln dröhnten im Busch, und Signalfeuer flammten überall. ›Der Teufel ist los‹, sagte Kapitän Munster.«

»Ja, das sagte ich«, bestätigte der Seemann. »Der Teufel war auch los. Das konnte man mit einem halben Auge sehen und mit einem Ohr hören.«

»›Erzählen Sie das Ihrer Großmutter‹, sagte sie zu ihm«, fuhr Sparrowhawk fort. »›Wir sind noch nicht einmal da, geschweige denn haben wir angefangen. Warten Sie wenigstens mit dem Angstkriegen, bis wir geankert haben.‹«

»Ja, das sagte sie zu mir«, gab Munster zu. »Und ich wurde natürlich so wütend, daß mir alles gleichgültig war. Wir versuchten, ein Boot an Land zu schicken, aber es wurde

beschossen, und hin und wieder feuerte auch ein Nigger aus großer Entfernung aus den Mangroven.«
»Sie waren nur eine Viertelmeile fort«, erklärte Sparrowhawk. »Und es war verflucht ungemütlich. ›Schießen Sie nur, wenn die Kerle versuchen, an Bord zu kommen‹, befahl Fräulein Lackland; aber die schmutzigen Nigger dachten gar nicht daran zu entern. Sie blieben im Busch liegen und feuerten. In der Nacht hielten wir in der Kajüte der ›Flibberty‹ Kriegsrat. ›Wir müssen eine Geisel haben‹, sagte Fräulein Lackland.«
»›So etwas liest man in Romanen‹, sagte ich und dachte sie durch einen Scherz von dieser Torheit abzubringen«, fiel Munster ein. »›Das stimmt‹, sagte sie, ›aber haben Sie nie erlebt, daß Romane Wirklichkeit werden?‹ Ich schüttelte den Kopf. ›Dann können Sie es lernen, Sie sind noch nicht zu alt dazu.‹ – ›Ich will Ihnen nur eines sagen‹, erwiderte ich, ›und das ist, daß ich verdammt sein will, wenn Sie mich an einem Ort wie diesem Nigger stehlen sehen.‹«
»›Es verlangt auch niemand von Ihnen, daß Sie an Land gehen sollen‹, antwortete sie schnell«, grinste Sparrowhawk. »Und sie sagte weiter: ›Und wenn ich Sie erwische, daß Sie ohne Befehl an Land gehen, dann können Sie etwas erleben – verstehen Sie mich, Kapitän Munster?‹«
»Zum Donnerwetter, wer erzählt denn nun eigentlich?« fragte der Kapitän wütend.
»Hat sie das etwa nicht gesagt?« beharrte der Steuermann.
»Ja, das hat sie gesagt, wenn Sie durchaus wollen. Aber dann erzählen Sie gefälligst auch, was sie zu Ihnen sagte, als Sie erklärten, daß Sie nicht für das doppelte Gehalt an der Punga-Punga-Küste rekrutieren würden.«
Sparrowhawks sonnenverbranntes Gesicht rötete sich noch mehr, und er versuchte, sich durch Lachen, Kichern und Gesichterschneiden aus der Verlegenheit zu ziehen.
»Weiter! Weiter!« drängte Scheldon.

Munster nahm den Faden wieder auf.

»›Was wir brauchen‹, sagte sie, ›ist die starke Faust. Das ist die einzige Möglichkeit, mit ihnen fertig zu werden. Und zwar müssen wir gleich von Anfang an fest zupacken. Ich gehe heute nacht an Land, um Kina-Kina selbst an Bord zu holen, und ich werde nicht erst fragen, wer mitgehen will, denn ich habe schon jedem seine Aufgabe zugeteilt; ich nehme meine Tahitianer und einen Weißen mit!‹ – ›Der Weiße bin natürlich ich‹, sagte ich. Ich war damals so verrückt, daß ich mit ihr in die Hölle gegangen wäre. ›Nein, der Weiße sind natürlich nicht Sie‹, sagte sie. ›Sie werden das Sicherungsboot führen. Curtis bleibt beim Landungsboot. Fowler begleitet mich. Brahms übernimmt die ‚Flibberty' und Sparrowhawk die ‚Emily'. Um ein Uhr brechen wir auf.‹

Weiß Gott, es war eine schwere Aufgabe, in dem Sicherungsboot zu liegen. Ich hätte nie geglaubt, daß Nichtstun so schwer sein könnte. Wir blieben in etwa fünfzig Faden Entfernung liegen und beobachteten das andere Boot, als es hineinfuhr. Es war so dunkel unter den Mangroven, daß wir überhaupt nichts sehen konnten. Kennen Sie den kleinen Nigger auf der ›Flibberty‹, der wie ein Affe aussieht, Scheldon? – Den Koch meine ich? Der war vor zwanzig Jahren Kajütjunge auf der ›Scottish Chiefs‹ und wurde nach dem Überfall auf das Schiff auf Punga-Punga gefangengehalten. Das hatte Fräulein Lackland herausbekommen und nahm ihn deshalb als Führer mit. Sie gab ihm eine halbe Kiste Tabak dafür –«

»– und ängstigte ihn fast zu Tode, ehe sie ihn so weit hatte, daß er mitging«, warf Sparrowhawk ein.

»Ich habe nie etwas so Schwarzes gesehen wie die Mangroven. Ich starrte hin, bis mir die Augen übergingen. Dann blickte ich nach den Sternen und horchte auf die Brandung am Riff. Da bellte ein Hund. Erinnern Sie sich an den

Hund, Sparrowhawk? Mir stand fast das Herz still, als das Biest anfing. Nach einer Weile hörte er wieder auf – hatte wohl überhaupt nicht wegen der Landungsabteilung gebellt; und dann wurde die Stille noch intensiver, die Mangroven erschienen noch schwärzer, und ich mußte sehr an mich halten, daß ich Curtis nicht im Landungsboot anrief, nur um mich zu vergewissern, daß ich nicht der einzige Weiße war, der noch lebte.
Natürlich entstand ein Tumult. Es war unvermeidlich, und das wußte ich, aber trotzdem erschrak ich. Nie in meinem Leben habe ich ein solches Schreien und Kreischen gehört. Die Schwarzen schienen direkt in den Busch zu fliehen, ohne zu sehen, was los war, und die Tahitianer trieben sie vorwärts, indem sie schrien und in die Luft schossen. Und dann wurde es plötzlich still – nur ein kleines Kind, das man wohl auf der eiligen Flucht hatte fallen lassen, schrie im Busch nach der Mutter.
Dann hörte ich sie durch die Mangroven zurückkommen, hörte einen Riemen gegen den Dollbord schlagen, hörte Fräulein Lackland lachen und wußte, daß alles in Ordnung war. Wir ruderten an Bord zurück, ohne daß ein Schuß fiel. Und weiß Gott! Sie hatte den Roman wahr gemacht. Denn der alte Kina-Kina war in höchsteigener Person da und wurde zitternd und klappernd wie ein Affe über die Reling geheißt. Dann ging es sehr einfach. Kina-Kinas Wort war Gesetz, und er hatte eine Todesangst. Wir behielten ihn an Bord und ließen ihn die ganze Zeit, die wir in Punga-Punga blieben, Erlasse ausstellen. Dies war noch in anderer Beziehung eine gute Idee. Kina-Kina mußte seinen Leuten befehlen, alles, was sie von der ›Martha‹ geraubt hatten, wiederzubringen. Und es kam alles, Kompaß, Blökke und Taljen, Segel, Rollen, Tauwerk, Medizinkisten, Flaggen, Signalflaggen – wirklich alles mit Ausnahme der Handelsware und des Proviants, der bereits verzehrt war.

Selbstverständlich gab sie ihnen einige Stück Tabak, um sie bei guter Laune zu erhalten.«

»Ja, das tat sie wirklich«, platzte Sparrowhawk heraus, »sie gab den Schurken fünf Faden Kaliko für das Großsegel, zwei Stück Tabak für den Chronometer und ein Messer im Werte von elfeinhalb Pence für hundert Faden ganz neue, fünfzöllige Manilatrosse. Sie brachte den alten Kina-Kina mit der starken Faust auf den Trab. Sie – aber da kommt sie.«

Scheldon blickte überrascht auf. Während der ganzen Erzählung hatte er sie sich immer so vorgestellt, wie er sie kannte, in dem derben Kleid und dem Rock aus Gardinenstoff, dem zukleinen Männerhemd als Bluse, Strohsandalen an den Füßen und dazu mit dem Cowboyhut und dem unvermeidlichen Revolver. Die Kleider, die sie sich in Sydney gekauft hatte, verwandelten sie vollkommen. Ein einfacher Rock und eine Bluse verliehen ihrer schlanken Erscheinung eine gewisse Eleganz, die ihm neu war. In braunen Hausschuhen schritt sie über das Grundstück, und er sah die durchbrochenen braunen Strümpfe.

Jedenfalls wurde durch diese Kleidung das Weibliche an ihr wesentlich betont.

Und die wilden Abenteuer aus Tausendundeiner Nacht, die er soeben gehört hatte, erschienen ihm noch wundersamer. Als sie zum Frühstück hineingingen, wurde er gewahr, daß es Munster und Sparrowhawk ähnlich gehen mußte. Ihr kameradschaftliches Wesen hatte einem formellen, respektvollen Benehmen Platz gemacht.

»Ich habe ein neues Gebiet erschlossen«, sagte sie, während sie den Kaffee einschenkte. »Der alte Kina-Kina wird mich nie vergessen, das ist sicher, und ich kann dort werben, soviel ich will. In Guvutu sprach ich Morgan. Er ist bereit, einen Kontrakt für tausend Leute zu vierzig Schilling den Kopf abzuschließen. Habe ich Ihnen erzählt, daß ich eine

Werbelizenz für die ›Martha‹ beschafft habe? Die ›Martha‹ kann jetzt auf jeder Reise achtzig Leute werben.«
Scheldon lächelte etwas bitter in sich hinein. Die bewunderungswürdige Frau, die in ihren Sydneyer Kleidern über das Grundstück gekommen war, war verschwunden, und der Knabe war wiedergekehrt.

»Ach«, seufzte Joan, »jetzt habe ich Ihnen amerikanische Methoden gezeigt, mit denen man etwas erreichen kann, und da fangen Sie schon wieder an, mir Schwierigkeiten zu machen.«

Fünf Tage waren vergangen, und sie und Scheldon standen auf der Veranda und beobachteten die ›Martha‹, die dicht am Winde einen Schlag vor der Küste lag. In diesen fünf Tagen hatte Joan nie etwas von ihrem Herzenswunsch geäußert, wenn Scheldon, der in dieser Beziehung in ihr wie in einem aufgeschlagenen Buche lesen konnte, auch bemerkt hatte, daß sie immer wieder das Gespräch darauf lenkte, in der Hoffnung, daß er selbst darauf kommen würde, ihr den Befehl über die ›Martha‹ zu übertragen. Sie wollte, daß er davon anfangen sollte. Es war schwer gewesen, einen Schiffer für sie zu finden. In ihrer Eifersucht war ihr keiner, den er vorgeschlagen, recht gewesen.

»Olson?« hatte sie gefragt. »Der ist gut für die ›Flibberty‹, die ich mit meinen Leuten überholen kann, wenn sie infolge seiner Schlappheit auseinanderzufallen droht. Aber als Schiffer der ›Martha‹ – unmöglich.«

»Munster? Ja, er ist der einzige von allen, die ich in den Salomons kenne, der es könnte. Aber – er hat die ›Umbawa‹ verloren – einhundertundvierzig Leute ertranken. Er war Erster Offizier auf der Brücke. Ungehorsam gegen die Instruktion! Kein Wunder, daß er weggejagt wurde.«

»Christian Young hat keine Erfahrung mit größeren Schiffen. Außerdem können wir ihm nicht soviel bezahlen, wie er auf der ›Minerva‹ verdient. Sparrowhawk ist ganz gut – als Untergebener. Er hat keinen Unternehmungsgeist. Er ist ein tüchtiger Seemann, kann aber nicht befehlen. Ich sa-

ge Ihnen, ich war die ganze Zeit nervös, als er die ›Flibberty‹ vor Punga-Punga kommandierte, während ich auf der ›Martha‹ bleiben mußte.«
Und so ging es weiter. Kein Name, der vorgeschlagen wurde, befriedigte sie, und dabei mußte Scheldon zugeben, daß ihr Urteil richtig war. Oft stand er beinahe auf dem Punkt, zuzugeben, daß sie von allen Seeleuten in den Salomons der einzige Mensch war, der die ›Martha‹ führen konnte. Aber er beherrschte sich immer wieder, und ihr selbst verbot ihr Stolz, es vorzuschlagen.
»Gute Bootsleute sind noch lange keine guten Schonerkapitäne«, erwiderte sie auf einen seiner Vorschläge. »Außerdem muß der Kapitän eines Fahrzeuges wie die ›Martha‹ gesunden Menschenverstand und gute Urteilskraft besitzen; er muß eine schnelle Auffassungsgabe und Unternehmungsgeist haben.«
»Aber mit Ihren Tahitianern an Bord—« Schledon glaubte eine gute Idee gehabt zu haben.
»Es gibt keine Tahitianer an Bord«, erwiderte sie schlagfertig. »Meine Leute bleiben bei mir. Ich kann nicht wissen, wann ich sie brauche. Wenn ich fahre, fahren sie auch. Wenn ich an Land bleibe, bleiben sie auch. Ich werde hier auf der Plantage genügend Arbeit für sie finden. Sie haben ja gesehen, wie sie rodeten. Jeder von ihnen wiegt ein halbes Dutzend Ihrer Kannibalen auf.«
So kam es, daß Joan jetzt neben Scheldon stand und seufzend die ›Martha‹ beobachtete, die seewärts kreuzte, mit dem alten Kinroß, der von Savo herübergekommen war, als Kapitän.
»Kinroß ist ein Fossil«, sagte sie mit einem Anklang von Bitterkeit in der Stimme. »Oh, er wird sie nie durch Übereilung zum Scheitern bringen. Aber er ist ängstlich wie ein Kind, und ängstliche Kapitäne verlieren ebensogut Schiffe wie Draufgänger. Eines Tages wird Kinroß die ›Martha‹

verlieren, weil er nur eine Möglichkeit hatte und zu ängstlich war, sie auszunutzen; ich kenne diese Sorte. Aus Furcht, einen günstigen Wind auszunutzen, der sie in zwanzig Stunden in den Hafen bringen würde, bleibt er lieber in der folgenden Flaute liegen und braucht eine ganze Woche, bis er ankommt. Verdienen wird die ›Martha‹ mit ihm, das ist sicher; aber nicht annähernd soviel wie unter einem tüchtigen Kapitän.« Sie schwieg und blickte mit gerötetem Gesicht und blitzenden Augen nach dem Schoner.

»Oh, sie ist ein herrlicher Segler! Sehen Sie nur, wie sie durchs Wasser schießt, und dabei ist der Wind kaum der Rede wert. Sie hat aber auch keinen gewöhnlichen Metallbelag, es ist alles Kriegsschiffkupfer. Ich habe es mit Kokosnußschalen polieren lassen, als der Schoner in Punga-Punga auf der Seite lag. Bevor diese Goldexpedition ihn erwarb, ist die ›Martha‹ als Robbenfänger gefahren.

Und Robbenfänger müssen segeln können. Sie ist mehr als einmal bei Sibirien russischen Kreuzern davongelaufen.

Offen gestanden, wenn ich geahnt hätte, daß in Guvutu die Gelegenheit auf mich wartete, einen Schoner für weniger als dreihundert Dollar zu kaufen, so würde ich nie Ihr Teilhaber geworden sein, und dann würde ich jetzt selber fahren.«

Die Richtigkeit ihrer Behauptung kam Scheldon jetzt plötzlich zum Bewußtsein. Was sie getan hatte, würde sie genauso getan haben, wenn sie nicht sein Teilhaber gewesen wäre. Und an der Bergung der ›Martha‹ hatte er keinen Anteil. Ganz allein, ohne Ratgeber und dem Gelächter von ganz Guvutu und der Konkurrenz von Morgan & Raff zum Trotz hatte sie das Abenteuer unternommen und zum erfolgreichen Abschluß geführt.

»Mir ist zumute wie einem großen Manne, der einem kleinen Kinde ein Spielzeug genommen hat«, sagte er plötzlich zerknirscht.

»Und nun weint das kleine Kind.« Sie sah ihn an, und er bemerkte, daß ihre Lippen leicht zitterten und ihre Augen feucht waren. Jetzt ist sie wieder ganz Knabe, dachte er; der Knabe, der wegen des Bootes, mit dem er spielen wollte, weint. Und doch ist sie auch Weib. Was für ein Labyrinth von Widersprüchen! Und er fragte sich, ob er sie ebenso lieben würde, wenn sie nur Weib gewesen wäre, ohne das Knabenhafte. Und ihm kam zum Bewußtsein, daß er sie so liebte, wie sie war, wegen ihrer Knabenhaftigkeit und wegen ihres ganzen Wesens.

»Aber nun wird das kleine Kind nicht länger weinen«, sagte sie. »Ich weiß, daß Sie den Schoner eines Tages, falls der alte Kinroß ihn nicht vorher verliert, Ihrem Teilhaber übergeben werden. Ich will nicht länger mit Ihnen darüber streiten. Aber ich hoffe, Sie können mir nachfühlen, wie mir zumute ist. Es ist nicht so, als wenn ich die ›Martha‹ gekauft oder auch gebaut hätte. Ich habe sie gerettet, sie vom Riff abgebracht. Ich habe sie vor ihrem Grabe im Meer bewahrt, als niemand für sie mehr als fünfundfünfzig Pfund geben wollte. Sie gehört mir, ist mein besonderes Eigentum. Ohne mich würde sie nicht mehr existieren. Der schwere Nordwest hätte sie in den ersten drei Stunden erledigt. Und dazu habe ich sie auch selbst geführt. Sie ist ein wundervoller Segler. Denken Sie: Beim Winde läßt sie sich nur mit einer halben Spake Drehung nach jeder Seite steuern. Und das Wenden! Man braucht weder mit dem Vorsegel noch durch Steifsetzen des Großsegels oder mit dem Ruder nachzuhelfen. Nur mit dem Ruder bringt man sie herum wie ein Fohlen mit dem Gebiß im Maule. Und Sie können mit ihr rückwärts gehen wie mit einem Dampfer. Ich habe es in Langa-Langa zwischen der Untiefe und dem Küstenriff gemacht. Es war herrlich!

Aber Sie lieben das Segeln nicht wie ich, und ich weiß, daß Sie finden, ich hätte mich lächerlich gemacht. Aber eines

Tages werde ich die ›Martha‹ doch wieder führen. Das weiß ich. Das weiß ich!«
Als Antwort streckte er ganz impulsiv seine Hand nach der ihrigen aus, die auf dem Geländer lag, und ergriff sie. Aber er wußte, ohne den leisesten Zweifel, daß es nur der Knabe in ihr war, der seinen Druck erwiderte, der Knabe, der sich über das verlorene Spielzeug grämte. Dieser Gedanke entmutigte ihn. Noch nie war er ihr so nahe gewesen und doch noch nie so fern. Sie war sich sicher gar nicht bewußt, daß seine Hand die ihre berührte. In ihrem Kummer über die Abfahrt der ›Martha‹ war es für sie irgendeine Hand – jedenfalls die eines Freundes. Er zog seine Hand zurück und wandte sich verwirrt ab.
»Warum hat er nicht das große Segel gesetzt?« fragte sie gereizt. »Damit würde der Schoner bei diesem Wind direkt davonlaufen. Ich kenne die Sorte vom alten Kinroß. Das ist ein Schiffer, der drei Tage unter doppelt gerafften Segeln liegt und auf einen Sturm wartet, der nicht kommt. Vorsichtig? O ja, vorsichtig ist er. Gefährlich vorsichtig.«
Scheldon blieb stehen.
»Also schön«, sagte er. »Sie können auf der ›Martha‹ fahren, wenn Sie wollen. Auch auf Malaita werben, meinetwegen.«
Es war ein großes Zugeständnis, das er ihr machte, und er fühlte, daß er es gegen seine Überzeugung tat. Aber die Art, wie sie es aufnahm, war eine neue Überraschung für ihn.
»Mit dem alten Kinroß als Schiffer?« fragte sie. »Nein, dafür danke ich. Er würde mich zum Selbstmord bringen. Ich könnte nicht mit ansehen, wie er das Schiff führt. Es würde mich nervös machen. Wenn ich je wieder an Bord der ›Martha‹ gehe, dann nur, um sie selbst zu übernehmen. Ich bin ein Seemann, wie Vater es war, und er konnte es auch nicht ertragen, zu sehen, daß ein Schiff schlecht geführt wurde.

Haben Sie gesehen, wie Kinroß in See ging? Es war eine Schande! Welchen Lärm er dabei machte! Der alte Noah hat es mit seiner Arche sicher besser gemacht.«
»Aber schließlich kommt er doch irgendwohin.«
»Das tat Noah auch.«
»Nun, das ist doch die Hauptsache.«
»Für einen vorsintflutlichen Menschen.«
Sie warf noch einen zögernden Blick auf die ›Martha‹ und wandte sich Scheldon zu: »Die Schiffer hier sind eine ganz gleichgültige Gesellschaft – die meisten jedenfalls. Christian Young mag noch angehen; Munster hat ein gewisses Können, und der alte Nielsen soll ein tüchtiger Seemann gewesen sein. Aber mit den andern, die ich gesehen habe, ist nicht viel los. Es ist kein Schwung darin, keine Bewegung, kein Geschick, kein richtiger Seemannsstolz. Alles ist verschlafen und langweilig, und sie sind zufrieden, wenn sie nur einmal ankommen, wann, das mag der Himmel wissen! Aber eines Tages werde ich ihnen schon zeigen, wie die ›Martha‹ geführt werden muß. Ich werde losfahren, daß ihnen der Schädel brummt, und ich werde sie an den Pier von Guvutu bringen, ohne zu ankern oder eine Leine auszubringen.«
Sie hielt atemlos inne und brach dann in Lachen aus.
»Jetzt setzt der alte Kinroß das Stagsegel«, bemerkte er ruhig.
»Tatsächlich«, rief sie ungläubig, blickte schnell hin und lief dann ans Fernrohr. Sie beobachtete das Mannöver gespannt durch das Glas, und Scheldon, der ihr Gesicht betrachtete, konnte sehen, daß der Kapitän es ihr nicht recht machte. Schließlich ließ sie das Glas mit einem Seufzer sinken.
»Er hat es nicht klarbekommen und versucht es nun noch einmal. Und ein solcher Mann hat das Kommando über dieses wunderbare Schiff! Nein, ich will es nicht länger sehen, kommen Sie, spielen Sie eine Partie Billard mit mir,

und dann sattle ich und schieße Tauben. Kommen Sie mit?«
Als sie eine Stunde später durch die Pforte hinausritten, drehte Joan sich im Sattel um, um einen letzten Blick auf die ›Martha‹ zu werfen, die sich als ein schwacher Fleck in der Richtung der Floridaküste zeigte.
»Tudor wird schöne Augen machen, wenn er hört, daß die ›Martha‹ jetzt uns gehört«, lachte sie. »Stellen Sie sich das vor! Er wird sich eine Fahrkarte kaufen müssen, um auf dem Dampfer von den Salomons wegzukommen.«
Noch fröhlich lachend, ritt sie hinaus. Plötzlich aber brach ihr Gelächter ab, und sie zügelte ihr Pferd. Scheldon blickte sie scharf an und sah, wie ihr Gesicht sich verfärbte und grün und gelb wurde.
»Es ist das Fieber«, sagte sie, »ich muß umkehren.«
Als sie wieder vor dem Hause waren, zitterte und bebte sie so, daß er ihr vom Pferde helfen mußte.
»Dumm, was?« sagte sie zähneklappernd. »Wie Seekrankheit – nicht ernst, aber man fühlt sich so gräßlich elend, solange es dauert. Ich gehe gleich zu Bett. Schicken Sie mir Noah-Noah und Viaburi. Sagen sie Ornfiri, daß er Wasser heiß macht. Ich werde in fünfzehn Minuten besinnungslos sein. Es hat mich tüchtig gepackt. Zu schade, daß wir nicht jagen können. Danke, es geht schon.«
Scheldon befolgte ihre Anweisungen, besorgte ihr die Wärmflaschen und setzte sich dann auf die Veranda, wo er versuchte, zwei Monate alten Sydneyer Zeitungen Interesse abzugewinnen. Aber immer wieder sah er von der Zeitung auf und blickte über das Grundstück nach dem Grashause hinüber. Ja, dachte er, die Ansicht aller Weißen im Archipel stimmte: Die Salomons waren kein Ort für eine Frau. Er klatschte in die Hände, und Lalaperu kam gelaufen.
»Hier du!« befahl er. »Gehen zu Baracken, bringen schwarze fella Marys, schnell zu viel, alle zusammen.« Ein paar

Minuten später stand das Dutzend schwarzer Frauen von Berande vor ihm. Er betrachtete sie kritisch und wählte schließlich eine, die jung und nett war und deren Körper kein Anzeichen einer Hautkrankheit aufwies.
»Was Name du?« fragte er. »Sangui?«
»Mich Mahua«, lautete die Antwort.
»Schön, du fella Mahua. Du hören auf kochen bei Jungens. Du bleiben bei weiße Mary. Alle Zeit du bleiben. Du savvy?«
»Mich savvy«, grunzte sie und begab sich auf seinen Wink sofort in das Grashaus.
»Was Name?« fragte er Viaburi, der aus dem Grashause gekommen war.
»Groß fella krank«, lautete die Antwort. »Weiß fella Mary sprechen zuviel alle Zeit. Alle Zeit sprechen von groß fella Schoner.«
Scheldon nickte. Er wußte Bescheid. Es war die Abfahrt der ›Martha‹, die das Fieber verursacht hatte. Es wäre früher oder später zum Ausbruch gekommen, das wußte er. Aber ihre Enttäuschung hatte es beschleunigt. Er zündete sich eine Zigarette an. In dem Rauch erschien ihm das Bild seiner englischen Mutter, und er fragte sich, ob sie es wohl verstehen könnte, daß ihr Sohn eine Frau liebte, die weinte, weil sie nicht Kapitän eines Schoners in den Kannibaleninseln werden durfte.

Männerrede

Der geduldigste Mensch neigt zur Ungeduld, wenn er verliebt ist; und Scheldon war verliebt. Zwanzigmal am Tage nannte er sich einen Esel und versuchte sich zu beherrschen, indem er seinen Gedanken eine andere Richtung gab; aber mehr als zwanzigmal am Tage wanderten seine Gedanken wieder zu Joan zurück. Sie stellte für ihn ein Problem dar, und er sann andauernd darüber nach, wie er sich ihr am besten nähern könnte.

Er besaß keine Übung im Courmachen, er hatte nur eine Erfahrung in dieser zarten Kunst gemacht, und bei der Gelegenheit war er mehr umworben worden, als er selbst geworben hatte; und dazu war es eine wenig einträgliche Geschichte gewesen. Jetzt war es etwas ganz anderes, und immer wieder machte er sich die Eigenart und Schwierigkeit der Situation klar. Hier handelte es sich nicht nur um ein Mädchen, das gar keinen Mann haben wollte, sondern um eines, das überhaupt kein Mädchen war, das geradezu erschrocken war bei dem Gedanken an einen Ehemann, das sich an knabenhaften Spielen ergötzte und für Abenteuer schwärmte, das gesund und normal war und dem doch ein Ehemann nichts als ein Hindernis bedeutete. Wie sich ihr nähern? Er kannte ihre fanatische Freiheitsliebe, ihre eingefleischte Abneigung gegen jede Art von Zwang. Kein Mann konnte seine Arme um sie legen und sie gewinnen. Sie würde davonflattern wie ein erschreckter Vogel. Durch Berührung – er war sich klar, daß er das nicht durfte. Sein Händedruck mußte bleiben, wie er gewesen, der Ausdruck herzlicher Freundschaft und weiter nichts. Körperlich durfte er sich seine Empfindungen für sie nicht merken lassen. So blieb nur die Sprache. Aber wie sollte er

sprechen? Sich auf ihre Liebe berufen? Aber sie liebte ihn ja gar nicht! Auf ihren Verstand? Aber sie hatte ja offenbar den Verstand eines Knaben. Zwar besaß sie alle Zartheit und Lieblichkeit einer wohlerzogenen Frau, aber ihre geistigen Vorgänge waren seiner Wahrnehmung nach geschlechtslos und knabenhaft. Und doch mußte es mit der Sprache gemacht werden, er mußte einen Anfang machen, irgendwie, irgendwann. Ihr Geist mußte mit der Idee vertraut gemacht, mußte auf das Heiraten gelenkt werden.
So ritt er durch die Plantage, mit hochgezogenen Brauen, gerunzelter Stirn, dachte über das Problem nach und stählte sich für die ersten Angriffe. Immer wieder schoß ihm ein Gedanke durch den Kopf, wie er das Eis brechen könnte, aber immer wieder riß ein Glied in der Kette, und das Gespräch kam auf unerwartete, gleichgültige Dinge. Aber eines Morgens kam eine günstige Gelegenheit.
»Mein sehnlichster Wunsch ist, daß wir mit Berande Erfolg haben«, hatte Joan gerade in einer Unterhaltung gesagt, die sich auf die Verbilligung der Koprafrachten bezog.
»Darf ich Ihnen den sehnlichsten Wunsch meines Herzens sagen?« fiel er schnell ein. »Es ist etwas, wonach ich mich sehne, wovon ich träume.«
Er hielt inne und blickte sie gespannt an; aber sie dachte offenbar, daß es sich um nichts anderes als um eine vertrauliche Aussprache über allgemeine Fragen handeln könnte.
»Nun, schießen Sie los!« sagte sie, etwas ungeduldig über sein Zögern.
»Ich denke gern an den Erfolg von Berande«, sagte er. »Aber das kommt in zweiter Linie. Das ist nichts gegen meinen Herzenswunsch, nämlich, daß Sie eines Tages in einer vollkommeneren Form als nur geschäftlich an Berande beteiligt sein möchten. Das würde an dem Tage geschehen, an dem Sie bereit wären, meine Frau zu werden.«

Sie fuhr zurück, wie von einem Skorpion gestochen. Ihr Gesicht wurde weiß, nicht vor mädchenhafter Verwirrung, sondern vor Zorn, und ihre Augen blitzten.

»Das jetzt – jetzt, da ich gerade fertig bin!« rief sie leidenschaftlich. Dann wurde ihre Stimme plötzlich kühl und ruhig, und sie sprach, als wenn sie mit Morgan & Raff in Guvutu über Geschäfte gesprochen hätte. »Hören Sie mir zu, Herr Scheldon. Ich habe Sie sehr gern, wenn Sie auch ein langweiliger Peter sind; aber ich will Ihnen doch ein für allemal sagen, daß ich nicht in die Salomons gekommen bin, um mich zu verheiraten. Das Unglück hätte ich mir auch zu Hause zuziehen können, ohne daß ich zehntausend Meilen bis hierhergesegelt wäre. Ich muß meinen eigenen Weg in der Welt gehen, dazu kam ich nach den Salomons. Heiraten heißt nicht, meinen ›eigenen‹ Weg gehen. Für andere Mädchen mag es richtig sein, für mich nicht. Ich danke. Und wenn ich mich mit Ihnen hersetze, um über Koprafrachten zu sprechen, möchte ich nicht zwischendurch Heiratsanträge bekommen. Außerdem – außerdem –« Sie brach ab, und als sie fortfuhr, lag ein so bittender Klang in ihrer Stimme, daß er beinahe überzeugt war, ein roher Patron zu sein.

»Sehen Sie das nicht ein? Es verdirbt alles. Es macht die ganze Situation unmöglich – und ich freute mich so über unsere Teilhaberschaft und war so stolz darauf. Sehen Sie das nicht ein? Wenn Sie mir den Hof machen, kann ich nicht länger Ihr Partner sein. Und ich war doch so glücklich.« Tränen der Enttäuschung traten ihr in die Augen, und sie unterdrückte ein Schluchzen.

»Ich habe Sie gewarnt«, sagte er ernst. »Solche ungewöhnlichen Situationen zwischen Mann und Frau können nicht von Dauer sein, das sagte ich Ihnen gleich anfangs.«

»O ja; mir ist völlig klar, was Sie getan haben.« Sie war wieder zornig, und der sanfte Klang in ihrer Stimme war verschwunden. »Sie waren sehr vorsichtig mit Ihrer Warnung. Sie haben sich Mühe gegeben, mich vor jedem anderen Mann in den Salomons zu warnen, nur nicht vor sich selber.«

Das war für Scheldon ein Schlag ins Gesicht. Mit Schmerz erkannte er, daß es nicht unrichtig war, was sie sagte und doch war es seiner Überzeugung nach ungerecht. Der Triumph, der in ihren Augen aufleuchtete, als sie sah, daß sie ihn getroffen hatte, brachte ihn zum Entschluß.

»Die Sache ist durchaus nicht so eindeutig, wie Sie zu glauben scheinen«, begann er. »Es ging recht gut mit Berande, ehe Sie kamen. Wenigstens war ich nicht solchen Beschimpfungen ausgesetzt wie eben, als Sie mir Feigheit vorwarfen. Bitte denken Sie daran, daß ich Sie nicht aufgefordert habe, nach Berande zu kommen. Und ich habe Sie nicht aufgefordert, auf Berande zu bleiben. Nur durch Ihr Bleiben haben Sie diese für Sie – unangenehme Situation herbeigeführt. Durch Ihr Bleiben wurden Sie für mich zur Versuchung, und jetzt wollen Sie mir die Schuld geben. Ich wollte ja gar nicht, daß Sie blieben. Damals liebte ich Sie noch nicht. Ich wünschte, daß Sie nach Sydney zurückgingen oder nach Hawaii. Aber Sie bestanden ja darauf, zu bleiben. Sie haben sich tatsächlich –«

Er hielt inne und suchte nach einem gelinderen Ausdruck als dem, der ihm auf der Zunge lag. Aber sie nahm ihm das Wort aus dem Munde.

»Aufgedrängt – wollen Sie sagen«, rief sie, und ihre Wangen röteten sich kampflustig. »Nur weiter, kümmern Sie sich nicht um meine Gefühle.«

»Nun, gut, das werde ich auch nicht«, sagte er entschieden, da er sich klarmachte, daß die Unterredung zu einem schuljungenhaften Schmähen auszuarten drohte.

»Sie haben darauf bestanden, als Mann behandelt zu werden; wären Sie konsequent, so würden Sie wie ein Mann reden und wie ein Mann auf Männerreden hören. Und hören sollen Sie! Es ist nicht Ihre Schuld, daß diese unangenehme Situation eingetreten ist. Ich mache Ihnen keine Vorwürfe – beachten Sie das! Aber aus dem Grunde sollten Sie auch mir keine Vorwürfe machen.«

Er bemerkte, wie ihr Busen sich hob und senkte, während sie mit zusammengepreßten Händen dasaß, und er mußte an sich halten, daß er sie nicht in seine Arme zog, statt in seiner wohlüberlegten Rede fortzufahren. Fast hätte er ihr gesagt, daß sie ein entzückender Knabe sei. Aber er unterdrückte alle derartigen Reden und hielt sich nur an seine sachliche Beweisführung. »Sie können nichts dafür, daß Sie so sind, wie Sie sind. Sie können nichts dafür, daß Sie für mich ein sehr begehrenswertes Weib sind. Sie haben in mir das Verlangen geweckt. Sie wollten das nicht und haben sich auch nicht darum bemüht. Ihr Wesen war es, das es veranlaßte. Und mein Wesen ist es, das nach Ihnen verlangt. Aber ich kann auch nichts dafür, daß ich so bin, wie ich bin. Ich kann mich ebensowenig zwingen, nach Ihnen zu verlangen, wie Sie sich zwingen können, für mich begehrenswert zu sein.«

»Ach, Wunsch! Verlangen! Verlangen! Verlangen!« begehrte sie auf. »Ich bin doch kein Narr. Ich habe doch auch ein bißchen Verstand. Und die ganze Geschichte ist so albern und sinnlos und – unangenehm. Ich glaube wirklich, es wäre das beste, daß ich Noah-Noah, Adamu-Adam, Lalaperu oder irgendeinen Schwarzen heirate. Dem könnte ich Befehle erteilen und ihn von mir fernhalten, und dann würden Leute wie Sie mich in Ruhe lassen und nicht von Heirat und Verlangen reden.«

Scheldon lachte gezwungen, aber ihm war keineswegs zum Lachen zumute.

»Sie haben wirklich keine Seele«, sagte er wild.

»Weil meine Seele nicht nach einem Mann als Herrn ver-

langt?« parierte sie den Einwurf. »Schön, dann habe ich eben keine. Und was wollen Sie nun unternehmen?«
»Ich werde Sie fragen, warum Sie wie eine Frau aussehen, warum Sie die Gestalt einer Frau haben, die Lippen einer Frau, das wundervolle Haar einer Frau. Und ich werde antworten: Weil Sie eine Frau sind, wenn die Frau auch noch in Ihnen schlummert. Eines Tages aber wird sie erwachen.«
»Das verhüte Gott!« rief sie in so plötzlichem, natürlichem Schrecken, daß er lachen mußte und auch ihre Lippen sich zu einem ungewollten Lächeln kräuselten.
»Ich habe Ihnen noch mehr zu sagen«, fuhr Scheldon fort. »Ich habe versucht, Sie vor allen anderen Männern in den Salomons zu beschützen und vor sich selbst ebenfalls. Ich persönlich dachte nicht an eine Gefahr von dieser Seite. Daher habe ich es auch unterlassen, Sie vor mir selber zu schützen. Aber mein Schutz hat überhaupt versagt. Sie gingen ihre eigenen, selbstbewußten Wege, ganz, als ob ich überhaupt nicht existierte. Sie brachten gestrandete Schoner ein, warben auf Malaita und fuhren Schoner, Sie, ein alleinstehendes, unbeschütztes Mädchen, in der Gesellschaft einiger der schlimmsten Schurken in den Salomons. Fowler! Brahms! Curtis! Und das ist das Sinnwidrige in der menschlichen Natur – ich bin ganz offen, wie Sie sehen –, daß ich Sie liebe. Ich liebe Sie um Ihrer selbst willen, so wie Sie sind.« Mit einer Miene, die Widerwillen ausdrückte, hob sie abwehrend die Hand.
»Nein«, sagte er. »Sie haben kein Recht, mir zu verbieten, daß ich von meiner Liebe zu Ihnen spreche. Denken Sie daran: Es ist Männerrede. Bei diesem Gespräch sind Sie ein Mann. Die Frau in Ihnen ist nur Zufall, eine unerhebliche Nebensache. Sie müssen zuhören, selbst wenn ich die Tatsache feststelle, daß ich Sie liebe, so sonderbar es auch sein mag.

»Ich werde Sie nicht mehr mit meiner Liebe belästigen. Es bleibt alles wie bisher. Sie sind auf Berande besser aufgehoben und sicherer als sonst irgendwo in den Salomons. Trotz der Tatsache, daß ich Sie liebe. Aber eines möchte ich gern – und das ist der letzte Punkt unseres Männergesprächs! Denken Sie von Zeit zu Zeit daran, daß es der schönste Tag meines Lebens sein würde, wenn Sie einwilligten, meine Frau zu werden. Denken Sie zuweilen daran. Sie müssen es, und jetzt wollen wir nicht mehr davon reden. Wie unter Männern. Hier meine Hand.« Er streckte die Hand aus. Sie zögerte, dann aber ergriff sie sie herzhaft und lächelte unter Tränen.

»Ich wollte—«, stammelte sie unter Tränen, »ich wollte, Sie hätten mir statt dieser schwarzen Mary sonst jemand gegeben, der auf mich schwört.«

Und mit dieser rätselhaften Bemerkung wandte sie sich ab.

Scheldon kam nicht wieder auf die Sache zurück und benahm sich wie immer. Es war nichts von einem schmachtenden Liebhaber oder überhaupt von einem Liebhaber an ihm. Und es war auch keine Befangenheit zwischen ihnen zu bemerken. Ihr Verhältnis war so offen und freundschaftlich wie immer. Wenn seine kriegerische Liebeserklärung Joans weibliches Selbstbewußtsein erweckt hatte, so suchte er doch vergeblich nach einem Anzeichen dafür. Sie schien ebenso unverändert wie er selber; während er aber wußte, daß er seine wahren Empfindungen verbarg, war er fast überzeugt, daß sie nichts verbarg. Und doch mußte der Samen, den er gesät, aufgehen, dessen war er sicher, wenn er das Ergebnis auch nicht kannte. Die Entwicklung dieses merkwürdigen Mädchens war nicht vorauszusagen. Sie konnte es sich überlegen, das stimmte; andererseits aber, und mit ebenso großer Wahrscheinlichkeit, konnte es sein, daß er nicht der rechte Mann für sie war und daß seine Liebeserklärung sie nur in ihrer Ansicht, das wahre Glück läge im Alleinsein, bestärkt hatte.
Während er sich immer mehr der Plantage widmete, übernahm sie vollkommen den Haushalt mit seinen mannigfachen Forderungen. Und sie nahm ihn fest in ihre Hand und richtete ihn nach ganz neuen Gesichtspunkten ein. Die Arbeitsverhältnisse auf Berande besserten sich. Die ›Martha‹ hatte fünfzig Schwarze fortgebracht, deren Zeit abgelaufen war, es waren die Schlimmsten auf der Plantage gewesen – Arbeiter, die vor fünf Jahren vom Henkerjohnny angeworben waren und noch die frühere Schreckensherrschaft unter den ersten, vertriebenen Besitzern von Berande durchgemacht hatten.

Die anderen, schon zu Scheldons Zeit angelernten Arbeiter versprachen Besseres.
Joan hatte die neuen Leute im Einverständnis mit Scheldon von vornherein mit fester Hand und dabei mit absoluter Gerechtigkeit behandelt, damit sie nicht durch die älteren, die noch dageblieben waren, verdorben wurden.
»Ich glaube, es wäre gut, alle Leute in der Nähe des Hauses arbeiten zu lassen«, schlug Joan eines Tages beim Frühstück vor, »ich habe das Haus reingemacht, und jetzt sollten Sie einmal die Baracken säubern lassen. Es wird zuviel gestohlen.«
»Das ist ein guter Gedanke«, stimmte Scheldon bei. »Ich muß ihre Kisten untersuchen. Ich habe gerade ein paar Hemden vermißt, und meine Zahnbürste ist verschwunden.«
»Und zwei von meinen Patronenschachteln«, fügte sie hinzu. »Gar nicht zu reden von den Taschentüchern, Handtüchern, Bettlaken und meinen besten Hausschuhen. Aber was die Leute mit Ihrer Zahnbürste wollen, kann ich mir nicht recht vorstellen. Nächstens stehlen sie noch Billardbälle.«
»Einer ist schon ein paar Wochen vor Ihrer Ankunft verschwunden«, lachte Scheldon, »wir wollen die Kisten heute nachmittag untersuchen.«
Es wurde ein arbeitsreicher Nachmittag. Joan und Scheldon gingen, beide bewaffnet, durch die Baracken, durchsuchten Haus für Haus mit Hilfe der Aufseher, während ein halbes Dutzend Leute eine Kette bildeten und die Namen derjenigen, die verlangt wurden, weitergaben. Jeder mußte den Schlüssel zu seiner Kiste bringen und durfte zusehen, wie der Inhalt von den Aufsehern untersucht wurde. Die Ausbeute war fabelhaft: ein volles Dutzend Buschmesser – krumme Hacken mit Schneiden wie Rasiermesser, mit denen man einem Menschen mit einem Schlage den Kopf

abhauen konnte, Handtücher, Bettlaken, Hemden, Hausschuhe, Zahnbürsten, Besen und Seife, der fehlende Billardball und alle abhanden gekommenen und vergessenen Kleinigkeiten von vielen Monaten kamen zutage. Am allererstaunlichsten aber war die Menge Munition – Patronen für Lee-Metfords, Winchesters und Marlins, für Revolver aller Kaliber, Schrotpatronen, die beiden Schachteln Joans, Patronen riesiger Kaliber für die alten Snidergewehre von Malaita, Flaschen mit Schwarzpulver, Dynamitstangen, meterweise Zündschnur und Schachteln mit Zündhütchen. Der größte Fund aber wurde in dem Hause gemacht, das von Gogoomy und fünf Port-Adams-Leuten bewohnt wurde. Der Umstand, daß in den Kisten nichts gefunden wurde, erregte Scheldons Verdacht, und er gab den Befehl, den Erdboden aufzugraben. In Matten gewikkelt, gut geölt, rostfrei und nagelneu, wurden zunächst zwei Winchesterbüchsen ausgegraben. Scheldon wußte nichts von ihnen; sie stammten nicht aus Berande. Ebensowenig die vierzig Flaschen Schwarzpulver, die unter dem Eckpfosten des Hauses gefunden wurden. Auch an den Verlust der acht Schachteln mit Zündhütchen konnte er sich nicht erinnern, wenn er seiner Sache auch nicht ganz sicher war. In einem großen Coltrevolver erkannte er den von Hughie Drummond wieder, während Joan den Zweiunddreißiger Iver & Johnson erkannte, dessen Verlust Matapuu in der ersten Woche nach der Landung in Berande gemeldet hatte. Da er keine Munition fand, bestand Scheldon darauf, den ganzen Fußboden aufzugraben, und fand eine Blechdose, die früher fünfzig Pfund Mehl enthalten hatte. Mit starren Augen sah Gogoomy zu, wie Scheldon zweihundert Winchesterpatronen und ebenso reichliche Munition für die anderen Waffen aus der Büchse nahm. Die Konterbande und das Diebesgut waren, in Haufen sortiert, auf der hinteren Veranda des Bungalows aufgestapelt. Einige Schritt vor der Treppe stand die Gruppe der Schuldigen, einige vierzig Mann, und dahinter, in dichten Reihen, die Arbeiterschaft der Plantage. Oben auf der Veranda saßen Joan und Scheldon, während die Aufseher auf den Treppenstufen standen. Die Schuldigen wurden einer nach dem andern aufgerufen und verhört. Es war nichts Bestimmtes aus ihnen herauszubekommen. Sie logen offenbar, blieben aber verstockt und erklärten jede Lüge, bei der sie ertappt wurden, mit einem Dutzend anderer. Einer verkündete selbstzufrieden, elf Stangen Dynamit am Strande gefunden zu haben. Derselbe Mann erklärte auch, daß Matapuus Revolver, der in der Kiste eines gewissen Kapu gefunden worden war, ihm von Lervumie gegeben worden sei. Lervumie, als Zeuge aufgerufen, sagte, er hätte ihn von Noni erhalten. Noni wollte ihn von Sulefatoi, Sulefatoi von Choka, Choka von Ngava bekommen haben, und Ngava schloß den Kreis, indem er angab, daß Kapu ihm die Waffe gegeben hätte. Kapu, der jetzt doppelt beschuldigt war, blieb ruhig dabei, daß Lervumie ihm die Waffe gegeben habe, und Lervumie erzählte ausführlich, wie er ihn von Noni erhalten hatte, und wieder ging es von Noni zu Sulefatoi im Kreise herum. Verschiedene Gegenstände waren zweifellos von den Hausboys gestohlen worden. Aber jeder beteuerte auf das entschiedenste seine Unschuld und verdächtigte seine Genossen.

Der Mann, bei dem der Billardball gefunden war, sagte, er hätte ihn nie im Leben gesehen, und äußerte die Vermutung, daß er auf geheimnisvolle Weise durch einen bösen Geist in seine Kiste gelegt worden sein müsse. Er habe keine Ahnung, wie der Ball dahingekommen sei, und er müsse wohl vom Himmel heruntergefallen sein.

Der Diebstahl der meisten Sachen wurde den Köchen und Mannschaften aller der Fahrzeuge in die Schuhe geschoben, die in den letzten Jahren vor Berande geankert hatten. In

keinem Fall ließ sich die Wahrheit ermitteln, wenn auch die nicht identifizierten Waffen und Patronen zweifellos von den besuchenden Schiffen gekommen waren.
»Also, was sagen Sie nun?« meinte Scheldon zu Joan.
»Wir haben auf einem Vulkan geschlafen. Sie müßten alle ausgepeitscht werden.«
»Nicht schlagen mich«, schrie Gogoomy von unten. »Vater gehören mir groß fella Häuptling. Mich schlagen, zuviel Lärm bei dir, sehr bald, mein Wort.«
»Was sagen du fella Gogoomy!« rief Scheldon. »Ich läuten sieben Glocken aus dir. Hier du Kwaque legen ihm Eisen an, das fella Gogoomy.«
Kwaque, ein stämmiger Aufseher, griff Gogoomy aus dem Haufen heraus, bog ihm mit Hilfe der anderen Aufseher die Hände auf den Rücken und legte ihm die schweren Handschellen an.
»Mich fertig bei dir, ihr sterben alle zusammen«, bedrohte Gogoomy die Aufseher mit wutverzerrtem Gesicht.
»Bitte, nicht peitschen«, sagte Joan leise. »Wenn das Auspeitschen nötig ist, so schicken Sie die Leute nach Tulagi und lassen Sie es von der Regierung vornehmen. Lassen Sie ihnen die Wahl zwischen einer Geldstrafe und einer amtlichen Auspeitschung.«
Scheldon nickte und erhob sich, den Blick auf die Schwarzen geheftet.
»Manonmie!« rief er.
Manonmie trat vor und wartete.
»Du fella Junge schlimm fella zuviel«, warf Scheldon ihm vor. »Du stehlen viel. Du stehlen ein fella Handtuch, ein fella Buschmesser, zwei-zehn Patronen. Mein Wort, viel schlimm fella stehlen du. Mich cross auf dich zuviel. Du wollen, mich nehmen ein fella Pfund von dir in dicken Buch. Du nicht wollen, mich auch nehmen ein Pfund, dann mich schicken dich fella nach Tulagi, ein groß fella Regie-

rung peitschen dich. Viel Neu-Georgia-Jungens, viel Isabel-Jungens bleiben Gefängnis Tulagi. Die fella dort nicht lieben Malaita-Jungens klein bißchen. Mein Wort, sie geben dir stark fella Peitsche. Was du sagen?«

»Du nehmen ein fella Pfund von mir«, lautete die Antwort. Und Manonmie trat erleichtert zurück, während Scheldon die Strafe in das Plantagenjournal eintrug.

Einen nach dem andern rief er die Sünder auf und stellte ihnen die Wahl. Und einer nach dem andern entschied sich, die auferlegte Strafe zu zahlen.

Einige Strafen waren niedrig, nur wenige Schilling, während in den schlimmeren Fällen, wie dem Diebstahl von Gewehren und Munition, die Strafen entsprechend schwerer waren.

Gogoomy und seine Stammesgenossen wurden jeder mit drei Pfund bestraft, aber auf Gogoomys gegurgelten Befehl weigerten sie sich, zu zahlen.

»Ihr kommen Tulagi«, warnte Scheldon sie, »ihr kriegen stark fella Peitsche, und ihr bleiben Gefängnis drei fella Jahr. Herr Burnett, er sehen Winchester, sehen Patronen, sehen Revolver, sehen Schwarzpulver, sehen Dynamit – mein Wort, er cross zuviel. Er geben euch drei fella Jahre Gefängnis. Ihr nicht wollen zahlen drei fella Pfund, ihr bleiben Gefängnis. Savvee?«

Gogoomy schwankte.

»Es ist Tatsache, das würde Burnett ihnen geben«, sagte Scheldon leise zu Joan.

»Du nehmen drei fella Pfund von mir«, murrte Gogoomy und warf gehässige, finstere Blicke auf Scheldon, Joan und Kwaque. »Mich fertig bei dir, du kriegen groß fella Lärm, mein Wort, Vater gehören mir, groß fella Häuptling Port Adams.«

»Jetzt genug«, warnte Scheldon. »Du halten Mund gehören dir.«

»Mich nicht Angst«, erwiderte der Sohn des Häuptlings und erhöhte durch diese Unverschämtheit sein Ansehen in den Augen seiner Genossen.

»Sperr ihn ein für heute nacht«, sagte Scheldon zu Kwaque. »Sonne er kommen auf, das fella und fünf fella gehören ihn gehen Grasschneiden. Savvee?«

Kwaque grinste.

»Mich savvee«, sagte er. »Grasschneiden, ngari-ngari* bleiben im Gras. Mein Wort!«

»Wir werden doch noch Schwierigkeiten mit Gogoomy haben«, sagte Scheldon zu Joan, als die Aufseher ihre Gruppen ordneten, um sie an die Arbeit zu führen. »Behalten Sie ihn im Auge, seien Sie vorsichtig, wenn Sie allein durch die Plantage reiten. Der Verlust der Winchesterbüchsen und der Munition hat ihn härter getroffen als Ihr Schlag. Er kann jederzeit ein Unheil anrichten.«

* *Ngari-Ngari = wörtlich: Kratz-kratz, eine Hautvergiftung, die, wenn auch nicht gefährlich, doch recht unangenehm ist.*

Gogoomy machen Kwaque fertig ganz und gar

»Ich möchte wissen, war aus Tudor geworden ist, es ist zwei Monate her, seit er im Busch verschwand. Seit er Binu verlassen hat, haben wir kein Wort mehr von ihm gehört.«
Joan Lackland saß auf ihrem Pferd am Ufer des Balesuna, dort, wo der Mais gesät worden war, und Scheldon, der zu Fuß vom Haus herübergekommen war, lehnte sich an die Schulter des Pferdes. »Ja, es ist lange her, daß keine Nachrichten durchgesickert sind«, antwortete er, wobei er sie unter seinem Hutrande hervor scharf beobachtete, um zu sehen, in welchem Maße sie sich um den Goldsucher sorgte. »Aber Tudor wird schon durchkommen. Er hat gleich am Anfang etwas fertiggebracht, was ich weder ihm noch sonst jemand zugetraut hätte. Er hat Binu-Charley überredet, mit ihm zu gehen. Und ich wette, daß kein anderer Binu-Kanake je so weit in den Busch gegangen ist, ohne gefressen zu werden. Was Tudor betrifft –«
»Da! Sehen Sie!« rief Joan leise und zeigte auf einen leichten Wirbel auf der andern Seite des schmalen Flusses, wo ein großes Krokodil wie ein schwimmender Baumstamm trieb. »Oh, ich wollte, ich hätte mein Gewehr zur Hand.«
Das Krokodil sank unter und verschwand, kaum das Wasser kräuselnd.
»Heute Morgen war ein Binu-Mann bei mir, um Medizin zu holen«, bemerkte Scheldon. »Möglicherweise war dieses Biest die Ursache. Eine Anzahl Binu-Frauen war im Wasser, und da trat eine direkt auf ein großes Krokodil. Es war dicht am Ufer, und die Bestie warf sie um und packte sie am Bein. Die anderen Weiber packten sie an den Armen und zogen. Und bei dem Hin- und Herzerren büßte sie das Bein ein. Unterhalb des Knies, sagte er. Ich gab ihm eine

Anzahl antiseptischer Mittel. Ich glaube, sie wird durchkommen.«

»Ach, diese widerlichen Bestien«, stieß Joan schaudernd hervor. »Ich hasse sie! Ich hasse sie!«

»Und doch tauchen Sie zwischen den Haien«, schalt Scheldon.

»Das sind nur Fischhaie. Und solange die genug Fische haben, sind sie ganz ungefährlich. Sie beißen nur, wenn sie ausgehungert sind.«

Scheldon schauderte innerlich, als er sich ihr zartes Fleisch zwischen den Zähnen eines Haies vorstellte. »Ich möchte trotzdem, daß Sie es nicht täten«, sagte er langsam. »Sie kennen die Gefahr.«

»Aber das ist ja gerade das Schöne dabei«, rief sie. Eine abgedroschene Redensart, daß er sie nicht verlieren möchte, lag ihm auf der Zunge, aber er unterdrückte sie. Er hatte herausgefunden, daß er sie nicht schelten durfte. Es hätte einen taktischen Fehler von nicht geringer Tragweite bedeutet, wenn er sie dauernd oder auch nur gelegentlich an seine Gefühle erinnerte.

»Etwas fürs Gedichtbuch, etwas fürs tägliche Leben und etwas für den Magen des Hais«, lachte er grimmig. Dann fügte er hinzu: »Ich wünsche aber doch, daß ich so gut schwimmen könnte wie Sie. Vielleicht wäre ich dann ebenso zuversichtlich wie Sie.«

»Wissen Sie, ich stelle es mir eigentlich ganz nett vor, mit einem Mann, wie Sie einer zu sein scheinen, verheiratet zu sein«, bemerkte sie in einer ihrer plötzlichen Anwandlungen, die ihn immer wieder in Erstaunen setzten. »Ich glaube, daß Sie zu einem sehr guten Ehemann erzogen werden könnten — nicht zu einem solchen herrschsüchtigen Tyrannen, sondern zu einem, der bedenkt, daß seine Frau ebensogut ein Mensch und ebenso frei ist wie er selber. Wirklich, ich glaube, Sie bessern sich.«

Sie ritt lachend davon und ließ ihn niedergeschlagen zurück. Würde er gedacht haben, daß in ihren Worten eine leise Sprödigkeit, eine weibliche Unruhe und ein weiblicher Versuch zu absichtlicher Verlockung und Ermunterung gelegen hätte, dann wäre er stolz gewesen. Aber er wußte bestimmt, daß der Knabe und nicht die Frau so verwegen gesprochen hatte.

Joan ritt weiter zwischen den Reihen junger Kokospalmen hindurch, sah einen Hornraben, dessen unstetem Flug sie bis zum Hochwald an der Grenze der Plantage folgte, hörte das Gurren wilder Tauben und entdeckte sie etwas tiefer im Walde, verfolgte die frische Fährte eines Wildschweines auf einige Entfernung, ritt dann im Kreise zurück und schlug den schmalen Pfad zum Bungalow ein, der über zwanzig Morgen ungeklärten Graslandes führte. Das Gras reichte ihr bis zur Hüfte und noch höher. Und im Weiterreiten erinnerte sie sich, daß Gogoomy und ein paar andere Leute zum Grasschneiden abgeteilt worden waren. Sie kam an die Stelle, wo sie gearbeitet hatten, sah aber keine Spur von ihnen. Ihr unbeschlagenes Pferd trat geräuschlos auf den weichen, sandigen Boden, und als sie weiterkam, hörte sie Stimmen, die aus dem Grase kamen. Es war Gogoomy, der sprach, und während sie so horchte, packte sie die Zügel fester, und der Zorn wallte in ihr auf.

»Hund er sein im Haus, Nachtzeit er gehen herum«, sagte Gogoomy auf Trepang-Englisch, da er außer zu seinem Stammesgenossen noch zu andern sprach. »Ihr fella Jungens fangen ein fella Schwein, tun kai-kai gehören ihm, an groß fella Fischhaken stecken. Hund er gehen herum, finden kai-kai, ihr fella Jungen fangen Hund genau wie Hai. Hund er gleich fertig. Groß fella Herr schlafen in groß fella Haus. Weiße Mary schlafen außen pickaninny Haus. Ein fella Adamu er bleiben außen um pickaninny Haus. Ihr fella Jungen machen fertig Hund, fertig Adamu, fertig groß fella Herr, fertig weiße Mary, fertig alle zusammen. Viele Musketen er haben, viel Pulver, viel Tomahawks, viel Messer, viel Schweinsfischzähne, viel Tabak, viel Kaliko. Mein Wort, zuviel Massen alles, wir nehmen in Walbot, washee (rudern) wie Hölle. Sonne er kommen auf, wir lang weg zuviel.«

»Mich fangen das Schwein, Sonne er gehen unter«, sagte einer, dessen Fistelstimme Joan als die von Cosse, einem Stammesgenossen Gogoomys, erkannte.

»Mich fangen Hund«, sagte ein anderer.

»Und mich fangen weiße Mary«, rief Gogoomy triumphierend. »Mich fangen Kwaque, er sterben verdammt schnell.«

So viel hörte Joan von dem Mordplan, dann gewann ihr aufsteigender Zorn die Oberhand über ihre Besonnenheit. Sie spornte ihr Pferd an und rief: »Was Name ihr fella Jungens, he? Was Name?«

Sie sprangen auf, liefen durcheinander, und zu ihrer Überraschung sah Joan, daß sie etwa ein Dutzend vor sich hatte. Als sie die starren Gesichter und die schwarzen, zwei Fuß langen Hackmesser in ihren Händen erblickte, kam ihr plötzlich zum Bewußtsein, wie unüberlegt sie gehandelt hatte. Wenn sie wenigstens einen Revolver oder ein Gewehr bei sich gehabt hätte, wäre alles gut gewesen. Aber sie war in ihrer Sorglosigkeit unbewaffnet ausgeritten. Sie folgte Gogoomys Blick auf ihre Hüfte und sah das befriedigte Aufblitzen in seinen Augen, als er das Fehlen des schrecklichen, männermordenden Revolvers bemerkte. Der erste Artikel im Kodex der Salomoninseln für einen Weißen war, nie vor einem Eingeborenen Furcht zu zeigen, und so versuchte Joan denn, sich auf Reiterart aus der Affäre zu ziehen.

»Zuviel reden ihr fella Jungens«, sagte sie streng. »Zuviel reden, zuwenig arbeiten! Savvee?«

Gogoomy gab keine Antwort, sondern schob sich nur, scheinbar von einem Fuß auf den anderen tretend, ein wenig vorwärts. Die andern, die in einem Halbkreis um ihn standen, glitten gleichfalls vorwärts, und die furchtbaren Buschmesser in ihren Händen verrieten ihre Absicht.

»Ihr schneiden Gras!« befahl sie. Aber Gogoomy schob seinen andern Fuß vor. Joan maß die Entfernung mit den Augen, es war unmöglich, das Pferd herumzuwerfen, wenn sie nicht von hinten niedergemacht werden wollte.

Und in diesem kritischen Augenblick prägte sie ihrem Gedächtnis alle diese Gesichter unvergeßlich ein – einer von ihnen war ein alter Mann mit ausgeweiteten, zerrissenen Ohrläppchen, die ihm bis auf die Brust herabhingen, ein anderer hatte die breite platte Nase eines Afrikaners, und seine wilden Augen waren so unter den herunterhängenden Brauen vergraben, daß nichts als das gelbliche, krank aussehende Weiße zu sehen war, ein dritter war da mit dicken Lippen und lockigem Backenbart; und Gogoomy – nie zuvor war ihr aufgefallen, wie schön Gogoomy in seiner wilden Art war. Im Gegensatz zu seinen Gefährten prägte ihn natürliche Vornehmheit. Die Linien seiner Gestalt waren abgerundeter als die ihren, seine Haut war glatt, gut geölt und frei von jeder Krankheit. Auf seiner Brust hing, an einer Schnur von Schweinsfischzähnen um seinen Hals, ein großer, aus opalisierender Muschelschale geschnitzter Halbmond. Eine Reihe weißer Kaurimuscheln umspannte seine Stirn. In seinem Haar steckte eine einzige weiße Feder. Über der Wade des einen Beines trug er, wie ein Strumpfband, eine Schnur aus weißen Perlen. Das wirkte äußerst stutzerhaft. Eine schmale Schnur um die Hüften vervollständigte sein Kostüm. Dann sah sie einen anderen, alt, runzlig mit gerunzelter Stirn und gerunzeltem Gesicht, das in tierischer Leidenschaft zuckte und arbeitete, wie sie es auf den Gesichtern von Affen beobachtet hatte.

»Gogoomy«, sagte sie scharf. »Du nicht schneiden Gras, mein Wort, ich schlagen Kopf gehören dir.«
Sein Ausdruck wurde eine Spur verächtlicher, aber er antwortete nicht. Statt dessen blickte er verstohlen nach links und rechts, um festzustellen, wie weit seine Genossen Joan schon umzingelt hatten, und wieder schob er seinen Fuß, wie zufällig, einige Zoll vor. Joan war sich ihrer verzweifelten Lage voll und ganz bewußt. Es gab nur einen Ausweg: durch! Sie hob drohend die Reitpeitsche, trieb im selben Augenblick beide Sporen ein und lenkte das Pferd direkt auf Gogoomy zu. Das alles war Sache eines Augenblicks. Alle Buschmesser waren erhoben, und alle Schwarzen mit Ausnahme Gogoomys drangen auf sie ein. Gogoomy wich seitwärts aus, um dem Pferde zu entgehen, und schwang sein Buschmesser über sie, das sie, wenn er sie getroffen hätte, in zwei Teile geschnitten haben würde. Sie lehnte sich vornüber, um dem sausenden Messer zu entgehen, das durch ihren Reitrock, die Kante des Sattels und die Satteldecke schnitt und sogar noch in den Rücken des Pferdes drang. Ihre rechte Hand, die sie erhoben hatte, fuhr nieder. Die dünne Peitsche sauste durch die Luft. Joan sah die weißen Striemen quer über dem boshaften hübschen Gesicht, sah im selben Augenblick, wie der Mann mit dem verrunzelten Gesicht überritten vor ihr niederfiel und hörte sein grunzendes, zorniges Geschrei – ganz ähnlich dem eines wilden Affen. Dann war sie frei und schoß auf das Haus zu.
Bei ihrer seemännischen Erfahrung wußte sie Scheldons Entschlossenheit zu würdigen, als sie mit ihren Neuigkeiten bei ihm eindrang. Er sprang von dem Liegestuhl auf, in dem er auf sein Frühstück gewartet hatte, klatschte in die Hände, um die Hausboys herbeizurufen, und während er ihr zuhörte, schnallte er schon seinen Patronengürtel um und spannte seine automatische Pistole.

»Ornfiri«, stieß er seine Befehle hervor, »du fella läuten groß fella Glocke stark fella zuviel. Du hören auf läuten, du legen Sattel auf Pferd. Viaburi, du gehen schnell Haus gehören Seelee, sagen ihm, viel schwarze fella laufen weg, zehn fella zwei fella schwarze fella Jungen.« Er kritzelte etwas auf einen Zettel und gab ihn Lalaperu. »Du gehen schnell Haus gehören weiß fella Herr Boucher.«

»Auf diese Weise werden sie von zwei Seiten von der Küste zurückgetrieben«, erklärte er Joan, »und der alte Seelee wird sein ganzes Dorf auf ihre Fährte hetzen.«

Dem Ruf der großen Glocke folgend, trafen als erste Joans Tahitianer ein, und ihre glänzenden Körper und ihr kochender Atem zeigte, daß sie den ganzen Weg gelaufen waren. Einige Gruppen, die sehr weit entfernt waren, mußten zu ihrem Eintreffen fast eine halbe Stunde brauchen.

Scheldon bewaffnete zunächst Joans Seeleute und teilte Munition und Handschellen aus. Adamu-Adam ließ er mit geladenem Gewehr bei den Booten Wache halten. Noah-Noah sollte mit Hilfe Matapuus die Arbeitergruppen bei ihrem Eintreffen in Empfang nehmen, sie hinhalten und darauf achten, daß sie nicht auch vom Aufruhr angesteckt würden. Die andern fünf Tahitianer sollten Joan und Scheldon zu Fuß folgen.

»Ich bin nur froh, daß wir das Arsenal ausgehoben haben«, bemerkte Scheldon, als sie zur Pforte hinausritten.

Nach etwa hundert Metern stießen sie auf einen Trupp Arbeiter, der hereinkam. Es war die Gruppe Kwaques, aber Scheldon suchte vergeblich nach ihm.

»Was Name das fella Kwaque er nicht bleiben bei euch«, fragte er.

Ein Gewirr aufgeregter Stimmen versuchte die Antwort zu geben.

»Machen Mund zu gehören euch allzusammen«, befahl Scheldon.

Er sprach barsch und übernahm wieder die Rolle des Weißen, der stets streng und herrisch sein muß.

»Hier, du fella Babatani, du sprechen Mund gehören dir.«

Babatani trat mit der ganzen Würde eines aus seinen Gefährten Erwählten vor.

»Gogoomy, er machen fertig Kwaque ganz und gar«, lautete Babatanis Erklärung. »Er nehmen Kopf gehören ihm laufen wie Hölle.«

Mit kurzen Worten und geringer Einbildungskraft beschrieb er den Mord, und Scheldon und Joan ritten weiter. Im Gras, wo Joan überfallen worden war, fanden sie den kleinen, runzligen Mann, den Joan überritten hatte. Er jammerte und stöhnte noch. Das Pferd war ihm auf den Knöchel getreten und hatte ihn vollständig zerquetscht, und nachdem der Mann hundert Meter weit gekrochen war, hatte er sich von der Aussichtslosigkeit seiner Flucht überzeugt. Der letzten Arbeitergruppe, die vom äußersten Ende der Plantage kam, wurde der Auftrag erteilt, ihn ins Haus zu tragen.

Eine Meile weiter, an einer Stelle, wo die Fährte der Ausreißer direkt in den Busch führte, fanden sie die Leiche Kwaques.

Zwar war der Kopf abgehackt und fehlte, Scheldon nahm aber bestimmt an, daß es Kwaque war.

Es hatte offenbar einen Kampf gegeben, denn eine Blutspur führte von der Leiche in den dichten Busch. Hier mußten sie ihre Pferde zurücklassen. Papehara wurde zu ihrer Beaufsichtigung zurückgelassen, während Joan, Scheldon und die übrigen Tahitianer zu Fuß weiter vordrangen. Der Weg führte durch eine sumpfige Niederung, die gelegentlich vom Berandefluß überflutet wurde, und hier kreuzten sich die roten Fährten der Mörder mit der eines Krokodils. Sie hatten offenbar das Tier in der Sonne schlafend überrascht und ihre Flucht unterbrochen, um es in Stücke zu hacken. Der Verwundete hatte sich niedergesetzt und ge-

wartet, bis die anderen zum Weitergehen bereit gewesen waren.
Eine Stunde später blieben sie plötzlich an einem Schwarzwildwechsel stehen. Die Blutspur hatte aufgehört.
Die Tahitianer drangen auf beiden Seiten in den Busch ein. Da zeigte ein Schrei von Utami an, daß er einen Fund gemacht hatte. Joan wartete, bis Scheldon zurückkam.
»Es ist Mauko«, sagte er. »Kwaque hat es ihm tüchtig gegeben, und er ist dort hineingekrochen und gestorben. Meinen Sie nicht auch, daß es jetzt genug für Sie ist?«
»Es ist nicht schön«, sagte sie. »Ich werde umkehren und bei den Pferden auf Sie warten.«
»Aber Sie können nicht allein gehen. Nehmen Sie zwei von den Leuten mit.«
»Dann gehe ich weiter mit. Es wäre töricht, die Verfolger zu schwächen, und ich bin nicht müde.«
Die Fährte bog jetzt rechts ab, als ob die Ausreißer ihre Absicht geändert hätten und dem Balesuna zugestrebt wären. Dann aber ging es wieder nach rechts, bis die Spur eine Schleife bildete, deren Schnittpunkt dort zu sein schien, wo sie, am Ende der Plantage, die Pferde zurückgelassen hatten. Als sie ein stilles Dickicht passierten, wo sich nichts als ein sammetartiger Schmetterling von zwölf Zoll Größe regte, hörten sie Schüsse knallen.
»Acht«, zählte Joan. »Es war nur ein Gewehr. Das muß Papehara sein.«
Sie hasteten weiter; als sie aber die Stelle erreichten, waren sie im Zweifel. Die beiden Pferde standen ruhig angebunden da, und Papehara hockte friedlich auf dem Boden. Als sie auf ihn zuschritten, trat Scheldon auf einen Körper, der im Grase lag, und kaum hatte er sein Gleichgewicht wiedergefunden, als seine Augen auf einen zweiten fielen. Diesen erkannte Joan. Es war Cosse, einer von Gogoomys Stammesgenossen, der, welcher versprochen hatte, bei Son-

nenuntergang das Schwein zu fangen, das als Köder für Satan dienen sollte.

»Kein Glück, Missie«, begrüßte Papehara sie, indem er trostlos den Kopf schüttelte. »Treffen nur zwei Jungens. Ich haben gut auf Gogoomy geschossen, aber gefehlt.«

»Aber die hast du getötet«, schalt Joan, »du solltest sie lebendig fangen.« Der Tahitianer lächelte.

»Wie?« fragte er. »Ich rauchen. Ich denken, Tahiti und Brotfrüchte und hübsche gute Zeit in Bora-Bora. Gerade da, zehn Jungens laufen schnell aus dem Busch vor mir. Jeder Junge haben langes Messer. Gogoomy haben langes Messer eine Hand, Kwaques Kops andere Hand. Ich nicht warten sie lebendig fangen. Ich schießen wie Hölle. Wie du fangen lebendig zehn Jungens, zehn lange Messer und Kwaques Kopf?«

Die Spuren der Leute, die sich hier nach dem mißglückten Versuch, den Tahitianer zu überraschen, trennten, führten bald wieder zusammen. Die Fährte ging zum Berande-Fluß, den die Ausreißer offenbar in der Absicht, sich in den Mangrovesümpfen auf dem anderen Ufer zu verstecken, überschritten hatten.

»Es hat keinen Zweck, weiterzugehen«, sagte Scheldon. »Seelee wird sie doch mit seinen Leuten herausjagen. Er läßt sie nie durch. Wir brauchen nur die Küste zu bewachen, um zu verhindern, daß sie zur Plantage zurückkommen und Amok laufen. Ah, dacht' ich's nicht!«

Im Schatten des Dickichts am andern Ufer glitt ein kleines Kanu den Fluß herab, so lautlos bewegte es sich, daß es fast einer Erscheinung glich. Drei nackte Schwarze tauchten geräuschlos ihre Paddel ins Wasser. Lange, schlanke, mit knöchernen Widerhaken versehene Wurfspeere lagen auf dem Rande des Kanus, während jedem Manne ein Köcher voll Pfeilen auf dem Rücken hing. Den Augen der Menschenjäger entging nichts. Sie hatten Scheldon und Joan zuerst gesehen, gaben aber kein Zeichen. An der Stelle, wo Gogoomy und seine Leute den Fluß verlassen hatten, hielt das Kanu plötzlich an, drehte sich dann und verschwand im Dunkel der Mangroven. Ein zweites und drittes Kanu kamen um die Biegung herum, glitten geisterhaft bis an die Stelle, wo die Ausreißer den Fluß überschritten hatten, und verschwanden ebenfalls in den Mangroven.

»Ich hoffe, daß keiner mehr getötet wird«, sagte Joan, als sie ihre Pferde heimwärts lenkten.

»Ich glaube kaum«, versicherte ihr Scheldon. »Der alte Seelee bekommt laut unserem Abkommen nur etwas für lebendige Leute, daher ist er sehr vorsichtig.«

Eine Nachricht aus dem Busch

Noch nie waren Ausreißer aus Berande so eifrig verfolgt worden wie diesmal. Die Taten Gogoomys und seiner Genossen waren ein schlimmes Beispiel für die hundertundfünfzig Neugeworbenen. Es waren Mordtaten geplant gewesen, ein Aufseher getötet worden, und die Mörder hatten durch ihre Flucht in den Busch ihren Kontrakt gebrochen. Scheldon wußte, wie wichtig es war, den frisch eingebrachten Kannibalen zu zeigen, daß es gefährlich sei, den schlechten Beispielen zu folgen, und er drängte Seelee Tag und Nacht, durchstreifte mit den Tahitianern unaufhörlich den Busch und überließ Joan die Leitung der Plantage. Im Norden paßte Boucher auf und trieb die Flüchtlinge bei ihrem Versuch, die Küste zu gewinnen, zweimal zurück.
Einer nach dem anderen wurde gefangen. Auf der ersten Streife durch den Mangrovesumpf fing Seelee zwei. Ein dritter wurde bei einem Durchbruchsversuch im Norden von Boucher an der Lende verwundet. Er schleppte sich auf der Flucht hinter den andern her und wurde dann von Seelees Leuten gefangen. Diese drei wurden täglich, schwer gefesselt, als Warnung auf dem Grundstück ausgestellt, alles zur Belehrung der einhundertundfünfzig halbwilden Punga-Punga-Leute. Dann wurde der ›Minerva‹, die auf der Fahrt nach Tulagi vorbeisegelte, signalisiert, ein Boot zu schicken und die drei Gefangenen mitzunehmen, damit sie im Gefängnis ihre Verurteilung abwarteten.
Fünf befanden sich noch in Freiheit, aber ein Entkommen war unmöglich. Sie konnten nicht an die Küste gelangen, und zu weit ins Innere wagten sie sich aus Furcht vor den wilden Buschleuten auch nicht. Da stellte sich einer der fünf freiwillig, und Scheldon erfuhr durch ihn, daß nur

noch Gogoomy und zwei andere in Freiheit waren. Es hätte noch ein vierter sein müssen, aber der war nach Angabe des Zurückgekehrten getötet und gefressen worden. Die Furcht vor einem ähnlichen Schicksal hatte ihn wieder hergetrieben.

Er war ein Malu-Mann, vom nordwestlichen Teil Malaitas, woher auch der andere, der aufgefressen worden war, stammte. Die beiden anderen Gefährten Gogoomys waren aus Port Adams. Der Schwarze erklärte, daß er es lieber sähe, durch die Regierung bestraft, als von seinen Genossen im Busch aufgefressen zu werden.

»Dicht bei Gogoomy kai-kai mich«, sagte er, »mein Wort, mich nicht mögen, Jungen kai-kai mich.«

Drei Tage später fing Scheldon einen der Leute, der hilflos vom Sumpffieber und unfähig war, zu kämpfen oder wegzulaufen. Am selben Tage fing Seelee einen zweiten in ähnlicher Verfassung. Jetzt war nur noch Gogoomy frei, und als die Verfolger ihm nahe kamen, überwand er seine Furcht vor den Buschleuten und floh geradenwegs in die Berge. Scheldon und vier Tahitianer sowie Seelee mit dreißig seiner Leute verfolgten Gogoomys Fährte ein Dutzend Meilen weit in das offene Grasland. Dann verloren Seelee und seine Leute den Mut. Er gestand, daß weder er noch sonst einer von seinem Stamme je so weit ins Innere vorgedrungen sei, und erzählte, um Scheldon zu warnen, die schrecklichsten Geschichten von den furchtbaren Buschleuten. In früheren Zeiten, sagte er, hätten sie das Grasland überquert und die Salzwasserleute angegriffen; seit jedoch die Weißen an die Küste gekommen wären, hielten sie sich in ihren Festungen im Innern, und kein Salzwassermann hätte sie je wieder gesehen.

»Gogoomy, er fertig werden durch die fella Buschleute«, versicherte er Scheldon. »Mein Wort, er fertig werden sehr bald, kai-kai ganz und gar.«

So kehrte die Expedition denn um. Nichts konnte die Küstenbewohner bewegen, weiterzugehen, und Scheldon wußte, daß es Wahnsinn gewesen wäre, mit seinen vier Tahitianern allein weiter vorzudringen. Das Gras reichte ihm bis an die Hüften, und er blickte mit Bedauern über die Steppe und die sanft ansteigenden Hügel bis zum Löwenkopf, einem hohen Felsmassiv, das mitten auf Guadalcanar gen Himmel ragte, ein Wahrzeichen, das jeder die Küste entlangfahrende Seemann zur Peilung benutzte, ein Gebirge, das noch keines Weißen Fuß je betreten hatte.

Als Scheldon und Joan an diesem Abend nach dem Essen Billard spielten, bellte Satan draußen. Lalaperu wurde geschickt, um nachzusehen, und brachte einen ermüdeten und wegbeschmutzten Eingeborenen, der den weißen Herrn zu sprechen wünschte. Nur durch seine Beharrlichkeit erhielt der Mann zu dieser Stunde Zutritt. Scheldon trat auf die Veranda und erkannte auf den ersten Blick an den ausgemergelten Zügen und dem verkommenen Körper des Mannes, daß er einen wichtigen Auftrag haben müsse. Trotzdem fragte er barsch: »Was Name, du kommen Haus gehören mir, Sonne er gehen unter?«

»Mich Charley«, murmelte der Mann müde und ängstlich, »mich kommen von Binu.«

»Ah, Binu-Charley, he? Schön, was Name du sprechen zu mir? Was Ort groß fella weißer Herr er bleiben?«

Joan und Scheldon hörten zusammen den Bericht an, den Binu-Charley brachte. Er beschrieb die Expedition Tudors den Balesuna hinauf durch das Grasland, erzählte, wie die Weißen unzählige Male den Kies auf der Suche nach Gold ausgewaschen hätten, wie sie auf der ersten Hügelkette auf Menschenfallen, mit Speeren gefüllte Löcher, gestoßen, wie sie im Dickicht zum erstenmal mit den Buschleuten zusammengetroffen waren, die noch nie Tabak gesehen hatten und die Wirkung des Rauchens nicht kannten, wie die

Expedition, die freundlich empfangen worden, immer tiefer um den Löwenkopf herum in das Innere eingedrungen war, trotz der Wunden, die das Dornengestrüpp im Busch ihnen beigebracht hatte, und trotz der Fieberanfälle der Weißen. Wahnsinn, meinte er, sei es gewesen, den Buschleuten zu trauen.

»Alle Zeit ich reden mit weiß fella Herr«, sagte er. »Mich sagen, das fella Buschmann er sehen mit Auge gehören ihm. Er savvee zuviel. Glauben, Muskete er sehen bei dir, das fella Buschmann er zuviel gut Freund mit dir. Allzeit er sehen scharf Augen gehören ihm. Muskete er nicht bleiben bei dir, mein Wort, das fella Buschmann schlagen Köpfe ab gehören euch. Ihr kai-kai alle zusammen.«

Aber die Geduld der Buschleute hatte die der Weißen überdauert. Wochen waren vergangen, ohne daß eine Feindseligkeit vorgekommen war. Die Buschleute kamen in immer größerer Zahl ins Lager und brachten stets Geschenke, Jams und Taro, Schweine und Geflügel, wilde Früchte und Gemüse. Wenn die Goldsucher ihr Lager verlegten, trugen die Buschleute freiwillig das Gepäck. Und die Weißen wurden immer sorgloser. Sie wurden es bald müde, sich bei der Untersuchung des Bodens mit ihren Gewehren und den schweren Patronengürteln abzuschleppen, und schließlich pflegten sie ihre Waffen im Lager zurückzulassen.

»Ich sagen viel fella weiß Herr sollen sehen scharf Augen gehören ihm. Und viel fella weiß Herr machen groß Lachen über mich, sagen, Charley, ganz wie pickaninny – mein Wort, sie sprechen zu mir ganz wie packaninny.*«

Dann kam der Morgen, an dem Binu-Charley bemerkte, daß Weiber und Kinder verschwunden waren. Tudor lag mit schwerem Fieber in einem früheren Lager, während das Hauptlager um fünf Meilen verlegt worden war, um

* *packaninny = kleines Kind*

eine zutage liegende Ader, die vermutlich Quarz enthielt, zu untersuchen. Binu-Charley befand sich mitten zwischen den beiden Lagern, als ihm die Abwesenheit der Weiber und Kinder auffiel.

»Mein Wort«, sagte er. »Mich denken furchtbar schnell. Ihr schwarze Mary, ihr Kinder gehen weg, lang Weg klein bißchen. Was Name? Mich savvee, zuviel Lärm dicht bei. Mich Angst wie Hölle. Mich laufen. Mein Wort, mich laufen.«

Binu-Charley hatte Tudor, der bewußtlos war, quer über der Schulter eine Meile den Weg entlang getragen. Dann hatte er ihn, die Fährte hinter sich verwischend, eine Viertelmeile ins tiefste Dickicht geschleppt und ihn in einem großen Banyabaum verborgen. Als er zurückging, um die Gewehre und die übrige Ausrüstung in Sicherheit zu bringen, hatte Binu-Charley eine Horde Buschleute den Weg herabkommen sehen und sich im Busch versteckt. Dann hatte er aus der Richtung des Hauptlagers zwei Büchsenschüsse gehört. Das war alles. Er hatte die Weißen nie wieder zu sehen bekommen und hatte sich auch nicht wieder in die Nähe des Lagers gewagt. Er war zu Tudor zurückgekehrt und hatte sich eine Woche lang mit ihm versteckt gehalten. Während dieser Zeit hatten sie von wilden Früchten und ein paar Tauben und Kakadus, die er mit Pfeil und Bogen erlegen konnte, gelebt. Dann war er nach Berande gegangen, um die Nachricht zu überbringen. Tudor war, wie er sagte, sehr krank, lag seit Tagen ohne Bewußtsein und würde, wenn er zu sich kam, zu schwach sein, um sich selbst zu helfen.

»Was Name du nicht töten das groß fella Herr?« fragte Joan.

»Er haben gut fella Muskete, viel Kaliko, viel Tabak, viel Messer, und zwei fella pickaninny Musketen schießen schnell, bang-bang-bang – gerade so.«

Der Schwarze lächelte schlau.
»Mich savvee zuviel. Mich töten das groß fella Herr, viel weiße fella Herrn kommen Binu cross wie Hölle. ›Was Name dies Bursche Musket?‹ dies viel fella weiß Herrn reden mit mir. Mein Wort, Binu-Charley fertig ganz und gar. Glauben, mich töten ihn, nicht gut für mich. Viel weiß fella Herrn cross auf mich. Glauben mich nicht töten ihn, vielleicht er geben mir viel Tabak, viel Kaliko, viel alles andere.«
»Es gibt nur eine Möglichkeit«, sagte Scheldon zu Joan.
Sie trommelte erwartungsvoll mit den Fingern, während Binu-Charley sie müde anstarrte.
»Ich werde morgen früh aufbrechen«, sagte Scheldon. »Wir werden aufbrechen«, verbesserte sie. »Ich hole doppelt soviel wie Sie aus meinen Tahitianern heraus, und außerdem sollte ein Weißer unter solchen Umständen nie allein sein.«
Er gab durch Achselzucken zu verstehen, daß er nachgäbe, wenn er auch durchaus nicht einverstanden war; aber er wußte, daß es keinen Zweck hatte, sich in einen Streit über diese Frage mit ihr einzulassen, er tröstete sich mit dem Gedanken, daß ihr Gott weiß was für Abenteuer zustoßen konnten, wenn sie eine Woche lang allein auf Berande blieb. Er klatschte in die Hände, und in der nächsten Viertelstunde hatten die Hausboys alle Hände voll zu tun. Befehle wurden nach den Baracken geschickt, ein Mann mußte in das nahegelegene Dorf Balesuna laufen, um sofort den alten Seelee zu holen. Das Boot wurde geschickt, um Boucher zu holen. An die Tahitianer wurde Munition ausgeteilt und dem Lager für einige Tage Vorräte entnommen. Viaburi erschrak, als er erfuhr, daß er die Expedition begleiten sollte, und zum allgemeinen Erstaunen erbot Lalaperu sich freiwillig, an seiner Statt zu gehen. Seelee traf ein, stolz auf die Auszeichnung, daß der große Herr von

Berande ihn nachts zu einer Besprechung gerufen hatte, und unerschütterlich in seinem Entschluß, keinen Zoll weit in das gefürchtete Gebiet der Buschleute einzudringen. Wäre er um seine Meinung gefragt worden, als die Goldsucher aufbrachen, so hätte er ihnen ihr unglückseliges Ende vorausgesagt. Für jeden, der in das Gebiet der Buschleute eindrang, gab es nur ein Schicksal: gefressen zu werden. Und wenn Scheldon in den Busch ginge, dann prophezeite er ihm dieses Schicksal auch.

Scheldon ließ die Aufseher holen und sagte ihnen, daß sie zehn der größten, besten und stärksten Punga-Punga-Leu- bringen sollten.

»Nicht Salzwasserjungen«, schärfte Scheldon ihnen ein, »sondern Buschjungen – Bein gehören ihnen stark fella Bein. Jungen nicht savvee Muskete, nicht gut. Du bringen Jungen können schießen Muskete stark fella.«

Zehn Männer waren es, die beim Schein der Laterne auf der Veranda antraten. Ihre kräftigen, muskulösen Beine zeigten, daß sie Buschleute waren. Jeder von ihnen war im Buschkampf erfahren; die meisten hatten zum Beweis Narben von Schüssen oder Speeren aufzuweisen, und alle brannten darauf, die Einförmigkeit der Plantagenarbeit durch eine kriegerische Expedition zu unterbrechen. Ihr natürlicher Beruf war Kampf, nicht Unkrautjäten, und wenn sie sich auch nicht allein in den Busch von Guadalcanar gewagt hätten, so fühlten sie sich doch sicher mit einem weißen Mann wie Scheldon und einer weißen Frau wie Joan. Außerdem hatte der große Herr ihnen gesagt, daß die acht riesigen Tahitianer mitgingen. Die Punga-Punga-Freiwilligen standen bis auf ihre Lendentücher nackt und barbarisch geschmückt, mit leuchtenden Augen und glühenden Gesichtern da. Jeder trug einen Schildpattring durch die Nase und eine Tonpfeife in dem Ohrläppchen oder in einem Perlenarmband um den Oberarm. Die Brust des einen schmückten zwei prächtige Eberhauer. Auf der Brust des andern hing eine große Scheibe aus polierter Venusmuschelschale.

»Viel stark fella kämpfen«, warnte Scheldon sie zum Schluß. Sie grinsten und traten vergnügt von einem Fuß auf den andern.

»Möglich, Buschleute kai-kai euch.«

»Keine Furcht«, antwortete ihr Sprecher Kogoo, ein stämmiger Kerl mit Wulstlippen, der wie ein Äthiopier aussah. »Vielleicht Punga-Punga-Jungen kai-kai Buschjungen.«

Scheldon schüttelte lächelnd den Kopf, entließ sie und ging in den Vorratsraum, um ein kleines Schutzzelt für Joan herauszugeben.

Im Busch

Es war wirklich eine furchteinflößende Expedition, die am nächsten Morgen bei Tagesanbruch mit einer Flotille von Kanus und Dinghis von Berande aufbrach. Sie bestand aus Joan, Scheldon, Binu-Charley, Lalaperu, den acht Tahitianern und den zehn Punga-Punga-Leuten, die alle stolz auf ihre schimmernden neuen Gewehre waren. Außerdem nahmen zwei Bootsmannschaften der Plantage von je sechs Mann am Zuge teil. Sie sollten allerdings nur bis Carli mitkommen, wo die Reise zu Wasser zu Ende war und wo sie mit den Booten warten sollten. Boucher blieb zur Beaufsichtigung der Plantage in Berande zurück.
Gegen elf Uhr vormittags erreichte die Expedition Binu, ein Dorf von zwanzig Hütten am Flußufer. Hier schlossen sich ihr einige dreißig mit Speeren und Bogen bewaffnete Binu-Leute an, die vor Freude über den kriegerischen Aufzug außer sich waren. Die weiten, ruhigen Strecken des Flusses wichen einer schnelleren Strömung, und das Vorwärtskommen gestaltete sich immer langsamer und schwieriger. Dazu wurde der Balesuna seichter, und immer häufiger stießen die beladenen Boote auf Grund und mußten geschoben werden. An manchen Stellen versperrten gestürzte Bäume den schmalen Fluß, und Boote und Kanus mußten um diese Hindernisse herumgetragen werden. Die Nacht brachte sie nach Carli, und sie hatten die Genugtuung, in einem Tage das geschafft zu haben, wozu Tudors Expedition zwei Tage gebraucht hatte. Hier in Carli, wo sie das Grasland halbwegs durchquert hatten, wurden am nächsten Morgen die Bootsbesatzungen und die Binu-Leute zurückgelassen; die kühnsten von ihnen gingen zwar noch eine Meile mit, rissen dann aber aus und liefen fort.

Binu-Charley hingegen ging voraus und zeigte den Weg zu den ansteigenden Hügelketten, indem er dem Pfade folgte, den Tudor mit seinen Leuten vor Wochen geschritten war. Diese Nacht kampierten sie schon im hügeligen Gelände, tief in dem tropischen Dschungel. Der dritte Tag fand sie auf den Pfaden der Buschleute, Pfaden, die so schmal waren, daß die Leute im Gänsemarsch gehen mußten, und die sich in endlosen Windungen durch das dichte Gestrüpp schlängelten. Es war ein schweigender Wald, üppig und feucht, wo nur gelegentlich eine Holztaube gurrte oder weiße Kakadus im schnellen Fluge rauh krächzten.

Hier ereignete sich eines Vormittags der erste Unglücksfall. Binu-Charley war ein wenig zurückgeblieben, und Kogoo, der Punga-Punga-Mann, der sich gebrüstet hatte, die Buschleute auffressen zu wollen, hatte die Führung. Joan und Scheldon hörten ein Schwirren und sahen, wie Kogoo die Arme in die Höhe warf, das Gewehr fallen ließ, vorwärts stürzte und auf Hände und Knie niederfiel. Links, tief zwischen seinen nackten Schultern, sah die mit knöchernen Widerhaken versehene Spitze eines Pfeiles hervor, der durch und durch gegangen war. Gespannte Büchsen suchten nervös den Busch ab, aber es gab kein Rascheln, keine Bewegung, nichts als die feuchte, drückende Stille.

»Das nicht Buschleute«, rief Binu-Charley, und der Klang seiner Stimme erschreckte die andern. »Das verdammte Hinterlist. Das fella Kogoo nicht haben auf Auge gehören ihm. Er nicht savvee klein bißchen.«

Kogoo lag mit gekrümmten Armen da, wo er gestürzt war. In dem Augenblick, als Binu-Charley zu ihm trat, stieß der Getroffene seinen letzten Seufzer aus und blieb nach einem letzten konvulsivischen Zucken still liegen.

»Mitten durchs Herz«, sagte Scheldon und richtete sich nach der vorgenommenen Untersuchung auf. »Es muß eine Falle sein.«

Er bemerkte Joans blasses, gespanntes Gesicht und die großen Augen, mit denen sie auf das starrte, was vor kaum einer Minute noch ein gesunder Mensch gewesen war.
»Ich habe den Mann selbst angeworben«, flüsterte sie. »Er kam aus dem Busch geradewegs auf die ›Martha‹ und bot sich freiwillig an. Ich war so stolz. Er war mein allererster Rekrut——« – »Mein Wort, seht das fella«, unterbrach Charley sie, indem er die Blätterwand neben dem Pfahl beiseite bog und einen Bogen aufdeckte, der so schwer war, daß kein Buschmann ihn hätte spannen können.
Der Binu-Mann untersuchte den Mechanismus der Falle und deckte in dem Gewirr des Unterholzes die verborgene Schnur auf, die bei Berührung durch Kogoos Fuß den Pfeil abgeschossen hatte.
Sie befanden sich tief im Urwald. Ein schwaches Zwielicht herrschte, denn durch das dichte Dach von Blättern und Schlingpflanzen über ihnen drang nicht einmal ein flüchtiger Sonnenstrahl. Die Tahitianer waren offenbar durch die Stille, die Dunkelheit und das Geheimnisvolle des Ortes und des Vorfalls bedrückt, sie zeigten jedoch keineswegs Furcht, sondern wollten weiter vordringen. Die Punga-Punga-Leute hingegen waren durchaus nicht bedrückt. Sie waren selbst Buschleute, und ein solcher schweigender Kriegszug war ihnen nichts Ungewohntes, wenn die Kunstgriffe sich auch von denen unterschieden, die sie in ihrem eigenen Busch anwandten. Am niedergeschlagensten waren Joan und Scheldon, doch von ihnen als Weißen wurde vorausgesetzt, daß derartige Vorkommnisse sie überhaupt nicht berührten, und ihre Aufgabe war es, mit zäher Tapferkeit die Lage zu meistern, wie es sich für ›groß fella Herren‹ der herrschenden Rasse geziemt.
Sie drangen weiter vor, wieder übernahm Binu-Charley die Führung, und seine scharfen Augen entdeckten eine Falle nach der andern in den verborgensten Schlupfwin-

keln. Der Weg war von tausend heimtückischen Dingen übersät, hauptsächlich geschickt verborgenen Dornen, die in die nackten Füße der Angreifer eindringen sollten. Am Nachmittag entging Binu-Charley einmal nur mit knapper Not der Gefahr, in einer mitten auf dem Wege liegenden, mit Speeren gespickten Grube gepfählt zu werden. Hin und wieder machten sie Halt und warteten eine halbe Stunde oder noch länger, während Binu-Charley verdächtige Stellen des Weges untersuchte. Zuweilen war er genötigt, den Pfad zu verlassen und durch das Dickicht zu kriechen und zu klettern, um von hinten an die Menschenfallen heranzukommen, und trotz seiner Vorsicht entspannte sich einmal dabei ein Bogen, und der fliegende Pfeil ritzte leicht die Schulter eines wartenden Punga-Punga-Mannes. An einer Stelle, wo ein schmaler Pfad in den Hauptweg mündete, blieb Scheldon stehen und fragte Binu-Charley, ob er wüßte, wohin der Steig führte.

»Viel Busch fella Pflanzung. Er bleiben dort kurz Weg klein bißchen«, lautete die Antwort. »Wenn du wollen, wir gehen sehen ihn.«

»Geh langsam«, warnte er einige Minuten später. »Dicht bei das fella Pflanzung. Glaub, welche Busch fella bleiben, wir fangen sie.«

Binu-Charley kroch voraus, blickte einen Augenblick in die Lichtung und winkte Scheldon dann zu, daß er vorsichtig herankam. Joan kauerte sich neben sie, und so hielten sie Umschau. Die Rodung hatte eine Ausdehnung von gut einem halben Morgen und war sorgsam zum Schutz gegen wilde Schweine umfriedigt. Papayas und Bananen hingen voll von reifen Früchten, und darunter wuchsen Bataten und Jams. Am Rande der Rodung stand ein kleines Grashaus mit offenen Seiten, nicht mehr als ein Schutz vor dem Regen. Davor kauerte am Feuer ein hagerer, bärtiger Buschmann. Das Feuer entwickelte einen außergewöhnlich starken Rauch, und in dem dicken Qualm hing vom Dache herab ein runder, dunkler Gegenstand. Der Buschmann schien in die Betrachtung dieses Gegenstandes vertieft. Scheldon gab Befehl, nur zu schießen, wenn der Mann fliehen sollte, und winkte die Punga-Punga-Leute heran. Joan lächelte Scheldon beistimmend zu. Kopfjäger gegen Kopfjäger. Die Schwarzen gingen geräuschlos auf ihre Posten, die so gewählt waren, daß sie alle gleichzeitig ins Freie springen konnten. Ihre Gesichter waren ernst und eifrig, ihre Augen leuchteten vor Begeisterung über das Leben, das sie jetzt führen durften. Denn für sie bedeutete dieses Spiel um Leben und Tod das Leben, und es war ihrer Ansicht nach das einzige eines Mannes würdige Spiel, wenn sie es auch auf hinterlistige und feige Weise spielten, indem sie im Waldesdunkel von hinten töteten und sich selten ins Freie wagten. Scheldon flüsterte den Befehl, und die zehn Mann – Binu-Charley hatte sich ihnen angeschlossen – sprangen vor.

Der Buschmann sprang, durch sein scharfes Gehör gewarnt, auf, während er gleichzeitig einen Pfeil in die Kerbe legte und den Bogen spannte. Der Mann, auf den er gezielt hatte, wich dem Pfeil aus, und ehe er einen zweiten abschießen konnte, waren seine Feinde über ihm. Er wurde überwältigt, niedergerissen und entwaffnet.

»Oh«, rief Joan und zeigte auf den Buschmann, »das ist ja ein alter Babylonier! Ein Assyrer! Ein Phönizier! Sehen Sie nur diese gerade Nase, dies schmale Gesicht, diese hohen Backenknochen, diese fliehende ovale Stirn und den Bart und die Augen.«

»Und die sich schlängelnden Locken«, lachte Scheldon. Der Buschmann mußte Todesangst ausstehen, da er allein seinen Erfahrungen nach nur den Tod erwarten konnte; aber dennoch wich er nicht vor ihnen zurück. Im Gegenteil, er erwiderte ihre Blicke mit einem gewissen Selbstbewußt-

sein und ließ seine Augen schließlich auf Joan ruhen, der ersten weißen Frau, die er je gesehen hatte.
»Mein Wort, das gut fella kai-kai, das fella Junge«, bemerkte Binu-Charley.
So komisch klang dieser Ausruf, daß Joan sich arglos umwandte, um zu sehen, was es gab. Sie stand Auge in Auge mit Gogoomy. Wenigstens war es der Kopf Gogoomys – der dunkle Gegenstand, den sie im Rauch hatte hängen sehen. Er war noch ganz frisch – das Räuchern hatte erst eben begonnen – und bis auf die geschlossenen Augen zeigte das gräßliche Ding, das in dem wirbelnden Rauch baumelte und sich drehte, die ganze bösartige Schönheit und tierische Männlichkeit Gogoomys, wie Joan ihn gekannt hatte.
Das Verhalten der Punga-Punga-Leute milderte Joans Entsetzen keineswegs. In dem Augenblick, als sie den Kopf erkannten, riefen sie es sich gegenseitig mit schrillen Fistelstimmen zu und erhoben ein wildes, herzliches Gelächter. Gogoomys Ende war für sie ein Witz. Sein Versuch, zu entkommen, war vereitelt worden. Er hatte das Spiel gewagt und hatte verloren. Und konnte es einen größeren Spaß geben, als daß die Buschleute einen auffraßen? Es war das Spaßigste, was sie seit langem erlebt hatten. Und es war gar nichts Außergewöhnliches für sie daran. Mit Gogoomys Tod hatte das Leben eines Buschmannes seinen natürlichen Abschluß gefunden. Er hatte Köpfe gejagt, und jetzt hatte man seinen Kopf genommen. Er hatte Menschen gefressen, und jetzt war er selbst gefressen worden.
Allmählich ließ das Gelächter der Punga-Punga-Leute nach, und sie betrachteten nun das Schauspiel mit funkelnden Augen und gierigem Ausdruck. Die Tahitianer dagegen waren entrüstet; Adamu-Adam schüttelte langsam den Kopf und verlieh grunzend seinem Abscheu Ausdruck. Joan war zornig. Ihr Gesicht war bleich, aber auf jeder

Wange zeigte sich ein roter Fleck. Ihr Abscheu war dem Zorn gewichen, und sie sann offensichtlich auf Rache.
Scheldon lachte.
»Das ist kein Grund, zornig zu sein«, sagte er. »Sie dürfen nicht vergessen, daß er Kwaques Kopf abgehackt und einen seiner eigenen Genossen, der mit ihm weggelaufen war, aufgefressen hat. Zudem war es seine Bestimmung. Er ist aus dem gleichen Trog verzehrt worden, aus dem er selbst gegessen hat.«
Joan sah ihn an, und ihre Lippen zuckten, als ob sie sprechen wollte.
»Und vergessen Sie nicht«, fügte Scheldon hinzu, »daß er der Sohn eines Häuptlings war und daß seine Stammesgenossen vor Port Adams so sicher wie das Schicksal den Kopf eines Weißen dafür nehmen werden.«
»Das ist alles so gräßlich lächerlich«, sagte Joan schließlich.
»Und – romantisch«, flüsterte er ironisch.
Sie antwortete nicht und wandte sich ab; aber Scheldon wußte, daß der Hieb gesessen hatte.
»Das fella Boy er krank, Bauch gehören ihm gehen herum«, sagte Binu-Charley, auf den Punga-Punga-Mann zeigend, dessen Schulter vor einer Stunde von dem Pfeil gestreift worden war.
Der Mann hockte auf dem Boden und stöhnte, die Arme um die Knie geschlungen, während sein Kopf vornüber sank und sich qualvoll hin und her bewegte. Aus Furcht vor einer Vergiftung hatte Scheldon die Wunde sofort geschröpft und übermangansaures Kali eingespritzt, aber trotz dieser Vorsichtsmaßregeln schwoll die Schulter sehr schnell an.
»Wir nehmen ihn mit dorthin, wo Tudor liegt«, sagte Joan. »Das Gehen wird den Blutumlauf fördern und das Gift verteilen. Adamu-Adam, stütz den Mann. Sollte er einschlafen wollen, so mußt du ihn aufrütteln. Wenn er einschläft, muß er sterben.«

Sie drangen jetzt schneller vor, weil Binu-Charley den gefangenen Buschmann vor sich hergehen und auf die Fallen achten ließ. An einer scharfen Wegbiegung, wo man mit der Schulter unfehlbar das Gestrüpp berührt hätte, zeigte der Buschmann große Vorsicht. Er bog die Zweige beiseite und deckte die Spitze eines Speeres auf, der so angebracht war, daß ein zufällig Vorübergehender eine arge Schramme abbekommen hätte.

»Mein Wort«, sagte Binu-Charley, »das fella Speer alle zusammen Teufel-Teufel.«

Er nahm den Speer und untersuchte ihn, und plötzlich tat er, als wollte er ihn nach dem Buschmann werfen. Es war nicht Ernst, aber der Buschmann sprang in offensichtlicher Furcht beiseite. Die Waffe war zweifellos vergiftet, und Binu-Charley trug sie von jetzt an als Drohung hinter dem Rücken des Gefangenen.

Als die Sonne hinter einem hohen Gipfel im Westen untergegangen war, herrschte eine frühe, unsichere Dämmerung, und die Expedition mühte sich weiter durch den unheilvollen Wald – eine Stätte der Geheimnisse und der Furcht, des schnellen, schleichenden, schrecklichen Todes, tierischen Verlangens und niedriger Naturtriebe sowie eines menschlichen Lebens voll tiefster, ungehemmter Wildheit, eines Lebens, das sich noch im Urschlamm wälzte. Nicht das leiseste Lüftchen wehte in der dunklen Stille, und die Luft war dumpf und feucht und atembeklemmend. Der Schweiß strömte unaufhörlich über ihre Körper, und ein Dunst von verwesenden Pflanzen und schwarzer, von fruchtbarem Leben wimmelnder Erde umgab sie. An einer von Binu-Charley angegebenen Stelle verließen sie den Pfad und erreichten schließlich, zeitweise auf Händen und Knien durch den feuchten Schmutz kriechend oder durch das wirre Unterholz von doppelter Manneshöhe kletternd und sich windend, einen riesigen Banyabaum, dessen Krone einen halben Morgen beschattete und der im tiefsten Dickicht selbst ein noch tieferes Dickicht bildete. Und aus der schwarzen Tiefe drang die wahnsinnige, geisterhafte Stimme eines singenden Mannes.

»Mein Wort, das groß fella Herr, er nicht sterben!«

Der Gesang brach ab, und die Stimme rief schwach und matt Hallo. Joan antwortete, und dann sprach die Stimme: »Ich bin nicht verrückt. Ich sang nur, um meine Lebensgeister aufrechtzuerhalten. Haben Sie etwas zu essen?«

Einige Minuten später lag der Gerettete in Decken, während Feuer gemacht, Wasser geholt und Joans Zelt aufgestellt wurde und Lalaperu Traglasten auspackte und Konservendosen öffnete. Tudor hatte das Fieber überstanden und befand sich auf dem Wege zur Genesung, aber er war noch sehr schwach und sehr ausgehungert. So verschwollen war er von Moskitostichen, daß sein Gesicht nicht zu erkennen war. Sie mußten seine Identität fast auf guten Glauben hinnehmen. Joan hatte ihre eigenen Salben bei sich, vor deren Anwendung sie Tudors Gesicht mit heißen Tüchern behandelte. Scheldon, der mit dem Aufschlagen des Lagers und den Vorbereitungen für die Nacht beschäftigt war, warf hin und wieder einen Blick zu ihr hinüber und empfand Qualen der Eifersucht, sooft ihre Hände Tudors Gesicht oder Körper berührten. Irgendwie erschienen ihm diese Hände in ihrer Heiltätigkeit nicht mehr wie die eines Knaben, diese Hände Joans, die mit blassen Wangen, auf denen die Flamme des Zornes glühte, auf den Kopf Gogoomys gestarrt hatte. Jetzt waren diese Hände die einer Frau, und Scheldon mußte lachen, als er sich vorstellte, daß er wohl eines Nachts ohne den Schutz eines Moskitonetzes liegen müßte, damit Joan am nächsten Morgen auch ihm Linderung brachte.

Die Unternehmungen dieses Morgens waren am Abend zuvor festgesetzt worden. Tudor sollte im Schutz des Banyabaumes zurückbleiben und Kräfte sammeln, während die Expedition weitermarschierte. In der allerdings nur geringen Hoffnung, vielleicht noch einige Überlebende von Tudors Gesellschaft retten zu können, war Joan fest entschlossen, weiter vorzudringen, und weder Scheldon noch Tudor konnten sie überreden, ruhig bei dem Banyabaum zu bleiben, während Scheldon weitersuchte. Adamu-Adam und Arahu sollten bei Tudor bleiben, der zweite Tahitianer wegen eines schlimmen Fußes, der Folge davon, daß er auf einen von den Buschleuten verborgenen Dorn getreten war. Es war offenbar ein langsam wirkendes und nicht sehr kräftiges Gift, das die Buschleute benutzten, denn der verwundete Punga-Punga-Mann lebte noch, und wenn die Schulter auch noch furchtbar angeschwollen war, so ging die Entzündung doch bereits zurück. Er blieb ebenfalls bei Tudor zurück. Binu-Charley führte an, wenn auch nur indirekt, denn er trieb den gefangenen Buschmann mit Hilfe des vergifteten Speeres vor sich her. Der Pfad führte immer noch durch den feuchten, dumpfen Dschungel, und sie wußten, daß sie keine Dörfer antrafen, bis sie die Hügelkette erreicht hatten. Keuchend und schwitzend in der dumpfen, stickigen Luft mühten sie sich weiter ab. Sie waren in ein Meer üppiger Vegetation versunken. Überall wurden ihre Schritte durch riesige Baumwurzeln gehemmt, während verschlungene und knotige Kletterpflanzen von der Dicke eines Mannesarms sich von einem luftigen Ast zum andern wanden oder in wirren Massen wie gewaltige Schlingen herabhingen. Üppige Pflanzen mit Blättern, die

größer waren als der Körper eines Mannes, schwitzten an der Oberfläche eine klebrige Flüssigkeit aus. Hier und dort drängten Banyabäume wie Felseninseln die Flut der Vegetation beiseite, und zwischen den dicht beieinanderstehenden Säulen zeigten sich Portale und Durchgänge, in denen jedes Tageslicht fehlte und mitternächtliches Dunkel herrschte. Baumfarne, Moose und Myriaden anderer Schmarotzerpflanzen kämpften mit grellbunten, schwammigen Gewächsen um Raum zum Leben, und luftige, märchenhafte Schlingpflanzen erfüllten zitternd die Luft mit winzigen Blüten, leicht und zierlich wie Edelsteinstaub. Mattgoldene und zinnoberrote Orchideen prunkten mit ihren krankhaften Blüten in dem golden funkelnden Sonnenschein, der durch das Blätterdach sickerte. Es war der geheimnisvolle böse Wald, ein Totenhaus des Schweigens, in dem nichts sich regte als seltsame zierliche Vögel — deren Seltsamkeit die geheimnisvolle Stimmung noch erhöhte, denn sie flatterten auf lautlosen Schwingen, ließen weder Singen noch Zirpen hören — sie schillerten ganz ähnlich wie die Orchideen, die Blüten der Krankheit und Verwesung, in krankhaften Farben.
In der Luft, fünf Meter über dem Boden, in der Astgabel eines vielverzweigten Baumes, wurde er überrascht. Alle sahen ihn, als er sich, nackt wie bei seiner Geburt, schattengleich fallen ließ und den Pfad entlanglief. Sie konnten sich kaum vorstellen, daß es ein Mensch war, er schien eher ein unheimliches Dschungelgespenst, ein Waldkobold zu sein. Nur Binu-Charley zeigte Geistesgegenwart. Er warf seinen vergifteten Speer über den Kopf des Gefangenen hinweg nach der fliehenden Gestalt. Es war ein mächtiger, gut gezielter Wurf, aber der Schatten entging ihm durch einen Sprung, und der Speer fuhr ihm harmlos zwischen den Beinen hindurch. Ehe er jedoch entkommen konnte, war Binu-Charley bei ihm und packte ihn an seinem schnee-

weißen Haar. Er war ein junger Mann und dazu ein Stutzer; sein Gesicht war mit Holzkohle geschwärzt, sein Haar mit Holzasche weiß gefärbt, während ein frisch abgeschnittener Wildschweinschwanz durch seine durchbohrte Nase und zwei weitere durch seine Ohren gesteckt waren. Sein einziger sonstiger Schmuck bestand in einem Halsband aus menschlichen Fingerknochen. Beim Anblick des anderen Gefangenen schnatterte er mit hoher Fistelstimme, mit gerunzelten Brauen und Augen, die unruhig wie die eines Raubtieres waren. Er wurde in die Mitte genommen und von einem der Punga-Punga-Leute an einer Faserleine geführt.

Der Pfad begann sich aus dem Dschungel zu heben, tauchte hin und wieder in Sumpflöcher voll ungesunder Vegetation, stieg aber immer mehr an, über unsichtbar sich hebende Hügelhänge, steile Höhenrücken und steinige Strecken, wo der Wald sich lichtete und der blaue Himmel über ihnen sichtbar wurde. »Dicht bei er bleiben«, warnte Binu-Charley sie flüsternd.

Er hatte noch nicht ausgesprochen, als hoch über ihnen der weithallende, tiefe Ton einer Signaltrommel erklang. Aber die Schläge waren langsam, sie drückten keinen Schrecken aus. Sie befanden sich direkt unterhalb des Dorfes und konnten das Krähen der Hähne, zwei Frauenstimmen, die sich unterhielten, und einmal das Schreien eines Kindes hören. Der Pfad wurde jetzt zu einem ausgetretenen Wege und stieg so steil an, daß die Gesellschaft mehrmals stehenbleiben mußte, um Atem zu schöpfen. Der Weg war nicht breiter als zuvor, und an manchen Stellen war er durch die Füße von Generationen so ausgetreten und durch den Regen so ausgewaschen, daß er zwanzig Fuß tief in den Boden einschnitt.

»Mit einem Gewehr könnte man den Zugang gegen Tausende halten«, flüsterte Scheldon Joan zu, »und zwanzig

Mann könnten ihn mit Speeren und Pfeilen verteidigen.«
Sie erreichten das Dorf, das auf einem kleinen, grasbedeckten und mit einigen Bäumen bestandenen Hochplateau lag. Die Weiber ließen einen wilden Chor warnender Schreie ertönen, eilten nach den Grashütten, flohen wie erschreckte Wachteln nach der entgegengesetzten Seite der Lichtung und lasen im Laufen ihre Kinder auf. Gleichzeitig begannen Speere und Pfeile auf die Eindringlinge herabzuregnen. Auf Scheldons Befehl machten die Tahitianer und Punga-Punga-Leute von ihren Gewehren Gebrauch. Der Regen von Speeren und Pfeilen ließ nach, die letzten Buschleute verschwanden, und der Kampf war vorüber, ehe er recht begonnen hatte. Auf ihrer Seite war kein einziger verwundet, während ein halbes Dutzend Buschleute getötet worden waren. Diese allein blieben zurück, die Verwundeten waren mitgenommen worden.
Die Tahitianer und die Punga-Punga-Leute waren in Eifer geraten und wollten durchaus den fliehenden Buschleuten nachstürmen, aber Scheldon erlaubte es nicht. Joan stimmte ihm bei, und er war angenehm überrascht, denn als sein Blick während des Schießens einmal auf sie gefallen war, hatte er ihr weißes Gesicht gesehen, das in der Spannung des Kampfes mit geweiteten Nüstern und den glänzenden, festen und harten Augen wie ein funkelndes Schwert aussah.
»Arme Geschöpfe«, sagte sie. »Sie handeln nur ihrer Natur gemäß. Ihre Mitmenschen zu fressen und ihnen die Köpfe zu nehmen, gehört für sie zum guten Ton.«
»Aber es muß ihnen beigebracht werden, daß sie die Köpfe von Weißen nicht nehmen dürfen«, wandte Scheldon ein. Sie nickte zustimmend und sagte: »Wenn wir einen Kopf finden, wollen wir das Dorf niederbrennen. He, du, Charley! Was fella Ort Kopf er bleiben?«
»Vielleicht er bleiben in Teufel-Teufel-Haus«, lautete die

Antwort. »Das groß fella Haus, er Teufel-Teufel.« Es war das größte Haus des Dorfes, reich geschmückt mit phantastisch geflochtenen Matten und Königspfosten, in die monströse und ungeheuerliche halb menschliche und halb tierische Figuren geschnitzt waren. Sie traten ein, stolperten in der Dunkelheit über die Schlafhölzer der jungen Männer des Dorfes und stießen mit dem Kopf gegen geisterhafte Weihopfer, die vertrocknet und runzlig von den Dachbalken herabhingen. Auf jeder Seite standen roh geschnitzte Götzenbilder, einige mit grotesken Schnitzereien, andere nichts weiter als formlose Pfosten, die in verfaulte und unbeschreiblich schmutzige Matten eingewickelt waren. Die Luft war dumpf und voll Verwesung, und ausgespannte Leinen mit Fischschwänzen und halb gereinigten Schädeln von Hunden und Krokodilen verbesserten die Atmosphäre nicht gerade. In der Mitte kauerte vor einem schwelenden Feuer, das in der Asche vieler früherer Feuer brannte, ein alter Mann, der die Eindringlinge apathisch anblinzelte. Er war außerordentlich alt – so alt, daß seine vertrocknete Haut in losen Falten schlotterte und gar nicht mehr wie Haut aussah. Seine Hände waren knochige Klauen, seine ausgemergelten Züge ein richtiger Totenschädel. Seine Aufgabe schien zu sein, das Feuer zu hüten, und währen er sie anblinzelte, warf er eine Handvoll trockenen, schimmeligen Holzes hinein. Und im Rauch hängend entdeckten sie den Gegenstand ihrer Nachforschungen. Joan wandte sich ab und wankte, todübel, hinaus, taumelte in den Sonnenschein und griff nach einem Halt in der Luft.

»Sehen Sie nach, ob alle da sind«, rief sie schwach zurück und wankte ziellos ein paar Schritte vorwärts, während sie, schwer atmend, versuchte, den Eindruck, den sie soeben gehabt hatte, auszulöschen.

Scheldon fiel die unangenehme Aufgabe zu, die Köpfe zu zählen. Sie waren alle da, neun Köpfe von Weißen, deren

Gesichter er aus der Zeit kannte, als ihre Eigentümer in Berande kampiert hatten. Binu-Charley half, stark interessiert, die Köpfe zu ihrer Identifizierung herumdrehen und bemerkte die Beilhiebe und die verzerrten Züge. Die Punga-Punga-Leute glotzten wie gewöhnlich, und wie gewöhnlich waren die Tahitianer entrüstet und zornig und fluchten und murmelten leise. Matapuu war so zornig, daß er plötzlich an den Feuerhüter herantrat und ihm einen Stoß in die Rippen versetzte, worauf der alte Wilde in seiner tierischen Angst einen gellenden Schrei wie ein Schwein ausstieß und mit dem Gesicht in die Asche fiel, wo er zitternd, den sofortigen Tod erwartend, liegenblieb.

Andere an der Sonne getrocknete und gedörrte Köpfe wurden in größerer Zahl gefunden, aber es waren mit zwei Ausnahmen Köpfe von Schwarzen. Derart ist also die Jagd, die in dem dunklen, bösen Walde getrieben wird, dachte Scheldon, als er sie betrachtete. Die Luft machte ihn krank, aber er konnte sich doch nicht enthalten, vor einem von Binu-Charleys Funden stehenzubleiben.

»Mich savvee schwarz Mary, mich savvee weiß Mary«, meinte Binu-Charley. »Aber mich nicht savvee das fella Mary. Was Name gehören ihr?«

Scheldon sah hin; der Kopf war alt und vertrocknet, geschwärzt vom Rauch vieler Jahre, und doch war es zweifellos ein eingeschrumpftes, mumienhaftes altes chinesisches Gesicht. Wie es hierhergekommen, war ein Geheimnis. Es war ein Frauenkopf, und er hatte nie gehört, daß je eine chinesische Frau nach den Salomons gekommen war. In den Ohren hingen zwei Zoll lange Ohrringe, und als Binu-Charley auf Scheldons Anweisung die Rauch- und Schmutzschicht abrieb, erschien unter seinen Fingern das polierte Grün von Nephrit, der Schimmer von Perlen und das warme Rot orientalischen Goldes. Der andere, ebenso alte Kopf war der eines Weißen, wie der starke blonde Schnurrbart, der wirr und schief auf der eingeschrumpften Oberlippe saß, zur Genüge bewies. Scheldon dachte, welcher längst vergessene Trepangfischer oder Sandelholzhändler diese gräßliche Trophäe geliefert haben mochte. Nachdem Binu-Charley auf Scheldons Befehl die Ohrringe entfernt und die Punga-Punga-Leute den alten Feuerhüter hinausgebracht hatten, wurde das Teufel-Teufel-Haus geräumt und in Brand gesteckt. Bald loderte ein Haus nach dem andern auf, während der alte Feuerhüter aufrecht im Sonnenschein saß und blinzelnd auf die Zerstörung seines Dorfes blickte. Von den Höhen über ihnen, wo sich offenbar weitere Dörfer befanden, erklang das Dröhnen von Trommeln und das wilde Blasen der Kriegsmuscheln. Aber Scheldon hatte alles getan, was er mit seiner kleinen Schar wagen durfte, und zudem war seine Aufgabe erfüllt. Sie hatten für alle Mitglieder der Expedition Tudors Belege gefunden, und es war ein weiter Weg zurück aus dem Lande der Kopfjäger. Sie ließen die beiden Gefangenen laufen, die wie erschrecktes Wild davonsprangen, und stiegen den steilen Pfad hinab in den dampfenden Dschungel. Joan schritt, noch erregt durch das Gesehene und bedrückt, schweigend vor Scheldon. Nach einer halben Stunde wandte sie sich mit einem schwachen Lächeln zu ihm um und sagte: »Ich glaube nicht, daß ich je Lust verspüren werde, noch einmal die Kopfjäger zu besuchen. Es war ein Abenteuer, ich weiß es, aber man kann auch von einer guten Sache zuviel bekommen. In Zukunft wird es mir genügen, über die Plantage zu reiten oder vielleicht auch eine andere ›Martha‹ zu bergen. Aber die Buschleute von Guadalcanar brauchen nicht zu fürchten, daß ich sie je wieder besuchen werde. Ich weiß, daß ich auf Monate hinaus Alpdrücken haben werde. Oh, diese abscheulichen Bestien!«

Am Abend waren sie wieder im Lager bei Tudor, dessen Zustand sich zwar gebessert hatte, der aber doch noch auf einer Bahre getragen werden mußte. Die Schwellung an der Schulter des Punga-Punga-Mannes ging langsam zurück, aber Arahu humpelte noch auf seinem durch den Dorn vergifteten Fuß.

Zwei Tage später hatten sie die Boote in Carli erreicht, und am Mittag des dritten Tages traf die Expedition, mit der Strömung fahrend und über die Stromschnellen dahinschießend, auf Berande ein. Joan schnallte mit einem Seufzer den Revolvergürtel ab und hängte ihn an den Nagel im Wohnzimmer, wobei Scheldon, der sich in der Nähe aufgehalten hatte, nur um sie diese besondere Handlung der Heimkehr ausführen zu sehen, ebenfalls befriedigt seufzte. Und doch war die Heimkehr keine reine Freude für ihn, denn jetzt pflegte Joan Tudor und verbrachte viel Zeit auf der Veranda, auf der er in der Hängematte unter dem Moskitonetz lag.

Sonnenglut

Die zehn Tage bis zu Tudors Genesung waren friedliche Tage für Berande. Die Plantagenarbeit lief wie ein Uhrwerk. Mit der Unterdrückung der verfrühten Revolte Gogoomys und seiner Genossen schien jeder Ungehorsam verschwunden. Von den alten Arbeitern hatte die ›Martha‹ wieder zwanzig, deren Zeit um war, fortgebracht, und die neuen Arbeiter bewährten sich bei der gerechten Behandlung, die ihnen zuteil wurde, außerordentlich. Bei einem Ritt über die Plantage, bei der er sich die Annehmlichkeit und Bequemlichkeit eines Pferdes klarmachte und sich wunderte, daß er nicht längst auf den Gedanken gekommen war, eines anzuschaffen, dachte Scheldon über die Verbesserungen nach, die Joan eingeführt hatte: die prächtigen Punga-Punga-Leute, das Obst, das Gemüse und schließlich die ›Martha‹, die für ein Butterbrot dem Meere abgerungen war und trotz der langsamen und vorsichtigen Art und Weise, mit der der alte Kinroß sie handhabte, viel Geld einbrachte. Und Berande, das wieder einmal finanziell gesichert war, näherte sich mit jedem Tage mehr dem Zeitpunkt, an dem es Einkünfte bringen mußte, und wuchs von Tag zu Tag, während die schwarzen Arbeiter Busch rodeten, Gras schnitten und immer mehr Kokosnüsse pflanzten.

Diese und viele andere Tatsachen machten es Scheldon klar, wieviel Dank er für das Gedeihen der Plantage Joan schuldete, diesem schlanken Mädel, aus dessen grauen Augen die Romantik blickte, dessen langläufiger Revolver an der Hüfte von Abenteuern erzählte, das in einem tosenden Sturm von den starken Tahitianern auf die Insel gebracht worden, seinen Bungalow betreten und mit Knabenhän-

den den Revolvergürtel und den Cowboyhut an den Nagel neben dem Billard gehängt hatte. Er hatte alle frühere Erbitterung vergessen, erinnerte sich nur ihres Reizes und ihrer Anmut und liebte jetzt die Eigenschaften, die ihm zuerst am meisten mißfallen hatten: ihre Knabenhaftigkeit und Abenteuerlust, ihre Freude am Schwimmen und ihre Wagnisse mit den Haien, ihren Wunsch, Arbeiter zu werben, ihre Liebe für die See und für Schiffe, ihre scharfen Befehle, wenn sie das Boot zu Wasser bringen ließ oder wenn sie, die Streichhölzer in der einen, Dynamit in der andern Hand, mit ihrer malerischen Bootsbesatzung abfuhr, um im Balesuna zu fischen, ihre mehr als unschuldige Verachtung für alles Herkömmliche, ihre jugendliche Streitsucht, ihre Freiheitsliebe und ihre fast krankhafte Leidenschaft für Unabhängigkeit. Alles das liebte er jetzt und hatte nicht mehr den Wunsch, sie zu zähmen und zu halten, wenn es auch wahnsinnig schien, sie ohne Zähmen und Halten gewinnen zu wollen. Zeitweise schwindelte ihn bei dem Gedanken an sie und seine Liebe zu ihr, er hielt sein Pferd an und stellte sie sich mit geschlossenen Augen vor, wie er sie am ersten Tage gesehen hatte: am Ruder ihres Bootes, in wilder Fahrt auf den Strand schießend, wie sie streitlustig auf die Veranda getreten war und gesagt hatte, daß es eine schöne Gastfreundschaft sei, Fremde vor seinem Garten versinken oder schwimmen zu lassen. Und wenn er dann die Augen öffnete und sein Pferd antrieb, grübelte er zum tausendsten Male darüber nach, ob es ihm je gelingen würde, sie festzuhalten, die wie ein wilder Vogel war und ihm unter der Hand zu entflattern drohte.
Es war Scheldon klar, daß Tudor sich für Joan interessierte. Der Gast lebte ausschließlich auf der Veranda, wenn er auch, obgleich er noch sehr schwach auf den Beinen stand, darauf bestand, zu den Mahlzeiten hereinzukommen und sich zu ihnen zu setzen. Das erste Anzeichen dieses wach-

senden Interesses für das Mädchen war für Scheldon, daß Tudor allmählich unterließ, ihn mit seinem gewohnten Spott und seinen spitzen Redensarten zu sticheln.
Das Aufhören dieser Sticheleien ähnelte dem Abbruch der diplomatischen Beziehungen zwischen zwei Nationen vor Kriegsbeginn, und als Scheldons Argwohn erst einmal geweckt war, dauerte es nicht lange, bis er weitere Nahrung fand. Die Gesellschaft Joans gefiel Tudor offensichtlich, zu augenfällig legte er es darauf an, sie durch seine eigene hervorragende und abenteuerliche Persönlichkeit zu unterhalten und zu fesseln. Oft fand Scheldon das Paar, wenn er von seinen Morgenritten durch die Plantage, vom Lager oder von der Besichtigung der Koprabereitung kam, auf der Veranda, Joan gespannt und erregt zuhörend, Tudor in die Schilderung irgendeines persönlichen Abenteuers vom andern Ende der Welt vertieft.
Scheldon beobachtete auch, wie Tudor sie ansah und mit den Augen verfolgte, und er bemerkte in diesen Augen einen gewissen gierigen Blick und auf dem Gesicht einen gewissen sehnsüchtigen Ausdruck; und er fragte sich, ob sein eigenes Gesicht seine Gefühle wohl in ähnlicher Weise verriete. Er war davon überzeugt, daß Tudor nicht der rechte Mann für Joan war und sie wohl kaum dauernd glücklich machen konnte, ferner auch, daß Joan ein zu verständiges Mädchen war, um sich wirklich in einen so oberflächlichen Mann zu verlieben, und schließlich, daß Tudor in seiner Hofmacherei einmal einen Schnitzer machen würde. Aber gleichzeitig fürchtete er, Scheldon, doch mit der Angst des ehrlich Liebenden, daß der andere keinen Schnitzer machen und das Mädchen ganz zufällig durch erfolgreiche Verführung gewinnen könnte. Aber eines wußte Scheldon dennoch bestimmt: Tudor kannte sie nicht so genau wie er und ahnte nicht, in welchem Maße die Wildheit und die Liebe zur Unabhängigkeit in ihr entwickelt waren. Hier muß-

te er bei seinem Versuch, sie zu gewinnen und zu halten, den Schnitzer machen, und dennoch mußte sich Scheldon trotz seiner Sicherheit immer wieder fragen, ob seine Theorie nicht doch falsch war und ob Tudor nicht doch den richtigen Weg eingeschlagen hatte.

Die Situation war höchst unbefriedigend und verwirrend. Scheldon spielte die schwere Rolle des Abwartenden und Zusehenden, während sein Nebenbuhler energisch auf sein Ziel losging. Dazu hatte Tudors Wesen etwas Aufrührerisches an sich. Es war zwar seit Abbruch der diplomatischen Beziehungen fast unfühlbar, aber Scheldon empfand es doch als wachsende Gegnerschaft und vergrößerte es unwillkürlich durch die Eifersucht des Liebenden. Der andere war ein Eindringling, er gehörte nicht nach Berande, und jetzt, da er seine Gesundheit und Kraft wiedergewonnen hatte, war es Zeit für ihn, zu gehen. Aber obwohl der Postdampfer nach Sydney fällig war, richtete sich Tudor häuslich ein, nahm das Schießen wieder auf, ging mit Joan zum Fischen und verbrachte lange Stunden mit ihr beim Taubenschießen, Krokodilfang und Scheibenschießen mit Gewehr und Revolver.

Aber gewisse Überlieferungen der Gastfreundschaft hielten Scheldon vor Andeutungen zurück, daß es für seinen Gast Zeit sei, zu gehen. Aus ähnlichen Gründen kämpfte er auch die Versuchung nieder, Joan zu warnen. Selbst wenn er irgend etwas, nicht zu Ernstes, zu Tudors Nachteil gewußt hätte, wäre er unfähig gewesen, es auszusprechen; das schlimmste aber war, daß er überhaupt nichts gegen den Mann sagen konnte.

Das war das Verwünschte an der Sache. Und zuzeiten übermannten ihn seine Gefühle derart, daß er ungewöhnlich ruhig wurde: Dann machte er sich klar, daß seine Abneigung gegen Tudor nur auf einem kleinlichen Vorurteil und auf Eifersucht beruhte.

Äußerlich zeigte er sich ruhig und heiter. Die Plantagenarbeit ging ihren Gang. Die ›Martha‹ und die ›Flibberty-Gibbet‹ kamen und gingen, und ebenso alle die anderen Küstenschiffe, deren Kapitäne die Insel anliefen, um auf Wind zu warten, zu plaudern, ein Gläschen zu trinken oder eine Partie Billard zu spielen. Satan hielt das Grundstück frei von Schwarzen. Boucher kam regelmäßig im Boot, um den Sonntag auf Berande zu verbringen. Zweimal täglich, zum Frühstück und Mittagessen, trafen Joan, Scheldon und Tudor sich freundschaftlich bei Tische, und die Abende wurden ebenso freundschaftlich auf der Veranda verbracht.

Aber da geschah es: Tudor machte seinen Schnitzer. Ohne eine Ahnung von Joans Wildheit, ihrem blinden Haß gegen jeden Zwang, ihrem Abscheu vor der Bevormundung durch andere und indem er irrig die durch seine letzte Erzählung in ihren Augen hervorgerufene Wärme und Begeisterung für Zärtlichkeit und Fügsamkeit hielt, zog er sie an sich, legte seinen Arm um ihre Hüfte und mißverstand ihre wahnsinnige Empörung als mädchenhafte Scheu.

Dies geschah nach dem Frühstück auf der Veranda, und Scheldon, der drinnen über einem Sydneyer Katalog saß und seine Bestellungen für den nächsten Dampfertag zusammenstellte, hörte einen scharfen Ausruf von Joan und gleich darauf den ebenso scharfen Schlag einer flachen Hand gegen eine Backe. Joan hatte sich mit zornigem Widerwillen von Tudors Armen frei gemacht und ihm mehrere Schläge ins Gesicht gegeben, und zwar mit mehr Wucht und Kraft als damals, als sie Gogoomy geschlagen hatte.

Scheldon war halb aufgesprungen, beherrschte sich dann aber, ließ sich wieder auf den Stuhl fallen und hatte, als Joan eintrat, seine Fassung wiedergewonnen. Sie hielt das rechte Handgelenk mit der linken Hand, und ihre blassen Wangen mit den brennendroten Flecken erinnerten ihn daran, wie er sie das erste Mal zornig gesehen.

»Er hat mir den Arm verletzt«, platzte sie als Antwort auf seinen fragenden Blick heraus.
Unwillkürlich mußte er lächeln. Das war wieder so ganz die alte Joan, ganz der Knabe in ihr, daß sie zu ihm gelaufen kam, um sich über eine ihr zugefügte tätliche Beleidigung zu beklagen. Sicher war sie keine Frau, die die Männer kannte und wußte, wie sie zu behandeln waren. Der Schlag, den sie Tudor gegeben hatte, klang noch in Scheldons Ohren nach, und als das Mädchen jetzt vor ihm stand und sich beklagte, daß ihr Arm verletzt sei, mußte er noch mehr lächeln.
Dieses Lächeln, das Joan selbst von der Lächerlichkeit ihres Benehmens überzeugte, ließ sie so heftig erröten, wie Scheldon es noch nie gesehen hatte. Hals, Wangen und Stirn erglühten vor Scham.
»Er – er –«, versuchte sie ihren Zorn zu verteidigen, und dann lief sie plötzlich davon, zur Hintertür hinaus und die Treppe hinunter.
Scheldon blieb sitzen und sann nach. Er war ärgerlich, und je mehr er über den Vorfall nachdachte, desto ärgerlicher wurde er. Wenn es irgendeine andere Frau als gerade Joan gewesen wäre, so würde es ihn belustigt haben. Aber Joan war die letzte, die man mit Gewalt zu nehmen versuchen durfte. Die ganze Sache schmeckte ein bißchen nach Hintertreppe – vielleicht war es nur eine kleine, schmutzige Komödie, aber gerade bei Joan war es nicht weniger als eine Entweihung. Der Mann hätte vernünftiger sein müssen. Zudem war Scheldon persönlich gekränkt. Etwas, was er fast als sein Eigentum betrachtet hatte, war ihm gerade entwendet worden, und bei dem Gedanken an diese plumpe Vertraulichkeit stieg seine Eifersucht noch.
Während er noch in dieser Stimmung war, knallte plötzlich die Moskitotür laut hinter Tudor zu, der ins Zimmer trat und hinter ihm stehenblieb. Scheldon war nicht auf

sein Kommen vorbereitet, aber der andere war augenscheinlich wütend.

»Nun?!« fragte Tudor herausfordernd.

Im selben Augenblick sprudelte Scheldon hervor: »Ich hoffe, daß Sie sich etwas Derartiges nicht wieder erlauben werden – im übrigen steht Ihnen mein Boot jederzeit zur Verfügung. Es wird Sie in einigen Stunden nach Tulagi bringen.«

»Als ob die Geschichte damit erledigt wäre«, lautete die Entgegnung.

»Ich verstehe Sie nicht«, sagte Scheldon einfach.

»Weil Sie mich nicht verstehen wollen.«

»Ich verstehe Sie immer noch nicht«, sagte Scheldon in ruhigem, gleichmäßigem Ton. »Nur eines ist mir klar, nämlich, daß Sie Ihr eigenes Verschulden übertreiben und zu etwas Ernsthaftem machen.«

»Mir scheint eher, daß Sie es übertreiben, indem Sie mich auffordern, mit Ihrem Boot abzufahren. Das beweist mir, daß Berande nicht Raum für uns beide bietet. Und ich sage Ihnen jetzt, daß nicht einmal die ganzen Salomons groß genug für uns beide sind. Die Sache muß zwischen uns erledigt werden, und das kann sie ebensogut gleich hier.«

»Ich verstehe Ihr wildes Benehmen, denn ich weiß, daß es Ihrer Natur entspricht«, fuhr Scheldon gelangweilt fort, »aber ich kann wirklich nicht begreifen, warum Sie Ihre Wut gerade an mir auslassen wollen, denn Sie wollen sich doch nicht mit mir streiten.«

»Aber gewiß will ich das!«

»Aber warum denn um Himmels willen?«

Tudor betrachtete ihn mit vernichtender Verachtung.

»Sie haben nicht einmal die Seele einer Laus! Ich glaube, jeder Mann könnte Ihrer Frau den Hof machen –«

»Aber ich habe ja gar keine Frau«, unterbrach ihn Scheldon.

»Dann machen Sie sie doch dazu. Die Situation ist schimpflich. Heiraten Sie sie wenigstens, wie ich es in allen Ehren tun wollte.«
Zum ersten Male kochte in Scheldon der Zorn über.
»Sie——«, begann er heftig, beherrschte sich aber und fuhr beschwichtigend fort: »Sie sollten lieber einen Whisky trinken und sich die Geschichte noch mal überlegen. Das rate ich Ihnen. Wenn Sie sich beruhigt haben, werden Sie, nachdem Sie so zu mir gesprochen haben, natürlich nicht länger hierbleiben wollen. Und deshalb werde ich, während Sie Ihren Whisky trinken, die Bootsbesatzung rufen und ein Boot zu Wasser bringen lassen. Heute abend gegen acht Uhr werden Sie in Tulagi sein.« Er wandte sich zur Tür, um seine Worte in die Tat umzusetzen, aber der andere packte ihn an der Schulter und drehte ihn schnell herum.
»Hören Sie, Scheldon, ich sagte Ihnen schon, daß die Salomons zu klein für uns beide sind, und dabei bleibe ich.«
»Ist das ein Angebot, Berande, wie es geht und liegt, zu kaufen?« fragte Scheldon.
»Nein, das ist es nicht! Es ist eine Herausforderung zum Kampf!«
»Aber, Donnerwetter, warum wollen Sie denn mit mir kämpfen?« Scheldons Erregung steigerte sich bei der Hartnäckigkeit des andern. »Ich habe nichts gegen Sie. Und was können Sie gegen mich haben? Ich habe mich nie in Ihre Angelegenheiten gemischt. Sie waren mein Gast. Fräulein Lackland ist meine Teilhaberin. Sie haben es für richtig gehalten, ihr den Hof zu machen, und haben aus irgendeinem Grunde keinen Erfolg gehabt — aber warum sollten Sie deshalb mit mir kämpfen? Wir leben im zwanzigsten Jahrhundert, mein Lieber, und das Duell war schon aus der Mode, ehe Sie und ich geboren wurden.«
»Sie haben Streit mit mir angefangen«, beharrte Tudor. »Sie haben mir zu verstehen gegeben, daß es Zeit für mich

sei, zu gehen. Sie haben mich, kurz gesagt, aus Ihrem Hause herausgeworfen. Und jetzt haben Sie die Unverschämtheit, mich zu fragen, warum ich anfange. Ich habe es nicht getan. Sie haben den Streit angefangen, und ich werde ihn zu Ende führen!«

Scheldon lächelte nachsichtig und zündete sich eine Zigarette an. Aber Tudor ließ sich nicht ablenken.

»Sie haben den Streit angefangen«, blieb er dabei.

»Es gibt ja gar keinen Streit. Zu einem Streit gehören zwei. Und ich für meine Person lehne es ab, mit solchen Narrheiten etwas zu tun zu haben.«

»Sie haben angefangen, und ich will Ihnen sagen, warum.«

»Ich glaube, Sie haben zuviel getrunken«, warf Scheldon ein. »Das ist die einzige Erklärung, die ich für Ihre Unvernunft finden kann.«

»Und ich werde Ihnen sagen, warum Sie angefangen haben. Es war eine Albernheit von Ihnen, aus dieser kleinen Courmacherei etwas Ernsthaftes zu machen. Ich habe in Ihrem Revier gewildert, und jetzt wollen Sie mich los sein. Es war hier alles sehr schön und angenehm, bis ich kam. Und jetzt sind Sie eifersüchtig – das ist es: Eifersucht –, und Sie wollen mich fort haben. Aber ich gehe nicht!«

»Dann bleiben Sie in Gottesnamen. Ich will mich nicht darüber mit Ihnen streiten. Machen Sie es sich bequem. Bleiben Sie ein Jahr, wenn Sie wollen.«

»Sie ist nicht Ihre Frau«, fuhr Tudor fort, als ob der andere überhaupt nichts gesagt hätte. »Jeder hat das Recht, ihr den Hof zu machen, falls Sie – oder vielleicht war es doch ein Irrtum von mir, aus Unkenntnis völlig entschuldbar. Ich hätte es allerdings mit geschlossenen Augen merken können, auch wenn ich nicht auf den Küstenklatsch gehört hätte. Ganz Guvutu und Tulagi haben ja darüber gelacht. Ich war ein Narr und beging den Irrtum, die Situation nach ihrem unschuldigen Aussehen zu beurteilen.«

Scheldon wurde so zornig, daß Gesicht und Gestalt des andern vor seinen Augen zu zittern und zu tanzen begannen. Äußerlich bewahrte er jedoch seine Ruhe und war scheinbar nur der Unterhaltung überdrüssig.

»Bitte, lassen Sie sie aus dem Spiel!« sagte er.

»Warum sollte ich? Sie haben mich gleichsam in eine Falle gelockt, so daß ich mich lächerlich gemacht habe. Woher sollte ich wissen, daß nicht alles stimmte? Sie taten beide genau so, als ob alles stimmte. Aber jetzt sind mir die Augen geöffnet. Sie spielte das beleidigte Weib vollendet, schlug den Beleidiger und floh zu Ihnen. Der beste Beweis für die Wahrheit dessen, was die Küste erzählt. Teilhaberin, was? Geschäftliche Teilhaberin? Unsinn, ich weiß Bescheid.«

Da schlug Scheldon zu. Mit kühner Überlegung und mit der ganzen Kraft seines Armes, und Tudor fiel, ans Kinn getroffen, seitwärts nieder und zerschlug unter dem Gewicht seines Körpers einen Stuhl in tausend Stücke. Langsam erhob er sich wieder, blieb aber stehen.

»Wollen Sie jetzt kämpfen?« fragte er grimmig.

Scheldon lachte, und zwar jetzt zum ersten Male ungezwungen. Die Lächerlichkeit der Situation überwältigte ihn. Er schickte sich an, noch einmal zuzuschlagen, aber Tudor, der mit blassem Gesicht und herabhängenden Armen dastand, versuchte sich nicht zu verteidigen.

»Ich meine keinen Kampf mit Fäusten«, sagte er langsam. »Ich meine einen Kampf bis zur letzten Entscheidung. Bis zum Tode. Sie sind ein guter Schütze mit Revolver und Gewehr, ich auch. Auf diese Weise wollen wir die Sache erledigen.«

»Sie sind vollkommen verrückt geworden. Sie sind wahnsinnig.«

»Nein, das bin ich nicht«, erwiderte Tudor. »Ich bin verliebt, und ich fordere Sie nochmals auf, mit hinauszukom-

men und die Sache auszutragen. Die Wahl der Waffe überlasse ich Ihnen.«
Jetzt betrachtete Scheldon ihn zum ersten Male ernsthaft und dachte, was für merkwürdige Dinge wohl im Kopf des andern vorgehen mochten, um ihn zu diesem ungewöhnlichen Verhalten zu bewegen.
»Aber so etwas tut man doch nicht im wirklichen Leben«, meinte Scheldon.
»Ehe Sie mit mir fertig sind, werden Sie schon noch bemerken, daß ich ziemlich wirklich bin. Ich werde Sie heute töten.«
»Unsinn, Mann.«
Jetzt begann Scheldon seine Ruhe zu verlieren. »Das ist ja Unsinn. Man duelliert sich nicht mehr im zwanzigsten Jahrhundert. Das ist – das ist vorsintflutlich, sage ich Ihnen.«
»Was Joan betrifft–«
»Bitte, lassen Sie ihren Namen aus dem Spiel«, warnte Scheldon.
»Das werde ich tun, wenn Sie kämpfen wollen.«
Scheldon hob verzweifelt die Arme.
»Was Joan betrifft–«
»Hüten Sie sich!« warnte Scheldon ihn zum zweiten Male.
»Nur zu, schlagen Sie mich nieder, aber das würde mir den Mund nicht verschließen. Sie können mich den ganzen Tag lang niederschlagen, aber sobald ich wieder aufstehe, werde ich von Joan sprechen. Wollen Sie jetzt kämpfen?«
»Hören Sie, Tudor«, begann Scheldon, und seine Stimme klang entschlossen. »Ich bin nicht gewohnt, mir von irgend jemand auch nur den zehnten Teil von dem gefallen zu lassen, was Sie mir bereits geboten haben.«
»Sie werden sich noch viel mehr gefallen lassen, ehe der Tag zu Ende geht«, lautete die Antwort. »Ich sage Ihnen, Sie müssen einfach kämpfen. Ich will Ihnen eine ehrliche

Gelegenheit geben, mich zu töten. Aber ehe der Tag zu Ende ist, werde ich Sie getötet haben. Hier gibt es keine Zivilisation. Wir sind hier auf den Salomons, und daher ist mein Vorschlag auch ziemlich primitiv. König, Gesetz und Ordnung werden durch den Kommissar in Tulagi und durch ein gelegentlich herkommendes Kriegsschiff vertreten. Zwei Männer und eine Frau sind eine ebenso primitive Sache. Wir werden sie auf gute, alte, primitive Art und Weise austragen.«
Scheldon sah ihn an, und der Gedanke stieg in ihm auf, daß doch an den wilden Abenteuern des andern an allen Enden der Welt etwas sein konnte. Dazu gehörte ein Mann von dieser Beschaffenheit, ein Mann, der es fertigbrachte, im geordneten Leben des zwanzigsten Jahrhunderts einem andern ein Duell aufzuzwingen, um solche wilden Abenteuer zu erleben.
»Es gibt nur eine Möglichkeit, mich zum Schweigen zu bringen«, fuhr Tudor fort, »ich kann Sie nicht direkt beleidigen, das weiß ich. Sie sind zu ruhig oder zu feige, oder beides. Aber ich kann Ihnen den Küstenklatsch erzählen – ha, jetzt habe ich Sie getroffen, nicht wahr? Ich kann Ihnen sagen, was die Küste von Ihnen und diesem jungen Mädchen erzählt, das mit Ihnen zusammen als Teilhaberin eine Plantage bewirtschaftet.«
»Halt!« rief Scheldon, denn der andere tanzte wieder vor seinen Augen. »Sie wollen ein Duell, Sie sollen es haben.« Dann lehnten sich sein gesunder Menschenverstand und seine Abneigung gegen das Lächerliche wieder dagegen auf, und er fügte hinzu: »Aber es ist ja albern, unmöglich!«
»Joan und David Teilhaber, was? Joan und David – Teilhaber«, begann Tudor immer wieder in boshaftem, spöttischem Ton zu wiederholen.
»Um Gottes willen, seien Sie nur still, ich werde Ihnen Ihren Willen lassen!« schrie Scheldon. »Ich habe noch nie ei-

nen Narren gesehen, der sich so in seine Narrheit verrannt hätte. Was für ein Duell soll es denn sein? Sekundanten sind nicht da! Was für Waffen werden wir gebrauchen?«
Sofort ließ Tudor sein albernes Benehmen fallen und war wieder der kühle, beherrschte Weltmann.
»Ich habe oft gedacht, daß das ideale Duell von dem herkömmlichen abweichen müsse«, sagte er. »Von der Art habe ich mehrere ausgefochten, wie Sie wissen.«
»Französische«, unterbrach Scheldon ihn.
»Nennen Sie es so. Um aber auf dieses ideale Duell zurückzukommen, so ist es folgendermaßen: natürlich kein Sekundant. Kein Zuschauer. Nur die beiden Teilnehmer sind nötig. Sie können jede Waffe gebrauchen, die Sie wünschen. Von Revolver und Gewehr bis zu Maschinengewehr und Bumerang. Sie beginnen das Spiel aus der Ferne und nähern sich einander, wobei sie jede Deckung benutzen, sich zurückziehen, umgehen und Finten benutzen können – alles ist erlaubt. Kurz: die Teilnehmer machen Jagd aufeinander.«
»Wie zwei Indianer?«
»Genau so!« rief Tudor erfreut. »Sie haben es erfaßt. Und Berande ist gerade der rechte Ort, und jetzt ist gerade die rechte Zeit dafür. Fräulein Lackland wird jetzt ihren Mittagsschlaf halten und denken, daß wir dasselbe tun. Bis sie aufwacht, haben wir zwei Stunden zu unserer Verfügung. Also beeilen Sie sich und kommen Sie. Sie fangen am Balesuna an und ich am Berande. Die beiden Flüsse sind doch die Grenze der Plantage? Ausgezeichnet. Das Duell wird auf der Plantage ausgefochten. Keiner der Teilnehmer darf über ihre Grenzen hinausgehen. Sind Sie einverstanden?«
»Vollkommen. Aber haben Sie etwas dagegen, daß ich einige Befehle hinterlasse?«
»Durchaus nicht«, willigte Tudor ein, der, da sein Wunsch in Erfüllung gegangen war, die Höflichkeit selbst war.

Scheldon klatschte in die Hände und ließ durch den erscheinenden Hausboy Adamu-Adam und Noah-Noah holen.

»Hört«, sagte Scheldon zu ihnen. »Dies Mann und mich haben einen großen Kampf heute. Vielleicht er sterben. Vielleicht ich sterben. Wenn er sterben, schön. Wenn ich sterben, ihr zwei sehen nach Missie Lackalanna. Ihr nehmen Büchsen, und ihr sehen nach ihr Tagzeit und Nachtzeit. Wenn sie sprechen wünschen mit Herrn Tudor, schön. Wenn sie nicht sprechen wünschen, ihr machen ihn halten fort. Savvee?«

Sie grunzten und nickten. Sie hatten viel mit Weißen zu tun gehabt und sich daran gewöhnt, sich nicht um das merkwürdige Tun dieser merkwürdigen Rasse zu kümmern. Wenn die beiden es für richtig hielten, sich gegenseitig zu töten, so war es ihre Sache und nicht die der Insulaner, die Befehle von ihnen erhielten. Sie traten an den Gewehrständer und nahmen jeder ein Gewehr heraus.

»Besser alle tahitianischen Männer haben Büchsen«, schlug Adamu-Adam vor. »Vielleicht groß Lärm kommen.«

»Schön, ihr nehmen sie«, antwortete Scheldon, der dabei war, Munition herauszunehmen.

Sie schritten durch die Tür und die Treppe hinab, um die Gewehre in ihr Quartier zu bringen. Tudor hatte sich einen Patronengürtel für Gewehr und Pistole umgeschnallt, hielt das Gewehr in der Hand und wartete ungeduldig.

»Kommen Sie, machen Sie schnell, wir vergeuden das Tageslicht«, drängte er, als Scheldon nach Reservestreifen für seine automatische Pistole suchte. Dann stiegen sie die Treppe hinunter und begaben sich an den Strand, wo sie sich den Rücken zukehrten und jeder, das Gewehr im Arm, seinem Bestimmungsort zuschritt. Tudor nach dem Berande und Scheldon nach dem Balesuna.

Ein zeitgemäßes Duell

Kaum hatte Scheldon den Balesuna erreicht, als er den schwachen Knall eines Gewehres in der Ferne hörte. Es war, wie er wußte, das Signal Tudors, daß er den Berande erreicht hatte, umgekehrt war und ihm jetzt entgegenkam. Zur Antwort feuerte Scheldon ebenfalls sein Gewehr in die Luft ab und begann vorzugehen. Er bewegte sich wie im Traum und hielt sich geistesabwesend am freien Strande. Die Geschichte war so albern, daß er sich zwingen mußte, sie für Wirklichkeit zu halten. Er dachte über die Unterredung mit Tudor nach und bemühte sich, das, was er jetzt tat, mit seinem gesunden Menschenverstand in Einklang zu bringen. Er wollte Tudor nicht töten. Daß dieser Mann bei seiner Courmacherei einen Fehler begangen hatte, war kein Grund, daß er, Scheldon, ihm das Leben nehmen sollte. Denn um was handelte es sich überhaupt? Es war richtig: Der Mensch hatte Joan durch seine letzte Bemerkung beleidigt und war dafür zu Boden geschlagen worden. Aber das war doch kein Grund, sich gegenseitig zu töten.

Während er so sann, legte er ein Viertel der Entfernung zwischen den beiden Flüssen zurück, bis ihm klarwurde, daß Tudor gar nicht am Strande war. Natürlich nicht. Er ging, den vereinbarten Bedingungen gemäß, im Schutze der Palmen vor. Scheldon schwenkte schnell nach links ab, um eine nahe Deckung zu suchen, als der schwache Knall eines Gewehres an sein Ohr schlug, und fast unmittelbar darauf eine Kugel hundert Fuß vor ihm auf den harten Sand schlug, abprallte, weitersauste und ihn davon überzeugte, daß dies alles, so lächerlich und unnatürlich es an sich auch sein mochte, doch nüchterne Wirklichkeit war.

Das war auf ihn gemünzt. Und doch war es kaum glaubhaft. Er blickte über die ihm vertraute Landschaft nach dem Meere, das sich in der leichten, gleichmäßigen Brise kräuselte. In der Richtung von Tulagi konnte er die weißen Segel eines Schoners erkennen, der, einen Schlag entfernt, auf Berande zu lag. Am Strande graste ein Pferd, und er fragte sich sinnlos, wo wohl die andern sein mochten. Sein Blick fiel auf den Rauch der Kopradarre, schweifte weiter über die Baracken, die Geräteschuppen, die Bootshäuser und den Bungalow und blieb schließlich auf Joans kleinem Grashause in der Ecke des Grundstücks haften.
Im Schutz der Palmen ging er jetzt eine weitere Viertelmeile vor. Würde Tudor sich mit derselben Schnelligkeit bewegt haben, so hätten sie jetzt an diesem Punkte zusammentreffen müssen, und Scheldon schloß daher, daß der andere im Kreise ging. Die Schwierigkeit war, ihn zu finden. Die Palmen, die sich im rechten Winkel trafen, ermöglichten es ihm nur, eine einzige schmale Palmenreihe entlangzusehen. Sein Feind konnte die nächste Reihe entlang, die übernächste, rechts oder links kommen. Er konnte fünfzig Schritte oder eine halbe Meile entfernt sein. Scheldon schritt weiter, überzeugt, daß das hergebrachte Duell bei weitem einfacher und leichter war als das Versteckspielen. Er ging ebenfalls im Kreise, in der Hoffnung, den Kreis des anderen zu scheiden, kam aber schließlich, ohne etwas von ihm gesehen zu haben, zu einer neuen Pflanzung, wo die jungen, nur bis zur Hüfte reichenden Palmen wenig Schutz und noch weniger Versteck boten. Gerade als er die Lichtung betrat, krachte rechts von ihm ein Schuß, und wenn er auch nicht das Pfeifen der Kugel hörte, so vernahm er doch den dumpfen Schlag, mit dem sie in geringer Entfernung in den Palmenstamm schlug. Er sprang in den Schutz der größeren Palmen zurück. Zweimal hatte er sich bloßgestellt, und zweimal war auf ihn geschossen worden, wäh-

rend es ihm bisher nicht einmal gelungen war, seinen Gegner auch nur zu Gesicht zu bekommen. Allmählich packte ihn die Wut. Es war verdammt unangenehm, wenn so auf einen losgeballert wurde, und so sinnlos es auch an und für sich war, so war es nichtsdestoweniger tödlicher Ernst. Hier gab es kein Ausweichen, kein In-die-Luft-Feuern, die Sache zu erledigen, wie beim hergebrachten Duell. Diese gegenseitige Menschenjagd mußte fortgesetzt werden, bis einer den andern erledigt hatte, und wenn der eine eine Möglichkeit, den andern zu erledigen, verpaßte, so erhöhte sich die Möglichkeit für den andern. Es gab keinen Ausweg. Tudor war ein listiger Teufel, als er diese Art von Duell vorschlug, schloß Scheldon seine Betrachtungen und begann dann, vorsichtig in der Richtung des letzten Schusses vorzudringen.

Als er die Stelle erreichte, war Tudor verschwunden, und nur seine Fußspur zeigte die Richtung an, in der er tiefer in die Plantage hineingeschritten war. Zehn Minuten später erblickte Scheldon plötzlich Tudor flüchtig, hundert Schritt entfernt, als er dieselbe Reihe wie er, jedoch in entgegengesetzter Richtung, kreuzte. Er hatte das Gewehr noch nicht halb an der Schulter, als der andere schon wieder verschwunden war. Mehr einer Laune folgend, als sich einen Erfolg versprechend, hob Scheldon seine automatische Pistole und feuerte in zwei Sekunden acht Schüsse durch die Bäume in der Richtung, in der Tudor verschwunden war. Scheldon bedauerte, daß er keine Schrotflinte hatte. Er setzte sich hinter einen Baum auf den Boden, schob einen neuen Ladestreifen in den Hohlgriff der Pistole, ließ eine Patrone in den Lauf gleiten und füllte den leeren Streifen wieder. Kurz darauf versuchte Tudor denselben Trick bei ihm, wobei die Kugeln wie ein bösartiger Regen um ihn spritzten, in die Palmenstämme einschlugen oder pfeifend abprallten. Die letzte Kugel schlug, nachdem sie zweimal von verschiedenen Stämmen abgeprallt war und alle Kraft verloren hatte, gegen Scheldons Stirn und fiel zu seinen Füßen nieder. Einen Augenblick war er halb betäubt, als er aber nachfühlte, stellte er keinen größeren Schaden fest als eine arge Beule, die bald zur Größe eines Taubeneis anschwoll.

Die Jagd nahm ihren Fortgang. Als er einmal in die Nähe des Bungalows, an den Rand der Pflanzung kam, sah er die Hausboys und den Koch auf der hinteren Veranda stehen und neugierig zwischen den Palmen hindurchlugen, während sie mit ihren sonderbaren Fistelstimmen schwatzten und lachten. Ein andermal stieß er auf eine Gruppe von unkrautjätenden Arbeitern. Sie beachteten ihn kaum, obgleich sie genau wußten, was vorging. Es war nicht ihre Sache, wenn die rätselhaften Weißen versuchten, sich gegenseitig zu töten; und wie sehr sie sich auch für den Vorgang interessierten, so ließen sie sich vor Scheldon doch nichts merken. Er befahl ihnen, an einer anderen Stelle zu jäten, und setzte die Verfolgung Tudors fort.

Des andauernden Kreisganges überdrüssig, versuchte Scheldon noch einmal, direkt auf seinen Feind loszugehen. Aber der war zu schlau, benutzte nur den Vorteil, den Scheldons Kühnheit gewährte, um ein paar Schüsse auf ihn abzufeuern, und entschlüpfte in anderer, stets wechselnder Richtung. Eine Stunde lang wichen sie sich aus und wandten sich hierhin und dorthin, gingen im Kreise und jagten einander zwischen den schnurgeraden Palmenreihen. Dann wieder sahen sie sich flüchtig und beschossen sich erfolglos. An einer durch Gras geschützten Stelle, hinter einem Baum, stieß Scheldon auf einen Fleck, wo Tudor geruht und eine Zigarette geraucht hatte. Das zerdrückte Gras zeigte an, wo er gesessen hatte. Neben dem Zigarettenstummel und dem abgebrannten Streichholz lagen glänzende Metallspäne. Scheldon erkannte ihre Bedeutung. Tudor kerbte

seine Stahlgeschosse ein oder stumpfte sie ab, so daß sie beim Aufschlag zerreißen mußten – mit anderen Worten, er stellte die niederträchtigen, in der modernen Kriegführung verbotenen Dum-Dum-Geschosse her. Scheldon wußte jetzt, was ihm bevorstand, wenn er getroffen wurde. Der Einschuß würde ein winziges Loch sein, der Ausschuß jedoch die Größe einer Untertasse haben. Er beschloß, die Verfolgung aufzugeben und sich, von beiden Seiten durch die Palmenreihe geschützt, ins Gras zu legen. Von hier aus konnte er beobachten. Auf diese Weise mußte Tudor zu ihm kommen, oder es kam nie zu einem Ende. Er wischte sich den Schweiß vom Gesicht und band sich sein Taschentuch um den Hals, um die im Grase lauernden Stechmücken abzuhalten. Noch nie hatte er einen so großen Widerwillen gegen das empfunden, was man ›Abenteuer‹ nannte. Joan war schon schlimm genug gewesen mit ihrem Cowboyhut und ihrem langläufigen Colt, und nun war noch dieser Mann gekommen, der Abenteuer suchte und sie auf keine andere Weise finden konnte, als daß er einen friedlichen Pflanzer in ein unsinniges, lächerliches Duell verwickelte. Wenn je ein Mensch die Abenteuer verflucht hatte, dann war es Scheldon, wie er jetzt in dem windstillen Grase schwitzte, gegen die Mücken kämpfte und dabei die Palmenreihe scharf beobachtete.
Da erschien Tudor. Scheldon sah gerade in dem Augenblick, als er in Sicht kam, in die Richtung. Der andere blickte, ehe er ins Freie trat, schnell die Palmenreihe entlang. Mittwegs blieb er stehen, als ob er überlegte, welche Richtung er einschlagen sollte. Wie er in zweihundert Schritt Entfernung seinem verborgenen Feind das Gesicht zukehrte, bot er ein vorzügliches Ziel. Scheldon zielte auf die Mitte der Brust, hielt dann jedoch absichtlich auf die rechte Schulter und drückte mit dem Gedanken ›das wird ihn kampfunfähig machen‹ ab. Die Kugel, die genug Kraft gehabt

hätte, auf eine Meile den Körper eines Menschen zu durchbohren, traf Tudor mit solcher Wucht, daß sie ihn durch den Anprall herumwirbelte und halb niederwarf.

»Hoffentlich habe ich den Kerl nicht getötet«, murmelte Scheldon hörbar, sprang auf und lief auf Tudor zu.

Fünfzig Schritt weiter wurde seine Besorgnis in dieser Beziehung durch Tudor beseitigt, der ihm mit der linken Hand aus seiner automatischen Pistole einen Hagel von Geschossen entgegensandte. Scheldon duckte sich hinter einen Palmenstamm, zählte die Schüsse und eilte, als der achte Schuß abgefeuert war, zu dem Verwundeten. Er schlug ihm die Pistole aus der Hand und setzte sich dann auf ihn, um ihn niederzuhalten.

»Bleiben Sie ruhig. Ich habe Sie erledigt, sich wehren hat also keinen Zweck.«

Tudor versuchte trotzdem, sich zu wehren und ihn abzuschütteln.

»Verhalten Sie sich ruhig, sage ich«, befahl Scheldon. »Mir genügt das Ergebnis. Und ihnen hat es auch zu genügen. Sie können jetzt ruhig nachgeben und die Angelegenheit als erledigt betrachten.«

Tudor gab zögernd nach.

»Ziemlich komisch, diese modernen Duelle, nicht wahr?« Scheldon blickte lächelnd auf ihn herab, während er aufstand. »Gar nicht würdevoll. Würden Sie sich noch länger gewehrt haben, dann hätte ich Ihr Gesicht gegen die Erde gerieben. Ich hätte große Lust, es jetzt noch zu tun, um Ihnen beizubringen, daß Duelle aus der Mode gekommen sind. Jetzt wollen wir nach Ihrer Wunde sehen.«

»Sie haben mich nur zur Strecke gebracht«, brummte Tudor, »weil Sie im Hinterhalt lagen wie——«

»Wie ein wilder Indianer, genau so. Sie haben es erfaßt.« Scheldon schwieg und stand auf. »Sie bleiben ruhig hier liegen, bis ich ein paar Leute schicke, um Sie hineinzutragen. Sie sind nicht ernstlich verletzt, und es ist ein Glück für Sie, daß ich Ihrem Beispiel nicht gefolgt bin. Wenn Sie von einer Ihrer eigenen Kugeln getroffen wären, könnte Ihnen ein Wagen mit zwei Pferden durch das Loch hindurchfahren. Jetzt sind Sie glatt durchbohrt. Eine hübsche kleine Durchlöcherung. Sie brauchen nichts als eine antiseptische Waschung und einen Verband, um in einem Monat wieder auf dem Posten zu sein. Jetzt machen Sie sich keine Gedanken mehr. Ich werde Ihnen eine Tragbahre schicken.«

Kapitulation

Als Scheldon zwischen den Palmen hervorkam, wartete Joan an der Pforte zum Grundstück, und er konnte ihr ansehen, daß sie sich bei seinem Anblick freute.
»Ich kann Ihnen gar nicht sagen, wie ich mich freue, Sie zu sehen«, begrüßte sie ihn. »Was ist aus Tudor geworden? Das letzte Pistolengeknatter war nicht schön anzuhören. Wer war das, Sie oder Tudor?«
»Sie wissen also alles«, erwiderte er kühl. »Nun ja, es war Tudor, aber mit der linken Hand. Er liegt da mit einem Loch in der Schulter.«
Er beobachtete sie scharf. »Das ist eine Enttäuschung, nicht wahr?« fragte er gedehnt.
»Wie meinen Sie das?«
»Nun, daß ich ihn nicht getötet habe.«
»Aber ich wollte ja gar nicht, daß er getötet wurde, nur weil er mich geküßt hat«, rief sie.
»Ach, er hat Sie geküßt!« wiederholte Scheldon mit offensichtlicher Überraschung. »Mir war doch, Sie hätten gesagt, daß er Ihren Arm verletzt hätte.«
»Man kann es einen Kuß nennen, wenn er auch nur die Nasenspitze traf.« Sie lachte bei der Erinnerung. »Aber ich habe es ihm selbst heimgezahlt. Ich habe ihm ins Gesicht geschlagen. Und meinen Arm hat er auch verletzt. Er ist braun und blau. Sehen Sie.«
Sie streifte den Ärmel ihrer Bluse hoch, und er sah die Druckstellen zweier Finger.
In diesem Augenblick kam ein Trupp Schwarzer zwischen den Palmen hervor; sie trugen den Verwundeten auf einer roh gezimmerten Tragbahre.
»Romantisch, nicht wahr?« spöttelte Scheldon, indem er

Joans bestürztem Blick folgte. »Und jetzt muß ich noch dazu den Doktor spielen und ihn verarzten. Komisch, dies Duell des zwanzigsten Jahrhunderts. Erst macht man in einen Menschen ein Loch, und dann bemüht man sich, es zu stopfen.«
Sie waren beiseite getreten, um die Tragbahre vorbeizulassen, und Tudor, der die letzte Bemerkung gehört hatte, richtete sich auf dem Ellbogen seines gesunden Armes auf und sagte mit herausforderndem Lächeln: »Würden Sie eine meiner Kugeln abbekommen haben, dann hätten Sie sich das Loch mit einem Teller stopfen müssen.«
»Oh, Sie Schurke!« rief Joan. »Sie haben Ihre Kugeln gekerbt!«
»Es war der Verabredung gemäß«, erwiderte Tudor. »Alles war erlaubt. Wenn wir wollten, konnten wir Dynamit gebrauchen.«
»Er hat recht«, versicherte Scheldon. »Jede Waffe war erlaubt. Ich lag im Grase an einer Stelle, wo er mich nicht sehen konnte, und erledigte ihn wirklich auf anständige Art und Weise. Das kommt davon, wenn man eine Frau auf der Plantage hat. Und jetzt gilt es, Antiseptica mit Wasser anzusetzen, denke ich. Es ist eine schlimme Sache. Ich werde im Buch nachlesen müssen, ehe ich darangehe.«
»Ich kann nicht einsehen, daß ich die Schuld haben sollte«, begann sie. »Ich kann doch nichts dafür, daß er mich küßte. Ich dachte nicht im Traum daran, daß er es je versuchen würde.«
»Deshalb habe ich nicht gekämpft. Aber jetzt ist keine Zeit für Erklärungen. Wenn Sie Bandagen und Binden vorbereiten wollen, werde ich unter ›Schußwunden‹ nachsehen, was zu tun ist.«
»Blutet es stark?« fragte sie.
»Nein; die Kugel scheint keine Arterie getroffen zu haben. Das wäre schlimm gewesen.«

»Dann brauchen wir uns nicht erst mit Nachlesen abzugeben«, sagte Joan. »Ich sterbe vor Neugier, alles zu erfahren. Die ›Apostel‹ liegt ohne Wind vor der Landspitze und wird von ihren Booten geschleppt. In fünf Minuten wird sie vor Anker liegen, und sicher ist Doktor Welshmere an Bord. Wir haben nichts zu tun, als es Tudor bequem zu machen. Wir bringen ihn am besten in Ihr Zimmer unter das Moskitonetz und schicken ein Boot, um Doktor Welshmere zu bestellen, daß er seine Instrumente mitbringen soll.«
Eine Stunde später hatte Doktor Welshmere den Patienten wohl versorgt und schritt zum Strande, um sich an Bord zu begeben, wobei er versprach, zum Essen wiederzukommen. Joan und Scheldon standen auf der Veranda und sahen ihn abfahren.
»Ich werde nie wieder etwas gegen die Missionare haben, seit ich sie hier auf den Salomons gesehen habe«, sagte sie, indem sie sich auf einen Liegestuhl niederließ.
Sie blickte Scheldon an und begann zu lachen.
»So ist's recht«, sagte er. »Mir ist auch zumute, als wäre ich ein rechter Narr gewesen und hätte versucht, einen Gast zu ermorden.«
»Aber Sie haben mir ja noch gar nicht erzählt, um was es sich handelte.«
»Um Sie«, erwiderte er kurz.
»Um mich? Aber Sie haben doch eben gesagt, daß es sich nicht um mich gehandelt hätte.«
»Oh, nicht wegen des Kusses.« Er trat ans Geländer, lehnte sich dagegen und blickte sie an. »Aber es betrifft Sie trotzdem, ich kann es Ihnen ja ruhig erzählen. Sie erinnern sich wohl, daß ich Sie vor längerer Zeit davor warnte, was geschehen würde, wenn Sie Teilhaber von Berande würden. Und richtig, jetzt klatscht die ganze Küste darüber, und Tudor bestand darauf, mir den Klatsch zu erzählen. Sie sehen also, daß es unter diesen Umständen nicht an-

geht, daß Sie hierbleiben. Es wäre besser, wenn Sie fortgingen.«

»Aber ich will nicht fortgehen«, widersprach sie mit kläglicher Miene.

»Dann eine Anstandsdame—«

»Nein, auch keine Anstandsdame.«

»Aber Sie erwarten doch wohl nicht von mir, daß ich herumlaufe, um jeden Verleumder in den Salomons, der seinen Mund auftut, niederzuschießen?« fragte er verdrießlich.

»Nein, das auch nicht«, antwortete sie impulsiv. »Ich will Ihnen sagen, was wir tun. Wir heiraten uns und bringen dadurch alle zum Schweigen.—So!«

Er betrachtete sie erstaunt und würde geglaubt haben, daß sie ihn zum Narren hielte, hätte nicht eine plötzliche Glut ihre Wangen überzogen.

»Ist das Ihr Ernst?« fragte er unsicher. »Warum?«

»Um diesen ekelhaften Küstenklatsch zum Schweigen zu bringen. Das ist doch ein triftiger Grund, nicht wahr?«

Die Versuchung war stark und unerwartet genug, um ihn schwanken zu lassen, aber der ganze Ekel, der ihn gepackt hatte, als er, die Mücken abwehrend und alle Abenteuer verfluchend, im Grase lag, überkam ihn wieder, und er antwortete: »Nein, das ist schlimmer als gar kein Grund. Ich lege keinen Wert darauf, Sie aus Gründen der Schicklichkeit zu heiraten—«

»Sie sind der lächerlichste Mensch, der mir je vorgekommen ist«, platzte sie mit einem Anflug ihres früheren Zornes heraus. »Sehr gegen meinen Wunsch reden Sie mir von Liebe und Heirat, gehen wochenlang maulend durch die Plantage, weil Sie mich nicht haben können, sehen mich, wenn Sie denken, daß ich es nicht merke, mit so hungrigen Blicken an, daß ich mich frage, wann Sie das letztemal etwas zu essen bekommen haben, verdrehen die Augen nach meinem Revolvergurt am Nagel, fechten meinetwegen Duelle aus und so weiter – und – jetzt, da ich Ihnen sage, daß ich Sie heiraten will, erlauben Sie sich, mir einen Korb zu geben.«

»Sie können mich nicht lächerlicher machen, als ich mich sowieso schon fühle«, antwortete er und rieb sich nachdenklich die Beule auf seiner Stirn. »Und wenn das mit zu dem romantischen Programm gehört – ein Duell um ein Mädchen, das hierauf in die Arme des Siegers eilt –, nun, dann werde ich mich jedenfalls nicht noch mehr blamieren, indem ich darauf eingehe.«

»Ich glaubte, Sie würden mit Freuden zugreifen«, gestand sie mit einer Unbefangenheit, die ihm um so echter erschien, als er einen schelmischen Schimmer in ihren Augen zu gewahren meinte.

»Dann muß ich eine andere Auffassung von der Liebe haben als Sie«, sagte er. »Ich möchte, daß ein Mädchen mich aus Liebe heiratet und nicht aus romantischer Bewunderung, weil ich das Glück hatte, mit rauchlosem Pulver ein Loch in die Schulter eines Mannes zu schießen. Ich sage Ihnen, ich habe einen Widerwillen gegen diese abenteuerlichen Narreteien. Das ist nichts für mich. Sehen Sie sich Tudor an, das ist ein solcher Abenteurer. Bricht einen Streit mit mir vom Zaun und benimmt sich wie ein Affe, indem er darauf besteht, mit mir ›bis zum Tode‹ zu kämpfen, wie er sagt. Es war einfach fürchterlich.«

Sie biß sich auf die Lippen, und wenn ihre Augen auch so kühl und ruhig wie gewöhnlich blickten, so stieg doch das verräterische Rot des Zornes in ihre Wangen.

»Natürlich, wenn Sie mich nicht heiraten wollen –«

»Aber ich will ja –«

»Ach, Sie wollen –«

»Aber sehen Sie, Sie Mädelchen, ich möchte, daß Sie mich liebhaben«, fügte er schnell hinzu, »sonst wäre es nur eine halbe Ehe. Ich möchte nicht, daß Sie mich nur heiraten, um den Küstenklatsch zum Schweigen zu bringen, oder aus sonst einer dummen romantischen Neigung. Dann möchte ich Sie lieber nicht zur Frau haben.«

»Oh«, sagte sie mit gespielter Vorsicht, und jetzt hätte er auf den schelmischen Schimmer schwören mögen. »Wenn es so steht, wenn Sie gewillt sind, mein Angebot in Erwägung zu ziehen, so gestatten Sie mir wohl ein paar Bemerkungen. Zunächst haben Sie gar keinen Grund, über Abenteuer zu spotten, denn Sie selber erleben ja andauernd welche. Ganz bestimmt jedenfalls, als ich Sie zuerst antraf: fieberkrank auf einer einsamen Plantage mit zweihundert wilden Kannibalen, die Ihnen nach dem Leben trachteten. Dann kam ich –«

»Und was war Ihre Ankunft im Sturm?« brach er los. »Direkt nach dem Schiffbruch Ihres Schoners landeten Sie in einem Boot voll malerischer, tahitianischer Seeleute am Strande und marschierten mit einem Cowboyhut auf dem Kopfe, Seestiefeln an den Füßen und einem langläufigen Colt an der Hüfte nach dem Bungalow – nun, ich gebe gern zu, daß Sie die Quintessenz aller Abenteuer waren.«

»Ausgezeichnet«, rief sie frohlockend. »Es ist ein einfaches Rechenexempel – wir brauchen nur Ihre und meine Abenteuer gegeneinander aufzurechnen. Dann ist es erledigt, und Sie haben keinen Grund, noch länger über meine Abenteuer zu spotten. Zudem finde ich nicht, daß etwas Romantisches in Tudors Versuch, mich zu küssen, oder etwas Abenteuerliches an diesem unsinnigen Duell war. Dagegen ist es meiner Ansicht nach romantisch, daß Sie sich in mich verliebt haben, und endlich, und das heißt wohl Romantik zur Romantik fügen, endlich glaube ich, daß – ich dich liebhabe. David – ach, David!«

Das letzte war ein leiser Seufzer, während er sie in seine Arme schloß und an sich preßte.

»Aber ich hab' dich nicht lieb, weil du heute den Narren gespielt hast«, flüsterte sie an seiner Schulter. »Weiße Männer sollten nicht herumlaufen, um sich gegenseitig totzuschlagen.«

»Aber warum liebst du mich denn?« stellte er wie alle Liebenden die ewige Frage, die nie beantwortet werden wird.

»Ich weiß nicht – eben, weil ich dich liebe, denke ich. Und das ist alle Genugtuung, die du mir gabst, als wir das Männergespräch hatten. Aber ich liebe dich seit Wochen – die ganze Zeit schon, da du so köstlich eifersüchtig auf Tudor warst.«

»Ja, ja, weiter«, drängte er atemlos, als sie schwieg.

»Ich war gespannt, wann du dich erklären würdest, und liebte dich um so mehr, weil du es nicht tatest. Du warst wie Vater und Von. Du konntest dich beherrschen. Du machtest dich nicht lächerlich.«

»Nein, erst heute«, sagte er.

»Ja, und auch deshalb liebte ich dich. Es wurde Zeit. Ich fing schon an zu glauben, daß du nie wieder das Gespräch auf diese Angelegenheit bringen würdest. Und selbst jetzt, nachdem ich mich dir angeboten habe, hast du es nicht einmal angenommen.«

Beide Hände auf ihre Schultern gelegt, hielt er sie auf Armeslänge von sich ab und sah ihr lange in die Augen, die nicht mehr kühl blickten, sondern wie von einem goldenen Schimmer erfüllt waren. Sie senkte die Lider, hob aber tapfer den Kopf, um seinem Blick zu begegnen. Da zog er sie ernst und zärtlich an sich. »Und wie steht es mit deinem eigenen Herd und Sattel?« fragte er einen Augenblick später.

»Ich habe sie ja beinahe gewonnen. Das Grashaus ist mein Herd, die ›Martha‹ mein Sattel, und – sieh alle die Bäume, die ich gepflanzt habe, vom Getreide ganz zu schweigen. Aber du bist doch an allem schuld. Vielleicht hätte ich dich nie geliebt, wenn du mich nicht auf den Gedanken gebracht hättest.«

»Dort kommt die ›Nongassla‹ um die Spitze und setzt ihre Boote aus«, bemerkte Scheldon beiläufig. »Der Kommissar ist an Bord. Er fährt nach San Christobal, um den Mord an dem Missionar zu untersuchen. Wir haben Glück, das muß ich sagen.«

»Ich verstehe nicht, wieso ist das ein Glück?« fragte sie kläglich. »Wir hätten diesen Abend ganz für uns allein haben sollen, um alles zu besprechen. Ich habe tausend Fragen an dich. – Und es wäre kein Männergespräch geworden«, fügte sie hinzu.

»Aber mein Plan ist doch noch besser.« Er überlegte einen Augenblick. »Sieh mal, der Kommissar ist der einzige Beamte, der uns einen Trauschein ausstellen kann. Und – das ist das beste an der Sache – Doktor Welshmere ist auch hier, um die Trauung vorzunehmen. Wir heiraten heute abend.«

Joan prallte zurück, machte sich aus seinen Armen los und trat einige Schritte zurück. Er konnte sehen, daß sie wirklich erschrocken war.

»Ich – ich dachte –«, stammelte sie.

Dann ging langsam eine Veränderung mit ihr vor, und ihr Gesicht wurde so seltsam mit Glut übergossen, wie er es heute schon einmal gesehen hatte. Ihre sonst so kühlen, gleichgültigen Augen glänzten voller Wärme und waren nicht fähig, den seinen zu begegnen. Dann trat sie zu ihm, schmiegte sich in seine Arme und flüsterte leise: »Ich bin bereit, David.«

Jack London ★

Die Herrin des Großen Hauses

Die Herrin des großen Hauses

Er erwachte im Dunkeln. Das Erwachen war einfach, leicht, ohne eine andere Bewegung, als daß die Augen sich öffneten und ihn auf die herrschende Dunkelheit aufmerksam machten. Im Gegensatz zu den meisten Menschen, die sich vorfühlen, lauschen und sich erst mit ihrer Umgebung in Verbindung setzen müssen, war er im Augenblick des Erwachens vollkommen klar und in Zeit und Raum orientiert. Nach den entglittenen Stunden des Schlafs nahm er ohne Anstrengung die unterbrochene Reihe seiner Tage wieder auf. Er wußte, daß er Dick Forrest, Herr weiter Ländereien war, den der Schlaf vor einer Anzahl von Stunden übermannt hatte, nachdem er zuvor schlaftrunken ein Streichholz zwischen die Seiten des Buches, in dem er las, gesteckt und seine Leselampe ausgeschaltet hatte.

Ganz in der Nähe hörte er das Rieseln und Glucksen eines schläfrigen Springbrunnens, und in der Ferne, so schwach, daß nur ein scharfes Ohr es vernehmen konnte, ein Geräusch, das ihn vor Freude lächeln ließ. Er wußte, daß dieser ferne Kehllaut von König Polo stammte, seinem prachtvollen Kurzhornstier, der auf der großen kalifornischen Tierschau in Sacramento den ersten Preis erhalten hatte. Und das Lächeln schwand nicht gleich von Dick Forrests Gesicht, denn er dachte einen Augenblick an die Triumphe, die König Polo, ehe das Jahr um war, auf Tierschauen in den Oststaaten feiern sollte. Er wollte zeigen, daß ein in Kalifornien geborener und aufgezogener Stier es mit den besten Stieren aus Iowa oder mit überseeischen, aus der berühmten Heimat des Kurzhornviehs eingeführten, aufnehmen konnte.

Erst nach einigen Sekunden, als das Lächeln verschwunden war, streckte er die Hand ins Dunkel und drehte den ersten einer Reihe von elektrischen Schaltern. Es waren drei Reihen Schalter. In dem indirekten Licht, das von der mächtigen Schale unter der Decke ausströmte, sah man eine Schlafveranda, von deren Seiten drei aus sehr feinmaschigen Kupferdrahtjalousien bestanden. Die vierte war die gemauerte, von einer hohen Flügeltür durchbrochene Hauswand.

Er drehte den zweiten Schalter in der Reihe, und von einer bestimmten Stelle der Zementwand strahlte klares Licht und beleuchtete das Glas einer Uhr, eines Barometers und eines Thermometers, die sämtlich nebeneinanderhingen. Er ließ den Blick über die Instrumente schweifen und las: Zeit 4.30 Uhr; Luftdruck 29,80, was für Höhenlage und Jahreszeit normal war, und Temperatur 36° Fahrenheit. Wieder drehte er den Schalter, und die Anzeiger für Zeit, Wärme und Luftdruck verschwanden im Dunkel.

Mittels eines dritten Schalters entzündete er seine Leselampe, die so eingerichtet war, daß das Licht von oben und hinten fiel, ohne ihm in die Augen zu scheinen. Er drehte wieder den ersten Schalter, und das Licht an der Decke verschwand, worauf er die Hand nach einigen Korrekturbogen auf einem Lesetisch ausstreckte, einen Bleistift nahm, sich eine Zigarette ansteckte und zu korrigieren begann.

Dieser Raum war offensichtlich das Schlafzimmer eines Mannes, der arbeitete. Zweckmäßigkeit war der Grundton, auf den es abgestimmt war, ferner bei aller Einfachheit ein gewisser Komfort. Das Bett bestand aus grau emailliertem Eisen, eine Schattierung dunkler als die Zementwand. Das Fußende bedeckte, wie eine Extradecke, ein mächtiger Schlafsack aus Wolfsfell mit herabhängenden Schwänzen, und auf dem Fußboden, wo ein Paar Pantoffel standen, lag eine langhaarige Ziegenfelldecke.

Auf dem großen Lesetisch mit den ordentlich aufgestapelten Büchern, Zeitschriften und Notizblöcken war ferner Platz für Streichhölzer und Zigaretten, einen Aschenbecher, eine Thermosflasche und ein Diktaphon. Unter dem Barometer und dem Thermometer lächelte von der Wand herab ein junges Frauenantlitz in rundem Holzrahmen. Zwischen den vielen Schaltern und einer Schalttafel an der Wand ragte der Kolben einer 44er Colt-Revolvers aus einem offenen Pistolenhalfter hervor.

Um Punkt sechs, als die Dämmerung durch das Flechtwerk der Jalousien zu dringen begann, streckte Dick Forrest, ohne von den Korrekturbogen aufzusehen, die Hand aus und drückte auf einen Knopf, und fünf Minuten später betrat ein Chinese geräuschlos die Schlafveranda. Er trug ein kleines Teebrett aus blankem Kupfer, auf dem eine Tasse, eine winzige silberne Kaffeekanne und eine entsprechende Sahnekanne standen.

»Guten Morgen, Oh Jeh!« lautete Dick Forrests Gruß, und er lächelte dabei mit Augen und Mund.

»Guten Morgen, Herr!« antwortete Oh Jeh, sah sich geschäftig nach einem Platz für das Teebrett um und goß dann Kaffee und Sahne in die Tasse.

Als das besorgt war und der Chinese sah, daß sein Herr schon die Tasse an den Mund führte, während er mit der andern Hand noch eine Berichtigung auf dem Korrekturbogen vornahm, hob er, ohne auf weiteren Bescheid zu warten, ein zartes rosa Spitzenhäubchen vom Boden auf und verschwand lautlos wie ein Schatten durch die offene Flügeltür.

Auf die Minute halb sieben kam er mit einem größeren Teebrett wieder, und Dick Forrest legte die Korrektur zur Seite, nahm ein Buch zur Hand und begann zu essen. Sein Frühstück war einfach, aber kräftig – wieder Kaffee, eine halbe Grapefruit, zwei weiche Eier in einem Glase mit einem kleinen Stück Butter und sehr warm sowie eine Scheibe geräucherten Speck, nicht zu durchgebraten, von eigener Zucht und Räucherung.

Jetzt strömte die Sonne durch die Öffnungen in den Jalousien herein und fiel auf das Bett. An der Außenseite des Kupfergewebes hatten sich eine Menge Fliegen angesammelt, die etwas zu früh ausgekrochen und von der Nachtkälte gelähmt waren. Während des Frühstückens verfolgte Forrest die Jagd der fleischfressenden Hornissen. Robust und widerstandsfähiger gegen die Kälte als die Bienen, surrten sie schon umher und richteten große Verheerungen unter den betäubten Fliegen an. Unter Lärm und Spektakel stürzten sich diese gelben Jäger der Luft mit unfehlbarer Sicherheit auf ihre hilflosen Opfer und flogen mit ihnen davon. Die letzte Fliege war verschwunden, ehe Forrest seinen letzten Schluck Kaffee getrunken, ein Streichholz als Lesezeichen in sein Buch gelegt und wieder nach seinen Korrekturbogen gegriffen hatte.

Nach einer Weile tönte das weiche Rufen der Wiesenlerche zu ihm herein, und bei diesem ersten Laut, der das Kommen des Tages verkündete, hielt er in seiner Arbeit inne und sah auf die Uhr. Er legte die Korrekturbogen beiseite und begann mit Hilfe der Schalttafel, die er mit geübter Hand bediente, eine Reihe von Telefongesprächen.

»Hallo, Oh Freud!« lautete sein erstes Gespräch. »Ist Herr Thayer schon aufgestanden? – Schön. Stör ihn nicht. Ich glaube nicht, daß er sein Frühstück ans Bett haben will, aber frag ihn lieber. – Schön, und dann zeig ihm die Warmwassereinrichtung. Vielleicht weiß er nicht Bescheid damit, – ja, es ist gut! Nimm noch einen Diener mit, dann geht es schon. Es kommen immer viele Menschen, sobald es warm wird. – Jawohl! Tue, wie du meinst! Guten Morgen!«

»Herr Hanley?« – »Ja!« lautete sein nächstes Gespräch,

nachdem er den Apparat umgestellt hatte. »Ich habe über den Deich bei Buckeye nachgedacht. Ich möchte gern den Preis für Kieszufuhr und Verschrotten wissen. – Ja, das stimmt. Ich nehme an, daß die Kieszufuhr sich auf zehn Cents teurer das Kubikmeter stellt als das Verschrotten. Es ist der letzte Steilhang, der die Pferde so mitnimmt. Wollen Sie mir die Preise angeben? – Nein, wir können erst in vierzehn Tagen anfangen. – Ja, ja, wenn die neuen Traktoren je kommen, brauchen wir keine Pferde mehr zum Pflügen, aber zum Eggen brauchen wir sie noch ... Nein, sprechen Sie mit Everan darüber. Guten Morgen!«
Und sein dritter Anruf: »Herr Dawson? Ha! Ha! In diesem Augenblick sechsunddreißig Grad auf meiner Veranda. Die Ebenen müssen ganz weiß von Reif sein. Aber es ist wohl der letzte Frost dieses Jahr. – Ja, Sie haben geschworen, daß die Traktoren schon vor zwei Tagen kommen sollten. – Rufen Sie den Stationsvorsteher an. – Hören Sie übrigens, wollen Sie Hanley einen Bescheid von mir überbringen? Ich vergaß ihn zu bitten, daß er die ›Rattenfänger‹ mit einem neuen Vorrat von Fliegenfängern schicken soll. – Ja, gleich. Es saßen heute morgen Dutzende auf meiner Jalousie. – Ja. – Guten Morgen!«

Jetzt ließ Forrest sich in seinem Pyjama aus dem Bett gleiten, steckte die Füße in die Pantoffel und begab sich durch die Flügeltür in sein Bad, das Oh Jeh unterdessen gerichtet hatte. Zehn Minuten später kehrte er gebadet und rasiert zu Bett und Buch zurück, während Oh Jeh ihm, pünktlich wie immer, die Beine massierte.

Es waren die gut gewachsenen Beine eines kräftigen Mannes, der ein Meter achtzig maß und gut hundertsechzig Pfund wog, und sie erzählten gleichzeitig einiges aus seinem Leben. Am linken Schenkel befand sich eine zehn Zoll lange Narbe. Über dem linken Knöchel, vom Spann bis zur Ferse, waren ein Dutzend kleine, runde Schrammen, und wenn Oh Jeh das linke Knie zu kräftig in die Mache nahm, krümmte Forrest sich ein bißchen. Das rechte Schienbein wies verschiedene dunkle Narben auf, von denen eine dicht unter dem Knie befindliche direkt wie eine Vertiefung im Knochen wirkte. Mitten über den Oberschenkel lief eine fingerlange Schmarre mit den winzigen Zeichen von Nadelstichen.

Plötzlich ertönte draußen ein Wiehern. Forrest legte sofort das Streichholz zwischen die Seiten des Buches, und während Oh Jeh ihm in Strümpfe und Schuhe half, wandte er den Kopf und blickte hin. Hinten auf dem Wege, durch den hängenden Purpur der früh blühenden Syringen, kam, von einem malerischen Cowboy geführt, ein mächtiger Hengst, ein prächtiges Tier, das rot in der Morgensonne glänzte. Der schneeige Schaum seines mächtigen Kötenhaars flatterte im Winde, die stolze Mähne wogte, und die Augen schweiften suchend umher, während sein Liebesruf wie ein Trompetenstoß über das erwachende Land tönte.

Freude und Furcht kämpften in diesem Augenblick in Dick Forrest, – Freude über das herrliche Tier, das durch die Syringenhecken geschritten kam; Furcht, daß der Hengst die junge Frau geweckt haben könnte, deren Antlitz ihn aus dem runden Rahmen an der Wand anlächelte. Er warf einen hastigen Blick über den sechzig Meter breiten Hof nach dem langen, schattenhaften, vorspringenden Flügel, wo ihre Zimmer lagen. Die Jalousien ihrer Schlafveranda waren herabgelassen und regten sich nicht. Wieder wieherte der Hengst, aber nichts regte sich, außer einer Schar wilder Kanarienvögel, die sich, wie ein grüngoldenes Lichtsprühen bei Sonnenaufgang, von den Blumen und Büschen des Hofes hoben.

Er folgte dem Hengst mit den Blicken, bis er zwischen den Syringen verschwand, und sah in Gedanken eine ganze Reihe schöner, schwer und tadellos gebauter Shire-Fohlen;

dann aber wandte er sich, wie immer, der Gegenwart zu und fragte seinen Kammerdiener: »Wie steht es mit dem neuen Boy, Oh Jeh? Taugt er was?«

»Ihn recht guter Boy, ich glaube«, lautete die Antwort. »Ihn junger Bursch. Alles neu. Recht langsam. Aber mit Zeit ihn machen sich gut.«

»Wieso meinst du?«

»Ich ihn wecken drei, vier Morgen jetzt. Ihn schlafen wie kleines Kind. Ihn wachen auf und lächeln gerad wie Sie. Das sehr gut.«

»Wache ich lächelnd auf?« fragte Forrest.

Oh Jeh nickte.

»Vielmal, viele Jahre ich wecke Sie. Immer Ihre Augen offen, Ihre Augen lächeln, Ihr Mund lächelt, Ihr Gesicht lächelt, Sie ganz lächeln, gerade so, gleich. Das sehr gut. Ein Mann aufwachen so, ihn viel gut Verstand. Ich weiß. Dies neue Boy aufwachen ebenso. Allmählich, sehr bald ihn machen tüchtiger Boy. Sie werden sehen. Ihn heißen Chow Gam. Wie Sie nennen ihn hier?«

Dick Forrest dachte nach.

»Welche Namen haben wir schon?« fragte er.

»Oh Freud, Ach Ja, Oh Weh und mich, Oh Jeh«, zählte der Chinese auf. »Oh Freud nennen neuen Boy . . .«

Er schwieg und sah seinen Herrn fragend an. Forrest nickte.

»Oh Freud nennen neuen Boy ›Oh Hölle‹.«

»Oho!« lachte Forrest beifällig. »Oh Freud ist ein Spaßvogel. Ein guter Name, aber nicht zu gebrauchen. Was würde meine Frau sagen? Wir müssen uns einen andern Namen ausdenken.«

»Oh Ho – das guter Name.«

Der Ausruf klang noch in Forrest nach, so daß er gleich die Beziehung zu dem Einfall Oh Jehs fand.

»Schön, nennen wir ihn Oh Ho.«

Oh Jeh beugte den Kopf, entschwand schleunigst durch die

Glastür und kehrte ebenso mit dem Rest von Forrests Kleidungsstücken zurück, half ihm in Unterjacke und Hemd, legte ihm die Krawatte um den Hals, so daß er sie sich selbst knüpfen konnte, und kniete nieder, um ihm Gamaschen und Sporen anzuschnallen. Ein Pfadfinderhut und eine kurze Peitsche vervollständigten die Ausrüstung – eine Indianerpeitsche aus ungegerbtem Leder mit Blei im dicken Ende und einem um das Handgelenk gewundenen Lederriemen.

Als Forrest durch die Flügeltür in das Innere des Hauses trat, kam er zuerst in ein bequem eingerichtetes Ankleidezimmer, mit einer Tür zum Badezimmer; dann gelangte er in ein großes Arbeitszimmer mit allen möglichen Requisiten: Pulten, Diktaphonen, Kartotheken, Bücherschränken, Ständern für Zeitschriften und Regalen mit Fächern und Schubladen, die ganz bis zu der niedrigen Balkendecke reichten.

In der Mitte des Raumes drückte er auf einen Knopf, und eine Reihe schwerbeladener Bücherregale schwang sich um einen Zapfen, wodurch eine winzige eiserne Wendeltreppe zum Vorschein kam; er stieg vorsichtig hinunter, um nicht mit den Sporen hängen zu bleiben, und hinter ihm drehten sich die Bücherregale wieder auf ihren Platz zurück.

Am Fuße der Treppe drückte er wieder auf einen Knopf, worauf mehrere Bücherregale sich schwangen, und betrat einen langen, niedrigen, vom Fußboden bis zur Decke mit Büchern angefüllten Raum. Er schritt geradenwegs auf ein Regal zu und griff mit unfehlbarer Sicherheit nach dem Buche, das er haben wollte. Eine Minute glitt sein Blick über die Seiten, dann hatte er die Stelle, die er suchte, gefunden. Er nickte befriedigt und stellte das Buch auch wieder an seinen Platz.

Eine Tür führte zu einer von viereckigen Betonpfeilern und Rotholzbalken getragenen Pergola. Er mußte eine Betonmauer von mehreren hundert Fuß Länge passieren; offenbar hatte er nicht den kürzesten Weg gewählt, um das Haus zu verlassen. Unter weit verästelten alten Eichen, auf einem Platze, wo der lange Bindebalken mit der abgenagten Rinde und der zertretene Kies von Zähnen und Hufen vieler ungeduldiger Pferde zeugten, stand eine fahlgoldene, fast lohfarbene Fuchsstute. Ihr sorgfältig gestriegeltes Fell flammte in der Morgensonne. Das ganze Tier flammte. Es war wie ein Hengst gebaut, und ein den Rücken entlanglaufender dunkler Streifen zeigte, daß es unter seinen Vorfahren auch viele Mustangs hatte.

»Was macht die Kannibalin heute morgen?« fragte er und löste die Leine vom Hals der Stute.

Sie legte die Ohren zurück – die kleinsten Ohren, die je ein Pferd besessen, Ohren, die von dem freien Liebesabenteuer eines Vollbluthengstes mit wilden Pferden in den Bergen erzählten – und schnappte mit boshaft funkelnden Zähnen und Augen nach Forrest.

Als der Reiter sich in den Sattel schwang, machte sie einen Satz und sprang weiter, versuchte zu steigen und schoß dann den mit Kies bestreuten Weg entlang. Und sie hätte sich auch gebäumt, wäre ihr Kopf nicht durch den Sprungriemen unten gehalten worden, der gleichzeitig die Nase des Reiters vor dem zornig zurückgeworfenen Kopfe schützte. So vertraut war er mit der Stute, daß er ihre Mucken kaum beachtete. Ganz mechanisch, durch die leiseste Berührung des gekrümmten Halses mit dem Zügel oder einen leichten Druck von Sporen und Knien lenkte er das Pferd den gewünschten Weg. Als es einmal ganz herumwirbelte, sah er einen Schimmer des Großen Hauses. Groß wirkte es, aber das kam zum Teil daher, weil die Gebäude so weit verstreut lagen. In Wirklichkeit war es nicht so groß, wie es aussah. In einer Länge von zweihundertfünfzig Meter erstreckte sich die Fassade, aber ein Teil dieser Länge bestand aus Korridoren mit Zementmauern und Ziegeldächern, die die verschiedenen Teile des Gebäudes verbanden und zusammenhielten. Dazu gab es eine entsprechende Anzahl von Höfen und Pergolen, und all die Mauern mit ihren vielen vor- und zurückspringenden Winkeln erhoben sich aus Stauden- und Blumenbeeten.

Die Architektur des Großen Hauses war spanisch, aber nicht von dem kalifornisch-spanischen Typ, der vor hundert Jahren aus Mexiko eingeführt und von modernen Architekten zu dem spezifisch kalifornischen Stil ausgebildet war. Spanisch-maurisch wäre vielleicht eine bessere Bezeichnung für das Große Haus mit all seinen sich widersprechenden Einzelheiten gewesen, obwohl manche Sachverständige dieser Bezeichnung eifrig widersprochen hätten.

Geräumigkeit ohne Strenge und Schönheit ohne Überladung, — das war der erste Eindruck, den man vom Großen Hause empfing. Seine langen waagerechten, nur von einfachen senkrechten Linien und rechtwinkligen Vorsprüngen unterbrochenen Linien waren so ruhig und beherrscht wie die eines Klosters, während das unregelmäßige Dach die Einförmigkeit milderte.

Die hier und da stehenden viereckigen, niedrigen, jedoch nicht abgestumpften Türme gaben dem Gebäude das richtige Höhenverhältnis. Das Große Haus machte den Eindruck konstruktiver Festigkeit. Es sah aus, als könnte es einem Erdbeben trotzen. Es schien für tausend Jahre erbaut zu sein. Der solide Beton war mit gelblichem Zementputz verkleidet. Anderseits hätte dieses Gelb-Weiß vielleicht eintönig gewirkt, wäre es nicht von den vielen flachen Dächern mit ihren roten spanischen Ziegeln unterbrochen worden.

Während das Pferd seine unerlaubten Seitensprünge machte, hatte der Blick Dick Forrests einen Augenblick besorgt auf dem langen Flügel an der andern Seite des sechzig Meter breiten Hofes geweilt. Dort, wo die vielen Türme in der Morgensonne erröteten, zeigten die herabgelassenen Jalousien der Schlafveranda, daß seine Herzensdame noch schlief.

Um ihn her erhoben sich auf drei Seiten gleichförmige, niedrige Höhen mit Hecken, Getreidefeldern und Weiden, die allmählich in höhere Hügel mit steileren, bewaldeten Hängen übergingen und immer steiler und höher, zuletzt zu mächtigen Bergen wurden. Auf der vierten Seite wurde der Horizont nicht von Bergen und Hügeln begrenzt, das Gelände lief sanft zu den weiten fernen Niederungen ab.

Das Pferd schnaufte unter ihm, seine Knie preßten sich hart gegen die Flanken des Tieres, und er zwang es auf den einen Wegrand. Ihm entgegen kam, wie eine Flut schimmernd weißer Seide, seine berühmte Herde von Angoraziegen, deren jede ihre Stammtafel und ihre Geschichte aufzuweisen hatte. Es sollten gegen zweihundert sein, und nach seinen strengen Prinzipien waren sie im Herbst nicht geschoren worden. Die schimmernde Wolle, die selbst die Flanken des kleinsten Tieres bedeckte, war so fein wie das Haar eines neugeborenen Kindes, so weiß, ja weißer als das Haar eines menschlichen Albinos, länger als die als Norm angesehenen dreißig Zentimeter, und selbst die längsten konnten in jedem gewünschten Ton gefärbt und zu phantastischen Preisen verkauft werden.

Der Anblick überwältigte ihn durch seine Schönheit. Der Weg war zu einem wogenden Seidenbande geworden, hier und da wie von funkelnden Edelsteinen unterbrochen, von gelben, katzenartigen Augen, die ihn und sein nervöses Pferd neugierig betrachteten. Zwei baskische Hirten schlossen den Zug. Es waren stämmige, dunkle Männer mit schwarzen Augen und lebhaften Gesichtern. Sie nahmen die Hüte ab und beugten die Köpfe vor ihm. Forrest hob seine Rechte, an deren Handgelenk die kurze Peitsche hing, und berührte, militärisch grüßend, mit ausgestrecktem Zeigefinger die Krempe seines Pfadfinderhutes.

Er ritt weiter. Auf allen Seiten hörte er das Klappern und Surren der Dungstreumaschinen. In der Ferne, auf den niedrigen, gleichmäßigen Höhen, sah er ein Gespann nach dem andern. Das waren seine Shire-Stuten, die die Pflüge auf- und niederzogen und den Rasen auf den Hügeln in fetten, dunkelbraunen Saatboden verwandelten. Es waren die Felder, auf denen Mais und chinesisches Zuckerrohr für seine Silos wachsen sollten. Andere Hänge waren, dem von ihm angewandten Wechselbau entsprechend, mit kniehoher Gerste bedeckt, und wieder andere mit dem schönen Grün des Klees und der kanadischen Erbse.

Rings waren große und kleine Felder nach einem System geordnet, das sie leicht zugänglich und zu bewirtschaften machte und den sorgsamsten und praktischsten Landwirt mit Freude erfüllt hätte. Jede Hecke war gegen das Eindringen von Schweinen und Stieren gesichert, und kein Unkraut wuchs in ihrem Schatten. Viele der Felder auf dem ebenen Gelände waren mit Alfalfa besät. Andere standen in der Herbstsaat oder wurden gerade für die Frühlingssaat vorbereitet. Wieder andere dienten als Weiden für trächtige Shropshire- oder französische Merinoschafe, oder für riesige, weiße Säue, die das Auge des Besitzers im Vorbeireiten strahlen ließen.

Er ritt durch eine Siedlung, die fast den Eindruck eines Dorfes machte, nur daß es weder Läden noch Gasthäuser gab. Die Häuser waren Bungalows, solid gebaut, hübsch anzusehen und alle von Gärten umgeben, in denen die härteren Pflanzen, darunter auch Rosen, schon aufgesprungen waren und der Drohung eines Frühlingsfrostes spotteten.

Überall lachten und spielten Kinder zwischen den Blumen oder wurden von ihren Müttern zum Frühstück gerufen. Dann kam eine Reihe von Werkstätten. Bei der ersten hielt er an und sah hinein. Ein Schmied arbeitete am Amboß. Ein zweiter hatte gerade eine ältere Shire-Stute beschlagen, die reichlich ihre siebzehnhundert Pfund wog, und feilte jetzt der Hufrand zum Eisen passend. Forrest sah es, grüßte und ritt vorbei, als er aber dreißig Meter weitergekommen war, hielt er sein Pferd an und kritzelte etwas auf den Schreibblock, den er aus der Hosentasche zog.

Auch an andern Werkstätten kam er vorbei – einer Malerwerkstätte, einer Stellmacherwerkstätte, einer Klempnerei und einer Tischlerei.

Das Große Haus war der Mittelpunkt des ganzen Betriebes. Rings herum lagen in einem Kreise mit einem Radius von einer halben Meile die verschiedenen Zentren. Immer seine Leute grüßend, galoppierte Dick Forrest am Meiereizentrum vorbei, einem ganzen Meer von Gebäuden mit Batterien von Getreidemagazinen und einer Menge Leute, die dabei waren, allen möglichen Abfall zu den wartenden Dungstreumaschinen zu schaffen. Hin und wieder begegnete er zielbewußten Männern, die bald geritten, bald gefahren kamen. Sie machten bei ihm halt und besprachen sich kurz mit ihm. Es waren die Verwalter der verschiedenen Betriebe, und sie drückten sich ebenso bündig und klar wie er selber aus.

Der letzte von ihnen, der auf einer dreijährigen Palomina-Stute, so anmutig und wild wie ein halb zugerittener Araber, saß, wollte grüßend vorbeireiten, wurde aber von seinem Brotherrn angehalten.

»Guten Morgen, Hennessy! Nun, wann ist sie fertig für meine Frau?« fragte Dick Forrest.

»Ich möchte gern, daß Sie mir noch eine Woche Zeit ließen«, lautete die Antwort Hennessys. »Sie ist zwar soweit zugeritten, wie die gnädige Frau es wollte, aber noch ein bißchen nervös und empfindlich.«

Forrest nickte zustimmend und sagte dann, indem er das von ihm beschriebene Blatt von seinem Notizblock riß, zerknüllte und fortwarf: »Wir haben einen neuen Mann in der Schmiede. Was für einen Eindruck haben Sie von ihm?«

»Er ist noch zu neu, als daß ich mir ein Urteil über ihn bilden könnte.«

»Na ja, den werfen Sie am besten gleich wieder hinaus. Er gehorcht nicht. Ich sah vor einem Augenblick, wie er der alten Bestie ein Eisen anpaßte, indem er ihr einen halben Zoll vom Huf abfeilte.«

»Er weiß doch, daß er das nicht darf.«

»Schicken Sie ihn weg«, wiederholte Forrest. Dann kitzelte er sein unruhiges Pferd ganz leicht mit den Sporen, daß es den Weg entlangschoß, immer noch mit dem Kopfe schlagend und versuchend, sich auf die Hinterfüße zu stellen.

Als Forrest einen der Wege, die von dem gemeinsamen Mittelpunkt, dem Großen Hause, strahlenförmig nach allen Seiten liefen, entlanggaloppierte, überholte er Crellin, dem die ganze Schweinezucht unterstand, und erfuhr von ihm, daß Lady Isleton, eine auf allen Tierschauen von Seattle bis San Diego mit dem ersten Preise bedachte Sau, elf Ferkel geworfen hatte und sich ausgezeichnet befand. Crellin berichtete, daß er die ganze Nacht aufgewesen war und jetzt nach Hause wollte, um zu baden und zu frühstücken.

»Ich höre, daß Ihre älteste Tochter mit der Schule fertig ist und gern nach Stanford möchte«, sagte Forrest und hielt das Pferd, das er schon angetrieben hatte, wieder an.

Crellin war ein junger Mann von fünfunddreißig. Er hatte die Reife der Vaterwürde, gleichzeitig aber hatte er sich die Jugendlichkeit bewahrt, die eine Folge reinen, gesunden Lebens in frischer Luft ist. Er nickte, und eine leichte

Röte unter der sonnengebräunten Haut zeigte, daß er sich über das Interesse seines Brotherrn freute.

»Sie sollten sich die Sache doch gut überlegen«, riet Forrest. »Stellen Sie mal eine Statistik über all die jungen Mädchen auf, die die höheren Schulen und Universitäten besucht haben, dann werden Sie sehen, wie viele von ihnen Karriere machen und wie viele, sobald sie ihr Examen bestanden haben, einfach Frauen und Mütter werden.«

»Helen ist ganz darauf versessen«, wandte Crellin ein.

»Wissen Sie noch, wie mir der Blinddarm herausgenommen wurde?« fragte Forrest. »Damals hatte ich eine prachtvolle Krankenschwester, ein so nettes Mädel, wie es nur je auf zwei Beinen herumgelaufen ist. Ihr fehlten damals noch sechs Monate an ihrer Ausbildung, aber vier Monate später mußte ich ihr ein Hochzeitsgeschenk schicken.«

In diesem Augenblick kam eine leere Dungstreumaschine vorbeigefahren und zwang die beiden Männer zum Ausweichen. Forrest blickte mit einem frohen Schimmer in den Augen auf das Handpferd vor der Maschine, eine große, wohlproportionierte Shirestute, deren Preise nebst denen ihrer Nachkommenschaft eines geübten Rechenmeisters bedurft hätten, um sie aufzuzählen und zu klassifizieren.

»Sehen Sie die Fotherington-Prinzessin«, sagte Forrest und nickte der Stute zu, die sein Auge erfreut hatte. »Das ist ein Weibsbild, wie es sein soll. Nur durch tausendjährige Zuchtwahl hat man ein Zugtier schaffen können, das allen anderen Zugtieren überlegen ist. Aber das kommt erst in zweiter Linie. In erster ist sie ein Weibsbild. Alles in allem lieben sie – und unsere Menschenweiber vor allem – uns Männer und sind in tiefster Seele mütterlich. Das viele Gerede der modernen Frauen von Stimmrecht und Karriere hat keine biologische Berechtigung.«

»Ja, aber eine ökonomische«, wandte Crellin ein.

»Sehr richtig«, gab sein Brotherr zu, schränkte seine Zustimmung aber gleich wieder ein: »Unser jetziges Industriesystem verhindert Ehen und zwingt die Frau, sich eine Zukunft zu schaffen. Aber vergessen Sie nicht, daß Industriesysteme kommen und gehen, während die Biologie ewig währt.«

»Es ist heutzutage nicht so leicht, junge Frauen mit der Ehe zu befriedigen«, meinte Crellin nachdenklich.

Dick Forrest lachte ungläubig.

»Das weiß ich doch nicht«, sagte er. »Ihre eigene Frau zum Beispiel mit ihrer humanistischen Bildung, – was hat sie nun davon? ... Zwei Jungens und drei Mädels, nicht wahr? Wenn ich nicht irre, haben Sie mir selbst erzählt, daß sie das ganze letzte Jahr vor dem Examen mit Ihnen verlobt war.«

»Sehr richtig, aber ...«, fuhr Crellin, mit einem heiteren Blick das gutgewählte Beispiel quittierend, fort, »aber das ist fünfzehn Jahre her, und in diesen fünfzehn Jahren haben sich die ehrgeizigen Träume und Ideale unserer jungen Mädchen sehr geändert.«

»Glauben Sie das nicht. Ich sage Ihnen, Crellin, es ist statistisch bewiesen. Alles, was dagegen spricht, ist nur etwas Vorübergehendes, aber Weib wird immer Weib bleiben, in alle Ewigkeit.«

»Jede Frau, ja sogar jedes Mädchen, will nun einmal bei uns Männern ihren Willen durchsetzen, murmelte Crellin.

»Und Ihr Mädel wird nach Stanford kommen«, lachte Forrest, sein Pferd zum Galopp anspornend, »und Sie und ich und alle Männer werden in alle Ewigkeit dafür zu sorgen haben, daß die Weiber ihren Willen kriegen.«

Noch einmal machte Dick Forrest halt, ehe er das Große Haus erreichte. Den Mann, den er anhielt, nannte er Mendenhall. Er war Sachverständiger für Pferde und Weiden. Man sagte von ihm, daß er jeden Grashalm auf dem Gute kannte.

Auf ein Zeichen Forrests hielt Mendenhall die beiden jungen Pferde an, die er gerade einfuhr. Was Forrest veranlaßte, ihm das Zeichen zu geben, war ein Schimmer von den fernen Almen hinter dem nördlichen Talrand, die sich tiefgrün im Sonnenschein in dem ungeheuren Tiefland des Sacramentotals verloren.
Sie sprachen in kurzen Sätzen wie Männer, die sich ganz verstehen und wissen, wovon sie reden. Sie sprachen über die Lebensbedingungen der verschiedenen Herden in Vergangenheit, Gegenwart und Zukunft sowie über die Aussichten der fernen Almen, und wieviel Heu noch vom Winter übriggeblieben sei in den schirmenden Gebirgstälern, wo die Herden überwintert hatten und gefüttert worden waren.
Beim Bindebalken unter den Eichen kam ein Stallknecht Forrest entgegengelaufen, um sein Pferd in Empfang zu nehmen. Er gab noch einen Auftrag bezüglich eines Pferdes namens Duddy, worauf er mit klirrenden Sporen in das Große Haus trat.

Forrest begab sich in einen anderen Flügel des Großen Hauses. Er trat durch eine massive, eisenbeschlagene Tür aus roh behauenen Balken in den unteren Teil eines Bauwerks, das einem Kerkerturm glich. Der Fußboden war zementiert, und nach verschiedenen Richtungen führten Türen hinaus. Durch eine von ihnen konnte man einen Chinesen mit weißer Schürze und steifer Kochmütze sehen, und aus demselben Raum ertönte das leise Surren einer Dynamomaschine. Sie war es, die Forrest veranlaßte, vom geraden Wege abzuweichen. Er blieb stehen und guckte durch die angelehnte Tür in einen kühlen, zementierten, elektrisch erleuchteten Raum, in dem ein langer Eisschrank mit Glastüren und Glasborden sowie auf der einen Seite eine Eis-

maschine, auf der anderen die Dynamomaschine standen. Auf dem Boden lag ein kleiner Mann in fleckigem Arbeitszeug. Forrest nickte ihm zu.
»Etwas nicht in Ordnung. Thompson?« fragte er.
»War«, lautete die Antwort klar und bündig.
Forrest schloß die Tür und schritt weiter durch einen Gang, der einem Tunnel glich. Durch schmale, vergitterte Öffnungen, die den Schießscharten einer mittelalterlichen Burg glichen, fiel gedämpftes Licht auf seinen Weg. Eine neue Tür führte in einen langen, niedrigen Raum mit Balkendecke und einem Kamin, an dem man einen ganzen Ochsen hätte braten können. Ein mächtiger Holzkloben lag auf einer Unterlage von Kohlen und flammte lustig. Zwei Billards, einige Spieltische, bequeme Sessel und eine winzige Bar bildeten im wesentlichen die Einrichtung der Stube. Zwei junge Leute kreideten ihre Billardqueues ein und erwiderten Forrests Gruß.
»Guten Morgen, Herr Naismith«, neckte er. »Wieder neuer Stoff für die ›Breeders' Gazette‹?«
Naismith, ein dreißigjähriger, bebrillter, junger Mann lächelte und nickte in der Richtung seines Mitspielers.
»Wainwright hat mich herausgefordert«, erklärte er.
»Das heißt, daß Lute und Ernestine noch schlafen.«
Bert Wainwright richtete sich auf, um zu antworten, ehe er aber dazu kam, ging sein Wirt schon weiter, indem er Naismith über die Schulter hinweg zuwarf: »Kommen Sie mit um halb zwölf? Thayer und ich fahren mit dem Auto hinaus, um nach den Shropshire-Schafen zu sehen. Er will ein Dutzend Wagenladungen Widder haben. Das würde einen guten Stoff für einen Artikel in den ›Idahoer Nachrichten‹ abgeben. Nehmen Sie Ihre Kamera mit. Haben Sie Thayer heute morgen schon gesehen?«
»Er kam zum Frühstück, als wir gerade fertig waren«, warf Bert Wainwright ein.

»Wenn Sie ihn sehen, so sagen Sie ihm, daß er sich um halb zwölf bereit halten soll. Dich fordere ich nicht auf, mitzukommen, Bert... aus Liebenswürdigkeit. Bis dahin sind die Mädels sicher aufgestanden.«
»Willst du nicht wenigstens Rita mitnehmen?« bat Bert.
»Nicht zu machen«, lautete die Antwort Forrests, der schon in der Tür stand. »Es ist Geschäft. Übrigens könntest du Rita gar nicht von Ernestine losreißen, und wenn du einen Kran nähmst.«
»Ich wollte ja eben sehen, ob du es fertigbrächtest«, lachte Bert.
»Komisch, daß junge Leute nie ihre eigenen Schwestern zu schätzen wissen.« Forrest hielt den Bruchteil einer Sekunde inne. »Ich finde, daß Rita eine prachtvolle Schwester ist. Was hast du gegen sie?«
Ehe der andere antworten konnte, hatte Forrest schon die Tür hinter sich geschlossen und schritt sporenklirrend zu einer Betontreppe. Als er den Fuß auf die erste Stufe setzte, hörte er Tanzmusik und Gelächter, was ihn verlockte, in ein weißes Stübchen, das von Sonne durchflutet war, zu gucken. Ein junges Mädchen in rotem Kimono und Morgenhäubchen saß am Flügel, während zwei andere, ähnlich gekleidet, eng umschlossen einen Tanz parodierten, den sie nie in einem Tanzkursus gelernt hatten und der auch nicht für Männeraugen berechnet war.
Das junge Mädchen am Flügel erblickte ihn zuerst, blinzelte schelmisch mit den Augen und spielte weiter. Erst nach einer Minute bemerkten die Tanzenden ihn, schrien erschrocken auf und fielen sich, als die Musik aufhörte, lachend in die Arme. Sie waren alle drei strahlend gesunde, junge Geschöpfe, und Forrests Augen leuchteten, als er sie sah, wie sie beim Anblick der Fotherington-Prinzessin geleuchtet hatten. Neckereien, wie sie unter jungen Menschen beiderlei Geschlechts üblich sind, flogen hin und her.

»Ich stehe schon fünf Minuten hier«, behauptete Dick Forrest.

Um ihre Verwirrung zu verbergen, bezweifelten die beiden Tänzerinnen seine Glaubwürdigkeit und führten Beispiele seiner bekannten und berüchtigten Verlogenheit an. Das junge Mädchen am Klavier, seine Schwägerin Ernestine, behauptete, daß er stets die Wahrheit spräche, daß sie ihn vom ersten Augenblick an gesehen und daß er ihrer Berechnung nach viel länger als fünf Minuten dagestanden und zugesehen hätte.

»Und dabei glaubt Bert, das Unschuldslamm, daß ihr noch nicht aufgestanden seid«, übertönte Forrests Stimme ihr heiteres Plaudern.

»Das sind wir auch noch nicht – für ihn wenigstens«, antwortete die eine der Tänzerinnen, eine lebhafte junge Schönheit. »Und für dich übrigens auch nicht. Mach nur, daß du wegkommst, mein Junge. Mach, daß du wegkommst!«

»Nun höre aber mal, Lute«, begann Forrest streng, »wenn ich auch ein hinfälliger, alter Mann bin und wenn du auch nur achtzehn, ganze achtzehn Jahre alt und zufällig die Schwester meiner Frau bist, so brauchst du doch nicht zu versuchen, dich vor mir aufzuspielen. Vergiß nicht, – ich muß es sagen, so unangenehm es dir auch vor Rita sein mag, – vergiß nicht, daß ich dich in den letzten zehn Jahren öfters verhauen habe, als dir aufzuzählen lieb wäre. Es ist richtig, daß ich nicht mehr so jung bin, wie ich war, aber« – er befühlte die Muskeln seines rechten Armes und machte Miene, sich die Ärmel aufzukrempeln, »aber ich bin doch noch kein Tattergreis, und ich hätte große Lust . . .«

»Wozu?« fragte das junge Mädchen kriegerisch.

»Ich hätte große Lust«, murmelte er düster, »große Lust, dich . . . Übrigens, – es tut mir leid, es dir sagen zu müssen, – dein Häubchen sitzt nicht grade. Und besonders geschmackvoll ist es auch nicht.«

Lute warf ihr blondes Köpfchen herausfordernd zurück, blickte ihre Freundinnen hilfesuchend an und sagte dann: »Ach, ich weiß nicht. Ich halte es doch für höchst wahrscheinlich, daß wir drei Mädchen noch mit einem Mann von deinem ehrwürdigen und soliden Habitus fertig werden können. Was meint ihr, Kinder? Los! Er ist schon vierzig und hat Krampfadern. Ich verrate zwar nicht gern Familiengeheimnisse, aber alles hat seine Grenzen.«

Ernestine, eine etwas robuste, kleine, achtzehnjährige Blondine, sprang vom Flügel auf, und alle drei unternahmen einen Plünderungszug nach dem Sofakissen in den tiefen Fensternischen. Nebeneinander, ein Kissen wurfbereit in jeder Hand, rückten sie gegen den Feind vor.

Forrest machte einen kräftigen Ausfall, die jungen Mädchen stoben auseinander und drangen von allen Seiten mit den Kissen auf ihn ein. Mit ausgebreiteten Armen und gespreizten, krummen Fingern ging er auf alle drei los. Der Kampf wurde zu einem wahren Wirbelsturm. Flatternde Tücher, Seidenpantöffelchen, Morgenhäubchen und Haarnadeln flogen nach allen Seiten.

Dick Forrest lag auf allen vieren, atemlos von dem Kissenbombardement, und die Ohren summten ihm tüchtig von den vielen Schlägen. In der Hand hielt er als Trophäe einen zerrissenen Gürtel aus blauer Seide mit rosa Rosen. In der einen Tür stand Rita mit flammenden Wangen, wachsam und fluchtbereit wie ein Reh, in der anderen Ernestine, ebenfalls mit flammenden Wangen, in ehrfurchteinflößender Stellung wie die Mutter der Gracchen, die traurigen Reste des Kimonos in strengen Falten um sich drapiert und von der einen Hand gehalten, die sie in die Hüfte stemmte. Lute war hinter dem Flügel eingeklemmt und versuchte, wegzukommen, wurde aber von Forrest zurückgetrieben, der drohend auf Händen und Knien lag und wie ein wilder Stier brüllte.

»Und dabei gibt es Leute, die immer noch an die prähistorischen Mythen glauben«, verkündete Ernestine aus ihrem sicheren Zufluchtsort, »daß dieses elende menschliche Wesen, das hier auf allen vieren im Staube liegt, Berkeley einst zum Siege über Stanford geführt habe.«

Ihre Brust wogte vor Anstrengung, und er bemerkte mit Freude, wie die schimmernde Seide sich hob und senkte, während sie sich nach ihren Freundinnen umsah, die ebenso schwer atmeten.

Der Flügel war ein winziges Instrument – ein zierliches Möbel in Weiß und Gold, wie alles übrige im Zimmer. Er stand nicht direkt an der Wand, so daß Lute nach beiden Seiten hinausschlüpfen konnte. Forrest erhob sich und machte Miene, über das Instrument hinwegzuspringen. Da rief Lute erschrocken: »Aber deine Sporen, Dick! Deine Sporen!«

»Dann laß mir Zeit, sie abzuschnallen«, schlug er vor.

Als er niederkniete, um sie abzuschnallen, machte Lute einen schnellen Fluchtversuch, wurde aber hinter den Flügel zurückgetrieben.

»Wie du willst, mein Kind.« Forrest legte die Hände auf den Flügel und trat ein paar Schritte zurück. »Jetzt springe ich.« Die Tat folgte den Worten unmittelbar; er schwang sich seitwärts über den Flügel, die gefährlichen Sporen einen ganzen Fuß über der weißen, schimmernden Fläche. Im selben Augenblick duckte sich Lute und kroch auf Händen und Füßen unter den Flügel. Unglücklicherweise stieß sie sich den Kopf, und ehe sie sich besinnen konnte, war Forrest schon um das Instrument herumgelaufen und hielt sie fest.

»Komm heraus!« befahl er. »Komm heraus, damit du deine Strafe kriegst!«

»Gnade!« flehte sie. »Gnade, Herr Ritter, im Namen der Liebe und aller in Not befindlichen Jungfrauen.«

»Ich bin kein Ritter«, verkündete Forrest im tiefsten Baß. »Ich bin ein Ungeheuer. Ich bin aufgezogen mit dem Blut von im Millschen Seminar erzogenen Jungfrauen.«
»Kann denn gar nichts deine Wildheit bannen und besänftigen?« fragte Lute, schwärmerisch flehend, während sie die Möglichkeit einer Flucht überdachte.
»Nur eines, Elende! Nur eines auf der Erde, über ihr und unter ihren rinnenden Wassern.«
Ein Freudenschrei der beiden anderen jungen Mädchen unterbrach ihn, und immer noch unter dem Flügel liegend, rief Lute dem jungen Wainwright, der auf dem Schauplatz erschienen war, zu: »Zu Hilfe, Herr Ritter! Zu Hilfe!«
»Laß ab von der Jungfrau!« ertönte Berts Herausforderung.
»Wer bist du?« fragte Forrest.
»König Georg, Kerl – ich meine St. Georg.«
»Dann bin ich ein Drache«, verkündete Forrest mit gehöriger Demut. »Schone diesen meinen einzigen, alten und ehrwürdigen Hals.«
»Hau ihm den Kopf ab!« riefen die jungen Mädchen eifrig.
»Haltet inne, ihr Jungfrauen, ich bitte euch!« sagte Bert. »Ich bin nur eine Flaumfeder, ein Nichts, aber ich fürchte mich nicht. Ich will den Drachen besiegen.«
»Hau ihm den Kopf ab!« jubelten die jungen Mädchen. »Laß ihn in seinem eigenen Blut ersticken und brate ihn ganz!«
»Ich ergebe mich«, stöhnte Forrest. »Es ist aus mit mir. Das also ist die Barmherzigkeit, die man von jungen Christenweibern im Jahre des Herrn 1914 zu erwarten hat! Von jungen Weibern, die dereinst das Stimmrecht erhalten! St. Georg – sagen wir also, daß mein Kopf abgehauen ist. Ich bin tot. Meine Geschichte ist aus.«
Und jammernd und ächzend, unter realistischen Zuckun-

gen und Beinverrenkungen und mächtigem Sporenklirren legte Forrest sich der Länge nach hin und gab seinen Geist auf. Lute kroch unter dem Flügel hervor, und die drei jungen Mädchen führten einen Harpyientanz um den Erschlagenen auf.

Aber mitten darin setzte Forrest sich auf und protestierte. Er blinzelte dabei Lute vertraulich und bedeutungsvoll an. »Der Held!« rief er. »Vergeßt ihn nicht. Bekränzt ihn mit Blumen.«

Und Bert wurde bekränzt, und zwar mit Blumen aus Vasen, die seit dem vorigen Tage kein frisches Wasser gesehen hatten. Als ihm ein Strauß früher Tulpen mit nassen, schleimigen Stengeln von Lutes kräftigem Arm an den Kopf geworfen wurde, floh er. Der Lärm der Verfolgung hallte durch den Vorraum und verlor sich schließlich die Treppe zum Billardzimmer hinab. Forrest stand auf und schritt lachend mit klirrenden Sporen weiter durch das Große Haus.

Er durchschritt zwei Höfe, lange, mit Fliesen belegte und überdachte Gänge, die unter Blumen und Laub fast begraben waren, und erreichte, immer noch atemlos von dem heiteren Spiel, seinen eigenen Flügel des Hauses, wo sein Sekretär ihn in seinem Arbeitszimmer erwartete.

»Guten Morgen, Blake«, sagte er. »Es tut mir leid, daß ich Sie warten ließ.« Er sah auf seine Armbanduhr. »Aber es sind nur vier Minuten. Ich konnte nicht früher loskommen.«

Die Zeit von neun bis zehn verbrachte Dick Forrest mit seinem Sekretär. Sie erledigten gemeinsam die Korrespondenz mit wissenschaftlichen Gesellschaften und allen möglichen Zuchtverbänden und landwirtschaftlichen Genossenschaften, an der ein gewöhnlicher, kleiner Geschäftsmann ohne Hilfe bis Mitternacht gesessen hätte.

Denn Dick Forrest war der Mittelpunkt eines Systems, das er selbst aufgebaut hatte und auf das er im geheimen stolz war. Wichtige Briefe und Dokumente unterschrieb er selbst mit seiner unausgeglichenen Handschrift. Alle andern Briefe stempelte der Sekretär, der ferner im Laufe dieser einen Stunde die Antworten auf viele Briefe stenographierte. Nach Blakes persönlicher Meinung war seine Arbeitszeit länger als die seines Chefs, der aber – ebenfalls nach Ansicht Blakes – eine einzig dastehende Fähigkeit hatte, andere Leute zu beschäftigen.

Um Punkt zehn erschien Pittman, einer der Betriebsleiter, im Kontor, und Blake verschwand, mit Briefen, Dokumenten und Diktaphonwalzen beladen, in seinem Zimmer.

Von zehn bis elf kam ein ständig wechselnder Strom von Verwaltern und Betriebsleitern, alle geübt in der Kunst, sich kurz zu fassen und Zeit zu sparen, denn Dick Forrest hatte sie gelehrt, die Minuten, die sie bei ihm verbrachten, nicht mit Nachdenken zu vergeuden. Sie mußten vorbereitet sein, wenn sie Bericht erstatteten oder Vorschläge unterbreiteten. Bonbright, der Hilfssekretär, stellte sich stets um zehn Uhr ein, nahm Blakes Platz ein und schrieb mit seinem nie ruhenden Bleistift die hastig gewechselten Fragen und Antworten, Berichte, Vorschläge und Pläne nieder. Diese stenographischen Aufzeichnungen, die in zwei Exemplaren ins reine geschrieben wurden, waren der Schrecken aller Verwalter und Betriebsleiter und zuweilen ihre Nemesis. Denn erstens hatte Forrest ein glänzendes Gedächtnis, und zweitens zeigte er ihnen gern, wie wertvoll die Aufzeichnungen Bonbrights waren.

War ein Verwalter fünf oder zehn Minuten bei ihm, so war er oft in Schweiß gebadet und vollkommen erledigt. Und doch stand Forrest die ganze Zeit unter Hochdruck und sprang sicher mit den zahllosen Einzelheiten der verschiedenen Betriebe um. Thompson, dem Obermaschinisten, erzählte er im Laufe von vier blitzschnellen Minuten, wo der Fehler des Dynamos für die Eismaschine des Großen Hauses steckte, gab Thompson die Schuld, diktierte Bonbright einen kurzen Brief mit Angabe von Kapitel und Seite des Bandes in der Bibliothek, der Thompson ausgehändigt werden sollte, sagte Thompson, daß Parkman, der Meiereiverwalter, in der letzten Zeit mit der Rohrleitung zu den Milchmaschinen unzufrieden gewesen war und daß die Eismaschine in der Schlachterei nicht ihr gewohntes Quantum geliefert hatte. Jeder von ihnen war Spezialist, Forrest aber beherrschte jede Spezialität.

Um elf Uhr ging Wardman, sein Schafzuchtleiter, mit dem Bescheid, sich um halb zwölf mit Thayer, dem Aufkäufer von Idaho, einzustellen. Jetzt sollte er zunächst nach den Shropshire-Widdern sehen. Bonbright folgte ihm, und Forrest nahm eine vom Staate Iowa herausgegebene Broschüre über Schweinecholera zur Hand und begann zu lesen.

Bei seiner Größe und seinem Gewicht war Dick Forrest trotz seinen vierzig Jahren ein sehr stattlicher Mann. Seine Augen lagen grau und groß unter der vorspringenden Stirn, Wimpern und Brauen waren dunkel. Das Haar war dunkelblond, ins Kastanienbraune spielend, unter den etwas vorstehenden Backenknochen zeigten sich die Höhlen, die unbedingt zu diesem Gesichtstyp gehören. Die Kinnpartie war kräftig, ohne zu schwer zu wirken, die Nase gerade mit großen Nasenlöchern, das Kinn viereckig und entschlossen, ohne hart zu sein, und der Mund so weich wie der eines jungen Mädchens; doch konnten die Lippen zuweilen große Festigkeit verraten. Die Haut war glatt und sonnengebräunt, aber zwischen Brauen und Kopfhaar zeigte ein heller Streifen, wie weit ihn sein Pfadfinderhut vor der Sonne schirmte.

Mundwinkel und Augen waren lachlustig, und die Wangen zeigten Falten, die vom Lachen zu kommen schienen.

Ebenso stark aber war der Eindruck von Sicherheit, den jede Linie dieses so beredten Gesichtes machte.
Er hatte auch Ursache, sich sicher zu fühlen. Körper, Hirn und Lebensstellung hatten seit vielen Jahren die Probe bestanden. Obwohl der Sohn eines reichen Vaters, hatte er doch den ererbten Besitz nicht vergeudet. In der Großstadt geboren und aufgewachsen, war er aufs Land zurückgekehrt, und seine Arbeit hatte so reiche Früchte getragen, daß Viehzüchter sich nie trafen, ohne seinen Namen zu nennen. Er besaß ein schuldenfreies Gut von zweihundertfünfzigtausend Morgen, deren Wert zwischen tausend und hundert Dollar, zwischen hundert Dollar und zehn Cent schwankte, ja, die stellenweise nicht einmal einen Penny wert waren. Die Verbesserungen, die er auf dieser Viertelmillion Morgen vorgenommen – vom Dränieren der Wiesen mit Röhren bis zum Trockenlegen von Sümpfen mit Grabmaschinen, von Wegen bis zu ausgetrockneten Flußbetten, von Schuppen bis zum Großen Hause –, hatten Summen gekostet, von denen sich die Leute in der Umgegend einfach keine Vorstellung machen konnten.
Alles war großzügig und nach den neuesten Errungenschaften der Technik angelegt. Die höheren Angestellten bezogen ihren Fähigkeiten entsprechende Gehälter und wohnten in Häusern, die zwischen fünf- und zehntausend Dollar gekostet hatten, aber sie waren auch die tüchtigsten Fachleute, die zwischen dem Atlantischen und dem Stillen Ozean zu finden gewesen waren. Wenn er Benzintraktoren brauchte, bestellte er gleich zwei Dutzend. Wenn er Wasser in seinen Bergen abdämmte, handelte es sich um Millionen von Tonnen. Wenn er Gräben durch seine Sümpfe zog, vergab er nicht die Ausschachtungsarbeit, sondern kaufte gleich die mächtigen Maschinen, und gab es nicht Arbeit genug in seinen eigenen Sümpfen, so vereinbarte er die Trockenlegung von den Sümpfen mit den größeren

Landwirten und Körperschaften am ganzen Sacramento. Er selbst war klug genug zu wissen, daß er für die tüchtigsten Köpfe mehr als den üblichen Marktpreis bezahlen mußte, und er verstand die Köpfe, die er kaufte, so zu leiten, daß er Nutzen von ihnen hatte.

Bei alledem war er erst vierzig Jahre alt, stark, klaräugig, ruhig, und sein Puls schlug gesund und kräftig, obgleich er bis zu seinem dreißigsten Lebensjahre ein wildes Leben geführt hatte. Mit dreizehn Jahren war er von einem Millionärsheim weggelaufen. Mit einundzwanzig hatte er die Universität mit Glanz absolviert, und dann hatte er alle blauen Häfen in allen blauen Meeren besucht und sich mit klarem Kopf, warmblütig und lachend, in jede Gefahr der wilden Abenteuerwelt gestürzt, bis er gelernt hatte, sich Gesetz und Ordnung zu fügen.

In alten Tagen war Forrest einer der Namen gewesen, deren Klang in San Francisco Wunder tat. Das Palais der Familie auf Nob Hill war eines der ersten, die Leute wie Flood, Mackay, Crocker und O'Brien in diesem aristokratischen Viertel erbauten. Dicks Vater, Richard Forrest, ›Glücks-Forrest‹ genannt, ein Mann mit ausgeprägtem Geschäftssinn, war aus Neu-England gekommen. Ehe er seine Heimat verließ, hatte er sich für Schnellsegler und deren Bau interessiert. Unmittelbar nach seiner Ankunft in San Francisco hatte er sein Interesse Hafengrundstücken, Flußdampfern, natürlich Minen und später der Trockenlegung des Nevada Comstock und dem Bau der Süd-Pacific-Bahn zugewandt.

Er spielte hoch, mit großem Gewinn und großem Verlust, gewann aber stets mehr, als er verlor, und was er mit einer Hand ausgab, nahm er in einem neuen Spiel mit der andern wieder ein. Seinen Gewinn in Comstock warf er in verschiedene Löcher der bodenlosen Daffodie-Minen in Eldorado. Aus den traurigen Resten der Benicia-Bahn schuf er die Napagesellschaft, ein Quecksilberunternehmen, das ihm fünftausend Prozent brachte. Was er beim Konkurs des stark propagierten Stockton-Unternehmens zusetzte, verdiente er wieder an seinen Grundstücken in Sacramento und Oakland.

Das tollste aber war, wie ›Glücks-Forrest‹ durch eine ganze Reihe von Unglücksfällen alles, was er besaß, verloren hatte, so daß San Francisco schon diskutierte, wieviel das Palais auf Nob Hill auf einer Auktion einbringen könnte, und wie er einem gewissen Del Nelson Geld zur Ausrüstung einer Expedition nach Mexiko gab. Und das Ergebnis von der Suche dieses Del Nelson nach Quarz war die sogenannte Harvest-Gruppe, die die phantastischen, unerschöpflichen Minen Rattlesnake, Voice, City, Desdemona, Bullfrog Yellow Boys umfaßte. Der durch sein eigenes Glück ganz verstörte Del Nelson hatte sich, ehe das Jahr um war, in einem mächtigen Quantum schlechten Whiskys zu Tode gesoffen, und da sein Testament mangels Angehöriger nicht umzustoßen war, erbte ›Glücks-Forrest‹ auch seinen Anteil.

Dick Forrest war der echte Sohn seines Vaters. ›Glücks-Forrest‹, dieser Inbegriff grenzenloser Energie und Unternehmungslust, war, obgleich zweimal verheiratet gewesen und zweimal Witwer geworden, nicht mit Kindern gesegnet. Er verheiratete sich zum dritten Mal im Jahre 1872, im Alter von achtundfünfzig Jahren. Im Jahre 1874 starb seine Frau und hinterließ ihm einen großen, kräftigen Jungen von zwölf Pfund, der von einem ganzen Regiment von Weibern auf Nob Hill aufgezogen wurde.

Dick war ein begabtes Kind. ›Glücks-Forrest‹ war Demokrat. Resultat: Dick lernte in einem Jahr von Hauslehrern mehr, als er bei dreijährigem Schulbesuch gelernt hätte, und benutzte die ganzen, auf diese Weise gesparten Jahre, um im Freien zu spielen. Ein zweites Resultat von der Begabung des Sohnes wie von der demokratischen Anschauung des Vaters war, daß er das letzte Jahr in die Volksschule geschickt wurde, um auf gut demokratische Art neben den Söhnen und Töchtern von Arbeitern, kleinen Geschäftsleuten, Gastwirten und Politikern zu sitzen.

Wenn es galt, Verse aufzusagen oder zu buchstabieren, halfen ihm die Millionen seines Vaters nicht im geringsten im Wettkampf mit Patsy Halloran, dem mathematischen Wunderkind, dessen Vater Maurergeselle war, oder mit Mona Sanguinetti, die fabelhaft buchstabierte und deren Mutter Witwe war und einen Gemüseladen hatte. Die Millionen seines Vaters und das Palais auf Nob Hill halfen dem jungen Dick auch nicht, als er die Jacke abwarf und mit den Fäusten auf Jimmy Bots, Jean Choyinski und die andern jungen Burschen losging, die einige Jahre später Ruhm und Reichtum gewinnen sollten, eine Generation von Boxern, wie nur San Francisco sie hervorbringen konnte.

Das Klügste, was ›Glücks-Forrest‹ für seinen Jungen tat, war, daß er ihm diese demokratische Erziehung zuteil werden ließ. Im Herzen vergaß Dick nie, daß er in einen Palast mit großer Dienerschaft gehörte und daß sein Vater ein mächtiger und angesehener Mann war. Andererseits aber lernte Dick die zweibeinige, zweifäustige Demokratie kennen. Er lernte sie kennen, als Mona Sanguinetti ihn in Grund und Boden buchstabierte und als Berney Miller ihn beim Spiel in der Schule völlig an die Wand drückte. Und als Tim Hagan zum hundertsten Male mit der linken Faust nach seiner blutenden Nase und seinem zerschlagenen Mund auslangte und ihm mit der rechten immerfort den Bauch bearbeitete, so daß der Atem ihm mühsam durch die zerschundenen Lippen pfiff, hatte er keine Zeit, sich nach Hilfe vom Palais oder vom Bankkonto umzusehen. Auf seinen zwei Beinen, mit seinen zwei Fäusten stand er

Tim gegenüber, und es galt entweder ihn selbst oder den andern. Hier war es denn auch, wo der junge Dick unter Schweiß und Blut und mit eisernem Willen eine Niederlage in einen halben Sieg verwandeln lernte. Es war von Anfang an ein hoffnungsloser Kampf gewesen, und doch hatte er ausgehalten, bis die Zuschauer zu dem Ergebnis kamen, daß keiner der beiden Jungen den andern besiegen konnte, wenn sie das auch erst einsahen, als beide übel und erschöpft und vor Trotz und Wut weinend auf dem Boden lagen. Von jetzt an waren sie Freunde und beherrschten gemeinsam den ganzen Schulhof.

›Glücks-Forrest‹ starb im selben Monat, als der junge Dick die Mittelschule verließ.

Dick war dreizehn Jahre alt, besaß zwanzig Millionen Dollar und nicht einen Verwandten auf der Welt, der sich um ihn gekümmert hätte. Er herrschte über ein ganzes Palais voller Dienerschaft, eine Dampfjacht, Stallungen und dazu einen Sommerpalast weiter südlich auf der Halbinsel, in der Millionärskolonie Mento. Nur eines beschwerte ihn: ein Vormundschaftsrat.

Eines Sommernachmittags wohnte er in der großen Bibliothek der ersten Sitzung des Vormundschaftsrates bei. Es waren drei im ganzen, alles ältere, wohlhabende Juristen und Geschäftsfreunde seines Vaters. Als sie Dick seine Lage auseinandersetzten, hatte er den Eindruck, daß sie es zwar ganz gut mit ihm meinten, aber kein Verständnis für ihn hätten. Seiner Meinung nach war es schon viel zu lange her, daß sie selbst Jungen gewesen waren. Und er kam auf seine eigene, sichere Weise zu dem Ergebnis, daß er selbst der einzige Mensch auf der Welt war, der wissen konnte, was ihm frommte.

Herr Crockett hielt eine lange Rede, die Dick mit geziemender Aufmerksamkeit anhörte, wobei er jedesmal, wenn das Wort direkt an ihn gerichtet wurde, nickte. Dann er-

griffen die Herren Davidson und Slocum das Wort und erfuhren die gleiche rücksichtsvolle Behandlung. Unter anderm hörte Dick, welch prächtiger Mensch sein Vater gewesen war, und daß das von den drei Herren gemeinsam ausgearbeitete Programm ihn zu einem ebenso ausgezeichneten und aufrechten Manne machen sollte.
Als sie fertig waren, nahm Dick das Wort.
»Ich habe darüber nachgedacht«, verkündete er, »und zu allererst möchte ich reisen.«
»Das kommt später, mein Junge«, meinte Herr Slocum beruhigend. »Wenn – sagen wir – wenn du dein Abitur gemacht hast. Dann wird dir ein Jahr im Ausland sehr gut tun – gewiß.«
»Natürlich«, warf Davidson schnell dazwischen, der das Aufblitzen in den Augen des Knaben und den Zug von Festigkeit, der unwillkürlich um seinen Mund trat, gesehen hatte, »natürlich kannst du unterdessen kleinere Reisen machen – innerhalb gewisser Grenzen – in deinen Ferien. Ich bin sicher, daß deine andern Vormünder mit mir einig sind, daß solche kleinen Reisen mit passender Begleitung nur ratsam und nützlich wären.«
»Wieviel, sagten Sie, besitze ich?« fragte Dick, scheinbar zusammenhanglos.
»Zwanzig Millionen Dollar – sehr vorsichtig gerechnet – ja, zwanzig Millionen Dollar«, antwortete Herr Crockett schnell.
»Wenn ich nun sagte, daß ich jetzt gleich hundert Dollar haben möchte?« fuhr Dick fort.
Herr Slocum sah die andern unentschlossen an.
»Dann wären wir genötigt, dich zu fragen, wozu du das Geld brauchtest«, antwortete Herr Crockett.
»Und wenn ich nun«, sagte Dick sehr langsam und blickte Herrn Crockett fest in die Augen, »wenn ich nun sagte, daß es mir sehr leid täte, daß ich es aber nicht sagen wollte?«

»Dann bekämst du es nicht«, sagte Herr Crockett so schnell, daß es fast gereizt klang.
Dick nickte langsam, als wollte er sich die Situation richtig klarmachen.
»Ja, mein Junge«, fügte Herr Slocum schnell hinzu, »du mußt doch verstehen, daß du noch zu jung bist, um mit Geldsachen zu tun zu haben. In all diesen Dingen müssen wir für dich bestimmen.«
»Sie meinen also, daß ich ohne Ihre Erlaubnis nicht einen Penny anrühren darf?«
»Nicht einen Penny«, sagte Herr Crockett, nun wirklich gereizt.
Dick nickte nachdenklich und murmelte: »Ach so.«
»Selbstverständlich, – das ist nicht mehr als recht und billig, – erhältst du ein festes Taschengeld«, sagte Davidson, »etwa einen oder zwei Dollar wöchentlich. Wenn du älter wirst, wird dieser Betrag erhöht werden. Und mit einundzwanzig wirst du zweifellos – natürlich mit einiger Anleitung – dein Geld selbst verwalten können.«
»Und bis ich einundzwanzig bin, kann ich von meinen zwanzig Millionen keine hundert Dollar haben, um sie nach eigenem Belieben zu verwenden?«
Davidson wollte dies freundlich bestätigen, wurde aber von Dick unterbrochen, der fortfuhr: »Es ist also so zu verstehen, daß wir vier uns darüber einigen müssen, über wieviel Geld ich verfügen kann?«
Der Vormundschaftsrat nickte.
»Und daß unser Beschluß entscheidend ist?«
Der Vormundschaftsrat nickte wieder.
»Na ja, dann möchte ich gerne gleich hundert Dollar haben.«
»Wozu?« fragte Herr Crockett.
»Das will ich Ihnen gern sagen«, lautete die ruhige Antwort des Knaben. »Um zu reisen.«

»Du hast abends um halb neun Uhr im Bett zu liegen«, antwortete Herr Crockett. »Und die hundert Dollar bekommst du nicht. Die Dame, von der wir sprachen, wird etwas vor sechs hier sein. Sie wird dich, wie wir dir erklärt haben, beaufsichtigen. Das Mittagessen findet wie gewöhnlich um halb sieben Uhr statt; sie wird mit dir essen und dafür sorgen, daß du ins Bett kommst. Wie wir dir sagten, soll sie Mutterstelle an dir vertreten, – dafür sorgen, daß dein Hals und deine Ohren immer sauber sind –«

»Und daß ich jeden Sonnabend mein Bad bekomme«, fuhr Dick fromm fort.

»Jawohl.«

»Wieviel bezahlen Sie – oder ich – der Dame für ihre Arbeit?« fragte Dick mit einem der unangenehmen Seitensprünge, die er sich schon damals angewöhnt hatte und die von seinen Lehrern und Kameraden gefürchtet waren.

Zum erstenmal mußte Herr Crockett sich räuspern, um Zeit zu gewinnen.

»Ja, denn schließlich bin ich es ja, der sie bezahlt, nicht wahr?« fuhr Dick fort. »Von meinen zwanzig Millionen.«

»Ganz sein Vater!« bemerkte Herr Slocum leise. »Frau Summerstone, ›die Dame‹, wie du sie zu nennen beliebst, erhält hundertfünfzig Dollar monatlich oder achtzehnhundert jährlich«, sagte Herr Crockett.

»Das ist rausgeworfenes Geld«, seufzte Dick. »Und dazu bekommt sie doch noch Kost und Logis. – Also dann danke ich Ihnen für Ihre Freundlichkeit«, sagte er, zu allen dreien gewandt. »Ich denke, wir werden uns schon vertragen. Natürlich gehören die zwanzig Millionen mir, und natürlich müssen Sie auf sie aufpassen, denn ich verstehe nichts von Geschäften –«

»Und wir werden dir dein Kapital vermehren, mein Junge, wir werden es dir vermehren – nach guten alten Methoden«, sagte Herr Slocum.

»Keine Spekulationen«, warnte Dick. »Vater hat Glück gehabt, aber ich habe ihn sagen hören, die Zeiten hätten sich geändert, und heute gäbe es nicht mehr die Chancen wie früher.«

Hieraus darf man nicht schließen, daß Dick kleinlich und geldgierig gewesen wäre. Im Gegenteil, er beschäftigte sich in diesem Augenblick heimlich mit Gedanken und Plänen, die nicht das geringste mit seinen zwanzig Millionen zu tun hatten, sondern ihn eher in eine Klasse mit den betrunkenen Matrosen stellten, die die Heuer von drei Jahren nach allen Seiten hinauswerfen.

»Ich bin natürlich nur ein Knabe«, fuhr der junge Dick fort. »Aber Sie kennen mich noch nicht richtig. Wir müssen uns allmählich besser kennenlernen, und nun nochmals vielen Dank.«

Er machte eine kurze Verbeugung, wie man sie früh in den Palästen von Nob Hill lernt, und gab durch sein Schweigen zu verstehen, daß die Audienz beendigt war. Es entging seinen Vormündern denn auch nicht, daß er es war, der das Zeichen zum Aufbruch gegeben hatte, und sie zogen sich verdutzt und verwirrt zurück. Bei den Herren Slocum und Davidson wollte die Verwirrung, als sie die breite Steintreppe zu dem wartenden Wagen hinabschritten, dem Zorn weichen, aber der mürrische und bissige Herr Crockett murmelte begeistert: »Der verfluchte Bengel! Der verfluchte Bengel!«

Der Wagen brachte sie in den alten Pacific-Union-Club, wo sie noch eine ganze Stunde mit großem Ernst über die Zukunft des jungen Dick Forrest debattierten und sich wiederum gelobten, das Vertrauen, das ›Glücks-Forrest‹ ihnen erwiesen hatte, nicht zu täuschen. Und den Hügel hinab, nach einem Stadtteil, wo das Gras zwischen dem Pflaster wucherte, da die Straßen zu steil für Pferd und Wagen waren, eilte der junge Dick Forrest allein und zu Fuß. Hier machten die Paläste der Nachbarn mit ihren ausgedehnten Parks unvermittelt elenden Gassen und hölzernen Arbeiterkasernen Platz.

Das San Francisco von 1887 war dieselbe sinnlose Mischung von Armenvierteln und Palästen wie die alten Städte Europas.

Nob Hill erhob sich wie eine mittelalterliche Burg hoch über das gemeine Volk, dessen Höhlen und Niederlassungen in wirrem Durcheinander um ihren Fuß lagen.

Dick blieb vor einem Krämerladen in einem Eckhaus stehen, dessen oberste Etage von Timothy Hagan senior bewohnt wurde, der diese Wohnung kraft seiner Stellung als Schutzmann und eines Monatsgehalts von hundert Dollar gewählt hatte, um sich hoch erhaben über seinesgleichen zu fühlen, die sich und ihre Familien für fünfundsiebzig Dollars monatlich ernähren mußten.

Vergebens pfiff Dick zu den offenen, nicht mit Läden versehenen Fenstern hinauf. Tim Hagan junior war nicht zu Hause, Dick vergeudete jedoch nicht viel Atem auf das Pfeifen, sondern dachte nach, wo Tim Hagan stecken mochte, als Tim selbst mit einer Kanne schäumenden Bieres um die Ecke kam. Er grüßte mit einem Grunzen, und Dick antwortete mit einem ähnlichen Grunzen – niemand würde geglaubt haben, daß er erst vor einem Augenblick eine Audienz mit drei der größten Handelsfürsten dieser Stadt mit den vielen Handelsdynastien abgeschlossen hatte. Und daß er der Besitzer von zwanzig Millionen war, konnte man weder aus seiner Stimme erkennen, noch machte es sein Grunzen auch nur einen Deut kultivierter.

»Ich hab' dich gar nicht mehr gesehn, seit dein Alter starb«, meinte Tim Hagan.

»Na, jetzt siehst du mich ja«, lautete die Antwort Dicks. »Aber hör mal, Tim, ich muß ernsthaft mit dir reden.«

»Wart, bis ich das hier meinem Alten raufgebracht hab'«,

sagte Tim, sachverständig das Bier in der Kanne betrachtend. »Er brüllt wie ein Ochse, wenn es schal ist.«

»Ach, du brauchst es ja bloß ein bißchen zu schütteln«, sagte Dick beruhigend. »Nur einen Augenblick. Ich brenne heut abend durch. Kommst du mit?«

Tims kleine blaue Augen funkelten neugierig.

»Wohin?« fragte er.

»Das weiß ich nicht. Kommst du mit? Wir können immer noch näher drüber reden, wenn wir wegkommen. Also, wie ist es?«

»Der Alte wird mir die Seele zum Leib herausprügeln«, sagte Tim nachdenklich.

»Das hat er schon früher getan, und ich finde nicht, daß du Schaden dabei genommen hast«, antwortete Dick gefühllos. »Wenn du mitkommst, treffen wir uns heut abend um neun beim Fährhaus. Also? Ich bin da.«

»Und wenn ich nicht da bin?« fragte Tim.

»Dann brenne ich doch durch.« Dick wandte sich zum Gehen, blieb aber stehen und warf leicht über die Schulter hin: »Aber es ist schon besser, du kommst mit.«

Tim schüttelte das Bier und sagte dann ebenso gleichgültig: »Schön, ich werde dasein.«

Nachdem Dick sich von Tim Hagan getrennt hatte, folgten ein paar geschäftige Stunden. Zuerst suchte er einen Schulkameraden namens Marcovich auf, dessen Vater eine Gastwirtschaft hatte. Der junge Marcovich erklärte sich bereit, die Schuld gegen Zahlung von einem Dollar und vierzig Cent bar zu streichen.

Nunmehr wanderte Dick sehr verlegen und verwirrt die Montgomerystraße hinab, zwischen all den vielen Pfandleihen schwankend, die sich in der Hauptverkehrsader befanden.

Schließlich ging er mit dem Mut der Verzweiflung in eine hinein und erhielt nach einigem Hin und Her einen Zettel

und acht Dollar für seine goldene Uhr, die, wie er wußte, mindestens fünfzig wert war.
Das Mittagessen im Nob-Hill-Palais kam um halb sieben Uhr auf den Tisch. Er erschien um dreiviertel und fand Frau Summerstone vor. Sie war eine dicke, ältere Dame, die einst bessere Tage gesehen hatte und der großen Familie Porter-Rickington angehörte, deren Konkurs in den Siebzigern die ganze Pazificküste erschüttert hatte. Trotz ihrer Wohlbeleibtheit hatte sie, wie sie erklärte, schwache Nerven.
»Das geht aber nicht, Richard«, verwies sie ihn. »Das Essen wartet schon eine Viertelstunde, und du hast dich noch nicht einmal gewaschen.«
»Entschuldigen Sie, Frau Summerstone«, sagte Dick. »Ich werde Sie nie wieder warten lassen und Ihnen überhaupt nicht viel Mühe machen.«
Beim Essen, das in aller Feierlichkeit eingenommen wurde, – die beiden saßen allein in dem großen Speisesaal, – spielte sich Dick Frau Summerstone gegenüber vollkommen als Wirt auf.
»Es wird Ihnen hier schon gefallen, wenn Sie sich erst eingelebt haben«, sagte er. »Es ist ein gutes, altes Haus, und die Dienerschaft ist zum größten Teil seit Jahren hier.«
»Aber Richard«, sagte sie, ihn ernst lächelnd ansehend, »die Dienerschaft ist ja nicht für mein Wohlergehen maßgebend, sondern du.«
»Ich werde mein Bestes tun«, sagte er zuvorkommend. »Und mehr als das. Es tut mir leid, daß ich mich verspätet habe, aber es soll nicht wieder vorkommen. Ich werde Sie nicht im geringsten belästigen. Sie werden sehen! Es wird so sein, als ob ich gar nicht hier wäre.«
Als er ihr ›gute Nacht‹ sagte, fügte er hinzu, »Vor einem möchte ich Sie warnen: Ah Sing. Das ist unser Koch. Zwanzig, dreißig Jahre, glaub' ich, hat er für Vater gekocht, lan-

ge, ehe das Haus hier gebaut oder ich geboren wurde. Er hat Privilegien und ist so gewohnt, seinen Willen zu haben, daß man ihn wie ein rohes Ei behandeln muß. Wenn er einen aber gern hat, dann kann er sich auf den Kopf stellen, um es einem recht zu machen. Mich hat er zum Beispiel gern, und wenn Sie ihn dazu kriegen können, daß er Sie auch mag, dann werden Sie sich hier mehr als wohl fühlen. Und das verspreche ich Ihnen: Ich werde Ihnen keine Mühe machen. Sie werden denken, ich sei gar nicht da.«

Auf die Sekunde um neun Uhr traf Dick in seinem ältesten Zeug Tim Hagan beim Fährhaus.

»Nach Norden zu gehen, hat keinen Zweck«, sagte Tim. »Dort ist es bald Winter, und dann wird es zu kalt, um im Freien zu schlafen. Willst du nach Osten – das heißt, nach Nevada und in die Wüste?«

»Warum nicht nach Süden?« meinte Dick. »Wir könnten nach Los Angeles, nach Arizona und Neu-Mexiko – oh, und nach Texas.«

»Wieviel Geld hast du?« fragte Tim.

»Wozu?« stellte Dick die Gegenfrage.

»Wir müssen vor allem sehen, von hier wegzukommen, und das geht am schnellsten, wenn wir zunächst bezahlen. Ich – ich bin ein Floh, aber du nicht. Die Leute, die auf dich aufpassen, werden einen Höllenlärm schlagen. Sie werden so viele Detektive hinter uns herschicken, daß man nicht vor ihnen ausspucken kann. Wir müssen versuchen, durchzuwitschen.«

»Dann witschen wir eben durch«, sagte Dick. »Wir machen kurze Abstecher, mal nach der einen, mal nach der andern Seite, und bezahlen, bis wir nach Tracy kommen. Dann bezahlen wir nicht mehr und gehen nach dem Süden.«

Dieses Programm befolgten sie genau. Als zahlende Fahrgäste passierten sie Tracy sechs Stunden, nachdem die Polizei es aufgegeben hatte, die Züge zu untersuchen. In einem Anfall übertriebener Vorsicht bezahlte Dick noch die Fahrt bis nach Modesta. Dann übernahm Tim die Führung, und sie reisten als blinde Passagiere auf Güter- und Packwagen und auf Kuhfängern. Einmal kaufte Tim eine Zeitung und erschreckte Dick durch das Vorlesen der unheimlichen Berichte über die Entführung des jungen Erben der Forrestschen Millionen.

In San Francisco setzten die Vormünder dreißigtausend Dollar Belohnung auf die Herbeischaffung ihres Mündels aus, und Tim Hagan, der das alles las, als die beiden Jungen im Grase bei einem Wassertrank lagen, prägte dem Hirne Dicks für immer die Lehre ein, daß Ehre, die nicht feil war, nicht von Stellung und Kaste abhing, daß sie in Palästen sowohl wie in einer armseligen Behausung über einem Krämerladen gedeihen konnte.

»Hoppla!« sagte Tim ins Blaue hinein. »Der Alte würde heilfroh sein, wenn ich aus der Schule schwatzte und die dreißigtausend verdiente. Mir wird ganz schwindlig, wenn ich daran denke.«

Aus dem Umstand, daß Tim so offen davon sprach, schloß Dick, daß der Sohn des Schutzmanns ihn unter keinen Umständen verraten würde. Erst sechs Wochen später, in Arizona, berührte Dick die Sache.

»Siehst du, Tim«, sagte er, »ich habe Berge von Geld. Mein Vermögen wächst immerzu, und ich verbrauche nichts, – jedenfalls ist es nicht der Rede wert, – wenn Frau Summerstone auch achtzehnhundert Dollar jährlich und Kost und Logis dazu von mir kriegt, während wir beide uns mit den Überbleibseln aus den Eimern der Heizer in den Lokomotivschuppen begnügen müssen. Und dabei wächst mein Vermögen beständig. Was sind zehn Prozent von zwanzig Millionen Dollar?«

Tim Hagan starrte in die flimmernden Hitzewellen der Wüste und versuchte, das schwere Problem zu lösen.
»Was ist ein Zehntel von zwanzig Millionen?« fragte Dick gereizt.
»Hm! – Zwei Millionen natürlich.«
»Na, und fünf Prozent ist die Hälfte von zehn Prozent. Was bringen also zwanzig Millionen zu fünf Prozent jährlich?«
Tim überlegte.
»Die Hälfte, die Hälfte von zwei Millionen!« rief Dick. »Auf diese Weise werde ich jährlich um eine Million reicher. Denk daran und paß auf, was ich dir sage. Wenn ich wieder heimkehre, – und das wird viele Jahre dauern, – dann rechnen wir beide ab. Sobald ich es dir sage, schreibst du deinem Vater, dann kommt er irgendwohin, wo wir auf ihn warten, findet mich und bringt mich heim. Dann kriegt er die dreißigtausend Dollar, die meine Vormünder als Belohnung ausgesetzt haben, braucht nicht mehr Schutzmann zu spielen und kann eine Wirtschaft aufmachen.«
»Dreißigtausend Dollar ist ein verfluchter Haufen Geld.« Auf diese nachlässige Weise drückte Tim seine Dankbarkeit aus.
»Nicht für mich«, meinte Dick wegwerfend. »Dreißigtausend gehen dreiunddreißigmal in einer Million auf, und eine Million sind nur die Zinsen eines Jahres.«
Aber Tim Hagan sollte es nicht erleben, seinen Vater als Gastwirt zu sehen. Zwei Tage später warf ein Bremser, der besser Bescheid hätte wissen müssen, die Jungen bei einer Überführung von einem leeren Güterwagen herunter. Die Überführung überbrückte eine trockene Felsschlucht. Dick sah fünfundzwanzig Meter tief auf die Felsen hinunter und erhob Einwände.
»So ist ja Platz genug auf der Überführung«, sagte er, »wenn der Zug aber jetzt weiterfährt?«

»Er fährt nicht weiter, – runter mit euch, solange noch Zeit ist!« erklärte der Bremser. »Die Lokomotive nimmt drüben Wasser ein. Das tut sie immer hier.«

Aber gerade diesmal nahm die Lokomotive kein Wasser ein. Das Zeugenverhör bei der Leichenschau ergab, daß der Lokomotivführer die Zisterne leer gefunden hatte und deshalb weitergefahren war. Die beiden Knaben waren kaum vom Wagen heruntergeklettert und ein Dutzend Schritte weit auf den schmalen Steg zwischen dem Zuge und dem Abgrund gelangt, als der Zug anfuhr. Dick, der schnell und sicher erfaßte und eine erstaunliche Anpassungsfähigkeit hatte, ließ sich sofort auf Hände und Knie sinken. Dadurch bekam er mehr Halt und mehr Platz, weil er sich unter den vorspringenden Oberteil der Wagen duckte. Tim, der keine so schnelle Auffassungs- und Anpassungsgabe hatte und dazu, als echter Irländer, von Wut auf den Bremser gepackt wurde, warf sich nicht nieder, sondern blieb stehen und vertraute dem Bremser seine Meinung über ihn in unheimlichen, von seinen Vätern ererbten Wendungen an.

»Runter mit dir, – wirf dich hin!« rief Dick.

Aber die Gelegenheit war verpaßt. Die Lokomotive, die bergab fuhr, erreichte den Zug schnell. Das Gesicht den rollenden Wagen zugekehrt, die leere Luft hinter und die klaffende Tiefe unter sich, versuchte Tim, sich auf die Knie zu werfen. Aber bei der ersten Schulterdrehung kam er mit den Wagen in Berührung und hätte fast das Gleichgewicht verloren. Nur durch ein wahres Wunder vermochte er sich auf den Füßen zu halten, stand aber immer noch aufrecht da. Der Zug fuhr immer schneller. Es war unmöglich, sich niederzuwerfen.

Dick, der auf den Knien lag und sich festhielt, sah ihn unverwandt an. Der Zug vergrößerte seine Schnelligkeit, und die Wagen folgten immer rascher aufeinander. Tim stand kaltblütig da, den Rücken gegen den Abgrund, mit lose herabhängenden Armen und ohne einen Halt außer den Füßen. Er schwankte hin und zurück, und je schneller der Zug fuhr, desto mehr schwankte er, bis er seinen Willen aufs äußerste anspannte und feststand.

Alles würde gutgegangen sein, wäre nicht ein einziger Wagen fünfzehn Zentimeter breiter als die andern gewesen. Dick sah ihn kommen. Er sah, wie Tim sich bereit machte, der plötzlichen Einschnürung seines engen Standortes zu begegnen. Er sah, wie Tim sich langsam seitwärts schwang, so weit, wie es überhaupt möglich war, aber doch nicht weit genug. Es war unvermeidlich. Noch ein Zoll, und der Wagen wäre frei an Tim vorbeigegangen. Aber dieser eine Zoll fehlte, der Wagen packte ihn und schleuderte ihn rücklings hinab. Zweimal wirbelte er herum, dann schlug sein Kopf gegen den Felsen.

Tim regte sich nicht mehr. Dieser Sturz aus einer Höhe von fünfundzwanzig Meter brach ihm den Hals und zerschmetterte ihm den Schädel. Und in diesem einen Augenblick lernte Dick den Tod kennen – nicht den normalen, anständigen Tod unter zivilisierten Verhältnissen, den durch Ärzte, Krankenschwestern und Morphiumspritzen gemilderten, sondern den plötzlichen, den primitiven, häßlichen, ungeschminkten Tod, wie der eines Stieres auf der Schlachtbank.

Aber in diesem einen Augenblick lernte Dick noch etwas kennen – die Unbarmherzigkeit von Leben und Schicksal; die Feindseligkeit des Universums gegen die Menschen; die Notwendigkeit, zu erfassen und zu handeln, zu sehen und zu wissen, sicher und schnell zu sein, sich allen augenblicklichen Verschiebungen in dem Zusammenspiel der Kräfte, das das Leben ausmacht, anzupassen. Und neben den merkwürdig zusammengefallenen und eingeschrumpften Überresten dessen, was noch vor einem Augenblick sein

Kamerad gewesen war, lernte Dick, daß man nicht mit Illusionen rechnen darf und daß die Wirklichkeit nie lügt.

In Neu-Mexiko kam Dick für eine Weile auf die Jingle-bob-Ranch, nördlich von Roswell, im Pecostal. Er war noch keine vierzehn Jahre alt, galt als ›Glückskind‹ der Ranch und wurde von älteren Cowboys mit Namen wie Wildpferd, Willi Bock und Toller Pfaff zum perfekten Cowboy ausgebildet.
Hier blieb Dick ein halbes Jahr, und hier eignete sich der weichgliedrige und doch nicht unterzukriegende Junge eine Kenntnis von Pferden und ihrer Behandlung sowie von Männern mit primitiven Gedanken und Gefühlen an, die ihm im späteren Leben von höchstem Werte werden sollte. Aber er lernte noch mehr. Da war John Chisum, der Besitzer von Jingle-bob. Bosque Grande und mancher andern Viehranch bis an den Black River und noch weiter. John Chisum war ein Viehkönig, der das Kommen der Kleinsiedler vorausgesehen, sich an Stacheldraht gewöhnt, die vierzig Morgen, auf denen es Wasser gab, gekauft und freies Nutzrecht der anstoßenden Millionen Morgen, die ohne das von ihm beherrschte Wasser wertlos waren, erlangt hatte. Und am Lagerfeuer aus den Gesprächen der Cowboys, deren Lohn sich auf vierzig Dollar monatlich belief und die nicht vorausgesehen hatten, was John Chisum voraussah, lernte Dick genau, wie und warum John Chisum Viehkönig geworden war, während Tausende seiner Zeitgenossen gegen Kost und Lohn für ihn arbeiteten. Aber Dick war nicht kaltsinnig. Sein Blut war heiß, und er besaß Leidenschaft, Feuer und Mannesstolz. Fast weinend nach zwanzig Stunden im Sattel, lernte er doch, sich nichts aus seinen schmerzenden Gliedern zu machen und stoisch und stumm auszuhalten, bis die abgehärteten Cowboys ihn zu Bett schickten. Ebenso ritt er jedes Pferd, das ihm zu-

gewiesen wurde, ritt die Nächte hindurch und kannte kein Zaudern, wenn es galt, sich einer durchgehenden Herde entgegenzuwerfen. Kein Wagnis war ihm zu groß, aber er behielt dabei stets seinen Wirklichkeitssinn. Er wußte gut, daß die Hirnschalen der Menschen dünn waren und leicht zerbrechen konnten, wenn sie mit harten Felsen oder trampelnden Pferdehufen in Berührung kamen. Und wenn er, der sonst jedes ihm angebotene Pferd ritt, sich weigerte, ein Tier zu besteigen, das mehrmals über seine eigenen Beine gestolpert war, so hatte er nicht etwa Furcht, sondern er wollte, daß die Möglichkeit, sich die Knochen zu brechen, derjenigen, heil davonzukommen, wenigstens die Waage hielt, wie er zu John Chisum sagte.
Während seines Aufenthalts auf Jingle-bob schrieb er eines Tages an seine Vormünder. Aber er ließ den Brief durch einen Chicagoer Viehhändler abschicken und gebrauchte zudem die Vorsicht, ihn an Ah Sing zu adressieren. Wenn Dick sich auch von seinen zwanzig Millionen nicht beschwert fühlte, so vergaß er sie doch nie, und da er fürchtete, daß sein Vermögen unter entfernten Verwandten aus Neu-England aufgeteilt werden würde, schrieb er seinen Vormündern, daß er noch am Leben sei und in einigen Jahren heimkommen würde. Er bat sie ferner, Frau Summerstone unter den vereinbarten Bedingungen zu behalten.

Aber Dick juckten die Füße. Mehr als ein halbes Jahr konnte er nicht auf die Ranch opfern. Als Vagabund durchstreifte er die Vereinigten Staaten und machte die Bekanntschaft von Polizisten, Richtern, Vagabundengesetzen und Gefängnissen, von Vagabunden, Gelegenheitsarbeitern und Verbrechern. Bauernhöfe und Bauern lernte er kennen, und im Staate New York pflückte er eine ganze Woche Beeren bei einem holländischen Bauern, der mit einem der ersten in den Vereinigten Staaten erbauten Silos experimentierte. Nicht Forscherdrang war es, was ihn trieb, dies alles kennenzulernen. Er hatte nur die Neugier des echten Jungen und sammelte dabei ein ungeheures Wissen von der menschlichen Natur und den sozialen Verhältnissen, das ihm später sehr zustatten kam.

Seine Abenteuer schadeten ihm nichts. Selbst wenn er mit Leuten, die die Gefängnisse der Vereinigten Staaten gut kannten, am Lagerfeuer saß und auf die Erzählungen von ihrem Leben und ihren Verbrechen lauschte, hatte das keinen schlechten Einfluß auf ihn. Er war ein Zugvogel und aus anderem Blute als sie. Sicher im Bewußtsein seiner zwanzig Millionen, lockten ihn Raub und Diebstahl nicht. Er wollte nur sehen, immer mehr sehen.

Als drei Jahre vergangen und er fast sechzehn Jahre alt und ein abgehärteter junger Bursche mit einem Gewicht von hundertfünfundzwanzig Pfund geworden war, sagte er sich, daß es Zeit sei, zu den Büchern heimzukehren. Folglich machte er seine erste Seereise, ließ sich als Schiffsjunge auf einem Segelschiff für die Fahrt von Delaware nach San Francisco um Kap Hoorn herum anheuern. Es war eine schwere Reise, die hundertundachtzig Tage dauerte. Bei seiner Ankunft aber wog er zehn Pfund mehr.

Frau Summerstone schrie laut, als er in die Stube trat, und Ah Sing mußte aus der Küche geholt werden, um ihn zu identifizieren. Frau Summerstone stieß einen zweiten Schrei aus, als er ihr die Hand drückte und ihre feine Haut mit seiner zerarbeiteten, borkigen Faust schrammte.

Er war ziemlich verlegen, als er seine schnell herbeigerufenen Vormünder begrüßte, was ihn aber nicht hinderte, frei von der Leber weg zu reden.

»Ich bin nämlich kein Dummkopf«, sagte er. »Ich weiß, was ich will. Ich stehe allein in der Welt, bis auf einige gute Freunde wie Sie natürlich, und ich habe meine eigenen Begriffe von der Welt und dem, was ich in ihr ausrichten will. Ich bin wiedergekommen, weil ich fand, daß es Zeit war, und weil ich Pflichten gegen mich selber habe. In den vier Jahren, die ich auf der Wanderung war, ist es mir gutgegangen, und jetzt will ich weiter an meiner Ausbildung arbeiten – studieren, meine ich.«

»Ich schlage Belmont vor«, sagte Slocum. »Da kannst du dein Abitur machen.«

Dick schüttelte den Kopf.

»Und drei Jahre darauf verschwenden! Nein, ich will in weniger als einem Jahre auf der California-Universität sein. Das heißt, daß ich etwas tun muß. Ich will mir einen Hauslehrer oder, wenn es sein soll, ein Dutzend, engagieren und büffeln. Und ich will meine Lehrer selbst engagieren und – ja, gegebenenfalls – entlassen. Das heißt, daß ich Geld haben muß.«

»Hundert Dollar monatlich?« meinte Herr Crockett. Dick schüttelte den Kopf.

»Ich bin drei Jahre lang ohne einen Pfennig von meinem Gelde fertig geworden; da, denke ich, kann ich jetzt in San Francisco etwas von meinem Gelde brauchen. Ich mache mir noch nichts daraus, mein Geld selbst zu verwalten, aber ich will ein Bankkonto haben, und zwar ein großes. Ich will mein Geld verbrauchen, wie ich es für gut befinde.«

Die Vormünder sahen sich verdutzt an.

»Das ist lächerlich, unmöglich«, begann Herr Crockett. »Du bist noch genau so unvernünftig, wie du warst.«

»So bin ich nun mal«, seufzte Dick. »Unser letzter Streit galt auch meinem Geld. Damals wollte ich hundert Dollar haben.«

»Aber bedenke doch unsere Lage, Dick«, sagte Herr Davidson eindringlich. »Wir sind deine Vormünder, und was würden die Leute sagen, wenn wir einen sechzehnjährigen Knaben frei über sein Geld verfügen ließen?«

»Was ist die ›Freda‹ wert?« fragte Dick unvermittelt.

»Sie ist jederzeit für zwanzigtausend Dollar zu verkaufen«, antwortete Herr Crockett.

»Dann verkaufen Sie sie. Sie ist sowieso zu groß für mich und wird mit jedem Jahr weniger wert. Ich will eine Neunmeterjacht haben, mit der ich selbst auf der Bucht herumgondeln kann, und die kostet tausend Dollar. Verkaufen Sie die ›Freda‹ und legen Sie das Geld auf meinen Namen in die Bank. Sie fürchten natürlich, daß ich das Geld vertrinken, verwetten, mit Chansonetten durchbringen werde. Damit Sie aber ganz ruhig sein können, schlage ich Ihnen vor, daß wir ein Konto einrichten, auf das wir alle vier ziehen können. Sobald einer von Ihnen findet, daß ich das Geld nicht richtig verwende, können Sie die ganze Summe abheben.«

Nie hatte es eine Erziehung gegeben wie die, welche Dick Forrest selbst – wenn auch nicht ohne Anweisung – leitete. Von seinem Vater sowie vom Viehkönig John Chisum hatte er die Kunst gelernt, die Köpfe anderer gegen Bezahlung für sich arbeiten zu lassen. Er hatte gelernt, stillzusitzen und zu denken, wenn die Kuhhirten am Lagerfeuer und in den Wagen schwatzten. Und durch seinen Namen und seine Stellung versuchte er nun mit Universitätsprofessoren und praktischen Geschäftsleuten in Verbindung zu kommen, hörte ihnen stundenlang zu, sagte selten etwas, fragte selten, hörte nur auf das, was sie zu geben hatten, zufrieden, wenn er im Laufe mehrerer Stunden eine einzige Idee oder eine einzige Tatsache empfing, die ihm helfen konnte, seine Erziehung zu regeln.

Als er mit Arithmetik und Geometrie fertig war, suchte er den Physik- und den Chemieprofessor der California-Universität auf. Professor Carey lachte ihn aus – oder richtiger: er tat es anfangs.

»Mein lieber Junge...«, begann er.

Dick wartete geduldig, bis er ausgesprochen hatte. Dann ergriff er selbst das Wort: »Ich bin kein Esel, Herr Professor. Ich kenne die Welt. Sie sind der erste Physiklehrer an der ganzen pazifischen Küste. Das Semester ist bald zu Ende. In der ersten Woche Ihrer Ferien kann ich das Pensum des ganzen Jahres absolvieren, wenn Sie mir Ihre ganze Zeit opfern wollen. Wieviel ist Ihnen die Woche wert?«

»Sie können sie nicht für tausend Dollar kaufen«, antwortete Professor Carey und meinte, die Sache damit erledigt zu haben.

»Ich weiß, wie hoch Ihr Gehalt ist«, begann Dick.

»Wie hoch denn?« fragte Professor Carey scharf.

»Keine tausend Dollar wöchentlich«, antwortete Dick ebenso scharf. »Keine fünfhundert, ja, keine zweihundertundfünfzig wöchentlich...« Er hob die Hand, damit der andere ihn nicht unterbrach. »Sie sagten eben, ich könnte eine Woche Ihrer Zeit nicht für tausend Dollar kaufen. Das will ich auch nicht, aber ich will sie für zweitausend kaufen. Ich habe nur soundso viele Jahre zu leben...«

»Kann man denn Jahre kaufen?« fragte Professor Carey verschmitzt.

»Gewiß; deshalb bin ich ja hier. Ich kaufe drei Jahre für eines, und die Woche, die ich von Ihnen kaufe, gehört mit zum Geschäft.«

»Aber ich habe noch nicht eingewilligt«, lachte Professor Carey.

»Wenn die Summe Ihnen nicht genügt, können Sie selbst sagen, was Sie für angemessen halten«, sagte Dick würdig.

Und Professor Carey schlug ein. Und dasselbe tat Professor Bardale, der erste Chemiker des Landes.

Dick hatte schon seine beiden Mathematiklehrer auf eine mehrwöchige Entenjagd nach Sacramento und den San-Joaquin-Sümpfen mitgenommen. Nun nahm er seinen Literatur- und seinen Geschichtslehrer mit nach den Curry-

Jagddistrikten in Südwestoregon. Das hatte er von seinem Vater gelernt: Arbeit und Vergnügen zu vereinigen, und er arbeitete und vergnügte sich, hielt sich im Freien auf und leistete, ohne sich anzustrengen, in einem Jahr die Arbeit, für die ein junger Mann sonst drei braucht. Er fischte, jagte, schwamm, trieb jede Art von Sport und bereitete sich gleichzeitig für sein Abiturium vor. Aber er wußte, daß er das nur konnte, weil die zwanzig Millionen seines Vaters ihm Macht gegeben hatten. Geld war ein Werkzeug, das er weder über- noch unterschätzte.

»Die merkwürdigste Art von Ausschweifung, von der ich je gehört habe«, sagte Herr Crockett, als er Dicks Jahresrechnung durchsah. »Sechzehntausend für Erziehung, genau spezifiziert, mit Eisenbahnfahrkarten, Trinkgeld für die Gepäckträger und Patronen für die Lehrer.«

»Aber sein Examen hat er jedenfalls gemacht«, sagte Herr Slocum.

»Und das im Laufe eines Jahres«, brummte Herr Davidson. »Mein Enkel kam zur gleichen Zeit nach Belmont, und wenn er Glück hat, ist er in zwei Jahren fertig.«

»Na, ich sage nichts weiter«, erklärte Herr Crockett, »als daß der Junge in Zukunft selbst über sein Geld bestimmen kann.«

»Und jetzt will ich mir eine kleine Atempause gönnen«, sagte Dick zu seinen Vormündern. »Jetzt habe ich die anderen eingeholt. Ich habe nur noch Schritt zu halten. Und jetzt brauche ich nicht mehr soviel Geld für den Unterricht, aber dafür mehr Geld für Vergnügungen.«

Herr Davidson wurde sofort mißtrauisch: »Was verstehst du unter Vergnügungen?«

»Ach, in Vereine eintreten, Fußball spielen, mitleben, – wissen Sie. Und außerdem interessiere ich mich für Benzin. Ich will die erste mit Benzin getriebene Hochseejacht der Welt bauen.«

»Du wirst dich in die Luft sprengen«, wandte Herr Crokket ein.

»Ich werde schon aufpassen«, antwortete Dick.

»Aber experimentieren muß ich, und das kostet Geld. Geben Sie mir also ein ordentliches Bankkonto – genau wie bisher, auf das wir alle vier ziehen können.«

An der Universität machte Dick Forrest sich nur dadurch bemerkbar, daß er im ersten Jahre mehr Vorlesungen versäumte als jeder andere Student. Der Grund war, daß er die Vorlesungen nicht brauchte und das wußte. Als seine Hauslehrer ihn auf das Abitur vorbereiteten, hatten sie ihn so weit gebracht, daß er fast alles wußte, was das erste Universitätsjahr ihm zu bieten hatte.

Aber Dick leistete eine ganze Menge Arbeit, von der niemand etwas sah. Er las viel und vielerlei, und als er seine erste Sommerfahrt in der von ihm erbauten Motorjacht unternahm, waren seine Gäste nicht eine Schar froher junger Leute, sondern Universitätsprofessoren mit Familie, Professoren der Literatur, Geschichte, Jura und Philosophie. Noch nach Jahren nannte man die Reise in Universitätskreisen die ›Intelligenzfahrt‹, und nach ihrer Rückkehr erklärten die Professoren, sich prächtig amüsiert zu haben. Dick aber brachte größere Kenntnisse auf den verschiedenen Gebieten dieser Professoren mit heim, als er sich in vielen Jahren bei ihren Vorlesungen hätte erwerben können, und die so angewandte Zeit erlaubte ihm, weitere Vorlesungen zu versäumen und mehr Zeit auf praktische Arbeit zu verwenden. Gleichzeitig aber nahm er die Vergnügungen mit, die das Universitätsleben bot. Alle Mütter und Studentinnen hatten es auf ihn abgesehen, da er ein unermüdlicher Tänzer war und keine Universitätsfestlichkeit versäumte. Und bei alledem war er doch kein Wunder. Er zeichnete sich auf keinem Gebiet besonders aus. Ein Dutzend seiner Kommilitonen waren bessere Banjo- und Mandolinenspieler als er; zwei Dutzend galten als bessere Tänzer. Im Fußball galt er als solider, zuverlässiger Spieler, mehr aber nie.

Zeichnete Dick Forrest sich aber in keinem Punkt besonders aus, so versagte er auch in keinem Fach. Er zeigte keine überragende Tüchtigkeit, verriet aber anderseits weder Schwächen noch Mängel. Er war eine Seltenheit: ein normaler, gut ausbalancierter Durchschnittsmensch, der von allem etwas wußte.

Als Herr Davidson in Gegenwart der anderen Vormünder seine Freude darüber ausdrückte, daß Dick keine Tollheiten begangen hatte, seit er sich beruhigt hatte, antwortete er: »Ach, ich kann mich beherrschen, wenn ich nur will.«

»Ja«, sagte Herr Slocum ernst, »es ist prächtig, daß du dir die Hörner abgelaufen und Selbstbeherrschung gelernt hast.«

Dick sah ihn mit einem seltsamen Blick an.

»Ach, die Jungenstreiche sind nicht der Rede wert«, sagte er. »Das war keine Tollheit. Warten Sie nur, bis ich erst richtig anfange. Vergessen Sie nicht, daß ich einen unlöschbaren Lebensdurst habe. Ich bin jung. Ich brenne! Aber ich beherrsche mich. Nach der Universität kommt die landwirtschaftliche Hochschule, und dann kaufe ich, verschaffe mir entsprechendes Inventar und beginne eine Landwirtschaft, die sich wirklich lohnt. Und dann ziehe ich auf Abenteuer.«

»Wie groß soll der Betrieb sein, mit dem du anfangen willst?« fragte Herr Davidson.

»Vielleicht fünfzigtausend Morgen, vielleicht eine halbe Million. Das kommt darauf an. Ich will auf die steigenden Bodenpreise spekulieren. Ohne daß ich einen Finger zu rühren brauche, wird in fünfzehn Jahren der Boden, den ich jetzt für zehn Dollar den Morgen kaufen kann, fünfzig, und der, den ich für fünfzig kriege, fünfhundert wert sein.«

»Eine halbe Million Morgen zu zehn Dollar macht fünf Millionen Dollar«, sagte Herr Crockett ernst.

»Und zu fünfzig der Morgen macht es fünfundzwanzig Millionen«, lachte Dick.

Aber seine Vormünder glaubten nicht einen Augenblick, daß er wirklich auf Abenteuer ausgehen würde, wie er gedroht hatte. Er konnte vielleicht sein Vermögen mit neuen Ideen in der Landwirtschaft durchbringen, daß er sich aber nach so vielen Jahren der Selbstbeherrschung Ausschweifungen hingeben sollte, das erschien ihnen undenkbar.

In dem Jahr, das Dick auf der landwirtschaftlichen Hochschule verbrachte, beschäftigte er sich fast ausschließlich im Laboratorium und schwänzte alle Vorlesungen. Tatsächlich engagierte er sich seine eigenen Dozenten und verbrauchte ein ansehnliches Vermögen allein für Studienreisen in Kalifornien. Jacques Ribot, der für eine der größten Autoritäten der Welt in landwirtschaftlicher Chemie galt und den man mit sechstausend jährlich von den zweitausend, die er in Frankreich verdiente, weggelockt hatte, wurde von Dick mit dem Angebot von fünfzehntausend bei fünfjährigem Kontrakt gewonnen.

Die Herren Crockett, Slocum und Davidson hoben entsetzt die Hände und waren sich klar, daß jetzt die Ausschweifungen Dick Forrests begannen.

Und dies war wirklich nur der Anfang. Der Regierung stahl er mittels einer ungeheuren Gehaltserhöhung ihren ersten Viehzuchtspezialisten, und durch ein ähnlich skandalöses Benehmen beraubte er die Nebraska-Universität ihres größten Milchkuhprofessors und verursachte der landwirtschaftlichen Abteilung der California-Universität tiefen Kummer, indem er sich Professor Nirdenhammers, ei-

nes wahren Zauberers auf dem Gebiet der Landwirtschaft, bemächtigte.
An seinem einundzwanzigsten Geburtstage schloß er den Kauf seines Fürstentums ab, das sich vom Sacramento bis zu den Bergen im Westen erstreckte.
»Ein unglaublicher Preis!« sagte Herr Crockett.
»Unglaublich billig«, sagte Dick. »Sie sollten nur die Berichte über meine Bodenproben und Wasserproben lesen.«
Der Name Dick Forrest begann unheimlich oft in den Zeitungen zu erscheinen. Er wurde plötzlich berühmt, weil er der erste Mann in Kalifornien war, der zehntausend Dollar für einen einzigen Stier bezahlte. Sein Viehexperte, den er der Regierung ausgespannt hatte, überbot in England Rothschild und bezahlte für ›Hillerest Chieftain‹, den königlichen Hengst, der bald unter dem Namen ›Forrests Tollheit‹ bekannt wurde, nicht weniger als fünfundzwanzigtausend Dollar.
»Mögen die Leute lachen!« sagte Dick zu seinen früheren Vormündern. »Ich importiere vierzig Shire-Stuten. Fünfzig Prozent ihres Anschaffungspreises werde ich im ersten Jahre verdienen. Von ihnen werden viele Söhne und Enkel abstammen, und Kalifornien wird sich um sie reißen und drei- bis fünftausend das Stück bezahlen.«
Viele ähnliche Tollheiten beging Dick in den ersten Monaten seiner Volljährigkeit, die unbegreiflichste aber war, daß er, nachdem er Millionen hineingesteckt hatte, alles seinen Experten überließ, so daß sie auf eigene Faust und nach gewissen, von ihm festgesetzten Richtlinien weiterarbeiten konnten, sich selbst aber eine Fahrkarte nach Tahiti löste und an Bord einer Brigg auf Abenteuer auszog. Hin und wieder hörten seine Vormünder von ihm. Einmal war er Besitzer und Führer einer eisernen Viermastbark, die unter englischer Flagge Kohlen von Newcastle brachte. Sie erfuhren das dadurch, daß man sich wegen Bezah-

lung der Kaufsumme an sie wandte, daß sie Dicks Namen als Kapitän in den Zeitungen lasen, als sein Schiff die Passagiere der unglücklichen ›Orion‹ rettete, und daß ihnen die Versicherungssumme ausbezahlt wurde, als Dicks Schiff mit fast der ganzen Besatzung in dem großen Fidschiorkan unterging. 1896 war er in Klondike, 1897 in Kamtschatka, wo er am Skorbut darniederlag, und dann tauchte er gleichzeitig mit der amerikanischen Flagge auf den Philippinen auf. Einmal, – sie konnten nie erfahren, wie und warum, – war er Besitzer eines uralten Frachtdampfers, den Lloyd längst gestrichen hatte, und der unter siamesischer Flagge fuhr.

Von Zeit zu Zeit hörten sie von ihm aus blauen Häfen in blauen Meeren. Einmal mußte man die ganze politische Maschinerie der Pazifikküste gegen Washington in Gang setzen, um ihm in Rußland aus einer Klemme zu helfen. Es war eine Affäre, die mit keinem Wort in der Presse erwähnt wurde, im geheimen jedoch in allen Gesandtschaften Europas Heiterkeit erregte.

Durch einen reinen Zufall erfuhren sie, daß er verwundet in Mafeking lag und einen heftigen Anfall von gelbem Fieber in Guayaquil hatte. Dreimal meldeten die Zeitungen seinen Tod: zweimal war er im Kampf in Mexiko gefallen, einmal in Venezuela hingerichtet. Nach all dem blinden Alarm imponierte es seinen Vormündern nicht mehr, daß er in einem Sampan über das Gelbe Meer gefahren, ›dem Gerücht nach‹ an Beri-Beri gestorben, mit Russen zusammen von den Japanern in Mukden gefangengenommen war und in einem Militärgefängnis in Japan saß.

Das einzige, was noch Eindruck auf sie machte, war, daß er, als er nach seiner bewegten Jugend im Alter von dreißig Jahren nach Kalifornien zurückkehrte, eine Frau mitbrachte, mit der er seiner Aussage nach schon seit mehreren Jahren verheiratet war und die seine drei Vormünder zu ihrem Erstaunen sämtlich kannten. Slocum hatte außer eigenen achthunderttausend Dollar das ganze Vermögen ihres Vaters in der letzten Katastrophe der Los-Cocos-Minen in Chihuahua verloren, als die Vereinigten Staaten sich vom Silberfluß zurückzogen. Davidson hatte gemeinsam mit ihrem Vater eine Million aus Last Stake herausgeholt. Crockett hatte, damals noch ganz jung, mit ihrem Vater Merced ausgebeutet, war bei seiner Hochzeit in Stockton sein Brautführer gewesen und hatte am Grant-Paß mit ihm und dem damaligen Leutnant U. S. Grant gepokert, als man von dem jungen Leutnant noch nicht viel anderes wußte, als daß er ein großer Indianertöter und ein mäßiger Pokerspieler war.

Und nun war Dick Forrest mit der Tochter Philipp Destens verheiratet! Sie kamen gar nicht dazu, Dick zu beglückwünschen. Sie redeten drauflos, behaupteten, daß Dick gar nicht wüßte, welches Glück er gehabt hätte. Sie verziehen ihm all seine tollen Streiche. Endlich hatte er einmal etwas Vernünftiges getan, ja, mehr als das: etwas geradezu Geniales! Paula Desten! Die Tochter Philipp Destens! Die drei alten Freunde von Desten und Forrest aus der entschwundenen Goldzeit, die drei überlebenden Kameraden der beiden, die jetzt tot waren, sprachen strenge Worte zu Dick. Sie erzählten ihm immer wieder, welch ungeheuren Schatz er erhalten hatte und welch heilige Pflichten eine Ehe wie diese ihm auferlegte; sie sprachen von den Traditionen und Tugenden, die an das Blut der Destens und Forrests geknüpft waren, bis Dick lachen mußte und sagte, daß sie wie Viehzüchter oder Vorkämpfer der Vererbungstheorie sprächen, – was wirklich stimmte, wenn sie es auch nicht gern hörten.

Jedenfalls aber genügte die einfache Tatsache, daß er mit einer Desten verheiratet war, um sie ihre rückhaltlose Billigung aussprechen zu lassen, als er ihnen die Pläne und

Kostenanschläge für das Große Haus zeigte. Und dank Paula Desten waren sie sich diesmal einig, daß er sein Geld klug und vernünftig anlegte. Was seine Landwirtschaft betraf, so verdiente er unbestreitbar Geld damit, und so konnte man ihn unbesorgt sein Steckenpferd reiten lassen. »Aber«, sagte Herr Slocum, »fünfundzwanzigtausend Dollar für einen einfachen Arbeitshengst ist nun doch der reine Wahnsinn. Arbeitspferde sind Arbeitspferde, – ja, wenn es noch Rennpferde wären ...«

Während Dick Forrest hastig die vom Staate Iowa herausgegebene Broschüre über die Schweinecholera überflog, begannen verschiedene Geräusche über den weiten Hof durch die offenen Fenster zu dringen, Geräusche, die ihm erzählten, daß die junge Frau aufgewacht war, deren lachendes Gesicht aus dem Rahmen über seinem Bett blickte und die vor nicht vielen Stunden das rosa Spitzenhäubchen auf seiner Schlafveranda hatte liegenlassen.

Dick hörte ihre Stimme, denn sie erwachte wie ein Vogel mit Gesang. Er hörte ihr klares Trillern aus den offenen Fenstern des langen Flügels, der ganz ihr überlassen war. Dann hörte er sie im Garten zwischen den Gebäuden singen, wo sie einen Augenblick stehenblieb, um sich mit ihrem Airedale zu zanken und den jungen Collie auszuschelten, den die goldroten, japanischen Schleierschwänze mit den bunten Flossen im Springbrunnenbecken unendlich anzogen.

Er fühlte Freude darüber, daß sie wach war, eine Freude, die immer gleich groß war. Stundenlang konnte er aufsein, – das Gefühl, daß das Große Haus erwacht war, hatte er doch erst, wenn Paulas Morgengesang über den Hof herüberklang.

Als Dick aber die Freude gefühlt hatte, die es ihm stets

bereitete, sie wach zu wissen, vergaß er sie wie gewöhnlich über seinen eigenen Angelegenheiten. Sie verschwand aus seinem Bewußtsein, als er sich wieder in die Statistik der Schweinecholera vertiefte.
»Guten Morgen, edler Herr!« war das nächste, was er hörte, und was ihm wie göttliche Musik erklang, – und Paula trat, weich und schmiegsam in ihrem Morgenkimono, ein, schlang ihm die Arme um den Hals und setzte sich ihm auf die Knie.
»Großer Gott!« sagte sie. »Du hast es wirklich viel zu gut! Du bist mit Reichtum gesättigt. Hier sitzt nun dein Kamerad, dein Mädel, dein ›schnippischer, kleiner Mond‹, und du sagst nicht einmal soviel wie ›Guten Morgen, mein Mädelchen, ist dein Schlaf sanft und ruhig gewesen?‹«
Und Dick Forrest ließ die Ergebnisse von Professor Kenealys Einspritzungen fahren, preßte seine Frau an sich und küßte sie, den rechten Zeigefinger zwischen den Seiten der Broschüre haltend.
Aber ihre Vorwürfe hinderten ihn nicht, das Versäumte nachzuholen und sie zu fragen, wie sie geschlafen hatte, seit sie das Häubchen auf seiner Schlafveranda liegengelassen. Er schloß die Broschüre über seinem Zeigefinger, um später dort weiterzulesen, und legte seinen Arm um sie.
»Ach!« rief sie. »Ach! Ach! Hör nur!«
Vor den Fenstern ertönte das lockende Rufen der Wachteln. Ihr Leib bebte gegen den seinen, so groß war ihre Freude über die sanften Töne.
»Sie wollen schon das Weite suchen«, sagte er.
»Das bedeutet Frühling«, rief Paula.
»Und gutes Wetter.«
»Und Liebe.«
»Und Nestbau und Eierlegen«, lachte Dick. »Noch nie ist mir die Welt so fruchtbar erschienen wie in dieser Morgenstunde. Lady Isleton hat elf Ferkel geworfen. Die An-

goraziegen sind heut morgen heruntergetrieben, um zu werfen. Du hättest sie sehen sollen. Und auf dem Hofe haben die wilden Kanarienvögel stundenlang von Ehe geschwatzt, – ich nehme an, daß sie einen Anhänger der freien Liebe unter sich haben, der versucht hat, unsern Ehehimmel mit seinen modernen Theorien zu verdunkeln. Es ist unbegreiflich, daß du dabei schlafen konntest. Hör nur! Jetzt sind sie wieder da!«

Ein zartes Zwitschern mit weichen Übergängen und erregten, schrillen Ausbrüchen ertönte und erfüllte Dick und Paula mit Entzücken, bis plötzlich, wie vom Klang einer Weltgerichtsposaune, der ganze vielstimmige Chor winziger, goldener, verliebter Geschöpfe von einem mächtigen Gebrüll verschlungen wurde, einem Gebrüll, das nicht weniger wild, nicht weniger melodisch, nicht weniger liebestoll war, aber durch seine Gewalt alles beherrschte und bezwang.

Mann und Frau hoben sofort den Kopf und spähten suchend durch die offenen Glastüren und die vorgebaute Schlafveranda durch die Syringen den Weg hinab und warteten atemlos, daß der große Hengst, dessen Liebesruf wie Trompetenschall tönte, sich zeigen sollte. Noch einmal erhob er seine mächtige Stimme, und Dick sagte: »Ich will dir ein Lied vorsingen, mein schnippischer Mond! Ein Lied, nicht von mir, das Lied des Bergkönigs. Das ist es, was er wiehert. Hör nur! Jetzt singt er es wieder. Er singt: ›Hör mich! Ich bin Eros. Ich stampfe durch die Berge. Ich fülle die breiten Täler. Die Stuten hören mich auf den stillen Weiden und heben die Köpfe, denn sie kennen mich. Das Gras wird üppiger und üppiger. Das Land erfüllt sich mit Fruchtbarkeit, und der Saft steigt in den Bäumen. Es ist Frühling. Der Frühling ist mein. Ich bin König in meinem Reich, im Reich des Frühlings. Die Stuten erkennen meine Stimme. Sie kennen mich, kennen mich durch ihre

Mütter. Hört mich! Ich bin Eros! Ich stampfe durch die Berge, die breiten Täler sind meine Herolde, sie rufen mein Kommen aus!«
Und Paula lehnte sich eng an ihren Mann, der den Arm fester um sie schlang, ihre Lippen berührten seine Stirn, und wie sie beide den leeren Weg zwischen den Syringen hinabstarrten, sahen sie plötzlich Bergkönig auftauchen, majestätisch und mächtig, ein mückenartiges, lächerlich kleines Menschengeschöpf auf seinem Rücken tragend. Die Augen waren wild und voller Verlangen, und ein blauer Glanz ging von ihnen aus, wie die Augen eines Hengstes ihn haben. Das vor unbändiger Lebensfreude schäumende Maul war bald gegen die blanken, ungeduldigen Knie gepreßt, bald hoch erhoben, um das gewaltige, alles besiegende Gebrüll auszustoßen, das die Luft erzittern ließ.
Fast wie ein feines Echo ertönte ein zartes, sanftes Wiehern zur Antwort.
»Das ist Fotherington-Prinzessin«, sagte Paula weich.
Wieder ließ Bergkönig seinen Ruf ertönen, und Dick sang: »Hört mich! Ich bin Eros! Ich stampfe durch die Berge!«
Und wie Paula, eng umschlossen von den Armen ihres Mannes, dasaß, fühlte sie plötzlich Zorn über seine Begeisterung für das prächtige Tier in sich aufsteigen. Im nächsten Augenblick aber schwand der Zorn wieder, und in dem Gefühl, ihm Genugtuung zu schulden, sagte sie: »Manchmal glaube ich fast, daß du ganz und gar die Rote Wolke bist, deine Eicheln pflanzt und dein wildes Freudenlied über die Arbeit singst. Manchmal aber erscheinst du mir als der hypermoderne Mensch, als das typische zweibeinige Männchen unserer Zeit, das an die Belagerung von Statistiken geht, wie die Helden des Altertums an die Belagerung Trojas, und das sich, mit Reagenzgläsern und Spritzen bewaffnet, in Gladiatorenkämpfe mit phantastischen Mikroorganismen stürzt. Manchmal denke ich dann, du müßtest

eine Brille tragen und eine Glatze haben; mir scheint...«
»Daß ich gar kein Anrecht auf einen solchen Arm voll Mädel hätte«, beendete er den Satz für sie und zog sie noch enger an sich. »Daß ich eine elende, wissenschaftliche Bestie sei, die ihren ›zarten‹ eitlen Hauch von süßem, rosenfarbenem Staub‹ gar nicht verdient. Aber hör – ich hab' eine Idee! In ein paar Tagen...«
Aber sein Plan war tot geboren, denn hinter ihnen ertönte plötzlich ein diskretes Husten, und als beide gleichzeitig den Kopf wandten, sahen sie Bonbright, den zweiten Sekretär, mit einigen gelben Papieren in der Hand.
»Vier Telegramme«, entschuldigte er sich murmelnd, »und Herr Blake meint, zwei davon seien wichtig. Das eine handelt von den Stieren, die nach Chile geschickt werden sollten...«
Und Paula, die sich langsam von ihrem Mann zurückzog und aufstand, fühlte, wie er ihr entglitt und zu seinen statistischen Tabellen, seinen Sekretären, seinen Verwaltern und seinen Betriebsleitern zurückkehrte.
»Weißt du, Paula«, rief Dick, als sie zur Tür hinaus verschwinden wollte, »ich habe jetzt dem neuen Diener einen Namen gegeben, – er soll Oh Ho heißen. Wie gefällt dir das?«
Und sie antwortete mit einer leichten Mutlosigkeit, die jedoch gleich wieder ihrem Lächeln wich: »Du wirst bald alle Möglichkeiten der Sprache erschöpft haben und dir etwas anderes ausdenken müssen. Das ›Oh‹ war ein Fehlgriff. Du hättest mit ›Roter‹ beginnen sollen, dann hättest du jetzt Rote Stute, Rotes Pferd, Roter Hund, Roter Frosch und so weiter.«
Ihr Lachen mischte sich mit dem seinen, dann schloß sich die Tür hinter ihr, und im nächsten Augenblick saß er da, das Telegramm vor sich und bis über die Ohren vergraben in allen Einzelheiten bezüglich der dreihundert jungen

Stiere, die für zweihundertfünfzig Dollar nach Chile geschickt werden sollten. Aber mitten darin hörte er mit einem unbestimmten Wohlbehagen das Singen Paulas, die sich nach dem andern Flügel des Hauses begab. Was er jedoch nicht hörte, war, daß dieses Singen ein ganz klein wenig verzagt klang.

Fünf Minuten, nachdem Paula gegangen, waren die vier Telegramme erledigt, und Punkt halb zwölf setzte sich Dick mit Thayer, dem Händler aus Idaho, und Naismith, dem Sonderberichterstatter der ›Breeders Gazette‹, in ein Auto. Wardman, den Leiter der Schafzucht, trafen sie bei den Hürden, wo mehrere tausend Shropshire-Widder zur Besichtigung gesammelt wurden.

Es gab keinen Anlaß zu weiterer Unterhaltung. Thayer war offenbar enttäuscht, denn er meinte, daß der Kauf von zehn Waggons Schafen zu diesem Preise eine Angelegenheit war, die schon einiges Reden verdiente.

»Sie sprechen selbst für sich«, hatte Dick ihm versichert, und dann hatte er sich zu Naismith gewandt, um ihm einige Auskünfte für den Artikel zu geben, den er über die Zucht von Shropeshire-Schafen in Kalifornien und den nordwestlichen Staaten schreiben sollte.

»Ich würde mir an Ihrer Stelle nicht die Mühe geben, sie einzeln auszuwählen«, sagte Dick zehn Minuten später zu Thayer. »Es sind durchweg erstklassige Tiere. Sie könnten eine ganze Woche wählen und doch keine besseren bekommen, als wenn sie die ersten besten genommen hätten.«

Die Kaltblütigkeit, mit der er voraussetzte, daß das Geschäft bereits abgeschlossen war, verblüffte Thayer dermaßen, daß er, der übrigens sicher war, nie Widder von solcher Güte gesehen zu haben, verleitet wurde, seinen Auftrag auf zwanzig Waggons zu erhöhen.

Als sie wieder im Großen Hause waren und ihre Queues einkreideten, um die unterbrochene Billardpartie zu Ende zu spielen, sagte er zu Naismith: »Es ist das erste Mal, daß ich Forrest besuche. Er ist der reine Hexenmeister. Ich habe in den Weststaaten gekauft und aus dem Ausland eingeführt. Aber diese Shropshire-Schafe sind die besten, die ich je gesehen habe. Sie haben vielleicht bemerkt, daß ich meinen Auftrag verdoppelte. Die Leuter in Idaho werden sich die Finger nach den Tieren lecken. Ich sollte nur sechs Waggons kaufen und eventuell noch zwei dazu, aber wenn nicht jeder Käufer, der die Widder sieht, seinen Auftrag verdoppelt und wenn es nicht ein Gereiße um sie gibt, dann verstehe ich nichts von Schafen. Wenn sie nicht die ganze Schafzucht von Idaho auffliegen lassen, dann ist Forrest kein Züchter und ich kein Händler, mehr kann ich nicht sagen.«

Als der Gong zum zweiten Frühstück rief, ein mächtiger koreanischer Bronzegong, der nie geschlagen wurde, wenn man nicht ganz sicher wußte, daß Paula wach war, – begab Dick sich zu den jungen Leuten, die am Goldfischbecken im großen Hof standen.

Bert Wainwright, der abwechselnd von seiner Schwester Rita und von Paula, Lute und Ernestine mit guten Ratschlägen und Aufträgen bombardiert wurde, mühte sich mit einem Netz ab, einen besonders prächtigen Fisch zu fangen, dessen Größe, Farbe und Vielfältigkeit von Flossen und Schwänzen Paula zu dem Entschluß veranlaßt hatten, ihn von den andern zu trennen und in einem besonderen Zuchtteich beim Springbrunnen in ihrem abgetrennten Hofe unterzubringen.

In großer Aufregung und unter vielem Lachen und Kreischen wurde die Tat vollbracht und der große Fisch in eine Kanne getan, um von dem wartenden italienischen Gärtner fortgetragen zu werden.

»Und was hast du sonst noch zu prahlen?« fragte Ernestine herausfordernd, als Dick zu ihnen trat.
»Nichts«, antwortete er traurig. »Die Ranch ist vollkommen ausgeplündert. Dreihundert schöne junge Stiere gehen morgen nach Südamerika, und Thayer, – ihr habt ihn ja gestern abend kennengelernt – kauft zwanzig Waggons Widder. Ich kann nur sagen, daß ich Idaho und Chile gratuliere.«
Der bronzene Gong ertönte zum zweitenmal, und Paula schritt voraus nach dem Hause, einen Arm um Dick, den andern um Rita geschlungen, während Bert Wainwright Lute und Ernestine, mit denen er den Nachtrab bildete, einige neue Tangoschritte zeigte.
In einem langen, niedrigen Speisezimmer, einer getreuen Nachbildung der von den alten, mexikanischen Großgrundbesitzern in Kalifornien gebauten Haciendaspeisesäle, setzten sie sich an einen Tisch, der unendlich lang ausgezogen werden konnte. Der Fußboden bestand aus großen braunen Fliesen; die Balkendecke und die Wände waren geweißt, und der mächtige, ganz schmucklose Betonkamin war ein Wunder von Wucht und Reinheit der Linien. Blattgewächse und Blumen schmückten die tiefen Fensternischen, und der ganze Raum atmete Sauberkeit, Keuschheit und Kühle. An den Wänden hingen, ohne daß sie überladen wirkten, Gemälde, deren größtes, das auch den Ehrenplatz einnahm, von Xavier Martinez war. Das Bild war durchweg in melancholischen, grauen Tönen gehalten und stellte einen mexikanischen Bauern hinter einem mit zwei Ochsen bespannten Pfluge dar, der eine melancholische Furche in die traurige, unendliche mexikanische Steppe pflügte. Es gab auch lichtere Bilder mit Szenen aus der ersten mexikanisch-kalifornischen Zeit.
»Wissen Sie«, sagte Thayer leise zu Naismith, während Dick und die jungen Mädchen sich heiter neckten und lach-

ten, »hier haben Sie wirklich Stoff genug für einen ganzen Artikel, wenn Sie über das Große Haus schreiben wollen. Ich habe das Eßzimmer des Personals gesehen. Bei jeder Mahlzeit vierzig, einschließlich der Gärtner, Chauffeure und Tagelöhner. Ein ganzes Pensionat. Dazu gehört ein wohldurchdachtes System, sage ich Ihnen. Der Chinese, Oh Freud, ist fabelhaft. Er ist der Ökonom, Verwalter oder wie man es nennen soll für die ganze Gesellschaft, und alles geht wie geschmiert.«
»Es ist Forrest selbst, der fabelhaft ist«, nickte Naismith. »Er ist der Kopf, – andere Köpfe gibt es nicht. Er könnte ein ganzes Heer, einen Feldzug, eine Regierung, – ja, selbst einen Zirkus mit drei Manegen leiten.«
»Und das ist wirklich ein Kompliment«, stimmte Thayer zu.

»Ach, Paula«, sagte Dick über den Tisch hinweg zu seiner Frau, »Graham schreibt mir eben, daß er morgen vormittag kommt. Sag lieber Oh Freud, daß er ihn im Aussichtsturm einquartieren soll. Vielleicht macht er Ernst mit seiner Drohung und arbeitet an seinem Buch.«
»Graham? – Graham?« fragte Paula laut, um ihrem Gedächtnis auf die Spur zu helfen. »Kenne ich ihn?«
»Du hast ihn einmal vor zwei Jahren im Café Venus in Santiago getroffen. Er aß mit uns zu Mittag.«
»Ach, einer von den Seeoffizieren?«
Dick schüttelte den Kopf.
»Nein, der Zivilist. Weißt du nicht mehr? Der große blonde Bursche, – du unterhieltst dich eine halbe Stunde mit ihm über Musik, während Kapitän Joyce uns andere in Grund und Boden redete, um zu beweisen, daß die Vereinigten Staaten Mexiko mit der gepanzerten Faust auskehren müßten.«
»Ach ja, richtig!« Paula begann sich zu besinnen. »Du hat-

test ihn schon mal irgendwo getroffen, – war es nicht in Südafrika? Oder auf den Philippinen?«

»Ja, stimmt: in Südafrika! Evan Graham. Dann trafen wir uns wieder im Gelben Meer auf dem Kurierboot der ›Times‹. Und später kreuzten sich unsere Wege noch ein dutzendmal, ohne daß wir uns getroffen hätten, – bis zu dem Abend im Café Venus. Denk dir: Er reiste von Bora-Bora nach Osten, zwei Tage, ehe ich auf der Fahrt westwärts nach Samoa vor Anker ging. Ich verließ Apia mit Briefen für ihn vom amerikanischen Konsul am Tage vor seiner Ankunft. Es fehlten nur drei Tage, und wir hätten uns in Levuka getroffen, – ich fuhr damals auf der ›Wildfang‹. Er verließ Suva als Gast auf einem britischen Kreuzer. Sir Everard im Thurn, der britische Oberkommissar der Südsee, gab mir noch weitere Briefe für ihn mit. Ich verfehlte ihn in Port Resolution und auf den Neuen Hebriden. Der Kreuzer war auf einer Vergnügungsreise, wißt ihr. Wir spielten Verstecken miteinander in der Santa-Cruz-Gruppe. Ebenso ging es auf den Salomoninseln. Nachdem der Kreuzer die Menschenfresserdörfer auf Longa-Longa bombardiert hatte, stach er morgens in See. Am Nachmittag kam ich an. Ich hatte nie Gelegenheit, ihm die Briefe persönlich abzuliefern, und das erste Mal, das ich ihn wieder sah, war vor zwei Jahren im Café Venus.«

»Aber was ist sonst mit ihm?« fragte Paula. »Und was ist das für ein Buch?«

»Nun ja, um mit dem Schluß anzufangen, so hat er nichts mehr, – das heißt, für seine Verhältnisse. Er hat immer noch eine Jahresrente von einigen tausend Dollar, aber alles, was sein Vater ihm hinterließ, ist weg. Nein, durchgebracht hat er es nicht. Er setzte alles auf eine Karte, und Kragen. Aber er winselt nicht. Er ist einer von der richtigen Sorte, alte amerikanische Familie und Yale-Student. Das Buch, – er denkt, ein bißchen damit zu verdienen, –

behandelt seine vorjährige Reise quer durch Südamerika, von der West- bis zur Ostküste. Fast ausschließlich durch unbekanntes Gebiet. Die brasilianische Regierung gab ihm freiwillig ein Honorar von zehntausend Dollar für seine Aufklärungen über bisher unbereiste Teile Brasiliens. Oh, er ist ein Mann – durch und durch ein Mann! Ihr kennt den Typ: groß, stark und schlicht; ist überall gewesen, hat alles mögliche gesehen, weiß alles mögliche, ist ehrlich, geradlinig. – sieht einem in die Augen, – kurz: ein Mann.«
Ernestine klatschte in die Hände, sandte Bert Wainwright einen aufreizenden, herausfordernden, bezwingenden Blick und rief: »Und morgen kommt er?«
Dick schüttelte vorwurfsvoll den Kopf.
»Bei dem ist nichts zu machen, Ernestine. Manches Mädchen, das genau so nett ist wie du, hat versucht, Evan Graham einzufangen. Und unter uns, ich kann es ihnen nicht verdenken. Aber bisher ist es noch keiner geglückt, ihn müdezulaufen oder in eine Ecke zu drängen, wo er verwirrt, atemlos und mechanisch auf gewisse Fragen ein ›Ja‹ stammelt, um dann, wenn er zur Besinnung kommt, an Händen und Füßen gebunden, gezeichnet und verheiratet zu sein. Vergiß ihn, Ernestine! Halte dich an die goldene Jugend und laß sie dir ihre goldenen Äpfel zuwerfen. Lies sie auf und die goldene Jugend mit dazu. Aber auf Graham kannst du nicht rechnen. Er ist ein alter Bursche – genausoalt wie ich – und hat, wie ich, manchen Wettlauf mitgemacht. Er hat alle Schrecken ausgestanden, die man sich denken kann, und ist immer noch ein bißchen ängstlich, läßt sich aber nicht fangen. Er macht sich nichts aus jungen Dingern. Du wirst vielleicht meinen, er sei ein alter Mummelgreis, und alt ist er auch, aber dickfellig und sehr klug.«

Dick schritt auf der Suche nach seiner kleinen Frau sporenklirrend durch das Große Haus.
Er erreichte die Tür, die zu ihrem Flügel führte. Es war eine Tür ohne Griff, eine gewaltige Holzfüllung in einer getäfelten Wand. Aber Dick, der wie seine Frau das Geheimnis der verborgenen Feder kannte, drückte darauf, und die Tür sprang auf.
Er schritt durch alle Zimmer, guckte in das Badezimmer mit dem in den Fußboden eingelassenen römischen Bad. Sowohl in Paulas Schrank- wie in ihrem Ankleidezimmer suchte er vergebens.
Er gelangte in die Schlafveranda, fand hier aber nur eine ehrbare, besorgt aussehende dreißigjährige Chinesin, die ihn verschämt anlächelte, als ob sie ihn wegen ihrer bloßen Anwesenheit um Entschuldigung bitten wollte.
Dies war Paulas Jungfer Oh Gott, wie Dick sie vor vielen Jahren genannt hatte, weil sie eine eigene, besorgte Art hatte, die feinen Brauen zusammenzuziehen, als wollte sie gerade ›Oh Gott!‹ sagen. Dick hatte sie, kaum den Kinderschuhen entwachsen, in einem Fischerdorf am Gelben Meer gefunden, wo ihre Mutter, die Witwe war, in einem guten Jahre vier Dollar mit der Anfertigung von Netzen für die Fischer verdiente. Ihren ersten Dienst bei Paula hatte sie an Bord des Dreimastschoners ›All Away‹ verrichtet, und zwar auf derselben Reise, auf der Oh Freud als Kajütenjunge zuerst die Tüchtigkeit gezeigt hatte, durch die er es im Laufe der Jahre zum Haushofmeister des Großen Hauses gebracht hatte.
»Wo ist deine Herrin, Oh Gott?« fragte Dick.
Oh Gott wollte vor Scham fast in die Erde sinken. Dick wartete.
»Sie vielleicht mit die jungen Damen – ich weiß nicht«, stammelte sie schließlich, und Dick erbarmte sich ihrer und drehte sich um.

»Wo ist sie denn?« rief er, unter das vorspringende Dach der Einfahrt tretend. Im selben Augenblick kam eines seiner Automobile um die Wegbiegung unter den Syringen angefahren.
»Ich will gehenkt werden, wenn ich es weiß!« antwortete ein hochgewachsener, blonder, hellgekleideter Mann im Automobil, und im nächsten Augenblick drückten Dick Forrest und Evan Graham sich die Hände.
Oh Jeh und Oh Ho trugen das Handgepäck ins Haus, und Dick führte seinen Gast in das Turmzimmer.
»Sie müssen sich schon an unsere Lebensweise gewöhnen, Alter«, erklärte Dick. »Auf dem Hofe geht alles wie am Schnürchen, und die Dienerschaft ist prachtvoll, wir selber aber kümmern uns nicht im geringsten um Formen. Ich wollte gerade ausreiten, und Paula – meine Frau – ist verschwunden.«
Die beiden Männer waren fast von gleicher Größe, Graham vielleicht zwei Zentimeter größer als sein Wirt, gleichzeitig aber vielleicht eine Kleinigkeit weniger breitschultrig und weitbrüstig. Graham war ferner etwas blonder als Forrest, obgleich beide gleich graue Augen hatten und gleich sonnenverbrannt und verwittert waren. Grahams Gesicht war vielleicht etwas größer geschnitten, seine Augen waren länglicher, was allerdings wieder dadurch aufgewogen wurde, daß seine Lider schwerer waren. Seine Nase war um ein weniges größer und gerader als die Dicks und seine Lippen eine Spur dicker, röter und geschwungener.
Forrest hatte dunkelblondes, ins Kastanienbraune spielendes Haar, das seidenblanke Grahams machte den Eindruck, fast golden gewesen zu sein, ehe die Sonne es ausgebleicht hatte. Beide hatten vorstehende Backenknochen, wenn die Höhlungen in Forrests Wangen auch stärker hervortraten, und beide hatten große, empfindsame Nasenflügel. Und um beider Mund lag trotz den kräftigen Linien etwas Sanftes,

Unberührtes und Keusches, obgleich die Lippen sich zu einer Festigkeit und Härte zusammenpressen konnten, denen das gebieterische Kinn nicht widersprach.
Aber die zwei Zentimeter mehr in der Größe und weniger im Brustumfang verliehen Evan Graham eine Anmut in Erscheinung und Haltung, die Dick Forrest fehlte. Durch diesen Unterschied diente einer dem andern zur Folie. diesen Unterschied diente einer dem andern zur Folie. Graham war lauter Licht und Freude, mit einer ganz leisen Andeutung – aber der allerleisesten – vom Märchenprinzen; Forrest war kraftvoller, zielbewußter, gefährlicher für andere Geschöpfe, fester im Leben fußend.
Forrest sah auf seine Armbanduhr: »Halb zwölf«, sagte er. »Kommen Sie gleich mit, Graham. Wir essen erst um halb eins. Ich muß heute eine Anzahl Stiere fortschicken, dreihundert Stück, auf die ich wirklich stolz bin. Sie müssen sie sehen. Reitzeug brauchen Sie nicht. Oh Ho, hol ein Paar von meinen Gamaschen. Oh Freud, laß die Altadena satteln. Was für einen Sattel wollen Sie haben, Graham?«
»Ach, das ist mir einerlei, Alter.«
»Englisch? Australisch? McClellan? Mexikanisch?« beharrte Dick.
»Na, wenn es Ihnen weiter keine Mühe macht, McClellan«, ergab Graham sich.

Sie trieben ihre Pferde an den Wegrand und sahen den letzten Stier von der nach Chile bestimmten Herde hinter der Biegung verschwinden.
»Ich verstehe schon, was Sie machen, – es ist großartig«, sagte Graham mit strahlenden Augen. »Ich hab' mich auch ein bißchen mit den lieben Dingern abgegeben, – als Junge in Argentinien. Hätte ich eine Rasse gehabt wie die hier, dann wäre es nicht schiefgegangen.«

«Ja, aber das war doch, ehe man Alfalfa und artesische Brunnen hatte«, tröstete Dick ihn. »Die Zeit war noch nicht reif für Kurzhornvieh. Nur die kleinen Rassen konnten die Trockenperioden überstehen. Die waren am widerstandsfähigsten, wogen aber nicht soviel. Und Dampfer mit Kühlräumen waren noch nicht erfunden. Das alles hat erst die große Umwälzung bewirkt.«

»Außerdem war ich damals ein Knabe«, fügte Graham hinzu. »Obwohl das nicht soviel zu sagen hatte. Ein junger Deutscher begann gleichzeitig mit mir und mit einem Zehntel meines Kapitals. Er hielt durch – magere Jahre, trockene Jahre. Jetzt beziffert sich sein Vermögen auf eine siebenstellige Zahl.«

Sie wandten die Pferde nach dem Großen Hause. Dick warf einen hastigen Blick auf seine Armbanduhr.

»Wir haben noch sehr viel Zeit«, sagte er zu seinem Gast. »Ich freue mich, daß Sie meine Stiere gesehen haben. Es hatte seinen Grund, daß der junge Deutsche sich durchbiß. Er mußte eben. Sie hatten das Geld Ihres Vaters als Rückhalt, und ich glaube, es war nicht allein Ihr Wanderdrang, sondern mehr noch, daß Sie es sich eben leisten konnten, ihn zu befriedigen.«

»Drüben sind die Fischteiche«, sagte Dick und wies mit einem Kopfnicken nach rechts hinter die Syringenbüsche. »Sie werden reiche Gelegenheit haben, Forellen, Barsche und sogar Steinbeißer zu fangen. Die Teiche sind in Reihen nach der Art der Fische geordnet. Aber das Wasser beginnt hoch oben in den Bergen zu arbeiten. Es läuft herunter und klärt sich, bis es klar wie Kristall ist. Dann stürzt es von der Höhe herab und schafft die Hälfte von aller Kraft und allem Licht, die hier auf der Ranch gebraucht wird. Darauf überrieselt es die Niederungen, fließt dann hier in die Fischteiche und überrieselt weiter abwärts mei-

lenweite Strecken mit Alfalfa. Und, glauben Sie mir, wenn es nicht unterdessen in das Flachland von Sacramento gelangt wäre, würde ich die Entwässerungsanlage auspumpen, um noch mehr Wasser zum Berieseln zu erhalten.«
»Mann«, lachte Graham. »Sie könnten ja ein ganzes Gedicht auf das Wunder des Wassers schreiben! Und dabei wohnen Sie doch nicht in der Wüste. Sie leben in einem Wasserland, wie gesagt...«
Graham führte den Gedanken nicht aus. Von rechts ertönte ganz in der Nähe das unverkennbare Klappern beschlagener Pferdehufe auf Zement, und dann folgte ein starkes Plätschern und lautes Frauenlachen und Kreischen. Das Kreischen wurde schnell zu Angstrufen, und gleichzeitig hörte man ein gewaltiges Plätschern und Getöse, als ob ein mächtiges Tier ertrinken wollte. Dick beugte den Kopf und gab seinem Pferd die Sporen, daß es in die Syringen schoß, und Graham folgte ihm auf Altadena. Im nächsten Augenblick hielten sie mitten in der flammenden Sonne auf einer Lichtung zwischen den Bäumen, und der überraschte Graham hatte einen nie gesehenen Anblick.
In der Mitte der Lichtung, in einem Kranz von Bäumen, befand sich ein rechteckiges, zementiertes Becken. Am oberen Ende ging es in seiner vollen Breite in eine Ablaufrinne über, durch die das Wasser still und glänzend dahinfloß. Die Seiten waren senkrecht. Das untere Ende, das leicht gerauht und abfallend war, bot einen sicheren Halt. Hier sahen sie einen Cowboy in Bärenfellhosen im höchsten Schrecken herumspringen, wobei er hilflos immer wieder ›O Gott! O Gott!‹ rief, während auf der gegenüberliegenden Seite drei entsetzte Nymphen in Badeanzügen die Beine über dem Wasser baumeln ließen.
Im Becken aber, als Mittelpunkt des Bildes, sah er ein großes Pferd, rot, naß und seidig schimmernd, senkrecht steigen und die Luft mit seinen mächtigen, im Wasser und der

Sonne wie Stahl glänzenden Vorderhufen bearbeiten, während auf seinem Rücken, halb herabgleitend und sich festklammernd, eine weiße Gestalt saß, in der Graham im ersten Augenblick einen wunderschönen Knaben zu sehen glaubte. Erst als der Hengst durch gewaltsames Schlagen mit Beinen und Hufen wiederauftauchte, wurde es Graham klar, daß es ein junges Weib war, das ihn ritt, – ein Weib, so weiß wie der weißseidene Badeanzug, der den Linien ihrer Gestalt wie die Marmordraperien einer Statue folgte. Wie Marmor war ihr Rücken, nur daß die feinen Muskeln unter der Seide sich schwellend regten, während sie sich bemühte, den Kopf über Wasser zu halten. Ihre schlanken, runden Arme verschwanden in der langen, nassen Mähne des Hengstes, während die weißen, runden Knie vergebens nach einem Halt auf dem glatten, nassen Kissen suchten, das die angespannten Schultermuskeln des großen Pferdes bildeten. Ihre weißen Zehen bohrten sich in die glatten Flanken des Tieres, ohne einen Halt an den Rippen finden zu können.

Mit einem einzigen Blick sah Graham die ganze atemlose Situation, wurde sich klar darüber, daß das herrliche weiße Geschöpf ein Weib war, und fühlte, wie klein und zierlich sie trotz ihrer athletischen Anstrengungen sein mußte. Sie erinnerte ihn an eine Meißner Porzellanfigur, so sinnlos zerbrechlich, leicht und wunderbar saß sie auf dem Rükken des mächtigen ertrinkenden Tieres. So klein wirkte sie im Verhältnis zu dem gewaltigen Hengst, daß sie ihm wie eine winzige Elfe erschien, die den Zauberkreis des Elfenlandes verlassen hatte.

Sie preßte ihre Wange gegen den breiten gekrümmten Hals, und ihr flatterndes goldbraunes Haar, das naß und verfilzt war, mischte sich mit der schwarzen Mähne des Pferdes. Aber den größten Eindruck machte auf Graham ihr Gesicht. Es war ein Knabengesicht und doch wieder ein

Frauengesicht, es war ernst und heiter zugleich, als fände es eine gewisse Freude an der Gefahr. Es war das Gesicht einer weißen Frau, ganz modern, und doch erschien es Graham ganz heidnisch.

Der Hengst hob sich mit einer gewaltigen Anspannung aller seiner Kräfte aus dem Wasser und hätte sich fast überschlagen, ehe er wieder untertauchte. Das prächtige Tier und die prächtige Reiterin verschwanden zusammen unter der Oberfläche, um gleich wiederaufzutauchen, der Hengst immer noch mit seinen tellergroßen Hufen durch die Luft schlagend, die Reiterin sich immer noch an die glatten seidigen Muskeln klammernd. Graham stockte der Atem bei dem Gedanken, was geschehen sein konnte, wenn der Hengst gestürzt wäre. Ein Hufschlag hätte genügt, für immer das hell sprudelnde Leben in dem prachtvollen Weibe mit dem weißen Körper und der flammenden Seele zu verlöschen.

»Reit auf dem Hals!« rief Dick. »Halt dich am Stirnbüschel fest und zieh dich den Hals hinauf, bis er sein Gleichgewicht wiedergewonnen hat!«

Die Frau gehorchte, bohrte die Zehen in die immer gleitenden Muskeln, wickelte sich die nasse Mähne um die Hand und sprang dann auf den Hals hinauf. Und im nächsten Augenblick war sie wieder auf den Rücken des Hengstes zurückgeglitten, der durch die Verschiebung des Gleichgewichts in seine normale Lage gesunken war. Mit einer Hand sich an der Mähne festhaltend, schwang sie die andere in der Luft und lächelte Forrest dankbar an; und Graham bemerkte, daß sie kaltblütig genug war, ihn auf seinem Pferde neben Forrest zu bemerken.

»Es gibt nicht viele Frauen, die es wagen würden, sich mit dem einzulassen«, sagte Dick ruhig, als Bergkönig jetzt leicht das einmal gewonnene Gleichgewicht wahrte, zum unteren Ende des Beckens schwamm und die Schräge hinauf zu dem erschrockenen Cowboy kletterte.

Der legte ihm schnell das Gebiß mit einer kurzen Kette zwischen die Zähne. Paula aber, die immer noch auf dem Hengst saß, beugte sich mit einer gebieterischen Bewegung vor, nahm dem Cowboy den Zügel aus der Hand, wandte das Pferd, so daß sie Angesicht zu Angesicht mit Forrest stand, und salutierte.

»Jetzt müßt ihr gehen«, rief sie. »Hier ist der Zutritt nur Frauen gestattet, männliches Publikum können wir nicht gebrauchen.«

Dick lachte, erwiderte ihren Gruß und ritt durch die Syringen nach dem Wege voraus.

»Wer... wer war das?« fragte Graham.

»Paula – meine Frau – der Bub, das Kind, das nie erwachsen wird, das herzhafteste Frauenzimmerchen auf der Welt.«

»Ich bin noch ganz sprachlos«, sagte Graham. »Machen Sie hier oft solche tollen Sachen?«

»Es ist das erstemal, daß sie das getan hat«, antwortete Forrest. »Das war Bergkönig. Sie ritt mit ihm zur Ablaufrinne und rutschte einfach mit ihm und seinen zweitausend Pfund hinunter.«

»Ja, und riskierte dabei, ihm und sich selber Hals und Beine zu brechen.«

»Und der Hals und die Beine sind fünfunddreißigtausend wert«, lächelte Dick. »Die Summe bot mir voriges Jahr ein Konsortium von Pferdezüchtern für ihn, nachdem er die ganze Küste mit seiner Nachkommenschaft versorgt hatte. Und Paula könnte sich gut jeden Tag im Jahre Hals und Beine brechen, bis ich pleite wäre, aber sie tut es nicht. Ihr geschieht nie etwas.«

»Wenn der Hengst gestürzt wäre, hätte ich nicht viel für sie gegeben.«

»Aber er stürzte eben nicht«, antwortete Dick mit größter Seelenruhe. »Paula hat Glück. Sie ist zäh. Ich hatte sie mit, wo im Ernst geschossen wurde, und sie war direkt enttäuscht, daß sie nicht getroffen oder totgeschlagen wurde. Vier Batterien schossen mit Granaten auf uns, und wir mußten eine halbe Meile weit über einen Höhenrücken gehen, bis wir Deckung fanden. Wir sind jetzt zehn, zwölf Jahre verheiratet, und wissen Sie, manchmal ist mir, als kenne ich sie gar nicht, als kenne sie sich selber nicht. Paula und ich haben eine Zauberformel: Einerlei, was es kostet, wenn es nur Freude macht. Ob man mit Geld, mit seiner Haut oder seinem Leben bezahlt, hat nichts zu sagen. Und wir sind noch nie den Preis schuldig geblieben.«

Es war ein Herrenessen. Die Damen wollten, wie Forrest sagte, ›unter sich bleiben‹.

»Ich glaube kaum, daß Sie eine einzige von ihnen vor vier Uhr sehen werden; dann schlägt Ernestine, das ist eine von Paulas Schwesten, mich im Tennis, – oder sie versucht es jedenfalls.«

Während des Lunchs beteiligte sich Graham an der Unterhaltung, die sich um Rassen und Zucht drehte, und trug sein Scherflein aus eigener Erfahrung dazu bei, konnte aber die ganze Zeit nicht das Bild von der Gattin seines Wirtes vergessen – von der runden, feinen weißen Gestalt auf dem dunklen, nassen Rücken des Hengstes. Den ganzen Nachmittag, bei der Besichtigung der Merinoschafe, flammte dieser Anblick beständig unter seinen Lidern, und selbst als er um vier Uhr auf dem Tennisplatz mit Ernestine spielte, mißglückte ihm mehr als ein Schlag, weil der fliegende Ball plötzlich verdunkelt wurde von dem Bilde der marmorweißen Frauengestalt, die sich krampfhaft auf dem Rücken eines mächtigen Hengstes anklammerte.

Wenn Graham auch kein Kalifornier war, so kannte er doch das Land und wunderte sich nicht, daß alle Damen zu Tisch Badeanzug mit Gesellschaftskleidung vertauschten, die Herren sich aber nicht umgezogen hatten. Er beging auch nicht den Fehler, eine Ausnahme von der Regel bilden zu wollen, trotz der Vornehmheit, die das Große Haus ausstrahlte.

Zwischen dem ersten und zweiten Anschlagen des Gongs versammelten sich die Gäste allmählich im Speisesaal. In dem Augenblick, als der Gong zum zweitenmal ertönte, erschien Dick Forrest, und sofort wurden Cocktails gereicht. Graham wartete ungeduldig, daß die Frau sich zeigen sollte, die er seit dem Vormittag vor Augen gehabt hatte. Er hatte zu oft prachtvolle Athleten nackt gesehen, die sich, sobald sie bekleidet waren, nicht zu bewegen verstanden, als daß er sehr viel von dem wunderbaren weißen Geschöpf erwartet hätte, wenn er es jetzt in der üblichen Kleidung zivilisierter Frauen sehen sollte.

Er schnappte direkt nach Luft, als sie eintrat und eine Sekunde in der Tür stehenblieb. Sprachlos starrte er sie an, entrückt, bezaubert von ihrer überraschenden Schönheit. Sie war ihm so klein und elfenhaft erschienen, jetzt aber wirkte sie weder klein noch wie der Knabe auf dem Hengst, sondern ganz als große Dame, so wie gerade eine kleine Frau hin und wieder einmal wirken kann. Sie war größer und sah auch größer aus, als er sie sich gedacht hatte. Er bemerkte ihr goldbraunes Haar, ihren frischen Teint, der rein, klar und weiß war, ihren kräftigen runden Hals und das mattblaue Kleid, das mit seinen langen losen Ärmeln und der Verbrämung mit juwelenbesetztem Goldband fast wie ein mittelalterliches Gewand wirkte.

Mit einem Lächeln begrüßte sie die Anwesenden. Dieses Lächeln kannte Graham, war es doch dem verwandt, das sie Dick vom Rücken ihres Hengstes aus gesandt hatte. Als

sie jetzt auf ihn zuschritt, bemerkte er unwillkürlich, wie unvergleichlich rhythmisch ihre Knie sich unter den schweren Falten des Kleides hoben, – diese runden Knie, die er sich mit der Kraft der Verzweiflung gegen die runden Schultermuskeln Bergkönigs hatte pressen sehen.
Sie stand zwischen ihnen, und Grahams Hand umschloß die ihre bei der formellen Vorstellung, als sie ihn im Großen Hause willkommen hieß.
Bei Tisch saß er neben ihr und konnte es sich nicht versagen, sie heimlich zu studieren. Während er sich mit Erfolg an der allgemeinen Unterhaltung beteiligte, waren seine Gedanken von der Gattin seines Wirtes erfüllt.
Kaum je hatte Graham in einer so merkwürdigen Gesellschaft zu Tische gesessen. Die Viehhändler und der Korrespondent von ›Breeders Gazette‹ befanden sich noch unter den Gästen. Drei Automobile voller Menschen waren, kurz bevor der Gong zum erstenmal ertönt war, angekommen und sollten spät abends im Mondschein wieder heimfahren. Graham hatte ihre Namen nicht behalten, wußte aber, daß sie aus Wickenberg, einem Städtchen in dem etwa deißig Meilen vom Großen Haus gelegenen Tal, kamen und teils der Bank- und Beamtenwelt des Städtchens angehörten, teils wohlhabende Landwirte waren. Sie befanden sich in glänzender Stimmung, lachten und schwatzten, und von allen Seiten ertönten die neuesten Witze und der neueste Slang.
»Das weiß ich jedenfalls schon«, sagte Graham zu Paula, »wenn Ihr Haus immer eine solche Karawanserei ist, wie ich es seit meiner Ankunft kenne, so brauche ich gar nicht erst zu versuchen, Namen und Leute im Kopf zu behalten.«
»Das kann ich Ihnen nicht übelnehmen«, räumte sie lachend ein. »Aber es sind unsere Nachbarn. Sie kommen zu allen möglichen Zeiten. Frau Watson, die neben Dick sitzt, gehört der alten Landaristokratie an. Ihr Großvater, Wik-

ken, kam im Jahre 1846 über die Sierra Nevada. Wickenberg ist nach ihnen benannt, und das hübsche, junge Mädchen mit den dunklen Augen ist ihre Tochter.«
Paula beschrieb ihm schnell die übrigen Gäste, aber Graham hörte kaum, was sie sagte, so sehr beschäftigte ihn der Versuch, diese rätselhafte Frau kennenzulernen. Natürlichkeit war der Grundton ihres Wesens, das war sein erster Eindruck. Wenige Augenblicke später war er zu dem Ergebnis gelangt, daß der Grundton Lebensfreude war. Aber er war mit beiden Schlüssen unzufrieden, wußte, daß er das Wesentliche in ihr noch nicht erfaßt hatte. Plötzlich wußte er es – Stolz. Das war es! Stolz lag in ihren Augen, in ihrer Kopfhaltung, in den Locken, die ihr Gesicht umgaben, in dem beweglichen Munde, in dem Winkel, den das runde Kinn bildete, in ihren kleinen, muskulösen Händen, die, wie er gleich sah, viel Klavier gespielt hatten. Stolz lag in jeder Muskel, in jedem zitternden Nerv, – bewußter, empfindender, brennender Stolz.
Sie konnte heiter und natürlich, Knabe und Weib, nichts als Lustigkeit und Ausgelassenheit sein, dahinter lag stets, zitternd und angespannt, der Stolz als ein Teil ihres Wesens, als der Grundstoff, aus dem sie geschaffen war. Sie war Weib, freimütig, ehrlich, offen, schmiegsam und demokratisch, aber ein Spielzeug war sie nicht. Zeitweise hatte er das Gefühl, als schlüge sie Funken wie Stahl – feiner, juwelenartiger Stahl. Sie war der Inbegriff von Kraft.
»Gewiß, Aaron«, tönte in einer Pause Dick Forrests Stimme vom andern Ende des Tisches, »darüber können Sie mal nachdenken: Phillips Brooks sagt, keiner hat sich zu wirklicher Größe hindurchgerungen, ohne zu fühlen, daß sein Leben in gewisser Beziehung seiner Rasse gehört und daß Gott, was er ihm gibt, ihm für die ganze Menschheit gegeben hat.«
»Da glauben Sie also letzten Endes doch an Gott?« gab der

mit Aaron angeredete Mann spöttisch zurück. Er war ein schlanker Mensch mit einem länglichen olivenfarbenen Gesicht, strahlenden schwarzen Augen und einem langen tiefschwarzen Bart.

»Ich will mich hängen lassen, wenn ich es weiß«, antwortete Dick. »Jedenfalls aber habe ich ihn nur figürlich zitiert. Nennen Sie es meinetwegen Moral oder Entwicklung.«

»Die Größe eines Mannes beruht nicht auf dem Intellekt«, sagte ein ruhiger Ire mit einem langen Gesicht und blankgeriebenen Ärmeln.

»Sehr richtig, Terrence!« stimmte Dick zu.

»Es kommt auf die Erklärung an«, sagte müde ein Mann, unverkennbar ein Hindu, der das Brot zwischen seinen sehr schlanken, feinen Fingern zerkrümelte. »Was verstehen wir unter ›Größe‹?«

»Sagen wir Schönheit«, meinte still ein melancholisch aussehender junger Mann mit empfindsamem, ängstlichem Wesen und langem wirrem Haar.

Ernestine erhob sich plötzlich, legte die Hände auf den Tisch und beugte sich mit gemachtem Ernst vor.

»Jetzt geht es los!« rief sie. »Jetzt geht es los! Jetzt werden wir das Universum zum tausendsten Mal ordnen. Theodore«, wandte sie sich an den jungen Dichter, »der Anfang ist schwach. Benutzen Sie die Gelegenheit. Reiten Sie Ihre Gelehrsamkeit, und Sie werden mit drei Längen vor uns ankommen.« Ein schallendes Gelächter belohnte ihre Worte, und der Dichter errötete und zog sich in seine Schale von Empfindsamkeit zurück.

»Unsere Philosophen werden heute wohl kaum Gelegenheit finden, sich auszusprechen«, sagte Paula leise zu Graham.

»Philosophen?« fragte er. »Die kamen ja nicht mit den Leuten von Wickenberg. Wer und was sind sie? Ich verstehe nicht ein Wort von der ganzen Geschichte.«

»Die...« Paula zögerte. »Die wohnen hier. Sie nennen sich selbst die Dschungelvögel. Sie wohnen ein paar Meilen von hier im Walde und tun nichts anderes als lesen und reden. Ich möchte wetten, daß man mindestens fünfzig von Dicks nicht katalogisierten Büchern in ihren Höhlen findet. Dick sagt, ihnen hätte er es zu verdanken, daß er die umfassendste und modernste Sammlung philosophischer Werke an der ganzen atlantischen Küste besitzt. Sie verdauen gewissermaßen alles für ihn. Es macht Dick einen Heidenspaß und spart ihm nebenbei Zeit. Er arbeitet ja ununterbrochen, wissen Sie.«

»Mit andern Worten: Dick sorgt für sie, nicht wahr?« fragte Graham und freute sich, daß er in die blauen Augen sehen durfte, die seinem Blick so offen begegneten.

Während sie antwortete, beobachtete er den schwachen Bronzeschimmer in ihren langen braunen Wimpern; vielleicht war es ein zufälliger Lichtreflex. Hierauf mußte er notgedrungen ihre fein gezeichneten braunen Brauen betrachten, ob sie denselben Bronzeschimmer hatten, und zuletzt fiel sein Blick auf ihr Haar, und auch hier sah er, noch deutlicher, den schwachen Bronzeton. Unwillkürlich verblüffte und durchbebte ihn auch das blendende Lächeln, das so häufig ihr Gesicht erhellte und sowohl Zähne wie Augen umfaßte. Wenn sie lächelte, so tat sie es aus ihrem Innern heraus, überströmend, freudig, und sie legte den ganzen Reichtum ihres Wesens hinein.

»Ja«, sagte sie, »solange sie leben, brauchen sie sich nicht den Kopf zu zerbrechen, wovon sie leben sollen. Dick ist sehr freigebig oder eigentlich unmoralisch in der Art, wie er derartige Menschen in ihrer Faulheit bestärkt. Diese Leute sind... eine Art Zubehör zum Hause, und sie werden hierbleiben, bis wir sie begraben oder sie uns. Ab und zu verschwindet einer für eine Weile. Wie die Katzen, wissen Sie. Dann kostet es Dick richtiges Geld, sie wiederzubekommen. Terrence dort drüben – Terrence McFane – ist epikuräischer Anarchist, wenn Sie wissen, was das heißt. Er würde keinen Floh töten.

Voriges Jahr hatte er auf einmal eine fixe Idee: das Alphabet. Er reiste nach Ägypten – ohne einen Pfennig natürlich –, um es bis zu seinem Ursprung zurück in dem Lande, aus dem es stammt, zu verfolgen und so zu der Formel zu gelangen, die die Erklärung für das ganze Weltall geben sollte. Er kam denn auch bis nach Denver, – er reiste als Tramp, – und wurde dort in irgendwelche sozialistischen Geschichten verwickelt. Dick mußte ihm Rechtsanwälte engagieren, Strafen bezahlen und alles mögliche tun, um ihn wiederzubekommen.

Und der mit dem Bart, – das ist Aaron Hancock. Der will ebensowenig arbeiten wie Terrence. Aaron stammt aus den Südstaaten. Er sagt, in seiner Familie habe keiner je gearbeitet, und es seien immer nur Narren gewesen, die das Arbeiten einfach nicht hätten lassen können. Daher trägt er auch einen Bart. Sich zu rasieren, ist seiner Meinung nach unnötige Arbeit und daher unmoralisch. Ich vergesse nicht, wie er in Melbourne auf Dick und mich losgeschossen kam, ein Wilder aus dem australischen Busch. Er hatte offenbar anthropologische oder folkloristische Studien an Ort und Stelle betrieben. Dick, der ihn vor Jahren in Paris kennengelernt hatte, versprach ihm, für ihn zu sorgen, wenn er je nach Amerika zurückkäme. Und da ist er nun.«

»Und der Dichter?« fragte Graham, froh, noch weiter mit ihr sprechen und das blendende Lächeln beobachten zu können, das immer wieder über ihr Antlitz glitt.

»Ach, Theo – Theodore Malken, – wir nennen ihn Leo. Er will auch nichts tun. Er ist aus alter kalifornischer Familie. Seine Verwandten sind schrecklich reich, zogen sich aber von ihm zurück, – oder er sich von ihnen, – als er fünfzehn Jahre alt war. Sie sagen, er sei ganz verrückt. Er macht wirklich fabelhafte Gedichte ... wenn er einmal schreibt; aber er träumt lieber mit Terrence und Aaron im Dschungel. Er ist jetzt zwei Jahre bei uns und beginnt direkt Fett anzusetzen. Dick versorgt sie einfach unvernünftig freigebig mit Proviant, aber sie wollen lieber reden, lesen und träumen, als sich selbst ihr Essen bereiten. Die einzigen richtigen Mahlzeiten erhalten sie, wenn sie, wie heute, zu uns kommen.«

»Und der Hindu, – wer ist das?«

»Das ist Dar Hyal. Er ist ihr Gast. Die drei haben ihn eingeladen. Dick meint, mit der Zeit kämen noch drei dazu, und dann hätte er seine sieben Weisen von Madroñohain. Sie wohnen nämlich im Madroñohain. Da ist es herrlich: rieselnde Quellen und ein Cañon, – aber ich wollte Ihnen von Dar Hyal erzählen.

Er ist Revolutionär eigener Art. Er hat ein bißchen an unsern Universitäten gearbeitet, hat in Frankreich, in Italien und der Schweiz studiert, mußte Indien aus politischen Gründen verlassen und hat zwei große Ziele: erstens ein neues synthetisch-philosophisches System und zweitens Empörung gegen die britische Tyrannei in Indien. Er ist Vorkämpfer für individuellen Terrorismus und direkte Aktion der Massen. Das ist der Grund, daß seine Zeitung ›Karar‹ oder ›Badar‹ oder so etwas in Kalifornien verboten und er selbst beinahe ausgewiesen wurde; und das ist auch der Grund, daß er sich augenblicklich hier befindet und sich der Formulierung seiner Philosophie widmet.

Er und Aaron streiten sich immer schrecklich über philosophische Probleme. Und jetzt« – Paula seufzte, verlöschte den Seufzer aber gleich wieder durch ein Lächeln – »jetzt bin ich fertig, und Sie wissen Bescheid. Wenn Sie unsere Weisen übrigens näher kennenlernen wollen, so will ich Ihnen einen guten Rat geben, namentlich, wenn es im Herrenzimmer geschieht: Dar Hyal ist Antialkoholiker; Theodore Malkin kann einen poetischen Rausch haben und bekommt ihn meistens von einem einzigen Cocktail; Aaron Hancock weiß ein gutes Glas zu schätzen, und Terrence McFane, der kaum ein Getränk vom andern unterscheiden kann und sich auch nichts daraus macht, kann fünfundneunzig Männer von hundert unter den Tisch trinken und dabei noch mit größter Klarheit seine epikuräisch-anarchistischen Theorien entwickeln.«

Etwas bemerkte Graham im Laufe des Essens: Die Weisen nannten Dick Forrest beim Vornamen, Paula aber stets ›Frau Forrest‹, obgleich sie sie bei ihren Vornamen nannte. Das klang nicht im geringsten unnatürlich. Diese Menschen, die nur wenige Dinge unter der Sonne, und darunter nicht einmal die Arbeit, respektierten, legten sich ganz unbewußt der Gattin Dick Forrests gegenüber eine gewisse Zurückhaltung auf.

Genau so war es nach dem Essen in dem großen Wohnzimmer. Sie tat, was ihr einfiel, aber niemand nahm sich deshalb ihr gegenüber etwas heraus. Ehe die Gesellschaft sich verteilte, schien Paula überall zu sein und war heiterer als sie alle. Aus dieser und jener Gruppe, aus dieser und jener Ecke erscholl ihr Lachen, das Graham bezauberte.

Vom Klavier, an dem Eddie Mason, von einer Schar junger Mädchen umgeben, saß, ertönten Lärm und Heiterkeit und die neuesten Lieder und Schlager.

Paula lief schnell durchs Zimmer, verfolgt von Dick, der sie in dem Augenblick fing, als sie sich hinter einigen Gästen zu verbergen suchte.

»Verruchtes Weib!« rief Dick mit angenommener Wut, und im nächsten Augenblick hatten beide sich gefunden und verabredeten, daß sie Dar Hyal zum Tanzen überreden wollten.

Dar Hyal gab nach und überließ Asien und die Asiaten sich selber, während er mit seltsamen Arm- und Beinverrenkungen eine Tanzparodie tanzte, die er für die ›plastische Kulmination des modernen Tanzes erklärte.

»Und jetzt, Rote Wolke, sind Herrn Graham dein Eichellied vor«, sagte Paula zu Dick. Dick, der immer noch den Arm um seine Frau geschlungen hatte, damit sie sich nicht der Strafe entzöge, die er ihr angedroht, aber noch nicht erteilt hatte, schüttelte düster den Kopf.

»Das Eichellied!« rief Ernestine vom Klavier, und die Aufforderung wurde von Eddie Mason und den jungen Mädchen wiederholt.

»Ach ja, Dick«, bat Paula. »Herr Graham ist der einzige, der es noch nicht gehört hat.«

Dick schüttelte den Kopf.

»Dann sing dein Lied vom Goldfisch!«

»Ich will ihm das Lied des Bergkönigs vorsingen«, sagte Dick trotzig, und seine Augen leuchteten necklustig. Er stampfte mit den Füßen, tanzte, wieherte, daß es wirklich wie das Wiehern Bergkönigs klang, warf eine eingebildete Mähne zurück und rief: »Hört mich, ich bin Eros, ich stampfe durch die Berge—«

»Das Eichellied!« unterbrach Paula ihn schnell und ruhig mit einem ganz leisen stählernen Klang in der Stimme.

Dick unterbrach gehorsam das Lied des Bergkönigs, schüttelte aber den Kopf wie ein eigensinniges Füllen.

»Ich weiß ein neues Lied«, sagte er mit großem Ernst. »Es handelt von uns beiden, Paula. Ich habe es von den Nishinam.«

»Die Nishinam sind die ausgestorbenen Ureinwohner dieses Teils von Kalifornien«, sagte Paula leise zu Graham.

Dick machte ein Dutzend Tanzschritte mit steifen Beinen, wie die Indianer tanzen, schlug sich mit der einen Handfläche den Schenkel und begann, ohne seine Frau loszulassen, ein neues Lied.

»Mich, ich bin Ai-kut, der erste Mann der Nishinam. Ai-kut ist Adam, und mein Vater war der Kojote und meine Mutter der Mond. Und dies ist Yo-to-to-wi, meine Gattin. Sie ist das erste Weib der Nishinam. Ihr Vater war der Grashüpfer und ihre Mutter die Wildkatze. Das waren der beste Vater und die beste Mutter nach meinem Vater und meiner Mutter. Der Kojote ist sehr klug, der Mond ist sehr alt, aber wer hätte je Gutes vom Grashüpfer und von der Wildkatze gehört? Die Nishinam haben immer recht. Die Mutter aller Weiber mußte eine Katze sein, eine schlaue, kleine, verschrumpfte Katze mit einem traurigen Gesicht und einem gestreiften Schwanz.«

Hier wurde das Lied von dem ersten Mann und der ersten Frau durch Proteste der Damen und Beifallsrufe der Herren unterbrochen.

»Dies ist Yo-to-to-wi, was Eva bedeutet«, sang Dick weiter, wobei er Paula mit einer Bewegung an sich riß, die primitive Wildheit ausdrücken sollte. »Es ist nicht viel an Yo-to-to-wi. Aber ihr dürft nicht zu hart über sie urteilen. Es ist die Schuld des Grashüpfers und der Wildkatze. Ich bin Ai-kut, der erste Mann, und ihr dürft meinen Geschmack nicht kritisieren. Ich war der erste Mann, und sie war das erste Weib. Wo nur eines ist, gibt es keine Wahl. So erging es Adam. Er wählte Eva. Yo-to-to-wi war das einzige Weib auf der ganzen Welt, und deshalb wählte ich Yo-to-to-wi.«

Und Evan Graham, der zuhörte, während sein Blick dem Arm folgte, der mit dem Recht des Besitzers die ganze Schönheit dieser Frau für sich beanspruchte, fühlte das fast als eine persönliche Kränkung, und ungerufen stieg in ihm der Gedanke auf, um gleich wieder zornig verdrängt zu werden: ›Dick Forrest ist glücklich – zu glücklich.‹

»Ich bin Ai-kut«, sang Dick weiter. »Dies ist mein Blütentau von Weib. Sie ist mein Honigtau von Weib. Ich habe gelogen, denn ihr Vater war nicht der Grashüpfer und ihre Mutter nicht die Wildkatze. Ihr Vater war die Morgenröte über der Sierra und der Sommerwind in den Bergen. Sie berieten miteinander und sogen aus Luft und Erde alle Süßigkeit, bis sich ihre Liebe wie Nebel auf Chapparal und Manzanita senkte und der Honigtau sich auf die Blätter legte.

Yo-to-to-wi ist mein Honigtauweib. Hört mich, ich bin Ai-kut. Yo-to-to-wi ist mein Wachtelweib, mein Hirschweib, mein Pflanzensaftweib, geboren aus dem milden Regen und der fetten Erde. Sie ist geboren aus dem zarten Sternenlicht und der spröden Morgenröte vor der Sonne ... Und«, schloß Forrest, der jetzt seine Erfindungsgabe erschöpft hatte und zu seiner gewohnten Ausdrucksweise zurückkehrte, »wenn ihr glaubt, daß der liebe, alte, blauäugige Salomon ein ganz anderer Kerl gewesen sei als ich, dann braucht ihr euch nur in die Subskriptionsliste für mein Lied der Lieder einzutragen.«

Frau Mason bat Paula, zu spielen.

Dar Hyal schloß sich den drei Weisen an, die Paula zu dem großen Konzertflügel begleiteten, der, wie Graham sich sagte, doch für den großen Raum nicht zu groß war. Kaum aber saß sie, als sie sich auch schon wieder zurückzogen und die Plätze einnahmen, auf denen sie offenbar am liebsten lauschten. Der junge Dichter legte sich der Länge nach auf ein langhaariges Bärenfell, das zwölf Meter vom Klavier entfernt lag und vergrub die Hände in seinem Haar. Terrence und Aaron warfen sich zusammen auf einen Fenstersitz, einander nahe genug, um sich gegebenenfalls bei einer Stelle, über die sie sich gestritten hatten, einen Wink geben zu können. Die jungen Mädchen saßen in buntem Durcheinander auf den breiten Diwanen oder zu zweit oder dritt in den großen Sesseln.

Evan Graham wollte sich schon zum Flügel begeben, um Paula die Noten umzublättern, als er sah, daß Dar Hyal sich diesen ehrenvollen Posten erwählt hatte. Neugierig wartete er, was kommen sollte. Der Flügel stand auf einem Podium unter einer niedrigen Wölbung am Ende des Saales, so daß die Musik in vollstem Maße zu ihrem Rechte kommen konnte. Alles Lachen und Schwatzen war verstummt.

Ernestine, die in einem Sessel ganz in seiner Nähe saß, beugte sich zu ihm vor und flüsterte: »Sie kann alles, was sie will. Und dabei übt sie nicht viel. Sie hat bei Leschetitzky und der Carreño Unterricht gehabt und hält sich an deren Methoden. Und sie spielt nicht wie eine Frau. Hören Sie nur!«

Graham erwartete, von ihren sicheren Händen enttäuscht zu werden. Die liefen in kleinen, schnellen Läufen und Trillern über die Tasten, aber er hatte nur zu oft technisch gewandte, aber in musikalischer Beziehung mittelmäßige Spieler gehört. Er war jedoch überrascht, als sie das so ausgesprochen männliche Präludium von Rachmaninow, das er nur von Männern befriedigend hatte spielen hören, anschlug.

Und sie spielte weiter mit einer Ruhe und Kraft, die er am allerwenigsten von dieser kleinen, fast mädchenhaften Frau erwartet hätte, welche er durch halbgeschlossene Lider undeutlich hinter der Ebenholzplatte des mächtigen Flügels erblickte, dieses Instruments, das sie ebenso beherrschte wie sich selbst und den Komponisten.

Während Dar Hyal nach Paulas Anweisung andere Noten hervorsuchte, sah sie zu Dick hinüber, der eine Lampe nach der anderen verlöschte, bis sie in einer Oase von mildem Lichte saß, das den matten Goldschimmer auf ihrem Haar und ihrem Kleid hervorhob.

Graham sah, wie der hohe Raum gleichsam noch höher

wurde, je mehr er im Schatten lag. Zwanzig Meter lang war der Saal und reichte durch zwei und ein halbes Stockwerk von dem gemauerten Fußboden bis zu der holzgetäfelten Decke. Eine Galerie lief durch die ganze Länge des Raumes, und über ihrem Geländer hingen Felle wilder Tiere, handgewebte Decken aus Oaxaca und Ekuador und Tapas, die Frauenhände mit Pflanzenfarben in der Südsee verfertigt hatten. Graham wußte, woran es ihn erinnerte: an die Festhalle einer mittelalterlichen Burg.

Später, als Paula genug von Debussy gespielt hatte, um Terrence und Aaron Stoff zu einem neuen Disput zu geben, sprach Graham einen Augenblick mit ihr über Musik. Es war ein lebhaftes Gespräch, bei dem sie sich so vertraut mit der Philosophie der Musik zeigte, daß er sich zuletzt hinreißen ließ, seine eigenen Theorien zu entwickeln.

Als die drei Weisen sich dann in das Gespräch mischten, entschlüpfte Paula und überließ Graham seinem Schicksal. Er blickte ihr nach, sah, mit welch vollendeter Schönheit ihre Knie sich unter den Falten ihres Kleides hoben, als sie jetzt zu Frau Mason trat und die Bridgetische arrangierte, während er wie im Traum Terrence seine Theorien entwickeln hörte.

Als die Weisen später in dem hitzigen Wortstreit, ob Berlioz oder Beethoven die tiefste Intelligenz in der Musik bedeutete, alles um sich vergessen hatten, glückte es Graham, ihnen zu entkommen. Sein Ziel war wieder Paula. Aber sie hatte sich zu zwei der jungen Mädchen gesetzt, so daß sie eine lachende Gruppe für sich in einem der großen Sessel bildeten, und da der größte Teil der Gesellschaft vom Bridge in Anspruch genommen war, schlenderte er zu einer andern, aus Dick Forrest, Herrn Wombold, Dar Hyal und dem Korrespondenten von ›Breeders Gazette‹ bestehenden Gruppe und hörte zu, wie Dick Forrest seine neuesten Pläne darlegte.

Evan Graham konnte sich an diesem Abend erst spät entschließen, zu Bett zu gehen. Das große Haus sowohl wie die kleine Dame, die darin herrschte, hatten ihn in starke Erregung versetzt. Halb entkleidet saß er auf dem Bettrand, rauchte seine Pfeife und sah sie dabei immer noch vor sich, wie er sie in ihren verschiedenen Stimmungen und Kleidern während der letzten zwölf Stunden gesehen hatte, – die Frau, die mit ihm über Musik gesprochen, die so mädchenhaft wie die beiden jungen Mädchen neben ihr in dem großen Sessel gesessen, die mit einem leisen Stahlklang in der Stimme ihren widerspenstigen Mann gezügelt hatte, als er das Lied des Bergkönigs singen wollte, die unerschrocken auf dem Rücken des großen Hengstes gesessen, als er im Schwimmbassin ertrinken wollte, und die sich einige Stunden später wie ein Traumgesicht im Speisesaal unter ihren Gästen gezeigt hatte.
Aber nicht allein die Gestalt Paula Forrests, auch das Große Haus mit all seinen Wundern und bizarren, neuartigen Einrichtungen beschäftigte seine Phantasie.
Graham klopfte seine Pfeife aus, sah sich noch einmal in diesem fremden, mit allen Bequemlichkeiten ausgestatteten Zimmer um, schaltete das elektrische Licht aus und lag endlich zwischen den kühlen Laken in dem wachen Dunkel. Wieder hörte er Paula lachen, fühlte wieder ihre Kraft, die ihn an Silber und Stahl gemahnte, sah wieder im Dunkeln die unvergleichliche Bewegung, mit der sie die Knie unter dem Kleide hob. Zuletzt irritierte ihn die strahlende Erscheinung fast, so unmöglich war es, von ihr loszukommen. Immer wieder tauchte sie auf, ein flammendes Bild aus Licht und Farbe.
Er sah Hengst und Reiterin unter dem Wasser verschwinden und wieder auftauchen. Ein Gewirr von Schaum und fechtenden Hufen und ein Frauenantlitz, das lachend ihr Haar in der nassen Mähne des Tieres barg. Und die ersten

rauschenden Töne des Präludiums erklangen in seinem Ohr, während er dieselben Hände, die den Hengst gelenkt hatten, dem Flügel die reine, strahlende Klangfülle Rachmaninows entlocken sah.
Und im Einschlafen noch staunte Graham über das Wunderbare des Entwicklungsprozesses, der aus dem Urschlamm und Staub das glühende Fleisch und den herrlichen Geist dieser Frau erschaffen konnte.

Am nächsten Morgen erhielt Graham einen weiteren Einblick in das Leben im Großen Hause. Oh Jeh hatte ihn schon am Abend zuvor über verschiedenes aufgeklärt und erfahren, daß er es vorzog, nach der Tasse Kaffee, die er gleich nach dem Aufwachen erhielt, statt im Bett im Frühstückszimmer zu essen. Ferner hatte Oh Jeh ihm mitgeteilt, daß das Frühstück nicht auf eine bestimmte Zeit angesetzt war, sondern jederzeit zwischen sieben und neun Uhr eingenommen werden konnte und daß die Gäste kamen, wann es ihnen paßte. Wenn er ein Pferd, ein Schwimmbad, ein Auto oder sonstetwas wünschte, das das Große Haus zu bieten hatte, so brauchte er es Oh Jeh nur zu sagen.
Als Graham um halb acht Uhr das Frühstückszimmer betrat, kam er gerade früh genug, um sich von dem Korrespondenten von ›Breeders Gazette‹ sowie von dem Viehhändler aus Idaho zu verabschieden, die schon gegessen hatten, um jetzt mit dem Auto nach Eldorado und von dort mit dem Morgenzug nach San Franzisko zu fahren. Er frühstückte allein, und ein chinesischer Diener nötigte ihn, sich zu bedienen. Er verlangte und erhielt zuerst eine geeiste Grapefruit mit Sherry, die, wie der Diener stolz erklärte, ›selbstgezogen‹ war. Dann dankte er für verschiedene Frühstücksgerichte und Grütze, die der Chinese ihm vorschlug, und hatte sich gerade flaumweiche Eier und

Speck bestellt, als Bert Wainwright mit einer Gleichgültigkeit hereinschlenderte, die, wie Graham sofort merkte, nur gespielt war, und fünf Minuten später erschien Ernestine Desten in einem entzückenden Morgenkleid und tat, als sei sie sehr erstaunt, so früh schon so viele Gäste anzutreffen.

Als die drei sich von Tisch gerade erheben wollten, kamen Lute Desten und Rita Wainright. Im Billardzimmer, wohin Graham sich dann mit Bert begab, erfuhr er, daß Dick Forrest nie am Frühstückstisch erschien und daß er sich nur bei ganz besonderen Gelegenheiten seinen Gästen vor dem zweiten Frühstück um halb eins zeigte. Paula Forrest schlief, wie Bert erklärte, immer sehr schlecht und stand erst spät auf, lebte hinter einer Tür ohne Griff in einem geräumigen Flügel mit einem geheimen Hof, den er selbst nur ein einziges Mal gesehen hatte.

»Sie ist ganz gesund«, erklärte er, »aber sie hat nie schlafen können, nicht einmal als ganz kleines Kind. Aber das macht ihr nichts aus, denn sie hat einen starken Willen und will sich ihre Nerven nicht verderben lassen. Sie hat ein so empfindliches Nervensystem, aber statt sich aufzuregen, wenn sie nicht schlafen kann, beschließt sie, daß sie ruhen will, und dann ruht sie. Solche Nächte nennt sie ihre ›weißen Nächte‹. Vielleicht schläft sie bei Tagesanbruch oder um neun oder zehn Uhr morgens ein, und dann schläft sie den ganzen Tag hindurch und kommt erst zum Mittagessen, und zwar vollkommen frisch.«

»Das ist wohl Gewohnheit, denke ich«, meinte Graham.

Bert nickte.

»Ja, für neunhundertundneunundneunzig von tausend Frauen wäre es eine Qual. Für sie aber nicht. Sie nimmt es, wie es gerade kommt, und wenn sie zu der einen Zeit nicht schlafen kann, so schläft sie einfach zu einer anderen und holt das Versäumte ein.«

Bert Wainright erzählte noch mehr von ihrer Wirtin, und Graham merkte schnell, daß der junge Mann, obgleich er sie erst kurze Zeit kannte, doch schon großen Respekt vor ihr hatte.

»Ich habe noch keinen Menschen gesehen, mit dem sie nicht fertig werden konnte, wenn sie es sich vorgenommen hatte«, sagte er vertraulich. »Und ich kann nicht herauskriegen, wie sie es macht. Nur ein Schimmer in ihren Augen, ein Ausdruck um ihren Mund, – was weiß ich! – Aber sicher ist, daß sie den Leuten ihren Platz anweist, und zwar so, daß kein Zweifel möglich ist.«

»Sie hat so ... eine besondere Art«, meinte Graham.

»Eben!« Berts Gesicht strahlte. »Es ist ihre Art. Es kann eine Kälte von ihr ausstrahlen, man weiß nicht, wieso. Vielleicht hat sie gelernt, es so still abzutun, weil sie gewohnt ist, die Nächte schlaflos zu verbringen, ohne zu klagen oder verdrießlich zu werden. Es ist sehr wahrscheinlich, daß sie heute nacht kein Auge geschlossen hat, – die Aufregung, die vielen Menschen, das Schwimmbad mit Bergkönig und alles das. Sehen Sie, was sonst die meisten Frauen wachhält – Gefahr, Seesturm oder dergleichen – das, sagt Dick, macht keinen Eindruck auf sie. Sie kann wie ein Kind schlafen, sagt er, und wenn die Stadt, in der sie sich befindet, bombardiert wird oder das Schiff, auf dem sie ist, Gefahr läuft, an den Klippen zu zerschellen. Sie ist prachtvoll. Sie sollten nur mal Billard mit ihr spielen, da werden Sie sehen, was sie kann!«

Kurz darauf trafen Graham und Bert die jungen Mädchen in der kleinen Wohnstube, und sie sangen, tanzten und plauderten eine ganze Stunde lang, aber trotzdem konnte Graham ein Gefühl der Leere und den tiefen Wunsch nicht loswerden, Paula Forrest in einer neuen, unerwarteten Stimmung in die offene Tür treten zu sehen.

Dann machte er auf Altadena in Begleitung Berts, der ei-

ne Vollblutstute namens Mollie ritt, einen zweistündigen Ausritt nach den Meiereien des Gutes und kam gerade früh genug wieder heim, um sich gemäß der Verabredung mit Ernestine auf dem Tennisplatz zu treffen.
Zum Frühstückstisch erschien er mit einem Eifer, den sein starker Appetit nicht hinreichend erklärte, und war sehr enttäuscht, als die Hausfrau sich nicht zeigte.
»Eine weiße Nacht«, erklärte Dick Forrest seinem Gast und ergänzte die Auskünfte Berts mit einigen Einzelheiten über ihre angeborene Schlaflosigkeit. »Wissen Sie, wir waren schon jahrelang verheiratet, ohne daß ich sie je schlafen gesehen hatte. Ich wußte, daß sie schlief, sah es sie aber nie tun. Ich habe sie drei Tage und drei Nächte herumlaufen sehen, ohne ein Auge zu schließen, und als sie endlich einschlief, geschah es einfach aus Erschöpfung. Das war, als die ›All Away‹ bei den Karolinen strandete und die ganze Bevölkerung sich abmühte, uns klarzukriegen. Es war nicht die Gefahr – eine eigentliche Gefahr bestand nicht – nur der Lärm und die Aufregung. Sie war zu sehr darauf versessen, etwas zu erleben, und als dann alles vorüber war, sah ich sie wirklich schlafen – aber das war das erstemal.«
Am Morgen war ein neuer Gast angekommen, Donald Ware, den Graham beim zweiten Frühstück vorfand. Er schien alle zu kennen, als sei er ein häufiger Gast im Großen Hause, und Graham erfuhr, daß er trotz seiner Jugend ein bekannter Geiger war.
»Er ist wahnsinnig in Paula verliebt«, sagte Ernestine zu Graham, als sie das Eßzimmer verließen.
Graham hob die Brauen.
»Ach, daraus macht sie sich nichts«, lachte Ernestine. »Das ist sie gewohnt. Sie amüsiert sich darüber. Dick findet es furchtbar komisch. Es geht allen so, ehe sie eine Woche hier gewesen sind. Wenn es Ihnen nicht ebenso ergeht, sind

Sie eine mächtige Überraschung für uns alle, und Dick wird sich wahrscheinlich kränken. Er hält es für etwas Selbstverständliches und erwartet es direkt. Und wenn ein stolzer verliebter Ehemann sich an so etwas gewöhnt hat, so muß es ihn natürlich auch schrecklich kränken, wenn jemand seine Frau nicht hinreichend zu schätzen weiß.«

»Na, wenn man das von mir erwartet, muß ich es wohl tun«, seufzte Graham. »Ich hasse es zwar, dasselbe zu tun wie alle anderen, wenn es aber mal so üblich ist... Aber es ist furchtbar hart für mich, wo es so viele hübsche Mädchen in der Gegend gibt.«

Seine länglichen grauen Augen blickten sie neckend an und machten einen solchen Eindruck auf Ernestine, daß sie zu lange hineinsah, ehe sie sich dessen bewußt wurde, worauf sie den Blick niederschlug und glühend rot wurde.

»Theochen – der junge Dichter, dessen Sie sich wohl von gestern abend erinnern«, schwatzte sie plötzlich drauflos mit einem offenbaren Versuch, ihre Verlegenheit zu verbergen, »Theochen ist schrecklich in Paula verliebt. Und Terrence – das ist der Ire – ist auch leise in sie verliebt. Sie können ja nichts dafür, und man kann ihnen keinen Vorwurf daraus machen.«

»Sie verdient es auch sicher alles«, murmelte Graham, fast gekränkt, weil der halbverrückte Ire, der stolz auf sein Tagediebleben von anderer Gnaden war, selbst ›leise‹ in die kleine Herrin verliebt sein sollte. »Nach dem wenigen, was ich von ihr gesehen habe, muß sie eigenartig und bezaubernd sein.«

»Sie ist meine Halbschwester«, erklärte Ernestine, »wenn man auch nicht glauben sollte, daß wir auch nur einen Blutstropfen in unseren Adern miteinander gemein hätten. Übrigens ist sie gar nicht so jung. Sie ist achtunddreißig, wissen Sie –«

»Pussi, Pussi!« flüsterte Graham.

Die hübsche junge Blondine sah ihn überrascht und verdutzt an.
»Kätzchen!« sagte er mit angenommener Strenge.
»Ach«, rief sie, »so meinte ich es gar nicht. Wir sagen hier immer alles, was wir meinen. Jeder kennt Paulas Alter. Sie erzählt es selber. Ich bin achtzehn, – daß Sie es wissen! Und weil Sie so schlecht von mir dachten: wie alt sind Sie?«
»Genau so alt wie Dick«, antwortete er schnell.
»Und der ist vierzig«, lachte sie triumphierend. »Kommen Sie mit zum Schwimmen? – Das Wasser wird schrecklich kalt sein.«
Graham schüttelte den Kopf.
»Ich soll mit Dick ausreiten.«
Mit ihrer ganzen achtzehnjährigen Unmittelbarkeit versuchte sie gar nicht, ihre Enttäuschung zu verbergen.
»Ach«, sagte sie, »wieder sein ewiger Dünger oder die Terrassenanlage auf den Hängen oder die Wässerungsanlage!«
»Aber er sprach davon, daß wir um fünf schwimmen wollten.«
Ihr Gesicht erhellte sich in einem strahlenden Lächeln.
»Dann treffen wir uns am Schwimmbassin. Das muß er mit Paula verabredet haben – sie sagte auch, daß wir um fünf schwimmen gingen.«
Graham mußte hineingehen, um sich für den Ritt umzukleiden, so daß sie sich in einer langen Pergola trennten, von wo er in sein Turmzimmer kommen konnte. Plötzlich blieb Ernestine stehen und rief: »Ach, Herr Graham!«
Gehorsam wandte er sich um.
»Sie sind natürlich nicht gezwungen, sich in Paula zu verlieben. Ich hab' das nur so gesagt.«
»Ich werde sehr, sehr vorsichtig sein«, sagte er feierlich, aber seine Augen funkelten lustig.
Und doch mußte er sich, als er weiterschritt, eingestehen,

daß er schon im Begriff war, sich von dem Reiz Paula Forrests einfangen zu lassen. Er wußte in diesem Augenblick, daß er weit lieber mit ihr ausgeritten wäre als mit seinem alten Freunde Dick.

Als er zu dem langen Bindebaum unter den alten Eichen kam, wo die Pferde angebunden waren, sah er sich eifrig nach der Frau des Hauses um. Aber es war niemand zur Stelle als Dick und der Stallknecht, obwohl viele gesattelte Pferde stampfend im Schatten standen. Dick und er ritten allein. Dick zeigte ihm ihr Pferd – einen lebhaften roten Vollbluthengst, der einen kleinen amerikanischen Sattel mit stählernen Steigbügeln und einer Trense mit doppeltem Zügel trug.

»Ich weiß nicht, was Paula vorhat«, sagte Dick, als sie ihre Pferde angetrieben hatten. »Sie hat sich noch nicht gezeigt, aber jedenfalls werden wir sie später beim Schwimmbassin treffen.«

Graham genoß den Ritt, wenn er sich auch mehrmals dabei ertappte, wie er auf seine Armbanduhr sah, um sich zu vergewissern, wie lange es noch bis fünf war. Das Lammen stand gerade bevor, und während er mit seinem Wirt durch ein Feld nach dem andern ritt, stiegen sie abwechselnd ab und halfen trächtigen Shropshire- und Rambouillet-Merinoschafen auf die Beine, denn wenn sie sich auf ihre breiten Rücken gewälzt hatten, konnten sie nicht von selber wieder hochkommen, sondern fochten hilflos mit allen vieren in der Luft herum.

»Ich habe tüchtig gearbeitet, um das amerikanische Merinoschaf zu schaffen«, sagte Dick, »und ihm die kräftigen Beine, den starken Rücken, die gewölbten Rippen und die gehörige Widerstandskraft anzuzüchten. Die europäische Rasse war nicht widerstandsfähig. Sie war zu frisiert und manikürt.

»Ja, Sie haben wirklich Großes geleistet«, sagte Graham.

»Widder nach Idaho zu schicken! Das spricht genug für sich.«
Mit strahlenden Augen antwortete Dick: »Idaho ist noch gar nichts! Entschuldigen Sie, wenn ich prahle, aber so unglaublich es auch klingen mag, so sind doch die großen Schafherden in Michigan und Ohio auf meine in Kalifornien gezüchteten Rambouilletwidder zurückzuführen. Oder Australien! Vor zwölf Jahren verkaufte ich drei Widder zu dreihundert das Stück an einen Ansiedler, der zu Besuch hier war. Als er mit ihnen heimkam und sie zeigte, verkaufte er sie für ebensoviel tausend und bestellte sofort eine ganze Schiffsladung bei mir.«
Auf dem Heimweg begegneten sie zufällig Mendenhall, dem Leiter der Pferdezucht, der sie veranlaßte, ihn auf eine abgelegene, von bewaldeten Cañons durchschnittene und mit vielen Eichen bestandene Weide zu begleiten, um sich eine Herde von Shirejährlingen anzusehen, die am nächsten Morgen auf die Almen in den Miramarbergen geschickt werden sollte. Es waren fast zweihundert, zottig und zerzaust und mit für ihr Alter sehr kräftigen Beinen.
»Wir überfüttern sie nicht«, erklärte Dick Forrest, »aber Mendenhall sorgt dafür, daß es ihnen nie am geeigneten Futter fehlt. In den Bergen, wo sie hinkommen, erhalten sie ebensoviel Getreide wie Gras. Die Folge ist, daß sie sich jeden Abend an den Futterstellen sammeln, was den Leuten, die füttern, sehr viel Arbeit erspart. Die letzten fünf Jahre habe ich jährlich fünfzig zweijährige Hengste allein nach Oregon geschickt.«
Als Mendenhall fortritt, kam ihnen ein anderer Mann auf einem Palominapferd mit schlanken Beinen und lebhaften Kopfbewegungen entgegen, und Dick stellte ihn als seinen Tierarzt vor.
»Ich hörte, daß Ihre Frau Gemahlin die Fohlen besichtigt hat, und ritt hin, um ihr ›Rehkalb‹ zu zeigen. Vor Ablauf

einer Woche kann sie es reiten. Welches Pferd hat sie heute?«
»Stutzer«, antwortete Dick in einem Ton, als erwarte er, daß Hennessy sofort mißbilligend den Kopf schütteln sollte.
»Ich kann mich nicht damit vertraut machen, Frauen auf Hengsten reiten zu sehen«, murmelte der Tierarzt. »Stutzer ist gefährlich und schlimmer noch: er ist boshaft – wenn ich auch vor seinem Stammbaum den Hut ziehe. Ihre Frau Gemahlin sollte ihn nur mit Maulkorb reiten; aber er schlägt auch, und ich glaube kaum, daß man ihm Kissen an die Hufe binden kann.«
»Nun ja«, meinte Dick, »sie reitet ihn mit der Kandare und scheut sich nicht, sie zu benutzen.«
»Wenn er nicht eines Tages stürzt und sie unter sich begräbt«, brummte Hennessy. »Jedenfalls atme ich auf, wenn sie erst Rehkalb reitet. Sehen Sie, das ist ein Damenpferd, so feurig, wie man es sich nur wünschen kann, und nicht im geringsten boshaft. Es ist ein gutes Pferd und wird, selbst wenn es die Jugendtollheiten hinter sich hat, noch ein munteres Tier sein, das seinem Reiter genug zu schaffen macht.«
Die drei Männer ritten ein kleines Stück einen Seitenweg hinauf, bogen dann in einen bewaldeten Cañon ein, wo ein kleiner Bach rieselte, und gelangten auf eine breite, wellige Terrasse mit üppigen Wiesen. Das erste, was Graham sah, war ein Hintergrund von vielen eigenartigen ein- und zweijährigen Fohlen und vor diesem Hintergrund Paula Forrest auf dem roten Vollbluthengst Stutzer, der stieg und mit den Vorderbeinen durch die Luft focht, wobei er sein gellendes Wiehern hören ließ. Sie hielten ihre eigenen Pferde an und sahen zu.
»Es endet noch damit, daß er sie totschlägt«, murmelte der Tierarzt gereizt. »Auf Stutzer ist kein Verlaß.«
Im selben Augenblick aber hieb Paula, die nicht bemerkte, daß sie Zuschauer bekommen hatte, Stutzer mit einem kur-

zen Befehl und einer raschen Drehung der scharfen Sporen die Absätze in die seidigen Flanken und zwang das schäumende Tier wieder zu Boden.

»Bist du nicht doch ein bißchen zu waghalsig?« sagte Dick mit leisem Vorwurf, als die drei Männer sich näherten.

»Ach, ich werde schon mit ihm fertig«, sagte sie atemlos mit zusammengebissenen Zähnen, als Stutzer mit flach zurückgelegten Ohren und einem bösen Funkeln in den Augen seine Zähne zu einem Biß entblößte, der Grahams Bein unheimlich nahe gekommen wäre, hätte sie dem Tier nicht mit einem heftigen Ruck am Zügel den Kopf zurückgerissen und ihm beide Sporen in die Seiten gejagt.

Stutzer zitterte, stöhnte und stand einen Augenblick unbeweglich da.

Dreimal wollte der Hengst sich empören, während die drei Männer zusahen, bereit, ihre eigenen Pferde seitwärts zu lenken, falls er sich nicht mehr halten ließe, und dreimal trieb ihm Paula Forrest, in der feinen geübten Hand den Zügel, die Sporen scharf in die Flanken, bis er schwitzend und schäumend, verwirrt und besiegt stand.

»Guten Tag«, begrüßte Paula ihren Gast, den Tierarzt und ihren Mann. »Jetzt hab' ich ihn, glaube ich. Laßt uns die Fohlen sehen. Nehmen Sie sich vor seinem Maul in acht, Herr Graham. Er beißt. Halten Sie sich weg, wenn Sie sich Ihre Beine bis ins hohe Alter zu bewahren wünschen.«

Jetzt, da Stutzer mit seinen Kunststücken fertig war, stürmten die Fohlen, wie von einem Neckgeist besessen, herbei, galoppierten über den Rasen, bis sie neugierig wieder stehenbleiben, worauf sie sich unter Führung einer besonders kecken kastanienbraunen Stute in einem Halbkreis mit wachsam gespitzten Ohren vor den Reitern sammelten.

Anfangs sah Graham nicht viel von den Fohlen. Er sah seine Wirtin wieder in einer neuen Rolle. Finden ihre Veränderungsmöglichkeiten denn nie ein Ende, fragte er sich und sah auf das prachtvolle unterjochte Tier, das sie ritt. Bergkönig war trotz seiner Größe ein gutgezogenes Schoßhündchen neben dem wiehernden, beißenden und schlagenden Stutzer, der die ganze feurige Bosheit des Vollbluts zeigte.

»Sieh«, flüsterte Paula Dick leise zu, um das kecke Fohlen nicht zu verscheuchen. »Ist es nicht prachtvoll? Dafür habe ich gearbeitet.« Paula wandte sich zu Evan. »Immer haben sie irgendwelche Fehler oder Mängel, – bestenfalls kommen sie der Vollendung nahe. Hier aber ist es vollendet. Sehen Sie nur! Der Vater ist der Große Häuptling, – Sie haben sicher von ihm gehört, wenn sie das amerikanische Rennregister kennen. Als er Krüppel geworden war, wurde er für sechzigtausend verkauft. Wir liehen ihn. Diese Stute war sein einziges Fohlen in der Saison. Aber sehen Sie sie nur. Die Brust und die Lungen! Ich hatte die Wahl zwischen vielen Stuten, die zum Stammbaum paßten. Ihre Mutter war nichts Besonderes, aber ich wählte sie doch. Sie war eine schwierige alte Jungfer, aber die einzige Stute, die zum Großen Häuptling paßte. Dies ist ihr erstes Füllen, und sie war achtzehn Jahre alt, als sie fohlte. Aber ich wußte, daß es richtig war. Ich brauchte nur sie und den Großen Häuptling, um es zu wissen.«

»Die Stute war nur Halbblut«, erklärte Dick.

»Aber ein gut Teil Morgan von der anderen Seite«, warf Paula schnell ein, »und ein Streifen auf dem Rücken von Mustang. Dies wird mein erstes vollkommenes, ganz unangreifbares Reitpferd – ich weiß es – mein Traum, der sich endlich verwirklicht hat.«

»Ja, schön ist es«, sagte Dick bewundernd, und seine Augen wurden ganz warm, als er das kastanienbraune Fohlen betrachtete, das sich ihnen keck näherte und aufmerksam an dem zitternden Kopf des gebändigten Stutzer mit den weit geöffneten Nüstern schnupperte.

»Ich will lieber, daß meine Pferde nur beinahe Vollblut sind«, erklärte Paula. Das Rennpferd gehört auf die Rennbahn, aber für den allgemeinen Gebrauch ist es zu sehr spezialisiert.«

»Gut gepaart«, sagte Hennessy und zeigte auf Nymphe. »Kurz genug, um gut zu laufen, und lang genug für den langen Trab. Ich gestehe, daß ich nicht viel Vertrauen zu dem Experiment hatte, aber wir haben doch ein herrliches junges Tier dabei erhalten.«

»Als junges Mädchen hatte ich keine Pferde«, sagte Paula zu Graham, »und daß ich sie jetzt nicht allein habe, sondern auch aufziehen und nach Belieben züchten kann, das ist, finde ich immer, fast zu schön.«

Sie wandte den Kopf, hob dankbar den Blick, und Graham sah, wie sie und Forrest sich eine lange halbe Minute in die Augen schauten. Forrests Freude über die Freude seiner Frau, ihre jugendliche Begeisterung und Lebensfreude war Graham völlig einleuchtend. ›Der Glückspilz!‹ dachte er, nicht weil sein Wirt einen so großen Besitz hatte und soviel daraus gemacht hatte, sondern weil er eine herrliche Frau besaß, die ihm so freimütig und dankbar in die Augen sehen konnte.

Graham dachte ungläubig an Ernestines Angabe, daß Paula achtunddreißig Jahre alt sein sollte, als sie sich plötzlich zu den Fohlen wandte und mit der Reitpeitsche auf einen schwarzen Jährling zeigte, der an dem jungen Gras nippte. »Sieh das gerade Kreuz, Dick«, sagte sie, »und die Füße und Fesseln!« Sie wandte sich zu Graham: »Ganz anders als die langen Gelenke von Nymphe, nicht wahr? Aber gerade so, wie ich es wollte.« Sie lachte leise, ein klein wenig ärgerlich. »Die Mutter war eine hellrote Stute, – fast wie ein neugemünztes Zwanzigdollarstück, – und ich wollte so gern von ihr ein Paar Pferde für meinen Wagen haben – genau in einer Farbe. Nun, daraus wurde nichts, obgleich

ich sie mit einem prachtvollen rotbraunen Traber paarte. Statt dessen habe ich das Schwarze dort bekommen; – wenn wir nachher die Zuchtstuten besichtigen, sollen Sie den Bruder sehen: mahagonibraun. Das war eine Enttäuschung.« Sie wies auf ein Paar dunkle Rotschimmel. die nebeneinander weideten. »Das sind zwei von den Nachkommen Guy Dillons – Brüder von Lou Dillon, wissen Sie. Sie haben verschiedene Mütter, nicht ganz vom selben Rotbraun; aber passen sie nicht prachtvoll zueinander? Beide haben sie das Fell von Guy Dillon.«

Sie ritt auf ihrem gezähmten Hengst vorsichtig an der Herde entlang, um die Tiere nicht zu verscheuchen, aber einige Fohlen begannen doch zu laufen.

»Sehen Sie«, rief sie. »Fünf von denen sind Kutschpferde. Wie die beim Laufen die Vorderbeine heben!«

»Ich würde sehr enttäuscht sein, wenn du nicht ein Preisviergespann aus ihnen kriegtest«, sagte Dick anerkennend, und wieder schenkte sie ihm einen leuchtenden, dankbaren Blick, der Graham einen Stich ins Herz gab.

»Die Mütter von den beiden dort – dem in der Mitte und dem am weitesten links – sind schwerere Stuten, und dann haben wir noch die Wahl zwischen drei anderen für das Leitpferd. Ein und derselbe Vater, fünf verschiedene Mütter und von den fünfen ein gut abgestimmtes, vierblättriges Kleeblatt – alles in ein und demselben Jahre – das ist doch Glück, nicht wahr?«

Ihr großes Interesse für die Tiere verhinderte, daß ihre Worte auch nur im geringsten geziert oder eingebildet klangen, so daß Dick sich sogar bewogen fühlte, Graham gegenüber ihre Urteilskraft zu rühmen.

»Ich kann eine ganze Bibliothek über Pferdezucht durchackern und mich mit dem Mendelschen Gesetz herumschlagen, bis mir Dummkopf direkt schwindelt; aber sie ist ein Genie. Sie braucht die Gesetze nicht erst zu studieren, sie

weiß alles rein intuitiv. Sie braucht nur den Blick über eine Stutenherde schweifen zu lassen, um sofort die richtigen Väter zu finden, und sie kann beinahe alles erreichen, was sie will, – außer der Farbe, nicht wahr, Paula?«
Sie lachte, daß ihre Zähne blitzten, und Dick fuhr fort: »Sie hat eine Eigenschaft, derentwegen wir den Hut vor ihr ziehen müssen: sie läßt keine weibliche Sentimentalität mitreden, wenn es zu verwerfen gilt. Sie ist schonungslos wie ein Mann, wenn es heißt, minderwertige Exemplare auszurangieren und auszuwählen! Nur die Farben beherrscht sie noch nicht. Da reicht ihr Genie nicht aus, was, Paula? Du mußt dich wohl noch ein Weilchen mit Duddy und Fuddy als Kutschpferden begnügen. Übrigens, wie geht es Duddy?«
»Wieder ganz in Ordnung«, antwortete sie, »dank Herrn Hennessy.«
»Es war nichts Ernstes«, fügte der Tierarzt hinzu. »Er hatte nur keinen rechten Appetit. Es war mehr Angst vom Stallknecht.«

Auf dem Wege von der Weide zum Schwimmbassin unterhielt sich Graham mit der Gattin seines Wirts und ritt so dicht neben ihr, wie die Bosheit Stutzers es zuließ, während Dick und Hennessy, in verschiedene, den Betrieb betreffende Fragen vertieft, vorausritten.
»Unter Schlaflosigkeit habe ich mein ganzes Leben gelitten«, sagte sie und kitzelte Stutzer mit dem Sporn, um einen Versuch, sich aufzulehnen, im Keim zu ersticken. »Aber ich habe früh gelernt, meine Nerven nicht dadurch reizen zu lassen. Tatsächlich habe ich mich schon früh daran gewöhnt, meinen Geist dann zu beschäftigen, so daß ich direkt Freude davon hatte. Das war die einzige Möglichkeit, mit dieser Schlaflosigkeit fertig zu werden, die dauern wird,

solange ich lebe. Haben Sie, – es ist übrigens selbstverständlich, – gelernt, sich durch eine Unterströmung durchzuarbeiten?«

»Ja, indem ich nicht dagegen ankämpfte«, antwortete Graham, während er seinen Blick auf der warmen Farbe ihrer Wange und den winzigen Schweißperlen, einer Folge ihres beständigen Kampfes mit dem nervösen Tier, das sie ritt, ruhen ließ. Achtunddreißig! dachte er. Warum Ernestine wohl gelogen hatte? Sie sah nicht einmal nach achtundzwanzig aus. Ihre Haut war wie die eines jungen Mädchens, zart und durchsichtig, mit feinen Poren.

»Eben«, fuhr sie fort. »Indem man nicht gegen sie ankämpft. Indem man sich ihr überläßt, sich von ihr hinabziehen läßt und mit ihr schwimmt, um wieder nach oben zu kommen. Das hat Dick mich gelehrt. Und ebenso geht es mit meiner Schlaflosigkeit. Wenn ich vor Aufregung über unmittelbar vorhergegangene Ereignisse nicht einschlafen kann, so gebe ich nach und gelange aus den verwickelten Strömungen schneller zum Unterbewußtsein. Nehmen Sie zum Beispiel das gestrige Schwimmbad mit Bergkönig. Ich erlebte es heute nacht wieder, wie ich es in der Wirklichkeit erlebte. Dann erlebte ich es als Zuschauer, – wie die Mädchen es sahen, wie Sie es sahen, wie der Cowboy, und vor allem, wie mein Mann es sah. Dann machte ich mir ein Bild davon, viele Bilder, von jedem Gesichtspunkt aus eines, malte sie, rahmte sie ein und hing sie auf, und dann sah ich sie mir an, als sähe ich zum erstenmal. Und ich machte mir vielerlei Zuschauer, von krittligen, alten Jungfern und dürren Junggesellen bis zu höheren Töchtern und bis zu jungen Griechen vor Jahrtausenden.

Dann setzte ich es in Musik. Ich spielte es auf dem Klavier und dachte mir, wie es wohl mit vollem Orchester klingen mochte. Ich rezitiere es – sang es als Lied, und nach vielen ermüdenden Stunden schlief ich natürlich mittendrin ein und wußte nicht, daß ich schlief, bis ich heute mittag um zwölf aufwachte. Als ich die Uhr das letztemal schlagen hörte, war es sechs. Sechs Stunden ununterbrochener Schlaf sind ein großer Gewinn in der Lotterie des Schlafs für mich.«

Als sie schwieg, ritt Hennessy auf einem Seitenweg fort, und Dick Forrest hielt sein Pferd zurück, um auf der anderen Seite seiner Frau weiterzureiten.

»Haben Sie Lust zu einer Wette, Evan?«

»Lassen Sie mich erst die Bedingungen hören«, lautete die Antwort.

»Zigarre gegen Zigarre, daß Sie Paula nicht in zehn Minuten im Schwimmbassin fangen können – nein, sagen wir, in fünf, ich erinnere mich, daß Sie ein guter Schwimmer sind.«

»Ach, laß ihm doch eine Chance, Dick«, rief Paula edelmütig. »In zehn Minuten wird es ihm sauer genug werden.«

»Du kennst ihn nicht«, wandte Dick ein. »Und du bewertest meine Zigarren nicht richtig. Er ist ein glänzender Schwimmer, hat Kanaken besiegt, und du weißt, was das heißt.«

»Ich hätte es möglicherweise doch bedenken sollen. Vielleicht hat er mich im Kraulen eingeholt, ehe ich überhaupt richtig in Gang gekommen bin. Erzähl mir von seinen Taten und Preisen.«

»Ich will dir nur eins erzählen. Man spricht noch davon auf den Marquesas. Es war bei dem großen Orkan im Jahre 1892. Er schwamm vierzig Meilen in fünfundvierzig Stunden, und nur er und noch einer erreichten das Land. Und doch waren alle anderen Kanaken. Er war der einzige Weiße, und er hielt aus, als der letzte Kanake ertrunken war –«

»Du sagtest doch, daß noch einer gerettet wurde?« fiel Paula ihm ins Wort.

»Das war eine Frau«, antwortete Dick. »Der letzte Kanake ertrank.«
»Dann war die Frau also eine Weiße?« fragte Paula weiter.
Graham warf ihr einen hastigen Blick zu, und obgleich die Frage an Dick gerichtet war, wandte sie doch gleichzeitig mit Graham den Kopf, so daß ihr fragender Blick dem seinen begegnete.
Graham sah ihr ruhig in die Augen und antwortete: »Sie war eine Kanakin.«
»Eine Königin, wenn ich bitten darf«, warf Dick ein. »Eine Königin vom ältesten Häuptlingsgeschlecht. Sie war die Königin von Huohoa.«
»Machte es das Häuptlingsblut, daß sie länger aushielt als die eingeborenen Männer?« fragte Paula. »Oder halfen Sie ihr?«
»Ich glaube eher, wir halfen uns gegenseitig«, erwiderte Graham. »Wir waren beide zeitweise ganz von Sinnen. Manchmal war der eine, manchmal der andere völlig erschöpft. Bei Sonnenuntergang erreichten wir das Land, – das heißt eine Küste wie eine eiserne Mauer, über die der Südostpassat die Brandung hinwegpeitschte. Sie packte mich, krallte mir ihre Nägel in den Arm, um mich zum Bewußtsein zu bringen. Ich wollte direkt in die Brandung hinein, was unweigerlich das Ende bedeutet hätte.
Sie machte mir begreiflich, daß sie wüßte, wo wir uns befänden, und daß die Strömung uns westwärts die Küste entlang in zwei Stunden zu einer Stelle führen würde, wo wir ans Land kommen könnten. Ich versichere Ihnen, den größten Teil der zwei Stunden schlief ich oder war bewußtlos. Und als ich zufällig zum Bewußtsein kam und die Brandung nicht mehr brüllen hörte, da schlief sie oder war bewußtlos, so daß ich sie gewaltsam wieder zum Bewußtsein bringen mußte. Es dauerte noch drei Stunden, bis wir

an Land waren, und im selben Augenblick schliefen wir ein. Am nächsten Morgen brannte die Sonne uns wach, und wir krochen in den Schatten einiger wilder Bananen, fanden frisches Wasser und schliefen wieder ein. Als ich das nächste Mal aufwachte, war Nacht. Ich trank wieder und schlief die ganze Nacht bis zum nächsten Morgen. Sie schlief noch, als wir morgens von einer Schar Kanaken gefunden wurden, die auf der Ziegenjagd waren.«

»Sie muß Ihnen doch ewig dankbar gewesen sein«, sagte Paula herausfordernd und sah ihm in die Augen. »Sie wollen mir doch nicht einreden, daß sie nicht jung und schön, eine goldbraune junge Göttin gewesen sei?«

»Ihre Mutter war Königin von Huohoa«, antwortete Graham. »Ihr Vater war Engländer, griechischer Philologe. Die Mutter lebte nicht mehr zu der Zeit, als die Geschichte passierte, und Nomare war Königin. Sie war jung. Sie war das schönste Weib, das man sich denken kann. Dank ihrem englischen Vater war sie nicht goldbraun, sondern hell. Aber Sie haben die Geschichte doch sicher gehört—«

Er brach ab und sah Dick fragend an, der den Kopf schüttelte.

Kreischen und Plätschern hinter einer schirmenden Baumgruppe sagte ihnen, daß sie sich in der Nähe des Schwimmbassins befanden.

»Den Rest der Geschichte müssen Sie mir ein andermal erzählen«, sagte Paula.

»Dick kennt sie ja. Ich verstehe nicht, daß er Sie Ihnen nicht erzählt hat.«

Sie zuckte die Achseln.

»Vielleicht hat er nie Zeit oder Gelegenheit dazu gehabt.«

»Sie ist, weiß Gott, eigentlich bekannt genug«, lachte Graham. »Denn Sie müssen wissen, daß ich einmal morganatischer König, oder wie man es nennen soll, von Kannibaleninseln oder doch jedenfalls von einer paradiesischen polynesischen Insel gewesen bin«, schloß er, sich aus dem Sattel schwingend. Stutzer wollte die Zähne in Paulas Bein schlagen, aber sie wies ihn mit den Sporen zurecht und wartete, bis Dick ihr aus dem Sattel half und das Pferd anband.

»Zigarren! – Da mache ich mit! – Sie fangen sie nicht!« rief Bert Wainright von dem zwölf Meter hohen Sprungbrett herab. »Einen Augenblick! Ich komme!«
Und er kam mit einem Kopfsprung, der ihm den stürmischen Beifall der jungen Mädchen eintrug.
»Ein guter Sprung, sehr schön ausbalanciert«, sagte Graham, als er aus dem Bassin kletterte.
Bert tat, als machten die anerkennenden Worte keinen Eindruck auf ihn, was ihm aber nicht ganz glückte, und um darüber hinwegzukommen, begann er, von der Wette zu reden.
»Ich weiß nicht, wie Sie schwimmen, Graham«, sagte er, »aber ich möchte auch gern eine Zigarre haben.«
»Ich will auch mitmachen!« riefen Ernestine, Lute und Rita im Chor.
»Um Schokolade, Handschuhe oder was Sie daran wagen wollen«, fügte Ernestine hinzu.
»Ich weiß ja gar nicht, was Frau Forrest leistet«, wandte Graham ein, als die Wette abgeschlossen war. »Wenn ich aber in fünf Minuten—«
»Zehn Minuten«, sagte Paula, »und wir starten jeder von einem Ende des Bassins. Sobald Sie mich berühren, gelte ich als gefangen.«
Graham sah die Gattin seines Wirts mit heimlicher Bewunderung an. Sie trug nicht den einfachen weißseidenen Badeanzug, den sie offenbar nur benutzte, wenn sie mit den jungen Mädchen allein war, sondern eine kokette Nachahmung der herrschenden Mode: einen Anzug aus chan-

gierender blaugrüner Seide – ungefähr von der Farbe des Wassers im Becken. Auf dem Kopfe hatte sie eine fesche Bademütze, und fesch war sie selbst, wie sie dastand und zehn Minuten statt der fünf forderte.

Rita Wainright hielt die Uhr, während Graham sich nach dem anderen Ende des fünfundvierzig Meter langen Bassins begab.

»Wenn du nicht aufpaßt, fängt er dich, Paula«, warnte Dick sie. »Evan Graham ist der reine Fischmensch.«

»Ich glaube, Paula würde selbst ohne die Röhre gewinnen«, setzte Bert sich für sie ein. »Und ich möchte wetten, daß sie besser taucht als er.«

»Dann verlierst du«, antwortete Dick. »Ich sah den Felsen, von dem er in Huohoa hinuntersprang. Es war nach seiner Zeit und nach dem Tode der Königin Nomare. Er sprang vom Gipfel des Pauwi – genau achtunddreißig Meter hoch. Und dazu mußte er noch im Sprunge aufpassen, daß er nicht gegen zwei niedrige Felsvorsprünge schlug, deren oberer nach der Tradition der Kanaken der höchste Absprung war, den je einer von ihnen gewagt hatte. Also los, Rita. Wenn die Minute voll ist.«

»Es ist beinahe eine Schande, einen so tüchtigen Schwimmer anzuführen«, sagte Paula zu ihnen, als sie und Graham sich Angesicht zu Angesicht, das Bassin in seiner ganzen Ausdehnung zwischen sich, gegenüberstanden und auf das Zeichen warteten.

»Er ist imstande, dich zu fangen, ehe du Zeit zu deinem kleinen Kniff bekommst«, warnte Dick sie wieder; dann wandte er sich mit leichter Besorgnis in der Stimme zu Bert. »Ist es auch in Ordnung? Sonst kann Paula ein paar schwere Sekunden haben.«

»Es funktioniert tadellos«, versicherte Bert. »Ich war selbst unten, die Röhre ist in Ordnung, sie kriegt Luft, soviel sie will.«

»Fertig!« rief Rita. »Los!«
Graham kam wie ein Wettläufer angerannt, während Paula die Leiter zu dem hohen Sprungbrett hinaufeilte. Als sie die oberste Plattform erreicht hatte, war er gerade auf den untersten Sprossen angelangt. Als er halb oben war, drohte sie abzuspringen, wodurch er von weiterem Klettern abgehalten wurde und sich auf die sechs Meter hohe Plattform setzte, bereit, ihr sofort ins Wasser zu folgen. Worauf sie ihm zulachte und den Sprung unterließ.
»Die Zeit vergeht, – die kostbaren Sekunden schwinden«, deklamierte Ernestine.
Er wollte weiterklettern, aber Paula trieb ihn durch die Drohung, abzuspringen, wieder auf die mittlere Plattform zurück. Viele Sekunden vergeudete Graham jedoch nicht. Er kletterte weiter, entschlossen, es darauf ankommen zu lassen, und Paula, die sprungbereit dastand, konnte ihn nicht zur Umkehr bewegen. Er hoffte die neun Meter hohe Plattform zu erreichen, ehe sie springen konnte, aber sie war klug genug, nicht zu warten. Sie stürzte sich in den leeren Raum, mit zurückgeworfenem Kopf, gebeugten Armen, dicht an die Brust gelegten Händen und gestreckten geschlossenen Beinen. Waagerecht schoß sie vorwärts und abwärts durch die Luft.
»Die reine Annette Kellermann!« rief Bert Wainright bewundernd.
Graham blieb stehen, um den Sprung zu beobachten, und sah Paula Forrest dicht über dem Wasser den Kopf beugen, die Arme strecken, die Hände zusammenlegen, so daß die Arme einen Bogen über ihrem Kopf bildeten, und in dem Winkel weitersausen, der am besten geeignet ist, das Wasser zu spalten. Im selben Augenblick, als sie ins Wasser tauchte, schwang er sich auf die neun Meter hohe Plattform und wartete. Von dieser Höhe aus konnte er sie unter Wasser sehen, wie sie mit voller Kraft nach dem anderen

Ende des Bassins schwamm. Erst dann sprang er ab. Er war überzeugt, daß er schneller schwimmen konnte als sie, und mit einem Hechtsprung erreichte er das Wasser, sechs Meter weiter als sie.

Aber im Augenblick seines Absprungs tauchte Dick zwei flache Steine ins Wasser und schlug sie gegeneinander. Es war das Zeichen für Paula, ihre Taktik zu ändern. Graham hörte das Geräusch und dachte, was es wohl sein könne. Mit rasender Schnelligkeit schoß er nach dem Ende des Bassins. Die Mädchen klatschten in die Hände, und dadurch wurde er aufmerksam auf die kleine Dame, die am andern Ende aus dem Wasser stieg.

Wieder lief er am Bassin entlang, und wieder erklomm sie das Sprungbrett. Diesmal behielt er dank seiner größeren Ausdauer seinen Vorsprung, so daß sie auf die Sechs-Meter-Plattform getrieben wurde. Sie verlor keine Zeit damit, sich in Positur zu stellen oder kunstfertig abzuspringen, sondern stürzte sich kopfüber ins Wasser und schwamm nach der Westseite des Bassins.

Als er die Seitenwand des Bassins erreichte, kletterte er aus dem Wasser. Sie war nirgends zu sehen. Er richtete sich auf, schnappte nach Luft und stand sprungbereit da. Aber alles war still.

»Sieben Minuten!« rief Rita. »Und eine halbe! ... Acht! ... Und eine halbe!« Aber Paula Forrest kam immer noch nicht zum Vorschein. Graham verscheuchte die keimende Unruhe, weil er die anderen ruhig bleiben sah.

»Ich verliere«, erklärte er, als Rita »Neun Minuten!« meldete.

»Sie ist jetzt mehr als zwei Minuten unter Wasser, aber ihr seid mit Gott sei Dank zu ruhig, als daß ich mich ängstigen sollte«, sagte er. »Ich habe noch eine Minute Zeit, – vielleicht verliere ich doch nicht«, fügte er hastig hinzu und sprang ins Bassin.

Unter Wasser drehte er sich und untersuchte die Zementmauer des Bassins mit den Händen. In der Mitte, etwa drei Meter unter der Oberfläche, fanden seine Hände eine Öffnung in der Mauer. Er betastete den Rand, fand kein Hindernis und schwamm kühn hinein. Fast im selben Augenblick merkte er, daß er auftauchen konnte, er tat es langsam, ohne zu plätschern, und fand sich im Dunkeln. Seine Finger berührten einen kühlen weichen Arm, der zusammenzuckte, während ein kleiner erschrockener Schrei ertönte. Er hielt fest und begann zu lachen, und Paula lachte auch.

»Sie haben mich wirklich erschreckt, als Sie mich anfaßten«, sagte sie. »Sie kamen so lautlos, und ich träumte gerade und war tausend Meilen fort von hier...«

»Was träumten Sie?« fragte Graham.

»Offen gestanden hatte ich gerade eine Idee für ein Kleid bekommen – ein maulbeerfarbenes Samtkleid mit langen geraden Linien, schweren matten Goldborten, Litzen und so weiter. Und als einziger Schmuck ein Ring – ein riesiger taubenblutfarbener Rubin, den Dick mir einmal vor Jahren schenkte, als wir auf der ›All Away‹ fuhren.«

»Gibt es etwas, was Sie nicht können?« lachte er.

Auch sie lachte, und ihr Lachen klang seltsam hohl in dem dunklen widerhallenden Raum.

»Wer hat es Ihnen erzählt?« lautete ihre nächste Frage.

»Niemand. Als Sie aber zwei Minuten unter Wasser gewesen waren, wußte ich, daß es etwas Derartiges sein mußte, und da begab ich mich auf die Entdeckungsreise.«

»Es war Dicks Idee. Er ließ es nachträglich in das Bassin einbauen. Er hat viele so lustige Einfälle. Es machte ihm Spaß, alte Damen vor Angst ganz außer sich zu bringen, indem er ihre Söhne und Enkel mit ins Bassin nahm und hier versteckte. Als aber ein paar von ihnen vor Schreck fast gestorben waren, – von den alten Damen, meine ich, –

ließ er Leute mit stärkeren Nerven, wie Sie zum Beispiel, von mir anführen ...«

»Na, wollt ihr da übernachten?« tönte Bert Wainrights Stimme durch die Röhre, wie aus einem Lautsprecher.

»Himmel!« seufzte Graham erleichtert, denn er war zusammengefahren und hatte Paulas Arm gepackt. »Jetzt bin ich wirklich erschrocken.«

»Und jetzt wird es Zeit, daß wir wieder in die Welt zurückkehren«, schlug sie vor. »Ich kann mir ein gemütlicheres Plaudereckchen denken.«

»Es hat also jemand aus der Schule geplaudert«, sagte Bert vorwurfsvoll, sobald Graham wieder aufgetaucht war und aus dem Bassin kletterte.

»Hätte ich verloren, so würde ich Protest eingelegt haben«, sagte Graham. »Es war kein ehrliches Spiel – eine förmliche Verschwörung, und ich bin überzeugt, daß ein unparteiischer Richter es für Betrug erklären würde.«

»Aber Sie haben ja gewonnen«, rief Ernestine.

»Jawohl, und deshalb werde ich die Angelegenheit auch nicht weiterverfolgen, falls Sie sich alle bereit erklären, sofort zu bezahlen. Warten Sie – Dick, Sie schulden mir eine Kiste Zigarren –«

»Eine Zigarre, mein Lieber!«

»Eine Kiste! Eine Kiste!«

»Fangen!« rief Paula. »Laßt uns Fangen spielen! Sie sind!« Und dem Worte die Tat folgen lassend, schlug sie Graham auf die Schulter und sprang kopfüber ins Wasser. Ehe er ihr folgen konnte, packte Bert ihn, wirbelte ihn herum, ›wurde‹ selbst und ließ den Schlag an Dick weitergehen, der nicht schnell genug beiseite sprang. Und während Dick seine Frau durch das Bassin verfolgte und Bert und Graham hinterherschossen, flohen die jungen Mädchen die Leiter hinauf und standen in einer verlockenden Reihe auf dem Sprungbrett.

Als mäßiger Schwimmer war Donald Ware am Nachmittag dem Schwimmbassin ferngeblieben, nach dem Essen aber legte er zum großen Ärger Grahams Paula in Beschlag und hielt sie am Klavier fest. Wie im Großen Haus zu erwarten, waren weitere Gäste gekommen, – ein Rechtsanwalt namens Adolph Weil, der mit Dick über eine große, irgendwelche Wasserrechte betreffende Sache zu sprechen hatte, Jeremy Braxton, der soeben aus Mexiko gekommen war, Dicks Generaldirektor der Harvest-Gruppe, einer Goldgrube, die, wie er selbst sagte, unerschöpflicher als je war, Edwin O'Hay, ein rothaariger, irischer Musik- und Theaterkritiker, und Chauncey Bishop, Chefredakteur und Besitzer des San-Franziskoer Kuriers, ein Kommilitone Dicks, wie Graham hörte.

Dick hatte ein lärmendes Spiel inszeniert, bei dem zehn Cent als höchster Einsatz galten, und die Spieler waren schrecklich aufgeregt und ungeheuer kühn, obgleich der Bankhalter im besten Falle neunzig Cent gewinnen konnte und jedes Spiel mindestens zehn Minuten dauerte. Sie saßen um einen großen Tisch an einem Ende des Raumes, und es gab ein ewiges Leihen kleiner Beträge und ununterbrochenes Rufen nach Wechselgeld.

Mehr als neun konnten sich an dem Spiel nicht beteiligen, und Graham hielt, statt mitzuspielen, ab und zu auf Ernestines Karte und warf hin und wieder einen Blick durch den langen Raum, auf den Geiger und Paula Forrest, die in Beethovenschen Symphonien und Delibesschen Balletten begraben waren. Jeremy Braxton verlangte, daß der Einsatz auf zwanzig Cent erhöht werden sollte, Dick, der am meisten, nämlich vier Dollar, sechzig Cent, verloren hatte, schlug kläglich vor, einen Pott einzurichten, aus dem Licht und Reinigung des Lokals am nächsten Morgen bezahlt werden sollten, und Graham sagte mit einem tiefen Seufzer über seinen letzten Verlust, – er mußte die zehn

Cent doppelt bezahlen, – zu Ernestine, er wolle ein bißchen im Zimmer herumgehen, vielleicht habe er dann mehr Glück.

Ich habe es Ihnen ja prophezeit«, sagte sie leise.

»Was?« fragte er.

Sie blickte mit vielsagender Miene auf Paula.

»Jetzt muß ich gerade hingehen«, antwortete er.

»Und wenn ich sage, daß Sie es nicht wagen?«

»Wenn Sie das sagen, dann wage ich es wohl nicht.«

»Gut, dann sage ich also, daß Sie es nicht wagen«, nahm sie ihn beim Wort.

Er schüttelte den Kopf. »Ich hatte schon beschlossen, hinzugehen und diesem Fiedelkünstler den Wind aus den Segeln zu nehmen. Es ist zu spät, um meinen Entschluß zu erschüttern. Außerdem wartet Herr O'Hay, daß Sie melden sollen.«

Ernestine setzte übereilt zehn Cent und wußte kaum, ob sie gewann oder verlor, so eifrig blickte sie Graham nach, obgleich sie wußte, daß ihr Blick der Aufmerksamkeit Bert Wainrights nicht entgangen war. Aber weder Bert noch sonst jemand am Tische wußte, daß auch die scharfen Augen Dicks jede Einzelheit des kleinen Zwischenspiels beobachtet hatten.

Ernestine, die nicht viel größer als Paula war, aber aussah, als könnte sie mit den Jahren etwas stärker werden, war eine gesunde, frische Blondine mit dem klaren, rosigen Teint ihrer achtzehn Jahre. In diesem Augenblick aber lag über der entzückenden und rosigen Durchsichtigkeit ein wärmerer Ton, der der Aufmerksamkeit Dicks nicht entging, als er sah, wie ihre Augen Graham durch den Raum folgten.

Auch Paula, die in einer Pause während der Musik in einen Streit mit dem Geiger geraten war, mußte unwillkürlich Graham ansehen, als er jetzt auf sie zukam. Sie bemerkte mit Vergnügen seine anmutigen Bewegungen, seine stolze, leichte Kopfhaltung, den natürlichen Fall seines Haares, die reine sonnengebräunte Farbe seiner Wangen, die herrliche Stirn, die länglichen grauen Augen mit den leicht gesenkten Lidern und den knabenhaft trotzigen Ausdruck, der jetzt dem Lächeln wich, mit dem er sie grüßte. Es war ein unwiderstehliches Lächeln, das die Augen lustig kameradschaftlich leuchten ließ und winzige Fältchen in den Augenwinkeln hervorrief.

Aber eine stillschweigende Vereinbarung zwischen ihr und Donald fesselte sie ans Klavier, und nach einigen leicht hingeworfenen Bemerkungen begann sie, eine Reihe ungarischer Tänze zu spielen, die Graham in seiner Fensternische, wo er mit seiner Zigarre Zuflucht gesucht hatte, wiederum mit Bewunderung erfüllten.

Anstandshalber konnte er nur wenige Minuten bleiben, dann kehrte er wieder zu den Spielenden zurück.

Als das Spiel dann beendet war, verdarben Bert und Lute das Andante aus Beethovens Pathétique, indem sie einen komischen Unsinn dazu sangen, bis Paula in Lachen ausbrach und nicht weiterspielen konnte.

Jetzt bildeten sich neue Gruppen. Weil, Rita, Bishop und Dick setzten sich zum Bridge. Donald Ware, der bisher Paula mit Beschlag belegt hatte, mußte den jungen Leuten unter Anführung von Jeremy Braxton Platz machen, während Graham und O'Hay sich in eine Fensternische setzten, wo letzterer zu fachsimpeln begann.

Nachdem die um das Klavier Versammelten hawaiische Hulas im Chor gesungen hatten, sang Paula allein und begleitete sich selbst dazu; und Evan Graham freute sich beinahe, daß er endlich eine Schwäche bei ihr entdeckte. Sie mochte eine glänzende Pianistin, Reiterin und Schwimmerin sein, eine glänzende Sängerin war sie nicht. Dieses Urteil mußte er jedoch bald revidieren. Sie war Sängerin, eine ausgezeichnete Sängerin. Alles in allem war ihre Schwäche nur relativ. Ihre Stimme war nicht groß, aber schön und klangvoll und hatte denselben warmen, zitternden Klang wie ihr Lachen; nur Fülle, eine Vorbedingung für eine große Stimme, besaß sie nicht.

»Es freut mich, daß Sie noch am Leben sind«, riß Paulas Stimme ihn kurz darauf aus den Träumereien, in die er versunken war.

Sie war im Begriff, sich mit Lute in ihre Gemächer zurückzuziehen. Eine neue Bridgepartie hatte sich gebildet: Ernestine, Bert, Jeremy Braxton und Graham, während O'Hay und Bishop schon mitten in einem Pinocle zu zweien waren. In diesem Augenblick trat Ernestine zu ihnen und bemächtigte sich Grahams mit den Worten: »Wir warten alle auf Sie. Wir haben gezogen, und Sie sind mein Partner. Außerdem scheint Paula müde zu sein. Sagen Sie ihr gute Nacht und lassen Sie sie gehen.«

Paula war um zehn Uhr zu Bett gegangen, und erst um eins waren sie mit ihrem Bridge fertig.

Dick, den Arm brüderlich um Ernestine gelegt, sagte Graham am Fuße der Treppe, die zum Turmzimmer führte, gute Nacht und begleitete seine Schwägerin dann zu ihrem Zimmer.

»Ich möchte dir gern etwas sagen, Ernestine«, meinte er, als sie sich trennten, und sah ihr offen und freundlich in die Augen, obwohl seine Stimme so ernst klang, daß sie sofort zur Abwehr bereit war.

»Was habe ich nun schon wieder getan?« fragte sie lachend.

»Nichts ... bis jetzt. Aber fang gar nicht erst an, du würdest nur Kummer davon haben. Du bist ja noch ein Kind, erst achtzehn Jahre alt, und ein verflucht süßes Mädelchen. Es gibt wenige Männer, die sich nicht den Hals nach dir

ausrecken würden, wenn du ihnen in den Weg liefest. Aber Evan Graham ist nicht so wie andere Männer...«
»Oh, ich kann schon selber auf mich aufpassen«, warf sie ein wenig gekränkt ein.
»Aber deshalb sollst du doch hören, was ich sage. Es kommt ein Zeitpunkt im Leben eines jungen Mädchens, da die Liebesbiene sehr in seinem hübschen Köpfchen zu summen beginnt, und dann irrt es sich unweigerlich und verliebt sich in den Falschen. Du bist noch nicht in Evan Graham verliebt und brauchst nur dafür zu sorgen, daß du es nicht wirst. Er ist weder für dich noch sonst für ein junges Mädchen der rechte Mann. Er ist ein alter Knacker. Und wenn er je wieder heiratet –«
»Wieder!« fiel Ernestine ihm ins Wort.
»Ja, mein Kind, er ist seit über fünfzehn Jahren Witwer.«
»Und was schadet das?« fragte sie.
»Weiter nichts«, fuhr Dick ruhig fort. »Er hat seinen Jugendroman erlebt, einen wunderbaren Roman, und wenn er sich in diesen ganzen fünfzehn Jahren nicht wieder verheiratet hat, so bedeutet das eben –«
»Daß er seinen Verlust noch nicht überwunden hat?« unterbrach Ernestine ihn. »Aber das beweist doch nicht –«
»So bedeutet das eben, daß er seine Lehrjahre in junger toller Romantik hinter sich hat«, sprach Dick ungestört weiter. Du brauchst ihn ja nur anzusehen, um dir klar darüber zu sein, daß es ihm nicht an Gelegenheit gefehlt hat und daß schöne Frauen, kluge Frauen, reife Frauen ihre Netze nach ihm ausgeworfen und seine Standhaftigkeit auf eine schwere Probe gestellt haben. Aber bis heute ist es keiner geglückt, ihn zu fangen. Wenn du aufpaßt und dein Herz nicht zu warm für ihn schlagen läßt, so wird dir das später viel Kummer ersparen.«
Er nahm eine ihrer Hände zwischen die seinen und zog sie, den Arm beruhigend um ihre Schulter geschlungen, an sich.

»Du weißt, wir alten abgebrühten Burschen« – fuhr er fort, halb sich entschuldigend, halb scherzhaft.
Aber sie machte eine hastige Bewegung des Unwillens und rief: »– sind die einzigen, die etwas wissen! Die Jungen sind Kinder, das ist es eben. Sie sind voller Leben, Tollheiten, Tanz und Gesang. Aber sie sind nicht ernst zu nehmen. Sie sind nicht groß. Sie sind nicht – ach, sie geben einem Mädchen nicht das Gefühl von Klugheit, erprobter Kraft, von, von – nun, von Männlichkeit.«
»Ich verstehe«, murmelte Dick. »Aber vergiß, bitte, nicht die andere Seite der Sache. Ihr strahlend jungen Geschöpfe müßt auf ältere Männer genau die gleiche Wirkung ausüben. Ihr seid für sie möglicherweise ein entzückendes Spielzeug, reizende Geschöpfe, denen sie einige sehr nette Dummheiten beibringen können, aber nicht ihresgleichen, mit denen sie Freud und Leid teilen.«
»Erzähl mir etwas von dieser tollen jungen Romantik«, bat sie plötzlich, »von diesem Geschöpf, das jung war, als er jung war, vor fünfzehn Jahren.«
»Fünfzehn?« erwiderte Dick schnell. »Achtzehn! Sie waren drei Jahre verheiratet, als sie starb. Ja, denn sie waren verheiratet, – von einem englischen Geistlichen getraut, ein richtiges Ehepaar, als du mit deinem ersten Schrei deinen Eintritt in diese Welt verkündetest.«
»Ja, ja – nur weiter!« sagte sie nervös. »Wie war sie?«
»Sie war ein prachtvolles goldbraunes Halbblut, eine polynesische Königin, deren Mutter vor ihr Königin gewesen und deren Vater ein englischer Gelehrter war. Sie hieß Nomare und war Königin von Huahoa. Ihrer Ehe lagen keinerlei niedrige Motive zugrunde. Er war kein armer Abenteurer. Sie brachte ihm als Mitgift ihr Inselreich und ihre vierzigtausend Untertanen, er ihr als Morgengabe sein Vermögen, – und das war nicht klein. Er baute einen Palast, wie keine Südseeinsel ihn je besessen hat oder be-

sitzen wird. Es war ein richtiger Südseepalast, aus Balken erbaut, die mit der Hand zugehauen und mit Kokosfasern aneinandergeknüpft waren. Er wurzelte in der Insel, wuchs aus der Insel hervor, gehörte dorthin, obwohl Graham sich Hopkins aus New York kommen ließ, um die Entwürfe zu machen.

Sie hatten ihre eigene Königsjacht, ihr Bergschloß, ihr Kanuhaus, – letzteres ein ganzer Palast für sich. Ich weiß es, denn ich habe große Feste darin mitgemacht, wenn auch erst nach ihrer Zeit. Nomare war tot; niemand wußte, wo Graham steckte, und ein König aus einer Seitenlinie regierte.

Ich sage dir, Graham war barbarischer als seine Frau! Sie aßen von goldenen Tellern, – was soll ich dir mehr erzählen? Er war ein Knabe, sie halb Engländerin, halb Polynesierin und eine wirkliche Königin. Sie waren Blüten ihrer Rassen, ein Paar wundervolle Kinder. Ihr Leben war ein Märchen. Und ... nun ja, Ernestine, die Jahre sind vergangen, und Graham gehört nicht mehr der Welt der Jungen an. Es muß schon eine ganz besondere Frau sein, die jetzt noch Eindruck auf ihn machen soll. Dazu ist er arm, wenn er sein Geld auch nicht durchgebracht hat: Unglück und noch etwas dazu hat er gehabt.«

»Paula wäre mehr etwas für ihn«, sagte Ernestine nachdenklich.

»Das ist richtig«, räumte Dick ein. »Paula oder eine andere Frau von ihrem Format würde ihn tausendmal mehr anziehen als alle jungen Mädchen, selbst wenn sie so lieb und reizend wären wie du. Wir alten Burschen haben eben unseren eigenen Maßstab.«

»Und da muß ich mich mit den ganz Jungen begnügen«, seufzte Ernestine.

»Vorläufig ja«, lachte er. »Aber vergiß nicht, daß du dich mit der Zeit auch zu einer reifen Frau mit den Qualitäten

entwickeln kannst, die einen Mann wie Evan im Wettlauf der Liebe schlagen können.«
»Aber bis dahin bin ich längst verheiratet«, schmollte sie.
»Glücklicherweise, mein Kind! Aber jetzt: Gute Nacht. Und du bist mir nicht böse, nicht wahr?«
Sie lächelte wehmütig und schüttelte den Kopf. Dann hob sie ihm ihr Antlitz zum Kuß entgegen und sagte ihm gute Nacht.
Dick Forrest begab sich in die Bibliothek, wo er ein Dutzend technischer und physikalischer Handbücher von den Regalen nahm. Dabei lächelte er, als sei er mit sich und dem, was zwischen ihm und seiner Schwägerin vorgefallen war, zufrieden. Er war sicher, im rechten Augenblick und keine Minute zu früh gesprochen zu haben. Als er aber halbwegs die Wendeltreppe zu seinem Arbeitszimmer hinaufgestiegen war, kam ihm plötzlich eine Bemerkung Ernestines in den Sinn, die in ihm weitergeklungen war und jetzt so unvermittelt auftauchte, daß er stehenblieb und die Schulter gegen die Wand lehnte.
›Paula wäre eher etwas für ihn.‹
»Dummkopf!« lachte er laut und ging weiter. »Wo ich ein Dutzend Jahre verheiratet bin!«
Er dachte auch nicht mehr daran, bis er in seinem Bett lag, auf seine Barometer und Thermometer schaute und dann versuchen wollte, die Frage der elektrischen Anlage zu lösen, die ihm im Kopfe spukte. Da warf er einen Blick über den offenen Hof nach dem dunklen Flügel seiner Frau, um zu sehen, ob sie noch wach läge, und plötzlich fiel ihm die Bemerkung Ernestines wieder ein. Mit einem verächtlichen ›Dummkopf!‹ schob er sie beiseite, steckte sich eine Zigarette an und ließ seinen geübten Blick über die Inhaltsangaben der Bücher schweifen, wobei er die gesuchten Stellen durch hineingelegte Streichhölzer bezeichnete.

Paula kannte die Zeiteinteilung ihres Mannes. Auf der Rückseite des Notizbuches, das immer auf ihrem Nachttisch lag, hatte sie in Geheimschrift verzeichnet, daß er um halb sieben Kaffee trank, bis dreiviertel neun mit Korrektur oder Büchern im Bett zu finden war, wenn er nicht ausritt, daß er von neun bis zehn nicht zu sprechen war, weil er dann Blake seine Korrespondenz diktierte, und vor zehn und elf nicht, weil er Besprechungen mit seinen Verwaltern und Betriebsleitern hatte, wobei Bonbright, der zweite Sekretär, die kurzen Blitzinterviews mitstenographierte. Um elf konnte sie, wenn nicht unerwartete Telegramme oder Geschäfte dazwischenkamen, Dick für ein Weilchen allein antreffen, wenn er auch unweigerlich beschäftigt war. Als sie durch das Arbeitszimmer des Sekretärs kam, konnte sie aus dem Klappern einer Schreibmaschine schließen, daß jedenfalls ein Hindernis beseitigt war. In der Bibliothek sah sie Bonbright ein Buch für Manson, den Leiter der Viehzucht, heraussuchen und wußte somit, daß Dick seine Besprechungen mit den Verwaltern beendet hatte.
Sie drückte auf den Knopf, so daß eines der vollen Bücherregale sich drehte und die winzige eiserne Wendeltreppe, die zu Dicks Arbeitszimmer führte, sichtbar wurde. Oben angekommen, drückte sie wieder auf einen Knopf, wodurch sich ein ähnliches Bücherregal drehte, und schlüpfte geräuschlos in das Zimmer. Ein ärgerlicher Ausdruck glitt über ihr Gesicht, als sie die Stimme Jeremy Braxtons hörte. Sie blieb stehen, ohne recht zu wissen, was sie tun sollte, und ohne zu sehen oder gesehen zu werden.
»Wenn wir die Mine unter Wasser setzen«, sagte der Minendirektor, »kostet es ein Vermögen, sie wieder auszupumpen. Und es wäre ein Jammer und eine Schande, die alte Harvest-Gruppe auf diese Weise zu ersäufen.«
»Aber die Bücher vom vorigen Jahre zeigen, daß wir positiv mit Verlust gearbeitet haben«, hörte sie Dick antwor-

ten. »Jeder Bandit aus Huerta bis zum geringsten Lumpen und Pferdedieb herab hat uns geprellt. Das wird mir jetzt ein bißchen zu bunt – Extrasteuern an Banditen, Revolutionäre und Föderierte. Es ginge ja noch an, wenn man nur ein Ende absehen könnte, aber wir haben keine Garantie dafür, daß diese Belästigungen nicht zehn oder zwanzig Jahre dauern.«

»Aber dennoch, die alte Harvest-Gruppe – der Gedanke, sie zu ersäufen!« protestierte der Direktor.

»Denken Sie an Villa«, antwortete Dick mit einem Lachen, dessen bitterer Beiklang Paula nicht entging. »Wenn er siegt, sagt er, will er das ganze Land unter den Eingeborenen aufteilen. Das erste wären logischerweise unsere Minen. Wieviel, glauben Sie, haben wir der Verfassungspartei letztes Jahr zahlen müssen?«

»Über hundertzwanzigtausend«, antwortete Braxton ohne Zögern. Ungerechnet die fünfzigtausend in reinem Gold, die Torenas bekam, ehe er sich zurückzog. Er ließ sein Heer in Guymas sitzen und brannte mit dem Geld nach Europa durch – das schrieb ich Ihnen ja alles.«

»Wenn wir den Betrieb aufrechterhalten, Jeremy, so prellen die Kerle uns bis in alle Ewigkeit, Amen! Ich glaube, es ist am besten, wir ersäufen die Geschichte. Sind wir tüchtiger als die Bande, wenn es gilt, Reichtümer zu schaffen, so wollen wir ihnen zeigen, daß wir den Reichtum auch ebenso leicht vernichten können.«

»Das hab' ich ihnen schon gesagt. Und sie lächeln und wiederholen, daß ein solches freiwilliges Opfer den revolutionären Führern, – womit sie sich selber meinen, – sehr willkommen sein würde. Lieber Gott! Ich habe ihnen gezeigt, was wir geleistet haben. Feste Arbeit für fünftausend Eingeborene. Der Lohn ist von zehn Centavos auf hundertzehn täglich gestiegen. Und immer dasselbe Lächeln, dasselbe Jucken in den Fingern und dasselbe Geschwätz, wie lieb ihnen ein freiwilliges Opfer für die heilige Sache der Revolution sein würde. Weiß Gott, der alte Diaz war ein Räuber, aber doch ein anständiger. Ich sagte zu Arranzo: ›Wenn wir die Arbeit niederlegen, werden fünftausend Mexikaner brotlos, — was sollen wir mit ihnen anfangen?‹ Und Arranzo lächelte und antwortete sofort: ›Mit ihnen anfangen? Ei, geben Sie ihnen Gewehre und lassen Sie sie Mexico City erobern.‹«

Paula konnte im Geiste Dicks ärgerliches Achselzucken sehen, als er antwortete: »Das dumme ist, daß das Gold da ist und wir die einzigen sind, die es herausbuddeln können. Die Mexikaner können es nicht. Die sind zu dumm dazu; aber sie beuteln uns gründlich aus. Da ist nur eines zu machen, Jeremy: Wir kümmern uns ein paar Jahre nicht darum, ob wir etwas verdienen oder nicht, entlassen die Leute und halten nur Maschinen und Pumpwerk in Gang.«

»Das gab ich Arranzo auch zu verstehen«, antwortete Jeremy Braxton. »Und was antwortete er? Wenn wir die Eingeborenen entließen, so würde er dafür sorgen, daß die Maschinisten auch die Arbeit niederlegten, so daß die Mine ersöffe, und dann könnten wir zum Teufel gehen. Nein, das letzte sagte er nicht. Er lächelte nur, aber das meinte er mit seinem Lächeln. Ich hätte die größte Lust gehabt, ihm den Hals umzudrehen, dem gelben Biest, aber dann wäre nur ein anderer Patriot am nächsten Tage im Kontor erschienen, um uns noch kräftiger zur Ader zu lassen. So kriegte Arranzo denn seinen ›Bissen‹, und außerdem ließ er, — ehe er sich mit der Hauptmacht bei Juarez vereinigte, — seine Leute dreihundert von unseren Mauleseln im Wert von dreißigtausend Dollar nehmen, und das, obwohl ich ihn gespickt hatte. Der gelbe Schurke.«

»Wer ist augenblicklich der Anführer der Revolutionäre in unserm Minendistrikt?« hörte Paula ihren Mann mit einem der plötzlichen Übergänge fragen, die, wie sie längst wußte, bedeuteten, daß er im Begriff stand, die vielen Fäden einer Situation zusammenzufassen und zur Tat überzugehen.

»Raoul Bena.«

»Welchen Rang hat er?«

»Oberst, – er hat etwa siebzig Banditen.«

»Was hat er früher gemacht?«

»Schafe gehütet.«

»Schön.« Dick sprach schnell und scharf. »Wir sind gezwungen, Komödie zu spielen. Werden Sie Patriot! Fahren Sie so schnell wir irgend möglich wieder hin! Bestechen Sie diesen Raoul Bena! Er wird die Komödie durchschauen, oder er wäre kein Mexikaner. Bestechen Sie ihn und sagen Sie ihm, daß Sie ihn zum General – zu einem neuen Villa machen wollen.«

»Herrgott, aber wie?« fragte Jeremy Braxton.

»Indem Sie ihn an die Spitze eines Heeres von fünftausend Mann stellen. Lassen Sie die Leute laufen. Er mag Freiwillige aus ihnen machen. Uns kann nichts geschehen, denn Huerta ist zum Tode verurteilt. Erzählen Sie ihm, daß Sie ein echter Patriot sind. Geben Sie jedem Mann ein Gewehr. Erzählen Sie den Leuten, daß sie sämtlich ihre Stellungen wiederkriegen, wenn der Krieg vorbei ist. Lassen Sie sie und Raoul Bena mit Ihrem Segen abziehen. Halten Sie nur die Pumpenmannschaft zurück. Und wenn es nötig werden sollte, können wir die alte Harvest-Gruppe immer noch ersäufen.«

Paula lächelte, als sie hörte, wie Dick die Frage löste, und schlüpfte leise über die Wendeltreppe wieder ins Musikzimmer.

Sie war etwas verstimmt, aber nicht über die Situation der Harvest-Gruppe. Solange sie verheiratet war, hatte es immer Unruhen mit den mexikanischen Minen gegeben, die

Dick geerbt hatte. Ihre Verstimmung rührte daher, daß sie ihm nicht hatte guten Morgen sagen können, schwand jedoch schnell, als sie Graham traf, der mit Ware beim Klavier stehengeblieben war, aber, als er sie kommen sah, Miene machte, zu gehen.

»Laufen Sie nicht weg«, bat sie. »Wenn Sie bleiben, werden Sie einen Fleiß erleben, der Sie anspornen wird, mit dem Buch anzufangen, von dem Dick mir erzählt hat.«

Beim Lunch verriet Dicks Gesicht nichts von den Sorgen, die die Harvest-Gruppe ihm machte, und ebensowenig hätte man erraten können, daß der Besuch Jeremy Braxtons etwas anderes und weniger Angenehmes zu bedeuten hatte, als Bericht über ständigen Gewinn abzulegen. Obwohl Adolph Weil mit dem Morgenzug abgereist war, woraus zu schließen war, daß seine Geschäfte mit Dick zu unerhört früher Stunde erledigt worden waren, – sah Graham doch gleich, daß mehr Gäste als je am Tische saßen. Außer einer Frau Tully, einer starken älteren und bebrillten Dame, die ihrem Aussehen nach der guten Gesellschaft angehörte und aus der Graham nicht recht klug werden konnte, waren drei Herren neu hinzugekommen, über die er gleich einiges erfuhr: ein Herr Gulhuss, staatlicher Tierarzt, ein Porträtmaler namens Deacon, der offenbar einen guten Namen in Kalifornien hatte, und ein gewisser Kapitän Lester, der zur Zeit ein Pazifikpostschiff führte, aber vor fast zwanzig Jahren als Schiffer für Dick gefahren und sein Lehrmeister gewesen war.

Die Tafel war aufgehoben, und Braxton sah auf die Uhr, als Dick sagte: »Jeremy, ich möchte Ihnen gern etwas zeigen, was ich vorhabe. Wir wollen gleich hingehen. Sie haben Zeit genug dazu auf dem Wege zum Bahnhof.«

»Wir wollen alle mitgehen«, schlug Paula vor. »Ich möchte es schrecklich gern sehen, Dick hat solch ein Geheimnis daraus gemacht.«

Dick nickte zustimmend, und im nächsten Augenblick gab sie schon Bescheid wegen der Automobile und Reitpferde.

»Was ist es denn?« fragte Graham, als sie fertig war.

»Ach, einer von Dicks Einfällen. Es handelt sich um eine Erfindung. Er behauptet, sie würde die Landwirtschaft reformieren, das heißt die Kleinwirtschaft. Ich weiß ungefähr, was es ist, habe es aber noch nicht angewandt gesehen.«

»Es ist Milliarden wert ... wenn es geht«, lächelte Dick. »Milliarden für alle Bauern der Welt und vielleicht ein paar Prozente für mich ... wenn es geht.«

»Aber was ist es denn?« fragte O'Hay. »Musik im Kuhstall, damit die Kühe sich bereitwilliger melken lassen?«

»Jeder Bauer sein eigener Pflüger, während er auf seiner Veranda sitzt«, sagte Dick lustig. »Aber warten Sie, bis Sie es sehen. Gulhuss, es ist ein Versuch, mir selbst das Geschäft zu verderben, denn wenn es geht, bedeutet es, daß jeder Bauer mit einer Wirtschaft von zehn Morgen von jetzt an sein Pferd sparen kann.«

In Autos und zu Pferd legten sie mehr als eine Meile zurück, bis sie die Meierei hinter sich hatten. Vor sich sahen sie ein eingezäuntes quadratisches Feld, das nach Dicks Aussage genau zehn Morgen groß war.

»Sehen Sie«, sagte er, »die Arbeit von einem Mann und einem Pferd, und der Bauer sitzt auf der Veranda. Bitte, denken Sie, Sie säßen auf der Veranda.«

Mitten auf dem Felde stand ein starker, mindestens sechs Meter hoher Stahlmast, der ganz unten mit Pardunen befestigt war.

Von einer an der Mastspitze befestigten Trommel lief ein dünnes Stahlseil bis zur Steuerung eines kleinen Benzintraktors am Rande des Feldes. Neben dem Traktor standen zwei Mechaniker, die jetzt auf einen Befehl von Dick den Motor anließen.

»Hier ist die Veranda«, sagte Dick. »Jetzt brauchen Sie sich nur vorzustellen, daß wir als Bauern der Zukunft hier im Schatten sitzen und unsere Zeitung lesen, während das Pflügen ohne Mannschaft und ohne Pferde erfolgt.«

Während die Trommel an der Mastspitze das Stahlseil aufrollte, erzeugte der Traktor eine einzelne Pflugfurche, die einen Kreis oder vielmehr eine Spirale um das Feld herum beschrieb.

»Kein Pferd, kein Kutscher, kein Pflüger, nichts, als daß der Bauer den Traktor in Gang zu setzen braucht«, sagte Dick triumphierend, während der seltsame Apparat weiter die braune Ackerkrume aufwarf und seine Spirale der Mitte des Feldes zu zog. »Pflügen, eggen, trommeln, säen, düngen und ernten: alles von der Veranda aus. Und wo der Bauer Strom von einer Kraftstation beziehen kann, braucht er oder seine Frau nur auf den Knopf zu drücken, und dann kann er sich wieder an seine Zeitung und sie sich in ihre Küche begeben.«

»Damit es ganz vollkommen ist, fehlt jetzt nur noch, daß man den Kreis zum Quadrat macht«, sagte Graham begeistert.

»Ja«, sagte Gulhuss, »ein Kreis auf einem quadratischen Feld bedeutet natürlich, daß eine gewisse Anzahl Morgen vergeudet wird.«

»Gewiß!« gab Dick zu. »Aber irgendwo auf seinen zehn Morgen muß der Bauer ja auch seine Veranda haben. Und Veranda, das heißt wieder Haus, Scheuer, Hühnerhof und die sonstigen Wirtschaftsgebäude. Ausgezeichnet! Laßt ihn nur mit der Tradition brechen und das alles statt mitten auf seine zehn Morgen auf die drei bauen, die dabei abfallen. Am Rande kann er seine Obst- und Schattenbäume pflanzen.«

»Was kostet die Geschichte denn?« fragte Jeremy Braxton.
»Augenblicklich können wir es mit einem angemessenen Verdienst für fünfhundert liefern und installieren. Wird es allgemein eingeführt, so kann der Preis bei modernen Herstellungsmethoden auf dreihundert heruntergebracht werden. Aber sagen wir: fünfhundert. Und wenn man fünfzehn Prozent für Zinsen und Abschreibung rechnet, so kostet es die Bauern fünfundsiebzig Dollar jährlich. Aber welcher Landwirt kann sich für fünfundsiebzig Dollar ein Pferd halten? Und außerdem erspart es ihm an Arbeitskraft – eigener oder fremder – bei allerniedrigster Berechnung zweihundert Dollar jährlich.«
»Aber wie wird der Apparat gelenkt?« fragte Rita.
»Durch die Trommel am Mast. Die Trommel ist nach dem vollen Radius abgepaßt, – es war ein Kunststück, das zu berechnen, – und das Kabel, das sich auf die Trommel wickelt und immer kürzer dadurch wird, zieht den Traktor nach der Mitte.«
Grahams Interesse war zwischen dem Traktor und dem Anblick geteilt, den Paula auf ihrem Pferde bot. Es war das erstemal, daß sie Rehkalb ritt, die Palomina-Stute, die Hennessy für sie eingeritten hatte. Graham lächelte froh, als er sie sah; ob Paula ihr Reitkleid nach dem Pferde hatte anfertigen lassen oder so gewählt hatte, daß es besonders gut zu ihm stand, – jedenfalls war das Ergebnis prachtvoll.
Da der Nachmittag warm war, trug sie statt eines Reitrocks eine rehfarbene Leinenbluse mit weißem Klappkragen. Ein kurzer wie der untere Teil eines Reitrocks geschnittener Rock reichte ihr bis zu den Knien, und von den Knien bis zu den entzückenden kleinen, champagnerfarbenen Reitstiefeln mit Sporen sah man die festanliegenden Reithosen. Rock und Beinkleid waren aus rehfarbenem Seidenkord gefertigt. Weiche weiße Stulpenhandschuhe, die

zu dem Kragen paßten, hoben die zarte Farbe des Anzugs noch mehr hervor. Sie trug keinen Hut, und das Haar war glatt zurückgekämmt.

Die Stute tänzelte, und ein leichter Wind wehte einen Zipfel des Rockes beiseite, so daß die Konturen des einen Knies deutlich unter der enganliegenden Hose zu sehen waren. Wieder sah Graham im Geiste das weiße runde Knie, das sich gegen die runden Muskeln Bergkönigs preßte, als er im Bassin schwamm. Er bemerkte, wie fest ihr Knie sich gegen den englischen Schweinsledersattel preßte, der ganz neu und von derselben Farbe wie Pferd und Reitkleid war. Als kurz darauf der Magnet des Traktors streikte und die Mechaniker mitten auf dem halbgepflügten Felde den Schaden untersuchten, löste die Gesellschaft sich auf und zog unter Paulas Führung auf die Pilgerfahrt nach den verschiedenen Abteilungen des Gutsbetriebes, die auf dem Wege zum Schwimmbassin lagen, während Dick bei seiner Erfindung blieb. Herr Crellin, der Leiter der Schweinezucht, zeigte ihnen selbst Lady Isleton, die mit ihren elf ungeheuer fetten neugeborenen Ferkeln mehr oder weniger naives Lob erntete, während Herr Crellin mindestens zehnmal mit großer Wärme erklärte: »Und nicht eine Mißgeburt, nicht eine einzige Mißgeburt in der ganzen Schar.«

Andere herrliche Zuchtsäue von der Berkshire-, Duroc-, Jersey- und O. I. C.-Rasse sahen sie, sowie neugeborene Zicklein und Lämmer und trächtige Ziegen und Schafe. Auf jeder Abteilung meldete Paula die Gesellschaft bei der nächsten telephonisch an, so daß Herr Manson selbst zugegen war, um ihnen den großen König Polo mit seinem breitrückigen, kurzhornigen Harem und andere Stiere, ebenfalls mit ihrem Harem, zu zeigen, die an Ansehen und Pracht nicht weit hinter König Polo zurückstanden; Herr Parkman, der das Jersey-Vieh unter sich hatte, war ebenfalls anwesend, und er und seine mit Stöcken bewaffneten Gehilfen zeigten all die prämiierten Stiere, die Stammväter edler, ihres Talges wegen berühmter Geschlechter waren, sowie reich prämiierte edle Jersey-Kühe, und Herr Mendenhall zeigte stolz eine lange Reihe mächtiger, von dem riesigen Bergkönig angeführter Hengste und eine noch längere Reihe von der silbern wiehernden Fotherington-Prinzessin angeführter Stuten. Selbst nach der alten Alden Bessie, der Mutter der Prinzessin, die jetzt pensioniert war und nur noch den halben Tag arbeitete, schickte er, um ihr die Ehre zu erweisen, die man einer so berühmten Mutter schuldete.

Um vier Uhr fuhr Donald Ware, der kein großer Schwimmer war, mit einem der Automobile nach dem Großen Hause zurück, und Herr Gulhuss blieb bei Herrn Mendenhall, um mit ihm über die Shire-Pferde zu reden. Dick war schon beim Bassin, als die Gesellschaft eintraf, und die jungen Mädchen zogen sich mit Paula an der Spitze in die Ankleidekabinen zurück.

Graham sah Paula auf dem Zwölf-Meter-Sprungbrett wippen und mit einem herrlichen Schwunge ins Bassin springen, hörte Berts bewunderndes: »Die reine Annette Kellermann!«, und seine Gedanken schweiften zu der wunderbaren kleinen Herrin vom Großen Hause und ihrer wunderbaren Existenz. Als er unter Wasser, die offenen Augen auf den Grund gerichtet, mit gleichmäßigen Zügen durch das Bassin schwamm, fiel ihm ein, daß er ja im Grunde gar nichts von ihr wußte. Sie war die Gattin Dicks. Das war alles, was er wußte. Wo sie herkam, wie sie gelebt hatte und wie ihre Vergangenheit gewesen, von alledem wußte er nichts.

Ernestine hatte ihm erzählt, daß sie und Lute Halbschwestern Paulas waren. Das hatte sein Wissen wenigstens etwas vermehrt. Das Wasser wurde jetzt heller, woraus er schloß, daß er das Ende des Bassins erreicht hatte; als er aber die Beine Dicks und Berts ineinander verflochten sah, – sie mußten wohl miteinander ringen, – machte er, immer noch unter Wasser, kehrt und schwamm an sechs Meter zurück. Hier stand die von Paula mit Tante Martha angeredete Frau Tully. War sie wirklich ihre Tante? Oder nannte sie sie nur so, weil sie die Schwester von Lutes und Ernestines Mutter war?

Er tauchte auf, und die anderen riefen ihm zu, daß er herauskommen und mit ihnen ›Katze und Maus‹ spielen sollte. Während des anstrengenden Spiels in der nächsten halben Stunde mußte er immer wieder die Schlauheit, Gewandtheit und Durchtriebenheit bewundern, mit der Paula den Kreis zu durchbrechen versuchte. Schließlich waren sie müde, schwammen um die Wette durch das Bassin und kletterten dann heraus, um sich in einem Kreis um Frau Tully im Sonnenschein zu lagern.

Bald begannen sie wieder mit ihren Possen, und Paula brachte alle möglichen Behauptungen über Frau Tully vor. »Weißt du, Tante Martha, wenn du auch nie schwimmen gelernt hast, so ist das doch noch kein Grund, dich so anzustellen. Ich kann schwimmen, und ich sage dir, daß ich tauchen und zehn Minuten unter Wasser bleiben kann.«

»Rede keinen Unsinn, Kind!« lachte Frau Tully. »Als dein Vater jung war – viel jünger, als du jetzt bist, mein Kind, – konnte er länger als jeder andere tauchen, und ich weiß, daß sein Rekord drei Minuten und vierzig Sekunden war. Ich weiß das ganz bestimmt, denn ich hielt selbst die Uhr, als er mit Harry Selby wettete und die Wette gewann.«

»Oh, ich weiß, mein Vater war ein großer Mann«, sagte Paula rasch, »aber die Zeiten haben sich geändert. Hätte ich die liebe alte Seele in all ihrer jugendlichen Herrlichkeit hier, er würde umkommen, wenn er ebenso lange unter Wasser bleiben wollte wie ich. Zehn Minuten! Das ist

eine Kleinigkeit für mich. Das will ich dir zeigen. Halt du die Uhr, Tante Martha, und nimm die Zeit für mich. Es ist so leicht wie—«
»Einen Fisch in einem Eimer zu schießen«, vollendete Dick den Satz für sie.
Paula erklomm das Sprungbrett.
»Nimm die Zeit, wenn ich in der Luft bin«, sagte sie.
»Mach deinen anderthalb Salto mortale«, rief Dick.
Sie nickte, lächelte und tat, als füllte sie sich mit einer gewaltigen Anstrengung die Lunge bis zum Platzen. Graham beobachtete sie bezaubert. Selbst ein guter Schwimmer, hatte er diesen Sprung selten von Frauen ausführen sehen, und auch dann nur von Professionals. Ihr nasser Badeanzug aus hellblauer und grüner Seide umschloß eng ihre Gestalt und hob die schönen Linien. Scheinbar mit einem letzten verzweifelten Versuch, den letzten Kubikzentimeter Luft zu schlucken, den ihre Lungen fassen konnten, sprang sie, den Körper senkrecht und steif, Beine und Füße geschlossen, vom äußersten Ende des Sprungbretts ab. In der Luft rollte sie ihren Körper zu einer Kugel zusammen, machte eine ganze Drehung, streckte sich wieder und stürzte sich, fast ohne daß das Wasser sich kräuselte, kopfüber hinein.
»Eine Toledoklinge hätte mehr geplätschert«, lautete Grahams Urteil.
»Könnte ich nur so springen!« flüsterte Ernestine bewundernd. »Aber ich werde es nie erreichen. Dick sagt, es kommt darauf an, genau die Zeit zu berechnen, und das ist eben Paulas Kniff. Sie hat den Zeitsinn—«
»Und lockert sich völlig«, fügte Graham hinzu.
»Und zwar absichtlich«, meinte Dick.
»Sie entspannt sich«, stimmte Graham zu. »Ich habe nie einen Professional so vollendet springen sehen.«
»Und ich bin stolzer darauf als sie selber«, erklärte Dick.

»Ich hab' es sie selbst gelehrt, wißt ihr, wenn ich auch zugeben muß, daß es keine große Mühe war. Es macht ihr fast keine Anstrengung, ihre Bewegungen zu beherrschen. Und dazu ihr Wille und ihr Zeitsinn, – ihr allererster Versuch war schon mehr als anständig.«

»Paula ist eine ganz besondere Frau«, sagte Frau Tully stolz und sah immer wieder vom Sekundenzeiger ihrer Uhr auf die glatte Wasserfläche. »Keine Frau schwimmt so gut wie ein Mann. Aber sie tut es doch. – Drei Minuten vierzig Sekunden! Sie hat den Rekord ihres Vaters geschlagen.«

Als vier Minuten vergangen waren, begann Frau Tully aufgeregt zu werden und besorgte Blicke von einem zum anderen zu werfen. Kapitän Lester, der nicht in das Geheimnis eingeweiht war, sprang mit einem Fluch auf und stürzte sich in das Bassin.

»Es muß ihr etwas zugestoßen sein«, sagte Frau Tully mit erkämpfter Ruhe. »Sie muß sich beim Springen geschlagen haben. Springt ihr nach, ihr Männer!«

Aber Graham, Bert und Dick trafen sich unter Wasser, lachten vergnügt und drückten sich die Hände. Dick machte ihnen Zeichen, ihm zu folgen, und führte sie durch das tief schattige Wasser in die Grotte, wo sie Paula wassertretend vorfanden, und sie flüsterten und lachten leise miteinander.

»Wir sollen nur nachsehen, ob nichts geschehen ist«, erklärte Dick. »Und jetzt müssen wir wieder fort. Du zuerst, Bert, dann Evan, und ich komme zuletzt.«

Und einer nach dem anderen tauchten sie in das dunkle Wasser und erschienen wieder an der Oberfläche. Frau Tully stand jetzt am Rande des Bassins.

»Wenn ich dächte, daß es eine deiner üblichen Dummheiten wäre, Dick Forrest...«, begann sie. Aber Dick tat, als hörte er nichts, spiegelte eine unnatürliche Ruhe vor und

gab nach links und rechts Anweisungen, laut genug, daß sie es hören mußte.
»Wir müssen systematisch zu Werke gehen, Jungens. Du, Bert, und Sie, Evan, ihr müßt mir helfen. Wir fangen an diesem Ende an, mit anderthalb Meter Zwischenraum, und untersuchen den Grund von einer Seite bis zur anderen. Und dann ebenso wieder zurück.«
»Geben Sie sich keine Mühe, meine Herren«, rief Frau Tully und brach gleichzeitig in Lachen aus. »Und du, Dick, kommst gefälligst gleich heraus. Ich will dir ein paar hinter die Ohren geben.«
»Nehmt euch ihrer an, Kinder«, rief Dick. »Sie hat einen hysterischen Anfall.«
»Noch nicht, aber bald«, lachte sie.
»Aber, verdammt noch mal, gnädige Frau, hier gibt es doch wirklich nichts zu lachen«, sagte Kapitän Lester atemlos und schickte sich an, wieder hineinzuspringen.
»Weißt du Bescheid, Tante Martha, wirklich und wahrhaftig?« fragte Dick, als der tapfere Seemann getaucht war. Frau Tully nickte. »Aber mach nur weiter, Dick, einen habt ihr ja jedenfalls reingelegt. Elsie Coghlans Mutter hat es mir voriges Jahr in Honolulu erzählt.«
Erst als elf Minuten vergangen waren, tauchte Paulas lächelndes Gesicht aus dem Wasser auf. Sie tat, als sei sie furchtbar erschöpft, kroch langsam aus dem Bassin heraus und sank, nach Luft schnappend, neben ihrer Tante nieder. Kapitän Lester, den seine anstrengenden Rettungsversuche wirklich mitgenommen hatten, sah Paula scharf an, marschierte dann zum nächsten Pfeiler und schlug die Stirn dreimal dagegen.
»Ich fürchte, daß ich keine zehn Minuten unten blieb«, sagte Paula. »Aber viel weniger war es nicht, wie, Tante Tully?«
»Du warst überhaupt nicht lange unten«, antwortete Frau

Tully, »wenn du mich schon fragst. Es wundert mich, daß du überhaupt naß bist... So, so, atme nur ganz natürlich, Kind, – die Komödie ist ganz unnötig. Ich erinnere mich, als Kind einmal in Indien eine Schar Fakire gesehen zu haben, die in einen Brunnen sprangen und viel länger unten blieben als du, mein Kind, viel länger.«

»Du wußtest Bescheid!« Paula versuchte jetzt, den Spieß umzukehren.

»Aber du wußtest nicht, daß ich Bescheid wußte. Und deshalb war dein Benehmen direkt verbrecherisch. Eine Frau in meinem Alter, mit meinem Herzen –«

»Und deinem gesegneten Köpfchen«, rief Paula.

»Ja, ich hätte wirklich Lust, dir eine tüchtige Ohrfeige zu geben.«

»Und ich, dir einen tüchtigen Kuß zu versetzen, so naß ich bin«, lachte Paula. »Aber jedenfalls haben wir doch Kapitän Lester angeführt... Nicht wahr, Kapitän?«

»Sprechen Sie nicht mit mir«, murmelte der brave Seemann düster. »Ich denke gerade nach, welche Form meine Rache annehmen soll... Was Sie betrifft, Herr Dick Forrest, so weiß ich noch nicht, ob ich Ihre Meierei in die Luft sprengen oder Ihrem Bergkönig die Flechsen durchschneiden soll. Vielleicht tue ich beides. Zunächst aber werde ich dem Klepper, den Sie reiten, einen Tritt versetzen.«

Dick und Paula ritten nebeneinander nach dem Großen Hause.

»Wie gefällt dir Graham?« fragte er.

»Glänzend«, antwortete sie. »Er ist ganz dein Typ, Dick. Er ist universell wie du und wie du von der großen Welt, den sieben Meeren und alledem geprägt. Dazu ist er Künstler und ein netter Kerl durch und durch. Und er versteht Spaß. Hast du sein Lächeln bemerkt? Es ist unwiderstehlich. Wenn man ihn lächeln sieht, muß man direkt mitlächeln.«

»Aber er hat auch seine Schrammen abgekriegt«, nickte Dick zustimmend.
»Ja, wenn er lächelt, kann man sie in seinen Augenwinkeln hervorkommen sehen. Es ist weniger Müdigkeit als die alte, ewige Frage: Warum? Wozu? Was ist es wert? Was für einen Sinn hat es?«

Ernestine und Graham, die die Kavalkade beschlossen, waren auch in ein Gespräch vertieft.
»Aus Dick ist nicht leicht klug zu werden«, sagte sie. »Sie kennen ihn noch nicht richtig. Er ist schrecklich verzwickt. Ich kenne ihn ein bißchen; Paula kennt ihn ganz gut, aber sonst gibt es nur sehr wenige, die unter die Oberfläche bei ihm dringen. Er ist ein wahrer Philosoph, hat eine Selbstbeherrschung wie ein Stoiker oder ein Engländer und kann sich vorstellen, daß er die ganze Welt hinters Licht führt.«

Eine Woche der Unruhe und Ratlosigkeit kam für Graham. Der Zwiespalt zwischen dem Gefühl, daß es seine Pflicht sei, das Große Haus mit dem ersten Zuge zu verlassen, und dem Wunsch, Paula immer häufiger zu sehen und immer mehr mit ihr zusammen zu sein, zerriß ihn, aber er konnte sie weder verlassen noch soviel Zeit wie in den ersten Tagen in ihrer Gesellschaft verbringen.
In den fünf Tagen, die der junge Geiger blieb, nahm er Paula fast jede Minute des Tages für sich in Anspruch, wenigstens, soweit sie sich sehen ließ. Graham suchte immer wieder das Musikzimmer auf und saß, ohne daß die beiden seine Anwesenheit auch nur im geringsten beachteten, halbe Stunden lang finster brütend da, hörte zu, wie sie übten, und ließ sich von der Musik mitreißen, oder er sah, wie sie sich in den Pausen die roten warmen Stirnen wischten und kameradschaftlich plauderten und lachten. Daß der

junge Musiker sie mit einer Leidenschaft liebte, die zu sehen fast peinigend war, hatte Graham bald erkannt, was ihn aber besonders quälte, war die grenzenlose Bewunderung, mit der Paula Ware zuweilen ansah, wenn er besonders schön gespielt hatte. Vergebens sagte sich Graham, daß es ihrerseits nur eine rein geistige Freude an den künstlerischen Leistungen des anderen sei, da er aber Mann war, schmerzte es doch, und der Schmerz hielt an, bis er unerträglich wurde.
Als Ware abgereist war, zog Paula Forrest sich fast ganz in ihre Gemächer hinter der verschlossenen Tür zurück, und aus den Bemerkungen der andern Bewohner des Hauses erkannte er, daß das nichts Ungewöhnliches war.
»Paula ist eine Frau, die sich außerordentlich wohl in ihrer eigenen Gesellschaft befindet«, erklärte Ernestine, »und es gibt oft lange Perioden, in denen sie sich ganz in sich selber zurückzieht und kein Mensch außer Dick sie zu sehen bekommt.«
»Was nicht sehr schmeichelhaft für die anderen ist«, lächelte Graham.
»Was sie eben zu einer so glänzenden Gesellschafterin für die anderen macht«, gab Ernestine zurück.
Der immer wechselnde Strom von Gästen im Großen Hause verebbte. Zwar kamen immer noch einzelne geschäftliche und persönliche Freunde, aber mehr reisten ab. Unter Oh Freud und seinem chinesischen Stab ging das Leben im Großen Hause reibungslos seinen gleichmäßigen Gang, so daß die Gäste dem Wirte selbst nur wenig Pflichten auferlegten. Die Gäste unterhielten sich meistens allein und miteinander. Dick zeigte sich selten beim Frühstück, und Paula führte ihr Einsiedlerprogramm durch und kam nie vor dem Lunch zum Vorschein.
»Jetzt wird es bald Zeit«, sagte Forrest eines Tages, »daß Sie sich an Ihr Buch machen. Ich bin nur einer von den vie-

len, die es gern lesen möchten, und ich bin sehr gespannt darauf. Ich habe gestern einen Brief von Haveley erhalten, der auch fragte, wie weit Sie seien.«

Die Folge war, daß Graham von jetzt an einen Teil des Tages in seinem Turmzimmer verbrachte, seine Aufzeichnungen und Photographien ordnete und mit den ersten Kapiteln begann. So sehr vertiefte er sich in sein Buch, daß sein keimendes Interesse für Paula sich vielleicht wieder verzogen hätte, würde er sie nicht täglich beim Essen gesehen haben. Solange Lute und Ernestine da waren, wurde auch geschwommen, und man machte Ausflüge zu Pferde und Auto nach den Weiden in den Miramarbergen und den Anselmohöhen. Sie unternahmen auch andere Ausflüge, an denen zuweilen auch Dick teilnahm, wie zum Beispiel nach dem Sacramento-Becken, wo seine großen Bagger arbeiteten, oder nach den Deichen, die er am Kleinen Kojoten und am Los Cuatos errichtete.

Einmal traf Graham Paula unerwartet beim Bindebaum, wo sie gerade vom Pferde stieg.

»Fürchten Sie nicht, Ihr neues Pferd zu verderben, wenn Sie es in Begleitung anderer reiten?« neckte er sie.

Paula schüttelte lachend den Kopf.

»Nun ja«, versicherte er kühn, »ich sehne mich jedenfalls danach, einmal mit Ihnen auszureiten.«

»Sie haben doch Lute, Ernestine, Bert und alle anderen.«

»Aber wir könnten uns soviel sagen — hätten uns — soviel zu sagen.«

»Das begreife ich«, antwortete sie ruhig, und wieder begleitete der freie, offene Blick ihre Worte.

Das begriff sie, — dieser Gedanke brannte in ihm wie Feuer, aber er fand nicht schnell genug eine Antwort, um ihrem kühlen, aufreizenden Lachen zu entgehen, mit dem sie sich nach dem Hause wandte.

Die Schar der Gäste im Großen Hause lichtete sich immer

mehr. Nach wenigen Tagen reiste Paulas Tante, Frau Tully, ab, zur großen Enttäuschung Grahams, der gehofft hatte, durch sie allerlei über Paula zu erfahren. Es war die Rede davon, daß sie zu einem längeren Besuch wiederkäme, da sie aber gerade von einer Europareise zurückgekehrt war, erklärte sie, zuerst eine Menge Pflichtbesuche erledigen zu müssen, ehe sie an Vergnügungsbesuche denken könnte.

Als Lute und Ernestine nach Santa Barbara reisten, dachten auch Bert und seine Schwester an ihr solange vernachlässigtes Heim in Sacramento. Am selben Tage erschienen zwei Maler, Schützlinge Paulas, aber sie zeigten sich nicht viel, verbrachten die Tage meistens in den Bergen und saßen nur abends mit ihren langen Pfeifen im Rauchzimmer. Das freie, ungebundene Leben im Großen Hause ging seinen gewohnten Gang, gleichmäßig, ohne die geringste Reibung. Dick arbeitete, Paula führte ihr Einsiedlerleben. Die Weisen aus dem Madroñohain stellten sich oft mittags und abends ein und führten das große Wort, wenn Paula ihnen nicht vorspielte. Aus Sacramento, Wickenberg und den andern Städten im Tale tauchten hin und wieder unerwartet Gesellschaften auf, ohne jedoch Oh Freud und die Hausboys aus der Fassung bringen zu können, und einmal sah Graham, wie zwei Dutzend Gästen zwanzig Minuten nach ihrer unerwarteten Ankunft ein ausgezeichnetes Dinner vorgesetzt wurde. Und es gab Abende – seltene Abende –, da niemand am Tische saß als Dick, Graham und Paula und die beiden Männer eine Stunde plauderten, ehe sie zu Bett gingen, während Paula sanfte Melodien spielte oder sich zeitig in ihre Gemächer zurückzog.

An einem Mondscheinabend aber, als die Familien Watson, Mason und Wombold vollzählig erschienen waren und Bridge gespielt wurde, war Graham zufällig bei Besetzung der Tische übriggeblieben. Paula saß am Klavier.

Als er sich ihr näherte, sah er den frohen Schimmer, der bei seinem Anblick in ihren Augen aufgeleuchtet war, ebenso schnell wieder verschwinden. Sie machte eine Bewegung, als wollte sie sich erheben, was seiner Aufmerksamkeit ebensowenig entging wie die ruhige, beherrschte Art, auf die sie diese Eingebung bezwang und sitzen blieb.

Er versuchte bald das eine, bald das andere Lied mit ihr und paßte seinen hohen Bariton ihrem hellen Sopran an, was ihm so gut gelang, daß die Bridgespieler immer mehr verlangten.

»Ja, ich sehne mich schrecklich danach, wieder einmal mit Dick in die Welt hinauszukommen«, sagte sie in einer Pause. »Ich möchte, wir könnten morgen reisen! Aber Dick kann noch nicht abkommen. Er ist zu sehr von seinen verschiedenen Experimenten in Anspruch genommen.«

Sie seufzte und ließ die Finger über die Tasten gleiten.

»Ach – wenn wir doch nur wegkönnten: nach Timbuktu, Mokpo oder Jericho, einerlei wohin.«

»Sie wollen mir doch nicht erzählen, daß Sie in Mokpo gewesen sind?« lachte Graham.

Sie nickte.

»So wahr ich lebe und zu sterben hoffe, wenn die Zeit gekommen ist! Ich war mit Dick auf der ›All Away‹ dort, und es ist schon sehr lange her. Man kann fast sagen, daß wir unsere Flitterwochen in Mokpo verbrachten.«

Und während Graham und sie über ihre Erinnerungen an Mokpo sprachen, zerbrach er sich den Kopf, ob sie im Gespräch den Namen ihres Mannes absichtlich immer wieder erwähnte oder nicht.

»Ich dachte, hier müßte doch ein wahres Paradies für Sie sein«, sagte er.

»Das ist es auch, das ist es auch!« versicherte sie ihm mit, wie ihm schien, unnötiger Heftigkeit. »Aber ich weiß nicht, was in der letzten Zeit mit mir ist. Ich habe ein Gefühl, als

müßte ich durchaus fort und etwas unternehmen. Die Frühlingsnervosität, denke ich, die roten Götter und ihre Medizin. Wenn Dick sich hier nur nicht so aufreiben und von allen seinen Projekten fesseln lassen wollte! Denken Sie – die ganzen Jahre, die wir verheiratet sind, habe ich nur einen einzigen ernsthaften Rivalen gehabt: das Gut. Er ist treu, und das Gut ist seine erste Liebe. Er hatte alles schon geplant und angefangen, ehe er mich traf oder je von meiner Existenz wußte.«
»Sagen Sie, wollen wir nicht das Lied zusammen versuchen«, sagte Graham plötzlich und stellte ein Notenheft auf das Pult vor ihr.
»Aber das ist ja ›Der Zigeunerzug‹, wandte sie ein. »Der verschlechtert meine Laune nur noch.«
Sie blickte einen Augenblick fast ängstlich durch den langen Raum zu den Kartenspielern hinüber, nahm sich dann zusammen und sagte heftig: »Der Himmel weiß, daß ich eine Menge Zigeunerblut in den Adern habe, mehr als genug, ja, und trotz seinen landwirtschaftlichen Interessen ist auch Dick der geborene Zigeuner. Und nach allem, was er mir von Ihnen erzählt hat, sind Sie ein hoffnungsloser Zigeuner.«
»Alles in allem ist der weiße Mann der einzige richtige Zigeuner, der König aller Zigeuner«, sagte Graham. »Er ist weiter gewandert und mit geringerer Ausrüstung als jeder Zigeuner. Der Zigeuner ist nur seinen Spuren gefolgt. Nun, lassen Sie uns versuchen.«
Und während sie die sorglosen Worte zu dem heiteren, ausgelassenen Rhythmus sangen, sah er auf sie hinab und wunderte sich über sie – und über sich selbst. Er hatte nichts neben dieser Frau, unter dem Dache ihres Mannes zu suchen. Er hätte vor vielen Tagen abreisen sollen und war doch noch hier. Nach so vielen Jahren lernte er jetzt eine neue Seite seines eigenen Wesens kennen.

Es war Wahnsinn. Er wollte sich losreißen. Aber er konnte nicht. Er stand hier neben ihr und sah auf ihre braune Haarpracht mit diesem Schimmer von Gold und Bronze, während er mit ihr zusammen ein Lied sang, das Feuer für sie sein mußte, denn sie fühlte, was sie schon andeutungsweise, halb gegen ihren Willen, ausgesprochen hatte.
›Sie ist eine Hexe, und nicht am wenigsten ist es ihre Stimme, die einen verhext‹, dachte er, als diese reiche Frauenstimme, die im Gegensatz zu allen andern Frauenstimmen so ausgesprochen ihre Stimme war, ihm zitternd ins Ohr tönte. Und er wußte ohne den Schatten eines Zweifels, daß auch sie etwas von dem Wahnsinn fühlte, der ihn gepackt hatte: Daß sie, ganz wie er, sich bewußt war, daß hier Mann und Weib sich gegenüberstanden.
Sie wurden beim Singen von Bewegung durchbebt, und diese Gewißheit vermehrte nur seinen eigenen Wahnsinn, bis er unbewußt größere Wärme in die letzten kühnen Zeilen legte, während ihre Stimmen sich in tiefer Bewegung vereinigten.
Er wartete, daß sie zu ihm aufsehen sollte, als die letzten Töne verklungen waren, aber sie saß ganz still da, den Blick auf die Tasten geheftet. Und als sie doch einen Augenblick später aufsah, war sie die Herrin vom Großen Hause mit ihrem neckischen Lächeln um den Mund und ihren schelmischen Augen.
»Lassen Sie uns hineingehen und Dick ein bißchen nekken – er verliert«, sagte sie. Ich habe noch nie gesehen, daß er sich über schlechte Karten ärgert, aber er ist so komisch ratlos, wenn er lange hintereinander verliert.«
»Und er liebt das Spiel«, fuhr sie fort, während sie ihm voranschritt. »Es ist für ihn eine Erholung, und die tut ihm gut. Ein paarmal im Jahr kann er, wenn es ein gutes Poker ist, die ganze Nacht aufsitzen und bis in die Wolken spielen.«

Wenige Tage später gab Paula ihr Einsiedlerleben auf, und es wurde Graham sehr schwer, im Turmzimmer bei seiner Arbeit zu bleiben, wenn er den ganzen Vormittag Bruchstücke von Liedern aus ihren Gemächern oder Lachen und Schelten mit den Hunden auf dem großen Hofe oder mehrere Stunden lang die gedämpften Klänge des Klaviers aus dem fernen Musikzimmer hören konnte. Aber Graham hatte beschlossen, Dicks Beispiel zu folgen und am Morgen zu arbeiten, so daß er Paula selten vor dem Lunch sah.
Sie erzählte, daß ihre Schlaflosigkeitsperiode vorbei und daß sie zu allen Lustbarkeiten und Ausflügen bereit wäre, die Dick ihr zu bieten hätte. Ferner drohte sie, falls Dick ihr diese persönlichen Zerstreuungen nicht verschaffte, das Haus mit Gästen zu füllen und ihn zu lehren, was Leben hieße. Zu dieser Zeit kam ihre Tante Martha – Frau Tully – zurück, und Paula kutschierte wieder mit dem hohen Jagdwagen mit Duddy und Fuddy davor herum, aber Frau Tully war trotz ihrem Alter und ihrer körperlichen Schwerfälligkeit nicht im geringsten ängstlich, wenn Paula die Zügel hielt.
Wie sie zu Graham sagte: »Sie versteht sich auf Pferde. Als Kind war sie ganz wild nach ihnen. Es wundert mich, daß sie nicht Zirkusreiterin geworden ist.«
Mehr, weit mehr erfuhr Graham über Paula in den verschiedenen Unterhaltungen mit ihrer Tante. Frau Tully konnte nie müde werden, von Philip Desten, dem Vater Paulas, zu erzählen. Er war ihr ältester Bruder, viele Jahre älter als sie gewesen. Er war der Held ihrer Kindheit. Er hatte eine gewisse Größe gehabt, die auf einfache Menschen fast wie eine Art Wahnsinn wirkte. Er konnte immer die verrücktesten Dinge und die ritterlichsten tun. Dieser Anstrich von Tollheit war es gewesen, der ihn befähigt hatte, in den vierziger Jahren, als das große Goldabenteuer seinen Höhepunkt erreicht hatte, mehrere Vermögen

zu verdienen und sie mit derselben Leichtigkeit durchzubringen. Er stammte selbst aus einer alten neuenglischen Familie, aber sein Urgroßvater war Franzose, – war als Kind von einem untergegangenen Schiff an Land getrieben und unter der Seemanns- und Bauernbevölkerung an der Küste von Maine aufgewachsen.

»Und einmal – nur ein einziges Mal – in jeder Generation lebt der französische Desten wieder auf«, sagte Frau Tully zu Graham. »Philip war der Franzose seiner Generation, und wer sonst als Paula hat, und zwar im reichsten Maße, in ihrer Generation das Erbe gehoben. Lute und Ernestine sind ihre Halbschwestern, aber man sollte nicht glauben, daß sie auch nur einen Tropfen desselben Blutes in ihren Adern hätten. Das ist der Grund, daß Paula, statt zum Zirkus zu gehen, unbedingt nach Frankreich mußte. Der alte Desten, der Stammvater des Geschlechts, zog sie hinüber.«

Auch über die abenteuerliche Fahrt nach Frankreich hörte Graham allerlei. Philip Desten hatte das Glück gehabt, zu sterben, als das Rad seines Schicksals sich rückwärts zu drehen begann. Ernestine und Lute, damals noch kleine Kinder, hatten den Schwestern Destens nicht viel Schwierigkeit gemacht, Paula aber, die zu Frau Tully gekommen war, wurde das große Problem – »alles wegen des Franzosen«.

»Sie ist durchaus Neuengländerin«, sagte Frau Tully, »was ihre Ehrlichkeit, Aufrichtigkeit und Treue betrifft. Als junges Mädchen konnte sie einfach nicht lügen, außer wenn es galt, einen andern zu retten. In solchem Falle ergriffen alle ihre neuenglischen Ahnen die Flucht, und sie konnte genau so prachtvoll lügen wie ihr Vater. Der hatte dasselbe gewinnende Wesen, dieselbe Kühnheit, dasselbe herzliche Lachen, dieselbe Lebhaftigkeit besessen. Er gewann die Herzen aller Menschen, und wenn nicht, wurden sie seine erbittertsten Feinde. Keiner kam mit ihm in Berührung, ohne Stellung zu ihm nehmen zu müssen, – sie mußten ihn lieben oder hassen. In dieser Beziehung ist Paula anders als er, wohl weil sie Weib ist und nicht das ewige Männerprivilegium genossen hat, mit Windmühlen zu kämpfen. Ich glaube nicht, daß sie einen einzigen Feind in der Welt hat.«

Während Graham ihr zuhörte, erklang Paulas Singen durch ein offenes Fenster weiter abwärts an der langen Pergola zu ihnen herüber, und ihre Stimme hatte einen zitternden Klang, der ihm folgte und den er nie wieder vergaß. Dann begann Paula zu lachen, und Frau Tully lächelte ihm zu und nickte.

»Jetzt lacht Philip Desten«, murmelte sie. »Haben Sie gemerkt, daß Paulas Lachen die Leute immer aufsehen und lächeln läßt? Wenn Philip lachte, war es ebenso.«

Paula hatte es stets leidenschaftlich geliebt, zu musizieren, zu malen und zu zeichnen. Als ganz kleines Mädchen schon wußte man, wo sie im Hause oder im Garten gewesen war, denn überall hinterließ sie Bilder und Figuren aus irgendeinem Material, das sie zufällig in die Hände bekommen hatte, – Bilder, die auf kleine Papierfetzen gezeichnet oder in Holzstücke geritzt, und Figuren, die aus Lehm und Sand modelliert waren.«

»Sie liebte alles, und alles liebte sie«, sagte Frau Tully. »Sie fürchtete sich nicht vor Tieren und hatte doch immer große Ehrfurcht vor ihnen, aber das kam daher, daß sie mit einer Ehrfurcht vor allem Schönen geboren war. Ja, sie war eine unverbesserliche Heldenverehrerin, und zwar mußte der Betreffende entweder schön sein oder etwas geleistet haben. Und diese Ehrfurcht vor allem Schönen, sei es nun ein Flügel, ein herrliches Gemälde, ein schönes Pferd oder eine Landschaft, wird sie nie verlieren.«

Und Paula hatte selbst den Willen gehabt, etwas zu leisten, Schönheit zu schaffen. Aber sie konnte sich nicht klar darüber werden, ob sie sich der Musik oder der Malerei widmen sollte. Als sie mit voller Hingabe bei den besten Lehrern in Boston Musik studierte, konnte sie es doch nicht lassen, hin und wieder zu ihrem Zeichnen zurückzukehren, und davon lockte sie wieder das Modellierholz fort.

»Und so kam es, daß sie sich auch bei all ihrer Liebe zum Besten und ihrer von Schönheit erfüllten Seele nicht einig werden konnte, ob sie überhaupt eine Begabung besaß. Das Unglück war, daß sie zu viele Talente hatte—«

»Zu verschiedenartige Talente!« warf Graham ein.

»Ja, das ist richtig«, nickte Frau Tully. »Sicher ist, daß sie auf keinem Gebiet etwas Großes erreicht hat.

»Aber sie ist sich selber treu geblieben«, fügte Graham hinzu.

»Was auch die Hauptsache ist«, räumte Frau Tully mit frohem Lächeln ein. »Sie ist eine ungewöhnliche Frau, unverdorben und natürlich. Und letzten Endes – was bedeutet es denn, ob man etwas erreicht? Ich lege mehr Wert auf einen von Paulas tollen Streichen, – ach, ich habe die ganze Geschichte von dem großen Hengst im Schwimmbassin gehört, – als auf alle ihre Gemälde, und wenn jedes einzige davon ein Meisterwerk wäre. Anfangs aber wurde es mir sehr schwer, sie zu verstehen. Dick sagte oft, sie sei ein kleines Mädchen, das nie ganz erwachsen würde. Aber großer Gott – sie kann erwachsen genug sein, wenn sie will. Dick war ihr größtes Glück, das sie je getroffen hat. Erst als sie ihn kennenlernte, fand sie sich gleichsam selber. Das ging so zu—«

Frau Tully schilderte kurz das Jahr, das sie zusammen in Europa gereist waren, wie Paula in Paris wieder angefangen hatte zu malen und wie sie zu der Erkenntnis gelangt war, daß sie nur durch Kampf siegen könne und daß das Geld ihrer Tante ein Hindernis sei.

»Und sie bekam ihren Willen«, seufzte Frau Tully. »Sie – ja, sie gab mir den Laufpaß, schickte mich heim. Sie wollte nicht mehr als den allerdringendsten Zuschuß annehmen und zog ins Quartier Latin, wo sie mit zwei anderen jungen Amerikanerinnen zusammen lebte. Und da traf sie Dick. Dick war ein merkwürdiger Mensch. Es ist unmöglich zu sagen, was er damals tat. Er hatte eine Art Kabarett – ein richtiges Studentenkabarett. Sie waren eine Schar von Verrückten. Wissen Sie, er war gerade von seinen wilden Fahrten bis ans Ende der Welt zurückgekehrt und wollte, wie er erklärte, für eine Weile das Leben nicht mehr leben, sondern statt dessen davon reden.
Paula nahm mich einmal mit. Sie hatten sich verlobt – gerade an dem Tage zuvor. Ich hatte Glücksforrest gekannt und war über seinen Sohn sehr gut unterrichtet. In materieller Beziehung hätte Paula keine bessere Partie machen können. Es war ein ganzer Roman. Paula hatte ihn als Führer der Fußballmannschaft der Kalifornia-Universität bei ihrem Siege über Stanford gesehen, und das nächstemal sah sie ihn in dem Atelier, das sie gemeinsam mit den beiden jungen Mädchen hatte. Sie wußte nicht, ob Dick Millionär war oder das Kabarett betrieb, weil er kein Geld hatte, aber daraus machte sie sich auch nichts. Sie war stets ihrem Herzen gefolgt. Sie müssen sich auf den ersten Blick geliebt haben, denn in weniger als einer Woche war alles in Ordnung gebracht, und Dick hatte mir seinen Besuch gemacht, – als ob meine Zustimmung ihnen das geringste bedeutete.
Um aber wieder auf Dicks Kabarett zu kommen! Es war ein Philosophen-Kabarett – ein kleiner, geschlossener Raum, in einem Keller mitten im Viertel. Ein einziger Tisch darin! Denken Sie, in einem Kabarett! Und welch ein Tisch! Ein großer runder Tisch aus ungestrichenen Brettern, ohne auch nur ein Stück Wachstuch und mit zahllosen Flek-

ken von Getränken, die die Philosophen vergossen hatten, wenn sie zu eifrig wurden. Dreißig Menschen konnten an dem Tisch sitzen. Frauen hatten sonst keinen Zutritt, aber mit Paula und mir wurde eine Ausnahme gemacht.
Und hier trafen sie sich nun, all die wilden jungen Denker, hämmerten auf den Tisch und schwatzten in allen möglichen europäischen Sprachen über Philosophie. Dick hatte immer eine Schwäche für Philosophen gehabt.
Aber Paula machte einen Strich durch das kleine Abenteuer. Kaum waren sie verheiratet, als Dick auch schon seinen Schoner ›All Away‹ ausrüstete, und fort zogen sie auf ihre Hochzeitsreise, die lieben Kinder! – Von Bordeaux direkt nach Hongkong.«

Wenn Graham nun auch mit Paulas vielseitigen Interessen und Talenten gut Bescheid wußte, so wunderte er sich doch, sie eines Tages allein in einer Fensternische zu sehen, vollständig von einer feinen Stickerei in Anspruch genommen. Ein andermal, als Graham die Bibliothek betrat, sah er Paula anmutig über einen Bogen Papier gebeugt, der auf einem großen Tisch ausgespannt und von schweren Büchern über Architektur flankiert war; sie war eifrig damit beschäftigt, Pläne für ein Blockhaus für die Weisen in Madroño-Hain zu entwerfen.
»Das ist wirklich ein Problem«, seufzte sie. »Dick sagt, wenn, dann muß ich es für sieben bauen; wir haben augenblicklich vier Weise, aber er träumt davon, sieben zu bekommen. Er sagt, um Duschen und dergleichen soll ich mich nicht kümmern, denn kein Philosoph badet je.«
»War es nicht Voltaire, der sich mit einem König über Lichtstümpfe stritt«, fragte Graham, während sich sein Auge an ihrer nachlässig anmutigen Haltung freute. Achtunddreißig! Es war unmöglich. Sie sah fast aus wie ein Schulmädchen, das rot und warm vor Eifer an seiner Arbeit saß.

Er wußte nicht, was er glauben sollte. War das dieselbe Frau, die unter den Eichen mit zwei kurzen Sätzen den Kern einer schwebenden Situation herausgeschält hatte? »Ja, das begreife ich schon!« hatte sie gesagt. Hatte sie die Worte gebraucht, ohne etwas Besonderes in sie hineinzulegen? Aber hatte er anderseits nicht gesehen, wie Donald Wares Spiel sie erwärmt und berückt hatte? Hier konnte er seine Gedanken nicht länger im Zaume halten, denn er sagte sich, daß es mit Donald Ware etwas anderes wäre. Und er lächelte bei dem Gedanken still über sich.

»Worüber amüsieren Sie sich?« fragte Paula. »Der Himmel weiß, daß ich keine Architektin bin. Aber ich möchte sehen, wie Sie unter den lächerlichen Bedingungen, die Dick stellt, ein Haus für sieben Weise bauen wollen.«

Als Graham wieder in seinem Turmzimmer saß, gab er sich für eine Weile Betrachtungen hin. Diese Frau war keine Frau. Sie war ein wahres Kind. Oder, – er stockte bei dem Gedanken, – war es übertriebene Natürlichkeit? Meinte sie es wirklich so? Es war so. Es konnte nicht anders sein. Sie war eine Weltdame. Sie kannte die Welt. Sie war sehr klug. Er erinnerte sich, nicht ein einziges Mal in ihre grauen Augen gesehen zu haben, ohne daß sie ihm ein Gefühl von Gleichgewicht, von Kraft geschenkt hatte. Das war es: Stärke! Er erinnerte sich ihrer an dem ersten Abend, als sie ihn in gewissen Augenblicken an schimmernden, scharfgeschliffenen, juwelenartigen Stahl hatte denken lassen. Vergebens blätterte er in den Büchern, um die Angaben zu finden, die er suchte. Er wollte das Kapitel ohne diese Angaben fortsetzen, aber kein Wort floß ihm aus der Feder. Eine wahnsinnige Unentschlossenheit war über ihn gekommen. Er nahm einen Fahrplan und sah nach, wann die Züge gingen, telephonierte dann aber nach dem Stall und bat, Altadena zu satteln.

Es war ein wunderbarer Morgen, wie man ihn im Frühsommer in Kalifornien hat. Nicht ein Hauch regte sich auf den schläfrigen Feldern, aber über ihnen ertönte das Rufen der Wachteln und das Singen der Wiesenlerchen. Die Luft war schwer von Syringenduft, und wie er hier zwischen den Hecken dahinritt, konnte er in der Ferne das Rufen Bergkönigs und das silberklare Antwortwiehern von Fotherington-Prinzessin hören.

Warum ritt er auf Dick Forrests Pferd? fragte er sich. Warum befand er sich nicht in diesem Augenblick auf dem Wege nach dem Bahnhof, – um den ersten Zug zu erreichen, den er auf dem Fahrplan gefunden hatte? Dieser Mangel an Entschlossenheit und Tatkraft war ihm neu, wie er sich bitter sagte. Aber, – und der Gedanke brannte wie Feuer in seinen Adern, – er hatte nur dies eine Leben, und es gab nur dies eine Weib auf der Welt.

Er hielt sein Pferd an, um eine Herde Angoraziegen vorbeiziehen zu lassen. Es waren mehrere hundert, und sie wurden von baskischen Hirten getrieben, aber langsam und mit häufigen Ruhepausen, denn jede Ziege war von einem jungen Zicklein begleitet. In der Hürde waren viele Stuten mit neugeborenen Fohlen, und einmal konnte Graham gerade noch rechtzeitig auf einen Seitenweg gelangen, um einem Rudel einjähriger Hengste auszuweichen, die von einer Hürde in die andere getrieben wurden. Es waren im ganzen dreißig, und die Luft war mit gellendem Wiehern erfüllt, während Bergkönig, ganz außer sich beim Anblick und Geräusch so vieler Rivalen, wie rasend in seinem Pferch auf und nieder lief und immer wieder wie mit Trompetenstößen seine herausfordernde Überzeugung verkündete, daß er das gewaltigste Pferd war, das je die Erde betreten hatte.

Dick Forrest kam auf Graham zugeritten, und sein Gesicht strahlte vor Freude beim Anblick des Sturmes, der unter den zahlreichen Geschöpfen tobte, die sein waren.

»Die jungen Tiere haben Bergkönig zu Taten erweckt!« lachte er. »Lauschen Sie, wie er singt: »Hört mich! Ich bin Eros. Ich stampfe durch die Berge. Ich fülle die breiten Täler. Die Stuten hören mich auf den stillen Weiden und heben die Köpfe, denn sie kennen mich. Das Gras wird üppiger und üppiger. Das Land erfüllt sich mit Fruchtbarkeit, und der Saft steigt in den Bäumen. Es ist Frühling, und der Frühling ist mein. Ich bin König in meinem Reich, im Reich des Frühlings. Die Stuten erkennen meine Stimme. Sie kennen mich, kennen mich durch ihre Mütter. Hört mich! Ich bin Eros! Ich stampfe durch die Berge, die breiten Täler sind meine Herolde, sie rufen mein Kommen aus!«

Nach Frau Tullys Abreise machte Paula ihre Drohung wahr und füllte das Haus mit Gästen. Es war, als erinnerte sie sich plötzlich aller, die eine Einladung erwartet hatten, und wenn das große Automobil nach dem acht Meilen entfernten Bahnhof fuhr, kam es selten leer zurück. Mehrere Sänger, Musiker und Maler sowie ganze Scharen von jungen Mädchen mit ihrem unvermeidlichen Gefolge von Anbetern kamen, und das Große Haus wimmelte von Müttern, Tanten und Dueñas, die auf Ausflügen mehrere Automobile füllten.

Graham dachte oft, ob Paula nicht eine bestimmte Absicht hatte, wenn sie sich mit all diesen Menschen umgab. Er selbst hatte jeden Versuch aufgegeben, an seinem Buch zu arbeiten, er schwamm morgens mit den abgehärteteren von den jungen Leuten, beteiligte sich an Ausritten in der näheren Umgebung, kurz, machte alle Vergnügungen in und außer dem Hause mit.

Die Leute blieben die halben Nächte und oft bis in den Morgen hinein auf, und eines Nachts spielte Dick, der im übrigen nicht von seiner Gewohnheit abwich, sich erst gegen Mittag seinen Gästen zu zeigen, bis in den hellen Morgen hinein im Rauchzimmer Poker. Graham hielt mit ihm aus und fühlte sich reichlich belohnt, als die Spieler bei Tagesanbruch unerwartet den Besuch Paulas erhielten, – die, wie sie sagte, eine ihrer weißen Nächte gehabt hatte, obwohl ihrer frischen Farbe nicht das geringste anzusehen war. Graham mußte sich beherrschen, um sie nicht zu oft anzusehen, wie sie dastand und für die müden, übernächtigten Spieler Champagner-Cocktails bereitete. Hinterher schickte sie sie zu einem kalten Schwimmbad vor dem Frühstück und der Arbeit und den Vergnügungen des Tages.

An einem warmen Morgen hatten sich vier oder fünf Menschen – unter ihnen Paula – zufällig in der kühlen Pergola, die den großen Hof umgab, um Graham versammelt, und er las ihnen vor. Nach einer Weile machte er sich wieder an seine Zeitschrift und war bald so in sie vertieft, daß er alles um sich her vergaß, bis plötzlich ein Gefühl von Stille in sein Bewußtsein drang. Er blickte auf. Die ganze Gruppe war bis auf Paula verschwunden. Er konnte ihr Lachen von der anderen Seite des Hofes hören. Aber Paula! Unversehens sah er den Ausdruck in ihrem Gesicht, in ihren Augen. Ihr Blick war ihm zugekehrt – ein fast angstvoller Blick, und doch hatte er in dem flüchtigen Augenblick Zeit zu bemerken, daß es ein tief forschender Blick war – fast, mußte er denken, als sähe jemand in das aufgeschlagene Buch des Schicksals. Ein unsicherer Ausdruck trat in ihre Augen, sie sah nieder, und eine unverkennbare Röte färbte ihre Wangen. Zweimal bewegte sie die Lippen, um etwas zu sagen, und doch fühlte sie sich dermaßen auf frischer Tat ertappt, daß sie kein Wort finden konnte, um einen auftauchenden Gedanken auszudrücken. Schließlich half Graham ihr selbst über die peinliche Situation hinweg, indem er leicht hinwarf: »Wissen Sie, – ich habe eben De Vries' Lobrede über die Arbeit Luther Burbanks gelesen, und mir kommt vor, daß Dick für die Welt der Haustiere dasselbe ist, was Burbank für die Welt des Gemüses ist. Beide schaffen sie Leben – und schaffen den Stoff zu neuen Nutz- und Schönheitsformen.«

Paula, die ihre Selbstbeherrschung wiedergefunden hatte, kassierte lächelnd das Kompliment ein.

»Wenn ich Sie ansehe«, fuhr Graham ruhig und ernst fort, »und wenn ich sehe, was Sie erreicht haben, so fürchte ich, daß ich selbst nur auf ein vergeudetes Leben zurückblicken kann. Warum habe ich nichts geschaffen? Ich bin unendlich neidisch auf Sie beide.«

»Ja, wir sind natürlich dafür verantwortlich, daß ein schrecklicher Haufen Geschöpfe in die Welt gesetzt worden ist«, sagte sie. »Es wird einem ganz schwindelig, wenn man an die Verantwortung denkt.«

»Ja, das Gut ist wirklich ein fruchtbares Stück Erde«, lächelte Graham. »Und noch nie hat mir das Blühen und Reifen des Lebens so imponiert. Alles wächst und gedeiht hier –«

»Ach!« unterbrach Paula ihn, als wäre ihr plötzlich etwas eingefallen. »Ich muß Ihnen doch einmal meine Goldfische zeigen. Ich züchte auch Goldfische, ja – und verkaufe sie. Ich versorge die Händler in San Franzisko mit den seltensten Sorten und schicke sie sogar nach New York. Und das beste dabei ist, – ich verdiene wirklich Geld damit. Dicks Bücher zeigen das, und er ist ein schrecklich genauer Buchhalter. Es gibt nicht einen Hammer hier, der nicht verzeichnet ist, nicht einen Nagel in einem Hufeisen, über den nicht Rechenschaft abgelegt wird. Deshalb hat er einen solchen Stab von Buchhaltern. Ja, wollen Sie glauben: der kleinste Posten ist aufnotiert – einschließlich der Zeit, die durchschnittlich auf Kolik und Lahmheit zu rechnen ist, und auf Grund dieser wahnsinnigen, endlosen Zahlenreihe hat er bis zur kleinsten Dezimalstelle ausgerechnet, was jede Arbeitsstunde eines Arbeitspferdes kostet.«

»Aber Ihre Goldfische«, warf Graham ein, gereizt, weil sie immer wieder den Namen ihres Mannes in die Unterhaltung zog.

»Nun ja, Dick läßt über meine Goldfische genauso Buch führen. Ich muß für jede Stunde, die die Leute auf die Fische verwenden, bezahlen und ebenso für Briefmarken und Papier. Ich muß auch für das Wasser bezahlen, als wäre ich ein Hausbesitzer, der es von der Gemeinde bezöge. Und doch verdiene ich 10 Prozent netto und habe es sogar schon auf 30 Prozent gebracht. Aber Dick lacht und sagt, wenn ich die Zeit berechne, die ich selbst für die Beaufsichtigung brauche, müßte ich mich entweder mit einer sehr geringen Bezahlung begnügen oder ich arbeitete mit Verlust und könnte jedenfalls für meinen Nettoverdienst keinen so tüchtigen Aufseher engagieren!

Aber einerlei, daher kommt es, daß Dick mit allem, was er unternimmt, Erfolg hat. Handelt es sich nicht um ein reines Experiment, so unternimmt er nie etwas, ohne bis auf die geringste Einzelheit zu wissen, was es kosten und einbringen wird.«

»Er ist sehr sicher«, bemerkte Graham.

»Ich habe nie einen Mann gekannt, der seiner selbst so sicher war«, antwortete Paula eifrig, »und nie einen Mann, der auch nur halb soviel Ursache dazu gehabt hätte. Ich kenne ihn. Er ist ein Genie – aber nur im paradoxen Sinne des Wortes. Er ist ein Genie, weil er so fein ausbalanciert und so normal ist, daß nicht die geringste Andeutung von Genie an ihm ist. Solche Menschen sind seltener und größer als Genies. Ich denke immer, daß Abraham Lincoln von demselben Schlage gewesen sein muß.«

»Offen gestanden, ich verstehe nicht ganz, was Sie meinen«, sagte Graham.

»Ach, ich will selbstverständlich nicht behaupten, daß Dick im Verhältnis zur ganzen Weltordnung soviel bedeutet wie Lincoln«, fuhr sie schnell fort. »Es ist ihr ungeheures Gleichgewicht, ihr normales Wesen, ihre Ruhe, in der sie sich gleichen. Sehen Sie, ich bin ein Genie, denn ich tue dies oder jenes, ohne zu wissen, warum ich es eben tue! Auf die Weise erreiche ich meine Wirkungen in der Musik und ebenso, wenn ich schwimme. Und wenn es mein Leben kosten sollte, so könnte ich nicht sagen, warum ich gerade diese oder jene Tollheit begehe. Dick hingegen kann nichts tun, ohne im voraus ganz genau zu wissen, wie er es tun will. In allem, was er tut, ist er überlegt und vorausschauend. Er ist ein Wunder auf allen möglichen Gebieten, ohne je ein Wunder auf einem einzigen bestimmten Gebiet gewesen zu sein. Oh, ich kenne ihn. Er hat nie zu denen gehört, die Rekorde schufen, aber er ist auch nie mittelmäßig gewesen. Und so geht es ihm mit allem, sowohl in seelischer wie in geistiger Beziehung. Er ist eine gleichmäßig geschmiedete Kette, in der es weder besonders schwere noch besonders schwache Glieder gibt.«

»Ich fürchte, daß ich eher wie Sie bin«, sagte Graham, nämlich das alltäglichere und weniger wertvolle Geschöpf: ein Genie. Denn auch ich kann gelegentlich aufflammen und die unberechenbarsten Dinge tun. Und auch ich bin nicht darüber erhaben, vor dem Geheimnisvollen niederzuknien.«

»Und Dick haßt alles, was geheimnisvoll ist: es genügt ihm nicht zu wissen, wie, – er sucht immer nach dem Warum, das hinter dem Wie liegt. Alles Mystische reizt ihn, wirkt auf ihn wie rotes Tuch auf den Stier. Und gleich muß er die Schale des Mysteriums entfernen und zu dem Kern dringen, um zu wissen, wie und warum, – und dann ist es kein Mysterium mehr, sondern eine Verallgemeinerung und eine Tatsache, die wissenschaftlich bewiesen werden kann.«

ne Tatsache, die wissenschaftlich bewiesen werden kann.«

Vieles der sich zuspitzenden Situation blieb den drei Hauptpersonen verschleiert. Graham wußte nichts von Paulas verzweifelten Anstrengungen, sich an ihren Mann zu klammern, der – von seinen Tausenden von Plänen und Projekten in Anspruch genommen – immer weniger von den Menschen sah, die sich in seinem Hause befanden. Er zeigte sich stets beim Lunch, konnte sich aber nur selten am Nachmittag seiner Gäste annehmen. Aus den zahllosen langen Chiffretelegrammen aus Mexiko schloß Paula, daß es mit der Harvest-Gruppe sehr schlecht stand. Sie sah auch die Abgesandten der Leute, die das fremde Kapital in Mexiko repräsentierten, wenn sie im Großen Hause erschienen, um sich mit Dick zu besprechen.
»Ach, wie gern wollte ich, daß du nicht soviel zu tun hättest!« seufzte sie, als sie eines Vormittags um elf das Glück gehabt hatte, ihn allein anzutreffen, und jetzt auf seinen Knien saß.
Allerdings hatte sie ihn unterbrochen, als er gerade im Begriff gewesen war, einen Brief in das Diktaphon zu sprechen, und der Seufzer war durch ein diskretes Husten Bonbrights hervorgerufen, den sie mit mehreren Telegrammen in der Hand kommen sah.
»Kann ich dich nicht mit Duddy und Fuddy ein bißchen ausfahren, – wir beide, ganz allein«, bat sie.
Er schüttelte lächelnd den Kopf.
»Beim Lunch wirst du eine merkwürdige Konstellation vorfinden«, erklärte er. »Keiner braucht etwas davon zu wissen, aber dir will ich es erzählen.« Er dämpfte die Stimme, während Bonbright sich in passender Entfernung mit der Kartothek beschäftigte. »Es sind die Leute von der Tampico-Petroleum-Gesellschaft. Samuels, der Präsident von der Nacisco, in eigener Person, und Wishaar, der große Vertreter der Pearson-Brooks-Gruppe, der den Kauf der Ostküsten- und Tiuana-Zentralbahn in Ordnung brachte,

und Matthewson, der große Führer der Palmerstonschen Interessen – und noch einige mehr. Es ist ein Beweis dafür, daß in Mexiko alles auf sehr schwachen Füßen steht, wenn alle diese Leute sich nicht mehr streiten und gemeinsam auftreten.

Weißt du, sie interessieren sich für Petroleum, aber ich bin auf meinem Gebiete ein großer Mann dort unten, und sie wollen, daß ich gemeinsame Sache mit ihnen mache. Ja, es sind große Dinge im Gange, und wir müssen schon zusammenhalten oder aus Mexiko weggehen. Und ich gestehe, daß ich, als sie mich nach dem Spektakel vor drei Jahren im Stich ließen, in meinem Zelt gesessen und den zornigen Achilles gespielt habe, bis sie jetzt zu mir gekommen sind.«

Er streichelte sie und nannte sie seine liebe kleine Frau, aber sie sah, daß seine Augen gleichzeitig ungeduldig das Diktaphon mit dem angefangenen Brief suchten.

»Und deshalb«, schloß er und preßte sie fester an sich, aber auf eine Art, die anzudeuten schien, daß ihre Zeit jetzt vorbei sei und daß sie lieber gehen sollte, »und deshalb bin ich heute nachmittag besetzt. Keiner von ihnen übernachtet hier. Vor dem Mittagessen fahren sie wieder ab.«

Sie riß sich mit ungewöhnlicher Heftigkeit von ihm los und stand vor ihm mit blitzenden Augen, blassen Wangen und einem Ausdruck, als hätte sie einen großen Entschluß gefaßt und wollte ihm etwas sehr Wichtiges sagen. Aber in diesem Augenblick begann eine Glocke zu läuten, und er streckte die Hand nach dem Tischtelephon aus. Paula beugte mit einem kaum hörbaren Seufzer den Kopf, – und während Bonbright sich eifrig mit dem Telegramm näherte, konnte sie im Hinausgehen noch den Anfang des Telephongespräches ihre Mannes hören: »Nein. Unmöglich. Er muß durchkommen, sonst kriegt er die Bestellung nicht. Der Kontrakt des Herrn war ganz wertlos ... Ja, ja, das würde vor jedem Gericht den Ausschlag geben. Ich werde dafür sorgen, daß Sie die Korrespondenz heute nachmittag um fünf in Ihrem Büro haben.«

Weder Graham noch Paula konnten sich denken, daß Dick schon fühlte, was noch nicht geschehen war, aber geschehen konnte. Er hatte nicht die wenigen, aber bedeutungsvollen Worte Paulas unter den Eichen gehört, hatte auch nicht wie Graham ihren forschenden Blick in der Pergola gesehen. Dick hatte nichts gehört und nicht viel gesehen. Aber er fühlte doch allerlei, und zwar noch ehe Paula selbst ein sicheres Gefühl dessen hatte, was ihr später klargeworden war.

Das Handgreiflichste, worauf er sich stützen konnte, war der Abend, als er – obgleich in sein Bridge vertieft – doch bemerkt hatte, wie plötzlich sie nach dem ›Zigeunerzug‹ den Flügel verlassen hatten; als sie dann zu ihm kamen, um ihn wegen seines Verlustes zu necken, und er sie mit einem unbesorgten Lächeln begrüßte, konnte er doch ein Gefühl nicht unterdrücken, daß in Paulas schelmischem Gesicht etwas Ungewöhnliches lag, und im selben Augenblick hatten seine lachenden Augen Graham, der neben ihr stand, gesucht und auch dort das Ungewöhnliche erblickt. Der Mann war aus dem Gleichgewicht, das hatte Dick sich damals gesagt. Aber warum? Bestand eine Verbindung zwischen dieser Tatsache und der, daß Paula plötzlich vom Flügel aufgestanden war? Und während diese Gedanken ihm durch den Kopf flogen, hatte er über ihre heiteren Angriffe gelacht, hatte Karten gemischt und sein Sans-Atout gewonnen.

Dennoch versuchte er sich immer wieder die Sinnlosigkeit und Undenkbarkeit klarzumachen, daß sein unklares Gefühl je Wirklichkeit werden sollte. Es war ein reines Raten, ein wahnsinniger Gedanke, durch die gleichgültigsten Umstände hervorgerufen, und zwar teilweise wohl deshalb, weil seine Frau und sein Freund beide so anziehend waren. Aber hin und wieder konnte er trotz Aufbieten seines ganzen Willens den Gedanken nicht von sich weisen: Warum hatten sie an jenem Abend nicht weitergesungen? Warum hatte er das Gefühl gehabt, daß etwas geschehen war? Warum war Graham aus dem Gleichgewicht gewesen? Auch Bonbright wußte, als ihm eines Vormittags eben vor dem Lunch ein Telegramm diktiert wurde, nicht, daß es Dick, der immer weiterdiktierte, nach dem Fenster trieb, weil er leisen Hufschlag in der Einfahrt hörte. Es war nicht das erstemal, daß Dick in der letzten Zeit derart ans Fenster getreten war, um scheinbar gleichgültig nach den Reitern zu sehen, die sich nach ihrem Morgenritt schnell dem Bindebaum näherten. An diesem Morgen aber wußte er, ehe die ersten Gestalten zum Vorschein kamen, wer sie waren.

»Braxton ist in Sicherheit«, diktierte er in unverändertem Tonfall weiter, während sein Blick den Weg entlangschweifte, wo die Reiter auftauchen mußten. »Wenn es losgeht, kann er über die Berge nach Arizona kommen. Setzen Sie sich gleich mit Connors in Verbindung. Connors ist von Braxton instruiert und kommt morgen nach Washington. Teilen Sie mir alle Einzelheiten mit – Unterschrift.«

Durch die Einfahrt kamen Rehkalb und Altadena hufeklappernd Seite an Seite. Dicks Erwartung bezüglich der Gestalten, die er sehen sollte, wurde nicht enttäuscht. Dahinter ertönten Rufe und Lachen und viele Hufschläge, aus denen er schließen konnte, daß die übrige Gesellschaft nicht fern war.

»Und das nächste Telegramm, Herr Bonbright, bitte nach dem Harvest-Code«, fuhr Dick ruhig fort, während er sich sagte, daß Graham kein besonderer Reiter sei und daß er ihm ein schwereres Pferd als Altadena geben müsse.

»An Jeremy Braxton. Schicken Sie es auf beiden Wegen. Eines kommt vielleicht durch.«

Wieder verebbte die Flut von Gästen im Großen Hause, und es geschah mehrmals, daß die beiden Männer und Paula allein bei Tisch saßen. Und an solchen Abenden, wenn Graham und Dick eine Stunde lang, ehe sie zu Bett gingen, von ihren Erlebnissen erzählten, spielte Paula nicht mehr sanfte Melodien auf dem Klavier, sondern saß bei ihnen, stickte und lauschte ihren Worten.

»Ach ja«, lachte sie oft, »ich verstehe euch gut. Ihr seid beide gut geraten – physisch gut geraten, meine ich. Ihr seid widerstandsfähig, ausdauernd. Ihr könnt fertig werden, wo Männer mit weniger Widerstandsfähigkeit untergehen würden. Ihr könnt Fieber in Afrika bekommen, kommt aber durch und begrabt die anderen. Ein anderer kriegt Lungenentzündung in Cripple Creek und streckt die Nase in die Luft, ehe ihr ihn wieder nach dem Süden geschafft habt. Warum habt ihr nicht Lungenentzündung gekriegt? Weil ihr würdiger wart als er? Weil ihr tugendhafter gelebt habt? Weil ihr vorsichtiger wart, wenn es galt, die Gefahr zu meiden, und bessere Maßregeln traft?«

Sie schüttelte den Kopf.

»Nein, weil ihr glücklicher wart, – ich meine durch Geburt, Konstitution und Widerstandsfähigkeit. Dick begrub seine drei Steuermänner und drei Maschinisten bei Guayaquil. Gelbes Fieber. Warum hat der Gelbfieberbazillus nicht Dick totgeschlagen? Und dasselbe gilt Ihnen, mein breitschultriger, weitbrüstiger Herr Graham. Warum starben Sie nicht auf Ihrer letzten Reise in den Sümpfen wie Ihr Photograph? Gestehen Sie, wieviel wog er, wie breit waren seine Schultern? Wie weit sein Brustumfang? Wie gering seine Widerstandskraft?«

»Er wog 120 Pfund«, gab Graham bedauernd zu.

»Aber er sah anfangs stark und gesund aus. Daß er ein kleiner zarter Mann war, tat es nicht. Die Kleinen sind oft die Zähesten, wenn alles andere sich sonst ausgleicht. Aber

Sie haben doch auf die eigentliche Ursache hingewiesen. Er hatte keine Widerstandskraft; du weißt, was ich meine, Dick.«

»Ihr wißt ja gut, wo ich hinauswill!« fuhr Paula fort. »Nehmen wir euch beide. Keiner von euch ist noch diesseits der Vierzig. Ihr seid keinem Abenteuer aus dem Wege gegangen. Ihr habt Strapazen und Mühen erlebt, denen andere früher oder später erlegen wären. Ihr habt eure Freuden gehabt und eure Dummheiten gemacht. Ihr habt die Erde von einem Ende bis zum anderen kennengelernt. Ihr habt euch tüchtig in der Welt umgesehen –«

»Und es toll getrieben«, fiel Graham lachend ein.

»Und tief in den Becher geguckt«, fügte Paula hinzu. »Und nicht einmal der Alkohol hat euch ausgebrannt. Ihr wart zu zäh. Ihr trankt die andern unter den Tisch oder ins Krankenhaus oder ins Grab und gingt selbst euern strahlenden Gang, ein Lied auf den Lippen und mit unverdorbenem Zellgewebe, ja, sogar ohne Katzenjammer. Denn ihr seid eben gut geraten. Eure Muskeln sind Vollblutmuskeln, eure Lebensorgane Vollblutorgane. Und alldem entspringt eure Vollblutphilosophie. Deshalb seid ihr so nüchtern, predigt und übt Realismus und schiebt geringere und weniger glückliche Geschöpfe beiseite.«

»Und deshalb predigt ihr das Evangelium der Starken«, fuhr Paula fort. »Wäret ihr Schwächlinge, so würdet ihr das Privilegium der Schwachen gepredigt und die andere Wange hingereicht haben. Aber ihr, ihr zwei muskelstarken Kämpen, – wenn jemand euch schlägt, so reicht ihr ihm nicht die andere Wange hin.«

»Nein«, unterbrach Dick sie ruhig. »Wir brüllen sofort: Hau ihm den Kopf ab! Und dann tun wir es.«

Und während das Gespräch sie an alle möglichen Stellen der Erde führte, stickte Paula weiter und betrachtete die beiden starken Männer, bewundernd und grübelnd, ohne

die Sicherheit, die sie beide besaßen, aber mit dem Gefühl, daß Ansichten, an denen sie selbst viele Jahre festgehalten und die einen Teil ihres Selbst ausgemacht hatten, ihr entgleiten wollten.
Später am Abend verlieh sie ihrem Ärger Ausdruck.
»Das merkwürdigste dabei ist«, sagte sie, eine zufällige Bemerkung Dicks aufgreifend, »daß zuviel Philosophieren über das Leben einen nur noch mehr verwirrt. Eine philosophische Atmosphäre ist verwirrend – jedenfalls für eine Frau. Man hört so viel für und wider, daß man schließlich gar nicht mehr weiß, woran man ist. Mendenhalls Frau zum Beispiel ist lutherisch. Sie zweifelt an nichts auf der Welt. Alles steht für sie bestimmt und unerschütterlich fest. Von Sternenstaub und Eiszeiten weiß sie nichts, und täte sie es, so würde das nicht im geringsten die Regeln verändern, nach denen Mann und Frau ihr Leben in dieser Welt und im Verhältnis zur anderen ordnen sollten. Aber hier, bei uns, sitzt ihr beide und hämmert auf eure eigene Lebensanschauung los. Die Folge ist, daß keine menschliche Erkenntnis einem etwas Wirkliches gibt. Nichts ist richtig, nichts ist falsch. Man treibt ohne Kompaß, Ruder und Seekarte auf einem Meer von Vorstellungen. Soll ich da mitmachen? Soll ich mich fernhalten? Frau Mendenhall hat gleich die Antwort für alle derartigen Fragen zur Hand. Aber die Philosophen?«
Paula schüttelte den Kopf.
»Nein, die haben nichts als Ideen. Sie fangen gleich an, davon zu reden, und sie reden und reden, ohne, trotz all ihrer Spitzfindigkeit, zu einem Ergebnis zu gelangen. Und ich – ich bin ebenso töricht. Ich lausche und lausche und rede und rede, wie jetzt zum Beispiel, ohne je überzeugt zu werden. Wir haben kein Beweismittel –«
»Doch«, antwortete Dick, »das alte, ewige Beweismittel der Wahrheit – wirkt es?«

»Ja, jetzt kommst du wieder mit deinem Realismus«, lächelte Paula. »Und Dar Hyal wird mit ein paar großen Gesten und schönen Worten beweisen, daß aller Realismus Illusion ist; und Terrence wird nachweisen, daß der Realismus etwas Schmutziges ist, das die Sache gar nichts angeht, bestenfalls in keiner Verbindung mit ihrem eigentlichen Kern steht; Hancock, daß der Bergsonsche Himmel der vollkommene Realismus, nur viel feiner als der deine ist, und Leo, daß es nur eines auf der Welt gibt, das wirklich ist: Schönheit, und daß die im Grunde gar nicht Realismus, sondern der Schmuck des Lebens ist.«

»Wie steht es, Rote Wolke, willst du heute nachmittag mit mir ausreiten?« fragte Paula ihren Mann. »Feg dir die Spinnweben aus dem Kopf und laß Rechtsanwälte, Minen und alles andere schießen.«
»Ich möchte wirklich gern, Paula«, antwortete er. »Aber ich kann nicht. Ich muß mit dem Auto nach Buckeye. Gerade eben vor dem Lunch bekam ich den Bescheid. Es ist etwas mit dem Deich in Unordnung. Der Grund muß an einer Stelle schlecht gewesen sein, was durch eine tüchtige Sprengung herausgekommen ist. Was hilft es, daß man einen guten Deich baut, wenn das Wasser darunter wegläuft.«
Als Dick drei Stunden später aus Buckeye zurückkam, bemerkte er, daß Paula und Graham zum erstenmal allein ausgeritten waren.

Wainwrights und Coghlans machten eine Autofahrt nach dem Russian River und stiegen unterwegs einen Tag im Großen Hause ab, was Paula veranlaßte, die ganze Gesellschaft mit dem vierspännigen Jagdwagen in die Los-Banos-Berge zu fahren. Da sie schon morgens fuhren, konnte Dick nicht mitkommen, wenn er auch Blake mitten in der

Arbeit stehenließ, um sie abfahren zu sehen. Er vergewisserte sich, daß Geschirr und Leinen in bester Ordnung waren, und ließ die Gesellschaft die Plätze tauschen, weil er wollte, daß Graham neben Paula auf dem Bock säße.
»Es muß ein starker Mann neben Paula sitzen, um ihr zu helfen, wenn es Schwierigkeiten geben sollte«, erklärte Dick. »Ich habe schon mal erlebt, daß eine Bremse versagte, wenn es bergab ging, und das war nicht angenehm für die Fahrgäste. Ein paar von ihnen brachen sich das Genick.«
Paula bedeutete durch ein Kopfnicken den Stallknechten, daß sie die Köpfe der Pferde loslassen sollten, fühlte, wie die Zügel ihr in der Hand lagen, und straffte und lockerte sie, damit die vier Pferde gleichmäßig anzogen.
In der babylonischen Verwirrung der lustigen Abschiedsgrüße, die auf Dick herabregneten, dachte keiner der Gäste an etwas anderes, als daß es ein strahlender Morgen war, daß sie einen frohen Tag vor sich hatten und daß er ein liebenswürdiger Wirt war, der ihnen viel Vergnügen wünschte. Aber obgleich es für Paula ein großes Erlebnis hätte sein sollen, mit vier solchen Pferden zu fahren, wurde sie doch von einer unklaren Traurigkeit bedrückt, die ihren Grund teilweise darin hatte, daß Dick zu Hause blieb. Bei dem Anblick von Dicks heiterem Gesicht hatte sich in Graham das Gewissen geregt, und er sagte sich, daß er, statt hier neben dieser einen Frau zu sitzen, eiligst mit Eisenbahn und Dampfer nach der anderen Seite des Erdballs fliehen sollte.
Aber im selben Augenblick, als Dick sich umwandte und ins Haus schritt, verschwand die Heiterkeit von seinem Gesicht. Es war wenige Minuten vor zehn, als er seine Briefe diktiert hatte und Blake aufstand, um zu gehen. Blake zögerte einen Augenblick und sagte verlegen: »Ich sollte Sie an die Korrektur Ihres Buches über das Kurzhornvieh er-

innern. Gestern wurde wieder telephoniert, daß es eilig sei.«
»Ich habe keine Zeit, sie selbst zu lesen«, antwortete Dick. »Wollen Sie so gut sein, für das Typographische zu sorgen und die Korrektur dann Manson zu geben, daß er sie noch einmal durcharbeitet.«
Bis elf Uhr empfing Dick dann verschiedene Verwalter und Betriebsleiter, aber erst Viertel nach elf wurde er mit Pitts fertig, der gekommen war, um einen Entwurf für den Katalog der großen Viehauktion mit ihm zu besprechen, die auf dem Gute abgehalten werden sollte. Dann erschien Bonbright mit seinen Telegrammen, und ehe sie damit fertig waren, war es Zeit zum Lunch.
Dick, der jetzt zum erstenmal allein war, seitdem die Gesellschaft abgefahren war, begab sich in seine Schlafveranda. Er trat zu den Barometern und Thermometern an der Wand, obwohl nicht sie es waren, die er um Rat fragen wollte, sondern das junge Frauenantlitz, das ihn aus dem runden Holzrahmen anlachte.
»Paula, Paula«, sagte er laut. »Willst du nach allen diesen Jahren dir und mir eine Überraschung bereiten? Verlierst du den Kopf, jetzt, da wir schon ein achtbares älteres Ehepaar werden wollen?«
Er legte Gamaschen und Sporen an, um gleich nach dem Lunch auszureiten, und faßte die Gedanken, die ihn beschäftigt hatten, als er die Riemen zuschnallte, in folgende Worte zusammen, die er an das Bild an der Wand richtete. »Ehrliches Spiel«, murmelte er. Und dann, sich zum Gehen anschickend, fügte er hinzu: »Freie Bahn und keine Begünstigung ... keine Begünstigung.«

»Ich muß jetzt wirklich bald abreisen, sonst kann ich mich gleich von Ihnen als Philosoph im Madroño-Hain anstellen lassen«, sagte Graham lächelnd zu Dick.

Es war die Zeit, da die Leute sich zum Cocktail versammelten, aber außer Paula war Graham der einzige von der Gesellschaft, der schon erschienen war.
»Als ob die Philosophen zusammen auch nur ein einziges Buch zustande bekämen!« wandte Dick ein. »Lieber Gott, Mensch, Sie müssen Ihr Buch hier fertigschreiben. Ich habe Sie dazu veranlaßt und muß nun auch dafür sorgen, daß Sie es schaffen.«
Paulas Aufforderung an Graham, zu bleiben, – diese in konventionellen Wendungen gehaltene Aufforderung – ertönte wie Musik in Dicks Ohren. Sein Herz klopfte heftig. Hatte er sich vielleicht trotz allem geirrt? Für zwei so kluge, nicht mehr junge Menschen wie Paula und Graham war eine derartige Dummheit völlig sinnlos und undenkbar.
»Laßt uns auf das Buch trinken«, sagte er. Dann wandte er sich anerkennend zu Paula: »Das ist ein guter Cocktail! Paula, du übertriffst dich selber. Oh Freud kann es dir nicht abgucken. Seine Cocktails sind nicht mit den deinen zu vergleichen. Ja, bitte, noch einen.«

Graham ritt allein durch die mit Riesentannen bewachsenen Cañons in die Berge, die das Gut umgaben. Er saß auf Selim, dem rabenschwarzen Wallach, den Dick ihm statt der leichteren Altadena gegeben hatte. Wie er den Waldweg hinabritt, wurde er immer vertrauter mit dem Tier, seiner Gutmütigkeit, Schelmerei und Zuverlässigkeit, und er trällerte den ›Zigeunerzug‹ und ließ die Worte seine Gedanken führen, wohin sie wollten. Eine Stunde später entschloß er sich zur Umkehr bei einer Biegung des Cañons, von wo aus der Weg, wie er wußte, steil und mühsam über die Wasserscheide ging.
Selim wieherte. Ganz in der Nähe antwortete ein anderes

Wiehern. Der Weg war breit und gut, so daß Graham sein Pferd zum Trab anspornte, einen weiten Bogen beschrieb und Paula, die auf Rehkalb saß, traf.

»Hallo!« rief er. »Hallo! Hallo!«

Sie hielt ihr Pferd an, bis er neben ihr war.

»Ich wollte gerade umkehren«, sagte sie.

Und Graham, der ihr Profil, die goldbraune Haarkrone und den herrlichen Hals sah, fühlte den alten brennenden Schmerz und die alte Sehnsucht. Ihre Nähe wirkte fast berauschend auf ihn. Wie sie in ihrem rehfarbenen Reitkleid neben ihm saß, tauchten die Bilder ihrer Gestalt in all den verschiedenen Situationen vor ihm auf, in denen er sie gesehen hatte, – wie sie auf Bergkönig im Bassin geschwommen war, wie sie ihren Sprung aus zwölf Meter Höhe gemacht hatte, wie sie in dem mattblauen, wie ein mittelalterliches Gewand wirkenden Kleid durch den langen Raum geschritten war.

»Woran denken Sie?« brach sie plötzlich in seine Träumerei ein.

Er antwortete ohne das geringste Zögern.

»Ich danke Gott für eines: Sie haben Dick nicht ein einziges Mal erwähnt.«

»Haben Sie ihn denn nicht gern?«

»Seien Sie aufrichtig«, sagte er, fast streng. »Eben weil ich ihn gern habe, – sonst ...«

»Was sonst?« fragte sie. Ihre Stimme klang mutig, aber sie sah vor sich nieder auf die gespitzten Ohren Rehkalbs.

»Sonst begreife ich nicht, warum ich bleibe. Ich hätte längst abreisen müssen.«

»Warum?« fragte sie, immer noch den Blick auf die Ohren des Pferdes geheftet.

»Seien Sie aufrichtig, seien Sie aufrichtig«, sagte er eindringlich. »Zwischen Ihnen und mir bedarf es keiner Worte, damit wir uns verstehen.«

Sie sah ihm frei ins Gesicht, ohne ein Wort zu sagen. Aber ihre Wange wurde von einer warmen Röte überzogen. Die Hand, die die Peitsche hielt, hob sich, als wollte sie sie gegen ihr Herz drücken, aber sie ließ sie wieder sinken. Er sah in ihren Augen einen Ausdruck, der ängstlich und glücklich zugleich war. Ein Irrtum war nicht möglich, – es war Angst, aber auch Freude. Und er, der wußte, was zu wissen nur wenigen Männern gegeben ist, nahm den Zügel in die andere Hand, lenkte sein Pferd dicht neben das ihre, schlang den Arm um sie und zog sie an sich, während die Pferde unter ihnen schaukelten, und Knie an Knie, Mund an Mund begegnete ihr Sehnen sich in einem langen Kuß. Aber im nächsten Augenblick hatte sie sich losgerissen. Ihr Gesicht war leichenblaß, und ihre Augen flammten. Sie hob die Reitpeitsche, um ihn zu schlagen, traf aber statt dessen ihr erschrockenes Pferd. Gleichzeitig jagte sie dem Tier beide Sporen mit einer Heftigkeit in die Seite, daß es stöhnend davongaloppierte.

Er lauschte dem gedämpften Hufschlag auf dem Waldboden, ihm schwindelte im Sattel, so heftig pochte das Blut in seinen Adern. Als der letzte Hufschlag verklungen war, ließ er sich vom Pferde gleiten und setzte sich auf einen bemoosten Stein. Er war schwer betroffen, schwerer, als er je für möglich gehalten, bis zu dem Augenblick, da er sie in seinen Armen gehalten. Nun wohl, die Würfel waren gefallen.

Er richtete sich so plötzlich auf, daß Selim ängstlich wurde und schnaufend so weit zurücksprang, wie der Zügel es zuließ.

Was geschehen, war völlig unvorbereitet gekommen. Es war etwas Unvermeidliches, das kommen mußte. Er hatte es selbst nicht gewollt, obgleich er jetzt wußte, daß er seine Abreise aufgeschoben und sich vom Strom hatte treiben lassen, damit es geschähe. Und wenn er jetzt abreiste, änderte er nichts mehr daran. Deutlicher als mit Worten, mit ihrem Mund an dem seinen, der noch von der Erinnerung an ihren Kuß zitterte, hatte sie es ihm erzählt.

Er legte zärtlich seine Hand auf das Knie, das das ihre berührt hatte, dankbar und demütig, wie der wahre Liebende immer ist: wunderbar war es, daß ein so wunderbares Weib ihn wirklich liebte.

Er stand auf, machte Miene, Selim zu besteigen, der sich das Maul an seiner Schulter rieb, hielt aber inne, um wieder zu grübeln.

Jetzt konnte er nicht mehr abreisen, – das war ein für allemal entschieden. Er hatte Pflichten gegen Dick, gewiß. Er hatte aber auch Pflichten gegen Paula, – und durfte er nach dem Vorgefallenen noch abreisen – wenn nicht... wenn nicht mit ihr? Wahrlich, solange das Gesetz der Liebe bestimmte, daß zwei Männer ein und dieselbe Frau lieben konnten und daß es folglich unter drei Menschen sofort zum Verrat kommen mußte, – wahrlich, so lange war der Verrat gegen den Mann das kleinere Übel als der gegen das Weib.

Einer von ihnen mußte leiden. Aber das Leben war Leiden. Glück im Leben zu haben hieß, das Leiden auf das geringste Maß zu reduzieren. Das war auch Dicks Auffassung – Gott sei Dank! Alle drei hatten sie dieselbe Lebensanschauung, und die Situation war keineswegs neu.

In zahllosen Fällen, in zahllosen Generationen war immer, wenn drei Menschen in die gleiche Lage geraten waren, irgendeine Lösung gefunden worden. Auch diese Schwierigkeit würde gelöst werden. Im Verhältnis der Menschen zueinander gab es immer eine Lösung.

Erst beim Dinner sah Graham Paula wieder, und da war sie ganz wie sonst. Sie war ganz und gar die Herrin vom Großen Hause, und selbst als ihre Augen zufällig den seinen begegneten, waren sie ruhig, unbesorgt, ohne das Geheimnis, das zwischen ihnen bestand, auch nur im geringsten zu berühren. Was die Situation erleichterte, war der Umstand, daß neue Gäste, Freunde und Freundinnen von ihr und Dick, gekommen waren und einige Tage bleiben wollten.

Am nächsten Morgen traf er diese Gäste und Paula am Flügel im Musikzimmer.

»Singen Sie nicht, Herr Graham?« fragte ein Fräulein Hoffmann.

Sie war Redakteurin einer San-Franziskoer Frauenzeitung, wie Graham gehört hatte.

»Ach, göttlich«, versicherte er ihr. »Finden Sie nicht, gnädige Frau?« wandte er sich an Frau Forrest.

»Aber gewiß«, lächelte Paula, »wenn nicht aus einem anderen Grunde, so, weil Sie die Freundlichkeit haben, mich zu übertönen.«

»Und jetzt brauchen wir nur noch die Richtigkeit unserer Behauptung zu beweisen«, sagte er. »Wir sangen neulich abend ein Duett«, – er blickte Paula an, als wartete er auf ein Zeichen von ihr – »es lag besonders gut für meine Stimme.« Wieder warf er ihr einen hastigen Blick zu, aber sie ging nicht auf seinen Wunsch ein. »Die Noten sind im Wohnzimmer. Ich werde sie holen.«

»Es ist der ›Zigeunerzug‹, ein wundervolles Lied«, hörte er sie zu den anderen sagen, als er hinausging. Und während er sang, dachte er, – und er wußte, daß auch Paula es tat, – an das andere Duett, das in ihren Herzen ertönte, ohne daß eine von den Damen, die am Schluß des Liedes laut ihren Beifall kundgaben, das geringste davon ahnte.

»Sie haben es sicher noch nie so gut gesungen«, sagte er zu Paula. Denn er hatte einen neuen Klang in ihrer Stimme gehört. Sie war voller, runder gewesen, diese singende Kehle hatte alles hergegeben.

Die Weisen vom Madroñohain waren zum Essen gekommen, und das Gespräch drehte sich um Frauen und Liebe.
»Leo, wie ist es möglich, daß eine Frau den Mann liebt, der sie prügelt?« fragte Dar Hyal.
»Und den Mann nicht liebt, der sie nicht prügelt?« parierte Leo.
»Eben.«
»Nun ja, Dar. Ein Mann, der die Frau, die er liebt, prügelt, ist ein Mann von tiefstehendem Typ. Eine Frau, die den Mann liebt, der sie prügelt, ist ein Weib von tiefstehendem Typ. Kein Mann von hochstehendem Typ prügelt die Frau, die er liebt. Kein Weib von hochstehendem Typ« – und unbewußt suchte sein Blick wieder Paula – »könnte einen Mann lieben, der sie prügelt.«
»Nein, Leo«, sagte Dick. »Ich versichere Ihnen, daß ich Paula nie geprügelt habe.«
»Dar, siehst du, daß du unrecht hast«, fuhr Leo mit flammenden Augen fort. »Paula liebt Dick, ohne daß er sie prügelt.«
Dick wandte sich zu Paula, scheinbar mit einem vergnügten, wohlwollenden Lächeln, als wollte er ihre Zustimmung zu den Worten des jungen Mannes hören; was er aber in Wirklichkeit erspähen wollte, war die Wirkung, die die Worte auf sie ausübten. In Paulas Augen sah er einen seltsamen Schimmer. Grahams Gesicht sagte nicht das geringste, wenigstens war keine Veränderung des gespannten Ausdrucks zu bemerken, der die ganze Zeit darin gewesen war.
»Die Frau hat heute abend wirklich ihren St. Georg hier gefunden«, sagte Graham anerkennend. »Leo, Sie beschämen mich. Ich sitze ruhig dabei, während Sie mit drei Drachen kämpfen.«
»Laßt den Drachen erst brüllen«, warf Hancock dazwischen. »Leo, bei allem Schönen und Liebenswerten frage

ich dich: Warum töten verliebte Männer so oft aus Eifersucht die Frau, die sie lieben?«

»Weil sie leiden, weil sie von Sinnen sind«, lautete die Antwort, »und weil sie das Unglück haben, eine Frau zu lieben, die so tief steht, daß sie sie eifersüchtig machen konnte.«

»Aber Leo, Liebe gerät zuweilen auf Abwege«, warf Dick ein. »Ihre Antwort ist nicht ausreichend.«

»Dick hat recht«, sagte Terrence. »Und ich will dir helfen, so gut ich kann. Die Liebe gerät zuweilen auf Abwege, selbst bei Leuten vom höchsten Typ, und wenn sie es tut, so kommt gleich das grünäugige Ungeheuer anmarschiert. Gesetzt, die vollkommenste Frau, die du dir denken kannst, liebte einen Mann nicht mehr, der sie nicht prügelte, und verliebte sich in einen anderen Mann, der sie liebte und nicht prügeln würde. Was dann? Alle drei sind sie vom höchsten Typ. Beachte das wohl. Nun zieh dein Schwert und geh auf die Drachen los.«

»Der erste Mann wird sie weder töten noch ihr sonstwie etwas antun«, beharrte Leo eigensinnig. »Denn wenn er es täte, wäre er nicht der Mann, den du beschreibst.«

»Sie meinen, er würde sich zurückziehen?« fragte Dick und tat gleichzeitig, als wäre er sehr von seiner Zigarette in Anspruch genommen, so daß er keinen anzusehen brauchte. Leo nickte ernsthaft.

»Er würde sich zurückziehen, ihr die Wege ebnen und sehr schonend mit ihr verfahren.«

»Laßt uns einen bestimmten naheliegenden Fall nehmen«, sagte Hancock. »Gesetzt, du wärest in Frau Forrest verliebt und Frau Forrest in dich, und ihr gingt zusammen in dem großen Auto durch –«

»Aber das würde ich nie tun«, rief der junge Mann heftig mit brennenden Wangen.

»Sie sind nicht gerade höflich, Leo«, ermutigte Paula ihn.

»Es ist ja nur hypothetisch«, meinte Hancock.
Es war ihr peinlich, die Verlegenheit des jungen Mannes zu sehen. Seine Stimme zitterte, aber er wandte sich tapfer zu Dick und sagte: »Das ist eine Frage, die Dick beantworten muß.«
»Und ich will sie beantworten«, sagte Dick. »Ich würde Paula nicht erschlagen, ich würde auch Sie nicht erschlagen, Leo. Das wäre kein ehrliches Spiel. Was ich auch in meinem Herzen fühlte, so würde ich sagen: ›Gott segne euch, Kinder.‹ Aber deshalb—« er hielt inne, und die Lachfältchen in seinen Augenwinkeln zeigten, daß es jetzt mit dem Ernst vorbei war, »aber deshalb würde ich mir doch vielleicht sagen: Es war sehr dumm von Leo. Denn seht ihr, er kennt Paula nicht.«
Dar Hyal und Hancock stürzten sich auf Dick.
»Was meinen Sie mit ehrlichem Spiel?« fragte Dar Hyal.
»Was ich sagte und was Leo sagte«, antwortete Dick, und er wußte, daß alle Zerstreutheit und Nervosität Paulas verschwunden war und daß sie gespannt auf die Antwort wartete. »Meiner Denkart und meinem ganzen Temperament nach wäre das furchtbarste seelische Leid, das ich mir denken könnte, eine Frau zu küssen, die sich meine Küsse nur gefallen ließe.«
»Aber gesetzt, sie narrt Sie, — sagen wir, aus alter Liebe, oder weil sie Sie nicht kränken will oder Sie ihr leid tun«, warf Hancock ein.
»Das wäre für mich eine Sünde, für die es keine Verzeihung gibt«, lautete die Antwort Dicks. »Das hieße, kein ehrliches Spiel spielen. — soweit es sie betrifft. Ich kann mir nicht denken, daß es richtig wäre oder Befriedigung brächte, die Frau, die man liebt, auch nur einen einzigen Augenblick länger zu halten, als sie es wünscht. Leo hat vollkommen recht. Der betrunkene Arbeiter kann mit seinen Fäusten bei seiner schlaffen Ehehälfte Liebe erwecken

und Liebe erhalten. Aber die höherstehenden männlichen Geschöpfe, die auch nur einen Schatten von Vernunft und einen Schimmer von Geist haben, könnten nicht Hand an die Liebe legen.«

»Aber was wird dann aus der monogamen Eheeinrichtung, auf die die westliche Zivilisation so stolz ist?« fragte Dar Hyal.

Und Hancock: »Sie verteidigen also die freie Liebe?«

»Ich kann nur mit einer alten abgedroschenen Wahrheit antworten«, sagte Dick. »Es gibt keine Liebe, die nicht frei ist. Vergessen Sie nicht, daß wir nur von höherstehenden Typen reden. Und darin liegt Ihre Antwort, Dar. Die große Mehrheit muß an die Gesetze und die Arbeit gebunden werden durch die monogame oder eine strenge Eheeinrichtung anderer Art. Sie kann die Freiheit in der Ehe oder die Freiheit in der Liebe nicht vertragen. Freiheit in der Liebe wäre für sie einfach völlige Zügellosigkeit.«

»Dann glauben Sie also, soweit es Sie betrifft, nicht an die Ehegesetze«, fragte Dar Hyal, »sondern nur für andere Menschen?«

»Ich glaube für alle Menschen an sie. Kinder, Familie, Karriere, Gesellschaft, Staat – alle diese Dinge machen die Ehe, die gesetzmäßige Ehe, absolut notwendig. Und aus demselben Grunde glaube ich an die Scheidung. Männer, alle Männer und Frauen, alle Frauen können mehr als einmal lieben, die alte Liebe kann sterben, eine neue geboren werden. Der Staat kann ebensowenig über die Liebe bestimmen, wie Männer und Frauen es können. Wenn man sich verliebt, so verliebt man sich eben, das ist alles, was darüber zu sagen ist. Da ist sie dann – die pochende, seufzende, singende, zitternde Liebe. Aber der Staat kann darüber wachen, daß sie nicht schamlos wird.«

»Aber es gibt Männer, die so heiß lieben, daß sie stürben, wenn sie die Geliebte verlören«, rief Leo mit einer Kühnheit, die die ganze Gesellschaft überraschte. »Sie würden sterben, wenn sie stürbe, sie würden sterben, ach, noch schneller, wenn sie lebte und einen anderen liebte.«

»Nun ja, dann müssen sie eben sterben«, antwortete Dick hart. »Und keiner trägt die Verantwortung an ihrem Tod. Wir sind so beschaffen, daß unsere Herzen zuweilen fehlgehen.«

»Mein Herz würde nie fehlgehen«, erklärte Leo stolz, ohne zu ahnen, daß alle am Tisch sein Geheimnis kannten. »Ich könnte nie zweimal lieben, das weiß ich.«

»Du hast recht, mein Junge«, stimmte Terrence ihm zu. »Alle wahren Liebenden sprechen durch dich. Das ist das Absolute der Liebe, daß sie solche Freuden schafft, – wie sagt Shelley doch? Oder ist es Keats? – ›Ein Wunder und wildes Entzücken.‹ Wahrlich, ein elender Stümper von Liebendem wäre es, der sich irgendein anderes Geschöpf in Frauengestalt auch nur ein Tausendstel so süß, so entzükkend und bezaubernd, so herrlich und wunderbar denken könnte wie die Geliebte, daß er je eine andere lieben könnte.«

Als sie das Speisezimmer verließen, befand sich Dick mitten in einem eifrigen Disput mit Dar Hyal, konnte aber den Gedanken nicht verscheuchen, ob Paula ihm einen Gutenachtkuß geben oder heimlich vom Flügel entschlüpfen würde. Und Paula, die mit Leo über sein letztes Sonett sprach, das er ihr geschickt hatte, dachte darüber nach, ob sie Dick küssen könnte, und hatte plötzlich den heftigen Wunsch, ihn zu küssen, sie wußte nicht, weshalb.

Paula saß am Flügel und sang, und Terrence war mitten in einer Vergötterung der Liebe, als er plötzlich verblüfft und verwirrt abbrach, um dem Neuen zu lauschen, das er in ihrer Stimme hörte. Lautlos schlich er sich durch das

Zimmer und legte sich der Länge nach neben Leo auf das Bärenfell. Dar Hyal und Hancock hielten ebenfalls mitten in ihrem Disput inne und verschanzten sich jeder in einem großen Sessel. Graham, der scheinbar am wenigsten darauf achtete, las in einer neuen Zeitschrift, aber Dick bemerkte, daß er nicht mehr blätterte. Auch Dick hatte das Neue in Paulas Stimme gehört und versuchte, dahinterzukommen, was es bedeutete.

Als das Lied zu Ende war, riefen die drei Weisen alle durcheinander, daß sie sich diesmal vergessen und aus tiefster Seele gesungen hätte. Sie hätten stets gesagt, daß sie das könnte. Nur Leo lag regungslos und wortlos da, das Kinn in die Hand gestützt, mit einem verklärten Ausdruck.

Dick winkte Graham mit seinem leeren Glas zu sich, mischte für jeden von ihnen einen Whisky und schlug, als Graham ausgetrunken hatte, Paula vor, daß sie mit Graham zusammen den ›Zigeunerzug‹ singen sollte.

Sie schüttelte den Kopf und sang ›Das Kraut Vergessenheit‹.

»Sie war kein wahrhaftes Weib, – sie war furchtbar«, entrang der Schluß des Liedes Leo. »Und er war ein wahrer Liebender. Sie brach ihm das Herz, aber er liebte sie doch. Er kann nicht zum zweitenmal lieben, weil er seine Liebe zu ihr nicht vergessen kann.«

»Und nun, Rote Wolke, sing du dein Lied«, sagte Paula und lächelte ihren Mann an.

Dick erhob sich träge vom Diwan, warf trotzig den Kopf zurück, als schüttelte er eine Mähne, und begann wie Bergkönig den Boden zu stampfen. »Leo soll wissen, daß er nicht der einzige Dichter und Ritter der Liebe unter uns ist. Hört das Lied des Bergkönigs. Der Bergkönig träumt nicht von der Geliebten, der Bergkönig träumt überhaupt nicht, er ist die Verkörperung der Liebe. Hört ihn!«

Dick erfüllte den Raum mit wildem frohem Wiehern, warf

die Mähne zurück, stampfte mit den Füßen und sang: »Hört mich! Ich bin Eros. Ich stampfe durch die Berge. Ich fülle die breiten Täler. Die Stuten hören mich auf den stillen Weiden und heben die Köpfe, denn sie kennen mich. Das Gras wird üppiger und üppiger. Das Land erfüllt sich mit Fruchtbarkeit, und der Saft steigt in den Bäumen. Es ist Frühling, und der Frühling ist mein. Ich bin König in meinem Reich, im Reich des Frühlings. Die Stuten erkennen meine Stimme. Sie kennen mich, kennen mich durch ihre Mütter. Hört mich! Ich bin Eros! Ich stampfe durch die Berge, die breiten Täler sind meine Herolde, sie rufen mein Kommen aus!«

Es war das erstemal, daß die Weisen vom Madroño-Hain Dicks Gesang hörten, und sie spendeten ihm lauten Beifall. Bald darauf erschien Oh Freud, trat geräuschlos zu Graham und überreichte ihm ein Telegramm. Dick sah den Störenfried zornig an.

»Sehr wichtig – ich glaube«, erklärte der Chinese ihm.

»Wer hat es angenommen?« fragte Dick.

»Mich – ich nahm es an«, lautete die Antwort. »Nachttelegraphist in Eldorado rufen an. Er sagen, es wichtig. Ich nehmen an.«

»Das ist es auch, recht wichtig«, sagte Graham, als er das Telegramm gelesen hatte. »Fährt heute abend noch ein Zug nach San Franzisko, Dick?«

»Einen Augenblick, Oh Freud!« rief Dick und sah auf die Uhr. »Welcher von den Franziskoer Zügen hält in Eldorado?«

»Elf, zehn«, kam die Antwort sofort. »Gut Zeit. Nicht zuviel. Ich rufen Chauffeur?«

Dick nickte. »Müssen Sie wirklich heute abend noch fort?« fragte er Graham.

»Tatsächlich. Es ist sehr wichtig. Habe ich Zeit zum Packen?«

Dick nickte Oh Freud bestätigend zu und sagte dann zu Graham: »Eben Zeit, das Nötigste in einen Koffer zu werfen.«
Dann wandte er sich zu Oh Freud. »Oh Jeh auf?«
»Jawohl.«
»Schick ihn in Herrn Grahams Zimmer, um ihm beim Packen zu helfen. Und sag mir Bescheid, sobald das Auto da ist. Sag Saunders, daß er den Rennwagen nehmen soll.«
»Ein Prachtmensch!« bemerkte Terrence, als Graham den Raum verlassen hatte.
Sie hatten sich um Dick gesammelt. Nur Paula war am Flügel sitzen geblieben.
»Einer von den wenigen, die ich gern auf einer wahnsinnig hoffnungslosen Expedition mitnähme«, sagte Dick. »Er war auf der ›Nethermere‹, als sie 97 bei Pango in den Orkan geriet. Pango ist ein kleiner Landstreifen, zwölf Fuß über der Hochwasserlinie, eine Menge Kokospalmen, im übrigen unbewohnt. Unter den Passagieren waren vierzig Frauen, englische Offiziersdamen und dergleichen. Graham hatte einen schlimmen Arm, dick wie ein Bein, Schlangenbiß.
Die Wellen gingen haushoch; die Boote konnten sich nicht halten. Zwei von ihnen wurden zerschmettert, und beide Bootsmannschaften ertranken. Da erboten sich vier Seeleute, einer nach dem andern, freiwillig, mit einer Leine an Land zu schwimmen, und alle wurden sie tot mit der Leine wieder an Bord gezogen. Als sie den letzten losbanden, warf Graham, trotz seinem schlimmen Arm, sein Zeug ab und sprang ins Wasser. Und er kam wirklich durch, obwohl er so hart auf den Strand geschleudert wurde, daß er den schlimmen Arm und drei Rippen brach. Aber ehe er an sich dachte, machte er die Leine fest. Um die Trosse an Land zu ziehen, kletterten sechs weitere Freiwillige an Evans Leine hinüber, und vieren gelang es auch. Und nur

eine von den vierzig Frauen kam ums Leben, – sie bekam vor Schreck einen Herzschlag.«
Oh Freud und Graham betraten jeder von einer Seite den Raum. Dick sah, daß Grahams erster suchender Blick Paula galt.
»Alles in Ordnung«, meldete Oh Freud.
Dick erhob sich, um seinen Gast zum Auto zu begleiten, während Paula deutlich zeigte, daß sie drinnen bleiben wollte, weshalb Graham denn auch zu ihr hinschritt, um ihr in aller Eile sein Bedauern auszudrücken und sich zu verabschieden.
Und Paula, die immer noch an das dachte, was Dick soeben von ihm erzählt hatte, freute sich über sein stolzes Auftreten, ließ den Blick auf seiner aufrechten, freien Haltung, seinem hellen, von der Sonne gebleichten Haar, seiner kräftigen und doch so leichten und eleganten Gestalt ruhen. Und als er dicht zu ihr trat, konzentrierte sie ihre Aufmerksamkeit auf die länglichen grauen Augen mit den leicht gesenkten Lidern, die ihnen einen so knabenhaft verdrossenen Ausdruck verleihen konnten. Sie wartete darauf, daß die Verdrossenheit dem strahlenden Lächeln weichen sollte, das sie jetzt so gut kannte.
Als ihre Hände sich losließen, sah sie hastig zu Dick hinüber, denn in dem Jahrzehnt, das sie mit ihm zusammengelebt hatte, hatte sie sich ganz vertraut damit gemacht, daß er sich plötzlich irgendeiner Sache bewußt werden konnte, und sie fürchtete sich direkt vor seiner fast unheimlichen Fähigkeit, aus Nuancen Tatsachen zu erraten und sie zu Schlüssen zu verketten, die zeitweise verblüffend stimmten. Aber Dick, der ihr halb den Rücken zukehrte und sich über einen heiteren Angriff Hancocks amüsierte, wandte sich gerade in diesem Augenblick lächelnd um und erbot sich, Graham zum Wagen zu begleiten.
Nein, Dick konnte unmöglich von ihrem heimlichen Zu-

sammenspiel etwas bemerkt haben. Es war sowenig, so flüchtig gewesen, ein Schimmern im Auge, ein Zittern der Fingermuskeln, ohne Zaudern. Wie konnte Dick das gesehen und gefühlt haben? Ihre Augen hatte Dick jedenfalls nicht sehen können, sowenig wie ihre Hände, als sie sich in dem flüchtigen Händedruck begegneten, denn Graham hatte ihm den Rücken zugekehrt.

Aber dennoch wünschte sie, Dick nicht den hastigen Seitenblick zugeworfen zu haben. Sie fühlte sich ganz schuldbeladen, und der Gedanke quälte sie, als sie die beiden hochgewachsenen, gleich kräftigen und gleich blonden Männer Seite an Seite das Zimmer verlassen sah. Was habe ich getan? fragte sie sich. Hatte sie denn etwas zu verbergen? Ja, sie war ehrlich genug, der Wahrheit ins Auge zu blicken und sich einzugestehen, daß sie wirklich etwas zu verbergen hatte. Ihre Wangen brannten bei dem Gedanken, daß sie sich immer tiefer in den Betrug verstrickte.

»Ich bleibe nur ein paar Tage fort«, sagte Graham, als er und Dick sich beim Wagen die Hände schüttelten. Dick sah sein ehrliches, offenes Gesicht und fühlte, wie fest und herzlich sein Händedruck war. Graham wollte etwas sagen, besann sich aber, und Dick wußte, daß er seinen Entschluß geändert hatte, als er sagte: »Wenn ich wiederkomme, glaube ich, muß ich im Ernst an meine Abreise denken.«

»Aber Ihr Buch«, protestierte Dick, der sich innerlich selbst verfluchte, weil sein Herz bei den Worten Evans so laut vor Freude geklopft hatte.

»Eben deshalb«, antwortete Graham. »Ich muß sehen, es fertigzubekommen. Ich kann offenbar nicht auf die Art arbeiten, wie Sie es tun. Das Leben hier ist zu verlockend, ich kann mich nicht richtig konzentrieren. Ich sitze bis ins unendliche an dem Buch, aber das Singen der verfluchten Lerchen klingt mir immer im Ohr, und ich sehe die Felder und die Cañons mit ihren Riesentannen und Selim, bis ich es nach einer ganzen Stunde aufgebe und nach dem Pferd telephoniere. Und ist es nicht das, so sind es die tausend anderen herrlichen Dinge.«

Er setzte den Fuß auf das Trittbrett des wartenden Autos und sagte: »Also, auf Wiedersehen, Alter!«

»Kommen Sie wieder, und fangen Sie ernsthaft an«, sagte Dick eindringlich. »Wenn es nötig ist, setzen wir ein bestimmtes Pensum für jeden Tag fest, und ich schließe Sie jeden Morgen in Ihrem Zimmer ein, bis Sie damit fertig sind. Und wenn Sie den ganzen Tag dazu brauchen, schließe ich Sie eben den ganzen Tag ein. Ich werde Sie schon zum Arbeiten bringen. Haben Sie Zigaretten, Streichhölzer?«

»Ja, danke.«

»Also, dann fahren Sie los, Saunders«, befahl Dick dem Chauffeur, und es war, als spränge das Auto aus der strahlend erleuchteten Einfahrt geradewegs ins Dunkel hinein.

Als Dick wieder ins Zimmer trat, spielte Paula den Weisen vom Madroñohain vor, und er verschanzte sich auf seinem Diwan und wartete. Seine Gedanken beschäftigten sich immer noch damit, ob sie ihm einen Gutenachtkuß geben würde. Nicht, daß sie das Küssen je nach einem bestimmten Programm erledigte. Oft sah er sie erst zum Lunch, und dann meistens in Anwesenheit von Gästen, und oft entschlüpfte sie unbemerkt, wenn sie früh zu Bett gehen wollte, ohne die andern zu stören.

Nein, dachte Dick, ob sie mich heute abend küßt oder nicht, hat keine besondere Bedeutung.

Sie spielte und sang immer weiter, bis er schließlich einschlief. Als er aufwachte, war er allein. Paula und die Weisen waren still hinausgegangen. Er sah auf die Uhr. Es war eins. Sie hatte ungewöhnlich lange gespielt, das wußte er, denn er war überzeugt, daß sie eben erst gegangen war.

Die plötzliche Stille hatte ihn geweckt.

Und er grübelte immer noch. So oft war er eingeschlummert, wenn sie spielte, und immer hatte sie ihn, wenn sie fertig war, mit einem Kuß geweckt und ins Bett geschickt. Aber heute hatte sie es nicht getan. Vielleicht kam sie doch noch wieder? Halb im Schlaf wartete er. Als er das nächste Mal auf die Uhr sah, war es zwei, sie war nicht wiedergekommen.

Er schaltete das Licht aus und tat es auch, als er durch das Haus schritt, im Vorraum und in den Gängen, während die vielen unwesentlichen und gleichgültigen Kleinigkeiten zu einer Schrift des Zweifels und des Argwohns an der Wand wurden, von der er den Blick nicht lassen konnte.

Als er auf der Schlafveranda nach seinen Barometern und Thermometern sah, wurde sein Blick wieder von ihrem lachenden Gesicht in dem runden Rahmen an der Wand gefangen, und er blieb davor stehen und sah es lange forschend an.

»Nun ja«, murmelte er, zog die Decke über sich, stopfte sich ein paar Kissen in den Rücken und streckte die Hand nach einem Stoß Korrekturbogen aus, »wie es auch geht, ich muß den Kampf zu Ende kämpfen.«

Er sah wieder auf das Bild.

»Aber ach, mein Mädelchen, ich wünschte, du würdest es nicht tun.« Damit sagte er ihr gute Nacht.

Das Glück wollte es, daß das Große Haus gerade zu diesem Zeitpunkt außer gelegentlichen Frühstücks- und Mittagsgästen leer war. Am ersten und zweiten Tag richtete Dick seine Arbeit so ein, daß er, wenn Paula ihm einen Vorschlag machen sollte, bereit war, mit ihr am Nachmittag zu schwimmen oder zu reiten, – aber vergebens.

Er bemerkte, daß sie ihm, offenbar absichtlich, nie eine Gelegenheit gab, sie zu küssen. Von ihrer Schlafveranda rief sie ihm über den breiten Hof ihr ›Gute Nacht‹ hinüber. Am Morgen bereitete er sich auf ihren üblichen Besuch vor und schickte Agar und Pitts, die anläßlich des bevorstehenden Viehmarkts gekommen waren, um Punkt elf weg, obwohl verschiedene wichtige Fragen noch zu erledigen waren. Aufgestanden war sie, das wußte er, denn er hatte sie singen hören. Er saß an seinem Schreibtisch und wartete, und dieses eine Mal arbeitete er nicht. Ein Stapel Briefe lag vor ihm, aber sie warteten vergebens auf seine Unterschrift. Er erinnerte sich, daß sie es gewesen war, die ursprünglich die kleine Pilgerfahrt am Morgen eingeführt, und daß sie immer mit einem gewissen Eigensinn an ihr festgehalten hatte.

Er erinnerte sich ferner, oft ihren Besuch abgekürzt zu haben, indem er sie, selbst wenn er sie in den Armen hielt, merken ließ, daß er zu tun hatte. Und er erinnerte sich des kleinen nachdenklichen Schattens, der über ihr Gesicht geglitten war, wenn sie ihn verließ.

Es war Viertel nach elf, und sie war noch nicht gekommen. Er nahm das Telefon, um die Meierei anzurufen, und hörte zwei Frauenstimmen. Ehe er den Hörer anhängte, hörte er Paulas Stimme: »... Sagen Sie Ihrem Mann, daß es Unsinn sei, Frau Wade. Kommen Sie mit allen Kindern her, selbst wenn es nur für ein paar Tage ist.«

Das war etwas sehr Merkwürdiges. Paula hatte sich sonst stets gefreut, wenn sie ein Weilchen keine Gäste hatte und sie mit ihm ein oder zwei Tage allein sein konnte. Und jetzt überredete sie Frau Wade, von Sacramento herzukommen. Das sah aus, als wollte sie nicht mit ihm allein sein, als versuchte sie, sich hinter ihren Gästen zu decken. Er mußte lächeln bei dem Gedanken, daß der Morgenkuß ihm jetzt, da er ihm nicht mehr geboten wurde, als etwas so Ersehntes erschien. Einen Augenblick dachte er daran, sie auf einer ihrer verwegenen Fahrten zu entführen. Das konnte vielleicht eine Lösung des Problems bringen. Warum nicht einen Jagdausflug nach Alaska? Oder wieder dorthin, wo sie in alten Tagen mit der ›All Away‹ gefahren waren – in die Südsee? Es gingen direkte Dampfer von San Franzisko nach Tahiti. In zwölf Tagen konnte man in Papeete sein.

Er schlug mit der Faust auf den Tisch. Nein, bei Gott, er war kein Feigling, daß er aus Furcht vor einem andern Mann mit seiner Frau davonlief. Und wäre es ihr gegenüber richtig, sie von dem fortzureißen, was vielleicht ihr Verlangen war? Er wußte allerdings nicht, wohin ihr Verlangen ging, und ebensowenig, wie weit es zwischen ihr und Graham gekommen war. War es nicht möglich, daß es für sie nur eine Art Frühlingstollheit war, die mit dem Frühling verging? Aber leider, sagte er sich, hatte sie in dem Jahrzehnt ihrer Ehe nie die geringste Anlage dazu gezeigt.

»Guten Morgen, edler Herr.«

Ganz natürlich stand sie in der Tür und guckte zu ihm herein, während sie ihm mit lächelnden Augen und Lippen einen Handkuß zuwarf.

»Guten Morgen, mein schnippischer kleiner Mond«, rief er, ebenso natürlich, zurück.

Jetzt kommt sie doch wohl herein, dachte er; und er beschloß, sie in seine Arme zu ziehen und mit dem Kuß auf die Probe zu stellen.

Er breitete ihr die Arme entgegen, aber sie kam nicht. Statt dessen schloß sie den Kimono mit der Hand über der Brust, hob mit der andern die Schleppe, wie um schneller fortzukommen, und warf gleichzeitig einen erschrockenen Blick durch das Vorzimmer, obwohl seine scharfen Ohren kein Geräusch hörten, lächelte wieder, sandte ihm einen Handkuß und war verschwunden. Als Bonbright zehn Minuten später mit einigen Telegrammen in der Hand eintrat, fand

er ihn regungslos, in derselben Stellung, in der Paula ihn verlassen hatte, an seinem Tisch sitzen.
Und doch war Paula glücklich. Dick kannte sie schon zu lange in allen ihren verschiedenen Stimmungen, um nicht zu wissen, was es bedeutete, wenn sie im Hause, in der Pergola, auf dem Hofe sang. Er verließ sein Arbeitszimmer erst zum Lunch, ohne daß sie ihn, wie sie zuweilen tat, abholte. Als der Gong ertönte, hörte er ihr jubelndes Singen sich in der Richtung des Speisezimmers verlieren.

Am nächsten Morgen – an dem Tage, als Grahams Rückkehr erwartet wurde, – war Dick vor elf Uhr ausgeritten, um eine Wiederholung der Qual zu vermeiden, die es ihm bereitet hatte, Paulas ›Guten Morgen, edler Herr‹ vom andern Ende des Arbeitszimmers zu hören. Als er wieder heimkam, begegnete er Oh Ho im Korridor, den Arm voll von frisch geschnittenen Syringen.
»Wo bringst du die hin, Oh Ho?« fragte er.
»Herrn Grahams Zimmer, – er kommen heute.«
Wer hat den Einfall mit den Blumen gehabt? grübelte Dick. Oh Ho? – Oh Freud? – oder Paula? Er erinnerte sich, daß er mehr als einmal Graham seine Bewunderung über Paulas Syringen hatte aussprechen hören.
Er bog vom Wege nach der Bibliothek ab und schlenderte in den Blumengarten beim Turmzimmer. Durch das offene Fenster erklang Paulas frohes Trällern. Dick grub die Zähne in die Unterlippe und ging weiter.
Viele große und viele bewundernswerte Männer und Frauen hatten das Zimmer bewohnt, aber noch nie hatte Paula es selbst mit Blumen geschmückt. Meistens tat Oh Freud, ein Künstler auf diesem Gebiet, es selber oder ließ seine glänzend geschulten Leute es tun.
Unter den Telegrammen, die Bonbright ihm brachte, befand sich eines von Graham. Dick las es zweimal, obwohl

es an und für sich sehr einfach und bedeutungslos war und nur mitteilte, daß er seine Rückkehr aufschob.

Gegen seine Gewohnheit wartete Dick nicht, bis der Gong zum Lunch zum zweitenmal ertönte, sondern stand auf, sobald das erste Zeichen erklungen war, denn er bedurfte eines von Oh Freuds Cocktails, der ihm Mut machen sollte, Paula nach der Sache mit den Syringen zu begegnen. Aber sie war ihm zuvorgekommen, und er traf sie, die selten und nie allein trank, wie sie gerade ein geleertes Cocktailglas aufs Teebrett zurückstellte. Sie mußte sich also auch Mut machen, sagte er bei sich, indem er Oh Freud zunickte und einen Finger hochhielt.

»Hab' ich dich erwischt!« sagte er mit heiterem Vorwurf zu Paula. »Heimlich trinken. Das schlimmste aller Symptome. Als ich mit dir vor dem Altar stand, ahnte ich nicht, daß die Frau, die ich zur Ehe nahm, einmal als Säuferin enden würde.«

Ehe sie antworten konnte, betrat ein junger Mann das Speisezimmer. Sie begrüßten ihn als einen Herrn Winters, und er mußte nun auch einen Cocktail haben. Dick versuchte sich einzureden, daß es nicht Erleichterung war, was er in Paulas Gesicht las, als sie den Gast begrüßte. Nie hatte er sie so liebenswürdig zu dem jungen Mann gesehen, obwohl sie ihn häufig getroffen hatte. Nun waren sie doch jedenfalls drei beim Lunch.

Herr Winters, der die landwirtschaftliche Hochschule besuchte und für die ›Pacific Rural Press‹ schrieb, war ein Schützling Dicks. Er kam, um sich einige Auskünfte über kalifornische Fischteiche von ihm zu holen.

»Ich habe ein Telegramm von Evan bekommen«, sagte Dick zu Paula, während er in Gedanken das Nachmittagsprogramm für den jungen Mann machte. »Er kommt erst übermorgen mit dem Vier-Uhr-Zug.«

»Und das nach der Mühe, die ich gehabt habe!« rief sie.

»Bis dahin sind die Syringen verwelkt.«

Dick fühlte, daß er vor Freude warm wurde. Das war seine freimütige, ehrliche Paula. Wie das Spiel auch auslief, jedenfalls spielte sie es ohne Betrug zu Ende. So war sie stets gewesen, – zu leicht zu durchschauen, als daß sie jemand hätte narren können.

Indes spielte er seine eigene Rolle weiter und sah sie fragend, aber mit nur geringem Interesse an.

»Ja, in Grahams Zimmer«, erklärte sie. »Ich ließ die Leute einen ganzen Arm voll Syringen bringen und schmückte das Zimmer aus. Er liebt Syringen so, weißt du.«

Der Lunch war fast zu Ende, ohne daß ein einziges Wort über Frau Wades Kommen gefallen war, und Dick wußte bestimmt, daß sie nicht kam. Paula warf leicht hin: »Erwartest du jemand?«

Er schüttelte den Kopf und fragte: »Hast du für heute nachmittag etwas vor?«

»Bis jetzt noch nichts«, antwortete sie, »und auf dich kann ich wohl nicht rechnen, wenn du mit Herrn Winters über Fische sprechen willst.«

»Doch«, versicherte ihr Dick. »Ich überlasse ihn Hanley, – er weiß mit jeder Forelle Bescheid und kennt alle ehrwürdigen Barsche bei Namen. Und ich will dir etwas sagen ...« Er hielt inne und überlegte. Dann erhellte sich sein Gesicht, ihm war ein Einfall gekommen: »Es ist recht ein Nachmittag zum Nichtstun. Laß uns unsere Gewehre nehmen und Eichhörnchen schießen. Ich sah neulich, daß sie auf dem Hügel hinter der kleinen Wiese ein bißchen überhandnehmen.«

Aber unwillkürlich fing er den Schimmer von Angst auf, der ihren Blick verdunkelte und ebenso schnell wieder verschwand. Sie klatschte in die Hände.

»Aber für mich nimm kein Gewehr mit«, sagte sie.

»Wenn du lieber nicht –«, sagte er freundlich.

»Ach, ich komme gern mit, aber ich bin nicht in der Stimmung, zu schießen. Ich will das neue Buch von Le Gallienne mitnehmen, – es ist gerade gekommen, – und dir unterdessen vorlesen.«

Paula und Dick ritten auf Rehkalb und Hexe so dicht nebeneinander, wie die Bosheit von Hexe es zuließ, vom Großen Hause fort. Die Unterhaltung bestand meistens aus abgerissenen Sätzen, denn Dicks Stute gönnte ihm wenig Ruhe. Mit zurückgelegten Ohren und entblößten Zähnen versuchte sie sich beständig von dem Zwange zu befreien, den Zügel und Sporen ihr auferlegten, oder schnappte nach Paulas Bein und der glatten Flanke Rehkalbs, und mit jeder Niederlage, die sie erlitt, rötete sich das Weiße in ihren Augen mehr. Ihr rastloses Kopfschleudern und ihre wütenden Versuche, zu steigen, Versuche, die aber immer vom Sprungriemen unterdrückt wurden, währten ununterbrochen, außer wenn sie tanzte oder auszubrechen und herumzuwirbeln versuchte.

»Es ist das letzte Jahr, das ich mich mit ihr abgebe«, erklärte Dick. »Sie ist nicht zu zähmen. Ich reite sie jetzt zwei Jahre, ohne daß es das geringste geholfen hat. Sie kennt mich, kennt meine Art zu reiten, weiß, daß ich ihr Herr bin, weiß, wann sie bei mir nicht durchkommt, gibt aber nie Ruhe. Ewig hofft sie, mich einmal zu fangen, und aus Furcht, die Gelegenheit zu versäumen, unterläßt sie keinen Versuch.«

»Und eines schönen Tages fängt sie dich natürlich«, sagte Paula.

»Ja, deshalb will ich nichts mehr mit ihr zu tun haben. Nicht, daß sie mich eigentlich anstrengte, aber früher oder später muß sie mich nach dem Gesetz der Wahrscheinlichkeit einmal fangen. Es ist eine Million zu eins zu wetten,

aber der Himmel allein weiß, wann dies eine Mal von einer Million gerade eintrifft.«
»Du bist fabelhaft, Rote Wolke«, lächelte Paula.
»Wieso?«
»Du denkst in Statistiken und Prozenten, in Durchschnitten und Ausnahmen. Ich möchte nur wissen, unter welche Formel du mich brachtest, als wir uns das erste Mal trafen.«
»Ich will mich hängen lassen, wenn ich das weiß«, lachte er. »Das war ein Fall, in dem alle äußeren Anzeichen fehlschlugen. Ich hatte keine Statistik, die auf dich paßte, und ich sagte mir nur, hier ist das herrlichste Weib, das je auf zwei schönen Beinen gegangen ist, und ich wußte nur, daß ich mich mehr zu dir hingezogen fühlte als zu irgendeinem Menschen auf der Welt. Ich mußte dich einfach haben.«
»Und du bekamst mich«, vollendete Paula den Satz für ihn. »Aber seither, Rote Wolke, wie ist es seither gegangen? Du hast eine Menge statistisches Material über mich gesammelt.«
»Ein wenig, ein ganz klein wenig«, gab er zu. »Aber ich hoffe, nie damit fertig zu werden...«
Er unterbrach sich, denn er hatte Bergkönig wiehern hören. Einen Augenblick später erschien der Hengst mit einem Cowboy auf dem Rücken, und Dick sah ihn froh und bewundernd herantraben.
»Wir müssen sehen, fortzukommen«, sagte er warnend, als Bergkönig bei ihrem Anblick plötzlich in Galopp fiel.
Sie spornten ihre Pferde an, machten kehrt und flohen, während sie hinter sich die beruhigende Stimme des Cowboys und das dumpfe Geräusch der schweren Hufe auf dem Wege, sowie ein heftiges, gebieterisches Wiehern hörten. Hexe antwortete. Rehkalb folgte ihrem Beispiel, und sie wußten, daß Bergkönig jetzt stürmisch wurde.
Im Galopp setzten sie einen Seitenweg hinab, wo sie fünf-

zig Schritte weiter die Pferde anhielten und warteten, bis die Gefahr vorüber war.

»Bergkönig hat noch nie ein Unheil angerichtet«, sagte Paula, als sie zurückritten.

»Außer als er zufällig Cowley auf den Fuß trat. Du erinnernst dich wohl, daß er einen ganzen Monat liegen mußte«, sagte Dick, während er mit seinem widerspenstigen Pferde kämpfte und flüchtig den seltsamen Blick auffing, mit dem Paula ihn betrachtete.

Es lag eine Frage in diesem Blick, das konnte er sehen, und Liebe und Furcht – ja, beinahe Furcht oder etwas ganz Ähnliches, am ehesten aber etwas Suchendes, Forschendes und Fragendes. Ihre Bemerkung, daß er in Statistiken dachte, konnte nicht ohne eine gewisse Verbindung mit ihrer Stimmung sein. Aber er tat, als hätte er nichts bemerkt, zog schnell sein Notizbuch heraus und schrieb etwas hinein, während er aufmerksam eine steinerne Rinne betrachtete, an der sie gerade vorbeikamen.

»Das haben sie vergessen«, sagte er. »Es hätte schon vor einem Monat instand gesetzt werden müssen.«

»Was ist aus den Mustangs aus Nevada geworden?« forschte Paula.

Es war dies ein Einfall gewesen, den Dick einmal gehabt hatte, als in Nevada Mißernte gewesen war und Mustangs für einen Spottpreis verkauft wurden, damit sie nicht verhungerten. Er hatte sich einen ganzen Eisenbahnzug voll kommen lassen und ließ sie auf den Bergmatten im Westen weiden.

»Es wird Zeit, sie zu zähmen«, antwortete er. »Ich möchte sie nächste Woche vorführen, wie man es in alter Zeit tat. Was meinst du dazu? Wir veranstalten ein richtiges Volksfest und laden die ganze Nachbarschaft ein.«

»Und dann bist du selber nicht mit dabei«, wandte Paula ein.

»Ich nehme mir einen freien Tag. Abgemacht?«
Sie ritten durch das Tal, an bebauten Feldern und bewaldeten Hügeln vorbei, und kamen auf einen Weg, der voller Wagen war. Sie brachten Kies von den Zerkleinerern, die Dick und Paula in der Ferne stöhnen und knirschen hörten.
Sie ritten weiter, bis der Lärm der Kieszerkleinerer verklang, drangen durch einen Waldgürtel, setzten über eine winzige Wasserscheide, wo die Nachmittagssonne weinfarbig durch die Manzanitas und rosenfarbig durch die Madroños schien, und gelangten durch einen Hain von jungen Eukalyptusbäumen nach der kleinen Wiese. Ehe sie aber dort waren, stiegen sie ab und banden die Pferde an. Dick nahm sein Gewehr aus dem Sattelhalter und näherte sich mit Paula vorsichtig einer Gruppe von Riesentannen am Rande der Wiese. Sie legten sich in den Schatten und blickten über die Wiese nach dem steilen Hügelhang hundertfünfzig Meter von ihnen entfernt.
»Da sind sie – drei – vier«, flüsterte Paula, deren scharfe Augen die gesuchten Eichhörnchen in dem jungen Getreide entdeckt hatten. Es waren die vorsichtigsten von den Tieren, die mit größter Schlauheit das vergiftete Getreide und die von Dick gelegten stählernen Fallen gemieden hatten. Auf jedes von ihnen kamen zwei Dutzend weniger vorsichtige, die zugrunde gegangen waren, die Überlebenden aber waren sehr gut imstande, den Hügelhang neu zu bevölkern.
Dick füllte Kammer und Magazin mit winzigen Patronen, untersuchte den Schalldämpfer und warf sich der Länge nach auf den Boden, stützte sich auf den Ellenbogen und zielte. Kein Knall ertönte, als er abdrückte – nur das Schnappen des Mechanismus, als die Kugel durch den Raum flog, die Patronenhülse ausgeworfen, eine neue Patrone hineingedrückt und der Drücker wieder gespannt wurde. Ein

großes graubraunes Eichhörnchen sprang hoch, fiel nieder und verschwand im Getreide. Dick richtete das Gewehr auf verschiedene Löcher, wo ein Kreis trockener Erde deutlich davon zeugte, daß das Getreide vernichtet war, und wartete.

Beim ersten Schnappen waren alle Eichhörnchen, außer dem getroffenen, in ihre Löcher geschlüpft, und es war nichts zu tun, als zu warten, bis ihre Neugier ihre Vorsicht besiegte. Mit dieser Pause hatte Dick gerechnet. Während er wartete, daß die neugierigen Köpfchen auf dem Hange zum Vorschein kommen sollten, grübelte er, ob Paula ihm etwas zu sagen hatte. Früher oder später war sie mit ihren Sorgen stets zu ihm gekommen. Aber sie hatte auch nie Sorgen dieser Art gehabt, sagte er sich. Anderseits konnte er auch mit ihrer unverbrüchlichen Ehrlichkeit und Offenheit rechnen. Er hatte sich in all den Jahren ihres Zusammenlebens oft darüber gewundert und gefreut. War sie jetzt anders geworden?

So grübelte er. Sie sagte nichts. Sie lag ruhig da. Er konnte keine Bewegung von ihr hören. Wenn er einen Blick auf die Seite warf, sah er sie mit geschlossenen Augen und ausgestreckten Armen auf dem Rücken liegen, als sei sie müde.

Ein Köpfchen von derselben Farbe wie der trockene Boden, in dem sie hausten, guckte aus einem Loch hervor. Dick wartete mehrere lange Minuten, bis der Besitzer des Köpfchens sich überzeugt hatte, daß keine Gefahr mehr drohte, und sich aufsetzte, um zu sehen, was die Ursache des Geräusches, das sie erschreckt hatte, gewesen war. Wieder schnappte das Gewehr.

»Hast du es?« fragte Paula, immer noch mit geschlossenen Augen.

»Ja, und ein ganz dickes«, antwortete Dick. »Da habe ich eine ganze Generation von Eichhörnchen im Keim erstickt.«

Eine Stunde verging. Die Nachmittagssonne begann sich dem Horizont zu nähern, aber im Schatten war es immer noch angenehm. Ein leises Lüftchen sandte immer wieder eine träge, wogende Bewegung durch das junge Korn und strich durch die Zweige der Tanne. Dick schoß ein drittes Eichhörnchen, und Paulas Buch lag neben ihr, ohne daß sie den geringsten Versuch machte, zu lesen.
»Ist etwas mit dir?« faßte er endlich den Mut, sie zu fragen.
»Nein, – aber ich habe Kopfschmerzen, ein scheußlich quälendes Stechen über den Augen, – das ist alles.«
»Zuviel gestickt«, neckte er sie.
»Nein, diesmal nicht«, lautete ihre Antwort.
Sie war scheinbar ganz natürlich. Während Dick aber ein ungewöhnlich großes Eichhörnchen beobachtete, das aus seinem Loch heraus und fünf, sechs Schritte weiter über die bloße Erde zum Getreide schlüpfte, dachte er bei sich: ›Nein, heute kann ich nicht mir ihr sprechen. Und aus einem Kuß im Grase wird heute auch nichts.‹
Jetzt hatte er sein Opfer gerade vor dem Korn. Er drückte ab. Das Tier fiel um, blieb einen Augenblick liegen, lief dann aber schnell und schwerfällig nach seinem Loch. Der Mechanismus ging Schlag auf Schlag. Kleine Staubwolken stoben zu allen Seiten des fliehenden Eichhörnchens auf und zeigten, wie nahe die Kugeln trafen. Dick feuerte so rasch, wie er abdrücken konnte, so daß es war, als sandte er einen Bleistrahl aus einem Schlauch.
Er hielt inne, um das Magazin wieder zu laden, und war ungefähr damit fertig, als Paula sich endlich hören ließ.
»Mein Gott, was für ein Trommelfeuer! Hast du es?«
»Ja, den Großvater aller Eichhörnchen. Aber neun lange rauchlose Patronen auf ein Eichhörnchen, – das lohnt sich nicht. Ich muß tüchtiger werden.«
Die Sonne sank tiefer. Das leichte Lüftchen legte sich. Dick

schoß noch ein Eichhörnchen, setzte sich dann auf und sah traurig über den Hügel. Er hatte sich dies alles zurechtgelegt, in der Hoffnung, Paulas Vertrauen zu gewinnen. Die Situation war so ernst, wie er es befürchtet hatte. Sie konnte noch ernster werden, denn seine Welt wollte in Trümmer sinken. Er war verwirrt, im Innersten erschüttert. Er war so sicher gewesen. Das Jahrzehnt, das er mit ihr zusammengelebt, hatte ihm Sicherheit geschenkt...

»Fünf – die Sonne geht unter«, verkündete er, indem er aufstand und ihr die Hand hinstreckte, um ihr zu helfen.

»Es hat mir so gutgetan – das Ausruhen«, sagte sie, als sie zu den Pferden gingen. »Mit meinen Augen geht es viel besser. Es war gut, daß ich nicht versuchte, dir vorzulesen.«

Am dritten Morgen nach Grahams Abreise sorgte Dick dafür, daß sein Meiereiverwalter um elf Uhr bei ihm war, als Paula auf ihrem üblichen Morgengang zu ihm kam und ihr: ›Guten Morgen, edler Herr!‹ durch die Tür rief. Die Familie Mason, die sich mit ihrer lärmenden Jugend in mehreren Automobilen einstellte, befreite Paula für die Zeit des Lunchs und den Nachmittag, und Dick bemerkte, daß sie sich auch den Abend sicherte, indem sie sie zum Bridge und einem kleinen Tanz dabehielt. Am vierten Vormittag aber, dem Tage, an dem Graham zurückerwartet wurde, war Dick um elf Uhr allein in seinem Arbeitszimmer. Er saß an seinem Schreibtisch und unterschrieb Briefe, als er Paula auf den Zehenspitzen hereinkommen hörte. Er sah nicht auf; während er aber seinen Namen unter die Briefe setzte, lauschte er intensiv auf das leise Rascheln ihres seidenen Kimonos. Er wußte, daß sie sich über ihn beugte, und wagte kaum zu atmen. Als sie aber einen sanften Kuß auf sein Haar gedrückt und ihr: ›Guten Morgen, edler Herr‹ gesagt hatte, entschlüpfte sie lächelnd seinen sehnend ausgestreckten Armen. Was ebenso stark wie die

Enttäuschung auf ihn wirkte, war der glückliche Ausdruck in ihrem stillen Antlitz. Sie, die sowenig verstand, ihre Stimmungen zu verbergen, war helläugig und glücklich wie ein Kind. Graham sollte am Nachmittag kommen, und Dick mußte unwillkürlich beides miteinander in Verbindung bringen. Er gab sich nicht die Mühe, festzustellen, ob sie die Syringen im Turmzimmer erneuert hatte, und beim Lunch mußte er sich stehenden Fußes eine Menge Arbeit für den Nachmittag ausdenken, als Paula vorschlug, Graham in Eldorado abzuholen und selbst zu fahren.

»Fahren?« fragte Dick.

»Ja, mit Duddy und Fuddy«, erklärte sie. »Sie sind sehr unruhig, und ich habe das Gefühl, es täte ihnen gut, wenn sie ein bißchen Bewegung bekämen. Wenn du aber mitkommen willst, fahren wir selbstverständlich, wohin du willst, und lassen ihn mit dem Auto abholen.«

Dick kämpfte mit sich, um sich nicht einzugestehen, daß ihr Wesen Furcht ausdrückte, wie sie jetzt darauf wartete, ob er ihre Aufforderung annehmen oder abschlagen würde.

»Duddy und Fuddy, die Ärmsten, würden in den ewigen Jagdgründen sein, wenn sie mich dort hinfahren sollten, wo ich heute nachmittag hin muß«, lachte er, indem er gleichzeitig sein Programm entwarf. »Bis Mittag muß ich hundertzwanzig Meilen hinter mir haben. Ich nehme den Rennwagen, und es wird eine staubige Ratterei, nur hin und wieder über ebenes Gelände. Ich bringe es einfach nicht übers Herz, dich mitzunehmen.«

Paula seufzte, aber sie war eine so schlechte Schauspielerin, daß er nicht umhin konnte, aus dem Seufzer, mit dem sie auf seine Gesellschaft verzichtete, eine gewisse Erleichterung über seinen Entschluß herauszuhören.

»Wohin?« fragte sie heiter, und wieder bemerkte er die warme Röte in ihren Wangen und den strahlend glücklichen Ausdruck in ihren Augen.

»Ach, ich muß schnell einen Abstecher den Fluß entlang machen, um nach den Baggern zu sehen, und dann fahre ich weiter nach Sacramento, um Wing Fo Wong zu begrüßen.«

»Und wer, um Himmels willen, ist Wing Fo Wong«, fragte sie lächelnd, »daß du ihn absolut besuchen mußt?«

»Eine sehr wichtige Persönlichkeit, mein Kind. Er ist reichlich seine zwei Millionen schwer, und die hat er sich mit Kartoffeln und Spargeln im Delta verdient. Ich habe ihm dreihundert Morgen Sumpfland bei Teal Slough verpachtet«, wandte er sich an die drei jungen Leute. »Das Land liegt dicht bei Sacramento, am westlichen Flußufer. Es ist ein gutes Beispiel für die Bodenteuerung, die sicher kommen wird. Als ich es kaufte, war es nichts als Moor, und die alten Leute lachten mich aus.

Ihr kennt doch die Moore? Sie taugen zu nichts außer für Enten und als Weide, wenn das Wasser sehr niedrig steht. Es hätte mich mehr als dreihundert Dollar den Morgen gekostet, sie zu dränieren. Und was für einen Vertrag, meint ihr, habe ich auf zehn Jahre mit dem alten Wing Fo Wong geschlossen? Zweitausend für den Morgen. Ich würde noch mehr verdienen, wollte ich selbst Handelsgärtnerei dort betreiben. Die Chinesen sind die reinen Hexenmeister im Gemüsebau und schreckliche Arbeitstiere. Sie kennen keinen Achtstundentag, nein, achtzehn Stunden! Der geringste Kuli ist Mitinhaber und hat seinen mikroskopischen Gewinnanteil. Auf diese Weise umgeht Wing Fo Wong den Achtstundentag.«

An dem langen Nachmittag wurde Dick zweimal verwarnt und einmal aufgeschrieben. Er fuhr allein und sehr schnell, aber trotzdem sicher. Unglücksfälle, für die er persönlich verantwortlich gewesen wäre, gab es bei ihm nicht.

Aber so schnell er auch fuhr, und so eifrig er sich in die Geschäfte stürzte, die er mit Carlson und Wing Fo Wong zu erledigen hatte, blieb in seinem Bewußtsein doch der Gedanke wach, daß Paula etwas höchst Ungewöhnliches tat, wenn sie Graham den langen Weg von Eldorado nach dem Großen Hause kutschierte.

»Pah!« sagte er bei sich, indem er die Geschwindigkeit ein klein wenig verringerte. »Ich möchte doch wissen, was Paulachen sagen würde, wenn ich eine solche Ausfahrt mit einem hübschen jungen Mädchen machte!«

Er lachte laut bei dem Gedanken, denn schon früh in seiner Ehe hatte er entdeckt, daß Paula sehr gut auf eine eigene stille Art eifersüchtig sein konnte. Sie hatte ihm weder eine Szene gemacht noch Bemerkungen oder Fragen gestellt, sondern geschwiegen, aber doch in einer Weise, über die er sich nicht täuschen konnte, ihre Kränkung gezeigt, wenn er gegen andere Frauen unnötig aufmerksam war.

Er lachte bei dem Gedanken an Frau Dehameny, die hübsche, kleine, dunkle Witwe – Paulas, nicht seine Freundie, – die vor langer Zeit ihr Gast gewesen war. Paula hatte erklärt, am Nachmittag nicht ausreiten zu wollen, und beim Lunch hatte sie gehört, wie er mit Frau Dehameny einen Ritt in die Riesentannen-Cañons, an der Wohnung der Philosophen vorbei, verabredete. Dann aber war Paula ihnen kurz nach ihrem Aufbruch nachgeritten, so daß sie auf dem Ritt nicht zwei, sondern drei gewesen waren!

Er schob den Handschuh vom linken Handgelenk, um auf seine Armbanduhr zu sehen. In fünf Minuten würde Graham aus dem Zuge in Eldorado steigen. Dick, der sich selbst auf dem Heimwege befand, fuhr jetzt wie rasend. Erst ein gutes Stück hinter Eldorado holte er den Jagdwagen mit Duddy und Fuddy davor ein. Graham saß neben Paula, die die Zügel hielt. Dick verlangsamte die Fahrt im Vorbeifahren, rief Graham einen: »Guten Tag« zu und fügte, wieder schneller fahrend, heiter hinzu: »Es tut mir leid, daß ich soviel Staub machen muß. Lassen Sie uns vor dem Essen eine Partie Billard spielen, Evan, wenn Sie bis dahin angelangt sind.«

»So geht das nicht weiter. Wir müssen etwas tun – und zwar sofort.« Sie waren im Musikzimmer. Paula saß am Flügel und wandte ihr Antlitz Graham zu, der, sich fast über sie beugend, dicht neben ihr stand.

»Sie müssen Ihren Entschluß fassen«, fuhr Graham fort. Sie sahen beide nicht aus, als hätte ihnen das Große, das ihnen widerfahren war, Glück gebracht, jetzt, da sie ihre Entscheidung treffen sollten.

»Ich will nicht, daß Sie abreisen«, sagte Paula eindringlich. »Ich weiß nicht, was ich will. Sie müssen Nachsicht mit mir haben. Ich denke nicht an mich. Ich habe mich zu sehr hineinverstrickt, um an mich zu denken. Mir – mir ist eine solche Situation so ungewohnt«, schloß sie mit einem leisen, blassen Lächeln.

»Aber wir müssen einen Entschluß fassen, Liebste. Dick ist doch nicht blind.«

»Was gab es für ihn zu sehen?« fragte sie. »Nichts als den einen Kuß im Cañon, und den kann er unmöglich gesehen haben. Können Sie sich sonst etwas denken?«

»Ich wünschte, es gäbe sonst etwas«, antwortete er, in ihren leichteren Ton fallend, um gleich darauf wieder in seine frühere düstere Stimmung zurückzuschwingen. »Ich bin wahnsinnig verliebt in Sie. Weiter kann ich nicht kommen. Ich weiß nicht, ob Sie ebenso wahnsinnig verliebt in mich sind. Ich weiß überhaupt nicht, wie es mit Ihnen steht.«

Er legte seine Hand auf die ihre, die auf den Tasten lag, aber sie zog sie sanft zurück.

»Können Sie es denn nicht verstehen?« klagte er. »Und doch wollten Sie, daß ich wiederkam.«
»Ich wollte, daß Sie wiederkamen«, sagte sie und sah ihm mit ihrem offenen Blick ins Gesicht. »Ich wollte, daß Sie wiederkamen«, wiederholte sie weicher, wie in Gedanken verloren.
»Und ich verstehe nicht ein Wort von alledem«, rief er ungeduldig. »Lieben Sie mich?«
»Ich liebe Sie, Evan, das wissen Sie ja. Aber...« Sie hielt inne, und es war, als versuchte sie, ruhig zu denken.
»Aber was?« sagte er gebieterisch. »Weiter.«
»Aber ich liebe auch Dick. Ist das nicht lächerlich?«
Er erwiderte ihr Lächeln nicht, und es trat ein warmer Glanz in ihre Augen, als sie seinen knabenhaft verdrossenen Ausdruck sah. Eine Frage brannte ihr auf der Zunge, aber sie bezwang sich und schwieg, während er nachdachte, was sie wohl hatte fragen wollen.
»Ich tadle Sie nicht, weil Sie Dick lieben, weil... Sie fortfahren, Dick zu lieben«, antwortete er ungeduldig. »Ich kann ja gar nicht verstehen, was Sie im Vergleich mit ihm an mir finden. Das ist meine ehrliche Meinung. Er ist in meinen Augen ein großer Mann. Das ›Große Herz‹ sollte er heißen.« Sie belohnte ihn mit einem Lächeln.
»Aber wenn Sie Dick weiter lieben, wie ist es dann mit mir?«
»Aber Sie liebe ich auch.«
»Das ist doch unmöglich«, rief er, indem er hastig vom Flügel zurücktrat, durchs Zimmer schritt, sich vor das Bild an der gegenüberliegenden Wand stellte und es betrachtete, als hätte er es noch nie gesehen.
Sie wartete mit einem ruhigen Lächeln und freute sich über seine Unbeherrschtheit.
»Sie können doch nicht zwei Männer auf einmal lieben«, schleuderte er ihr entgegen.

»Aber ich tue es, Evan. Ich weiß nur nicht, wen von ihnen ich mehr liebe. Dick kenne ich so lange, Sie... Sie sind eine–«

»Neue Bekanntschaft«, unterbrach er sie und schritt zornig durchs Zimmer.

»Das nicht, nein, das nicht, Evan. Ich liebe Sie ebensosehr wie Dick. Ich liebe Sie mehr. Ich weiß es selber nicht.

Sie sank ganz zusammen, vergrub ihr Gesicht in den Händen und erlaubte ihm, seine Hand sanft auf ihre Schulter zu legen.

»Sie müssen doch einsehen, daß es nicht so leicht für mich ist«, fuhr sie fort. »Es steht soviel auf dem Spiel, so vieles, das ich nicht verstehen kann. Sie sagen, Sie verständen nicht ein Wort von dem allen. Aber denken Sie einmal an mich. Ich verstehe noch weniger davon und weiß weder ein noch aus. Sie sind ein Mann, mit der Erfahrung, der Natur eines Mannes. Für Sie ist alles so einfach. Sie liebt mich, sie liebt mich nicht. Aber ich bin verwirrt. Ich, – und ich bin doch nicht erst gestern geboren, – ich habe keine Erfahrung in verschiedenerlei Liebe. Ich liebte nur einen Mann... und jetzt Sie. Sie und Ihre Liebe zu mir haben eine vollkommen glückliche Ehe vernichtet, Evan.«

»Ich weiß«, sagte er.

»Ich weiß nichts«, fuhr sie fort. »Ich muß Zeit haben, es entweder in Ordnung zu bringen oder sich selber ordnen zu lassen. Wäre Dick nicht...«, klagte sie.

Unbewußt legte Grahams Hand sich fester auf ihre Schulter.

»Nein, nein – noch nicht«, sagte sie leise, und ebenso leise schob sie seine Hand fort, ließ aber ihre eigene einen Augenblick auf der seinen ruhen, ehe sie sich losriß.

»Wenn Sie mich anrühren, kann ich nicht denken«, flehte sie. »Ich – ich kann nicht denken.«

»Dann muß ich gehen«, drohte er, ohne sich dessen bewußt

zu werden. Sie machte eine abwehrende Bewegung. »Wie die Situation jetzt ist, ist sie ganz unmöglich, unerträglich. Ich komme mir vor wie ein Hund und weiß doch, daß ich kein Hund bin. Ich hasse Betrug, – ich kann Leute belügen, die selbst Lügner sind, aber einen Mann wie Dick kann ich nicht belügen. Viel lieber ginge ich gleich zu ihm und sagte: ›Dick,ich liebe Ihre Frau, sie liebt mich. Was wollen Sie dabei machen?‹«

»Ja, tun Sie das!« sagte Paula eifrig.

Graham richtete sie auf, als hätte er seinen Entschluß gefaßt.

»Dann tue ich es, und zwar sofort.«

»Nein, nein!« rief sie in plötzlichem Schrecken. »Sie müssen abreisen.« Wieder versagte ihre Stimme. »Aber ich kann Sie nicht lassen.«

Hatte Dick noch gezweifelt, so schwand sein letzter Zweifel an dem, was sich in Paulas Herzen regte, bei Grahams Rückkehr. Er brauchte Paula nur zuzusehen. Sie war wie ein Mensch, der aus dem Schlaf erwacht ist, mit einem glücklicheren Klang in ihrem glücklichen Lachen und einem wärmeren Ton in ihrem Singen. Sie war früh auf und ging spät zu Bett, beseelt von einer nie ruhenden Lebenslust und einem ewigen Tätigkeitsdrang. Sie befand sich vor Erregung wie in einem Champagnerrausch. Doch Dick bemerkte bald, daß alles daher kam, daß sie sich nicht Zeit zum Denken zu lassen wagte. Er sah, daß sie abmagerte. Aber die einzige Folge war, wie er sich gestehen mußte, daß sie entzückender als je wurde, so zart und fein, daß sie trotz ihren natürlichen, lebhaften Farben und ihrer Anmut fast unirdisch wirkte.

Und im Großen Haus ging alles seinen Gang, heiter, unerbittlich, ohne die leiseste Reibung. Dick dachte zuweilen, wie lange es wohl auf diese Weise weitergehen könnte,

und ihm schauderte bei dem Gedanken an eine Zukunft, in der es nicht so weiterging. Und doch, dessen war er sicher, ahnte keiner etwas außer ihm. Aber wie lange würde es dauern? Nicht sehr lange, sagte er sich.
Er wußte, daß seine chinesischen Diener Wunder von Scharfsinn waren – und von Diskretion, mußte er hinzufügen. Aber die Frauen! Frauen waren so boshaft. Und jede beliebige Frau, die einen Tag, einen Abend im Hause war, konnte die Situation ahnen, – jedenfalls, soweit sie Paula betraf, denn Grahams Stellung war noch nicht klar zu erkennen.
Paula, in so vieler Beziehung anders als andere Frauen, war es auch in diesem Punkt. Er hatte sie nie boshaft gesehen, hatte nie erlebt, daß sie anderen Frauen auflauerte, in der Hoffnung, sie auf einem Fehltritt zu ertappen – außer, wenn es ihm galt. Und er lachte wieder bei dem Gedanken an die Geschichte mit Frau Dehameny.
Etwas, was Dick andauernd beschäftigte, war, ob Paula jetzt daran dachte, daß er etwas wüßte.
Und Paula dachte wirklich hieran – eine Zeitlang, ohne zu einem Ergebnis zu gelangen. Sie konnte keine Veränderung in seiner Laune und seinem Wesen bemerken. Er erledigte seine ungeheure Arbeit wie gewöhnlich, spielte wie gewöhnlich, sang seine Lieder und war ein froher, gemütlicher Bursche. Sie versuchte sich einzureden, daß sein Benehmen gegen sie sanfter geworden war, aber sie quälte sich selbst mit der Furcht, daß sie sich das nur einbilde. Aber sehr lange blieb sie nicht im Zweifel. Zuweilen, wenn sie zu vielen beim Dinner, abends im Wohnzimmer oder beim Bridge saßen, konnte sie ihn unbemerkt unter gesenkten Lidern ansehen, bis sie sicher war, die Gewißheit in seinen Augen und in seinen Zügen zu lesen. Aber sie deutete das Graham gegenüber mit keinem Worte an. Daß er es wußte, half ja auch nichts. Es konnte ihn viel-

leicht sogar zur Abreise veranlassen, und sie gestand sich ehrlich, daß sie das am allerletzten wünschte.

Als sie jedoch zu der Erkenntnis kam, daß Dick es wußte oder erriet, wurde sie trotzig und begann gleichsam bewußt mit dem Feuer zu spielen. Wenn Dick etwas wußte, warum sagte er dann nichts? Er nahm doch sonst kein Blatt vor den Mund. Sie wünschte und fürchtete doch wieder, daß er sprechen würde, bis die Furcht der aufrichtigen Hoffnung wich, daß er es täte. War er es doch immer, der handelte und Entschlüsse faßte, – gleichgültig, was es betraf. Wenn es zu handeln galt, hatte sie sich stets auf ihn verlassen. Dick konnte sicher eine Lösung finden. Er wußte für alles eine Lösung. Warum schwieg er?

Und bei alledem lebte sie ihr sorgloses Leben weiter, eifrig und ruhelos; zuweilen wurde sie von Gewissensbissen geplagt, meistens aber wollte sie nicht zu tief denken, ließ sich in dieser großen Stunde ihres Lebens nur vom Strome mitreißen. Wie sie selbst sagte: sie lebte nur, lebte, lebte. Zuweilen wußte sie kaum, was sie dachte, fühlte nur den Stolz, daß zwei solche Männer ihr zu Füßen lagen.

Als Weib von derselben Rasse und vom gleichen Typ erfüllte es sie mit Stolz, die zwei grauäugigen blonden Männer zusammen zu sehen. Sie war aufgeregt, fieberhaft, aber nicht nervös. Sie verglich zuweilen ganz kaltblütig die beiden Männer, wenn sie zusammen waren, und mußte, ob sie wollte oder nicht, darüber nachdenken, für welchen von beiden sie sich am liebsten schmückte und anziehend machte. Graham beherrschte sie, und sie hatte Dick beherrscht und kämpfte immer noch, um ihre Herrschaft zu bewahren. Fast grausam war dieser Stolz, der sie bei dem Gedanken durchbebte, daß zwei solche Männer um ihretwegen und durch sie litten, denn sie konnte sich nicht verbergen, daß Dick, wenn er es erfuhr, oder vielmehr, seit er es wußte, auch leiden mußte.

In tiefster Seele war sie sich bewußt, daß ihre Handlungsweise rücksichtslos und wahnsinnig war und daß es nur mit einer Katastrophe für einen von ihnen enden konnte. Aber sie war es zufrieden, über dem Abgrund hin und her flattern zu können, und wollte ihn nicht sehen. Lachend schlug sie alle weiteren Betrachtungen in den Wind und gab sich zufrieden mit dem flüchtigen Augenblick, glühend und bebend vor Freude, daß sie lebte, wie sie nie zu leben geträumt.

Aber es ist Mann und Weib nicht gegeben, dauernd einen festen, unveränderlichen Abstand zwischen sich zu lassen. Unmerkbar kamen Paula und Graham sich näher. Von langen Blicken und Händedrücken führte der Weg zu zärtlichen Berührungen, bis es zu einer neuen Umarmung und einem neuen langen Kuß kam. Und diesmal zürnte Paula nicht, sondern sagte gebieterisch: »Du darfst nicht gehen.«
»Ich darf nicht bleiben«, wiederholte Graham zum tausendsten Male. »Ach, ich habe hinter Türen geküßt und alle möglichen Dummheiten gemacht«, klagte er. »Aber hier handelt es sich um dich und um Dick.«
»Es wird schon alles werden, ich sage dir, es wird alles werden, Evan.«
»Dann komm mit mir, laß uns selbst das Schicksal in die Hand nehmen. Komm – jetzt gleich!«
Sie zog sich zurück.
»Denk an das«, drang Graham in sie, »was Dick sagte: Selbst wenn du, Paula, seine Gattin, ihn verließest, würde er sagen: Gott segne euch, Kinder.«
»Und gerade deshalb ist es so schwer, Evan. Sieh, er ist so schonungsvoll, wie er damals sagte, daß er sein würde, – schonungsvoll gegen mich, meine ich, und mehr als das. Sieh ihn doch an –«

»Er weiß es? Hat er etwas gesagt?« rief Graham.
»Er hat nichts gesagt, aber ich bin sicher, daß er es weiß oder erraten hat. Sieh ihn doch an! Er will nicht mit dir konkurrieren–«
»Konkurrieren?«
»Eben. Er will nicht mit dir konkurrieren. Denk an die Pferdeschau von gestern. Er ritt gerade Mustangs zu, aber von dem Augenblick an, als wir kamen, stieg er nicht auf ein Pferd mehr. Und dabei ist er ein fabelhafter Reiter. Du hast dein Glück versucht, und offen gestanden: du könntest dich unmöglich mit ihm messen. Aber er wollte sich nicht vor dir zeigen. Das allein beweist mir, daß er errät, wie es mit uns steht. Wenn du aufpaßt, wirst du selber merken, daß ich recht habe. Er läßt mir meinen Willen, und ich kann soviel Dummheiten machen, wie ich will. Glaub mir, – ich kenne ihn. Er versucht nach seinen eigenen Moralgesetzen zu handeln. Er könnte die Philosophen lehren, was angewandte Philosophie ist.
Ich habe ihn sagen hören, Liebe sei etwas, was man weder fesseln noch zwingen könne. Es ist sehr richtig: Wenn du und ich zu ihm gingen, würde er sagen: ›Gott segne euch, Kinder!‹ Selbst wenn es ihm das Herz bräche, würde er es sagen. Vergangene Liebe gibt seiner Ansicht nach keinen Anspruch auf die Gegenwart, und jede Liebesstunde, habe ich ihn sagen hören, mache sich bezahlt. Nachforderungen gebe es nicht.«
»Darin bin ich ganz mit ihm einig«, sagte Graham. ›Du hast mir versprochen, mich ewig zu lieben‹, sagt der Verlassene und versucht, die Forderung einzutreiben, als wäre es ein Wechsel auf so und so viele Dollar. Dollar ist Dollar, aber Liebe lebt oder stirbt. Wie kann Liebe eingelöst werden, wenn sie tot ist? Wir sind uns alle drei in dieser Beziehung einig, und alles ist so einfach. Wir lieben uns. Das genügt. Warum auch nur eine Minute warten?«

Seine Hände suchten die ihren, die auf den Tasten ruhten, er beugte sich über sie und küßte ihr Haar, und dann hob er langsam ihr Gesicht und küßte ihre willigen Lippen.

»Dick liebt mich nicht so, wie du mich liebst«, sagte sie. »Er hat mich so lange besessen, daß ich ihm wohl eine Art Gewohnheit geworden bin. Und ehe ich dich kannte, habe ich oft schon darüber nachgedacht, wen er mehr liebt: mich oder das Gut.«

»Es ist doch so einfach«, drang Graham in sie. »Wir müssen nur ehrliches Spiel spielen. Laß uns fortgehen.«

Aber sie zog sich hastig von ihm zurück, setzte sich nieder und barg ihr flammendes Gesicht in den Händen.

»Du verstehst das nicht, Evan. Ich liebe Dick, – ich werde ihn immer lieben.«

»Und mich?« fragte Graham scharf.

»Welche Frage!« lächelte sie. »Du bist der einzige Mann außer Dick, der mich je geküßt hat – so geküßt, – und den ich so geküßt habe. Aber ich kann mich nicht entschließen. Ein anderer muß die Entscheidung für mich treffen, ich selber kann es nicht. Ich vergleiche euch beide, wäge euch gegeneinander ab. Ich erinnere mich Dicks und all der Jahre, die wir miteinander verlebt haben. Und dann frage ich mein Herz nach dir. Und ich weiß nichts, ich weiß nichts. Du bist ein großer Mann – mein stolzer Verehrer. Aber Dick ist größer als du. Du – du bist erdgebundener – ich weiß nicht, wie ich es ausdrücken soll – menschlicher. Und deshalb eben liebe ich dich mehr ... oder glaube es doch zu tun.

Nein, warte«, sagte sie widerstrebend und hielt seine eifrige Hand fest in der ihren. »Ich will dir noch mehr sagen. Ich denke an Dick und all die Jahre, die wir miteinander verlebten. Aber ich denke auch daran, wie es ihm heute und morgen ergehen wird. Ich kann den Gedanken nicht ertragen, daß irgendein Mann auf der Welt meinen Mann bemitleiden sollte, – daß du ihn bemitleiden solltest, und das müßtest du, wenn ich zugäbe, daß ich dich mehr liebte. Deshalb bin ich so unentschlossen und weiß nicht, was tun. Ich würde vor Scham sterben, wenn ein Mann Dick um meinetwillen bedauern würde. Er ist noch nie in seinem Leben bedauert worden. Er ist immer und überall der Erste gewesen, – strahlend, hell, stark, unangreifbar. Und mehr als das: – er verdient kein Mitleid. Und wir haben die Schuld, ich ... und du, Evan.«

Sie schob hastig Evans Hand beiseite.

»Und jedesmal, wenn ich dir erlaube, mich zu berühren, macht es ihn bedauernswert. Kannst du nicht sehen, wie schwer das alles für mich ist? Und ich habe doch auch meinen Stolz. Daß du mich treulos gegen ihn sehen mußt, wie in solchen Kleinigkeiten«, – sie ergriff seine Hand wieder und streichelte sie mit ihren weichen Fingerspitzen – »das kränkt mich in meiner Liebe zu dir, verringert mich, muß mich in deinen Augen verringern.«

Sie streichelte beruhigend seine ungeduldige Hand, und dann drehte sie sie, träumerisch und geistesabwesend, fast als wäre sie sich ihres Tuns nicht bewußt, um und küßte langsam die Handfläche. Im nächsten Augenblick hatte er sie hochgerissen und an sich gepreßt.

»Da siehst du!« sagte sie vorwurfsvoll und löste sich aus seinen Armen.

Paula gab nach und widerstand doch gleichzeitig. »Ich liebe meinen Mann, vergiß das nicht«, sagte sie immer wieder zu Graham, und im nächsten Augenblick konnte sie in seinen Armen liegen.

»Heute sind wir nur zu dreien, Gott sei Dank«, rief Paula, faßte Graham und Dick an der Hand und führte sie zum Diwan, Dicks Lieblingsplatz im großen Wohnzimmer.

»Kommt, laßt uns auf dem Fußboden sitzen und uns traurige Geschichten vom Tode und von Königen erzählen.«
Sie war in strahlender Laune, und Dick sah sie mit leisem Erstaunen an, wie sie sich eine Zigarette anzündete. Er konnte die Zigaretten zählen, die sie in den Jahren ihrer Ehe geraucht hatte. Als er sich und Graham später einen Whisky einschenkte, setzte sie ihn wiederum in Erstaunen, indem sie ihn bat, ihr auch ›ein kleines Glas‹ zu geben.
»Es ist schottischer«, warnte er sie.
»Ach, nur ein ganz kleines, dann sitzen wir drei als gute Kameraden zusammen und lösen alle Welträtsel. Und wenn ihr das von Grund auf getan habt, dann will ich euch das Lied der Walküre vorsingen.«
Sie beteiligte sich an diesem Abend mehr als sonst an der Unterhaltung und bemühte sich, ihren Mann zum Reden zu bringen. Dick fühlte es, fügte sich aber ihrem Willen und redete darauflos.
›Sie will, daß er mit mir konkurriert‹, sagte Graham bei sich. Aber hieran dachte Paula nicht. Sie freute sich nur über den Anblick der beiden herrlichen Männer, die so ganz ihr gehörten.
Sie saß mit untergeschlagenen Beinen auf dem Diwan und brauchte nur den Kopf zu drehen, um Graham bequem in dem großen Sessel hingegossen und Dick, auf die Ellenbogen gestützt, zwischen den Kissen zu sehen. Beständig ging ihr Blick von einem zum andern, und während beide, nüchtern und hart, als die unbarmherzigen Realisten, die sie waren, von Kampf und Streit sprachen, nahmen ihre eigenen Gedanken dieselbe Farbe an, bis sie ganz kaltblütig Dick sehen konnte, ohne etwas von dem Mitleid zu spüren, das seit mehreren Tagen anhaltend in ihrem Herzen nagte. Sie war stolz auf ihn, – er war ein prächtiger Mann, der das Auge jeder Frau erfreuen konnte, aber er tat ihr nicht mehr leid. Sie hatten recht. Alles war Spiel. Die Schnell-

füßigsten siegten im Wettlauf und die Stärksten im Kampfe. Sie hatten beide Wettläufe mitgemacht und hatten beide Kämpfe ausgefochten, warum sollte sie es dann nicht tun? Und immer noch den Blick auf beide gerichtet, fragte sie sich das immer wieder.

Sie waren keine Mönche, diese zwei Männer. Sie mußten in jener Vergangenheit, aus der sie – wie Mysterien – zu ihr gekommen waren, ein freies Leben gelebt haben. Dick hatte, – das war über jeden Zweifel erhaben, und sie hatte davon reden hören, – andere Frauen auf seinen wilden, tollen Fahrten um den Erdball gehabt. Sie fühlte den Stachel der Eifersucht gegen diese Frauen, und ihr Herz wurde hart. Sie hatten ihre Lust genossen, wo sie sie fanden, – das war sicher!

Mitleid? Warum sollte sie ihn mehr bedauern, als andere ihn bedauern würden? Dies alles war zu groß, zu natürlich, als daß von Mitleid die Rede sein konnte. Sie spielten ein hohes Spiel und konnten nicht alle gewinnen. Dann gingen ihre Gedanken in die Zukunft. Sie hatte immer versucht, derartige Grübeleien zu vermeiden, aber der Whisky hatte ihr Mut gemacht.

Sie kam wieder zu sich, als Dick ihr die Hand über die Augen legte.

»Hast du Visionen?« neckte er sie, als sie sich umwandte und ihm ins Gesicht sah.

Seine Augen lachten, aber sie sah einen Schimmer in ihnen, daß sie halb wider ihren Willen die langen Wimpern über die Augen senkte. Er wußte es. Es war nicht der geringste Zweifel. Jetzt wußte sie, daß er es wußte. Das hatte sie in seinen Augen gelesen. Aber sie gab eine heitere Antwort, und das Gespräch mit Graham fortsetzend, streckte sie die Hand nach seinem halbvollen Glase aus und nippte an dem Whisky.

Was auch geschah, sagte sie sich, so wollte sie doch das

Spiel bis zu Ende durchführen. Es war Wahnsinn, aber es war Leben, lebendiges Leben. Sie hatte noch nie gelebt wie jetzt, und das war reichlich den Preis wert, den sie notgedrungen einmal dafür bezahlen mußte. Die Liebe? – Hatte sie wirklich Dick je geliebt, wie sie jetzt fühlte, daß sie lieben konnte? Hatte sie nicht in allen diesen Jahren Zuneigung mit Liebe verwechselt? Ein warmer Ausdruck trat in ihre Augen, als sie Graham ansah, und sie gestand sich, daß er sie in einer Weise hingerissen hatte, wie Dick es nie getan.

Da sie keinen Alkohol gewohnt war, begann ihr Herz schneller zu schlagen. Dick, der ihr hin und wieder einen Blick zuwarf, war sich vollständig klar darüber, was den neuen Glanz in ihren Augen und die stärkere Röte in ihren Wangen und Lippen verursachte.

Er wurde immer wortkarger, und der Streit über den Mangel der blonden Rasse an Widerstandskraft gegen die Sonne schlief aus lauter Einigkeit über die Sache ein. Schließlich sah er auf seine Uhr, gähnte, reckte sich und erklärte: »Bettzeit ihn kommen, Kopf gehören weißer Mann, zu sehr schläfrig. Noch einen Whisky vor dem Bett, Evan?«

Graham nickte, denn sie fühlten beide, daß sie sich noch Mut machen mußten.

»Frau Kumpanin, – noch einen Whisky vor dem Bett?« wandte Dick sich an Paula.

Aber sie schüttelte den Kopf und begann die Noten wegzulegen, während die beiden Männer ihre Gläser leerten. Graham schloß den Flügel, während Dick an der Tür wartete, und als sie hinausgingen, war er mehrere Schritte vor ihnen. Auf seine Anweisung schaltete Graham nacheinander das Licht im Vorraum und in den Gängen aus, und Dick wartete auf sie beim Aufgang zum Turmzimmer, wo Graham sich verabschieden mußte. Dann wurde die letzte Lampe, die immer noch brannte, ausgeschaltet.

»Nein, die nicht!« hörte Dick Paula rufen. »Die brennt die ganze Nacht.«
Dick hörte nichts, aber er hatte ein Gefühl, als ob das Dunkel ihn verbrannte. Er verfluchte sich, weil er sich früher manchen Kuß im Dunkel geraubt hatte, denn das gab ihm die Kenntnis von hastigen Küssen, ehe das Licht im nächsten Augenblick wieder brannte.
Ihm fehlte der Mut, ihnen ins Gesicht zu sehen, als sie ihm entgegenkamen. Er wünschte nicht, Paulas offenen Blick von den Wimpern verschleiert zu sehen, und er versuchte, sich eine Zigarette anzuzünden, während er sich Mühe gab, ein harmloses: »Gute Nacht!« zu sagen.
»Wie steht es mit dem Buch – welches Kapitel?« rief er Graham nach, der schon zu seinem Turmzimmer hinaufstieg. Im selben Augenblick steckte Paula ihre Hand in die seine, und so gingen sie miteinander weiter, Paula ihre Hand hin und her schwenkend, hüpfend und plaudernd wie ein kleines Mädchen, das mit einem Erwachsenen geht, während er traurig nachdachte, welche List sie sich nun wohl erdacht haben mochte, um dem Gutenachtkuß, den sie so lange vermieden hatte, zu entgehen.
Aber ihr war offenbar nichts eingefallen. Als sie zu der Stelle kamen, wo auch ihre Wege sich trennten, ließ sie ihre Hand immer noch in der seinen schwingen und begleitete ihn in sein Arbeitszimmer.
Er tat, als fiele ihm plötzlich etwas ein, trat an seinen Schreibtisch und nahm einen Brief in die Hand.
»Ich habe morgen früh mit dem ersten Auto die Antwort versprochen«, erklärte er ihr, stellte das Diktaphon ein und begann zu diktieren.
Während er die ersten Zeilen diktierte, stand sie immer noch daneben und hielt ihn an der Hand. Dann fühlte er, wie ihre Finger seinem schwachen Druck nachgaben und hörte sie ein leises: »Gute Nacht« flüstern.

»Gute Nacht, Kleine«, antwortete er mechanisch und diktierte weiter, als bemerkte er gar nicht, daß sie ging. Und er hörte erst auf, als er wußte, daß sie außer Hörweite war.

Während des Diktats am Vormittag war Dick wohl ein dutzendmal im Begriff gewesen, seinem Sekretär zu sagen, daß er den Rest der Korrespondenz selbst erledigen sollte.
»Rufen Sie Hennessy und Mendenhall an«, sagte er zu Blake, als der um Punkt zehn seine Aufzeichnungen zusammenlegte und aufstand. »Sie werden sie im Gestüt finden. Sagen Sie ihnen, daß sie nicht heute, sondern morgen früh kommen sollen.«
Dann erschien Bonbright für eine Stunde, um Dicks Konferenzen mit seinen Verwaltern aufzunehmen.
»Und – ach, Herr Blake«, rief Dick seinem Sekretär nach. »Fragen Sie Hennessy, wie es mit Alden Bessie steht. – Es ging der Stute gestern abend ziemlich schlecht«, erklärte er Bonbright.
»Hanley sagte, daß er gleich mit ihnen reden müsse, Herr Forrest«, sagte Bonbright, und als er die gereizt gerunzelte Stirn seines Chefs sah, fügte er hinzu: »Es handelt sich um die Leitungen bei Buckeye Dam. Die Pläne stimmen nicht, – es ist etwas Ernstes, sagte er.«
Dick gab es auf. Eine ganze Stunde lang konferierte er mit seinen Betriebsleitern und Verwaltern über verschiedene Fragen.
Einmal verließ er mitten in einer eifrigen Diskussion über Waschmittel für Schafe seinen Schreibtisch und trat ans Fenster. Er hatte das Geräusch von Pferden und Stimmen und das Lachen Paulas gehört.
»Also der Bericht aus Montana – ich schicke Ihnen ein Exemplar«, fuhr er fort.
In diesem Augenblick kamen vier Pferde dicht nebenein-

ander in sein Blickfeld. Paula ritt zwischen Martinez und Froelig, einem Maler und einem Bildhauer, alten Freunden Dicks, die mit dem Morgenzug gekommen waren. Paula unterhielt sich heiter mit beiden, und Graham ritt auf Selim ein kleines Stück hinter den andern, aber Dick sagte sich, daß es nicht lange dauern würde, bis sie zu je zweien ritten.

Kurz nach elf Uhr ging er rastlos und verdrossen auf den großen Hof hinaus, um eine Zigarette zu rauchen, und lächelte erbittert, als er an verschiedenen Anzeichen merkte, daß Paula ihre Goldfische vernachlässigte. Ihm fielen die Springbrunnenbecken in ihrem verschlossenen Hofe ein, wo sie ihre ausgesuchtesten, prachtvollsten Fischarten hatte. Dorthin lenkte er seine Schritte, durch Türen ohne Griffe und Gänge, die sonst nur Paula und das Gesinde kannten. Dies war Dicks einziges wirklich großes Geschenk für Paula gewesen. Es war ein Liebesgeschenk, wie nur ein König des Glücks es machen konnte. Er hatte ihr vollkommen freie Hand gelassen und darauf gesehen, daß sie sich von ihren tollsten Einfällen leiten ließ. Es bestand keine Verbindung zwischen diesem Hofe und der Architektur des übrigen Hauses, aber er war der Umwelt so gut verborgen, daß er weder in Linien noch in Farben störte. Obwohl dieser Hof eine Sehenswürdigkeit war, hatten ihn nur sehr wenige erblickt, außer Paulas Schwestern und nächsten Freunden und hin und wieder einem Künstler, der ihn betreten und mit angehaltenem Atem betrachten durfte. Graham hatte von seiner Existenz gehört, aber nicht einmal er war aufgefordert worden, ihn zu besichtigen.

Der Hof war rund und ziemlich klein, so daß er in keiner Weise kalt oder leer wirkte. Das Große Haus war ganz in Beton erbaut, hier aber bestand alles aus feinstem Marmor, der einen schwach grünlichen Schimmer hatte, gerade hinreichend, um das Licht ein klein wenig zu dämpfen. Die

blassesten rosa Rosen schlangen sich um die Pfeiler bis zu dem flachen Dach hinauf, von dem faunartige, heitere Gesichter herunterblickten. Dick schlenderte über den mit rosa Marmorsteinen belegten Boden der Pergola, und die Schönheit der Stätte übte allmählich ihren mildernden Einfluß auf sein Gemüt aus.
Das Herz dieses Feenhofes war der Springbrunnen, der aus drei niedrigen Becken in verschiedener Höhe bestand. Sie waren aus Marmor und so fein wie Muscheln, und in ihnen tummelten sich lebensgroße Putten aus rosa Marmor, jede für sich ein kleines Kunstwerk. Eine guckte weiter abwärts über den Rand des Beckens und streckte begehrlich die Arme nach den Goldfischen aus; eine lag auf dem Rücken und sah lächelnd in den Himmel, eine andere reckte sich auf gespreizten molligen Beinchen. Andere wateten im Wasser, wieder andere lagen zwischen den weißen und rosa Rosen auf dem Boden, alle aber gehörten sie mit zum Springbrunnen und hatten irgendwelche Beziehungen zu ihm. So schön war die Farbe des Marmors, und so sicher war der Bildhauer in seiner Kunst gewesen, daß sie wirkten, als wären sie lebendig. Es waren keine Cherubs, sondern lebendige, warme kleine Menschenkinder. Dick sah lachend und mit Wohlbehagen auf die rosige Kinderschar, während er seine Zigarette ausrauchte und sie selbst, als sie ausgegangen war, noch in der Hand behielt. Das ist es, was ihr fehlt, sagte er sich nachdenklich. Kinder – das war ihre Leidenschaft gewesen. Hätten ihre Träume sich verwirklicht ... er seufzte, ein neuer Gedanke flog ihm durch den Kopf, und er blickte nach ihrem Lieblingsplatz, überzeugt, daß er nicht ihr gewohntes Nähzeug in malerischer Unordnung sehen würde.
Jetzt stickte sie nicht.
Und er schritt weiter, die Treppe hinauf, an der herrlichen Siegesgöttin vorbei, die dort stand, wo die Treppe sich teil-

te, und weiter zu ihren Zimmern, die den ganzen oberen Flügel einnahmen.

Er schritt durch ihre Stuben, ohne einen festen Plan und ohne sich dessen bewußt zu sein, was er sah, aber bei allem mit Liebe weilend. Wie alles, was ihr gehörte, trugen auch die Zimmer das Gepräge und den Ausdruck ihrer Persönlichkeit. Als er aber in ihr Badezimmer mit dem eingelassenen römischen Bad sah, konnte er, – und wenn es sein Leben gekostet hätte, – es nicht lassen, eine winzige Undichtigkeit zu bemerken und sich zu sagen, daß er nach dem Gutsklempner schicken müßte.

Unwillkürlich fiel sein Blick auf die Staffelei, in der Erwartung, eine neue Arbeit zu sehen, aber er wurde enttäuscht, denn er stand seinem eigenen Bilde gegenüber. Er wußte, daß sie Stellung und Züge nach einer Photographie zu kopieren pflegte und das übrige nach dem Gedächtnis machte. Die Photographie, die sie in diesem Falle gebraucht hatte, war eine besonders gute Amateuraufnahme von ihm. Aber das Porträt war schon weiter gediehen als die Photographie, denn Dick konnte Züge darin sehen, denen ausschließlich ihre eigene Auffassung zugrunde lag.

Er zuckte zusammen und sah genauer hin. War der Ausdruck, den er in den Augen, in dem ganzen Gesicht fand, wirklich der seine? Er blickte auf die Photographie. Dort war er nicht. Er trat vor einen der Spiegel, ließ seine Gesichtsmuskeln erschlaffen und begann, an Paula und Graham zu denken, und seine Augen und sein Gesicht nahmen langsam denselben Ausdruck an. Er gab sich hiermit jedoch nicht zufrieden, sondern trat wieder vor die Staffelei, um zu vergleichen. Paula wußte es. Paula wußte, daß er es wußte. Sie hatte ihm sein Geheimnis in einem Augenblick, als es wider Willen in seinem Antlitz zu lesen war, abgelauscht und es nach dem Gedächtnis auf die Leinwand übertragen.

Paulas chinesische Jungfer kam aus dem Ankleidezimmer, und Dick beobachtete sie unbemerkt, als sie ihm mit niedergeschlagenen Augen und anscheinend in tiefe Gedanken versunken, entgegenkam. Dick bemerkte den traurigen Ausdruck in ihrem Gesicht.
›Man sollte fast glauben, daß alle unsere Gesichter zu sprechen anfingen‹, meinte er bei sich.
»Guten Morgen, Oh Gott«, begrüßte er sie.
Als sie den Gruß erschrocken erwiderte, sah er in ihren Augen einen mitleidigen Ausdruck.
Sie wußte Bescheid.
Außer ihnen war sie die erste, die es wußte. Aber es war ja klar, daß sie, — eine Frau, die soviel Zeit in Paulas Gesellschaft verbrachte, wenn sie allein war, — ihr Geheimnis erraten mußte.
Oh Gotts Lippen zitterten, und sie rieb sich die zitternden Hände, um, wie er sehen konnte, Mut zu fassen, ihn anzureden.
»Herr Forrest«, begann sie zögernd, »vielleicht Sie meinen mich dumm, aber ich mögen sagen etwas. Sie sehr guter Mann. Sie sehr gut zu meiner alten Mutter. Sie sehr gut zu mir lange, lange Zeit...« Sie hielt inne, befeuchtete sich die Lippen mit der Zunge, sah ihm tapfer ins Gesicht und fuhr fort: »Frau Forrest, sie, ich glauben...«
Aber so düster wurde Dicks Gesicht, daß sie verwirrt und errötend abbrach.
»Sehr schönes Bild Frau Forrest machen«, half er ihr.
Sie sah ihn plötzlich forschend an, studierte sein Gesicht, wandte sich dann zur Leinwand um und zeigte mit den Augen: »Nicht gut«, sagte sie streng, und ein scharfer, fast zorniger Klang war in ihrer Stimme. Dann verschwand sie in Paulas Schlafzimmer.
Dick richtete sich auf, als rüste er sich unbewußt, dem zu begegnen, was nun bald kommen mußte. Das war also der

Anfang vom Ende. Oh Gott wußte Bescheid. Und er war fast froh, daß die qualvolle Spannung nicht mehr lange dauern sollte.

Am selben Nachmittag, als Dick mit Froelig, Martinez und Graham über alle Berge war, schlich Paula sich in seine Gemächer. Auf der Schlafveranda betrachtete sie die ganze lange Reihe elektrischer Kontakte auf der Schalttafel, mit der er sich von seinem Bett aus mit allen Abteilungen des Gutes und mit fast ganz Kalifornien in Verbindung setzen konnte, das Diktaphon, die verschiedenen Bücher- und Zeitschriftenstapel, die darauf warteten, gelesen zu werden, Aschbecher, Zigaretten, Schreibblock und Thermosflasche.

Ihre Photographie, die einzige in der Veranda, zog ihre besondere Aufmerksamkeit auf sich. Sie hing unter seinen Barometern und Thermometern, an der Stelle, die sein Blick, wie sie wußte, am häufigsten suchte. Einer plötzlichen Eingebung folgend, drehte sie das lachende Gesicht gegen die Wand und ließ ihren Blick von der leeren Rückseite des Bildes auf das Bett und wieder zurück schweifen. Mit einer hastigen, erschrockenen Bewegung drehte sie das lachende Gesicht wieder um. Es gehört hierher, dachte sie bei sich.

Der große Revolver im Halfter an der Wand, den man leicht vom Bett aus erreichen konnte, fing ihren Blick. Sie streckte ihre Hand nach ihm aus und hob vorsichtig den Griff. Er war, wie sie erwartet hatte, locker. Ja, denn so war Dick nun einmal. Man konnte sicher sein, daß er einen Revolver nie im Halfter festfrieren ließ, solange er auch unbenutzt dahängen mochte.

Als sie wieder im Arbeitszimmer war, durchschritt sie es feierlich und betrachtete die mächtige Kartothek, die Karte und die Schränke mit Lichtdrucken, die drehbaren Regale mit Handbüchern und die lange Reihe solide eingebundener Register des Viehbestandes. Zuletzt kam sie zu seinen eigenen Arbeiten – einer ansehnlichen Reihe von Broschüren, eingebundenen Artikeln und einem guten Dutzend anspruchsvollerer Bücher, alles über Landwirtschaft.

Sie strich zärtlich mit der Hand über die Buchrücken, preßte ihre Wange dagegen und lehnte sich mit geschlossenen Augen an das Regal. Ach, Dick, Dick, – ein Gedanke begann Form in ihr anzunehmen, ward aber gleich wieder zu einem unklaren Gefühl von Kummer und verschwand, weil sie nicht wagte, ihn zu Ende zu denken.

Der Schreibtisch war typisch für Dick. Da gab es keine Unordnung. Keine Arbeit lag auf ihm außer dem Drahtkorb mit den fertiggeschriebenen Briefen, die nur auf seine Unterschrift warteten, und einem ungewöhnlich großen Stoß der zusammengefalteten gelben Bogen, auf die sein Sekretär die Telegramme schrieb, die nach Eldorado durchgerufen wurden. Sie sah gleichgültig auf die ersten Zeilen des obersten Bogens und erblickte zufällig etwas, was sie nicht recht verstand, das sie aber interessierte. Sie las sorgsam, mit gerunzelten Brauen, und suchte dann weiter in dem Stoß, bis sie die Bestätigung fand. Jeremy Braxton war tot, der große gemütliche, freundliche Jeremy Braxton. Er war von einer Horde betrunkener Mexikaner ermordet worden, als er über die Berge nach Arizona zu gelangen suchte. Das Datum auf dem Telegramm zeigte, daß es zwei Tage alt war. Dick wußte es also seit zwei Tagen und hatte sie nicht damit beunruhigen wollen. Und das bedeutete mehr. Das bedeutete verlorenes Geld. Es bedeutete, daß die Lage der Harvestgruppe schlimmer als je war. Aber so war Dick nun einmal.

Und Jeremy war tot. Es schien plötzlich kalt im Zimmer zu werden. Es schauderte sie.

So war das Leben, – der Tod wartete immer am andern

Ende des Weges. Ihre namenlose Furcht packte sie wieder. Das Verhängnis wartete. Verhängnis für wen? Sie versuchte nicht zu raten. Es genügte, daß es ein Verhängnis war. Die Luft in dem stillen Zimmer wurde schwer, und sie schritt langsam hinaus.

Weder bei Tisch noch später am Abend konnte jemand merken, daß nicht alles war, wie es sein sollte. Es sah aus, als wollte Dick Lutes und Ernestines Rückkehr, die gerade angekommen waren, richtig feiern, denn er war voll Tollheiten. Paula ließ sich von dieser Heiterkeit anstecken und half ihm treulich bei seinen Scherzen, die er auf alle Anwesenden münzte.

Nach dem Essen erschienen unerwartet Masons und Watsons und die ganze Gesellschaft aus Wickenberg.

Aber mitten in dem Trubel der Begrüßung zwischen den beiden großen Gesellschaften hörte Dick ganz deutlich Lottie Masons: »Ach, guten Abend, Herr Graham. Ich dachte, Sie wären abgereist!«

Und immer noch den herzlichen, gemütlichen Wirt spielend, wartete er auf den scharfen, forschenden Blick, den Frauen nur gegen andere Frauen anwenden. Kurz darauf sah er, wie Lottie Paula mit einem solchen scharfen, nachdenkenden Blick betrachtete, als die Herrin zufällig Graham begegnete und ihm etwas sagte.

»Noch nicht«, sagte sich Dick. Lottie wußte noch nichts, aber sie hegte Verdacht, und er war überzeugt, daß unter den vorliegenden Verhältnissen nichts ein Frauenherz mehr freuen würde, als wenn sie eine Schwäche an der unangreifbaren Paula entdeckte.

Lottie Mason war eine fünfundzwanzigjährige hochgewachsene prachtvolle Brünette, unzweifelhaft schön und, wie Dick aus Erfahrung wußte, recht dreist.

»Ach ja, er ist ein glänzender Tänzer«, hörte Dick eine halbe Stunde später Lottie Mason zu dem kleinen Fräulein Maxwell sagen. »Stimmt das nicht, Dick?« wandte sie sich an ihn mit einer unschuldig-freimütigen Miene, hinter deren Schalkhaftigkeit sie ihn, wie er wußte, scharf beobachtete.

»Wer? Ach, Sie meinen natürlich Graham«, antwortete er ruhig. Ja, das stimmt. Was meinen Sie, wenn wir jetzt tanzen und Fräulein Maxwell Gelegenheit geben, selbst zu urteilen? Übrigens gibt es hier nur eine Frau, die gut genug tanzt, um ihm Gelegenheit zu geben, seine Kunst zu zeigen.«

»Paula natürlich«, sagte Lottie.

»Paula natürlich. Ihr junges Gemüse habt ja keine Ahnung vom Walzertanzen.« Lottie warf verächtlich ihren hübschen Kopf zurück. »Also, wollen wir versuchen, es ihnen nachzumachen. Nehmen Sie mich ins Schlepptau, und ich möchte wetten, daß wir die einzigen Paare bleiben.«

Als der Walzer halb zu Ende war, brach er plötzlich ab: »Wir wollen ihnen den Saal allein überlassen. Es lohnt sich, ihnen zuzusehen.«

Und scheinbar von wärmster Bewunderung erfüllt, beobachtete er den Tanz seiner Frau mit Graham und wußte, daß Lottie, die neben ihm stand und ihn heimlich im Auge behielt, allmählich in ihrem Verdacht erschüttert wurde.

Dann begannen die andern auch zu tanzen, und da es ein warmer Abend war, wurden die Flügeltüren zum Hofe weit geöffnet.

Bald tanzte ein Paar, bald ein anderes durch die lange, vom Mond beschienene Pergola, bis es geradezu mit zum Tanz gehörte.

»Was für ein Junge er doch ist!« sagte Paula zu Graham, während sie zuhörten, wie er von seiner neuen Kamera schwärmte. »Nie ist ihm etwas Schlimmes zugestoßen. Er ist nie in die Knie gezwungen. Er weiß es, ja, er weiß es, und doch ist er seiner und meiner so sicher.«

Als Graham von Fräulein Maxwell zum Tanz entführt wurde, blieb Paula stehen, und ihre Gedanken beschäftigten sich weiter mit dem Problem. Schließlich litt Dick gar nicht so sehr, aber das hätte sie sich im voraus sagen können. Er war immer der kaltblütige Philosoph. Verlor er sie, so würde er das mit demselben Gleichmut hinnehmen, wie wenn er Bergkönig verlor, wie er den Tod Jeremy Braxtons und die Vernichtung der Harvest-Minen hingenommen hatte. Es war schwer für sie, – und sie lächelte bei sich, – in Graham verliebt und dabei mit einem Philosophen verheiratet zu sein, der nicht einen Finger hob, um sie zu halten. Und wieder erkannte sie, daß es unter anderm Grahams Menschlichkeit und Verliebtheit waren, die ihn so anziehend für sie machten. Sie trafen sich auf gemeinsamem Boden. Nie – selbst in der ersten Zeit ihrer Bekanntschaft nicht – hatte Dick sie so entflammt. Und doch war er herrlich gewesen als Liebender, mit seiner Fähigkeit, seiner Liebe in schönen Worten Ausdruck zu verleihen, und mit seinen Liebesliedern, die ihr soviel Freude bereitet hatten. Wie dem nun aber auch sein mochte, so war das Gefühl, das Graham und sie füreinander hegten, doch ein ganz anderes. Dazu kam, daß sie völlig unerfahren in allem, was Liebe und Verehrer betraf, gewesen war, als vor so langer Zeit Dick plötzlich in ihr Leben getreten war.

Und während sie so grübelte, verhärtete sich ihr Herz gegen Dick und ließ ihrer Leidenschaft für Graham die Zügel schießen. Die vielen Menschen, die steigende Lustigkeit, die enge zärtliche Berührung im Tanz, der warme Sommerabend, das Mondlicht, das in die Pergola strömte, und der nächtliche Duft der Blumen, – alles gab ihrem Gefühl Nahrung, und sie sehnte sich von ganzer Seele nach dem einen Tanz, den sie jedenfalls noch mit Graham wagen durfte.

Oh Jeh meldete Dick, daß mehrere wichtige Telegramme gekommen waren. Er begab sich in sein Arbeitszimmer. Es handelte sich um die mexikanische Situation, und Dick brauchte geraume Zeit, um die Antworten zu diktieren.

Aber schließlich kehrte er auf einem kürzeren Wege durch das Haus und über den Hof zurück. Die Tänzer wollten gerade in den großen Saal zurückkehren, und er lehnte sich gegen einen Pfeiler und sah sie vorbeigehen. Als letztes Paar verließen Evan und Paula die Pergola, und sie kamen so dicht an ihm vorbei, daß er die Hand hätte ausstrecken und sie berühren können. Aber sie sahen ihn nicht, sie hatten nur Augen füreinander.

Das letzte Paar vor ihnen hatte schon den Saal betreten, als die Musik verstummte. Paula und Graham blieben stehen, und er bot ihr den Arm, um sie hineinzuführen, als sie sich plötzlich, einer Eingebung folgend, an ihn klammerte. Er war als echter Mann etwas vorsichtiger und leistete einen winzigen Widerstand, aber sie schlang ihm den Arm um den Hals, zog seinen Kopf zu sich herab und küßte seine nur allzu willigen Lippen. Im nächsten Augenblick gingen sie hinein. Paula stützte sich auf Grahams Arm und lachte heiter und natürlich.

Dick packte den Pfeiler und ließ sich auf den Marmorboden gleiten. Er drohte zu ersticken und hatte ein unheimliches Gefühl, als hätte er das Herz im Munde und bisse darauf, bis er wieder Luft bekam und es mit der einströmenden Luft niederzwang.

Ihn fror, und er bemerkte, daß er plötzlich von Schweiß durchnäßt war.

Nicht Graham hatte Paula geküßt. Paula hatte Graham geküßt. Er hatte es gesehen, und während der Anblick wieder vor seinem Auge flammte, fühlte er, wie ein neues Erstickungsgefühl ihn packte. Mit einer schnellen Kraftanstrengung nahm er sich zusammen und erhob sich.

Er kehrte auf dem längeren Wege zurück und trat rasch in die Stube, den Photographenapparat in der Hand, völlig unvorbereitet auf den Empfang, der ihm zuteil wurde.

»Hast du ein Gespenst gesehen?« lautete Lutes Gruß.

»Sind Sie krank?« – »Was ist los?« fragten andere.

»Was soll denn los sein?« entgegnete er.

»Dein Gesicht – dein Aussehen«, sagte Ernestine. »Es ist etwas geschehen.«

Und während er sich in der Situation zurechtzufinden suchte, konnte er nicht umhin, den hastigen Blick zu bemerken, den Lottie Mason auf Graham und Paula warf, und zu beobachten, daß Ernestine Lotties Blick aufgefangen hatte und ihm folgte.

»Ja«, log er, »ich habe schlechte Nachrichten. Jeremy Braxton ist tot. Ermordet. Die Mexikaner haben ihn umgebracht, als er nach Arizona zu entkommen versuchte.

»Gott sei ihm gnädig, der liebe, gute Jeremy«. sagte Terrence und legte Dick die Hand auf den Arm. »Kommen Sie, Alter, Sie brauchen eine Stärkung.«

»Ach, es geht schon vorüber«, lächelte Dick, schüttelte seine Schultern und richtete sich auf, um seine Fassung wiederzugewinnen.

»Aber im Augenblick war es ein schwerer Schlag für mich. Ich habe nie den leisesten Zweifel gehegt, daß Jeremy es schaffen würde, und jetzt ist er dahin, und zwei Ingenieure mit ihm. Sie haben ihr Leben so teuer wie möglich verkauft, standen mit dem Rücken gegen einen Felsen und hielten vierundzwanzig Stunden lang einer Horde von fünfhundert Mann stand. Dann aber warfen die Mexikaner Dynamit. Ach, alles, alles Fleisch ist Gras, und wo ist das Gras, das gestern noch stand? Terrence, Ihr Vorschlag ist gut, kommen Sie!«

Als er ein paar Schritte gemacht hatte, wandte er den Kopf und rief über die Schulter zurück: »Aber laßt euch nicht stören. Ich bin gleich wieder da und mache die Aufnahme. Willst du sie aufstellen, Ernestine, und für möglichst gutes Licht sorgen.«

Terrence drückte auf seinen Knopf, so daß das verborgene Büfett am anderen Ende des Zimmers zum Vorschein kam, und stellte Gläser und Getränke hin, während Dick eine Wandlampe einschaltete und sein Gesicht in dem kleinen Spiegel der Büfettür studierte.

Sie stießen an und tranken schweigend.

»Noch eins«, sagte Dick und reichte ihm das Glas hin.

»Sagen Sie, wenn ich aufhören soll«, sagte der Irländer und sah in unerschütterlicher Ruhe zu, wie der Whisky im Glase stieg.

Dick wartete, bis es halb voll war, dann stießen sie wieder an, tranken schweigend und sahen sich in die Augen, und Dick war dankbar für die aufrichtige Zuneigung, die er in Terrences Blick las. Dann kehrten sie zur Gesellschaft zurück.

Ernestine studierte heimlich die Gesichter Lotties, Paulas und Grahams, um möglichst mehr Klarheit über das unheimliche Gefühl zu erhalten, das sie ergriffen hatte. Warum hat Lottie Paula und Graham so angesehen? fragte sie sich. Und jetzt war etwas mit Paula. Sie war nervös und zerquält, und zwar anders, als man es nach der Mitteilung von Jeremy Braxtons Tod erwarten konnte. Aus Grahams Gesicht konnte Ernestine nichts schließen.

Paula war ernstlich beunruhigt. Was war geschehen? Warum hatte Dick gelogen? Daß Jeremy Braxton tot war, wußte er schon seit zwei Tagen. Und sie hatte nie gesehen, daß ein Todesfall einen solchen Eindruck auf ihn gemacht hatte. Sie fragte sich, ob er vielleicht zuviel getrunken hätte. Hatte er in seiner Not mit Terrence im Rauchzimmer getrunken? Sie hatte ihn eben vor dem Mittagessen dort getroffen. Die wirkliche Ursache von Dicks merkwürdigem Benehmen fiel ihr nicht einen Augenblick ein, wenn nicht aus einem anderen Grunde, so deshalb, weil er nicht zu spionieren pflegte.

Um zwölf Uhr wurde das Abendessen serviert, und erst um zwei Uhr morgens brachen die Wickenberger auf. Als sie in ihre Wagen stiegen, schlug Paula vor, daß sie am nächsten Nachmittag einen Ausflug nach Sacramento machen sollten, um ein neues Experiment von Dick zu besichtigen, den Anbau von Reis.

»Ich habe eigentlich einen anderen Plan«, sagte er ihr. »Du kennst doch die Bergweide am Sykomorenbach? Dort sind in den letzten zehn Tagen drei Jährlinge getötet worden.«

»Berglöwen!« rief Paula.

»Ja, mindestens zwei. Sie haben sich aus dem Norden hierher verirrt«, erklärte er Graham. »Das tun sie zuweilen. Vor fünf Jahren schossen wir drei. Moss und Hartley haben sich mit den Hunden hinbegeben. Sie haben herausgefunden, wo zwei von den Tieren stecken. Was meint ihr dazu, wenn ihr alle mitkommt? Wir können gleich nach dem Frühstück reiten!«

»Darf ich Mollie reiten?« fragte Lute.

»Und du kannst Altadena nehmen«, sagte Paula zu Ernestine.

Sie einigten sich schnell über die Pferde, und Froelig und Martinez versprachen, auch mitzukommen, obwohl sie weder gut schwimmen noch reiten konnten.

Sie gingen alle hinaus, um die Wickenberger abfahren zu sehen, und als die Automobile verschwunden waren, blieben sie noch ein Weilchen stehen und verabredeten alles Nähere für die Jagd.

»Gute Nacht allerseits«, sagte Dick und schickte sich an, hineinzugehen. »Ich muß vor dem Schlafengehen noch ein-

mal nach der alten Bessie Alden sehen. Hennessy wacht bei ihr. Aber vergeßt nicht, Mädels, morgen zum Frühstück in euren Reitkleidern zu kommen, und gnade Gott dem, der sich verspätet.«
Die alte Mutter der Fotherington-Prinzessin war ernstlich erkrankt, aber Dick würde sie doch zu dieser Nachtzeit nicht besucht haben, hätte er nicht etwas Ruhe gebraucht, und hätte er sich nicht davor gefürchtet, mit Paula allein zu bleiben.
Leichte Schritte ertönten hinter ihm, und er wandte den Kopf. Ernestine holte ihn ein und nahm seinen Arm.
»Die arme alte Bessie Alden«, erklärte sie. »Ich möchte gern mitkommen.«
Dick, der immer noch die Rolle spielte, die er den ganzen Abend gespielt hatte, hatte viele lustige Einfälle und lachte heiter.
»Dick«, sagte sie, als er das erstemal schwieg. »Dir geht es schlecht.« Sie konnte fühlen, wie er sich aufrichtete und schneller ausschritt. »Kann ich dir helfen? Du weißt, du kannst dich auf mich verlassen. Sage es mir.«
»Ja, ich will es dir sagen«, antwortete er. »Nur eines.« Sie drückte dankbar seinen Arm. »Ich schicke dir morgen ein Telegramm. Es wird ernst sein, aber selbstverständlich nicht unnötig beunruhigend. Und dann packst du deinen Koffer und reist mit Lute ab.«
»Ist das alles?« fragte sie mit zitternder Stimme.
»Du würdest mir einen großen Gefallen damit erweisen.«
»Du willst mir also nichts sagen?« sagte sie, verletzt durch die Abweisung.
»Ich schicke das Telegramm so, daß du es im Bett erhältst. Und kümmere dich nicht mehr um die alte Bessie. Geh lieber hinein. Gute Nacht!«
Er küßte sie, schob sie sanft nach dem Hause zu und schritt weiter.

Als Dick von der kranken Stute zurückkam, blieb er einen Augenblick stehen, um auf das Stampfen Bergkönigs und seiner Genossen im Stall zu lauschen. Durch die Stille erklang irgendwo in den Hügeln, wo das Vieh weidete, eine vereinzelte Glocke. Ein leises Lüftchen strich wie eine duftende Wärmewelle über ihn hinweg, und die Nacht war von einem schwachen balsamischen Duft von Heu und reifendem Getreide erfüllt. Die Hengste stampften wieder, und Dick atmete schwer, während er mit dem Gefühl, dies alles nie heißer geliebt zu haben, aufsah und den Blick den Horizont entlangschweifen ließ, wo die Bergesgipfel sich dunkel von dem gestirnten Himmel abhoben.
»Nein, Cato«, dachte er laut, »man kann dir nicht recht geben. Der Mensch verläßt das Leben nicht wie ein Wirtshaus. Er verläßt es wie eine Wohnung – die einzige Wohnung, die er je kennen wird. Der Mensch geht nirgends hin. Es heißt gute Nacht. Dann kommt das Nichts ... und die Finsternis.«
Er wandte sich zum Gehen, aber wieder hielt ihn das Stampfen der Hengste und der Klang der Glocke auf dem Hügel zurück. Er atmete die balsamische Luft in tiefen Zügen ein und wußte, daß er sie liebte, wie er sein schönes Land liebte.
Vor dem Hause blieb er eine Weile stehen und betrachtete die langgestreckten Linien der Fassade. Er zog sich nicht gleich in seine eigenen Gemächer zurück, sondern wanderte durch die stillen Räume, über den Hof und durch die spärlich erleuchteten Korridore. Ihm war zumute, als stände er im Begriff, sich auf eine lange Reise zu begeben. Er schaltete das Licht in Paulas Feenhof ein, setzte sich auf eine Marmorbank, rauchte eine Zigarette und dachte nach.
Ja, er wollte es geschickt machen. Er wollte einen Jagdunfall vortäuschen, der die Welt hinters Licht führte. Schon am nächsten Tage wollte er es tun, in den Wäldern am Sy-

komorenbach. Sein Großvater, Jonathan Forrest, der strenge Puritaner, war auf der Jagd verunglückt. Zum erstenmal zweifelte Dick an diesem Unfall.

Dick ließ die Hand einen Augenblick auf dem Kontakt ruhen, ehe er das Licht ausdrehte, dann sah er sinnend auf die Marmorputten, die in den Becken des Springbrunnens und zwischen den Rosen spielten.

»Lebt wohl, Kinder«, rief er ihnen leise zu. »Weiter habe ich es nicht gebracht.«

Von seiner Schlafveranda aus sah er nach Paulas Fenster auf der anderen Seite des großen Hofes hinüber. Es brannte kein Licht bei ihr, sie schlief also vielleicht.

Auf dem Bettrand sitzend, hatte er schon den einen Schuh aufgeschnürt, als er über seine Gedankenlosigkeit lächeln mußte und ihn wieder zuschnürte. Weshalb schlafen? Es war schon vier. Er wollte wenigstens seinen letzten Sonnenaufgang sehen. Es gab schon so vieles, was er zum letztenmal tat. Hatte er sich nicht schon zum letztenmal angekleidet? Das Bad gestern morgen war sein letztes gewesen. Wasser allein konnte die Verwesung nicht aufhalten, die der Tod mit sich brachte. Aber er wollte sich rasieren – eine letzte Regung der Eitelkeit, denn zuweilen wuchs das Haar noch in den Gesichtern toter Männer.

Er nahm sein Testament aus dem Geldschrank in der Wand, legte es auf den Schreibtisch und las es sorgfältig durch. Es waren noch einige kleinere Ergänzungen zu machen, und die schrieb er und datierte sie vorsichtigerweise um ein halbes Jahr zurück. Der letzte Nachtrag galt den Weisen im Madroño-Hain, denen er eine feste Jahresrente zum Unterhalt von sieben Mitgliedern aussetzte. Er las die Selbstmordklauseln in seinen verschiedenen Lebensversicherungspolicen, unterschrieb den Stoß Briefe, der seit dem vorigen Morgen auf ihn gewartet hatte, und diktierte einen Brief an seinen Verleger in das Diktaphon. Als er auf seinem Schreibtisch aufgeräumt hatte, schrieb er hastig ein Verzeichnis über Einnahmen und Ausgaben abzüglich der ganzen Einnahmen der Harvest-Gruppe.

Den Bogen, worauf er diese Zahlen geschrieben hatte, zerriß er, und dann entwarf er einen Plan für den künftigen Betrieb der Harvest-Minen. Er tat es so flüchtig wie möglich, damit er, wenn er unter seinen Papieren gefunden wurde, keinen Verdacht erregte. Ebenso entwarf er einen Plan für die Behandlung der Shire-Pferde im nächsten Jahrzehnt und eine Stamm- und Zuchttafel für Bergkönig und Fotherington-Prinzessin sowie einige Auserwählte unter deren Nachkommen.

Als Oh Jeh um sechs Uhr den Kaffee brachte, war Dick gerade mit seinen Plänen für den Anbau von Reis fertig. Der Chinese schenkte ihm den Kaffee ein und verriet mit keiner Miene, daß er das unberührte Bett gesehen hatte, — eine Selbstbeherrschung, die Dick im geheimen bewundern mußte.

Um halb sieben klingelte das Telephon, und er hörte die müde Stimme Hennessys: »Ich wußte, daß Sie auf waren. Es wird Sie sicher freuen, daß es Alden Bessie bessergeht. Aber es stand auf der Kippe. Und jetzt gehe ich schlafen.«

Als Dick sich rasiert hatte, betrachtete er das Brausebad und überlegte einen Augenblick, während ein eigensinniger Ausdruck in seine Züge trat. »Ich will mich hängen lassen, wenn ich es tue«, sagte er bei sich. »Die reine Zeitverschwendung.« Aber er wechselte das Schuhzeug und zog sich ein Paar schwere hohe Jagdstiefel an.

Als Paula eintrat, saß er wieder an seinem Schreibtisch und las seine verschiedenen Aufzeichnungen durch. Sie begrüßte ihn nicht mit ihrem gewöhnlichen ›Guten Morgen, edler Herr‹, sondern trat zu ihm ein und sagte sanft: »Ewig unermüdliche und nie ruhende Rote Wolke.«

Er bemerkte, daß sie dunkle Schatten unter den Augen

hatte, und erhob sich, ohne Miene zu machen, sie anzurühren, wozu sie ihn auch nicht aufforderte.
»Eine weiße Nacht?« fragte er und schob ihr einen Stuhl hin.
»Eine weiße Nacht«, antwortete sie. »Nicht eine Sekunde Schlaf, obwohl ich mir solche Mühe gab, einzuschlafen.«
Keiner von beiden hatte Lust, etwas zu sagen, und sie saßen sich gegenüber, außerstande, den Blick voneinander zu lassen.
»Du – du siehst auch nicht besonders aus«, sagte sie.
»Ja, mein Gesicht, ich sah es, als ich mich rasierte. Aber das verzieht sich schon.«
»Es muß dir gestern abend etwas zugestoßen sein«, tastete sie sich vor, und er konnte nicht umhin, denselben mitleidigen Ausdruck in ihren Augen zu sehen, den er in denen der Chinesin gesehen hatte. »Alle haben es gestern abend bemerkt! Was war es?«
Er zuckte die Achseln. »Etwas, was vor einiger Zeit gekommen ist«, sagte er ausweichend, denn er entsann sich, zuerst durch das Bild, das Paula von ihm gemalt hatte, darauf gekommen zu sein. »Hast du es bemerkt?« warf er leicht hin.
Sie nickte. Dann schoß ihr ein neuer Gedanke durch den Kopf, und er sah, wie der, ohne ausgesprochen zu sein, Leben annahm.
»Dick, du bist doch nicht etwa verliebt?«
Das war eine Möglichkeit. Das konnte die verwickelte Situation entwirren, und neue Hoffnung belebte sie. Er lächelte, schüttelte den Kopf und sah ihre Enttäuschung.
»Nein, es ist übrigens nicht wahr«, sagte er. »Ich bin verliebt.«
»Wirklich verliebt?« fragte sie eifrig. Und er antwortete: »Wirklich verliebt.«
Aber auf das, was jetzt kam, war sie nicht vorbereitet. Er

zog plötzlich seinen Stuhl ganz dicht neben den ihren, bis ihre Knie sich berührten, beugte sich vor und nahm schnell, aber sanft ihre beiden Hände in die seinen.

»Du brauchst keine Angst zu haben, mein Mädelchen«, sagte er beruhigend. »Ich will dich nicht küssen. Es ist lange her, daß ich es getan habe. Ich will dir nur von meiner Liebe erzählen. Aber zuerst will ich dir sagen, daß ich stolz bin. Stolz auf mich. Ich bin stolz, daß ich lieben kann, daß ich in meinem Alter noch lieben kann. Es ist unglaublich, und es ist wunderbar. Ich bin Monogamist. Ich liebe die Frau – die eine Frau. Ich liebe sie jetzt noch bis zum Wahnsinn.«

Er fühlte ihre Enttäuschung an ihren Händen, die eine schwache, unwillkürliche Bewegung machten, um sich zu befreien, aber er hielt sie nur noch fester.

»Ich kenne jede ihrer Schwächen, und mit all ihren Schwächen liebe ich sie so wahnsinnig, wie ich sie vom ersten Augenblick geliebt habe – in dem wahnsinnigen Augenblick, als ich sie zuerste in meinen Armen hielt.«

Ihre Hände begannen sich gegen den Zwang zu empören, den er ihnen antat, und halb unbewußt kämpfte sie, um freizukommen. In ihren Augen stand Furcht. Er kannte sie und erriet, daß sie sich, den Kuß eines anderen Mannes in so frischer Erinnerung, fürchtete, er würde seinen Gefühlen leidenschaftlicher Luft machen.

»Nein, nein, fürchte nichts, du schönes, süßes, furchtsames, stolzes Mädelchen. Sieh, ich gebe dir deine Freiheit! Aber du sollst wissen, daß ich dich sehr liebe, daß ich die ganze Zeit ebensoviel an dich wie an mich denke.«

Er zog seinen Stuhl von ihr zurück und sah größeres Vertrauen in ihren Augen.

»Ich will dir alles erzählen, was sich in meinem Herzen regt. Aber dann mußt du mir auch alles erzählen, was in deinem vorgeht.«

»Diese Liebe zu mir, ist sie etwas Neues?« fragte sie. »Ein Wiederaufflammen?«
»Ja und nein.«
»Ich glaubte, ich sei dir längst eine Art Gewohnheit geworden«, sagte sie.
»Aber ich liebte dich immer.«
»Nicht wahnsinnig.«
»Nein«, gab er zu. »Aber stetig. Ich war deiner ebenso sicher wie meiner selbst, Es war etwas so Ewiges für mich. Ich räume ein, daß ich mich geirrt habe. Als aber mein Gefühl von der Ewigkeit deiner Liebe erschüttert wurde, wurde die meine zu dir nur um so stärker. Sie hatte die ganze Zeit gelebt – eine ruhige, gleichmäßige Flamme, wie zwischen Leuten, die viele Jahre verheiratet sind.«
»Aber ich?« fragte sie.
»Dazu kommen wir jetzt. Ich weiß, was dich in diesem Augenblick quält und was dich vor einer Minute quälte. Du bist im Innersten so ehrlich und wahr, daß der Gedanke, dich zwischen zwei Männern zu teilen, dir widerwärtig ist. Ich habe dich nicht mißverstanden. Es ist lange her, daß du mir erlaubtest, zärtlich zu dir zu sein.«
»Dann hast du es also vom ersten Augenblick an gewußt?« fragte sie hastig.
Er nickte.
»Es ist sogar möglich«, fuhr er kühl überlegend fort, »daß ich es kommen fühlte, ehe du selbst es wußtest. Aber wir wollen nicht näher darauf eingehen.«
»Du hast gesehen...«, begann sie mit einem quälenden Gefühl von Scham, daß ihr Mann gesehen haben könnte, wie sie und Graham sich küßten.
»Wir wollen uns nicht entwürdigen und auf Einzelheiten eingehen, und übrigens ist nichts Unrechtes dabei. Ich brauchte nichts zu sehen. Ich habe auch meine Erinnerungen an geraubte Küsse. Es mußte so sein, und mehr noch,

mein Mädelchen, laß dir sagen, daß ich dich in keiner Weise tadle.«

»Es ... es war nie ... sehr viel«, sagte sie mit zitternder Stimme.

»Das habe ich auch nicht geglaubt. Das hätte dir nicht ähnlich gesehen. Schon das, was geschehen ist, hat mich gewundert. Nach der langen Zeit, die wir miteinander gelebt haben, kam es so unerwartet—«

»Dick«, unterbrach sie ihn, während sie sich vorbeugte und ihn forschend ansah. Sie zögerte einen Augenblick, um ihre Gedanken zu gestalten, und ging dann gerade auf den Kern der Sache los. »Hast du in den langen Jahren unserer Ehe nie an eine andere gedacht?«

»Ich habe dir gesagt, daß ich dich in keiner Beziehung tadle«, erwiderte er sanft.

»Du hast meine Frage nicht beantwortet«, beharrte sie. »Ich meine nicht einen kleinen Flirt hin und wieder, – ich meine Untreue, und zwar im tiefsten Sinne des Wortes. Bist du mir nie untreu gewesen – früher?«

»Früher«, antwortete er, »nie viel und nie sehr lange.«

»Ich habe so oft darüber nachgedacht«, sagte sie sinnend.

»Ich habe dir gesagt, daß ich dich in keiner Beziehung tadle, und jetzt weißt du, warum ich kein Recht habe, es zu tun.«

»Ja, deshalb könnte es scheinen, als hätten wir beide gleiches Recht. Aber das hatte ich doch nicht«, fügte sie schnell hinzu, »obwohl du immer gleiches Recht gepredigt hast.«

»Ach, heute nicht mehr!» lächelte er. »Die Phantasie hat mir so vieles vorgegaukelt, und in den letzten Wochen habe ich meinen Standpunkt ändern müssen.«

»Du verlangst also, daß ich dir treu sein soll?«

Er nickte und sagte: »Ja, solange du mit mir zusammenlebst.«

»Aber wo bleibt die Gleichheit?«

»Es gibt keine Gleichheit.« Er schüttelte den Kopf. »Ach, ich weiß, daß das alle deine Anschauungen über den Haufen werfen muß. Aber jetzt habe ich endlich die alte Wahrheit entdeckt, daß Frauen anders als Männer sind. Alles, was ich aus Büchern und Theorien weiß, verschwindet vor der ewigen Tatsache, daß das Weib die Mutter unserer Kinder ist. Ich ... ich hatte immer gehofft, Kinder mit dir zu bekommen, weißt du, aber das ist alles vorbei. Jetzt ist die Frage, was sich in deinem Herzen regt. Ich habe dir gesagt, wie es mit dem meinen steht. Und nachher können wir beschließen, was wir tun sollen.«
»Ach, Dick«, sagte sie kaum hörbar, als das Schweigen zwischen ihnen wie eine Qual zu wirken begann. »Ich liebe dich, ich werde dich immer lieben, du meine Rote Wolke. Weißt du, erst gestern habe ich in deiner Schlafveranda mein Bild gegen die Wand gedreht. Das war schrecklich, es war, als täte ich ein großes Unrecht. Ich drehte es gleich wieder um.«
Er zündete sich eine Zigarette an und wartete.
»Aber du hast mir noch nicht gesagt, was sich in deinem Herzen regt – nicht alles«, sagte er schließlich vorwurfsvoll.
»Ich liebe dich«, wiederholte sie.
»Und Evan?«
»Das ist etwas ganz anderes. Es ist schrecklich, so mit dir reden zu müssen. Ich weiß es übrigens selber nicht. Ich kann mir nicht klar über mich werden.«
»Liebe? Oder ein Liebesabenteuer? Eins von beiden muß es sein.«
Sie schüttelte den Kopf.
»Verstehst du denn nicht«, fragte sie, »daß ich es nicht verstehe? Siehst du, ich bin ein Weib. Ich habe nie eine Sturm- und Drangperiode erlebt. Und jetzt, da alles geschehen ist, weiß ich nicht, was tun. Shaw hat doch wohl recht. Wir

Frauen haben den Jagdinstinkt. Ihr seid beide Großwild. Ich kann nichts dafür. Es reizt mich. Und ich fühle, daß ich mir selbst ein Rätsel bin. Alle meine Anschauungen sind über den Haufen geworfen. Ich will dich haben. Ich will Evan haben. Es ist kein bloßes Liebesabenteuer, glaube mir, Dick. Wenn es das doch sein sollte und ich es nicht wüßte, – nein, aber das ist es nicht. Ich weiß, daß es das nicht ist.«
»Dann ist es Liebe.«
»Aber ich liebe dich doch, Rote Wolke.«
»Und du sagst, daß du ihn liebst. Du kannst uns doch nicht beide lieben.«
»Aber das ist es eben. Ich tue es. Ich liebe euch beide. – Ich weiß weder ein noch aus. Und ich dachte, du würdest mir helfen. Deshalb kam ich jetzt zu dir. Es muß doch eine Lösung geben.« Sie sah ihn flehend an, und er antwortete:
»Einer von uns beiden, Evan oder ich. Eine andere Lösung kann ich mir nicht denken.«
»Das sagt er auch. Aber ich kann mich nicht dazu überreden. Er wollte zu dir gehen. Ich erlaubte es ihm nicht. Er wollte abreisen, aber ich zwang ihn zu bleiben, – so schwer es auch für euch beide sein mag, – weil ich euch zusammen haben wollte, um euch zu vergleichen und euch beide in meinem Herzen gegeneinander abzuwägen. Und ich komme nicht weiter. Ich will euch beide haben. Ich kann keinen von euch aufgeben.«
»Unglücklicherweise«, begann Dick, »ist es so, daß wir Männer uns nicht in solche Situation finden können.«
»Sei nicht grausam, Dick«, bat sie.
»Verzeih, es war nicht so gemeint. Es war nur ein Versuch, die Ruhe zu bewahren.«
»Ich habe Evan gesagt, er sei der einzige Mann, den ich je getroffen habe, der sich mit meinem Mann messen könne, und mein Mann sei größer.«

»Das ist ein Versuch, loyal gegen mich und gegen dich selber zu sein«, erklärte Dick. »Du warst mein, bis ich aufhörte, der Größte zu sein. Dann wurde er der Größte.«
Sie schüttelte den Kopf.
»Laß mich versuchen, das Problem für dich zu lösen«, fuhr er fort. »Du weißt nicht, was du willst, was du wünschst. Du kannst keine Wahl zwischen uns treffen, weil du uns beide gleich liebhast.«
»Ja«, flüsterte sie. »Oder vielmehr—ich will jeden auf seine Art haben.«
»Dann ist es entschieden«, sagte er kurz.
»Was meinst du damit?«
»Daß ich verliere, Paula, und daß Graham gewinnt. Verstehst du das nicht? Wenn er und ich sonst gleichstehen und ich vor ihm sogar den Vorteil habe, mehr als zehn Jahre mit dir gelebt zu haben und durch alle Erinnerungen mit dir verknüpft zu sein – großer Gott: Wenn man all das zu Evans Gunsten in die Waagschale würfe, würdest du dich nicht einen Augenblick bedenken.«
»Ich wünschte, ich wäre meiner Sache sicher«, grübelte sie. »Ich habe ein Gefühl, als hätte ich den Kopf verloren, und doch zaudere ich. Warum hilfst du mir nicht?«
»Du und nur du allein kannst die Lösung finden, Paula«, sagte er ernst.
»Wenn du mir nur helfen wolltest, – wenn du nur versuchen wolltest, mich zu halten, – ach, nur ein klein wenig!« beharrte sie.
»Aber ich bin ja hilflos. Die Hände sind mir gebunden. Ich kann sie nicht ausstrecken, um dich zu halten. Du kannst nicht uns beide bekommen. Seine Arme haben dich umschlossen –«, sie wollte ihn unterbrechen, aber er hob die Hand: »Nein, Lieb, laß! Seine Arme haben dich umschlossen. Du zitterst wie ein ängstliches Vögelchen bei dem Gedanken, daß ich zärtlich zu dir werden könnte. Du hast

deinen Entschluß schon gefaßt, wenn du es auch vielleicht selbst nicht weißt. Dein Körper hat entschieden. Du läßt dir seine Umarmung gefallen; der Gedanke an die meine ist dir unerträglich.«
Sie schüttelte den Kopf, langsam und entschieden. »Und doch habe ich mich nicht entschlossen – kann mich nicht entschließen«, beharrte sie.
»Aber du mußt. Die augenblickliche Situation ist unerträglich. Du mußt deinen Entschluß fassen, und zwar schnell, denn Evan muß abreisen. Das mußt du doch begreifen. Oder du mußt gehen. Beide könnt ihr nicht hierbleiben. Übereilt euch nicht. Schick Evan fort. Oder wie wäre es, wenn du Tante Martha besuchtest? Vielleicht würdest du zu einem Ergebnis gelangen, wenn du uns beide nicht sähest. Vielleicht wäre es besser, die Jagd morgen zu lassen. Ich kann ja allein gehen, und du kannst zu Hause bleiben und mit Evan reden. Oder kommt mit und sprecht unterwegs darüber. Ich komme jedenfalls erst spät heim, wie du dich auch entschließen magst. Vielleicht schlafe ich bei einem von den Hirten. Wenn ich zurückkomme, muß Evan fort sein. Und ob du mit ihm gehst oder nicht, daß muß auch entschieden sein.«
»Und wenn ich gehe?« fragte sie. Dick zuckte die Achseln, stand auf und sah auf seine Armbanduhr.
»Ich habe Blake Bescheid geschickt, daß er heute etwas früher kommen soll«, erklärte er und machte einen Schritt auf die Tür zu, wie um ihr zu bedeuten, daß sie gehen sollte.
In der Tür blieb sie stehen und neigte sich ihm entgegen. »Küsse mich, Dick«, sagte sie; und dann: »Es ist kein – Liebeskuß.« Ihre Stimme war plötzlich heiser geworden. »Es ist nur für den Fall, daß ich mich entschließen sollte... zu gehen.«
Der Sekretär näherte sich durch den Korridor, aber sie zögerte immer noch.

»Guten Morgen, Blake«, begrüßte ihn Dick. »Es tut mir leid, daß ich Sie heute so früh aus dem Bett jagen mußte. Vor allem bitte ich Sie, Agar und Pitts anzurufen. Ich kann heute nicht mit ihnen sprechen, – und sagen Sie übrigens den andern auch, daß sie bis morgen warten müssen. Aber ich möchte gern mit Mendenhall sprechen, ja, und auch mit Manson. Bestellen Sie sie für halb zehn.«

»Noch etwas, Dick«, sagte Paula. »Vergiß nicht, daß ich ihn veranlaßt habe zu bleiben. Er hat keine Schuld daran und hat es auch nicht gewünscht. Ich wollte ihn nicht gehenlassen.«

»Ja, du hast ihm den Kopf verdreht«, lächelte Dick. »Ich konnte nicht begreifen, daß er unter diesen Umständen hierblieb. Wenn du ihn aber nicht reisen lassen wolltest, so verstehe ich es besser. Es gibt nicht viele wie ihn. Er wird dich glücklich machen–« Sie hob die Hand.

»Ich weiß nicht, ob ich je glücklich werden kann, Rote Wolke. Wenn ich sehe, welche Veränderung ich in deinen Zügen verursacht habe... und alle die Jahre, die wir zusammenlebten, bin ich so froh und zufrieden gewesen. Das kann ich nicht vergessen, und deshalb bin ich zu keinem Entschluß gekommen. Aber du hast recht. Jetzt ist es Zeit, eine Lösung zu finden«, klagte sie. »Wir wollen alle zusammen auf die Jagd gehen. Ich will unterwegs mit ihm reden und ihn fortschicken, – was ich selber sonst auch tun mag.«

»Ich würde mich doch nicht übereilen, Paula«, rief Dick. »Du weißt, daß ich mich nicht einen Deut um Moral kümmere, außer wenn sie nützlich ist. Und in diesem Fall ist sie außerordentlich nützlich. Es könnten ja Kinder kommen. – Bitte, bitte«, beschwichtigte er sie. »Eine Scheidung dauert lange, aber ich könnte schon die üblichen Scheidungsgründe schaffen, – das würde jedenfall ein Jahr ersparen.«

»Wenn ich mich dann dazu entschließe«, sagte sie mit einem leisen blassen Lächeln.

Er nickte.

»Aber vielleicht entschließe ich mich nicht dazu. Ich weiß es selber nicht. Vielleicht ist alles nur ein Traum, aus dem ich in einem Augenblick erwache, wenn Oh Gott kommt und mir erzählt, wie lange und ruhig ich geschlafen habe.«

Sie wandte sich widerstrebend zum Gehen, blieb aber nach einigen Schritten plötzlich stehen.

»Dick«, sagte sie, »du hast mir gesagt, was du fühlst, aber nicht, was du zu tun gedenkst. Du darfst keine Dummheit machen. Denke an Denny Holbrook – kein Jagdunfall.«

Er schüttelte den Kopf und zwinkerte mit den Augen, als sei es ein komischer Gedanke, wunderte sich aber dabei im stillen, daß sie den Nagel so auf den Kopf getroffen hatte.

Sie trat wieder ein paar Schritte näher und flüsterte mit halb abgewandtem Gesicht: »Rote Wolke, es tut mir so leid... aber wie auch alles sein mag, so freue ich mich doch, daß du mich immer noch liebst.«

Er trat auf die Schlafveranda und betrachtete Paulas Bild unter den Barometern. Dann drehte er es gegen die Wand, saß eine Weile auf dem Bett und starrte dann auf den leeren Platz. Endlich drehte er es wieder um.

»Mein armes Mädelchen«, murmelte er. »Es wird nicht leicht für dich sein.«

Plötzlich tauchte vor ihm das Bild auf, wie sie im Mondschein Grahams Kopf zu sich herabgezogen hatte, und er erhob sich schnell mit einem Kopfschütteln, als wolle er den Anblick verjagen.

Um halb zehn hatte er seine Korrespondenz erledigt, und alles war von seinem Schreibtisch fortgeräumt, mit Ausnahme der Papiere, die er bei der Konferenz mit Manson und Mendenhall brauchte. Er stand am Fenster und winkte Lute und Ernestine, die in einem großen Automobil abfuhren, lächelnd Lebewohl, als Mendenhall eintrat. Er und Manson, der gleich darauf erschien, erhielten im Laufe der Unterredung den Eindruck, daß er große neue Pläne bezüglich der Pferde und Viehzucht hatte.

Als sie gegangen waren, klingelte er nach Oh Freud und beauftragte ihn, Graham ins Waffenzimmer zu führen, damit er sich ein Gewehr und was er sonst brauchte aussuchte.

Er ahnte nicht, daß Paula um elf Uhr über die Geheimtreppe in die Bibliothek gekommen war, hinter den Regalen stand und lauschte. Sie hatte erst hineingehen wollen, war aber stehengeblieben, als sie seine Stimme hörte. Er telephonierte mit Hanley.

»Sagen Sie übrigens«, ertönte Dicks Stimme, »haben Sie sich den Bericht über Miramar angesehen? ... Gut. Richten Sie sich nicht danach. Ich bin ganz anderer Ansicht. Das Wasser ist da. Ich zweifle nicht im geringsten, daß wir in nicht großer Tiefe eine Wasserader finden werden. Schikken Sie gleich die Bohrmaschine und beginnen Sie mit der Untersuchung des Bodens.«

Paula seufzte und stieg die Wendeltreppe hinab in die Bibliothek.

›Rote Wolke ist unverbesserlich‹, dachte sie. Da saß er nun, während seine Liebeswelt in Trümmern lag, und schmiedete Pläne für Deiche und Brunnenbohrungen.

Und Dick erfuhr nie, daß sie in ihrer tiefen Not ihm so nahe gewesen und wieder gegangen war.

Er ging wieder auf seine Schlafveranda, diesmal aber mit der festen Absicht, zum letztenmal die Notizen durchzusehen, die neben seinem Bett lagen. Sein Haus war in Ordnung. Er hatte nichts zu tun, als die Briefe zu unterschreiben, die er im Laufe des Morgens diktiert hatte, und ein paar Telegramme zu beantworten, und dann kamen das Frühstück und der Jagdausflug nach Sycamore. O, er wollte es gut machen. Hexe sollte die ganze Schuld bekommen. Und er wollte einen Zeugen haben, entweder Froelig oder Martinez, aber nicht beide. Ein Paar Augen waren genug, zu sehen, wenn der Sprungriemen riß und das Pferd sich überschlug, daß er ins Gebüsch stürzte. Und aus dem schirmenden Gebüsch würde der Zeuge dann den Knall der Büchse hören.

In plötzlich aufsteigendem Zorn ballte er die Fäuste. Die kleine Herrin ist verrückt, – sie muß verrückt sein. Anders kann ich mir eine so ausgesuchte Grausamkeit nicht denken, sagte er sich, während er den Stimmen Paulas und Grahams lauschte, die durch die offenen Fenster des Musikzimmers ertönten.

Sie sangen den ›Zigeunerzug‹, und seine geballten Fäuste lösten sich nicht einen Augenblick, während sie das ganze wahnsinnige, ausgelassene Lied bis zu dem letzten wahnsinnigen, ausgelassenen Vers sangen.

Und er stand noch da, als sie mit einem heiteren Lachen Graham verlassen hatte und durch das Haus nach ihren eigenen Gemächern zurückging, wo er sie immer noch lachen hörte, während sie ihre Jungfer neckte und wegen vorgeblicher Versäumnisse ausschalt.

Aus der Ferne ertönten die undeutlichen, aber unverkennbaren Trompetenstöße Bergkönigs. Auch König Polo forderte sein königliches Recht, und ihre Harems von Stuten und Kühen beantworteten ihr Rufen. Dick lauschte auf dieses Wiehern und Brüllen, das seinen Ursprung im Geschlechtstrieb hatte, und seufzte: »Nun ja, das Land ist jedenfalls besser geworden, weil ich gelebt habe. Das ist ein schöner Gedanke zum Schlafengehen.«

Dann klingelte das Telephon, und Dick setzte sich auf den Bettrand und nahm den Hörer, wobei er immerfort nach Paulas Veranda hinausblickte. Bonbright meldete ihm den Anruf Chauncey Bishops, der mit dem Auto in Eldorado war. Chauncey Bishop, Redakteur und Besitzer des ›San-Franziskoer Kurier‹, war nach Bonbrights Meinung eine Persönlichkeit von hinreichender Bedeutung, um ihn, – der im übrigen ein alter Freund Dicks war, – direkt mit ihm in Verbindung zu setzen.

»Kommen Sie zum Frühstück herüber«, sagte Dick zu ihm. »Und wie wäre es, wenn Sie die Nacht über blieben? Kümmern Sie sich nicht um ihre Mitarbeiter. Wir wollen heute auf die Löwenjagd – Berglöwen –, und wir kriegen sie sicher, wir wissen, wo sie sind.«

Je mehr, desto besser, namentlich Zeitungsleute, lachte Dick bei sich, er wollte ihnen schon eine Komödie vorspielen.

»Schön, kommen Sie gleich!« schloß Dick sein Gespräch mit Bishop. »Ich lasse das Pferd satteln. Sie können den Roten haben, den Sie das letzte Mal ritten.«

Er hatte kaum den Hörer angehängt, als das Telephon wieder klingelte.

Diesmal war es Paula.

»Rote Wolke, liebe Rote Wolke«, sagte sie, »deine Beweisführung ist ganz falsch. Ich glaube doch, daß ich dich am meisten liebe. Ich habe mich so gut wie entschlossen, und zwar für dich. Und jetzt sollst du mir, um mir ein wenig zu helfen, daß ich meiner Sache ganz sicher bin, das sagen, was du mir vor einem Augenblick sagtest, du weißt wohl: ›Ich liebe die Frau – die eine Frau. Ich besitze sie seit mehr als zehn Jahren, und ich liebe sie jetzt noch bis zum Wahnsinn‹ … sag das noch einmal, Rote Wolke.«

»Ja, wahrlich, ich liebe die Frau – die eine Frau«, wiederholte Dick. »Ich besitze sie seit mehr als zehn Jahren, und ich liebe sie jetzt noch bis zum Wahnsinn.«

Als er ausgesprochen hatte, war es einen Augenblick ganz still. Es war eine Stille, die er nicht zu brechen wagte.
»Noch etwas hätte ich fast vergessen«, sagte sie sehr sanft, sehr langsam und sehr klar. »Ich liebe dich. Ich habe dich nie so heiß geliebt wie in diesem Augenblick. Nach all diesen vielen Jahren hast du mir jetzt schließlich den Kopf verdreht. Und wenn ich es auch nicht wußte, so hast du mich doch vom ersten Augenblick an hingerissen. Aber jetzt habe ich meinen Entschluß gefaßt, meinen unerschütterlichen Entschluß.«
Sie hing plötzlich an.
Mit dem Gefühl, jetzt zu wissen, wie einem Mann zumute sein mußte, der in der zwölften Stunde begnadigt wurde, blieb Dick in Gedanken versunken und vergaß ganz, daß er den Hörer nicht angehängt hatte, bis Bonbright aus dem Sekretariat kam, um ihn daran zu erinnern.
»Es war Herr Bishop«, erklärte Bonbright. »Er hat eine Panne. Ich nahm mir die Freiheit, ihm eines unserer Automobile zu schicken.«
»Und lassen Sie seinen Wagen möglichst von unseren Leuten reparieren«, sagte Dick. Als er wieder allein war, erhob er sich, reckte sich, ging geistesabwesend auf und nieder und sagte ins Blaue hinein: »Nun ja, Martinez, heute nachmittag wirst du um eine dramatische Leistung gebracht, von der du nie erfahren wirst.«
Er trat an die Schalttafel und rief Paula an.
Die Jungfer antwortete, daß sie die gnädige Frau sofort holen würde.
»Du sollst mir noch einmal sagen, was du mir eben erzählt hast.«
Sie lachte heiter, ein Lachen, das sein Ohr erfreute.
»Rote Wolke, ich liebe dich«, sagte sie. »Ich habe meinen Entschluß gefaßt. Nie werde ich einen andern Mann als dich auf der ganzen, weiten Welt lieben. Aber jetzt sei

brav und laß mir Zeit, mich anzukleiden. Ich muß schnell machen, wenn ich zum Lunch fertig sein soll.«

»Darf ich nicht hinüberkommen – einen Augenblick?« bat er.

»Noch nicht, Sausewind. In zehn Minuten. Dann bin ich so weit. Ich ziehe mein Robin-Hood-Kleid an, du weißt, das in Grün und Rotbraun mit der langen Feder. Und ich nehme meine Dreißig-Dreißig. Die ist schwer genug für Berglöwen.«

»Du hast mich sehr glücklich gemacht«, beharrte er.

»Und du hältst mich schrecklich auf. Hänge an, Rote Wolke. Ich liebe dich, ich liebe dich.«

Er hörte, wie sie den Hörer anhängte, und spürte im nächsten Augenblick zu seiner Verwunderung, daß er gleichsam nicht recht an sein Glück zu glauben wagte. Es war eher, als hörte er immer noch sie und Graham den ›Zigeunerzug‹ singen. Hatte sie mit Graham gespielt? Oder mit ihm? Ein solches Benehmen war bei ihr unerhört und unfaßbar. Während er eine Lösung suchte, sah er sie wieder vor sich im Mondschein, wie sie sich an Graham klammerte und seinen Kopf zu sich herabzog. Dick schüttelte fassungslos den Kopf und sah auf seine Uhr. Jedenfalls würde er sie in zehn Minuten, in weniger als zehn Minuten in seinen Armen halten und Bescheid wissen.

So lange kam ihm die kurze Wartezeit vor, daß er sich schon auf den Weg machte, stehenblieb, um sich eine Zigarette anzuzünden, die er jedoch nach dem ersten Zuge wieder fortwarf und wieder einen Augenblick stehenblieb, um auf das geschäftige Klappern der Schreibmaschinen im Sekretariat zu lauschen. Es fehlten noch zwei Minuten, und da er wußte, daß er nur eine Minute bis zu der geheimen Tür zu gehen brauchte, trat er auf den Hof und sah nach den wilden Kanarienvögeln, die im Springbrunnenbecken badeten.

Als sie in großer Angst, eine Wolke von flatterndem Gold und Wassertropfen, die wie Kristall in der Sonne glitzerten, aufflogen, fuhr auch Dick in Angst auf. Der Büchsenschuß war aus Paulas Gemächern ertönt, und während er über den Hof lief, war er sich klar, daß es ihre Dreißig-Dreißig gewesen war. ›Sie ist mir zuvorgekommen‹, das war sein nächster Gedanke, und was ihm vor einem Augenblick noch unverständlich gewesen, war ihm jetzt so scharf und klar wie der Knall ihrer Büchse. Und während er über den Hof und die Treppe hinaufstürzte, hämmerte es immerfort in seinem Hirn: ›Sie ist mir zuvorgekommen, sie ist mir zuvorgekommen.‹

Sie lag da, zusammengesunken und zitternd, völlig angekleidet in ihrem Jagdkleid, bis auf die winzigen, bronzenen Sporen, die ihre Jungfer, die sich in machtloser Verzweiflung über sie beugte, noch in der Hand hielt.

Er untersuchte sie in größter Eile. Sie atmete noch, wenn sie auch bewußtlos war. Die Kugel war ihr an der linken Seite hinein- und zum Rücken hinausgegangen. Im nächsten Augenblick war er am Telephon, und während er auf die Verbindung mit dem Haustelephon wartete, betete er, daß Hennessy im Gestüt sein möchte. Ein Stallknecht antwortete, und während er lief, den Tierarzt zu holen, befahl Dick Oh Freud, bei der Schalttafel zu bleiben und sofort Oh Jeh herüberzuschicken.

Wie er mit halb abgewandtem Gesicht dastand, sah er Graham in die Stube treten und auf Paula zueilen.

»Hennessy«, sagte Dick, »Sie müssen so schnell wie möglich herkommen. Nehmen Sie mit, was zur ersten Hilfe bei Unglücksfällen nötig ist. Es handelt sich um einen Gewehrschuß durch die Lunge oder das Herz oder beides. Kommen Sie gleich in die Zimmer meiner Frau. Und machen Sie schnell.«

»Rühren Sie sie nicht an«, sagte er scharf zu Graham. »Sie

könnten es verschlimmern, eine stärkere Blutung verursachen.«

Im nächsten Augenblick sprach er wieder mit Oh Freud. »Schick Callahan mit dem Rennwagen nach Eldorado, sag ihm, daß er unterwegs Dr. Robinson trifft und ihn mitbringen soll. Sag ihm, er soll fahren, als ob der Teufel hinter ihm her wäre. Sag ihm, die gnädige Frau ist verwundet, und er kann vielleicht ihr Leben retten, wenn er sich beeilt.«

Den Hörer am Ohr, wandte er sich zu Paula um. Graham, der sich immer noch über sie beugte, ohne sie aber anzurühren, sah ihm in die Augen. »Forrest«, begann er, »wenn Sie das getan—«

Aber Dick brachte ihn zum Schweigen mit einem Blick auf die Chinesin, die immer noch mit den Bronzesporen in der Hand sprachlos und verwirrt dastand.

»Darüber können wir später reden«, sagte Dick kurz und wandte sich wieder zum Telephon.

»Doktor Robinson?... Schön. Meine Frau hat einen Gewehrschuß durch Lunge oder Herz oder vielleicht beides. Callahan ist Ihnen mit dem Rennwagen entgegengefahren. Fahren Sie so schnell Sie irgend können, bis Sie Callahan treffen. Auf Wiedersehen!«

Als Dick wieder zu Paula trat, machte Graham ihm Platz und kniete neben ihr nieder. Die Untersuchung währte einen Augenblick, dann sah er Graham an, schüttelte den Kopf und sagte: »Es ist zu gefährlich, — wir könnten leicht Dummheiten machen.« Er wandte sich zu der Chinesin.

»Leg die Sporen weg und bring ein paar Kissen. Evan, fassen Sie auf der andern Seite an und heben Sie sie behutsam und vorsichtig. Oh Gott, schieb ihr das Kissen unter, aber vorsichtig! Vorsichtig!«

Er sah auf und erblickte Oh Jeh, der schweigend dastand und auf Befehle wartete.

»Sag Bonbright, daß er Oh Freud bei der Schalttafel ablösen soll. Sag Oh Freud, er soll sich in der Nähe von Bonbright halten, um alle Befehle sofort auszuführen. Sag Oh Freud, er soll das ganze Gesinde versammeln, so daß alle bereit sind, Befehle auszuführen. Sobald Saunders mit Herrn Bishop und seiner Gesellschaft kommt, soll Oh Freud ihn nach Eldorado schicken, um sich nach Callahan umzusehen, für den Fall, daß der eine Panne haben sollte. Sag Oh Freud, daß er Manson und Pitts und die Betriebsleiter, die sonst noch Autos haben, suchen und sie mit ihren Wagen vor dem Hause warten lassen soll. Sag Oh Freud, er soll für Herrn Bishop und seine Gesellschaft sorgen — wie gewöhnlich. Und dann kommst du wieder her, so daß ich dich immer zur Hand habe.«

Dick wandte sich zu Oh Gott.

»Erzähle uns, wie es zuging.«

Die Chinesin schüttelte den Kopf und rang die Hände.

»Wo warst du, als der Schuß losging?«

Die Chinesin schluckte und zeigte nach dem Ankleidezimmer.

»Weiter, rasch«, befahl Dick scharf.

»Gnädige Frau sagen mich, holen Sporen. Ich vergessen früher. Ich gehen schnell. Ich hören Knall. Ich kommen schnell zurück. Ich laufen.« Sie wies auf Paula, um zu zeigen, was sie vorgefunden hatte.

»Aber das Gewehr?« fragte Dick.

»Etwas in Unordnung. Vielleicht Gewehr nicht gehen. Vielleicht vier Minuten, vielleicht fünf Minuten. Gnädige Frau versuchen, Gewehr in Ordnung machen.«

»Versuchte sie das Gewehr auch in Ordnung zu bringen, als du die Sporen holtest?«

Die Chinesin nickte.

»Vorher ich sagen, vielleicht Oh Freud kann Gewehr in Ordnung bringen. Gnädige Frau nein, — sie sagen, sie bringen Gewehr in Ordnung. Sie legen Gewehr hin, dann versuchen wieder, Gewehr in Ordnung bringen. Dann sie sagen, mich holen Sporen. Dann... Gewehr gehen los.«

In diesem Augenblick erschien Hennessy und machte dem Verhör ein Ende. Er war mit der Untersuchung fast ebenso schnell fertig wie Dick und sah ihn kopfschüttelnd an: »Da lasse ich lieber die Hände davon, Herr Forrest«, sagte er. »Die Blutung hat scheinbar aufgehört. Aber das Blut sammelt sich inwendig. Sie haben wohl nach einem Arzt geschickt?«

»Ja, nach Robinson. Er war noch zu Hause. Er ist ein tüchtiger junger Chirurg«, erklärte Dick Graham. »Er ist kaltblütig und kühn, und in einem solchen Fall habe ich mehr Vertrauen zu ihm als zu einem alten mit einem großen Namen. Was meinen Sie, Hennessy? Glauben Sie, daß Hoffnung besteht?«

»Es sieht ziemlich schlimm aus, wenn ich auch nichts Bestimmtes sagen möchte. Ich bin ja nur Tierarzt. Aber Robinson wird Bescheid wissen, wir können nichts tun als warten.«

Dick trat auf Paulas Schlafveranda hinaus, um auf das Auspuffrohr des Rennwagens, den Callahan fuhr, zu lauschen. Dann hörte er das große Auto kommen und gleich darauf mit voller Geschwindigkeit abfahren. Graham trat zu ihm hinaus.

»Ich muß Sie um Verzeihung bitten, Forrest. Ich war einen Augenblick nicht ganz bei Sinnen. Ich traf Sie dort und glaubte, Sie wären bei ihr gewesen, als es geschah. Es muß ein Unglücksfall gewesen sein.«

»Armes Mädelchen«, sagte Dick. »Und dabei tat sie sich etwas darauf zugute, daß sie mit Schußwaffen immer so vorsichtig umging.«

»Ich habe mir das Gewehr angesehen«, sagte Graham. »Aber ich kann nichts daran finden.«

»Sie hat es wohl in Ordnung gebracht. Und dabei ist es geschehen.«

Und während Dick sprach und das Lügengebäude vor Graham errichtete, wurde ihm klar, wie gut Paula alles bedacht hatte. Der ›Zigeunerzug‹ war ihr Abschied für Graham gewesen, und sie hatte alles so gemacht, daß er keinen Verdacht schöpfen konnte. Mit ihm hatte sie es ebenso gemacht. Sie hatte sich von ihm verabschiedet, zuletzt telephonisch, hatte ihm versichert, daß sie nie einen andern Mann auf der Welt haben würde.

Er trat an die Verandatür.

»Armes Mädelchen, sie konnte sich nicht zwischen uns beiden entscheiden, und so wählte sie diesen Weg.«

Das Geräusch des sich nähernden Rennwagens trieb ihn wieder zu Graham zurück, und beide gingen zusammen hinunter, um den Arzt zu erwarten. Graham stand unschlüssig auf, als wollte er ungern gehen, fühlte aber doch, daß er es tun mußte.

»Bleiben Sie doch, Evan«, sagte Dick zu ihm. »Sie hatte Sie so gern, und wenn sie ihre Augen öffnet, wird sie sich freuen, Sie zu sehen.«

Dick und Graham standen etwas abseits, während Dr. Robinson sie untersuchte. Als er sich kurz darauf erhob, sah Dick ihn fragend an.

»Es ist nichts zu machen«, sagte er. »Es kann Stunden dauern, vielleicht Minuten.« Er zögerte und sah Dick einen Augenblick forschend an. »Wenn Sie es wünschen, kann ich es ihr erleichtern. Es ist möglich, daß sie wieder zum Bewußtsein kommt und eine Weile leidet.«

Dick ging einmal im Zimmer auf und nieder, und als er sprach, war es zu Graham: »Warum sie nicht wieder leben lassen, wenn auch nur für eine ganz kurze Zeit? Der Schmerz ist weniger wesentlich, — dafür gibt es unfehlbare, schnell lindernde Mittel. Sie würde es selbst so wollen. Sie liebte

das Leben, – jeden Augenblick des Lebens. Warum ihr das bißchen vorenthalten, was ihr noch bleibt?«
Graham beugte zustimmend das Haupt, und Dick wandte sich zu dem Arzt.
»Vielleicht können Sie ihr irgendein anregendes Mittel geben, daß sie zum Bewußtsein kommt. Wenn es möglich ist, so tun Sie es. Und wenn die Qual zu schlimm wird, so können Sie sie ja immer davon erlösen.«

Als ihre Augen sich langsam öffneten, winkte Dick Graham neben sich. Anfangs hatten ihre Augen einen verwirrten Ausdruck, dann aber heftete sich ihr Blick auf Dick und danach auf Graham, und ein bemitleidenswertes, wiedererkennendes Lächeln glitt über ihr Gesicht.
»Ich – ich glaubte schon, tot zu sein«, sagte sie.
Aber ihre Gedanken schlugen schnell eine neue Richtung ein, und Dick las in ihren fragend auf ihn gerichteten Augen, was sie meinte. Wußte er, daß es kein Unglücksfall war? Sie hatte es so aussehen lassen wollen, und nun sollte sie in dem Glauben sterben, daß ihr Plan geglückt war.
»Ich – ich war so ungeschickt«, sagte sie. Sie sprach langsam, mit schwacher Stimme, offenbar in großer Qual und mit einer Pause nach jedem Wort, um Kräfte zu sammeln. »Ich war immer so sicher, daß mir nie etwas geschehen könnte, und nun seht, wie dumm ich war.«
»Ja, wirklich eine schöne Geschichte«, sagte Dick. »Wie ging es zu? Hatte es sich festgeklemmt?«
Sie nickte, und ihre Lippen trennten sich wieder in einem kläglichen, mutigen Lächeln, als sie scherzend sagte: »Ach, Dick, geh und hol die Nachbarn, damit sie sehen können, wie ungeschickt die kleine Paula gewesen ist.«
»Ist es ernst?« fragte sie kurz darauf. »Sei ehrlich, Rote Wolke, – du kennst mich«, fügte sie hinzu, als Dick nicht gleich antwortete.

Er schüttelte den Kopf.
»Wie lange noch?« fragte sie.
»Nicht lange«, lautete die Antwort. »Und wir können es dir jederzeit erleichtern.
»Du meinst —?« Ihr Blick glitt fragend auf den Arzt und wieder auf Dick zurück. Der nickte.
»Das hatte ich von dir erwartet, Rote Wolke«, murmelte sie dankbar. »Aber ist Dr. Robinson bereit, es zu tun?«
Ihr Arzt trat vor, so daß sie ihn sehen konnte, und nickte.
»Danke, Herr Doktor, und denken Sie daran, daß ich es selbst sagen will.«
»Hast du viele Schmerzen?« fragte Dick.
Ihre Augen waren weit aufgerissen, mutig und doch voller Angst, und ihre Lippen zitterten leicht, als sie antwortete: »Nicht so sehr, aber es ist schrecklich, schrecklich, und ich möchte nicht, daß es sehr lange dauert. Ich werde es schon sagen.«
Dann kräuselten sich ihre Lippen wieder zu einem Lächeln. »Das Leben ist seltsam«, scherzte sie. »Sehr seltsam — nicht wahr? Ich möchte es so gern mit Liebesliedern im Ohr verlassen. Du zuerst, Evan, — sing den ›Zigeunerzug‹. Ja, es ist keine Stunde her, daß wir beide ihn zusammen sangen. Denk, nur eine Stunde. Tue es, Evan, hörst du.«
Graham bat Dick mit einem Blick um Erlaubnis, und Dick gab sie ihm mit einem Blick.
»Ach, und sing es kräftig, heiß und wild, wie ein Zigeuner, der eine Frau erobern will. Und tritt etwas zurück, daß ich dich sehen kann.«
Und während Graham das Lied bis zu Ende sang, stand Oh Jeh unbeweglich wie eine Bildsäule in der Tür und wartete auf Befehle von Dick. Oh Gott war in tiefster Verzweiflung über das Bett ihrer Herrin gebeugt, sie rang nicht mehr die Hände, sondern preßte sie so hart gegeneinander, daß Fingerspitzen und Nägel weiß wurden.

Hinten an Paulas Toilettentisch stand Dr. Robinson, löste vorsichtig einige Tabletten in einem Glas Wasser auf und füllte seine Morphiumspritze.
Als Graham fertig war, dankte Paula ihm mit einem Blick, schloß dann die Augen und lag eine Weile ganz still da.
»Und jetzt, Rote Wolke«, sagte sie, als sie wieder die Augen aufschlug, »jetzt das Lied von Ai-kut. Stell dich dorthin, wo Evan stand, daß ich dich richtig sehen kann.«
Und Dick sang: »Mich, ich bin Ai-kut, der erste Mann der Nishinam. Ai-kut ist Adam, und mein Vater war der Kojote und meine Mutter der Mond. Und dies ist Yo-to-to-wi, meine Gattin. Yo-to-to-wi ist Eva. Sie ist das erste Weib der Nishinam.
Mich, ich bin Ai-kut. Dies ist mein Blütentau von Weib. Sie ist mein Honigtau von Weib. Ihr Vater und ihre Mutter waren die Morgenröte über der Sierra und der Sommerwind in den Bergen. Sie berieten miteinander und sogen aus Luft und Erde alle Süßigkeit, bis sich ihre Liebe wie Nebel auf Chapparral und Manzanita senkte und der Honigtau sich auf die Blätter legte.
Yo-to-to-wi ist mein Honigtau-Weib. Hört mich, ich bin Ai-kut. Yo-to-to-wi ist mein Wachtel-Weib, mein Hirsch-Weib, mein Pflanzensaft-Weib, geboren aus dem milden Regen und der fetten Erde. Sie ist geboren aus dem zarten Sternenlicht und der spröden Morgenröte vor der Sonne, und für mich ist sie die einzige Frau und alle Frauen in einer.« Wieder lag Paula ein Weilchen still mit geschlossenen Augen. Einmal versuchte sie, Atem zu schöpfen, und hustete leicht.
»Versuche, nicht zu husten«, sagte Dick.
Sie konnten sehen, wie sie die Stirn runzelte, während sie sich aus aller Kraft anstrengte, das irritierende Kitzeln im Halse zu beherrschen, das einen Anfall zu beschleunigen drohte.

»Oh Gott, komm hierher, wo ich dich sehen kann«, sagte sie, als sie wieder die Augen aufschlug.
Die Chinesin gehorchte, schwankend, so daß Robinson gezwungen war, ihr die Hand auf den Arm zu legen und sie zu führen.
»Leb wohl, Oh Gott. Du warst immer gut zu mir, und vielleicht war ich nicht immer gut zu dir. Ja – und das tut mir leid. Vergiß nicht, daß mein Mann dir immer Vater und Mutter sein wird ... und all mein Jadeschmuck gehört dir.«
Dann schloß sie wieder die Augen, um ihr zu bedeuten, daß die kurze Audienz beendet war. Wieder quälte sie der Hustenreiz, der schlimmer zu werden drohte.
»Ich bin bereit, Dick«, sagte sie mit schwacher Stimme und immer noch geschlossenen Augen. »Jetzt will ich schlafen. Ist der Arzt bereit? Komm ganz zu mir und halt meine Hand, wie du es damals tatest.«
Ihre Augen suchten Graham, und Dick sah sie nicht an, denn er wußte, daß aus diesem letzten Blick die Liebe sprach, wie er wußte, daß es sein würde, wenn ihre Augen zum letztenmal den seinen begegneten.
»Ich sollte einmal operiert werden«, erklärte sie Graham, »und Dick kam mit, als ich chloroformiert werden sollte, und hielt meine Hand, bis ich einschlief. Es ging sehr leicht.«
In der Stille sah sie Graham an, dann aber wandte sich ihr Blick auf Dick, und er neigte sein Ohr zu ihrem Mund.
»Rote Wolke«, flüsterte sie. »Ich liebe dich am meisten. Und ich bin stolz, daß ich dir solange gehört habe.«
Ihre Finger umschlossen die seinen mit einem leichten Druck, und sie zog ihn noch enger an sich. »Es schmerzt mich so, daß wir keine Kinder haben, Rote Wolke.«
Ihre Finger ließen los, und er trat so weit zurück, daß sie von einem zum anderen sehen konnte.
»Zwei prächtige Männer! Lebt wohl, ihr beiden prächtigen Männer. Leb wohl, Rote Wolke!«

Ein erwartungsvolles Schweigen trat ein, während der Arzt ihren Arm entblößte, um die Nadel hineinzustechen.
»Schlafen – schlafen –«, zwitscherte sie wie ein müdes Vögelchen. »Ich bin bereit, Herr Doktor. Aber straffen Sie die Haut gut. Sie wissen, daß ich keine Schmerzen ertragen kann. Halte mich, Dick.«
Auf ein Zeichen Dicks stach Dr. Robinson leicht und schnell die Nadel durch die gespannte Haut, drückte mit fester Hand den Kolben hinunter und rieb mit den Fingerspitzen die Stelle, damit das Morphium in Zirkulation kam.
»Schlafen – schlafen – herrlich schlafen«, murmelte sie nach einer Weile.
Sie drehte sich auf die Seite, krümmte den freien Arm auf dem Kissen, legte ihren Kopf darauf und nahm die Ruhestellung ein, in der sie, wie Dick wußte, am liebsten schlief. Nach einer langen Zeit seufzte sie leise auf, und ihr Tod war so leicht, daß sie dahin war, ehe jemand es ahnte. In der stillen Stube ertönte das Zwitschern der Kanarienvögel und das Plätschern des Springbrunnens, und aus der Ferne hörte man das Rufen Bergkönigs und das silberhelle Antwortwiehern von Fotherington-Prinzessin.

Alle Rechte vorbehalten. Der Roman ›Die Insel Berande‹ *erschien in der Originalausgabe mit dem Titel* ›Adventure‹ *(1911). Er wurde übersetzt von Erwin Magnus, 1927. Der Roman* ›Die Herrin des Großen Hauses‹ *erschien 1916 mit dem Originaltitel* ›The Little Lady of the Big House‹. *1929 wurde auch dieser Roman von Erwin Magnus übersetzt. Für beide Titel gilt: © Universitas Verlag München. Gesamtausstattung Juergen Seuss, Niddatal bei Frankfurt am Main. Satz und Druck Color- und Werkoffsetdruckerei Richard Wenzel, Goldbach-Aschaffenburg. Bindearbeiten R. Oldenbourg, München. Schrift Korpus Baskerville (Linotype). Papier 80 g Daunendruckpapier der Papierfabrik Scheufelen, Oberlenningen. Printed in Germany 1980. ISBN 3 7632 2455 6*